Estranha presença

OBRAS DA AUTORA PUBLICADAS PELA RECORD

Estranha presença
Na ponta dos dedos
Ronda noturna

Sarah Waters

Estranha presença

Tradução de
Ana Luiza Dantas Borges

EDITORA RECORD
RIO DE JANEIRO • SÃO PAULO
2010

CIP-Brasil. Catalogação-na-fonte
Sindicato Nacional dos Editores de Livros, RJ

W313e
Waters, Sarah, 1966-
    Estranha presença / Sarah Waters; tradução de Ana Luiza Borges. – Rio de Janeiro: Record, 2010.

    Tradução de: The little stranger
    ISBN 978-85-01-08922-9

    1. História de fantasmas. 2. Romance inglês. I. Borges, Ana Luiza Dantas. II. Título.

10-0622
CDD: 823
CDU: 821.111-3

Título original em inglês:
The Little Stranger

Copyright © Sarah Waters, 2009

Editoração eletrônica: Abreu´s System

Texto revisado segundo o novo Acordo Ortográfico da Língua Portuguesa.

Todos os direitos reservados.
Proibida a reprodução, no todo ou
em parte, através de quaisquer meios.

EDITORA AFILIADA

Direitos exclusivos de publicação em língua portuguesa somente
para o Brasil adquiridos pela
EDITORA RECORD LTDA.
Rua Argentina 171 – Rio de Janeiro, RJ – 20921-380 – Tel.: 2585-2000
que se reserva a propriedade literária desta tradução

Impresso no Brasil

ISBN 978-85-01-08922-9

A meus pais, Mary e Ron, e minha irmã, Deborah

1

Vi Hundreds Hall pela primeira vez quando tinha 10 anos. Foi no verão depois da guerra, quando os Ayres ainda tinham quase todo o seu dinheiro e eram gente importante no distrito. O evento foi no feriado do Empire Day, celebração do aniversário de nascimento da rainha Vitória: eu estava na fila com outras crianças da cidadezinha fazendo a saudação do escoteiro enquanto a Sra. Ayres e o coronel nos entregavam as medalhas comemorativas. Depois tomamos chá com nossos pais em mesas compridas, no que, suponho, era o gramado sul. A Sra. Ayres tinha entre 24 e 25 anos, um marido alguns anos mais velho e uma filhinha, Susan, que devia ter mais ou menos 6 anos. Provavelmente formavam uma bela família, mas a minha lembrança deles é vaga. Lembro-me mais vividamente da casa em si, que me impressionou como uma verdadeira mansão. Lembro-me de seus adoráveis detalhes envelhecidos — o tijolo vermelho desgastado, a vidraça como uma concha de moluscos, as bordas de arenito gastas pela ação do tempo — que faziam-na parecer quase um borrão, ligeiramente indistinta — como gelo, pensei, que começa a se derreter ao sol.

Dentro, não havia como entrar, é claro. As portas e janelas francesas estavam abertas, mas todas tinham uma corda ou fita amarrada de um lado a outro; os lavabos separados para o nosso uso eram os dos cavalariços e dos jardineiros, na parte das cocheiras. Minha mãe, entretanto, ainda tinha amigos entre os criados, e quando o chá terminou e as pessoas tiveram acesso ao terreno em volta, ela me levou, em silêncio, para dentro da casa por uma porta lateral, e ficamos um pouco com a cozinheira e com as outras garotas de serviço na cozinha. A visita me impressionou bastante. A cozinha era no porão, e se chegava a ela por um frio corredor abobadado que se parecia, de certa maneira, com um calabouço de castelo. Um número extraordinário de pessoas ficava entrando e saindo com cestos grandes e bandejas. Era tal a montanha de louça para lavar que minha mãe arregaçou as mangas para ajudar as garotas. E para meu grande deleite, como recompensa por seu trabalho, tive permissão para beliscar as geleias e "formas" que tinham retornado intactas da festa. Fui sentado a uma mesa de tampo de pinho e me deram uma colher tirada da gaveta da família — uma coisa pesada de prata opaca, a parte côncava quase maior do que a minha boca.

Mas então aconteceu um entretenimento ainda melhor. No alto da parede do corredor abobadado havia um quadro de distribuição de fios e campainhas, e quando uma das campainhas soava, chamando uma das copeiras lá para cima, ela me levava junto, para que eu pudesse espiar pelo grosso tecido verde da cortina que separava a frente dos fundos da casa. Eu podia esperá-la ali, dizia ela, se fosse bonzinho e ficasse em silêncio. Bastava eu não sair de trás da cortina, pois se o coronel ou a madame me vissem, daria confusão.

Eu era uma criança obediente, de maneira geral. Mas a cortina se abria para a junção de dois corredores de piso de mármore cheios de coisas maravilhosas, e, depois que ela desaparecia sem fazer ruído em uma direção, eu dava alguns passos audaciosos na outra. A excitação que isso provocava era irresistível. Não me refiro à simples emoção da transgressão. Refiro-me à vibração da própria casa, que me chegava de cada superfície — do lustro do piso, da pátina das cadeiras e armários de madeira, do bisel de um espelho, da voluta de uma moldura. Em certo momento, senti-me atraído por uma das paredes brancas imaculadas com um remate decorativo em gesso, uma representação de landes e folhas. Eu nunca tinha visto nada igual, a não ser em igreja. Depois de um segundo examinando-a, fiz o que agora me parece uma coisa horrível: passei os dedos ao redor de uma das landes e tentei removê-la de seu engaste. Como não consegui, peguei meu canivete e escavei em volta. Não fiz isso por vandalismo. Eu não era um menino malvado e destrutivo. Simplesmente por admirar a casa quis possuir um pedaço dela — ou melhor, como se minha admiração por ela, o que eu suspeitava que nenhuma criança teria sentido, me desse esse direito. Eu era, acho, como um homem que quer um cacho do cabelo de uma garota pela qual de súbito se apaixonou loucamente.

Acho que a lande finalmente cedeu, embora menos limpa do que eu esperava — com um fio de fibra e pó e arenito branco. Lembro-me disso como tendo sido decepcionante. Possivelmente a imaginava feita de mármore.

Mas ninguém apareceu, ninguém me pegou em flagrante. Foi, como dizem, trabalho de um segundo. Coloquei a lande no meu bolso e escapuli de novo para trás da cortina. A copeira retornou um minuto depois e me levou de volta lá para baixo. Minha mãe e eu nos despedimos do pessoal da cozinha e fomos ao encontro do meu pai no jardim. Eu sentia, agora, o duro volume de gesso no bolso com uma espécie de excitação mórbida. Tinha começado a recear que o coronel Ayres, um homem assustador, descobrisse o estrago e parasse a festa. Mas a tarde transcorreu sem nenhum incidente até o crepúsculo azulado. Meus pais e eu nos unimos às outras pessoas de Lidcote para a longa caminhada para casa, os morcegos voejando e girando conosco pelo caminho, como se rodopiando em cordas invisíveis.

Minha mãe acabou descobrindo a lande, é claro. Eu a ficava tirando e botando no bolso, o que fez com que deixasse uma marca de giz na flanela cinza de minhas calças curtas. Quando entendeu o que era aquela coisinha na minha mão, quase chorou. Não me deu palmada, nem contou ao meu pai. Ela nunca teve inclinação para discussões. Em vez disso, olhou para mim com os olhos cheios de lágrimas, perplexa e envergonhada.

— Não devia ter feito isso, não um garoto inteligente como você — acho que ela disse.

As pessoas estavam sempre me dizendo coisas desse tipo quando eu era garoto. Meus pais, meus tios, meus professores — todos os diversos adultos que se interessavam pela minha carreira. As palavras costumavam desencadear, em mim, acessos de fúria secretos, pois por um lado eu queria desesperadamente satisfazer a expectativa da minha reputação de inteligente e, por outro, parecia muito injusto que essa inteligência, que eu nunca havia pedido, pudesse se transformar em algo capaz de me derrubar.

A lande foi posta no fogo. No dia seguinte, encontrei um pedaço dela enegrecido na escória de carvão. De qualquer maneira, esse deve ter sido o último ano grandioso para Hundreds Hall. A festa do Empire Day no ano seguinte foi oferecida por outra família em uma das casas grandes da vizinhança. Hundreds tinha iniciado seu inabalável declínio. Pouco depois, a filha dos Ayres morreu e a Sra. Ayres e o coronel passaram a levar uma vida menos pública. Lembro-me vagamente dos nascimentos de seus outros dois filhos, Caroline e Roderick — mas na época eu estava no Leamington College, ocupado com as minhas próprias e acirradas pequenas batalhas. Minha mãe morreu quando eu tinha 15 anos. Tinha sofrido um aborto atrás do outro, como fiquei sabendo, durante toda a minha infância, e o último a matou. Meu pai viveu até me ver graduar na escola de medicina e retornar a Lidcote como um profissional qualificado. O coronel Ayres morreu alguns anos depois — um aneurisma, acho.

Com a sua morte, Hundreds Hall retirou-se ainda mais do mundo. Os portões do parque eram mantidos quase que permanentemente fechados. O sólido muro de pedras que delimitava o terreno, embora não especialmente alto, tinha altura suficiente para parecer proibido. E apesar de a casa ser tão suntuosa e grande, não havia um local sequer, em nenhuma das estradas nessa parte de Warwickshire, de onde pudesse ser vista. Às vezes eu pensava nela, enfurnada ali, quando passava pelo muro nas minhas visitas a pacientes — imaginando-a sempre como tinha me parecido naquele dia em 1919, com sua bela fachada de tijolos e seus frios corredores de mármore, cada qual mais cheio de coisas maravilhosas.

Portanto, quando revi a casa — quase trinta anos depois dessa primeira visita e logo após o fim de mais uma guerra —, as mudanças me espantaram. Foi o puro acaso que me levou até lá, pois os Ayres estavam registrados com meu parceiro, David Graham. Mas nesse dia, quando a família mandou chamar um médico, ele estava ocupado com um caso de emergência e a requisição foi passada para mim. Meu coração apertou assim que entrei no parque. Lembrava-me do longo caminho para a casa, por entre os rododendros e loureiros bem cuidados, mas o parque agora estava tão coberto pelo mato e abandonado que o meu pequeno carro teve dificuldades em percorrer a alameda. Quando finalmente me livrei das moitas e me vi em uma extensão de cascalhos irregulares com a Hall bem à minha frente, freei e me assombrei. A casa era menor do que na minha lembrança, claro — não era a mansão que eu imaginara —, mas eu já esperava por isso. O que me horrorizou foram os sinais de decadência. Seções das bordas adoravelmente desgastadas pelo tempo pareciam ter desmoronado de vez, de modo que o contorno georgiano indefinido da casa tornara-se mais transitório do que antes. A hera se havia espalhado e, depois, morrido em algumas partes, pendendo como pelo emaranhado de um rabo de rato. Os degraus que levavam à ampla porta da frente estavam fendidos, com ervas daninhas crescendo luxuriantes pelas brechas.

Estacionei o carro, saí, e quase tive medo de bater a porta com força. O lugar, apesar de tão grande e de estrutura tão sólida, me deu a impressão de precário. E como parecia que ninguém tinha me ouvido chegar, depois de alguma hesitação, caminhei ruidosamente pelo caminho de pedregulhos e subi com cuidado os degraus de pedras rachados. Era um dia quente e quieto de verão — nenhuma brisa soprava —, e quando puxei o velho cordão de bronze e marfim da campainha, ouvi o som puro e claro, mas remoto, como se ressoasse no interior oco e fundo da casa. A campainha foi seguida imediatamente pelo latido brusco e enfraquecido de um cão.

Os latidos foram logo interrompidos, e por mais um longo segundo fez-se silêncio. Então, de algum lugar à minha direita, ouvi o arrastar de um passo irregular e, um instante depois, o filho da família, Roderick, apareceu de um canto da casa. Estreitou os olhos para mim com certa desconfiança, até perceber a maleta na minha mão. Tirando um cigarro que parecia pender de sua boca, disse:

— O senhor é o médico, não é? Estávamos esperando o Dr. Graham.

Seu tom foi bastante amistoso, mas com um certo langor, como se estivesse aborrecido com a minha presença. Fui até ele e me apresentei como o sócio de Graham, explicando que ele estava atendendo um caso de emergência. Ele respondeu com brandura.

— Foi gentil saindo em um domingo. E um domingo miseravelmente quente como este. Siga-me por aqui, por favor. É mais rápido do que atravessar a casa. A propósito, sou Roderick Ayres.

Na verdade, já tínhamos nos encontrado antes, em mais de uma ocasião. Mas ele claramente tinha se esquecido disso, e enquanto andávamos me estendeu o braço para um aperto de mãos mecânico. Seus dedos pareceram cuidadosos ao tocarem os meus, ásperos como os de um crocodilo em alguns pontos, estranhamente macios em outros: suas mãos tinham sido queimadas, eu sabia, em um acidente na guerra, junto com uma boa parte do seu rosto. Sem considerar as cicatrizes, ele era bonito: mais alto do que eu, porém, aos 24 anos ainda era garoto e esguio. Também se vestia como um garoto, com uma camisa de colarinho aberto, calças de verão e sapatos de lona desbotados. Ele andava sem pressa e claudicando visivelmente.

— Suponho que saiba por que o chamamos — disse ele no caminho.

— Disseram-me que era uma de suas criadas — repliquei.

— *Uma* de nossas criadas! Gosto disso. Só temos uma: a nossa garota Betty. Um problema de estômago, ao que parece. — Ele pareceu em dúvida. — Não sei. Minha mãe, minha irmã e eu em geral nos viramos sem um médico. Conseguimos dar um jeito em resfriados e dores de cabeça. Mas acredito que negligenciar criados é um pecado capital nos dias de hoje. Eles devem receber melhor tratamento do que nós, aparentemente. Portanto, achamos que devíamos chamar alguém. Cuidado onde pisa, aqui, veja.

Tinha me conduzido por um terraço com pavimento de cascalhos que se estendia pelo lado norte da Hall. Indicou o local onde o terraço tinha cedido, apresentando afundamentos e rachaduras traiçoeiras. Contornei-o, satisfeito por ter a oportunidade de conhecer esse lado da casa, mas consternado, de novo, pela negligência em relação à decadência do lugar. O jardim era um caos de urtiga e trepadeiras silvestres. Havia um odor tênue, mas evidente, de fossos entupidos. As janelas por que passamos estavam raiadas de pó e sujeira, todas fechadas, a maior parte com as venezianas também fechadas, exceto uma porta de vidro dupla aberta no alto de um lance de degraus de pedra enroscado por convólvulos. Dentro, uma sala grande e desarrumada, uma mesa com uma confusão de papéis em cima, uma ponta de cortina de brocado... Foi tudo o que tive tempo de ver. Tínhamos alcançado uma entrada de serviço estreita, e Roderick pôs-se de lado, me dando passagem.

— Desça, por favor — disse ele, fazendo um gesto com uma de suas mãos cheias de cicatrizes. — Minha irmã está lá embaixo, lhe mostrará o quarto de Betty e dará as informações sobre o seu estado.

Somente depois, lembrando-me do ferimento na sua perna, entendi que ele não gostaria que eu o visse descendo a escada com dificuldade. Agindo assim, fez com que eu achasse seu comportamento casual, e passei por ele sem falar nada. De imediato, ouvi-o se afastar, como se esmagasse algo com os pés, em seus sapatos de sola de borracha.

Quanto a mim, segui em silêncio. Essa entrada estreita, eu já percebera, era a mesma pela qual, por todos aqueles anos atrás, minha mãe havia me introduzido às escondidas, de certa maneira. Lembrei-me de que dava para uma escada de pedra rústica e, ao descer por ela, me vi no corredor abobadado e escuro que tanto me impressionara então. Foi quando tive mais uma decepção. Eu havia imaginado essa passagem parecida com uma cripta ou um calabouço; na verdade, suas paredes eram das cores verde e creme brilhantes dos postos de bombeiros e da polícia, havia uma faixa de tapete de fibra de coco sobre o piso de laje e um esfregão colocado em um balde. Ninguém apareceu para me receber, mas, à direita, uma porta semiaberta deixava entrever a cozinha, de modo que fui até lá, sem fazer barulho, e olhei dentro. Outra decepção: deparei-me com um espaço amplo e sem vida, com balcões vitorianos e superfícies mortuárias, tudo ferozmente esfregado e limpo. Somente a velha mesa de pinho — a mesma, ao que parecia, em que eu tinha comido as geleias e "formas" — me fez recordar a excitação da primeira visita. Também era a única coisa na peça a dar algum sinal de atividade, pois havia uma pequena pilha de verduras enlameadas em cima e mais uma tigela de água e uma faca — a água suja do barro e a faca molhada, como se alguém tivesse há pouco iniciado uma tarefa e sido chamado a outro lugar.

Recuei — e meu sapato deve ter chiado ou arranhado o tapete de fibra de coco, pois de novo houve o latido brusco e excitado de um cão, dessa vez inquietantemente próximo, e um segundo depois, um labrador negro e já velho irrompeu no corredor e fez menção de se arremessar contra mim. Fiquei parado, com minha maleta levantada, enquanto ele latia e me rodeava. Logo apareceu uma mulher jovem atrás dele, falando com brandura:

— Tudo bem, criaturinha idiota, chega! Gyp! Chega! Desculpe. — Ela aproximou-se e reconheci a irmã de Roderick, Caroline. — Não suporto cachorro que fica saltando e ele sabe disso. *Gyp!* — Estendeu o braço para lhe dar um tapa nas ancas com as costas da mão. Com isso, ele se acalmou. — Seu bobo — disse ela, puxando suas orelhas com uma expressão indulgente. — É comovente, na verdade. Ele acha que todo estranho vem cortar as nossas gargantas e roubar a prata da família. Não temos coragem de lhe contar que a prata foi toda penhorada. Achei que veríamos o Dr. Graham. O senhor é o Dr. Faraday. Nunca fomos apresentados formalmente, fomos?

Ela sorria enquanto falava e me ofereceu sua mão. Seu aperto foi mais firme do que o do irmão, e mais sincero.

Eu só a tinha visto antes a distância, nos eventos do condado ou nas ruas de Warwick e Leamington. Era mais velha do que Roderick, devia ter 26 ou 27 anos, e eu ouvia o povo local se referir a ela quase sempre como "de certa maneira, amável", "uma solteirona natural", uma "garota inteligente" — em outras palavras, ela era visivelmente sem atrativos, alta demais para uma mulher, com pernas e tornozelos grossos. Seu cabelo era de um castanho opaco inglês e, com um tratamento adequado, poderia se tornar belo, mas eu nunca o tinha visto penteado e, neste instante, caía sem viço sobre seus ombros, como se o tivesse lavado com sabão da cozinha e se esquecido de penteá-lo. Além disso, seu gosto para se vestir era pior do que o de qualquer outra mulher. Estava usando sandálias baixas masculinas e um vestido de verão descorado com péssimo caimento, que nada valorizava seus quadris largos e busto grande. Seus olhos eram da cor de avelã, seu rosto era comprido, o queixo quadrado, seu perfil um tanto chato. Somente a boca, achei, era bonita: surpreendentemente grande, bem formada, e móvel.

Expliquei de novo o caso de emergência de Graham e o seu chamado ter sido passado para mim. Ela repetiu o irmão:

— Bem, o senhor foi gentil vindo de tão longe. Betty está conosco há pouco tempo, há menos de um mês. Sua família vive no outro lado de Southam, longe demais para pensarmos em incomodá-los. A mãe, de qualquer maneira, pelo que dizem, não é lá boa coisa... Ela começou se queixando do estômago na noite passada e, como não melhorou pela manhã, achei que deveríamos chamar alguém. Pode examiná-la agora? Está logo ali.

Enquanto falava, virou-se e se pôs a caminhar com suas pernas musculosas. O cachorro e eu a seguimos. O quarto em que me introduziu ficava no fim do corredor, e talvez antes, pensei, tivesse sido a sala da governanta. Era menor do que a cozinha, mas, assim como o resto do subsolo, o piso era de pedra e tinha as pequeninas janelas altas e a mesma tinta parda de praxe. Havia uma grelha estreita e limpa, uma poltrona desbotada, uma mesa e uma cama de armação de metal — do tipo que, quando não em uso, podia ser dobrada, erguida e enfiada em uma cavidade no armário atrás. Deitada sob as cobertas, vestida com um pijama ou uma camisola sem mangas, estava uma figura tão pequena e enfraquecida que, à primeira vista, pensei ser uma criança. Olhando mais de perto, vi que era uma adolescente pouco desenvolvida. Ela fez uma tentativa de se levantar ao me ver à porta, mas caiu pateticamente de volta ao travesseiro, quando me aproximei. Sentei-me do seu lado na cama e disse:

— Você é Betty, não é? Sou o Dr. Faraday. A Srta. Ayres me disse que você tem sentido dor na barriga. Como está se sentindo agora?

Ela replicou com um sotaque do campo:

— Por favor, doutor, estou me sentindo muito mal!

— Tem enjoos?

Ela negou sacudindo a cabeça.

— Diarreia? Sabe o que é isso?

Ela assentiu com a cabeça, depois sacudiu-a de novo.

Abri minha maleta.

— Tudo bem, vamos dar uma olhada em você.

Ela separou seus lábios infantis apenas o suficiente para eu pôr o termômetro embaixo de sua língua, e quando baixei o decote de sua camisola e coloquei o estetoscópio frio em seu peito, ela se retraiu e gemeu. Como era de uma família local, eu provavelmente já a vira antes, nem que tivesse sido para lhe aplicar a vacina na escola, mas não me lembrava disso agora. Não era o tipo de garota memorável. Seu cabelo descolorido estava sem corte e preso com um grampo do lado da testa. Seu rosto era largo, seus olhos eram muito separados e cinza, e, como muitos olhos claros, eram insondáveis. Sua face estava pálida, enrubescendo ligeiramente por timidez quando ergui sua camisola para examinar sua barriga e expus seus calções de flanela desbotados.

Assim que coloquei meus dedos levemente na pele acima do seu umbigo, ela arfou, chorando — quase gritando.

— Tudo bem. Agora me diga. Onde dói mais? — falei calmamente.

— Oh! Por toda parte!

— A dor é aguda, como a de um corte? Ou é mais contínua ou parece uma queimação?

— É contínua — gritou ela —, com cortes por todo lado! Mas queima também! Oh! — gritou de novo, abrindo a boca bem grande, finalmente, revelando a língua e a garganta sadias e uma fileira de pequenos dentes tortos.

— Muito bem — repeti, baixando sua camisola. Depois de pensar por um instante, virei-me para Caroline, que tinha ficado à porta aberta, com o labrador do lado, olhando com apreensão, e disse:

— Poderia me deixar um minuto a sós com a Betty, por favor, Srta. Ayres?

Ela franziu o cenho diante do meu tom grave.

— Sim, é claro.

Fez um sinal para o cachorro e o levou para o corredor. Quando a porta foi fechada atrás dela, guardei o estetoscópio e o termômetro e fechei minha maleta. Olhei para a garota de rosto pálido e falei em tom baixo:

— E então, Betty. Isso me deixa em uma posição delicada. Pois tem a Srta. Ayres lá fora, que teve muito trabalho tentando cuidar de você, e aqui estou eu, sabendo que não há nada que eu possa fazer por você.

Ela me olhou fixamente. Falei mais claramente.

— Acha que não tenho coisas mais importantes a fazer no meu dia de folga do que transpor 8 quilômetros, de Lidcote até aqui, para examinar meninas maldosas? Sinto-me tentado a enviá-la para Leamington para que removam seu apêndice. Não tem nada de errado com você.

Seu rosto ficou escarlate.

— Oh, doutor, tem sim!

— Você é uma boa atriz. Tenho de admitir. Os gritos, os movimentos do corpo. Mas quando quero representação, vou ao teatro. Quem você acha que vai me pagar, hein? Não sou barato, sabe?

A menção ao dinheiro assustou-a. Ela falou com uma apreensão genuína:

— *Estou* muito mal! *Estou sim!* Senti enjoo *de verdade* na noite passada. Senti um enjoo terrível. E pensei...

— O quê? Que gostaria de passar um belo dia na cama?

— Não! Não está sendo justo! Eu *realmente* me sinto mal. E só achei que... — E nesse ponto, sua voz começou a falhar e seus olhos cinza se encheram de lágrimas. — Só achei que... — repetiu com a voz instável — que se eu ficasse muito doente assim, então... então talvez eu pudesse ir para casa por um certo tempo. Até eu melhorar.

Desviou o rosto, evitando meu olhar. As lágrimas subiram aos seus olhos, depois correram em duas linhas retas por suas bochechas de menina.

— É por isso essa cena toda? — perguntei. — Quer ir para casa? É isso?

— Ela então pôs as mãos no rosto e chorou de verdade.

Um médico vê muitas lágrimas; umas mais simuladas do que outras. Eu de fato tinha um monte de coisas a fazer em casa e não achei a menor graça em ser arrastado de lá para nada. Mas ela parecia tão menina e tão patética! Deixei que chorasse. E então toquei no seu ombro e disse, com firmeza:

— Ora, ora, basta. Diga-me qual é o problema. Não gosta daqui?

Ela pegou um lenço azul embaixo do travesseiro e assoou o nariz.

— Não — replicou ela. — Não gosto.

— Por que não? O trabalho é muito pesado?

Ela encolheu os ombros.

— O trabalho não é problema.

— Você não faz tudo sozinha, faz?

Ela sacudiu a cabeça.

— Tem a Sra. Bazeley, que vem todos os dias até as 15 horas. Todos os dias menos domingo. Ela lava a louça e cozinha, eu faço o resto. Um homem cuida do jardim, às vezes. A Srta. Caroline faz um pouco...

— Não parece tão ruim.

Ela não respondeu. Portanto insisti. Sentia falta de seus pais? Ela fez uma careta ao ouvir isso. Sentia saudade do namorado? Ela fez uma careta ainda pior.

Peguei minha maleta.

— Bem, não posso ajudá-la se não falar.

E ao me ver começar a me levantar, falou finalmente:

— É esta casa!

— Esta casa? O que tem a casa?

— Oh, doutor, não é como uma casa normal, não é mesmo! É grande demais! A gente tem de andar uns 2 quilômetros para chegar a qualquer lugar. E é tão silenciosa que causa arrepios. Tudo bem durante o dia, quando estou trabalhando e a Sra. Bazeley está aqui. Mas à noite fico completamente só. Não há um som sequer! Tenho sonhos horríveis... E isso não seria tão ruim se não me fizessem subir e descer as velhas escadas dos fundos. São tantas as curvas, e não se sabe o que tem a seguir. Às vezes acho que vou *morrer* de medo!

— Morrer de medo? — falei. — Nesta casa linda? Tem sorte de ter a chance de viver aqui. Pense nisso dessa maneira.

— Sorte! — replicou ela, incrédula. — Todas as minhas amigas dizem que sou louca por ter aceitado trabalhar para eles. Em casa, riem de mim! Nunca vejo ninguém. Minhas primas todas trabalham em fábricas. E eu também poderia ter um emprego assim... só que o meu pai não deixa! Ele não gosta. Diz que as fábricas deixam as garotas muito rebeldes. Diz que primeiro devo ficar aqui um ano e aprender o trabalho doméstico e boas maneiras. Um ano! Vou morrer de pavor! Sei que vou. Ou morro disso ou morro de vergonha. Devia ver o vestido e a touca velha horrível que me obrigam a usar! Oh, doutor, não é justo!

Ela tinha feito do lenço uma bola ensopada e, enquanto falava, jogou-o no chão.

Curvei-me e o peguei.

— Nossa, que furor... Um ano passa rápido, sabe. Quando estiver mais velha, vai parecer que é nada.

— Bem, não sou velha agora, sou?

— Que idade você tem?

— Tenho 14. Poderia até ter 90, apodrecendo aqui.

Ri.

— Ora, não seja tola. E o que vamos fazer com isso? Tenho de ganhar minha consulta de alguma maneira, suponho. Quer que eu diga alguma coisa aos Ayres? Tenho certeza de que não querem fazê-la infeliz.

— Só querem que eu faça o meu trabalho.

— Bem, e o que acha de eu ter uma conversa com seus pais?

— Que piada! Minha mãe passa metade do seu tempo com outros caras, ela não se importa com onde estou. Meu pai é um inútil. Tudo o que faz é esbravejar. É só gritar e brigar o dia inteiro. Então meu pai sempre traz minha mãe de volta, sempre! Ele só me pôs para trabalhar para que eu não ficasse igual a ela.

— Então por que você quer ir para casa? Parece que está melhor aqui.

— Não quero ir *para casa*. Eu só... só estou *de saco cheio*!

Sua expressão se fechou de pura frustração. Ela então pareceu menos criança e mais um jovem animal perigoso. Mas percebeu que eu a observava e o acesso de fúria começou a se abrandar. Foi ficando de novo com pena de si mesma — suspirando infeliz, fechando os olhos inchados. Ficamos sem falar por alguns instantes e relanceei os olhos em volta, para aquele quarto pouco atraente, quase subterrâneo. O silêncio foi tão absoluto que pareceu pressurizado. Ela tinha razão, pelo menos em relação a isso. O ar era frio, mas tinha um peso estranho. De alguma maneira, tínhamos consciência da grande casa em cima — consciência, até mesmo, do caos rastejante de urtiga e ervas daninhas logo além dela.

Pensei em minha mãe. Provavelmente era mais jovem do que Betty quando foi para Hundreds Hall pela primeira vez.

Levantei-me.

— Bem, minha cara, acho que todos nós temos de suportar coisas de que não gostamos, de vez em quando. É a vida, e não há cura para isso. Mas o que acha? Você fica na cama pelo resto do dia, e pensaremos nisso como um feriado. Não vou contar à Srta. Ayres que você fingiu e vou lhe mandar uma poção para o estômago. Poderá olhar para o frasco e se lembrar de como esteve prestes a perder o seu apêndice. Mas *vou* perguntar à Srta. Ayres se não há uma maneira de eles tornarem as coisas um pouco mais animadas para você aqui. Nesse meio-tempo, pode dar uma chance ao lugar. O que me diz?

Olhou-me fixamente por um segundo, com seus olhos cinza e insondáveis. E balançou a cabeça concordando. Disse com um sussurro patético:

— Obrigada, doutor.

Deixei-a se virando na cama, expondo a nuca branca e os pequenos ossos acentuados de seus ombros estreitos.

O corredor estava vazio, mas como antes, ao som da porta se fechando, o cachorro começou a latir. Houve uma agitação de patas e garras e ele apareceu vindo da cozinha. Mas veio menos freneticamente dessa vez, e sua animação logo abrandou, até ficar feliz por eu lhe dar tapinhas e puxar suas orelhas. Caroline veio da cozinha, enxugando as mãos em um pano de prato — mexendo no pano de uma maneira rápida e doméstica. Na parede além dela, reparei, ainda havia aquele quadro de fios e campainhas: a pequena máquina arrogante projetada para chamar uma equipe de criados ao reino mais grandioso acima.

— Está tudo bem? — perguntou ela, quando o cachorro e eu fomos na sua direção.

Respondi sem hesitação:

— Um pequeno problema gástrico, nada mais. Nada grave, mas fizeram bem em me chamar. Nunca é demais ter cuidado com problemas de estômago, especialmente neste clima. Vou lhes mandar uma receita, e devem exigir menos dela por um ou dois dias... Mas tem mais uma coisa. — Eu agora estava do lado dela e baixei a voz. — Tive a impressão de que está com saudades de casa. Perceberam isso?

Ela franziu a testa.

— Pareceu bem até agora. Vai precisar de tempo para se acomodar, acho.

— E ela dorme aqui, pelo que entendi, sozinha? Deve ser muito solitário. Mencionou escadas dos fundos, disse que as acha assustadoras...

Seu olhar iluminou-se, e pareceu quase achar graça.

— Então, *esse* é o problema, não é? Pensei que ela estivesse acima de besteiras como essa. Quando chegou, parecia uma coisinha muito sensível. Mas nunca se sabe quando se trata de garotas do campo. Ou são duras como pregos, torcendo os pescoços das galinhas etc. e tal, ou têm acessos como Guster, o personagem epilético de Dickens. Acho que ela tem visto filmes desagradáveis em excesso. Hundreds é silenciosa, mas não tem nada de estranho nisso.

Depois de um segundo, eu disse:

— Viveu aqui a sua vida toda, é claro. Será que não tem uma maneira de tranquilizá-la?

Ela cruzou os braços.

— Talvez ler histórias para fazê-la dormir.

— Ela é muito jovem, Srta. Ayres.

— Não a tratamos mal, se é isso que está pensando! Pagamos a ela mais do que podemos. Come a mesma comida que nós comemos. Realmente, ela vive muito melhor do que nós, de certa maneira.

— Sim — repliquei —, seu irmão disse algo parecido.

Falei friamente, ela enrubesceu, de maneira não muito conveniente, o rubor subindo ao seu pescoço e se espalhando de forma irregular por sua face de aparência ressequida. Desviou o olhar do meu, como em um esforço de conter sua impaciência. Quando voltou a falar, no entanto, seu tom de voz foi mais suave.

— Temos feito o possível para fazer Betty feliz, se quer saber a verdade. O fato é que não podemos perdê-la. Nossa diarista faz o que pode, mas esta casa precisa de mais do que uma criada, e foi quase impossível conseguirmos garotas nos últimos anos. Estamos longe demais da rota de ônibus e coisas do gênero. Nossa última criada ficou por três dias. Isso foi em janeiro. Até Betty chegar, eu fazia quase todo o trabalho sozinha... Mas fico contente por ela estar bem. Sinceramente.

O rubor estava desaparecendo do seu rosto, mas sua expressão se tornou ligeiramente abatida, e ela pareceu cansada. Relanceei os olhos por cima do seu ombro, para a mesa da cozinha, e vi a pilha de verduras, agora lavadas e descascadas. Depois olhei para as suas mãos e notei, pela primeira vez, como estavam maltratadas, as unhas curtas lascadas e as juntas avermelhadas. Isso me causou dó, de certa maneira, pois eram mãos bonitas, achei.

Ela deve ter percebido para onde eu olhava. Moveu-se como se pouco à vontade, afastando-se de mim, fazendo uma bola com o pano de prato e o jogando com precisão para a cozinha, onde caiu justo sobre a mesa, do lado da bandeja suja de barro.

— Vou levá-lo lá para cima — disse ela, em um tom que encerrava a minha visita. Subimos a escada de pedra em silêncio, o cachorro conosco, se metendo sob nossos pés, arfando e grunhindo.

Mas na curva da escada, onde a porta de serviço dava para a varanda, encontramos Roderick, que acabava de chegar.

— Mamãe está procurando você, Caroline — disse ele. — Está querendo saber sobre o chá. — Balançou a cabeça para mim. — Olá, Faraday. Chegou a um diagnóstico?

Esse "Faraday" me insultou de certa maneira, já que ele tinha 24 anos e eu quase 40. Mas antes de eu ter tempo de responder, Caroline tinha ido até ele e passado o braço em volta do seu.

— O Dr. Faraday acha que somos cruéis! — disse ela, com um leve bater de pálpebras. — Acha que temos obrigado Betty a subir pelas chaminés, e coisa parecida.

Ele sorriu ligeiramente.

— É uma ideia, não é?

— Betty está bem — falei. — Apenas um início de gastrite.

— Nada infeccioso?

— Certamente não.

— Mas vamos levar seu café da manhã — prosseguiu Caroline — e mimá-la durante dias. Não é uma sorte eu saber o caminho para a cozinha? Por falar nisso... — Olhou para mim, agora de maneira apropriada. — Não fuja, doutor. A não ser que precise. Fique e tome um chá conosco, está bem?

— Sim, fique — disse Roderick.

Seu tom foi hesitante, como sempre. Mas o dela pareceu genuíno. Acho que quis compensar a nossa divergência em relação a Betty. E em parte porque eu também queria o mesmo — mas principalmente, tenho de admitir, porque me dei conta de que ficando para o chá, poderia ver mais da casa —, aceitei. Eles se afastaram para que eu seguisse na frente. Subi os últimos degraus e cheguei em um corredor pequeno, insípido, e me deparei com o mesmo arco com a cortina de baeta ao qual tinha sido levado pela bondosa copeira em 1919. Roderick subiu devagar a escada, sua irmã sem tirar o braço do dele, mas ao chegar no alto ela se afastou e puxou a cortina, casualmente.

Os corredores adiante estavam escuros, e pareciam extraordinariamente nus, mas, exceto isso, era exatamente como eu me lembrava, a casa se abrindo como um leque — o teto se erguendo, o pavimento de pedras se tornando de mármore, as nuas paredes da área de serviço sendo substituídas por seda e reboco. Procurei imediatamente o remate decorativo de onde eu arrancara a lande. Minha vista adaptou-se ao escuro e vi, com assombro, que uma horda de colegiais vândalos devia ter agido no gesso desde o meu primeiro ataque, pois pedaços tinham caído, e o que restava estava rachado e desbotado. O resto da parede não estava muito melhor. Havia vários belos quadros e espelhos, mas também formas quadradas e oblongas mais escuras, onde quadros haviam obviamente pendido antes. Um painel de chamalote estava rasgado, e alguém o tinha remendado e cerzido como uma meia.

Voltei-me para Caroline e Roderick, esperando uma demonstração de constrangimento ou, até mesmo, algum tipo de justificativa. Mas me conduziram como se nem um pouco incomodados pelo estrago. Tínhamos seguido pela corredor da direita, uma passagem completamente interna, iluminada somente pela luz das salas abertas em um lado, e como a maior parte das portas por que passamos estava fechada, mesmo nesse dia claro, as sombras eram profundas. O labrador negro, ao passar por elas, parecia tremular, entrando e saindo da vida. O corredor fez outra curva de noventa graus — dessa vez, para a esquerda — e finalmente ali havia uma porta entreaberta, deixando passar uma faixa estreita da luz do sol. Abria para a sala, disse Caroline, em que a família passava a maior parte de seu tempo e que tinha sido conhecida por anos e anos como "a pequena sala".

Evidentemente, "pequeno", como eu já tinha percebido, era um termo relativo em Hundreds Hall. A sala media cerca de 9 metros de profundidade por 6 de largura e estava decorada de uma maneira febril, com mais detalhe esculpido no teto e nas paredes e uma imponente lareira de mármore. Entretanto, como no corredor, a maior parte dos elementos elaborados estava lascada ou rachada, quando não havia sido completamente destruída. As tábuas do assoalho, curvadas e rangendo, estavam cobertas por tapetes puídos sobrepostos. Um sofá meio afundado estava semioculto por cobertores xadrez de lã. Duas bergères de veludo gasto ficavam perto da lareira, e no chão, do lado de uma delas, havia um urinol vitoriano florido, com água para o cachorro.

E ainda assim, não sei como, o encanto essencial da sala sobressaía, como os belos ossos por trás de um rosto devastado. O perfume era o de flores do verão: ervilha-de-cheiro, reseda e aleli. A luz era suave e levemente matizada, e parecia segura, realmente envolvida e segura pelas paredes e teto de cor clara.

Uma janela francesa aberta, em outro lance de degraus de pedra, dava para a varanda e o gramado no lado sul da casa. No alto dessa escada, acabando de tirar as sandálias e pondo seus pés com meias nos sapatos, estava a Sra. Ayres. Trajava um chapéu de aba larga, com um lenço de seda drapejado na copa, amarrado frouxamente sob seu queixo. Quando seus filhos a viram, caíram na risada.

— Parece uma coisa do início dos tempos do automóvel, mamãe — disse Roderick.

— Sim — confirmou Caroline —, ou uma apicultora! Gostaria que fosse, o mel não seria ótimo? Este é o Dr. Faraday, sócio do Dr. Graham, de Lidcote. Já acabou de examinar Betty e eu disse que lhe serviríamos chá.

A Sra. Ayres se aproximou, tirando o chapéu, deixando o lenço cair sobre os seus ombros e estendendo a mão.

— Dr. Faraday, como vai? É um grande prazer conhecê-lo, finalmente. Estava jardinando, ou, de qualquer maneira, o que passa por jardinar em nossa selva, de modo que espero que perdoe minha aparência domingueira. E não é estranho? — Ergueu as costas da mão e a levou à testa para afastar uma mecha de cabelo. — Quando eu era criança, domingos significavam vestirmos a nossa melhor roupa. Sentávamos em um sofá usando luvas brancas de renda e mal nos atrevíamos a respirar. Agora, domingo significa trabalhar como um lixeiro. E se vestir como um, também.

Sorriu, as maçãs de seu rosto erguendo-se mais em sua face em forma de coração, conferindo a seus belos olhos escuros um quê de malícia. Seria difícil imaginar, pensei, uma figura menos parecida com um lixeiro, pois estava perfeitamente elegante em um vestido de linho gasto, com seu cabelo comprido preso para cima, com alguns fios soltos, expondo a linha elegante de seu pescoço. Tinha mais de 50 anos, mas continuava com boa aparência, o cabelo quase tão preto quanto no dia em que ela me deu a medalha do Empire Day, quando era mais jovem do que sua filha agora. Alguma coisa nela — talvez o lenço, o caimento do vestido ou o movimento de seus quadris esguios dentro da roupa — parecia lhe conferir um ar afrancesado, um pouco em desacordo com a tez morena clara de seus filhos ingleses. Com um gesto, indicou-me uma das cadeiras do lado da lareira e acomodou-se na outra, em frente. Quando se sentou, reparei nos sapatos que acabara de calçar. Eram de couro, em verniz escuro e com uma tira creme, e por sua qualidade só poderiam ser de confecção pré-guerra. Como outros sapatos femininos benfeitos, pareciam, aos olhos de um homem, excessivamente elaborados — como pequenos dispositivos absurdos e inteligentes — e levemente perturbadores.

Em uma mesa do lado de sua cadeira havia alguns anéis antiquados e grandes, que ela começou a pôr nos dedos, um por um. Com o movimento de seus braços, o lenço de seda escorregou de seus ombros para o chão. Roderick, que continuava a seus pés, inclinou-se à frente e, com um movimento desajeitado, apanhou-o e o recolocou ao redor de seu pescoço.

— Minha mãe é como um *paper-chase*, aquele jogo em que se corre espalhando papéis para os outros o seguirem — disse ele, enquanto ajeitava o lenço nela. — Deixa um rastro de coisas aonde quer que vá.

A Sra. Ayres ajeitou melhor o lenço, seus olhos desviando-se para o lado, maliciosamente, mais uma vez.

— Está vendo como meus filhos fazem pouco de mim, Dr. Faraday? Receio terminar meus dias como uma dessas velhas negligenciadas, deixadas para morrerem de fome em seus leitos.

— Ah, eu até mesmo diria que lhe jogaremos um osso de vez em quando, pobrezinha — bocejou Roderick, indo para o sofá. Ao se abaixar para se acomodar, a inabilidade de seus movimentos ficou evidente. Prestei mais atenção, vi um enrugamento e um branqueamento aparecerem na sua bochecha, e me dei conta, por fim, de como a sua perna machucada ainda o incomodava, e com que diligência tentava disfarçar isso.

Caroline tinha ido buscar o chá, levando o cachorro junto. A Sra. Ayres perguntou por Betty, parecendo muito aliviada ao saber que o problema não era grave.

— Que aborrecimento para o senhor — disse ela —, ter feito esse caminho todo. Deve ter casos mais graves a tratar.

— Sou médico de família. A maior parte dos casos é de urticárias e cortes nos dedos.

— Estou certa de que está sendo modesto... Se bem que não consigo atinar com o porquê de se julgar o valor de um médico pela gravidade dos casos que atende. Antes de qualquer coisa, deveria ser exatamente o contrário.

Dei um sorriso.

— Bem, todo médico gosta de um desafio de vez em quando. Durante a guerra, passei um bom tempo nas enfermarias de um hospital militar, em Rugby. Sinto saudades. — Relanceei os olhos para o seu filho, que havia pegado uma lata de tabaco e um maço de papéis, e enrolava um cigarro. — Fiz, por acaso, um pouco de terapia muscular. Com aparelhos elétricos etc.

Ele emitiu um resmungo.

— Quiseram me conduzir para algo assim, depois do meu acidente. Eu não tinha tempo livre para me afastar da propriedade.

— Uma pena.

— Roderick estava na Força Aérea, doutor, como deve saber — disse a Sra. Ayres.

— Sim. Que tipo de ação viu? Muito duras, acho.

Ele inclinou a cabeça e projetou o queixo para a frente, para chamar a atenção para as suas cicatrizes.

— É o que acha ao olhar para elas, não? Mas passei a maior parte do tempo fazendo voos de reconhecimento, portanto não posso reivindicar muita glória. Um pouco de má sorte na costa sul acabou me derrubando. O outro cara sofreu o pior, ele e o meu navegador, pobre-diabo. Eu acabei com esses adoráveis sinais e um joelho esmagado.

— Lamento.

— Oh, acho que viu coisas bem piores nesse seu hospital. Veja só, esqueci as boas maneiras. Aceita um cigarro? Fumo tantos desses malditos que me esqueci do que estava fazendo.

Olhei para o cigarro que ele tinha enrolado — e que estava em um estado deplorável, o tipo de cigarro que, quando estudante de medicina, chamávamos de "prego de caixão" — e decidi não aceitar seu tabaco. E apesar de ter alguns cigarros decentes no meu bolso, não quis constrangê-lo mostrando-os.

Portanto, apenas recusei, com um movimento da cabeça. De qualquer maneira, tive a impressão que sua oferta fora só para mudar de assunto.

Talvez sua mãe tenha achado o mesmo. Estava olhando fixo para o filho, com uma expressão perturbada, mas virou-se para mim e sorriu.

— A guerra parece distante agora, não parece? — disse ela. — Como isso aconteceu em apenas dois anos? Tivemos uma unidade do exército alojada aqui durante uma parte desse tempo, sabe. Deixaram coisas estranhas espalhadas pelo parque — arame farpado, chapas de ferro. A ferrugem faz com que pareçam coisas de outro século. Só Deus sabe quanto tempo esta paz vai durar, é claro. Parei de escutar as notícias. São alarmantes demais. O mundo parece governado por cientistas e generais, todos brincando com bombas, como tantos colegiais.

Roderick riscou um fósforo.

— Ah, vai ficar tudo bem aqui, em Hundreds — disse ele, a boca apertada ao redor do cigarro e o papel chamejando, assustadoramente perto de seus lábios cicatrizados. — É a vida primitiva sossegada aqui em Hundreds.

Enquanto ele falava, ouviu-se o som das patas de Gyp no piso de mármore do corredor, como o ruído das contas de um ábaco, e o bater das sandálias baixas de Caroline. O cachorro abriu a porta empurrando-a com o focinho — o que ele claramente costumava fazer, pois a moldura da porta estava obscurecida pelo roçar do seu pelo, e a própria bela e antiga porta estava arruinada nos painéis inferiores, onde ele ou cachorros antes dele tinham arranhado repetidamente a madeira.

Caroline entrou com uma bandeja de chá que parecia pesada. Roderick apoiou-se no braço do sofá e começou a se erguer, para ajudá-la, mas eu me adiantei.

— Deixe que eu cuido disso.

Ela me olhou agradecida — não tanto por si mesma, achei, quanto por seu irmão —, mas respondeu:

— Não é trabalho nenhum. Estou acostumada.

— Deixe-me pelo menos arrumar um espaço para ela.

— Não, deixe que eu mesma faça isso! Desse modo, quando eu tiver de ganhar a vida em uma Corner House, saberei como fazer. Gyp, larga do meu pé, pode ser?

De modo que recuei e ela pôs a bandeja no meio dos livros e papéis que se amontoavam sobre a mesa. Depois serviu o chá nas xícaras e passou-as para nós. As xícaras eram de uma bela porcelana antiga, uma ou duas delas com alças rebitadas, as quais percebi que separou para a família. Serviu o chá acompanhado com pratos de bolo: um bolo de frutas, fatiado tão fino que pude deduzir que ela tinha feito o possível a partir de um suprimento escasso.

— Oh, o que eu não daria por um bolinho de aveia, geleia e creme! — disse a Sra. Ayres, enquanto os pratos eram distribuídos. — Ou até mesmo um bom biscoito. Digo isso pensando no senhor, Dr. Faraday, não em nós. Nunca fomos uma família amante de doces, e naturalmente — fez de novo aquela expressão maliciosa —, como fazendeiros de laticínios, seria de se esperar que tivéssemos manteiga. Mas o pior do racionamento é ter praticamente acabado com a hospitalidade. Acho isso uma pena.

Deu um suspiro, partindo seu bolo e molhando os pedaços graciosamente em seu chá sem leite. Caroline, notei, havia dobrado sua fatia e a comido com duas mordidas. Roderick tinha colocado seu prato de lado, para se concentrar no seu cigarro, e agora, depois de selecionar indolentemente a casca e as passas, jogou o resto do seu bolo para Gyp.

— Roddie! — disse Caroline, repreendendo-o. Achei que estava protestando contra o desperdício de comida, mas não, ela não gostara do exemplo que seu irmão estava dando ao cachorro. Fez o animal olhar para ela. — Seu maroto! Sabe que não tem permissão para mendigar! Veja os olhares de lado que está me lançando, Dr. Faraday. Esse dissimulado. — Tirou o pé da sandália, estendeu a perna. Suas pernas, vi agora, estavam sem meias e bronzeadas, e peludas. Com o pé, ela cutucou as ancas do animal.

— Pobre coitado — falei, com cortesia, ao ver a expressão desconsolada do cachorro.

— Não se deixe enganar. Ele é um canastrão horrível. Não é não?, hein, seu Shylock!

Deu-lhe outra cutucada com o pé, depois o movimento se tornou uma carícia rude. No começo, o cachorro tentou manter o equilíbrio sob a pressão do seu pé. Depois, com o ar de um velho impotente, derrotado, um tanto desnorteado, deitou-se aos seus pés, erguendo as patas, expondo o pelo cinza de seu peito e sua barriga que ficava careca. Caroline mexeu seu pé com mais força.

Percebi a Sra. Ayres relancear os olhos para a perna peluda da filha.

— Realmente, querida, eu gostaria que usasse meias. O Dr. Faraday vai nos achar uns selvagens.

Caroline riu.

— Está quente demais para meias. E eu ficaria realmente muito surpresa se o Dr. Faraday nunca tivesse visto uma perna sem meias antes!

Mas depois de um momento, ela recolheu as pernas e fez um esforço de se sentar com mais compostura. O cachorro, desapontado, continuou com as patas levantadas e curvadas. Depois rolou e se pôs a morder, babando, uma de suas patas.

A fumaça do cigarro de Roderick pendia azulada no ar quente e parado. Um pássaro no jardim piou de maneira característica e ritmada, e viramos nossas cabeças para escutá-lo. Olhei de novo em volta, para todos os detalhes adoravelmente desbotados. Então, girando mais em minha cadeira, com um choque de surpresa e prazer, admirei apropriadamente pela primeira vez a vista da janela. Um gramado não aparado se estendia pelo que pareceu 30 ou 40 jardas. Era delimitado por canteiros de flores e terminava em uma cerca de ferro batido. A cerca dava em uma campina que, por sua vez, dava nos campos do parque. Os campos se estendiam por aproximadamente um quilômetro. O muro que limitava Hundreds era visível além deles, mas como a terra para além do muro era um pasto, que dava lugar à lavoura e a um milharal, a paisagem prosseguia ininterrupta, encerrando-se somente onde suas cores se desfaziam completamente na névoa do céu.

— Gosta da nossa vista, Dr. Faraday? — perguntou a Sra. Ayres.

— Gosto — repliquei, virando-me para ela. — Quando esta casa foi construída? 1720? 1730?

— Como é inteligente. Foi terminada em 1733.

— Sim. Acho que posso ver o que o arquiteto deve ter pretendido: os corredores escuros, com os cômodos dando para eles, grandes e iluminados.

A Sra. Ayres sorriu, mas foi Caroline que olhou para mim, como se satisfeita.

— Também sempre gostei disso — disse ela. — Os outros parecem achar nossos corredores escuros um tanto maçantes... Mas devia ver o lugar no inverno! Muraríamos com prazer todas as janelas. Por dois meses, no ano passado, vivemos praticamente nesta única sala. Roddie e eu trazíamos nossos colchões e dormíamos aqui, como intrusos. A tubulação congelou, o gerador quebrou. Lá fora havia códãos de um metro de comprimento. Não nos atrevíamos a sair de casa com medo de sermos arpoados... O senhor mora em cima do seu consultório, não mora? No antigo apartamento do Dr. Gill, não?

— Sim. Mudei-me para lá como sócio mais novo e nunca mais saí. É um lugar muito modesto, mas meus pacientes o conhecem, e convém a um solteirão, acho.

Roderick bateu a cinza do seu cigarro.

— O Dr. Gill era um pouco excêntrico, não era? Fui ao seu consultório uma ou duas vezes quando era garoto. Ele tinha uma grande tigela de vidro que dizia ser usada para guardar as sanguessugas. Eu ficava apavorado.

— Ah, tudo assustava você — disse sua irmã, antes de eu poder responder. — Tinha medo à toa. Lembra-se daquela garota enorme que trabalhava na cozinha quando éramos crianças? Lembra-se dela, mamãe? Qual era mesmo o seu nome? Mary? Ela tinha 1,95m de altura, e uma irmã com quase 2 metros. Papai, uma vez, a fez experimentar suas botas. Ele tinha apostado com o Sr. McLeod que a bota ficaria pequena demais. E tinha razão. Mas as mãos dela eram fantásticas. Era capaz de torcer as roupas melhor do que a máquina. E seus dedos estavam sempre frios, quase gélidos, como as linguiças assim que saem do congelador. Eu dizia a Roddie que ela entrava às escondidas no quarto depois que ele dormia, para aquecer as mãos debaixo das suas cobertas. E isso sempre o fazia chorar.

— Sua pestinha — disse Roderick.

— Como *era* o nome dela?

— Acho que era Miriam — replicou a Sra. Ayres, depois de refletir por um instante. — Miriam Arnold, e a irmã de que você falou era Margery. Mas havia mais uma garota, menos imensa. Casou-se com um dos garotos Tapley e foram trabalhar, ele como motorista e ela como cozinheira, em uma casa fora do condado. Miriam saiu daqui e foi para a casa da Sra. Randall, acho. Mas a Sra. Randall não gostou dela e a manteve somente por um ou dois meses. Não sei o que aconteceu com ela depois disso.

— Talvez tenha se dedicado a estrangular — disse Roderick.

— Talvez tenha se unido a um circo — disse Caroline. — Tivemos uma garota, que fugiu com um circo, não tivemos?

— Certamente se casou com alguém do circo — disse a Sra. Ayres. — E partiu o coração da sua mãe ao fazer isso. E partiu o coração da sua prima, também, pois ela, Lavender Hewitt, também estava apaixonada pelo homem do circo. Quando a outra fugiu com ele, ela parou de comer e quase morreu. Foi salva, como sua mãe costumava dizer, pelos coelhos. Pois era capaz de resistir a qualquer prato, exceto ao guisado de coelho de sua mãe. E deixamos, por algum tempo, seu pai usar um furão no parque, para caçar todos os coelhos que quisesse. E foram os coelhos que a salvaram...

A história prosseguiu, Caroline e Roderick instigando com mais detalhes. Falavam uns com os outros, e não comigo, que, isolado do jogo, olhava da mãe para a filha e para o filho, finalmente percebendo a semelhança entre eles, que não se limitava às feições: os membros longos, os olhos altos. Mas nos pequenos trejeitos e modo de falar, quase exclusivos deles. Senti uma certa impaciência — uma ligeira agitação por uma antipatia obscura — e o prazer que a sala me havia proporcionado ficou um pouco prejudicado. Talvez fosse o meu sangue camponês se manifestando. Mas Hundreds Hall tinha sido feita e mantida pelas pessoas de que riam agora. Após duzentos anos, essas pessoas começaram a se retirar da casa, a deixar de acreditar na casa, e a casa desmoronava, como uma pirâmide de cartas. Nesse meio-tempo, ali estava a família, continuando a representar alegremente uma vida de pequena nobreza, com o reboco das paredes rachado, os tapetes turcos puídos, a porcelana emendada...

A Sra. Ayres lembrou-se de outra criada.

— Ah, ela era abobalhada — disse Roderick.

— Não era *abobalhada* — disse Caroline, sinceramente. — Mas é verdade que era terrivelmente obtusa. Lembro-me de uma vez em que me perguntou o que era lacre e eu respondi que era um tipo de cera especial para encerar o forro. Eu a fiz subir uma escada e tentar passar um pouco no teto do escritório do papai. E foi uma confusão danada, e a coitada ficou encrencada.

Sacudiu a cabeça, envergonhada, mas rindo de novo. Então ela me olhou, e minha expressão devia ser de frieza. Ela tentou abafar seu riso.

— Desculpe, Dr. Faraday. Vejo que não aprova. E com razão. Rod e eu fomos crianças medonhas, mas somos muito melhores agora. Está pensando na pobre Betty, suponho.

Bebi um gole do meu chá.

— Em absoluto. Por acaso, estava pensando em minha mãe.

— Sua mãe? — repetiu ela, um vestígio de riso persistindo em sua voz.

E o silêncio que se seguiu foi interrompido pela Sra. Ayres.

— É claro. Sua mãe foi babá aqui, não foi? Lembro-me de ter ouvido falar nisso. Quando foi? Um pouco antes do meu tempo, acho.

Ela falou tão delicadamente que quase me senti envergonhado, pois o meu tom tinha sido muito alusivo.

— Minha mãe — repliquei, expressando-me de modo menos enfático — trabalhou aqui até cerca de 1907. Conheceu meu pai aqui, um garoto do armazém. Um romance clandestino, acho que diriam.

Caroline falou hesitante:

— Que engraçado.

— É, não é?

Roderick bateu mais cinza de seu cigarro, sem dizer nada. A Sra. Ayres, no entanto, tinha ficado pensativa.

— Sabe — disse ela, levantando-se —, realmente acredito... Bem, estou certa?

Foi até uma mesa onde estavam dispostas várias fotos de família, emolduradas. Escolheu uma, estendeu o braço, examinou-a, depois sacudiu a cabeça.

— Sem os óculos — disse ela, trazendo a foto para mim — não posso ter certeza. Mas *acho*, Dr. Faraday, que sua mãe deve estar aqui.

A imagem era uma fotografia pequena, eduardiana, em uma moldura de tartaruga. Mostrava, em sépia, o que, após um momento, me dei conta de ser a face sul da Hall, pois dava para ver a alta janela francesa da sala em que estávamos aberta para a luz do sol vespertino, exatamente como nesse dia. Reunida no gramado diante da casa estava a família da época, cercada por um quadro relativamente numeroso de criados — governanta, mordomo, lacaio, garotas da cozinha, jardineiros —, que formavam um grupo informal, relutante, de certa maneira, como se a ideia da foto tivesse ocorrido atrasada para o fotógrafo e alguém os tivesse reunido, afastando-os de outras tarefas. A família em si parecia à vontade, a dona da casa — a velha Sra. Beatrice Ayres, avó de Caroline e Roderick — sentada em uma espreguiçadeira, seu marido em pé do seu lado, com uma mão em seu ombro, a outra relaxada no bolso de sua calça branca vincada. Ociosamente, com um quê desajeitado, aos seus pés estava o jovem esguio de 15 anos que tinha crescido e se tornado o coronel. Parecia-se muito com Roderick agora. Sentados do seu lado, sobre um tapete de lã, estavam suas irmãs e seus irmãos mais novos.

Examinei mais atentamente o grupo. A maioria deles eram crianças mais velhas, porém o menor, ainda um bebê, estava nos braços de uma babá loura. No momento em que o obturador da câmera foi apertado, a criança se contorcia para se libertar, de modo que a babá tinha jogado a cabeça para trás se defendendo dos cotovelos que se agitavam. Seu olhar, consequentemente, tinha-se desviado da câmera, e suas feições estavam desfocadas.

Caroline tinha abandonado seu lugar no sofá para vir examinar a foto junto comigo. Em pé a meu lado, curvando-se à frente, prendendo uma mecha do cabelo castanho ressecado, ela falou calmamente:

— Esta é a sua mãe, Dr. Faraday?

— Acho que pode ser. Mas... — Logo atrás da garota de aparência constrangida, notei agora, havia outra criada, também loura, usando uma roupa e touca idênticas. Ri, constrangido. — Pode ser esta outra. Não tenho certeza.

— Sua mãe ainda está viva? Talvez pudesse lhe mostrar a foto.

Neguei, sacudindo a cabeça.

— Meus pais estão mortos. Minha mãe morreu quando eu ainda estava na escola. Meu pai sofreu um ataque do coração alguns anos depois.

— Ah, lamento.

— Parece que faz tanto tempo...

— Espero que a sua mãe tenha sido feliz aqui — disse a Sra. Ayres, quando Caroline voltou a se sentar no sofá. — O senhor acha que ela foi? Ela chegou a falar sobre a casa?

Não respondi de imediato, lembrando-me de algumas das histórias de minha mãe sobre o tempo na Hall — por exemplo, como todas as manhãs, tinha de ficar com as mãos estendidas para a governanta examinar suas unhas; como, de vez em quando, a Sra. Beatrice Ayres chegava de surpresa nos quartos das criadas e virava todas as caixas, examinando tudo o que tinham, peça por peça... Finalmente, respondi:

— Acho que minha mãe fez boas amizades aqui, com as outras garotas.

A Sra. Ayres pareceu satisfeita, talvez aliviada.

— Fico contente em saber disso. Era um mundo diferente para as criadas, então, é claro. Tinham suas próprias diversões, seus próprios mexericos. Sua própria ceia no Natal.

Isso incitou mais lembranças. Mantive os olhos na fotografia — ligeiramente prostrado, tenho de admitir, pela força de meus próprios sentimentos, porque embora eu falasse em tom despreocupado, estava mais comovido pela imagem inesperada do rosto de minha mãe — se *era* realmente o seu rosto — do que esperava. Por fim, coloquei a foto na mesa do lado da minha cadeira. Falamos sobre a casa e seus jardins, dos tempos gloriosos que o lugar tinha vivido.

Mas fiquei relanceando os olhos para a foto enquanto falávamos, e minha distração deve ter sido óbvia. O chá terminou. Deixei passar mais alguns minutos, e então consultei o relógio e disse que tinha de ir. Quando me levantei, a Sra. Ayres disse gentilmente:

— Leve a fotografia, Dr. Faraday. Eu gostaria que ficasse com ela.

— Levá-la? — repliquei, surpreso. — Ah, não, eu não poderia.

— Sim, deve levá-la. Deve ficar com ela como está, emoldurada e tudo.

— Sim, leve-a — disse Caroline, quando continuei a protestar. — Sou eu que vou fazer o trabalho doméstico enquanto Betty se recupera. E ficarei muitíssimo feliz de ter menos uma coisa da qual tirar o pó.

E então:

— Obrigado — falei, enrubescendo e quase gaguejando. — É muito gentil da parte de vocês. É... É realmente muita gentileza.

Encontraram um pedaço de papel pardo usado para envolver a foto e a guardaram na minha maleta. Despedi-me da Sra. Ayres e dei um tapinha na cabeça escura e quente do cachorro. Caroline, que já estava em pé, mostrou-se disposta a me acompanhar até o carro. Mas Roderick se adiantou e disse:

— Tudo bem, Caro. Eu levo o doutor.

Levantou-se do sofá com dificuldades, retraindo-se com a dor. Sua irmã observou-o, preocupada, mas ele estava claramente determinado a me acompanhar. Ela cedeu e me ofereceu sua mão benfeita e maltratada para outro aperto.

— Adeus, Dr. Faraday. Estou feliz por termos encontrado essa fotografia. Pense em nós, quando olhar para ela, está bem?

— Pensarei.

Segui Roderick para fora da sala, pestanejando um pouco ao voltar para o escuro. Ele me conduziu à direita, passamos por mais portas fechadas, mas logo o corredor clareou e se alargou, e emergimos no que percebi ser o hall de entrada da casa.

E aí tive de parar e olhar em volta, pois o hall era muito bonito. Seu piso era de mármore rosa e marrom avermelhado, com o padrão de um tabuleiro de damas. As paredes eram painéis de madeira clara, rosados por causa da cor refletida do chão. Entretanto, dominando tudo isso estava a escada de mogno que ascendia em uma espiral graciosa, suave, por mais dois andares, seu corrimão polido, em forma da cabeça de uma serpente, subindo em uma única linha contínua. Formava um poço de escada de 5 metros de largura, chegando fácil aos 20 metros de altura. E era iluminada, de maneira refrescante e agradável, por um domo de vidro leitoso no telhado acima.

— Um belo efeito, não? — disse Roderick, ao me ver olhando para cima. — O domo foi um terror, é claro, no blecaute.

Abriu a ampla porta da frente. Em algum momento do passado, a porta tinha sido atingida pela umidade e estava um tanto empenada, rangendo horrivelmente no mármore ao ser movida. Uni-me a ele no alto da escada e o calor do dia elevou-se ao nosso redor.

Ele fez uma careta.

— Ainda fervendo, acho. Não o invejo por ter de fazer o caminho de volta a Lidcote... Qual é esse que está dirigindo? Um Ruby? Como o descobriu?

O carro era um modelo básico, não havendo muito o que admirar nele. Mas Roderick era claramente o tipo de rapaz interessado em automóveis por si só, de modo que o levei até o carro e apontei algumas características, abrindo o capô no fim para lhe mostrar o motor.

— Essas estradas rurais castigam o carro — falei ao fechar o capô.

— Com certeza. Qual a distância que percorre com ele, diariamente?

— Em um dia leve? Quinze, vinte chamados. Um dia pesado pode significar mais de trinta. Habitantes do lugar, em sua maioria, embora eu tenha uns dois pacientes particulares em Banbury.

— Você é um homem ocupado.

— Ocupado demais, às vezes.

— Todas essas urticárias e cortes... Ah, e por falar nisso. — Pôs a mão no bolso. — Quanto lhe devo pela consulta de Betty?

De início, não quis aceitar seu dinheiro, pensando na generosidade de sua mãe com a fotografia de família. Quando ele me pressionou, eu disse que mandaria a conta. Mas ele riu e replicou:

— Ouça, se eu fosse você, aceitaria o dinheiro enquanto está sendo oferecido. Quanto cobra? Quatro xelins? Mais? Vamos, diga. Ainda não chegamos no estágio de precisarmos de caridade.

De modo que, relutantemente, aceitei os quatro xelins pela consulta e prescrição. Ele pegou um punhado de pequenas moedas e as contou na palma da minha mão. Mudou o peso do corpo enquanto fazia isso, e o movimento deve tê-lo incomodado de alguma maneira, pois aquele enrugamento na bochecha reapareceu e, dessa vez, quase fiz um comentário. Mas como com o cigarro, não quis constrangê-lo, de modo que deixei passar. Ele cruzou os braços e pareceu estar confortável enquanto me olhava dar a partida no carro. Então, ergueu a mão languidamente e acenou para mim, depois se virou e voltou para a casa. Mas fiquei observando-o pelo espelho retrovisor, e o vi subir penosamente os degraus até a porta da frente. Vi a casa parecer engoli-lo, quando capengou para dentro do hall escuro.

A estrada fez uma curva entre arbustos não aparados, o carro começou a descer e sacolejar, e a casa desapareceu.

Nessa noite, como eu fazia quase sempre aos domingos, jantei com David Graham e sua esposa, Anne. O caso de emergência tinha transcorrido bem, contrariando as expectativas, e passamos a maior parte da refeição discutindo-o. Somente quando começávamos a comer o nosso pudim, mencionei que havia ido a Hundreds Hall, substituindo-o em uma visita.

De imediato, ele pareceu com inveja.

— Foi? Como está a casa agora? A família não me chama há anos. Soube que o lugar estava decadente, que na verdade estão vivendo como porcos.

Descrevi o que vi da casa e dos jardins.

— É de partir o coração — falei — ver tudo tão mudado. Não sei se Roderick sabe o que está fazendo. A casa não parece a mesma.

— Pobre Roderick — disse Anne. — É um bom rapaz, sempre achei. É impossível deixar de sentir pena dele.

— Por causa das cicatrizes e todos os ferimentos?

— Ah, em parte. Porém mais porque parece ter sido obrigado a assumir uma carga pesada demais para ele. Teve de se tornar adulto cedo demais. Todos os garotos da sua idade tiveram. Mas ele tinha de pensar em Hundreds, assim como na guerra. E não é filho do seu pai, de certa maneira.

— Bem — eu disse — , isso pode ser uma qualidade a seu favor. Lembro-me do coronel como um homem brutal, vocês não? Uma vez, quando eu era garoto, vi-o esbravejar com um motorista cujo carro ele disse ter assustado o seu cavalo. No fim, saltou da sela e chutou o farol do carro!

— Ele tinha gênio, sem dúvida — disse Graham, comendo a sobremesa.
— Era um nobre rural do tipo antiquado.

— Bem, eu não teria gostado do seu trabalho. Devia passar metade do seu tempo enlouquecido com a preocupação com dinheiro. Acho que a propriedade já estava rendendo menos quando a herdou. Sei que vendeu terras durante a década de 1920. Lembro-me de meu pai dizer que era como tirar água de um barco furado. Soube que as dívidas depois da sua morte eram astronômicas! O que me espanta é como essa família consegue sobreviver.

— E o acidente de Roderick? — eu disse. — Sua perna me pareceu péssima. Pensei se uma terapia elétrica não o ajudaria, supondo que ele permitisse que eu tentasse. Parecem ter orgulho de viver como os Brontë lá, cauterizando suas próprias feridas e sei lá mais o quê... Você se incomodaria?

Graham encolheu os ombros.

— Fique à vontade. Como disse, não me chamam há tanto tempo que não posso me qualificar como seu médico. Lembro-me do ferimento: uma fratura feia mal tratada. As queimaduras falam por si. — Comeu um pouco mais, depois ficou pensativo. — Roderick sofreu um certo distúrbio nervoso também, acho, quando voltou para casa.

Isso foi novidade para mim.

— Mesmo? Não pode ter sido grave demais. Ele certamente está bem calmo agora.

— Bem, foi grave o bastante para eles quererem tratar do assunto confidencialmente. Mas na época, todas essas famílias se melindravam da mesma maneira. Acho que a Sra. Ayres nunca nem mesmo chamou uma enfermeira. Cuidou de Roderick ela mesma, depois trouxe Caroline para casa para ajudá-la, no fim da guerra. Caroline estava indo muito bem, com um posto, acho, no Serviço da Marinha Real, ou era na Força Aérea? Uma garota extraordinariamente inteligente, é claro.

Ele disse "inteligente" da maneira como eu tinha ouvido outras pessoas dizerem quando analisando Caroline Ayres, e eu sabia que, como os outros, ele estava usando a palavra mais ou menos como um eufemismo para "sem atrativos". Não respondi, e terminamos o pudim em silêncio. Anne pôs a colher na tigela e se levantou para fechar uma janela: estávamos comendo tarde e havia uma vela acesa na mesa. A noite começava a cair e mariposas estavam voando ao redor da chama. Ao se sentar de novo, ela disse:

— Lembra-se da primeira filha em Hundreds? Susan, a menina que morreu? Bonita como a mãe. Fui ao seu aniversário de 7 anos. Os pais tinham-lhe dado um anel de prata com um diamante verdadeiro incrustado. Ah, como desejei aquele anel! E alguns meses depois ela estava morta... Foi sarampo? Sei que foi algo desse tipo.

Graham estava limpando a boca com o guardanapo.

— Difteria, não foi?

Ela fez uma careta ao ouvir isso.

— Tem razão. Que maneira horrível... Lembro-me do enterro. O pequeno caixão e todas aquelas flores. Montes e montes de flores.

E então me dei conta de que também me lembrava do funeral. Lembrei-me de que estava com meus pais na Lidcote High Street quando o caixão passou. Lembrei-me da Sra. Ayres, jovem, toda de preto, como uma noite espectral. Lembrei-me de minha mãe chorando, de meu pai com a mão no meu ombro, das cores e do cheiro azedo do meu novo blazer e da boina do colégio.

O pensamento, por alguma razão, me deprimiu mais do que deveria. Anne e a criada levaram os pratos e Graham e eu ficamos à mesa discutindo várias questões de trabalho, e isso me deprimiu ainda mais. Graham era mais jovem do que eu, mas estava se saindo melhor: tinha iniciado a prática como filho de um médico, com dinheiro e reputação a precedê-lo. Eu começara como um aprendiz do sócio do seu pai, o Dr. Gill — o "excêntrico", como Roderick o tinha, singularmente, chamado. Na verdade o diabo de um velho indolente que, sob o pretexto de ser meu benfeitor, deixou-me, gradativamente, resgatar sua parte no negócio ao longo de muitos anos árduos e mal pagos. Gill se aposentara antes da guerra e vivia em uma casa agradável perto de Stratford-on-Avon. Só recentemente eu começara a ter algum lucro. Agora, com a iminência da Previdência Social, a medicina particular parecia arruinada. Além disso, todos os meus pacientes mais pobres logo teriam a opção de saírem da minha lista e se ligarem a outro, reduzindo consideravelmente minha renda. Eu tinha passado muitas noites insones por causa disso.

— Vou perder todos eles — disse a Graham, apoiando os cotovelos na mesa e, exausto, esfregando meu rosto.

— Não seja idiota — respondeu ele. — Não têm mais motivos para abandoná-lo do que têm para me abandonar. Ou Seeley ou Morrison.

— Morrison lhes dá uma quantidade de misturas para tosse e sais para o fígado — eu disse. — Eles gostam disso. Seeley tem suas belas maneiras, seu jeito com as mulheres. Você é um sujeito de uma família bonita e reputada e eles gostam disso também. Não gostam de mim. Nunca gostaram. Nunca foram capazes de me classificar. Não caço, não jogo *bridge*, tampouco jogo dardos ou futebol. Não sou distinto o bastante para a nobreza rural, nem distinto bastante para a classe trabalhadora, por falar nisso. Querem um médico que possam admirar. Não querem achar que ele é um deles.

— Ah, besteira. Tudo o que querem é um homem que possa fazer o trabalho! O que você pode, notavelmente. Seu mal é ser escrupuloso demais. Tem tempo demais para se martirizar. Devia se casar. Isso lhe daria mais força.

Ri.

— Deus! Mal consigo me manter, imagine com mulher e família!

Ele tinha ouvido tudo isso antes, mas pacientemente me deixou resmungar. Anne nos trouxe café, e conversamos até quase as 23 horas. Eu teria gostado de me demorar mais, porém, percebendo como tinham pouco tempo para ficarem juntos a sós, me despedi. A casa deles ficava logo do outro lado da minha, a dez minutos a pé. A noite continuava tão quente e abafada que caminhei devagar, por uma rota alternativa, parando uma vez para acender um cigarro, tirar o paletó e afrouxar a gravata, e então prosseguir, em mangas de camisa.

O andar térreo da minha casa era destinado ao consultório, dispensário e sala de espera, com a cozinha e a sala de estar no andar de cima e um quarto no sótão. Era, como eu tinha dito a Caroline Ayres, um lugar muito modesto. Nunca tinha tido tempo ou dinheiro para arrumá-lo melhor, de modo que continuava com a mesma decoração deprimente de quando me mudara — paredes mostarda e pintura "penteada" — e uma cozinha apertada e inconveniente. Uma diarista, a Sra. Rush, arrumava a casa e preparava a comida. Quando eu não estava com pacientes, passava a maior parte do tempo lá embaixo, preparando receitas ou lendo e escrevendo à minha mesa. Nessa noite, fui direto para a sala do meu consultório para examinar minhas anotações para o dia seguinte e organizar minha maleta. E só quando a abri e vi o embrulho de papel pardo improvisado foi que me lembrei da fotografia que a Sra. Ayres tinha-me dado em Hundreds Hall. Desfiz o embrulho e examinei a cena novamente, e então, ainda inseguro em relação à criada loura e querendo comparar a foto com outras, levei-a para cima. Em um dos armários no meu quarto havia uma velha lata de biscoitos cheia de papéis e lembranças de família reunidos por meus pais. Levei a lata para a cama e me pus a examinar seu conteúdo.

Há anos não a abria e tinha me esquecido do que havia dentro. A maior parte do seu conteúdo, vi com surpresa, eram pequenos e estranhos fragmentos do meu passado. Por exemplo, a minha certidão de nascimento estava lá, junto com uma espécie de comunicado de batismo; um envelope marrom forrado de peliça envolvia dois dos meus dentes de leite e um cacho de cabelo de quando eu era bebê, inacreditavelmente macio e louro; e então uma confusão de antigos distintivos de escoteiro e natação, diplomas e relatórios da escola e registros de prêmios — a sequência toda misturada, de modo que um recorte de jornal comunicando a minha graduação na escola de medicina tinha-se prendido em uma carta do meu antigo diretor, indicando-me "fervorosamente" para uma bolsa de estudos no Leamington College. Havia até mesmo, o que me deixou atônito, a medalha do Empire Day que me havia sido presenteada em Hundreds Hall por uma jovem Sra. Ayres. Tinha sido envolvida, cuidadosamente, em um papel de seda e caiu pesadamente em minha mão, sua fita colorida intacta, sua superfície de bronze opaca, mas não danificada.

Mas da vida dos meus pais, descobri, o registro era surpreendentemente vago. Suponho que simplesmente não houvesse muito o que guardar. Uns dois cartões-postais sentimentais da época da guerra, com mensagens corretas, insípidas e mal escritas; uma moeda da sorte, com um orifício por onde passar um cordão; um ramo de violetas de papel — isso era tudo. Eu tinha lembrado de haver fotografias, mas ali havia somente uma única, uma coisa parecida com um cartão-postal desbotado, com os cantos enrolados. Tinha sido tirada na tenda de um fotógrafo em uma feira local, e mostrava minha mãe e meu pai como um casal de namorados fantasticamente diante de um fundo alpino, em uma cesta de roupa suspensa com cordas, que pretendia passar pela cesta de um balão.

Coloquei essa foto do lado da do grupo em Hundreds Hall e olhei de uma para outra. Entretanto, o ângulo em que a minha mãe no balão sustentava a cabeça, mais a maneira como a pena sombria em seu chapéu se curvava, não me esclareceu nada, e acabei desistindo. Mas a fotografia na feira começou também a me parecer pungente, e quando olhei de novo os recortes e objetos de minhas realizações e pensei no cuidado e orgulho com que meus pais os tinham preservado, fiquei envergonhado. Meu pai tinha assumido uma dívida atrás da outra para financiar a minha educação. As dívidas provavelmente arruinaram a sua saúde, e quase certamente contribuíram para debilitar minha mãe. E qual tinha sido o resultado? Eu era um bom médico comum. Em outro contexto, eu poderia ter sido mais que bom. Mas tinha começado a trabalhar com dívidas contraídas por mim mesmo, e após 15 anos de prática na mesma pequena região, ainda não alcançara um rendimento decente.

Nunca pensei em mim mesmo como um homem insatisfeito. Tinha estado ocupado demais para que o desgosto encontrasse espaço para se instalar. Mas ocasionalmente tinha momentos sombrios, acessos de melancolia quando a minha vida se mostrava triste, vazia e insignificante, como um esforço inútil, e fui acometido de um desses acessos agora. Eu me esqueci dos muitos pequenos sucessos de minha carreira e vi cada fracasso: os casos mal tratados, as oportunidades perdidas, os momentos de covardia e decepção. Pensei nos meus anos de guerra banais — passados ali, em Warwickshire, enquanto meus colegas mais jovens, Graham e Morrison, se alistaram no Corpo Médico do Exército Real. Senti os cômodos vazios embaixo e me lembrei de uma garota por quem, quando estudante de medicina, fui muito apaixonado: uma garota de uma boa família de Birmingham, cujos pais não me consideraram um bom partido e que acabou me rejeitando por outro homem. Depois dessa desilusão, dei as costas para as relações românticas, e os poucos casos que tive a partir de então tinham sido indiferentes. Agora, também essas relações sem paixão me voltaram à mente, com todos os seus detalhes frios, mecânicos. Senti uma onda de repulsa por mim mesmo, e pena das mulheres envolvidas.

O calor no quarto no sótão estava sufocante. Apaguei o abajur, acendi um cigarro e me deitei no meio das fotografias e fragmentos espalhados sobre a cama. A janela e a cortina estavam abertas. A noite era sem lua e o escuro era o escuro do verão, era inquietante, perturbado por movimentos e sons sutis. Fitei-o fixamente e o que vi — uma espécie de curiosa pós-imagem do meu dia — foi Hundreds Hall. Vi seus espaços frescos e perfumados, sua iluminação parecia vinho em um copo, e imaginei as pessoas dentro da casa, como deveriam estar agora. Betty no seu quarto, a Sra. Ayres e Caroline cada uma no seu, Roderick no seu...

Fiquei deitado assim por um longo tempo, com os olhos abertos, imóvel, o cigarro se consumindo lentamente, transformando-se em cinzas entre os meus dedos.

2

O acesso de desgosto passou com a noite, e pela manhã eu quase o tinha esquecido. Esse dia foi o começo de uma breve fase muito ocupada para Graham e para mim, pois o tempo quente trouxe uma variedade de pequenas epidemias ao distrito, e agora uma grave febre de verão começara a se alastrar pelas cidades pequenas. Um menininho já muito fragilizado foi gravemente contaminado e passei muito tempo com ele, indo à sua casa duas ou três vezes por dia, até ele melhorar. Não foram visitas pagas: era um paciente de "sociedade beneficente", o que implicava eu receber apenas alguns poucos xelins para tratar dele e de seus irmãos e irmãs durante um ano inteiro. Mas eu conhecia bem a sua família, e gostava deles, ficando feliz ao vê-lo se restabelecer. E seus pais ficaram, de forma comovente, gratos.

No meio de tudo isso, quase me esqueci de enviar a receita de Betty a Hall, pois não mantive mais contato com ela ou com os Ayres. Continuava a passar pelos muros de Hundreds em minhas visitas regulares e de vez em quando me pegava pensando em coisas como a melancolia da paisagem abandonada do terreno, com a pobre casa negligenciada no centro, resvalando silenciosamente na decadência. Mas quando o ápice do verão passou e a estação aproximou-se do fim, praticamente não pensava na casa muito mais do que isso.

Minha visita aos Ayres logo pareceu vagamente irreal — como um sonho vívido, mas improvável.

Então, em um entardecer no fim de agosto — mais de um mês, em outras palavras, depois de eu ter examinado Betty —, estava dirigindo em uma das vias na periferia de Lidcote quando vi um grande cão negro farejando a terra da estrada. Deviam ser mais ou menos 19h30. O sol continuava alto, mas o céu começava a ficar rosado. Eu tinha terminado de atender no consultório e estava a caminho da casa de um paciente em uma das aldeias vizinhas. O cachorro se pôs a latir ao ouvir o meu carro e quando ergueu a cabeça e avançou vi o cinza no seu pelo e o reconheci como o velho labrador de Hundreds, Gyp. Um segundo depois, vi Caroline. Estava na margem da estrada, no lado da sombra. Sem chapéu e sem meias, remexia em uma das sebes — tinha conseguido penetrar nos arbustos de tal modo que, não fosse Gyp a me alertar, teria passado sem vê-la. Aproximei o carro e a ouvi mandar o cachorro se calar. Ela virou a cabeça na minha direção, estreitando os olhos por causa do reflexo no para-brisa, pensei. Reparei na tira de uma mochila sobre seu peito e que segurava o que achei ser um velho lenço manchado, dobrado como uma trouxa à maneira de Dick Whittington. Ao ficar emparelhado com ela, freei e gritei pela janela:

— Está fugindo de mim, Srta. Ayres?

Ela então me reconheceu, sorriu, e fez o movimento de sair do mato. Fez isso devagar, erguendo uma mão para soltar o cabelo da moita, e dando um salto para a estrada de terra. Alisando a saia — estava usando o mesmo vestido de algodão desalinhado da última vez que a vi —, disse:

— Estive na cidade, fazendo algumas coisas para a minha mãe. Mas fui tentada a me desviar do caminho. Veja.

Ela abriu a trouxa de pano com cuidado e percebi que o que tinha pensado serem manchas no lenço eram, na verdade, manchas de um sumo púrpura: ela tinha revestido o pano com folhas de labaça e o estava enchendo de amoras-pretas. Escolheu uma das maiores, soprando um pouco a terra antes de me estendê-la. Eu a coloquei na boca e a senti se partir na minha língua, quente como sangue, e fantasticamente doce.

— Não estão ótimas? — disse ela, enquanto eu engolia. Deu-me outra, e depois pegou uma para si mesma. — Meu irmão e eu costumávamos vir colhê-las aqui quando éramos crianças. É o melhor lugar para amoras-pretas em todo o condado, não sei por quê. Pode estar seco como o Saara em toda parte, mas as frutas aqui são sempre boas. Devem ser nutridas por alguma nascente, ou coisa parecida.

Ela pôs o polegar no canto da boca para limpar o sumo escuro que escorria, e afetou uma carranca.

— Mas esse era um segredo da família Ayres e eu falei demais. Receio, agora, ter de matá-lo. Ou jura guardar segredo do que sabe?

— Juro — repliquei.

— Por sua honra?

Eu ri.

— Por minha honra.

Deu-me, cautelosamente, mais uma amora.

— Bem, acho que vou ter de confiar em você. Afinal, não seria direito matar um médico, seria quase como matar um albatroz. Além do que seria muito difícil, imagino, já que deve conhecer todos os truques.

Pôs o cabelo para trás, parecendo satisfeita por conversar, ficando a menos de um metro da minha janela, alta e descontraída sobre aquelas pernas grossas. E como estava preocupado com o motor que, ligado inutilmente, consumia combustível, desliguei-o. O carro pareceu afundar, como se feliz por ter sido liberado, e tomei consciência do peso viscoso e da exaustão do ar do verão. Do outro lado dos campos, amortecido pelo calor e pela distância, chegava o som de vozes, do triturador e o rangido da maquinaria da fazenda. À luz do entardecer do fim de agosto, os ceifadores trabalhavam até as onze.

Caroline pegou mais frutas. Falou, com uma inclinação da cabeça:

— Não perguntou por Betty.

— Ia perguntar agora — repliquei. — Como ela está? Mais algum problema?

— Nada! Ela passou o dia na cama, depois teve uma recuperação milagrosa. Temos feito todo o possível, desde então, para que se sinta mais à vontade. Dissemos a ela que não precisava mais usar a escada dos fundos, se não quisesse. E Roddie deu-lhe um rádio, o que levantou seu ânimo de uma maneira incrível. Parece que tinham rádio na sua casa, mas que foi quebrado em uma discussão. Agora, um de nós tem de dirigir até Lidcote uma vez por semana para recarregar a bateria, mas achamos que vale a pena, se isso a faz feliz... Mas diga a verdade. Aquele remédio que mandou não era nada, era? Chegou a *ter* alguma coisa errada com ela?

— Não posso dizer — respondi com altivez. — A relação paciente-médico e tudo o mais. Além disso, pode me processar por tratamento negligente.

— Ahá! — Sua expressão tornou-se pesarosa. — Então, não corre perigo. Não poderíamos arcar com os honorários de um advogado...

Ela virou a cabeça quando Gyp latiu ansiosamente duas ou três vezes. Enquanto conversávamos, ele tinha se movido pela relva na beira da estrada, mas então houve um bater de asas no lado de lá da sebe e ele desapareceu por uma brecha entre os arbustos espinhosos.

— Está perseguindo alguma ave — disse Caroline —, aquele pateta velho. No passado, esses pássaros eram nossos, sabia? Agora são do Sr. Milton. E ele não vai gostar se Gyp capturar uma perdiz. Gyp! Gyppo! Volte já! Venha *cá*, criaturinha idiota!

Jogando rapidamente a trouxa de amoras para mim, foi atrás dele. Observei-a curvando-se na sebe, separando os arbustos para gritar por ele, aparentemente sem medo das aranhas nem dos espinhos, seu cabelo castanho se prendendo de novo. Levou uns dois minutos para alcançar o cachorro. Quando o alcançou e ele voltou trotando para o carro, parecendo incrivelmente satisfeito consigo mesmo, com a boca aberta e a língua rosa pendendo, eu tinha-me lembrado do meu paciente, e disse que precisava ir.

— Então leve algumas amoras — disse ela, amavelmente, quando religuei o carro. Mas ao vê-la separar as frutas, me ocorreu que seguiria mais ou menos na direção de Hundreds Hall, e como eram 3 ou 5 quilômetros até lá, ofereci-lhe carona. Hesitei em fazer isso, sem saber se aceitaria. Antes de qualquer coisa, ela parecia completamente à vontade ali, na via rural de terra, como um vagabundo ou um cigano se sentiria. Ela também pareceu hesitar quando a convidei — mas depois percebi que estava apenas refletindo. Consultou seu relógio e disse:

— Seria bom, muito bom. E se puder me deixar na estrada para a nossa fazenda, em vez de nos portões do parque, eu ficaria ainda mais agradecida. Meu irmão está lá. Ia deixá-lo fazer tudo sozinho. Mas acho que vai ficar contente com uma ajuda. Geralmente fica.

Respondi que seria um prazer. Abri a porta do carona para que Gyp subisse para o banco traseiro e, após um ou dois segundos para o cachorro se acomodar, ela voltou o banco da frente para seu lugar e se sentou ao meu lado.

Senti o peso dela ao sentar-se, pela inclinação e rangido do carro. E de repente desejei que ele não fosse tão pequeno e tão antigo. No entanto, ela pareceu não se importar com isso. Pôs a mochila no colo com a trouxa de amoras em cima e deu um suspiro de prazer, aparentemente grata por poder se sentar. Estava usando sandálias baixas masculinas e suas pernas continuavam peludas. Cada pelinho, reparei, estava carregado de terra, como um cílio negro.

Quando dei a partida, ela me ofereceu outra amora-preta, mas dessa vez recusei, sem querer comer toda a colheita. Depois que comeu uma, perguntei sobre sua mãe e seu irmão.

— Mamãe está bem — respondeu ela, engolindo a fruta. — Obrigada por perguntar. Ficou muito contente por conhecê-lo. Ela realmente gosta de saber quem é quem no condado. Saímos muito menos do que costumávamos fazer, entende? E ela é orgulhosa em relação a visitantes, com a casa tão deteriorada, de modo que se sente um pouco excluída. Roddie está... como sempre, trabalhando demais, comendo de menos... Sua perna é um estorvo.

— Sim, imagino.

— Na verdade, não sei o quanto o incomoda. Um bocado, acho. Ele diz que não tem tempo de fazer um tratamento. O que quer dizer, eu penso, é que não temos dinheiro para isso.

Foi a segunda vez que mencionou dinheiro, mas agora não houve o menor vestígio de pesar em sua voz, falou como se simplesmente estivesse constatando um fato. Mudando de marcha em uma curva, perguntei:

— A situação está tão ruim assim? — E como ela não respondeu logo, acrescentei: — Importa-se de eu perguntar?

— Não, não me importo. Estava apenas pensando no que responder... Está muito ruim, para ser franca. Não sei a extensão da gravidade porque Rod faz toda a contabilidade sozinho e ele é muito reservado e cauteloso. Só diz que vai resolver tudo. Nós dois tentamos evitar que mamãe tome conhecimento da gravidade, mas deve estar óbvio para ela que as coisas em Hundreds nunca mais serão como antes. Para começar, perdemos terras demais. A fazenda é praticamente a nossa única renda agora. E o mundo está mudado, não? Por isso temos tanto interesse em manter Betty. Não imagina a diferença que fez para o ânimo de mamãe podermos tocar a campainha para chamar uma criada, à maneira antiga, em vez de termos de descer, nós mesmos, até a cozinha para buscar uma jarra de água quente, ou outra coisa qualquer. Esse tipo de coisa tem muita importância. Tivemos criados em Hundreds até a guerra, entende?

De novo, ela falou de maneira prosaica, como se para alguém da sua própria classe social. Mas ficou quieta por um segundo, e então se moveu, como se constrangida, e falou em um tom de voz bem diferente:

— Meu Deus, como deve nos achar frívolos. Desculpe.

— De jeito nenhum — eu disse.

Mas estava claro o que ela queria dizer, e a obviedade de seu embaraço só serviu para me deixar desconfortável também. A estrada que tomamos era uma de que eu me lembrava subindo e descendo em garoto, nessa mesma época do ano — levando o "lanche" do meio-dia aos irmãos de minha mãe, que ajudavam na época da colheita de Hundreds. Sem dúvida aqueles homens dariam boas risadas se imaginassem que, dali a trinta anos, como médico qualificado, eu estaria conduzindo o meu próprio carro por essa mesma estrada, com a filha do nobre rural do meu lado. Mas, de súbito, fui tomado por uma sensação absurda de rusticidade e falsidade — como se meus tios trabalhadores e feios aparecessem na minha frente agora e me vissem como a fraude que eu era, e rissem de mim.

Portanto não falei nada por um certo tempo, nem Caroline, e toda a nossa descontração de antes pareceu perdida. Foi uma pena, pois a estrada era agradável, as sebes coloridas e perfumadas, cheia de rosas-de-cão, valerianas vermelhas e brancas-ursinas. Onde os arbustos davam lugar aos portões, entreviam-se os campos além, alguns já estriados de restolhos para estercar e serem selecionados, alguns ainda com milho, o terreno da colheita raiado escarlate com papoulas.

Chegamos ao fim da via da Fazenda Hundreds e diminuí a velocidade para entrar no campo. Mas ela aprumou o corpo, como se pronta para saltar.

— Não se preocupe em me levar até lá. Não é longe.

— Tem certeza?

— Absoluta.

— Então, está bem.

Achei que ela estava farta de mim, e não podia culpá-la. Mas quando pisei no freio e deixei o carro em ponto morto, ela estendeu a mão à maçaneta, depois fez uma pausa, sem tirar a mão da porta. Virando-se um pouco para mim, falou de maneira constrangida:

— Muito obrigada pela carona, Dr. Faraday. Desculpe eu ter falado demais. Acho que pensa o que a maioria das pessoas devem pensar quando veem como Hundreds está hoje: que somos completamente malucos por continuarmos vivendo aqui, tentando manter o lugar como era antes, que devíamos simplesmente... desistir. A verdade é que, entende?, sabemos como temos sorte de termos vivido aqui. Precisamos manter, de certa maneira, o lugar em ordem, cumprir o nosso lado da barganha. E isso, às vezes, pode parecer uma pressão terrível.

Seu tom foi simples e muito sincero, e a sua voz, percebi, soou agradável, grave e melodiosa — a voz de uma mulher muito mais bonita, de modo que me impressionou muito, ali, na luz crepuscular quente do carro.

Meus sentimentos confusos começaram a se elucidar.

— Não acho — falei — que seja nem um pouco maluca, Srta. Ayres. Só gostaria de poder fazer alguma coisa que aliviasse um pouco a carga da sua família. É o médico em mim que fala, suponho. A perna do seu irmão, por exemplo. Estive pensando... se eu pudesse examiná-la...

Ela sacudiu a cabeça, recusando.

— É bondade sua. Mas eu realmente falei sério, ainda há pouco, quando disse que não havia dinheiro para tratamentos.

— E se fosse possível abrir mão do honorário?

— Bem, seria ainda mais generoso! Mas não creio que meu irmão visse dessa maneira. Ele tem um orgulho tolo quando se trata de coisas desse tipo.

— Ah — eu disse. — Mas deve haver uma maneira...

Veio-me a ideia que persistia em minha cabeça desde a vez em que tinha feito a visita a Hundreds Hall para examinar Betty, e agora, enquanto falava, estruturei-a melhor. Contei-lhe sobre os êxitos que eu obtivera no passado usando a terapia elétrica para tratar de danos musculares muito semelhantes ao do seu irmão. Disse que bobinas de indução raramente eram vistas fora de enfermarias de especialistas, onde em geral eram usadas em ferimentos muito recentes, mas que a minha intuição me levava a crer que a sua aplicação poderia ser muito mais ampla.

— Os clínicos gerais precisam ser convencidos — eu disse. — Precisam ver uma prova. Consegui o equipamento, mas o tipo certo de caso nem sempre apareceu. Se eu tivesse um paciente apropriado e redigisse o trabalho enquanto o desenvolvesse, fazendo um artigo, bem, o paciente estaria me fazendo um favor. Eu nem sonharia em cobrar.

Ela estreitou os olhos.

— Começo a ver se delinear vagamente um belo acordo.

— Exatamente. O seu irmão não precisaria nem mesmo vir ao meu consultório: a máquina é portátil, eu poderia trazê-la a Hall. Não posso jurar que vá dar certo, é claro. Mas se eu puder instalá-la nele, digamos, uma vez por semana durante dois, três meses, é bem possível que ele venha a sentir consideravelmente os benefícios... O que acha?

— Parece-me maravilhoso! — replicou ela, como se realmente encantada com a ideia. — Mas não receia perder seu tempo? Com certeza há casos que merecem mais a sua atenção.

— O caso do seu irmão me parece muito louvável — eu disse. — E quanto a perder tempo... Bem, para ser franco, não acho que minha reputação no hospital do distrito sofra qualquer prejuízo ao assumir a iniciativa de um experimento dessa natureza.

Isso era absolutamente verdadeiro, se bem que se eu tivesse sido realmente sincero com ela teria acrescentado que também tinha esperanças de impressionar a alta sociedade local — que ao tomar conhecimento do meu êxito ao tratar dos males de Roderick Ayres poderia, pela primeira vez em vinte anos, pensar em me chamar para tratar dos seus... Discutimos o assunto por um ou dois minutos, com o motor desligado. E como ela foi ficando cada vez mais exaltada à medida que ouvia, disse finalmente:

— Ouça, por que não vai até a fazenda comigo, agora, e coloca isso pessoalmente para Roderick?

Consultei meu relógio.

— Tem um paciente que fiquei de ver.

— Oh, eles não podem esperar um pouco? Pacientes devem ser bons em esperar. Certamente é por isso que são chamados de pacientes... Só cinco minutos, tempo suficiente para explicar isso a ele. Só para lhe dizer o que acabou de me dizer, está bem?

Falou, agora, como uma colegial alegre, e foi difícil resistir às suas maneiras.

— Está bem — repliquei.

Virei o carro para a via e, depois de um curto trajeto sacolejando, estávamos no pavimento de pedras arredondadas na área da chácara. À nossa frente estava a casa-grande de Hundreds, um edifício vitoriano sombrio. À nossa esquerda estavam o curral e o galpão em que o gado era ordenhado. Claramente tínhamos chegado no fim do período da ordenha, pois somente um pequeno grupo de vacas continuava a esperar, inquietas e queixosas por terem sido retiradas do curral. O resto — cerca de cinquenta, achei — era visto no cercado do outro lado do pátio.

Saímos do carro e, junto com Gyp, nos pusemos a caminho pela pavimentação de pedras. Foi um trabalho árduo: todos os pátios de fazendas são sujos, mas esse estava mais sujo do que a maior parte, o barro tinha sido revolvido por cascos e depois endurecido, em sulcos e pontas, com o longo verão seco. Ao chegarmos ao galpão, este se revelou uma antiga estrutura de madeira em um estado óbvio de dilapidação, fedendo a estrume e amônia e emitindo calor como uma estufa envidraçada. Não havia ordenhadeiras, somente bancos e baldes, e nas duas primeiras baias encontramos Makins e seu filho adulto, cada um ordenhando uma vaca. Makins tinha vindo de fora do condado alguns anos antes, mas eu o conhecia de vista, um homem fustigado, de rosto magro, com uns cinquenta e poucos anos, a imagem típica de um trabalhador de fazenda de criação. Caroline chamou-o e ele me cumprimentou com a cabeça, olhando para mim com curiosidade. Avançamos mais um pouco e, para a minha surpresa, nos deparamos com Roderick. Eu o tinha imaginado na casa-grande ou ocupado em alguma outra parte da fazenda, mas ali estava ele, ordenhando junto com os outros, o rosto bem vermelho do calor e esforço, suas pernas compridas dobradas e sua testa pressionada no flanco marrom e enlameado da vaca.

Ergueu o olhar e hesitou ao me ver — não muito satisfeito, achei, por ter sido pego fazendo um trabalho desse tipo, mas esforçando-se para ocultar seus sentimentos, pois falou jovialmente, embora sem sorrir:

— Espero que me desculpe por não me levantar para apertar a sua mão! — Olhou para a sua irmã. — Está tudo bem?

— Está tudo ótimo — respondeu ela. — O Dr. Faraday quer falar com você um instante, só isso.

— Bem, não vou me demorar... Fique quieta, criatura idiota.

A vaca começara a se agitar, irritada com o som de nossas vozes. Caroline me puxou para trás.

— Elas ficam nervosas com estranhos. Mas me conhecem. Importa-se de eu ir ajudá-lo?

— É claro que não — repliquei.

Ela entrou no curral, calçou botas de borracha de cano longo e um avental de lona imundo, movendo-se com descontração pelos animais que aguardavam. Puxou uma das vacas para o galpão, levando-a à baia do lado da do seu irmão. Seus braços já estavam expostos, não tinha mangas para arregaçar, mas lavou as mãos em um cano de um tanque e as enxaguou com desinfetante. Buscou um banco e um balde de zinco e os colocou do lado da vaca — empurrando o animal com o cotovelo, para que ficasse na posição certa — e se pôs a trabalhar. Ouvi o esguicho ruidoso do leite no balde vazio e vi o movimento rápido e ritmado dos seus braços. Dando um passo para o lado, só conseguia ver, por baixo das ancas largas da vaca, a pele de suas mãos puxando os úberes descorados, incrivelmente elásticos.

Terminou com essa vaca e começou com outra, antes de Roderick ter terminado com a sua. Ele conduziu o animal para fora do galpão, esvaziou seu balde de leite espumando em uma tina de aço escovado e veio até mim, enxugando os dedos no avental e erguendo o queixo.

— Em que posso ser útil?

Não quis afastá-lo do trabalho por muito tempo, portanto lhe disse brevemente o que tinha em mente, expressando-me como se estivesse pedindo um favor, explicando que ele me ajudaria muito em uma pesquisa importante... No entanto, o projeto pareceu menos convincente do que quando o descrevi para a sua irmã, no carro, e ele escutou com uma expressão de dúvida, especialmente quando descrevi a natureza elétrica da máquina.

— Lamento dizer que não temos combustível para fazer o gerador funcionar durante o dia — disse ele, sacudindo a cabeça como se isso pusesse um ponto final na nossa conversa. Mas garanti a ele que a bobina funcionava com suas próprias pilhas secas... Percebi que Caroline nos observava. Quando terminou com a outra vaca, ela se juntou a nós, apoiando meus argumentos. Roderick olhou apreensivamente para os animais que esperavam irrequietos enquanto ela falava e acho que acabou concordando com o plano só para nos fazer calar. Assim que pôde, manquejou para o curral e buscou mais uma vaca para ser ordenhada, e foi Caroline que marcou uma data para eu retornar.

— Vou garantir que ele esteja lá — murmurou ela. — Não se preocupe. — E acrescentou, como se o pensamento tivesse acabado de lhe ocorrer: — Venha com tempo para ficar para o chá novamente, pode ser? Sei que mamãe gostaria disso.

— Sim — repliquei, com simpatia. — Eu também gostaria. Obrigado, Srta. Ayres.

Então, ela fez uma cara comicamente ofendida.

— Oh, chame-me de Caroline, por favor? Só Deus sabe como tenho anos e anos à minha frente para ser a enfadonha Srta. Ayres... Mas continuarei a chamá-lo de doutor, se me permitir. Ninguém gosta, de certa maneira, de transpor essas distâncias profissionais.

Sorrindo, ofereceu-me sua mão quente e cheirando a leite, que apertei ali, no curral, como dois fazendeiros selando um acordo.

Marcamos o encontro para o domingo seguinte: outro dia quente, como ficou demonstrado, com um ar crestado, lânguido e um céu pesado e nublado de poeira e grão. A fachada quadrada vermelha da Hall parecia descorada e curiosamente irreal à medida que me aproximava, e somente quando parei o carro no pavimento de pedregulhos pareceu entrar em foco: vi de novo todos os elementos arruinados e, ainda mais do que na minha primeira visita, tive a impressão de que a casa estava em uma espécie de balança. Podia-se ver com tristeza, pensei, tanto o lugar glorioso que fora recentemente quanto a ruína em que estava se tornando.

Dessa vez, Roderick devia estar esperando por mim. A porta da frente foi aberta, rangendo alto, e ele se pôs no alto dos degraus rachados, enquanto eu saía do carro. Quando fui na sua direção com minha maleta de médico em uma mão e, na outra, a bobina de indução em seu estojo de madeira, franziu o cenho.

— É o aparelho de que falou? Imaginei algo maior. Isso parece mais uma lancheira.

— É mais potente do que imagina — repliquei.

— Bem, se você diz... Deixe-me levá-lo ao meu quarto.

Falou como se arrependido por ter concordado com a experiência. Mas virou-se e me introduziu na casa, levando-me desta vez para o lado direito da escada e por outro corredor escuro e frio. Abriu a última de suas portas, falando distraidamente:

— Receio que esteja um tanto bagunçado.

Entrei atrás dele e larguei minhas coisas. Olhei em volta com uma certa surpresa. Quando ele tinha dito "meu quarto", eu naturalmente tinha imaginado um quarto de dormir comum, mas esse era imenso — ou me pareceu imenso então, quando eu ainda não tinha me adaptado à escala das coisas em Hundreds —, com paredes almofadadas, o teto com um motivo decorativo de gesso em forma de gelosia e uma ampla lareira de pedra em estilo gótico.

— Aqui era uma sala de bilhar — disse Roderick, percebendo minha expressão. — Meu bisavô instalou todo o equipamento. Ele devia se imaginar uma espécie de barão, não acha? Mas perdemos o equipamento de bilhar anos atrás, e quando saí da Força Aérea e voltei para casa, isto é, saí do hospital para casa, bem, precisei de algum tempo para conseguir me deslocar por escadas etc., de modo que minha mãe e minha irmã tiveram a ideia de colocar uma cama para mim aqui. Acostumei-me de tal modo com isso que nunca me pareceu valer a pena voltar lá para cima. Faço todo o meu trabalho aqui, também.

— Sim — eu disse —, estou vendo.

Percebi que esse era o quarto que eu tinha entrevisto da varanda, em julho. Era ainda mais misturado do que eu percebera então. Em um canto estava a cama de ferro, parecida com a de um condenado, com uma mesinha de cabeceira do lado e um apoio antigo para bacia e jarra de água com um espelho. Diante da lareira gótica estavam duas poltronas de couro muito bonitas mas puídas e com as costuras rompidas. Havia duas janelas cortinadas. Uma levava, pelos degraus sufocados pelo convólvulos, à varanda. Diante da outra, e prejudicando sua bela forma comprida, Roderick tinha posto uma mesa e uma cadeira giratória. Colocara a mesa ali, obviamente, para aproveitar o máximo da luz que incidia do norte, mas isso também fazia com que a sua superfície iluminada — quase obscurecida por uma confusão de papéis, registros da contabilidade, pastas, livros técnicos, xícaras sujas e cinzeiros transbordando — agisse como uma espécie de ímã para o olho, atraindo a atenção irresistivelmente, desviando-a de todos os pontos do quarto. A mesa era claramente um ímã para Roderick em outros aspectos também, pois mesmo enquanto falava comigo, tinha ido até ela e se posto a remexer naquele caos atrás de alguma coisa. Finalmente achou um toco de lápis, depois tirou do bolso um pedaço de papel e começou a anotar o que parecia ser uma série de somas em um dos livros-razões.

— Não quer se sentar? — disse-me ele por cima do ombro. — Não vou me demorar nada, mas é que acabo de chegar da fazenda e se não registro estas malditas cifras logo, com certeza me esquecerei delas.

Sentei-me por um ou dois minutos. Mas como ele não mostrava sinais de se unir a mim, achei que poderia preparar o aparelho, de modo que o trouxe para o meio das duas poltronas de couro puído, soltando a tranca e removendo o estojo. Tinha usado o aparelho várias vezes antes, e era bastante simples: uma combinação de bobina, bateria de pilhas secas e eletrodos de placa de metal. Mas era um pouco intimidador com seus terminais e fios, e quando tornei a levantar a cabeça, vi que Roderick se levantara da sua mesa e estava olhando fixamente para ele, com um certo espanto.

— Um pequeno monstro, não? — disse ele, projetando os lábios. — Pretende pôr para funcionar agora mesmo?

— Bem — repliquei, parando um pouco de desemaranhar os fios. — Achei que fosse o combinado. Mas se você preferir não...

— Não, não, tudo bem. Já que está aqui, podemos fazer logo. Eu me dispo, ou como isto funciona?

Respondi que achava que bastaria ele simplesmente arregaçar uma perna da calça até acima do joelho. Pareceu feliz por não ter de tirar a roupa na minha frente, mas tendo tirado o tênis de lona e a meia cerzida, e levantado a calça, cruzou os braços parecendo meio sem jeito.

— Eu me sinto como se estivesse sendo aceito entre os maçons! Terei de fazer um juramento ou coisa parecida?

Eu ri.

— Em primeiro lugar, tem de simplesmente se sentar e me deixar examiná-lo, se não se incomodar. Não vou demorar.

Sentou-se na poltrona e eu me agachei na sua frente e peguei, com delicadeza, a perna afetada, estendendo-a. Quando os músculos se contraíram, ele deu um gemido de dor.

— Está doendo demais? — perguntei. — Receio precisar mexer nela um pouco, para sentir o ferimento.

A perna pareceu fina em minhas mãos, coberta de pelo escuro, mas a pele tinha uma aparência amarelada, inanimada, e em várias partes da panturrilha e canela, o pelo deixava espaço para afundamentos e arestas rosadas lustrosas. O joelho estava descorado e bulboso, e terrivelmente enrijecido. O músculo da panturrilha estava pouco profundo e rígido, nodoso pelo tecido endurecido. A articulação do tornozelo — que Roderick usava excessiva e drasticamente, para compensar a falta de movimento na parte de cima — parecia inchada e inflamada.

— Muito feio, não? — disse ele, em um tom mais brando, enquanto eu testava a perna e o pé em várias posições.

— Bem, a circulação está preguiçosa e há um bocado de aderências. Isso não é bom. Mas com certeza já vi piores... Como sente?

— Ai! Fétido.

— E assim?

Ele se jogou para trás.

— Cristo! O que está tentando fazer? Arrancar a coisa fora?

Peguei, delicadamente, a perna de novo, voltei-a à sua posição normal e passei alguns instantes simplesmente aquecendo-a e massageando o músculo rígido da panturrilha. Depois dei início ao processo de passar os fios: fixei compressas de fibra de algodão embebidas em uma solução com sal às chapas de eletrodos e posicionei as chapas em sua perna com fitas elásticas. Ele inclinou-se à frente para me ver fazer isso, parecendo mais interessado agora. Enquanto eu fazia os ajustes finais na máquina ele falou de uma maneira simples, pueril:

— É o condensador, não é? Sim, é. E é como interrompe a corrente, suponho... Ouça, tem licença para isso? Não vai começar a sair faísca das minhas orelhas ou qualquer outra coisa desse tipo?

— Espero que não — repliquei. — Digamos apenas que o último paciente em quem conectei o aparelho agora economiza uma fortuna no permanente do cabelo.

Hesitou, entendendo errado o meu tom de voz, me levando a sério por um instante. Então encontrou o meu olhar — encarando-me de fato pela primeira vez nesse dia, talvez como nunca fizera antes, "enxergando-me" por fim. E sorriu. O sorriso alisou suas feições completamente e desviou a atenção de suas cicatrizes. Via-se a semelhança entre ele e sua mãe.

— Está pronto? — perguntei.

Fez uma careta, mais infantil do que nunca.

— Acho que sim.

— Certo, aí vai.

Liguei a chave. Ele gritou, sua perna pulou à frente em uma contorção involuntária. Então, ele começou a rir.

— Dói? — perguntei.

— Não. É como alfinetes e agulhas, só isso. Agora está esquentando! É assim mesmo?

— Exatamente. Quando o calor começar a diminuir, me avise e aumento um pouco.

Passamos cinco ou dez minutos assim, até a sensação de calor na perna alcançar uma intensidade constante, o que significava que a corrente tinha atingido o seu pico. Deixei a máquina funcionar por si mesma e me sentei na outra poltrona de couro. Roderick se pôs a remexer no bolso em busca do tabaco e do papel. Mas eu não ia conseguir vê-lo novamente enrolar um desses pequenos "pregos de caixão" ordinários, de modo que tirei do meu bolso a minha própria cigarreira e um isqueiro e acendemos dois cigarros, um para cada um. Ele deu uma longa tragada, fechando os olhos e deixando o pescoço esguio relaxar.

Falei com simpatia:

— Parece cansado.

No mesmo instante, fez um esforço para se sentar ereto.

— Estou bem. Só que me levantei às seis da manhã, para a ordenha. Não é tão ruim nesta estação, é claro. É no inverno que a gente sente... Ter Makins como empregado para ordenhar não ajuda muito.

— Não? Por quê?

Mudou de novo de posição e falou como se com relutância.

— Ah, eu não devia reclamar. Ele teve muitos problemas com esta maldita onda de calor: perdemos leite, perdemos pasto, tivemos de começar a dar a forragem do próximo inverno para o gado. Mas ele quer mil coisas impossíveis e não faz a menor ideia de como consegui-las. Isso é passado para mim, infelizmente.

— Que tipo de coisas? — perguntei.

— A sua grande ideia é que eu consiga uma extensão do cano de água até aqui. Quer que eu introduza eletricidade na ordenha. Diz que mesmo que o poço encha de novo, a bomba está prestes a explodir. Quer que a substitua, e agora deu para falar que acha o galpão inseguro. Que gostaria que eu o derrubasse e construísse um de tijolos. Com um galpão de tijolos e uma ordenhadeira elétrica poderíamos começar a fornecer um leite aprovado oficialmente, e obter lucro. Ele só fala disso.

Estendeu o braço para uma mesa do seu lado buscando o cinzeiro de bronze sobre ela, já cheio de guimbas com o aspecto de vermes. Inclinei-me à frente e também bati as cinzas do meu cigarro, dizendo:

— Bom, receio que ele esteja certo em relação ao leite.

Roderick riu.

— Eu sei que está! Tem toda razão. A fazenda está condenada. Mas que diabos posso fazer? Ele não para de me perguntar por que não invisto algum capital. É como se tivesse descoberto a frase em uma revista. Eu lhe disse francamente que Hundreds não tem nenhum capital para ser liberado. Ele não acredita em mim. Ele nos vê morando aqui, nesta casa grande, e acha que estamos sentados em pilhas de ouro. Não nos vê tropeçando à noite com luz de velas e lampiões a querosene porque acabou o óleo para o gerador. Não vê minha irmã esfregando o chão, lavando a louça com água fria... — Jogou a mão na direção de sua mesa. — Tenho escrito cartas ao banco, anexando o requerimento para uma licença de construção. Ainda ontem falei com um homem no conselho do distrito sobre a tubulação da água e a eletricidade. Ele não me encorajou muito, disse que aqui era isolado demais para valer a pena. Mas é claro que a coisa toda tem de ser colocada no papel. Precisam de plantas e relatórios de inspetores, e sei lá mais o quê. Acho que passa por uns dez departamentos diferentes até rejeitarem de maneira apropriada...

Tinha começado a falar meio contrariado, mas foi como se houvesse uma espécie de mola dentro dele e suas palavras se enroscassem nela: à medida que prosseguia, observei a mudança pungente em suas belas feições marcadas por cicatrizes, a inquietação de suas mãos baixando e se erguendo, e de súbito me lembrei do que David Graham tinha me dito a respeito de ele ter sofrido uma espécie de "distúrbio nervoso" após o acidente. Durante todo o tempo, eu tinha achado suas maneiras casuais. Agora me dava conta de que a casualidade era outra coisa completamente diferente: talvez uma exaustão, talvez uma defesa estudada da ansiedade, talvez, até mesmo, uma tensão tão absoluta e habitual que passava por languidez.

Ele percebeu meu olhar pensativo. Calou-se, tragando fundo o seu cigarro e dando tempo para exalar a fumaça. Falou em um tom de voz diferente:

— Não deve deixar eu falar demais. Posso me tornar terrivelmente chato ao discorrer sobre isso.

— De jeito nenhum — repliquei. — Gostaria de ouvir mais.

Mas ele estava claramente resolvido a mudar de assunto, e durante cinco, dez minutos, falamos sobre outras coisas. De vez em quando, durante a conversa, eu verificava a sua perna e perguntava como o músculo estava reagindo. "Está bem", ele respondia sempre, mas eu via seu rosto se tornando mais vermelho e percebia que ele estava sofrendo um pouco. Logo ficou claro que a pele tinha começado a coçar. Ele começou a esfregar na beira dos eletrodos. Quando finalmente desliguei o aparelho e removi os elásticos, ele moveu as unhas vigorosamente para cima e para baixo da sua panturrilha, grato por ter sido liberado.

A pele tratada, como eu tinha esperado, parecia quente e úmida, quase escarlate. Sequei-a, borrifei-a de talco, e passei mais uns dois minutos massageando o músculo com meus dedos. Mas claramente uma coisa era ele estar preso por fios a uma máquina impessoal, e outra completamente diferente era eu ficar agachado na sua frente, massageando sua perna com movimentos rápidos e delicados: ele se mexia impaciente e, por fim, deixei que se levantasse. Ele procurou sua meia e o tênis e baixou a perna da calça sem falar nada. Mas depois de dar alguns passos no quarto, olhou para mim e disse, como se contente e surpreso:

— Sabe, não foi nada mau. Realmente não foi nada mau.

Percebi então como tinha desejado que desse certo.

— Ande de novo — eu disse. — Deixe-me observar... É, você realmente está se movimentando de maneira mais solta. Mas não exagere. É um bom começo, mas temos de ir devagar. Por enquanto, deve manter esse músculo aquecido. Deve ter algum unguento, suponho.

Ele relanceou os olhos pelo quarto, em dúvida.

— Acho que me deram uma loção ou coisa assim quando me mandaram de volta para casa.

— Não faz mal. Vou lhe passar outra receita.

— Ah, espere. Não precisa ter mais trabalho do que já teve.

— Já lhe disse, não disse? É você que está *me* fazendo um favor.

— Então...

Eu tinha antecipado isso e levado um frasco na minha maleta. Ele o pegou de minha mão e pôs-se a examinar o rótulo enquanto eu voltava para a máquina. Quando eu estava arrumando as ataduras, bateram na porta, o que me provocou um pequeno susto, pois não tinha escutado passos: o quarto tinha duas janelas grandes, mas as almofadas de madeira em suas portas davam uma impressão de isolamento, como se o quarto fosse uma cabine debaixo do convés de um transatlântico. Roderick respondeu e a porta foi aberta. Gyp apareceu e se precipitou para dentro do quarto, vindo direto para mim. Atrás dele, com mais hesitação, estava Caroline, que vestia uma blusa de algodão enfiada de qualquer maneira para dentro de uma saia deselegante, também de algodão.

— Foi cozido, Roderick? — perguntou ela.

— Fritado — respondeu ele.

— Esta é a máquina? Caramba! Parece coisa do Dr. Frankenstein, não parece?

Observou-me guardar o aparelho no seu estojo, depois reparou em seu irmão, que estava, distraidamente, flexionando e dobrando a perna. Deve ter percebido, por sua postura e expressão, o alívio que o tratamento havia lhe dado, pois me lançou um olhar sério e agradecido, que de certa maneira me deixou quase mais feliz do que o êxito da terapia em si. Mas então, como se constrangida com sua própria emoção, desviou o olhar para pegar um papel que caíra no chão e começou a se queixar alegremente da bagunça que Roderick fazia.

— Se pelo menos existisse uma máquina que mantivesse os quartos em ordem! — disse ela.

Roderick tinha tirado a tampa do frasco de unguento e o levava ao nariz.

— Acho que já temos uma dessas. Chama-se Betty. Senão para que a pagamos?

— Não lhe dê ouvidos, doutor. Ele nunca deixa a coitada da Betty entrar aqui.

— Não consigo impedir que entre! — replicou ele. — E mexe nas coisas, pondo-as onde não consigo encontrá-las, fingindo depois que não tocou em nada!

Ele falou de maneira distraída, já tendo sido atraído de volta à sua mesa magnética, o frasco posto de lado e sua perna, esquecida. E quando já tinha aberto o envelope gasto de um arquivo em papel-manilha e franzia a sobrancelha, pôs-se automaticamente a pegar o papel e o tabaco para enrolar um cigarro.

Percebi que Caroline o observava, sua expressão tornando-se novamente séria.

— Gostaria que parasse com essas coisas nojentas — disse ela. Foi até uma das paredes de carvalho e passou a mão na madeira. — Veja estes pobres lambris. A fumaça os está arruinando. Precisam ser encerados ou untados, alguma coisa.

— Ah, a casa inteira precisa de *alguma coisa* — disse Roderick, bocejando. — Se sabe uma maneira de fazer *alguma coisa* com *coisa nenhuma*, quer dizer, sem dinheiro, vá em frente, fique à vontade. Além do mais... — Levantou a cabeça e me viu olhando, e fez mais um esforço óbvio de falar de maneira inteligente. — É um dever de camaradas fumar neste quarto, não acha, Dr. Faraday?

Fez um gesto indicando o teto com o ornamento em forma de gelosia, que eu havia pensado ter adquirido a cor de marfim com o tempo, mas que agora percebi estar manchado de um amarelo irregular da nicotina das baforadas de meio século de jogadores de bilhar.

Ele logo voltou à sua papelada, e Caroline e eu entendemos a indireta e o deixamos a sós. Ele prometeu, com uma certa indeterminação, que dali a pouco se uniria a nós para o chá.

Sua irmã sacudiu a cabeça.

— Ele agora vai ficar lá por horas seguidas — murmurou ela, quando nos afastamos da porta. — Gostaria que ele dividisse o trabalho comigo, mas ele nunca permitirá... Sua perna estava realmente melhor, não? Não tenho como lhe agradecer por ajudá-lo dessa maneira.

— Ele poderia ajudar a si mesmo — falei —, fazendo o tipo certo de exercícios. Um pouco de uma massagem simples todos os dias já faria uma grande diferença para o músculo. Dei-lhe um unguento, pode fazer com que ele o use?

— Farei o possível. Mas acho que notou como ele é negligente consigo mesmo. — Ela diminuiu o passo. — O que acha dele, francamente?

— Acho que é fundamentalmente muito saudável — respondi. — A propósito, acho que é encantador, também. É uma pena que ele tenha organizado seu quarto dessa maneira, com os negócios dominando todo o resto.

— Sim, eu sei. Nosso pai costumava dirigir a fazenda na biblioteca. É a sua antiga mesa que Roderick usa, mas não me lembro de tê-la visto em um estado tão caótico nos velhos tempos, e eram quatro fazendas para administrar, não somente uma. Tínhamos um agente para nos ajudar na época, um tal de Sr. McLeod. Ele teve de nos deixar durante a guerra. Tinha o seu próprio escritório nos fundos. Esse lado da Hall era o "lado dos homens", se entende o que quero dizer, e estava sempre agitado. Agora, exceto o quarto de Roderick, essa parte toda da casa poderia muito bem não existir.

Ela falou casualmente, mas para mim era novo e curioso pensar ter crescido em uma casa com tantos cômodos extras que poderiam ser fechados e esquecidos. Porém, quando eu disse isso a Caroline, ela deu aquela sua risada triste.

— A novidade logo se esgota, posso lhe garantir! Rapidamente passamos a pensar neles como semelhantes a relações aborrecidas, que não podemos abandonar completamente, mas que sofrem acidentes, adoecem e acabamos gastando mais dinheiro do que teria sido necessário para lhes dar uma pensão. É uma pena, pois há coisas belas aqui... Mas posso mostrar-lhe a casa, se quiser. Se prometer evitar olhar as partes piores. Um tour de seis pence. O que me diz?

Ela parecia genuinamente interessada, e respondi que gostaria muito, se isso não fosse deixar sua mãe esperando por muito tempo.

— Ah, mamãe, no fundo uma verdadeira eduardiana, acha uma barbaridade tomar o chá antes das 4. Que horas são agora? Apenas 15h30. Temos muito tempo. Vamos começar pela frente.

Estalou os dedos chamando Gyp, que tinha disparado à frente, e me levou de volta, passando de novo pela porta do seu irmão.

— O hall você já viu, é claro — disse ela, quando chegamos lá e eu tinha posto no chão o aparelho e minha maleta. — O piso é de mármore de Carrara, de três polegadas de espessura, daí os tetos abobadados nos cômodos embaixo. É um inferno poli-lo. A escada: foi considerada uma proeza da engenharia quando foi construída, por causa do segundo patamar aberto. Não existem muitas iguais. Meu pai costumava dizer que era como algo de uma loja de departamentos. Minha avó recusava-se a usá-la, dava-lhe vertigem... Lá fica a nossa antiga sala de estar, mas não vou mostrá-la: está vazia e muito arruinada. Em vez disso, vamos ali.

Abriu a porta de uma sala obscura que, depois de atravessá-la até as janelas fechadas e deixar entrar um pouco de luz, revelou-se uma ampla e agradável biblioteca. Entretanto, a maior parte de suas estantes estavam cobertas com lençóis e parte de seus móveis tinham obviamente desaparecido. Ela estendeu a mão para a estante e, com cuidado, puxou dois livros, que disse serem os melhores da casa, mas vi que a sala não era o que tinha sido, e não havia muito por que se demorar ali. Ela foi até a lareira e espreitou a chaminé, preocupada com a queda de fuligem na grelha. Depois, fechou as janelas e me levou para a sala vizinha — o antigo escritório da propriedade que ela já tinha mencionado, que tinha as paredes como as do quarto de Roderick, com detalhes góticos similares. A porta do seu irmão era a seguinte, e logo além estava o arco cortinado que dava para o porão. Passamos em silêncio pelos dois e nos deparamos com uma "sapateira", uma câmara cheirando a mofo, cheia de capas impermeáveis e botas de borracha de cano alto deterioradas, raquetes de tênis e bastões de polo, mas que na verdade, disse-me ela, tinha sido um camarim do tempo em que a família ainda tinha cavalariças. Dentro, uma porta levava a um lavatório estranho, revestido com azulejos de Delft, que tinha sido conhecido por um século, disse ela, como "o tumulto dos cavalheiros".

Estalou os dedos de novo, chamando Gyp, e prosseguimos.

— Não está cansado disso? — perguntou ela.

— Nem um pouco.

— Sou uma boa guia?

— É uma guia excelente.

— Então, agora, ó céus, esta é uma das partes que deve evitar olhar. Oh, agora está rindo de nós! Não é justo.

Tive de explicar por que eu estava sorrindo: o painel a que ela se referia era o mesmo de onde eu arrancara a lande tantos anos atrás. Contei a história com cautela, sem saber como ela a receberia. Mas ela arregalou os olhos como se impressionada.

— Ah, isso é engraçado demais! E mamãe realmente lhe deu uma medalha? Como a rainha Alexandra? Eu me pergunto se ela ainda se lembra.

— Por favor, não mencione isso a ela — pedi. — Tenho certeza de que não se lembra. Eu era um dos aproximadamente cinquenta meninos travessos naquele dia.

— Mas gostou mesmo da casa, então?

— O bastante para querer vandalizá-la.

— Pois não o culpo de querer vandalizar aqueles frisos fúteis — disse ela. — Estavam pedindo para ser arrancados. O que você começou, eu e Roddie, que fique só entre nós, provavelmente concluímos... Mas não é estranho? Viu Hundreds antes de nós dois.

— Vi — repliquei, perplexo com o pensamento.

Afastamo-nos dos frisos rompidos e continuamos o nosso tour. Ela chamou a minha atenção para uma fila de retratos, telas sombrias em molduras douradas pesadas. E exatamente como um modelo de filme americano sobre uma casa aberta ao público, eram o que ela chamou de "álbum de família".

— Nenhum deles é muito bom ou valioso ou qualquer outra coisa, receio — disse ela. — Todos os valiosos foram vendidos, junto com os melhores móveis. Mas são engraçados, quando enxergamos.

Apontou para o primeiro.

— Este é William Barber Ayres. Foi quem mandou construir Hall. Um bom sujeito, como todos os Ayres, mas, evidentemente, parcimonioso: temos cartas que lhe foram mandadas pelo arquiteto se queixando de honorários pendentes e mais ou menos ameaçando nos mandar cobrar à força... O próximo é Matthew Ayres, que levou soldados a Boston. Voltou em desgraça, casado com uma americana, e morreu três meses depois. Gostamos de dizer que ela o envenenou... Este é o sobrinho de Matthew, Ralph Billington Ayres, o jogador da família, que durante certo tempo dirigiu uma segunda propriedade em Norfolk e, como um libertino de Georgette Heyer, perdeu-a em um único carteado... E esta é Catherine Ayres, a nora dele e minha bisavó. Era uma rica herdeira de cavalos de corrida e restaurou a fortuna da família. Diziam que ela não chegava nem perto de um cavalo, com medo de assustá-lo. Está bem claro de quem herdei minha aparência, não está?

Falou rindo, pois a mulher no retrato era impressionantemente feia. Mas a verdade é que Caroline realmente se parecia com ela, só um pouco, se bem que levei um pequeno choque ao me dar conta disso, pois percebi que tinha me acostumado com suas feições discordantes masculinas tanto quanto com as cicatrizes de Roderick. Fiz um gesto cortês de protesto, mas ela já tinha me dado as costas. Havia mais dois cômodos, disse, que gostaria de me mostrar, mas preferia deixar o melhor por último. Achei o que ela me mostrou em seguida impressionante: uma sala de jantar com motivos chineses, papel de parede pintado à mão e, sobre a mesa encerada, dois candelabros de ouropel com ramificações retorcidas. Mas então ela me conduziu de volta ao centro do corredor e, ao abrir outra porta, me fez ultrapassar o limiar e atravessou o escuro da sala para abrir as venezianas de uma de suas janelas.

O corredor ia do norte para o sul, de modo que todas as peças davam para o oeste. A tarde estava clara, a luz entrou como lâminas pelas frestas das venezianas e mesmo quando ela ergueu o ferrolho, pude ver que o espaço em que estávamos era amplo e impressionante, com diversos móveis cobertos por lençóis. Mas quando ela empurrou as venezianas ruidosas e os detalhes adquiriram vida à minha volta, fiquei de tal modo estupefato que ri.

Era um salão octogonal, medindo aproximadamente 12 metros. O papel de parede era amarelo forte e o tapete em um padrão esverdeado. A lareira era de mármore branco sem nenhuma mancha, e do centro do teto, com contorno elaborado, pendia um lustre dourado de cristal.

— Muito louco, não? — disse Caroline, também rindo.

— É incrível! — repliquei. — Nunca se imaginaria isso aqui. É sóbrio em comparação ao resto da casa.

— Ah, sei. Acho que o arquiteto original teria chorado se tivesse sabido o que estava por vir. Foi Ralph Billington Ayres. Lembra-se dele? O rapaz audacioso da família? Ele fez esta sala na década de 1820, quando ainda tinha a maior parte do seu dinheiro. Aparentemente, naquele tempo todos estavam entusiasmados com o amarelo. Só Deus sabe por quê. O papel é original, por isso o conservamos. Como pode ver — apontou vários pontos em que o papel antigo estava se soltando da parede — ele parece menos interessado em se conservar conosco. Infelizmente, não posso mostrar o lustre em todo o seu esplendor, já que o gerador não funciona. É fantástico quando aceso. Também é o original, mas meus pais o eletrificaram quando se casaram. Naquela época, costumavam dar muitas festas. A casa ainda era suntuosa o bastante para isso. É possível, evidentemente, enrolar o tapete para se dançar.

Destacou mais um ou dois detalhes, levantando os lençóis empoeirados para expor a bela cadeira baixa, um armário, um sofá do período da Regência.

— O que é isto? — perguntei sobre um item de aparência irregular. — Um piano?

Ela afastou uma ponta da sua coberta acolchoada.

— Uma espineta flamenga mais antiga do que a casa. Sabe tocá-la?

— Deus do céu, não!

— Nem eu. Uma pena. Realmente deveria ser usada, coitadinha.

Falou sem muita emoção, passando a mão de maneira prática sobre a caixa decorada do instrumento e deixando a coberta cair de novo em cima dela. Foi até a janela aberta e eu me juntei a ela. A janela era na verdade um par de portas de vidro compridas que, como as do quarto de Roderick e da pequena sala, abriam-se para um lance de escada que descia até a varanda. Quando olhei mais de perto, vi que os degraus tinham desmoronado: o de cima ainda se projetava da soleira, mas o resto estava espalhado nos cascalhos a pouco mais de um metro abaixo, escuros e desgastados pela exposição ao tempo, como se estivessem ali fazia tempo. Sem recear o perigo, Caroline abriu as portas e ficamos no pequeno precipício, no ar suave, quente e fragrante, olhando o gramado do lado oeste. No passado, pensei, o gramado deveria ser aparado e nivelado, talvez tivesse sido um espaço para *croquet*. Agora o terreno estava cheio de protuberâncias, com montículos feitos por toupeiras e cardos, e em algumas partes o mato estava na altura do joelho. Os arbustos dispersos deixavam espaço para moitas de faias púrpura, de cor muito intensa, mas fora de controle. E para além delas percebi que dois olmos ingleses imensos, nunca cortados, cobririam, quando o sol baixasse mais, a cena toda com sua sombra.

A distância, no lado direito, havia um grupo de anexos, a garagem e a estrebaria fora de uso. Acima da porta do estábulo havia um grande relógio branco.

— Vinte para as nove — falei, sorrindo, olhando para os ponteiros fixados de maneira decorativa.

Caroline balançou a cabeça.

— Roderick e eu fizemos isso quando o relógio quebrou. — E ao ver minha expressão intrigada, acrescentou: — Vinte para as nove é a hora que os relógios da Srta. Havisham são parados em *Grandes esperanças*. Achávamos isso engraçadíssimo. Hoje parece um pouco menos engraçado, devo admitir... Para além das cavalariças estão os antigos jardins, a horta etc.

Dava para ver apenas o muro deles. Era feito do mesmo tijolo vermelho irregular da casa. Uma abertura em arco permitia entrever pistas cobertas de escória de hulha, bordaduras cobertas de mato e o que pensei que talvez fosse um marmeleiro ou uma nespereira, e como gosto de jardins murados, falei sem pensar que gostaria de vê-los.

Caroline consultou seu relógio e replicou corajosamente:

— Ainda temos quase dez minutos. É mais rápido por aqui.

— Por aqui?

Pôs a mão na moldura da porta, inclinando-se à frente e dobrando as pernas.

— Quer dizer, pule.

Puxei-a para trás.

— Ah, não. Estou velho demais para esse tipo de coisa. Leve-me outro dia, está bem?

— Tem certeza?

— Absoluta.

— Então tudo bem.

Ela pareceu lamentar. Acho que o nosso tour excitou-a, ou então estava simplesmente mostrando sua juventude. Ficou mais alguns minutos do meu lado, depois deu mais uma volta na sala, certificando-se de que os móveis estavam cobertos como deviam e erguendo uma ou duas pontas do tapete para verificar lepismas e traças.

— Adeus, pobre salão abandonado — disse ela, depois de fechar a janela, trancar a veneziana e voltarmos no escuro para o corredor. E como ela tinha falado com um suspiro, ao girar a chave na fechadura, eu disse:

— Gostei muito de ter visto a casa. É linda.

— Acha mesmo?

— Você não?

— Ah, não é uma construção de se jogar fora, suponho.

Pela primeira vez, suas maneiras joviais, de colegial, me irritaram.

— Ora, Caroline, fale sério — eu disse.

Foi a primeira vez também que a chamei pelo nome de batismo e talvez isso, combinado com meu tom de uma leve censura, a tenha encabulado. Ela corou daquela sua maneira inconveniente e a sua jovialidade desapareceu. Encarando-me, falou como se estivesse se rendendo de fato:

— Tem razão. Hundreds é adorável. Mas é uma espécie de monstro adorável! Precisa ser alimentado o tempo todo, com dinheiro e trabalho árduo. E quando *os* sentimos — balançou a cabeça na direção dos retratos sombrios — nos olhando, pode começar a parecer uma carga assustadora... É mais difícil para Rod, pois ele tem a responsabilidade extra de ser o patrão. Ele não quer decepcionar as pessoas, entende?

Percebi que ela tinha uma certa habilidade, em desviar de si mesma o rumo da conversa.

— Estou certo de que seu irmão está fazendo tudo o que pode. Você também.

Mas acima das minhas palavras ressoaram as batidas rápidas de um dos relógios da casa marcando 16 horas, e ela tocou no meu braço, sua aparência desanuviando.

— Vamos. Mamãe está esperando. O tour de seis pence inclui refrescos, não se esqueça!

Prosseguimos então por aquele corredor até o começo do seguinte e entramos na pequena sala.

Encontramos a Sra. Ayres em sua escrivaninha, passando cola em um fragmento de papel. Ergueu o olhar, parecendo culpada, quando chegamos, embora eu não atinasse com a razão. Então vi que o fragmento era, na verdade, um selo não carimbado, que obviamente já selara uma carta anteriormente.

— Receio — disse ela, ao colar o selo em um envelope — que isso não seja legal. Mas só Deus sabe como vivemos tempos sem lei. Não vai me delatar, vai, Dr. Faraday?

— Não apenas não vou — repliquei —, como ficarei feliz em estimular o crime. Levarei a carta ao correio em Lidcote, se quiser.

— Faria isso? Como é gentil. Os carteiros são tão descuidados hoje em dia. Antes da guerra, Wills, o carteiro, vinha duas vezes ao dia. O homem que faz as rondas agora se queixa da distância. Temos sorte de ele não deixar a nossa correspondência no fim da alameda.

Ela atravessou a sala falando, fazendo um pequeno gesto elegante com suas mãos magras, cheias de anéis, e a segui até as poltronas no lado da lareira. Estava vestida mais ou menos como na primeira vez que a vi, com um linho escuro vincado e uma echarpe de seda no pescoço, e usando outro par de sapatos engraxados que distraíam um pouco a atenção. Olhando-me com ternura, ela disse:

— Caroline me contou o que está fazendo por Roderick. Sou muito grata ao senhor por se interessar por ele. Acredita mesmo que esse tratamento vá fazer alguma diferença?

— Bem, os sinais, até agora, são bons — repliquei.

— Mais do que simplesmente bons — interferiu Caroline, deixando-se cair, com um baque surdo, no sofá. — O Dr. Faraday está sendo modesto. Está realmente ajudando, mamãe.

— Mas isso é maravilhoso! Roderick trabalha tanto, sabe? Pobre rapaz. Receio que ele não leve jeito como seu pai para gerir a propriedade. Não tem a sensibilidade com a terra e todo o resto.

Eu suspeitava de que ela tinha razão. Mas repliquei, por cortesia, que não tinha certeza de que a sensibilidade em relação à terra contasse muito nos dias atuais, considerando-se como as coisas estavam difíceis para os fazendeiros. E com a prontidão para agradar que caracteriza as pessoas encantadoras, ela respondeu:

— Sim, é verdade. Espero que saiba mais sobre isso do que eu... Então, Caroline andou lhe mostrando a casa.

— Sim.

— E gostou do que viu?

— Muito.

— Fico feliz. Naturalmente não passa da sombra do que já foi. Mas como meus filhos não param de me lembrar, temos a sorte de termos mantido tudo isso... Realmente acho as casas do século XVIII as mais belas. Um século tão civilizado. A casa em que cresci era uma coisa feia vitoriana. Hoje é um internato católico, e tenho de dizer que as freiras a receberam muito bem. Mas realmente me preocupo com as meninas, coitadas. Tantos corredores sombrios e escadas. Quando eu era criança dizíamos que era assombrada. Não acho que fosse. Talvez seja agora. Meu pai morreu lá e ele odiava mortalmente os católicos... Evidentemente soube das mudanças em Standish, não soube?

Assenti com um movimento da cabeça.

— Sim. Ouvi uma coisa aqui, outra ali, principalmente de meus pacientes.

Standish era uma "casa grande" vizinha, uma mansão elisabetana cuja família, os Randall, tinha partido do país para começar vida nova na África do Sul. O lugar tinha ficado vazio por dois anos e recentemente havia sido vendido para certo Peter Baker-Hyde, um arquiteto londrino que trabalhava em Coventry e escolhera Standish como um retiro no campo, que ele considerava ser seu "encanto longínquo".

— Acho que tem mulher e uma filha — falei — e dois carros caros, mas nenhum cavalo nem cachorro. E soube que tem um bom histórico de guerra, foi um herói na Itália. Ele claramente se deu bem com isso. Parece que já está gastando um bom dinheiro na reforma da casa.

Falei um pouco ressentido, pois nenhum dos novos-ricos de Standish me havia procurado. Nessa mesma semana eu soube que haviam se registrado com um dos meus rivais locais, o Dr. Seeley.

Caroline riu.

— Ele é urbanista, não? Provavelmente vai derrubar Standish e construir um rinque. Ou talvez venda a casa a americanos. Eles a despacharão por navio e a reconstruirão, como fizeram com Warwick Priory. Dizem que os americanos compram qualquer pedaço de madeira, é só lhes dizer que veio da Floresta de Arden, ou que Shakespeare espirrou nela, ou outra coisa do gênero.

— Como é cínica! — exclamou sua mãe. — Acho os Baker-Hyde encantadores. Restou tão pouca gente realmente simpática no condado que deveríamos agradecer a eles por comprarem Standish. Quando penso em todas as grandes casas e no que se tornaram, sinto-me em uma praia deserta. Tem a Umberslade Hall, onde o pai do coronel costumava caçar, agora cheia de escrivaninhas. Woodcote permanece vazia. Acho que Meridien Hall também. Charlecote e Coughton foram consignadas ao público...

Falou com um suspiro, seu tom se tornando grave, quase plangente, e por um segundo pareceu ter a idade que tinha. Então virou a cabeça, mudando a expressão.

Tinha ouvido, assim como eu, o tilintar da porcelana e das colheres no corredor. Pondo uma mão no peito, inclinou-se para mim e disse, em um murmúrio falsamente apreensivo:

— Aí vem o que meu filho chama de "a polca dos esqueletos". Betty é realmente um gênio, sabe?, em matéria de deixar xícaras caírem. E simplesmente não temos porcelana... — O chocalhar aumentou de volume e ela fechou os olhos. — Oh, o suspense! — Chamou pela porta aberta. — Cuidado onde pisa, Betty!

— Estou vendo, senhora! — foi a resposta indignada, e logo depois a garota apareceu na porta, franzindo o cenho e corando enquanto movimentava a grande bandeja de mogno.

Levantei-me para ajudá-la, mas Caroline levantou-se ao mesmo tempo, pegou agilmente a bandeja das mãos de Betty, colocou-a sobre a mesa e a examinou.

— Nem uma única gota derramada! Deve ter sido em sua honra, doutor. Está vendo que temos o Dr. Faraday conosco hoje, Betty? Ele realizou uma cura milagrosa em você há algum tempo, se lembra?

Betty baixou a cabeça.

— Sim, senhorita.

Falei, sorrindo:

— Como vai você, Betty?

— Estou bem, obrigada, senhor.

— Fico feliz em ouvir isso e vê-la tão bem. E tão elegante também!

Falei sem malícia, mas a sua expressão se obscureceu um pouco, como se desconfiasse que eu pudesse estar brincando com ela. E então me lembrei de ela ter se queixado do "vestido e chapéu horrorosos" que os Ayres a obrigavam a usar. O fato é que ela estava vestida de maneira singular: uniforme preto com um avental branco, punhos e gola engomados diminuindo seus pulsos e pescoço infantis. Na sua cabeça estava uma touca com rufos exagerados, o tipo de coisa de que não me lembrava ter visto em uma sala de Warwickshire desde antes da guerra. Mas neste cenário de uma elegância antiquada e miserável seria difícil imaginá-la vestida de outra maneira.

E ela parecia bastante saudável e se esforçou para distribuir as xícaras e fatias de bolo, como se estivesse muito tranquila. Ao terminar fez até mesmo uma mesura meio desajeitada. A Sra. Ayres disse:

— Obrigada, Betty, pode ir.

Ela se virou e saiu. Ouvimos a batida e o chiado de seus sapatos de solas resistentes enquanto ela retornava ao subsolo.

Caroline, pondo uma tigela de chá para Gyp, disse:

— Pobre Betty. Não é uma copeira genuína.

Mas sua mãe mostrou-se mais indulgente.

— Oh, temos de lhe dar mais tempo. Nunca me esqueço de minha tia-avó dizendo que uma casa bem administrada era como uma ostra. Garotas chegam como partículas de arenito e dez anos depois partem como pérolas.

Falava para mim e para Caroline também — claramente se esquecendo, no momento, de que minha própria mãe tinha sido uma das partículas de arenito a que sua tia-avó se referira. Acho que até mesmo Caroline tinha se esquecido. As duas estavam sentadas confortavelmente em suas poltronas, desfrutando o chá e o bolo que Betty tinha preparado, depois levado, desajeitadamente, para elas, depois cortado e servido a elas em pratos e xícaras que, ao toque do sino, ela logo removeria e lavaria... Mas eu não falei nada dessa vez. Também fiquei saboreando o chá e o bolo. Pois se a casa, como uma ostra, estava agindo sobre Betty, refinando-a e a encobrindo com camadas minúsculas, uma depois da outra, de seu encanto particular, suponho que já tivesse iniciado um processo similar comigo.

Como Caroline tinha previsto, seu irmão não se uniu a nós nesse dia. Foi ela quem, um pouco depois, acompanhou-me ao meu carro. Perguntou se eu iria direto para Lidcote. Respondi que pretendia visitar um paciente em outra aldeia. E quando disse o nome da aldeia em questão, ela replicou:

— Ah, então deve atravessar o parque e sair pelos outros portões. É mais rápido do que fazer de novo o caminho por onde veio e dar a volta. A via é ruim como esta, por isso cuidado com seus pneus. — Então lhe ocorreu uma ideia: — Ouça. Ajudaria usar o parque mais vezes? Quer dizer, como um atalho entre pacientes?

— Bem — respondi, refletindo —, sim, acho que ajudaria muito.

— Então pode usá-lo sempre que quiser! Só lamento nunca termos pensado nisso antes. Vai ver os portões fechados com arame, mas isso simplesmente porque desde a guerra começamos a ter problemas com vagabundos. Basta que os amarre depois de passar, nunca ficam realmente trancados.

— Não se importa mesmo? — perguntei. — Nem sua mãe ou seu irmão? Vou aceitar a sua palavra e virei todos os dias.

Ela sorriu.

— Gostaríamos disso. Não gostaríamos, Gyp?

Recuou, pondo as mãos nos quadris, para me ver dar a partida no carro. Então, estalou os dedos para o cachorro e voltaram pelo caminho de cascalho.

Contornei o lado norte da casa, procurando a entrada para a outra estrada: segui devagar, sem saber direito o caminho e incidentalmente tendo uma visão das janelas do quarto de Roderick. Ele não reparou no meu carro, mas eu o vi lá, claramente: estava sentado à sua mesa, com o rosto apoiado na mão, olhando fixamente os papéis e livros abertos na sua frente como se terrivelmente confuso e cansado.

3

A partir de então, tornou-se parte de minha rotina ir a Hundreds aos domingos para tratar da perna de Rod e ficar para o chá com sua mãe e sua irmã. E depois que passei a usar o parque nas minhas viagens entre pacientes, visitava-os com frequência. Na verdade, ansiava pelas visitas, de tanto que contrastavam com minha vida prosaica. Nunca entrava no parque e era eu que fechava os portões atrás de mim, percorrendo a alameda coberta de mato sem a mais ligeira excitação ou sensação de intrepidez. Ao chegar na casa vermelha que se desintegrava, tinha sempre a impressão de que a vida comum tinha se fracionado e que eu passava para uma outra esfera, mais estranha, mais extraordinária.

Passara também a gostar dos Ayres por eles mesmos. Era Caroline quem eu mais via. Descobri que ela caminhava no parque quase que diariamente, portanto, eu frequentemente avistava sua inconfundível figura de pernas longas e quadris largos, com Gyp cortando caminho pela relva a seu lado. Quando ela estava perto demais, eu parava o carro, baixava a janela e conversávamos, se tivéssemos tempo. Ela parecia estar sempre no meio de alguma tarefa, sempre com uma bolsa ou cesta cheia de frutas ou cogumelos ou gravetos para o fogo. Podia muito bem, eu pensava, ter sido filha de um fazendeiro. Quanto mais eu via as coisas em Hundreds, mais lamentava que a sua vida, assim como a do seu irmão, fosse de tanto trabalho e de tão poucos prazeres. Um dia, um vizinho me presenteou com dois potes de mel de suas colmeias, por seu filho ter se recuperado de uma grave coqueluche.

Lembrei-me de Caroline ter desejado mel na minha primeira visita à casa, de modo que lhe dei um dos potes casualmente, mas ela pareceu surpresa e deliciada com o presente, erguendo o pote para o sol, mostrando-o à sua mãe.

— Oh, não devia!

— Por que não? — repliquei. — Um velho solteirão como eu.

E a Sra. Ayres disse baixinho, com um quê de censura:

— É realmente muito gentil conosco, Dr. Faraday.

A verdade é que minhas gentilezas eram coisas muito pequenas, mas a família vivia de uma maneira tão isolada e precária que simplesmente sentiam com uma força extra o impacto de qualquer leve empurrão casual da sorte, boa ou má. No meio de setembro, por exemplo, quando já tratava de Roderick há quase um mês, o longo verão finalmente definhou. Um dia de tempestade fez a temperatura cair e chover pesado uma ou duas vezes: o poço de Hundreds foi salvo, a ordenha foi tranquila pela primeira vez em meses, e o alívio de Roderick foi tão flagrante que era quase doloroso observá-lo. Seu humor se abrandou. Passou mais tempo longe de sua mesa de trabalho e começou a falar animadamente na possibilidade de melhorias na fazenda. Contratou dois trabalhadores para ajudar nos campos. E como a grama já crescida se expandiu ainda mais com a mudança de estação, pôs o biscateiro Barrett para apará-la com a foice. Ficou mais viçosa e com a textura regular, como um carneiro recém-tosquiado, fazendo a casa parecer mais imponente — mais como devia parecer, pensei, mais como me lembrava dela naquela visita na infância, trinta anos antes.

Nesse meio-tempo, o senhor e a senhora Baker-Hyde se instalaram na mansão vizinha, Standish, e passaram a ser vistos mais vezes na vizinhança. A Sra. Ayres esbarrou com a esposa, Diana, em uma de suas raras saídas para compras, em Leamington, e a achou encantadora, como já esperava. A partir desse encontro, começou a pensar em promover uma "pequena reunião" em Hundreds, para dar as boas-vindas aos recém-chegados ao distrito.

Isso deve ter sido no fim de setembro. Ela contou-me seus planos quando estávamos, eu, ela e Caroline, na sala, depois do tratamento da perna de Rod. A ideia da Hall ser aberta a estranhos me inquietou um pouco, o que deve ter transparecido no meu rosto.

— Ah, costumávamos dar umas três festas por ano, sabe, nos velhos tempos — disse ela. — Mesmo durante a guerra eu consegui oferecer jantar para os oficiais alojados conosco. É verdade que na época tínhamos condições. Hoje eu não poderia fazer o mesmo. Mas temos Betty, apesar de tudo. Uma criada faz toda a diferença nesse tipo de coisa, e ela é capaz de andar com um *decanter* nas mãos. Pensei em um coquetel, não mais de dez pessoas. Talvez os Desmond, os Rossiter...

— Também tem de vir, é claro, Dr. Faraday — disse Caroline, enquanto a voz de sua mãe enfraquecia.

— Sim — disse a Sra. Ayres. — Sim, é claro que tem de vir.

Falou com afeição, mas com uma breve hesitação, e não podia culpá-la por isso, pois apesar de agora eu frequentar regularmente a casa, não era um amigo da família. Porém, ao me convidar, ela corajosamente havia considerado mais do que isso. Minha única noite livre era a de domingo, que eu passava, geralmente, com os Graham. Mas ela disse que as noites de domingo eram tão boas quanto qualquer outra, e logo buscou sua agenda de compromissos e propôs algumas datas.

Não fomos além disso naquele dia, e como na minha visita seguinte não foi feita nenhuma outra menção à festa, pensei se a ideia, afinal, não teria morrido. Mas alguns dias depois, ao pegar o atalho pelo parque, vi Caroline. Disse-me que, depois de uma troca alvoroçada de correspondência entre sua mãe e Diana Baker-Hyde, uma noite tinha sido finalmente escolhida, dali a três domingos.

Falou sem demonstrar muito entusiasmo.

— Não parece muito animada — eu disse.

Levantou a gola do casaco, cruzando as pontas no queixo.

— Ah, simplesmente me curvo ao inevitável — replicou ela. — A maioria das pessoas acha mamãe terrivelmente sonhadora, sabe, mas se encasquetar uma ideia, nada a faz desistir. Rod disse que dar uma festa com a casa no estado em que está será como Sarah Bernhardt representar Julieta com uma perna só. E devo admitir que ele tem razão. Talvez, nessa noite, eu fique na pequena sala, com Gyp e o rádio. Parece muito mais divertido do que ficar jogando charme para pessoas que nem mesmo conhecemos, e provavelmente de que não gostaremos.

Pareceu constrangida e o tom de sua voz não me soou verdadeiro, mas apesar de continuar se queixando, estava claro para mim que ela mal podia esperar pela festa, tanto que durante as duas semanas seguintes dedicou-se a limpar e arrumar Hall, prendendo frequentemente o cabelo em um turbante e ficando de quatro junto com Betty e a diarista, a Sra. Bazeley. Toda vez que eu visitava a casa, deparava com tapetes sendo suspensos e batidos, quadros aparecendo em paredes vazias e diversos móveis surgindo do depósito.

— Até parece que esperam Sua Majestade! — disse-me a Sra. Bazeley, quando, num domingo, desci até a cozinha para preparar água salgada para o tratamento de Rod. Ela tinha vindo trabalhar em um dia extra. — Tanta confusão, sei lá. A pobre Betty está cheia de calos! Mostre seus dedos ao doutor, Betty.

Betty estava sentada à mesa, limpando várias peças de prata com lustrador de metal e um pedaço de pano, mas, assim que ouviu as palavras da Sra. Bazeley, largou prontamente o pano e me mostrou as palmas das mãos — gostando de receber atenção, acho. Após três meses em Hundreds, suas mãos de criança tinham-se engrossado e manchado, mas segurei a ponta de um dos seus dedos e o sacudi.

— Ora, ora — eu disse. — Não estão piores do que se trabalhasse no campo... ou numa fábrica, por falar nisso. São belas mãos de camponesa, é o que são.

— Mãos de camponesa! — exclamou a Sra. Bazeley quando Betty, com uma expressão ferida, voltou ao trabalho. — O pior foi quando teve de limpar o imenso candelabro. Cada maldita gota de vidro, a Srta. Caroline a fez limpar na semana passada. Desculpe minha linguagem, doutor. Mas esses candelabros têm de ser baixados. Nos tempos passados, homens viriam buscá-los para levá-los a Brummagem, e molhá-los. E o que mais nos espanta é que tudo isso — disse ela — é por alguns drinques, nem mesmo um jantar. E são apenas pessoas de Londres que estão vindo, não é isso?

Mas os preparativos continuaram e a Sra. Bazeley, reparei, trabalhava tanto quanto qualquer outro. Afinal, era difícil não se deixar seduzir pelo caráter de novidade, pois nesses anos de racionamento estrito, até mesmo uma festa particular simples era algo que dava prazer. Eu ainda não conhecia os Baker-Hyde, de modo que estava curioso para vê-los — curioso, também, para ver Hall decorada como nos seus anos de glória. Para a minha própria surpresa e aborrecimento, também estava um pouco nervoso. Achei que tinha de estar à altura da ocasião, e não sabia direito como. Na sexta-feira do fim de semana em questão fui cortar o cabelo. No sábado, pedi à minha empregada, a Sra. Rush, para separar meu traje para eventos noturnos. Encontrou o paletó com traças nas costuras e a camisa estava tão puída em algumas partes que ela teve de cortar sua bainha atrás para remendá-la. Quando finalmente me examinei na faixa de espelho embaçado na porta do meu armário, minha aparência improvisada não foi muito estimulante. O meu cabelo tinha começado a rarear e, recém-barbeado, pareci calvo nas têmporas. Tinha passado a noite com um paciente e estava exausto por não ter dormido. Parecia-me com meu pai, percebi com desalento. Ou com meu pai se um dia ele tivesse vestido um traje de noite: como se eu tivesse sido mais feliz em um casaco marrom e um avental de lojista.

Graham e Anne, divertindo-se com a ideia de eu beber com os Ayres em vez de jantar com eles, tinham pedido que, a caminho da festa, eu passasse para um drinque. Cheguei encabulado e, como esperava, Graham deu uma gargalhada ao me ver. Anne, mais generosamente, passou a escova nos ombros do meu paletó e refez o nó da minha gravata.

— Pronto. Está bem elegante — disse-me ao terminar, naquela voz que as mulheres gentis usam para elogiar homens deselegantes.

— Espero que esteja de colete! Morrison foi a uma festa na Hall, alguns anos atrás. Disse que foi a noite mais fria da sua vida.

Por acaso, o verão quente tinha cedido lugar a um outono indefinido e o dia tinha sido frio e úmido. A chuva caiu pesada quando parti de Lidcote, transformando as estradas rurais empoeiradas em riachos de lama. Tive de sair do carro com um cobertor na cabeça para abrir os portões do parque, e quando surgi da alameda molhada e pegajosa e estacionei na curva de cascalhos, olhei para Hall com um certo fascínio: nunca tinha ido lá tão tarde, e com seu contorno irregular dava a impressão de estar sangrando no céu que escurecia rapidamente. Subi depressa os degraus da frente e toquei a campainha — a chuva, agora, caindo como água de um balde. Ninguém atendeu. Abri a porta, que estava sem tranca, e entrei.

Era uma das artimanhas da casa ter atmosferas completamente diferentes dentro e fora. O ruído da chuva desapareceu quando fechei a porta atrás de mim e me deparei com o hall iluminado suavemente por lâmpadas elétricas, apenas o suficiente para destacar o lustro do piso de mármore recentemente polido. Havia vasos de flores em cada mesa, com rosas do fim do verão e crisântemos. O andar de cima estava bem pouco iluminado, e o outro acima desse, ainda menos iluminado, de modo que a escadaria ascendia para o escuro. O domo de vidro mostrava o final da luz do entardecer e parecia suspenso na escuridão, um grande disco translúcido. O silêncio era absoluto. Depois de tirar o chapéu ensopado e bater a água dos meus ombros, avancei devagar, e passei um minuto olhando para cima no centro do piso lustrado.

Então, prossegui pelo corredor sul. A pequena sala estava aquecida e iluminada, mas vazia. Avançando mais, vi uma luz mais forte na entrada do salão, e me dirigi para lá. Ao ouvir meus passos, Gyp começou a latir e um segundo depois pavoneou-se ao meu redor, querendo ser afagado. Foi seguido da voz de Caroline:

— Roddie, é você?

As palavras soaram com um quê tenso. Aproximando-me mais, respondi timidamente:

— Sou apenas eu! O Dr. Faraday. Entrei já que a porta estava aberta. Espero que não se incomode. Cheguei cedo demais?

Eu a ouvi rir.

— De jeito nenhum. Somos nós que estamos terrivelmente atrasados. Venha! Não posso sair daqui.

Ela falava, como logo vi, do alto de uma pequena escada dobrável, em uma das paredes mais distantes do salão. Não entendi por que, de início. Estava deslumbrado demais com o próprio salão. Já tinha me causado uma forte impressão quando o vira, à meia-luz, com seus móveis cobertos por lençóis, mas agora seus sofás e poltronas refinados estavam expostos e o candelabro — um dos lustres, presumivelmente o que havia empolado as mãos de Betty — resplandecia como uma fornalha. Vários abajures menores também estavam acesos e a luz era captada e devolvida por tochas douradas em vários ornamentos e espelhos, acima de tudo, pelo amarelo vivo, estilo Regência, das paredes.

Caroline me viu pestanejar.

— Seus olhos logo vão parar de lacrimejar, não se preocupe. Por que não tira o casaco e se serve de uma bebida? Mamãe ainda está se vestindo e Rod está enrolado, tentando resolver algum problema da fazenda, mas eu já estou terminando aqui.

Então percebi o que ela estava fazendo: estava abrindo caminho em volta da sala com um punhado de tachinhas, fixando as pontas do papel de parede que estavam se soltando ou estufando. Fui ajudá-la, mas ela prendia a última tachinha quando cheguei do seu lado. Então firmei a escada de madeira e lhe ofereci a mão para ajudá-la a descer. Teve de fazer isso com cuidado, levantando a bainha da sua saia: estava usando um vestido longo de *chiffon* azul e sapatos e luvas prateados, o cabelo preso de um lado com um pregador de diamante. O vestido era antigo e, para ser franco, não tinha bom caimento. O decote pronunciado expunha as clavículas proeminentes e os tendões do pescoço, e o corpete estava apertado demais para o tamanho do seu busto. Havia um toque de cor nas pálpebras e ruge nas maçãs do rosto, e a sua boca, vermelha do batom, estava surpreendentemente carnuda e grande. Na verdade, pensei como ela estaria muito mais bonita e mais verdadeira se estivesse com a cara lavada e em uma de suas velhas saias disformes e blusa Aertex, e como eu preferiria vê-la assim. Mas estava ciente das minhas deficiências nessa iluminação forte. Depois de ajudá-la a descer, falei:

— Está bonita, Caroline.

Suas bochechas com ruge enrubesceram um pouco mais. Evitando o meu olhar, falou com o cachorro:

— E ele ainda nem bebeu! Imagine como vou parecer ainda melhor depois de um coquetel, hein, Gyp?

Ela estava pouco à vontade e artificial. Imaginei que simplesmente estivesse apreensiva com a noite à frente. Puxou o sino chamando Betty e ouviu-se o chiado abafado do fio movendo-se invisivelmente na parede. Então ela me levou ao aparador, onde tinha disposto uma série de belos copos de cristal lapidado antigos e o que, para aqueles tempos, era uma seleção impressionante de bebidas: xerez, gim, vermute italiano, cerveja amarga e limonada. Eu tinha levado uma meia garrafa de Navy Rum como contribuição para a festa. Tínhamos acabado de servir dois copos pequenos, quando Betty apareceu respondendo ao chamado. Ela tinha sido arrumada e limpa como tudo o mais na casa: seus punhos, gola e avental estavam imaculadamente brancos e sua touca estava mais enfeitada do que o habitual, com um babado engomado, como um wafer sobre um *sundae*. Mas ela estava preparando os pratos de sanduíches lá embaixo e pareceu afogueada e um pouco incomodada. Caroline a tinha chamado para levar a escada, de modo que ela foi, rapidamente e de forma não muito graciosa, pegá-la. Deve ter feito isso com pressa demais ou subestimado o seu peso, pois deu alguns passos e a escada caiu estrondosamente.

Caroline e eu levamos um susto e o cachorro começou a latir.

— Gyp, seu idiota, cale-se! — disse Caroline. E com o mesmo tom de voz, para Betty: — O que diabos está fazendo?

— Não estou fazendo nada! — respondeu a garota, jogando a cabeça, sua touca escorregando. — A escada pula, só isso. Tudo pula nesta casa!

— Ora, não seja estúpida.

— Não estou sendo estúpida!

— Está bem — falei em tom calmo, ajudando-a a pegar a escada e a segurá-la com firmeza. — Está tudo bem. Não se quebrou nada. E agora, dá para levá-la?

Ela olhou fixa e sinistramente para Caroline, mas levou a escada em silêncio, esquivando-se da Sra. Ayres que tinha acabado de chegar à porta e visto o final da confusão.

— Que tumulto! — disse ela, entrando na sala. — Deus do céu! — Então me viu. — Dr. Faraday, então já chegou. Como está bem. O que deve estar pensando de nós?

Atenuou suas maneiras e sua expressão ao se adiantar e me oferecer a sua mão. Estava vestida como uma elegante viúva francesa, em um vestido de seda escuro. Na cabeça, usava um xale de renda preta, uma espécie de mantilha, presa no pescoço com um broche de camafeu. Quando ela passou debaixo do lustre, olhou para cima, estreitando os olhos, suas altas maçãs do rosto se erguendo.

— Como a luz está forte, não? Certamente nunca foi tão intensa nos velhos tempos. Suponho que a vista das pessoas era melhor... Caroline, querida, deixe-me olhar como está.

Caroline pareceu ainda menos à vontade do que nunca, depois da discussão por causa da escada. Fez uma pose de manequim e disse, em um tom de modelo, mas irritada:

— Estou bem? Não à altura do seu alto padrão, eu sei.

— Oh, que bobagem — disse sua mãe. Seu tom lembrou-me o de Anne. — Você está muito bem, mesmo. Apenas estique as luvas, isso... Ainda nenhum sinal de Roderick? Espero que ele não fique enrolando para não aparecer. Hoje à tarde, ele estava resmungando, reclamando do traje para a noite, dizendo que as roupas estavam largas demais. Eu lhe disse que tinha realmente sorte de ter roupas para essa ocasião. Obrigada, Dr. Faraday. Sim, um xerez, por favor.

Dei-lhe a bebida, ela pegou o copo, sorrindo distraidamente para mim

— Dá para imaginar? — disse ela. — Faz tanto tempo que a casa não é aberta, que me sinto um pouco nervosa.

— Bem, ninguém diria — repliquei.

Ela não estava escutando.

— Eu ficaria mais calma com o meu filho do meu lado. Às vezes, sabe, acho que ele se esquece de que é o senhor de Hundreds.

Pelo que eu tinha visto de Roderick nas últimas semanas, achei improvável que isso tivesse acontecido em algum momento, e olhei para Caroline e percebi que obviamente estava pensando a mesma coisa. Mas a Sra. Ayres continuou a olhar em volta, inquieta. Bebeu um único gole de sua bebida, depois pôs o copo na mesa e examinou o aparador, preocupada com que não houvesse garrafas suficientes de xerez. Depois disso, verificou as cigarreiras e experimentou a chama dos isqueiros de mesa, um por um. Então uma rajada repentina de fumaça da lareira a atraiu para lá e se queixou da chaminé não varrida e da cesta com lenha úmida.

Mas não havia tempo para buscar mais lenha. Quando aprumava o corpo, ouvimos o eco de vozes no corredor e os primeiros convidados de verdade apareceram: Bill e Helen Desmond, um casal de Lidcote que eu conhecia ligeiramente; o Sr. e a Sra. Rossiter, que eu só conhecia de vista, e uma solteirona idosa, a Srta. Dabney. Tinham ido juntos, espremidos no carro dos Desmond para economizar gasolina. Estavam se queixando do clima, e Betty estava carregada com seus casacos e chapéus molhados. Introduziu-os no salão, sua touca de novo no lugar. A irritação parecia ter passado. Olhei nos seus olhos e dei uma piscadela. Ela pareceu surpresa por um segundo, mas então baixou a cabeça e sorriu como uma criança.

Nenhum dos recém-chegados me reconheceu em meu traje de noite. Rossiter era um magistrado aposentado, Bill Desmond possuía uma grande quantidade de terras, e não era o tipo de pessoa com quem eu convivesse. A esposa de Desmond foi a primeira a me reconhecer.

— Ah! — disse ela com apreensão. — Ninguém está doente, espero.

— Doente? — disse a Sra. Ayres. Em seguida, acrescentou com uma risada social: — Ah, não. O doutor é nosso convidado nesta noite! Sr. e Sra. Rossiter, conhecem o Dr. Faraday, não? E você, Srta. Dabney?

Por acaso eu tinha tratado uma ou duas vezes da Srta. Dabney. Era do tipo hipocondríaco, uma paciente com que o médico pode obter uma renda decente. Mas ela era de "caráter" antiquado, arrogante com clínicos gerais, e acho que ficou surpresa por me encontrar em Hundreds com um copo de rum na mão. A surpresa, entretanto, foi tragada pela excitação da chegada, pois cada um tinha algo a dizer sobre a sala, havia a bebida a ser servida e havia Gyp, o afável Gyp, que enfiava o focinho em cada um, esperando ser afagado.

Então, Caroline ofereceu cigarros e os convidados a olharam melhor.

— Meu Deus! — exclamou o Sr. Rossiter, em tom evidente de galanteio. — E quem é esta jovem beldade?

Caroline inclinou a cabeça.

— Receio que apenas a feia e velha Caroline por baixo do batom.

— Não seja tola, minha querida — disse a Sra. Rossiter aceitando um cigarro da caixa. — Você está encantadora. É filha do seu pai, e ele foi um homem muito bonito. — Dirigiu-se à Sra. Ayres. — O coronel ia gostar de ver a sala assim, não, Angela? Ele gostava tanto de festas. Um dançarino extraordinário, um equilíbrio extraordinário. Lembro-me de ver vocês dois dançando, uma vez, em Warwick. Era um prazer observá-los, eram como lanugem de cardo. Os jovens de hoje não sabem as danças de antigamente, e quanto às danças modernas... bem, acho que vou falar como uma velha, mas as danças modernas me parecem tão vulgares. Tanto pulo, parece uma cena de um hospital psiquiátrico! Não pode fazer bem. O que acha, Dr. Faraday?

Dei alguma resposta qualquer e o assunto se encerrou por algum tempo. Mas a conversa logo retornou às grandes festas e bailes que o condado tinha visto no passado, e tive menos com que contribuir.

— Deve ter sido em 1928 ou 1929 — ouvi a Srta. Dabney dizer, a respeito de um evento particularmente brilhante. E eu, ironicamente, estava pensando na minha vida naqueles anos, como estudante de medicina em Birmingham, esfalfado de tanto trabalho, permanentemente faminto e vivendo em um sótão dickensiano com um buraco no telhado, quando Gyp se pôs a latir. Caroline segurou sua coleira para impedir que disparasse para fora da sala. Ouvimos vozes no corredor, uma delas de uma criança, aparentemente: "Tem cachorro?" E as nossas próprias vozes se calaram. Um grupo de pessoas apareceu à porta: dois homens em traje de passeio, uma mulher bonita em um vestido curto apropriado para ocasiões formais, e uma linda menina de 8 ou 9 anos.

A menina nos olhou surpresa. Era a filha dos Baker-Hyde, Gillian. Mas o segundo homem claramente não estava sendo esperado, pelo menos pela Sra. Ayres. Eu mesmo não sabia nada a seu respeito. Foi apresentado como o irmão mais novo da Sra. Baker-Hyde, o Sr. Morley.

— Geralmente passo os fins de semana com Diana e Peter, sabe — disse ele, ao apertar as mãos das pessoas —, de modo que pensei em não largar do pé deles. Não começamos muito bem, começamos? — Chamou seu cunhado. — Peter! Você vai ser expulso do condado, meu velho!

Referia-se a seus trajes, pois Bill Desmond, o Sr. Rossiter e eu estávamos vestidos a rigor à moda antiga, e a Sra. Ayres e as outras mulheres estavam todas de vestidos longos. Mas o grupo Baker-Hyde parecia disposto a não dar a menor importância a esse constrangimento. Na verdade, fomos nós, de certa maneira, que acabamos nos sentindo malvestidos. Não que o Sr. e a Sra. Baker-Hyde fossem, de alguma maneira, arrogantes. Pelo contrário, tenho de admitir que os achei perfeitamente agradáveis e corteses naquela noite — embora com um tipo extraordinário de refinamento, de modo que compreendi por que alguns dos habitantes locais achavam que não conheciam nada das maneiras rurais. A menininha tinha uma postura semelhante à deles, claramente pronta a conversar com adultos de igual para igual, mas sem deixar de ser essencialmente uma criança. Pareceu achar graça, por exemplo, ao ver Betty em seu avental e touca e demonstrou um pouco de medo de Gyp. Quando as bebidas foram servidas, e lhe deram limonada, ela protestou tanto, querendo vinho, que seu pai acabou derramando um pouco do seu no copo dela. Os adultos de Warwickshire olharam com um espanto fascinado quando o xerez desapareceu em seu copo.

Com o irmão da Sra. Baker-Hyde, o Sr. Morley, antipatizei desde o começo. Devia ter, achei, uns 27 anos, usava o cabelo untado e óculos americanos sem aros e deu um jeito de logo ficarmos sabendo que trabalhava para uma agência de publicidade de Londres, mas que estava começando a fazer nome na indústria cinematográfica "escrevendo tratamentos". Ele não aprofundou, felizmente, o que era um tratamento, e o Sr. Rossiter, escutando errado o final da conversa, supôs que ele, como eu, fosse médico, o que provocou uma certa confusão durante alguns minutos. O Sr. Morley riu, de maneira tolerante, do equívoco. Percebi, quando ele bebericava seu coquetel, que me examinava e me desprezava. Percebi que desprezou todos nós, antes de se passarem dez minutos. A Sra. Ayres, entretanto, como anfitriã, parecia determinada a recebê-lo bem.

— Tem de conhecer os Desmond, Sr. Morley — ouvi-a dizer, retirando-o de um pequeno grupo para outro. E então, quando ele tinha voltado para perto da lareira, comigo e o Sr. Rossiter, ela disse:

— Senhores, sentem-se. O senhor também, Sr. Morley.

Ela pegou seu braço e, por um momento, mostrou-se incerta de onde posicioná-lo. Por fim, aparentemente de maneira casual, levou-o ao sofá. Caroline estava sentada lá, com a Sra. Rossiter, mas o sofá era comprido. O Sr. Morley hesitou por um segundo, depois deixou-se cair, com um ar de rendição, do lado de Caroline. Ela, quando ele se sentou, inclinou-se à frente para ajustar alguma coisa na coleira de Gyp. O movimento transpareceu algo tão falso que pensei: "Pobre Caroline!", achando que ela estivesse procurando uma maneira de escapulir. Mas então ela voltou à posição inicial e vi sua expressão estranhamente acanhada, levando uma mão ao cabelo em um gesto atipicamente feminino. Olhei dela para o Sr. Morley, cuja postura parecia forçada. Lembrei-me de todo o trabalho e preparativos para a noite, lembrei-me da fragilidade de Caroline mais cedo. E com um sentimento curiosamente sombrio e frustrado, de repente compreendi por que a festa tinha sido organizada e o que a Sra. Ayres e evidentemente a própria Caroline esperavam conseguir com ela.

No momento em que percebi isso, a Sra. Rossiter levantou-se e com aquela expressão maliciosa de meia-idade olhou para o seu marido e para mim. E então, estendendo o seu copo vazio, me disse:

— Dr. Faraday, faria a extrema gentileza de me buscar um pouco de xerez?

Levei o copo até o aparador e despejei a bebida. Enquanto fazia isso, vi meu reflexo em um dos muitos espelhos da sala: na iluminação implacável, com o copo na mão, eu parecia mais do nunca um merceeiro que ficava calvo. Quando levei o copo para a Sra. Rossiter, ela falou de maneira excessivamente afetada:

— *Muito* obrigada. — Mas sorriu como a Sra. Ayres tinha feito quando eu lhe prestara o mesmo favor, seu olhar afastando-se de mim enquanto falava. E então, ela retomou sua conversa com seu marido.

Talvez tenha sido o meu humor deprimido, quem sabe o refinamento dos Baker-Hyde, com que ninguém podia competir, mas o fato é que a festa, que mal começara, pareceu, de certa maneira, perder seu brilho. Até mesmo o salão diminuiu estranhamente, achei, agora que as pessoas de Standish haviam chegado. À medida que a noite prosseguia, percebi que faziam o máximo para admirá-lo, elogiando a decoração no estilo Regência, o candelabro, o papel de parede, o teto. A Sra. Baker-Hyde, em particular, o percorreu vagarosamente, apreciando-o, olhando cada detalhe. Mas a sala era grande e há muito deixara de ser aquecida: um fogo decente havia sido mantido na lareira, mas fazia um frio arrepiante e havia uma umidade no ar, que uma ou duas vezes a fez tremer e friccionar seus braços expostos. Finalmente, ela foi para mais perto da lareira, dizendo que queria olhar melhor um par de cadeiras douradas que estavam cada uma de um lado do fogo. E ao saber que os assentos de tapeçaria eram os originais da década de 1820, encomendados com a construção da sala octogonal, disse:

— Imaginei que sim. Que sorte terem sobrevivido! Havia tapeçarias maravilhosas em Standish quando nos mudamos, mas as traças as haviam praticamente devorado. Tivemos de nos livrar delas. Achei uma pena realmente.

— Oh, *é* uma pena — disse a Sra. Ayres. — Aquelas tapeçarias eram maravilhosas.

A Sra. Baker-Hyde virou-se, casualmente, para ela:

— Chegou a vê-las?

— Sim, é claro — respondeu a Sra. Ayres, pois ela e o coronel deviam ter sido visitas regulares em Standish nos velhos tempos. Eu mesmo havia estado na casa uma vez, para tratar de um dos criados, e sabia que ela estava pensando, como o resto de nós estava, nas belas salas e corredores escuros, com seus antigos tapetes e tapeçarias penduradas, e nos adoráveis lambris Tudor que cobriam praticamente todas as paredes. Quase metade deles — como Peter Baker-Hyde prosseguiu nos explicando — revelaram, ao serem inspecionados atentamente, estar infestados de besouros e tiveram de ser removidos.

— É horrível ter de destruir coisas — disse sua mulher, talvez respondendo aos nossos rostos sérios —, mas não se pode se apegar a tudo para sempre, e salvamos o que foi possível.

— Bem — disse ele —, mais alguns anos e a casa inteira não teria como ser reparada. Parece que os Randall pensavam que estavam dando a sua contribuição à nação ao assistirem passivamente à passagem da modernização. Mas na minha opinião, se não tivessem dinheiro para conservar a casa, já deveriam ter ido embora há séculos, e a passado para um hotel ou clube de golfe. — Balançou a cabeça satisfeito para a Sra. Ayres. — Mas vocês estão conseguindo manter aqui, não? Disseram-me que venderam a maior parte de sua fazenda. Não os censuro. Estamos pensando em fazer o mesmo com a nossa. Mas gostamos do nosso parque. — Chamou sua filha. — Não é, gatinha?

Ela estava sentada do lado de sua mãe.

— Vou ganhar um pônei branco! — contou ela com animação. — Vou aprender a montar nele.

Sua mãe riu.

— E eu também. — Estendeu a mão e acariciou a cabeça da menininha. Usava braceletes de prata no pulso, que tilintavam como sinos — Vamos aprender juntas, não vamos?

— Não sabe montar? — perguntou Helen Desmond.

— Receio que não.

— A menos que seja uma motocicleta — interrompeu o Sr. Morley, com afetação, do sofá onde estava sentado. Tinha acabado de oferecer um cigarro a Caroline, e agora se contorcia, afastando-se dela, com o isqueiro ainda na mão. — Um amigo nosso tem uma. Deviam ver Diana nela! Parece uma das valquírias.

— Pare, Tony!

Riram os dois do que era claramente uma piada entre eles. Caroline levou a mão ao cabelo, deslocando ligeiramente o pente cravejado com pedras de diamante que o prendia. Peter Baker-Hyde disse à Sra. Ayres:

— Tem cavalos, suponho. Todo mundo por aqui parece ter.

A Sra. Ayres negou com a cabeça.

— Estou velha demais para montar. Caroline aluga um do velho Patmore, em Lidcote, de vez em quando, embora a sua estrebaria não seja mais o que foi. Quando o meu marido estava vivo, tínhamos uma cavalariça.

— E muito boa — comentou o Sr. Rossiter.

— Mais tarde, com a guerra, esse tipo de coisa foi ficando mais difícil. E depois que o meu filho foi ferido, a abandonamos... Roderick estava na Força Aérea Real, como sabe.

— Ah — disse o Sr. Baker-Hyde. — Bem, não vamos pensar mal dele por causa disso, vamos, Tony? O que ele pilotava? Mosquitos? Que ótimo para ele! Um amigo me fez entrar uma vez num desses e não consegui desembarcar com agilidade. Foi como ser jogado como uma lata de sardinha. A minha atuação foi mais com caças com impulso vetorial, em Anzio. Feriu a perna, eu soube. Lamento. Como ele está?

— Oh, bem.

— Ele mantém o senso de humor, isso é o importante, é claro... Gostaria de conhecê-lo.

— Sim — disse a Sra. Ayres de maneira constrangida. — Sei que ele gostaria de conhecê-lo. — Olhou para seu relógio de pulso. — Realmente não tenho como me desculpar por ele não estar presente para recebê-lo. Essa é a parte pior de se administrar a própria fazenda, acho: a imprevisibilidade... — Ela ergueu a cabeça, olhou em volta e, por um segundo, achei que me chamaria com um gesto. Mas chamou Betty.

— Betty, vá ao quarto do Sr. Roderick, por favor, e veja o que o está atrasando. Não se esqueça de lhe dizer que estamos todos esperando por ele.

Betty corou com a importância da tarefa e saiu sem fazer ruído. Retornou alguns minutos depois para dizer que Roderick estava se vestindo, e viria assim que pudesse.

Entretanto a noite estendeu-se e Roderick não apareceu. Nossos copos foram cheios várias vezes e a menininha foi ficando cada vez mais animada e pedindo mais um pouco de vinho. Alguém sugeriu que talvez ela estivesse cansada e que devia estar se divertindo por terem-na deixado acordada além da hora, ao que sua mãe acariciou seu cabelo de novo e disse indulgentemente:

— Ah, nós a deixamos correr até que apague. Não vemos razão para mandar uma criança para a cama só porque é hora de dormir. Isso gera tudo que é tipo de neurose.

A menina confirmou com a voz alta e excitada que nunca ia para a cama antes da meia-noite, e mais ainda: que regularmente lhe permitiam beber *brandy* depois do jantar e que uma vez tinha fumado metade de um cigarro.

— Bem, aqui fez bem em não fumar nem beber *brandy* — disse a Sra. Rossiter —, pois não creio que o Dr. Faraday fosse aprovar crianças que fazem isso.

Respondi com uma austeridade zombeteira que não, que certamente não aprovaria. Caroline interveio em tom baixo, mas perfeitamente audível:

— Tampouco eu. Já basta os pequenos miseráveis que pegam todas as laranjas. — O Sr. Morley virou-se para ela com expressão de espanto e houve um segundo de um silêncio desconcertado, rompido pela declaração de Gillian que se quisesse fumar um cigarro, nós não conseguiríamos impedi-la e que se ela realmente quisesse, fumaria com alegria charutos!

Pobre menininha. Não era o que a minha mãe teria chamado de uma criança "cativante". Mas acho que todos estávamos contentes por tê-la conosco, pois como um gatinho com um novelo de lã, ela nos oferecia algo para que olhar e sorrir quando a conversa se tornava monótona. Somente a Sra. Ayres, percebi, permanecia distraída — claramente pensando em Roderick. Quando, passados quinze minutos, ele ainda não havia dado sinal de vida, ela mandou Betty de novo ao seu quarto, e dessa vez a garota retornou quase que imediatamente. Voltou parecendo agitada, achei, indo direto para a Sra. Ayres e sussurrando algo em seu ouvido. Nesse momento, eu tinha sido monopolizado pela Srta. Dabney — ela queria um conselho a respeito de um de seus males — e não pude escapar de forma cortês, senão teria prestado mais atenção. Desse modo, só pude olhar quando a Sra. Ayres pediu licença e foi ver Roderick pessoalmente.

Depois disso, mesmo com a menininha para nos entreter, a festa perdeu o ritmo. Alguém notou que continuava chovendo e todos viramos a cabeça gratos ao bater da água nas vidraças, para analisar o tempo, a fazenda, e o estado da terra. Diana Baker-Hyde viu um gramofone e um armário com discos e perguntou se não poderíamos ter um pouco de música. Mas os discos, evidentemente, não a atraíram, pois desistiu da ideia, desapontada, depois de examiná-los brevemente.

— O que acham do piano? — perguntou então.

— Isto não é um piano, filisteia — disse seu irmão, olhando em volta. — É uma espineta, não é?

Ao descobrir que era, de fato, uma espineta flamenga, a Sra. Baker-Hyde disse:

— Não, mesmo? Que maravilha! E alguém sabe tocá-la, Srta. Ayres? Não é antiga e frágil demais? Tony é capaz de tocar qualquer tipo de piano. Não faça essa cara, Tony, sabe que sim!

Sem um olhar ou palavra para Caroline, seu irmão levantou-se do sofá, foi até a espineta e pressionou uma tecla. O som foi estranho, terrivelmente desafinado. Deliciado com isso, ele sentou-se no banco e iniciou abruptamente um jazz tresloucado. Caroline ficou sentada sozinha por um momento, puxando um fio que se soltara de um dos dedos de sua luva prateada. Então, subitamente, levantou-se e foi até a lareira pôr mais lenha no fogo.

Nesse momento, a Sra. Ayres voltou para a sala. Olhou de relance, surpresa e desalentada, para o Sr. Morley ao teclado, e então sacudiu a cabeça quando a Sra. Rossiter e Helen Desmond perguntaram de maneira esperançosa:

— Nenhum sinal de Roderick?

— Roderick não está passando bem — replicou ela, girando os anéis nos seus dedos — e não vai se juntar a nós, afinal. Ele lamenta muito, muito mesmo.

— Oh, que pena!

Caroline ergueu o olhar.

— Posso fazer alguma coisa por ele, mamãe? — perguntou ela.

Eu dei um passo à frente para perguntar a mesma coisa, mas a Sra. Ayres respondeu apenas:

— Não, ele está bem. Dei-lhe uma aspirina. Está um tanto esgotado pelo trabalho excessivo na fazenda, só isso.

Pegou seu copo e foi para perto da Sra. Baker-Hyde, que, comovida, ergueu o olhar e disse:

— Seu ferimento, suponho.

A Sra. Ayres hesitou, e então confirmou com um movimento da cabeça — a essa altura, percebi que definitivamente havia algo errado, pois a perna de Roderick podia ser um estorvo, mas, em grande parte graças ao meu tratamento, fazia semanas que não lhe causava um problema grave. Mas nesse momento o Sr. Rossiter olhou em volta e disse:

— Pobre Roderick. E quando era menino era tão ativo. Lembra-se de quando ele e Michael Martin roubaram o carro do professor?

Isso foi, como ficou demonstrado, uma inspiração e, em certo sentido, salvou a festa: a história levou um ou dois minutos para ser contada e foi imediatamente seguida de outra. Todos, ao que parecia, tinham lembranças excessivamente afetuosas de Roderick e acho que a pungência, primeiro do seu acidente, em seguida de sua necessidade de assumir precocemente a responsabilidade de gerir terras, as tornava ainda mais indulgentes. Porém, de novo, havia pouco com que eu pudesse contribuir para a conversa. Tampouco havia muito interesse por parte do grupo de Standish. O Sr. Morley insistia no seu som aleatório e dissonante na espineta. Os Baker-Hyde escutavam as histórias com polidez, mas com a expressão fixa. Logo Gillian sussurrou ruidosamente para sua mãe sobre o banheiro e a Sra. Baker-Hyde, depois de falar com Caroline, saiu com ela. Seu marido aproveitou a oportunidade para se separar do grupo e andar um pouco pela sala. Betty passava com uma bandeja de torradas com anchova, e acabaram se encontrando.

— Olá — ouvi-o dizer. Eu estava indo ao aparador buscar uma limonada para a Srta. Dabney. — Está trabalhando muito, não? Primeiro pega nossos casacos, agora serve os sanduíches. Não tem um mordomo para ajudá-la, ou outra pessoa qualquer?

Acho que essa era uma maneira casual moderna de conversar com criadas. Mas não era como a Srta. Ayres treinava Betty, e a vi olhar apaticamente para ele por um momento, sem saber se ele realmente esperava uma resposta. Finalmente, ela disse:

— Não, senhor.

Ele riu.

— Bem, isso não é bom. Se eu fosse você me filiaria a um sindicato. Mas vou lhe dizer uma coisa: gosto disso na sua cabeça. — Tentou uma pancadinha no babado da touca. — Gostaria de ver a cara da nossa criada se experimentássemos isso nela!

Falou mais para mim do que para Betty, tendo percebido que eu estava olhando. Betty baixou a cabeça e continuou a servir, enquanto eu vertia a limonada ele foi casualmente para o meu lado.

— Lugar extraordinário este, não é? — murmurou ele, relanceando os olhos para os outros. — Não me importo de admitir que gostei de ser convidado só para ter a oportunidade de dar uma olhada. Você é o médico da família, pelo que entendi. Gostam de tê-lo sempre por perto, não?, por causa do filho. Não imaginava que ele estivesse tão mal.

— Não está. Estou aqui hoje para uma visita social, como você.

— Mesmo? Oh, tive a impressão que estivesse aqui pelo filho, não sei por que... Uma desgraça, pelo que parece, cicatrizes e todo o resto. Não gosta de ver gente, estou certo?

Respondi que, até onde eu sabia, Roderick tinha desejado muito a festa, mas que tendia a se exceder no trabalho com a fazenda e devia ter ficado exausto. O Sr. Baker-Hyde balançou a cabeça como se compreendesse, mas sem demonstrar um interesse genuíno. Puxou o punho da camisa para consultar seu relógio e falou, ao terminar um bocejo contido:

— Bem, acho que está na hora de levar a minha turma de volta a Standish... Supondo, é claro, que eu consiga tirar meu cunhado desse piano lunático. — Olhou para o Sr. Morley estreitando os olhos. — Já viu alguém mais imbecil? E é ele a razão para estarmos aqui! Minha mulher, que Deus a abençoe, está determinada a casá-lo. Ela e a nossa anfitriã armaram tudo isso como uma maneira de apresentar-lhe a filha da casa. Bem, me bastaram dois minutos para ver como a coisa ia se desenvolver. Tony é um animalzinho feio, mas gosta de uma carinha bonita...

Falou sem nenhuma malícia, simplesmente como um camarada falaria com outro. Não percebeu Caroline nos olhando de seu lugar ao lado da lareira, não se preocupou com a acústica dessa sala de forma estranha, que significava que murmúrios às vezes podiam ser transportados para o outro lado enquanto comentários em voz mais alta se perdiam. Tomou o resto do seu drinque e pôs o copo no aparador. Então, fez um sinal para a sua mulher, que tinha acabado de voltar com Gillian. Pude ver que ele só estava esperando pela pausa certa na conversa para levar sua família para casa.

E então foi um daqueles momentos — haveria muitos nos meses seguintes — de que sempre me recordarei com uma sensação de extremo arrependimento, quase culpa, pois eu poderia facilmente ter feito algo para facilitar a sua partida, para apressar a sua saída da casa. Mas simplesmente fiz o contrário. O Sr. e a Sra. Rossiter terminaram o último relato de uma das aventuras na infância de Roderick, e embora eu mal tivesse trocado algumas palavras com eles durante a noite, quando voltava para perto da Srta. Dabney, dirigi-me a eles com palavras perfeitamente inconsequentes, como "E o que o coronel fez?", o que desencadeou mais uma longa reminiscência. A cara do Sr. Baker-Hyde foi de total desânimo, e senti uma alegria pueril ao percebê-la. Senti um ímpeto absurdo, de certa maneira malévolo, de dificultar a sua vida.

Mas juro por Deus que queria ter agido de maneira diferente, pois então aconteceu uma coisa terrível com sua filhinha Gillian.

Desde a sua chegada ela tinha demonstrado estar assustada com Gyp, enfiando-se ostentosamente atrás da saia de sua mãe sempre que, ao vagar amistosamente pela sala, acontecia de ele se aproximar dela. Mas há pouco ela tinha mudado sua atitude e começara a fazer pequenos avanços na direção dele. Acho que o som desagradável que o Sr. Morley tirava da espineta tinha começado a incomodar o cachorro, que havia se retirado para uma das janelas e se posto atrás de uma cortina. Perseguindo-o, Gillian empurrou um banquinho para os pés e começou com muito cuidado a fazer carinho na sua cabeça, falando besteiras para ele: "*Bom* cachorro. Você é um cachorro *muito* bonzinho. É um cachorro *valente*", e assim por diante, sempre dessa maneira. Ela estava parcialmente fora da nossa vista, próxima à janela. Sua mãe, reparei, ficava olhando para ela, como se apreensiva com a possibilidade de Gyp mordê-la, e uma vez chegou a gritar: "Gillie, tenha cuidado, querida, sim?", o que fez Caroline bufar ligeiramente, pois Gyp tinha o temperamento mais gentil que se possa imaginar. O único risco era a criança aborrecê-lo com essa tagarelice e os tapinhas constantes na sua cabeça. De modo que Caroline ficava o tempo todo olhando para Gillian, exatamente como a Sra. Baker-Hyde, e volta e meia Helen Desmond ou a Srta. Dabney, ou um dos Rossiter, relanceava os olhos para lá, atraídos pela voz da menina. E me vi fazendo o mesmo. De fato, eu diria que a única pessoa que não estava observando Gillian era Betty. Depois de servir os canapés, posicionou-se à porta e ali permaneceu com o olhar baixo, como tinha sido treinada a fazer. E ainda assim — foi algo extraordinário, mas nenhum de nós pôde, depois, afirmar que estava olhando para Gillian quando o incidente ocorreu.

Ouvimos os sons, entretanto — sons horríveis, ainda os ouço agora —, uma espécie de latido furioso de Gyp interrompido por um ganido de Gillian, uma única nota lancinante que logo se tornou uma única lamúria fraca, baixa, fluida. Acho que o cachorro, coitadinho, ficou tão assustado quanto qualquer um de nós: partiu em disparada da janela, fazendo a cortina encapelar e nos distraindo, por um momento, da criança em si. Então, uma das mulheres, não sei qual, viu o que tinha acontecido e deu um grito. O Sr. Baker-Hyde, ou talvez o seu cunhado, exclamou: "*Cristo! Gillian!*" Os dois homens se lançaram à frente, um deles prendendo o pé na costura desfeita do tapete e quase caindo. Um copo colocado às pressas no console da lareira caiu, espatifando-se na grelha. A menina foi encoberta por uma confusão de corpos: eu só conseguia ver seu braço e sua mão com sangue escorrendo. Mesmo então — suponho que o som do copo se quebrando tenha posto a ideia na minha cabeça —, mesmo então pensei que uma janela tivesse se quebrado e cortado o seu braço e talvez cortado Gyp. Mas Diana Baker-Hyde havia se levantado do seu lugar e, empurrando todos para alcançar a sua filha, começou a gritar, e quando avancei, vi o que ela tinha visto. O sangue corria não do braço de Gillian, mas de seu rosto. Sua bochecha e seu lábio haviam se transformado em lobos de pele pendentes — tinham sido praticamente arrancados. Gyp a tinha mordido.

A pobre criança estava lívida e rígida com o choque. Seu pai estava do seu lado e, com a mão trêmula em seu rosto, avançava e recuava os dedos, sem saber se devia tocar ou não no ferimento, sem saber o que fazer. Vi-me do seu lado, sem saber tampouco como tinha chegado lá. Creio que meu instinto profissional assumiu o controle. Ajudei-o a levantá-la e a levamos para o sofá, onde a deitamos. Uma variedade de lenços foi oferecida e pressionada em sua bochecha — um de Helen Desmond, com renda e bordado graciosos, e que logo ficou ensopado escarlate. Fiz o que pude para estancar o sangue e limpar o ferimento, mas foi uma tarefa difícil. Esse tipo de ferimento sempre parece pior do que é realmente, especialmente em uma criança, mas vi imediatamente que a mordida tinha sido grave.

— Cristo! — exclamou Peter Baker-Hyde de novo. Ele e sua mulher estavam segurando as mãos de sua filha, a sua mulher estava soluçando. Os dois tinham sangue em suas roupas, acho que nós todos tínhamos, e o sangue assumia um aspecto fulgurante e espectral à luz intensa do candelabro. — Cristo! Vejam o estado dela! — Ele passou a mão por seu cabelo. — O que diabos aconteceu? Por que ninguém...? O que, em nome de Deus, aconteceu?

— Isso não importa agora — repliquei com calma. Continuava pressionando o ferimento com os lenços e refletia rapidamente sobre o caso.

— Olhem só para ela!

— Ela está em choque, e não corre perigo. Mas terá de ser suturada. Suturada extensivamente, receio, e quanto mais cedo melhor.

— Suturada? — Sua expressão era de desvario. Acho que tinha se esquecido de que eu era médico.

— Estou com minha maleta no carro — eu disse. — Sr. Desmond, faria o favor...?

— Sim, é claro — respondeu Bill Desmond, ofegante, saindo correndo da sala.

Em seguida, chamei Betty. Ela tinha recuado quando todos tinham avançado, e estava olhando aterrorizada — quase tão pálida quanto a própria Gillian. Mandei que descesse e fervesse uma chaleira de água e buscasse cobertores e uma almofada. E então — delicadamente, e com a Sra. Baker-Hyde ao meu lado, segurando desajeitadamente o maço de lenços no rosto de sua filha, sua mão tremendo, de modo que as pulseiras de pratas escorregavam e tilintavam —, peguei a menina em meus braços. Podia sentir o seu calafrio, que atravessava minha camisa e paletó. Seus olhos estavam escuros, sem vida, e estava suando com o choque.

— Vamos ter de levá-la para baixo, para a cozinha — falei.

— Cozinha? — disse seu pai.

— Vou precisar de água.

Então, ele compreendeu.

— Está pretendendo fazer isso aqui? Não pode estar falando sério! Certamente um hospital... um consultório... Tem como telefonar?

— São 15 quilômetros até o hospital mais próximo — repliquei — e uns 8 quilômetros até o meu consultório. Confie em mim, eu não gostaria de pegar a estrada levando um ferimento desse tipo, em uma noite como a de hoje. Quanto mais cedo tratarmos dela, melhor. E também temos de pensar na perda de sangue.

— Deixe o doutor fazer, Peter — disse a Sra. Baker-Hyde, recomeçando a chorar —, pelo amor de Deus!

— Sim — disse a Sra. Ayres, se adiantando e tocando no braço dele. — Devemos deixar o Dr. Faraday providenciar isso já.

Acho que, na hora, reparei que o homem virou o rosto e retirou o braço com grosseria, mas eu estava ocupado demais com a menina para me ater a esse gesto. Além do mais, aconteceu outra coisa, que não me causou muita impressão naquele momento, mas que, ao recordar disso depois, percebi que deu o tom dos eventos nos dias que se seguiram. A Sra. Baker-Hyde e eu tínhamos levado, com muito cuidado, Gillian ao limiar da porta da sala, onde nos encontramos com Bill Desmond segurando minha maleta. Helen Desmond e a Sra. Ayres nos observavam apreensivas, enquanto a Sra. Rossiter e a Srta. Dabney, em sua aflição, abaixaram-se para catar os cacos do copo que caíra da lareira — a Srta. Dabney cortou, incidentalmente e fundo, o dedo, acrescentando manchas de sangue fresco ao sangue geral no tapete. Peter Baker-Hyde seguia de perto e era seguido, por sua vez, por seu cunhado. Este, ao chegar, deve ter visto Gyp, que durante esse tempo todo estava assustado e escondido debaixo de uma mesa. O Sr. Morley foi rapidamente na sua direção e, xingando-o, deu-lhe um chute. O chute foi com força e fez Gyp ganir. Para surpresa do homem, suponho, Caroline se precipitou e o empurrou.

— O que está fazendo? — gritou ela. Lembro-me de sua voz: estridente, hostil, completamente diferente do que era.

Ele ajeitou o paletó.

— Não reparou? Seu maldito cachorro acabou de arrancar a metade do rosto da minha sobrinha!

— Mas você só está piorando tudo — replicou ela, pondo-se de joelhos e puxando Gyp para si. — Você o está aterrorizando!

— Gostaria de fazer mais do que aterrorizá-lo! O que diabos pretende deixando-o solto quando tem crianças aqui? Ele deveria estar acorrentado!

— Ele é absolutamente inofensivo quando não é provocado — disse ela.

O Sr. Morley tinha se afastado, mas então voltara.

— O que diabos isso quer dizer?

Ela sacudiu a cabeça.

— Não dá para você parar de gritar?

— Parar de gritar? Você viu o que ele fez nela?

— Ele nunca mordeu ninguém antes. É um cão doméstico.

— É um animal selvagem. Ele devia ser morto!

A discussão prosseguiu, mas eu só a percebi vagamente, absorto como estava em passar a criança em meus braços pela porta, com segurança, e depois pelas várias curvas até a escada para o subsolo. E quando comecei a descê-la, as vozes exaltadas foram desaparecendo. Encontrei Betty na cozinha, esquentando a água que eu tinha pedido. Tinha buscado os cobertores e almofadas e agora, sob minhas ordens e com as mãos trêmulas, esvaziou a mesa da cozinha e estendeu folhas de papel pardo no tampo. Coloquei Gillian na mesa, com os cobertores em volta do seu corpo, depois abri minha maleta para organizar meus instrumentos. Estava tão absorto na tarefa que, quando tirei o paletó, arregacei as mangas da camisa e lavei as mãos, fiquei espantado ao ver que era um paletó de smoking. Tinha me esquecido de onde estava, e achei que estava usando meu paletó de tweed de sempre.

O fato é que frequentemente eu era obrigado a realizar esse tipo de cirurgia pequena, ou no meu consultório ou na casa dos meus pacientes. Uma vez, quando ainda estava na faixa dos 20 anos, fui chamado a uma fazenda e me deparei com um rapaz com a perna horrivelmente lacerada, resultado do ferimento em uma máquina de debulhar: tive de amputá-la até a altura do joelho na mesa da cozinha, exatamente assim. A família convidou-me para jantar alguns dias depois, e nos sentamos à mesma mesa, agora limpa das manchas — o rapaz também, conosco, pálido, mas comendo animadamente sua torta, fazendo piada com o dinheiro que economizaria no couro da bota. Mas eram camponeses, habituados com a privação. Aos Baker-Hyde deve ter parecido terrível quando embebi a agulha e linha de ácido carbólico e esfreguei minhas juntas e unhas com uma escova vegetal. A própria cozinha, pensei, os alarmava, com seu equipamento vitoriano, sua laje e seu tamanho imenso. E depois do salão excessivamente iluminado, o espaço parecia terrivelmente sombrio. Tive de mandar o Sr. Baker-Hyde buscar um lampião a querosene na despensa e colocá-lo perto do rosto de sua filha, para que eu tivesse luz suficiente para costurá-lo.

Se a menina fosse mais velha, eu poderia ter pulverizado o ferimento com cloreto de etila, para estancar o sangue. Mas receei que se debatesse, e depois de lavá-la com água e iodo eu lhe induzi um leve sono com um anestésico geral. Ainda assim, sabia que a operação doeria. Mandei sua mãe ficar com os outros convidados no salão no andar de cima e, como esperava, a pobre menininha dava um gemido toda vez que eu fazia um movimento, as lágrimas correndo de seus olhos. Nenhuma artéria havia sido rompida, o que foi uma bênção, mas o rasgo da pele exigiu mais habilidade do que eu teria desejado — minha preocupação principal sendo como minimizar a cicatriz que ficaria, pois sabia que seria considerável, mesmo com o reparo mais meticuloso. O pai da criança sentou-se na mesa, segurando com força a sua mão e se retraindo a cada inserção da agulha, mas sem deixar de me observar trabalhando, como se temesse desviar os olhos — como se me vigiando para o caso de um deslize, de modo que pudesse impedi-lo. Alguns minutos depois que eu tinha começado, seu cunhado apareceu, o rosto carmesim por causa da discussão com Caroline.

— Essa gente *maldita* — disse ele. — Aquela mulher, a filha, é uma louca! — Então viu o que eu estava fazendo, e o carmesim se esvaiu de sua face. Acendeu um cigarro e se sentou para fumá-lo a uma certa distância da mesa. Dali a pouco — foi a única coisa sensível que fez durante toda a noite — mandou Betty preparar um bule de chá e distribuiu as xícaras.

Os outros permaneceram lá em cima, tentando confortar a mãe da menina. A Sra. Ayres desceu, uma vez, para perguntar como as coisas estavam indo. Ficou por um segundo e me observou trabalhar, apreensiva pela menina e claramente perturbada com a visão da sutura. Peter Baker-Hyde, notei, não virou a cabeça para ela.

O trabalho levou quase uma hora, e quando terminei, com a criança ainda meio anestesiada, mandei seu pai levá-la para casa. Pretendia ir no meu próprio carro, passar no consultório para providenciar algumas pequenas coisas e encontrá-los em Standish para pô-la na cama. Eu não tinha mencionado a seus pais, pois achava a possibilidade muito insignificante, o risco de septicemia ou infecção.

Betty foi enviada para avisar a mãe da menina, e o Sr. Baker-Hyde e o Sr. Morley a carregaram para cima e para o carro. Ela agora estava mais sensível, e quando a deitaram no banco de trás, começou a chorar de dar pena. Eu tinha colocado faixas de gaze no seu rosto — mais para proteger de seus pais do que dela mesma, pois a sutura e o iodo faziam o ferimento parecer monstruoso.

Quando voltei ao salão para me despedir, todos ainda estavam lá, sentados ou em pé, em silêncio, como se estupefatos — como se depois de um ataque aéreo. Ainda havia sangue no tapete e no sofá, mas alguém havia passado água e o transformado em manchas rosadas.

— Uma desgraça — disse o Sr. Rossiter.

Helen Desmond tinha chorado.

— Coitadinha, pobre criança — disse ela. Baixou a voz. — Ela vai ficar gravemente marcada, não vai? O que pode ter provocado isso? Gyp não é um cão agressivo, é?

— É claro que não! — replicou Caroline, com a sua nova voz tensa e artificial. Estava sentada afastada dos outros, com Gyp do seu lado. Ele estava tremendo visivelmente e ela acariciava a sua cabeça. Mas as suas próprias mãos estavam tremendo. O ruge se esvaíra das maçãs de seu rosto e boca, e o pente cravejado de diamantes pendia torto no seu cabelo.

— Alguma coisa deve tê-lo assustado, acho — disse Bill Desmond. — Ele deve ter imaginado ter visto alguma coisa, ou ouvido algo. Algum de nós gritou ou fez algum movimento? Estou quebrando a cabeça para me lembrar de alguma coisa.

— Não fomos *nós* — disse Caroline. — A menina deve tê-lo provocado. Eu não me surpreenderia...

Calou-se quando Peter Baker-Hyde apareceu atrás de mim no corredor. Tinha vestido o casaco e o chapéu, um risco vermelho na testa. Falou em tom baixo:

— Estamos prontos, doutor. — Não olhou para os outros. Não sei se viu Gyp.

A Sra. Ayres moveu-se à frente.

— Vai nos dar notícias amanhã, espero, de como a menina está?

Ele estava calçando as luvas apressadamente e, continuando sem olhar para ela, replicou:

— Sim, se quiser.

Ela deu outro passo e falou bondosa e sinceramente:

— Lamento tanto que isso tenha acontecido, Sr. Baker-Hyde... e na minha casa.

Mas ele apenas lhe lançou um olhar de soslaio. E o que disse foi:

— Sim, Sra. Ayres. Eu também.

Acompanhei-o para o escuro lá fora e liguei meu carro. A ignição foi girada várias vezes até pegar, pois a chuva caía sem trégua havia horas e o motor estava molhado. Não sabíamos, então, mas essa noite foi o ponto crítico das estações, o começo do inverno sombrio por vir. Virei o carro e aguardei Peter Baker-Hyde passar à minha frente. Ele dirigiu com uma lentidão agonizante pela estrada cheia de calombos e mato até o muro do parque, mas depois que seu cunhado saltou para abrir e fechar os portões atrás de nós, ele acelerou e me vi aumentando a velocidade — olhando atentamente pelo movimento dos limpadores do para-brisa, fixando meus olhos nas luzes traseiras vermelhas de seu carro caro, até parecerem flutuar na treva das vias sinuosas de Warwickshire.

4

Deixei os Baker-Hyde por volta da uma da manhã, com a promessa de retornar no dia seguinte. Minhas consultas da manhã no consultório aconteceram a partir das 9 até depois das 10 horas, de modo que eram quase 11 horas quando voltei ao pátio de Standish, e a primeira coisa que vi foi um Packard marrom enlameado que reconheci como pertencendo ao Dr. Seeley, meu rival local. Achei justo os Baker-Hyde o chamarem, afinal, ele era o médico deles. Mas é sempre constrangedor para os médicos envolvidos quando pacientes tomam uma decisão como essa sem lhes informar. Uma espécie de mordomo ou secretário me introduziu na casa e me deparei com Seeley descendo a escada, acabando de sair do quarto da menina. Era um homem alto, bem desenvolvido, parecendo maior do que nunca na estreita escada do século XVI. Ficou claramente tão constrangido ao me ver ali com minha maleta na mão quanto eu ao vê-lo com a sua.

— Chamaram-me logo pela manhã — disse ele, ao me chamar de lado para discutir o caso. — É a minha segunda visita do dia. — Acendeu um cigarro. — Soube que estava em Hundreds quando aconteceu. Foi um golpe de sorte, de qualquer maneira. Horrível para a menina, não?

— Sim — repliquei. — Como lhe pareceu? Como esta o ferimento?

— O ferimento está bem. Fez um belo trabalho, melhor do que eu teria feito. E na mesa da cozinha! A cicatriz vai ficar horrível, é claro. Uma pena, especialmente para uma menina da sua classe. Seus pais estão querendo levá-la a um especialista em Londres, mas eu ficarei realmente surpreso se mesmo em Londres eles forem capazes de fazer muito mais por ela. Mas quem sabe? Os rapazes da plástica certamente praticaram bastante nos últimos anos. Agora ela precisa de repouso. Uma enfermeira está vindo e prescrevi Luminal, para mantê-la dopada por um ou dois dias. Depois, bem, veremos.

Ele disse algumas palavras a Peter Baker-Hyde, depois acenou com a cabeça para mim e saiu para fazer suas outras visitas. Permaneci no hall, ao pé da escada, ainda sentindo o constrangimento da situação, mas naturalmente esperando ver a menina eu mesmo. Seu pai, entretanto, deixou claro que preferia não perturbá-la. Pareceu genuinamente grato por minha assistência.

— Graças a Deus, o senhor estava lá ontem! — disse ele, apertando minha mão entre as suas. Mas então seu braço moveu-se para o meu ombro e, delicadamente, mas com firmeza, me guiou para a porta. Percebi que tinha sido completamente dispensado do caso. — Mande-me sua conta, sim? — disse ele, enquanto me acompanhava ao meu carro. E quando respondi que não o perturbaria com isso, insistiu em me dar alguns guinéus. Depois pensou na gasolina que eu gastara indo duas vezes a Standish e mandou um de seus jardineiros buscar uma lata de combustível. O gesto foi extravagante, mas ao mesmo tempo pareceu um tanto grosseiro. Tive a sensação inquietante de que estava pagando para se livrar de mim. Ficamos em silêncio na chuva fina, enquanto o jardineiro enchia o meu tanque, e pensei em como era uma pena eu não poder fazer um último exame na menina. Eu preferiria muito mais isso do que guinéus e gasolina.

Só quando eu estava entrando no carro pensei em lhe perguntar se já tinha mandado notícias para Hundreds, dizendo que Gillian estava bem. E ao ouvir isso, suas maneiras se tornaram mais duras do que nunca.

— Eles — disse com uma contração do queixo — receberão notícias nossas. Levaremos o caso adiante, pode ter certeza.

Eu estava esperando isso, de certa maneira, mas fiquei consternado com a severidade em sua voz. Aprumando o corpo de novo, perguntei:

— O que quer dizer? Informaram a polícia?

— Ainda não, mas pretendemos informar. Queremos, no mínimo, ver esse cachorro morto.

— Mas Gyp é uma criatura velha e tola.

— E está se tornando senil, claramente!

— Até onde sei, esse incidente foi absolutamente atípico.

— O que não é consolo para minha mulher e para mim. Espera que descansemos até o cachorro ser destruído? — Relanceou os olhos para as janelas estreitas com barras verticais acima do pórtico, uma das quais estava aberta, e baixou a voz. — A vida de Gillian vai ser arruinada por isso. O senhor sabe disso, com certeza. O Dr. Seeley me disse que foi por um triz que ela não sofreu septicemia! E tudo porque aquela gente, os Ayres, se acham ilustres demais para prender um cachorro perigoso! E se atacar outra criança?

Eu não acreditava que Gyp atacasse, e embora não dissesse nada, ele deve ter percebido a dúvida na minha expressão. Prosseguiu:

— Ouça, sei que é, de certa maneira, amigo da família. Não espero que fique do meu lado contra eles. Mas também posso ver o que talvez o senhor não possa: que acreditam, como tantos donos de mansões, que podem deixá-lo solto por aí. Provavelmente treinaram o cachorro para expulsar invasores! Deviam dar uma boa olhada nesse monte de sucata em que estão vivendo. Estão obsoletos, doutor. Para dizer a verdade, começo a achar que todo este maldito condado é obsoleto.

Quase repliquei que, pelo que tinha entendido, havia sido justamente a qualidade de antiquado do condado que o atraíra para lá. Mas, em vez disso, pedi-lhe que não levasse a questão à polícia sem antes procurar a Sra. Ayres. E finalmente ele respondeu:

— Está bem, irei lá assim que souber que Gillie está fora de perigo. Mas se têm qualquer consideração, terão se livrado do cachorro antes de eu chegar.

Nenhum dos seis ou sete pacientes que examinei no resto da manhã mencionou o caso de Hundreds. Mas os mexericos locais circulam tão rapidamente que no fim da tarde, quando comecei a atender no consultório, descobri que relatos sensacionalistas do ferimento de Gillian já circulavam pelas lojas e bares locais. Um homem que visitei nessa noite, depois do jantar, descreveu todo o incidente corretamente em cada detalhe, exceto que Seeley entrava em cena fazendo a sutura na menina, e não eu. Era um trabalhador com um longo histórico de pleurisia e eu estava fazendo tudo o que podia para impedir que a doença se transformasse em algo mais sinistro. Mas as suas condições de vida não o ajudavam — sua casa era um casebre rústico apertado, em um declive, com o chão de tijolos úmido — e, como muitos da sua classe, trabalhava demais e bebia demais. Falou comigo entre acessos de tosse.

— Mordeu a sua bochecha quase tirando ela fora, disseram. E quase arrancou o nariz junto. Os cachorros, sempre digo, quaisquer cachorros, matam. Não adianta educá-los. Todo cachorro vai morder.

Relembrando minha conversa com Baker-Hyde, perguntei se achava que o cachorro desse caso deveria ser destruído. Respondeu, sem hesitação, que não, pois, como tinha acabado de falar, todo cachorro mordia e qual era o sentido de punir uma criatura pelo que lhe era natural?

Era isso, perguntei, o que as outras pessoas estavam dizendo? Bem, ele tinha ouvido uma e outra coisa.

— Alguns dizem que devia ser açoitado e outros, que devia ser morto. É claro que se tem de pensar na família.

— Refere-se a Hundreds?

— Não, eles não. A família da menina, os Baker-Pies.* — Riu.

— Mas não vai ser duro para os Ayres abrir mão de seu cachorro?

— Ah — replicou ele, tossindo novamente, depois inclinando-se à frente para escarrar na lareira sem fogo —, já tiveram de abrir mão de coisa pior, não tiveram?

Suas palavras me inquietaram. Tinha pensado durante o dia todo em como estaria o humor em Hall. E como, ao sair desse casebre, me encontrava perto dos portões do parque, decidi dar uma passada por lá.

Era a primeira vez que ia à casa sem ter sido convidado e, como na noite anterior, a chuva caía pesada e ninguém ouviu meu carro chegar. Toquei a campainha e entrei rapidamente. Fui recebido pelo pobre Gyp: surgiu no hall, latindo sem muito entusiasmo, suas patas batendo no mármore. Ele devia perceber, de certa maneira, que estava sob a sombra de um desastre, pois parecia muito quieto e desconcertado, completamente diferente do que era normalmente. Lembrou-me uma mulher de quem eu tinha tratado certa vez, uma professora idosa cujo raciocínio começava a falhar, de modo que saía a vagar, de camisola e chinelas. Por um segundo pensei: "Talvez ele *esteja* perdendo o juízo." O que eu realmente sabia, afinal, sobre o seu temperamento? Mas quando me agachei do seu lado e puxei carinhosa-

---

* Brincadeira com as palavras *baker*, padeiro, e *pies*, tortas. (*N. da T.*)

mente suas orelhas, ele voltou a se mostrar afável e muito mais como era antes. Abriu a boca e sua língua ficou exposta, rosada e saudável contra seus dentes amarelados.

— Está a maior confusão, Gyp — falei baixinho. — No que estava pensando, garoto? Hein?

— Quem está aí? — ouvi a Sra. Ayres perguntar, do fundo da casa. Então ela apareceu, obscurecida pela penumbra e usando um de seus vestidos escuros e um xale mais escuro ainda, com o padrão Paisley, ao redor dos ombros. — Dr. Faraday — falou ela, surpresa, apertando mais o xale. Seu rosto em forma de coração contraiu-se. — Está tudo bem?

Levantei-me.

— Estava preocupado com vocês — repliquei, simplesmente.

— Estava? — Sua expressão suavizou-se. — Que gentileza. Entre, venha se aquecer. Esta noite está gelada, não?

Na verdade, não fazia tanto frio, mas me pareceu, ao segui-la para a pequena sala, que a casa, assim como a estação, tinha sofrido uma leve, porém evidente, mudança. O corredor de teto baixo, que durante todo o longo verão era extremamente fresco e arejado, parecia agora muito úmido, depois de dois dias de chuva. Na pequena sala, as cortinas estavam fechadas, gravetos e pinhas estalavam na lareira acesa e as poltronas e sofá tinham sido puxados para mais perto do fogo. Mas o efeito, não sei por quê, não era acolhedor, era mais como se os móveis formassem uma ilha de luz e calor com uma extensão de tapete puído e pontos de sombra mais além. A Sra. Ayres tinha, obviamente, estado sentada em uma das poltronas, e na outra, de frente para mim quando entrei, estava Roderick. Eu o tinha visto fazia apenas uma semana, mas a sua aparência me assustou. Estava usando uma de suas velhas suéteres folgadas da Força Aérea, e o seu cabelo, como o meu, tinha sido cortado recentemente; com o amplo espaldar da bergère atrás, pareceu delgado como um fantasma. Viu-me chegar e achei que franziu o cenho. Depois de uma fração de segundo, apoiou-se nos braços da poltrona como se para se levantar. Fiz sinal para que continuasse sentado e fui para perto de Caroline, no sofá. Gyp veio e se abaixou no tapete aos meus pés, dando um daqueles gemidos caninos expressivos que soam tão surpreendentemente humanos.

Ninguém falou, nem mesmo para me saudar. Caroline estava sentada com as pernas puxadas para cima, parecendo tensa e infeliz, mexendo na costura da meia de lã. Roderick, com movimentos espasmódicos e nervosos, começou a enrolar um cigarro. A Sra. Ayres ajeitou de novo o xale em seus ombros e disse ao se sentar:

— Passamos o dia completamente desnorteados, Dr. Faraday, como penso que pode imaginar. Esteve em Standish? Diga-me, como está a criança?

— Indo bem, até onde sei — respondi. E então, quando ela olhou para mim, sem entender, acrescentei: — Não a vi. Eles passaram o caso para Jim Seeley. Encontrei-o lá, hoje de manhã.

— Seeley! — exclamou ela, e o escárnio na sua voz me pegou de surpresa, até me lembrar de que tinha sido o pai de Seeley que cuidara de sua filhinha, sua primeira filha, que morrera. — Podiam muito bem mandar chamar Crouch, o barbeiro! O que ele lhe disse?

— Não muita coisa. Gillian parece bem, considerando-se o quadro. Seus pais, aparentemente, têm a intenção de levá-la a Londres assim que ela estiver em condições de viajar.

— Pobre, pobre criança. Passei o dia todo com ela na cabeça. Soube que telefonei para lá? Três vezes e ninguém me atendeu, somente uma criada. Pensei em mandar alguma coisa. Flores, quem sabe? Algum tipo de presente. O fato é que, com gente como os Baker-Hyde... não se pode mandar dinheiro. Lembro-me de um menino ter-se machucado anos atrás... Daniel Hibbit, lembra-se, Caroline? Foi atingido por um cavalo em nossa terra, e ficou com uma espécie de paralisia. Providenciamos tudo, acho. Mas com uma coisa como a de agora, não se sabe... — Sua voz desapareceu.

Do meu lado, Caroline se mexeu.

— Sinto-me tão mal pelo que aconteceu com essa criança quanto qualquer um — disse ela sem parar de mexer na costura do dedo da meia. — Mas sentiria a mesma coisa se ela tivesse posto o braço em uma máquina de debulhar, ou se tivesse se queimado no forno quente. É um azar miserável, não? Dinheiro ou flores, nada disso vai reparar o que houve. O que *podemos* fazer?

Sua cabeça estava baixa e seu queixo no peito, fazendo seu tom de voz ressoar remoto. Depois de um segundo, eu disse:

— Receio que os Baker-Hyde estejam esperando algo, certamente.

Mas ela voltou a falar por cima das minhas palavras.

— De qualquer jeito, não há como conversar com gente desse tipo. Sabe o que aquele cunhado me disse na noite passada? Não somente estão se livrando de todos os lambris de Standish, como também pretendem abrir toda a ala sul da casa! Vão fazer uma espécie de cinema para seus amigos. Vão conservar a galeria, só isso. "Uma das nove musas", é como a chamam.

— Bem — replicou sua mãe, vagamente —, mas casas mudam. Seu pai e eu fizemos várias alterações nesta casa quando nos casamos. Realmente acho uma pena as tapeçarias de Standish não terem como ser salvas. Chegou a vê-las, Dr. Faraday? Isso partiria o coração de Agnes Randall.

Não respondi, e enquanto ela e Caroline insistiram no mesmo assunto por mais alguns minutos, não pude deixar de sentir que, consciente ou inconscientemente, estavam evitando abordar a questão mais urgente.

Por fim, falei:

— Sabem, tendo Gillian com que se preocupar, desmantelar Standish deve ser a última coisa que passa na cabeça dos Baker-Hyde nesse momento.

A Sra. Ayres pareceu atormentada.

— Oh, se pelo menos, se — disse ela — não tivessem trazido a criança junto com eles! Por que a trouxeram? Supõe-se que tenham uma babá ou uma governanta para ela. É evidente que têm recursos para isso.

— Provavelmente acham que uma governanta geraria um complexo na criança — disse Caroline, se mexendo. Um segundo depois, acrescentou, em um murmúrio de certa maneira nervoso: — Certamente, agora, terá um complexo.

Olhei para ela, chocado.

— Caroline! — exclamou sua mãe, chocada.

A própria Caroline, temos de ser justos, pareceu tão espantada com suas palavras quanto nós. Encarou-me com uma expressão horrível, a boca imobilizada em um sorriso nervoso, seu olhar quase angustiado, mas, então, se virou. Não havia nenhum vestígio da maquiagem em seu rosto, reparei. Pelo contrário, suas maçãs do rosto pareciam ressecadas e sua boca, ligeiramente inchada — como se tivesse esfregado a cara violentamente com uma flanela.

Percebi Roderick olhando para ela enquanto tragava seu cigarro. Seu próprio rosto estava irregularmente enrubescido, por causa do calor do fogo, as manchas rosadas compactas nas suas bochechas e mandíbula se sobressaindo como impressões digitais diabólicas. Porém, de um modo desconcertante, ele continuou sem falar nada. Nenhum deles, achei, fazia qualquer ideia da gravidade com que os Baker-Hyde estavam tratando o caso. Pareciam ter virado as costas para isso, se alinhado, cerrado fileiras... Tive uma sensação de antipatia por eles, como sentira na minha primeira visita. Quando a breve comoção provocada pelo comentário de Caroline se assentou, falei, contando-lhes francamente tudo o que tinha se passado entre mim e Peter Baker-Hyde, em Standish, mais cedo naquele mesmo dia.

A Sra. Ayres escutou em silêncio, levando as mãos juntas ao rosto e curvando a cabeça. Caroline olhava para mim com absoluto horror.

— Destruir Gyp?

— Lamento, Caroline. Mas pode censurá-los? Devia ter esperado por isso.

Acho que tinha. Percebi em seus olhos.

— É claro que não! — replicou ela.

Percebendo o tom de inquietação na sua voz, Gyp levantou-se. Permaneceu com seu olhar apreensivo, perplexo, fixo no rosto dela, como se esperando pela palavra ou gesto que lhe permitisse relaxar. Ela inclinou-se à frente, pôs a mão em seu pescoço e o puxou mais para perto, mas dirigiu-se de novo a mim.

— O que acham que isso vai adiantar? Se nos livrarmos de Gyp significasse que aquela criança se tornaria miraculosamente *não* mordida, então o mataria agora mesmo. Preferia *eu* ser mordida a ter de passar novamente pela noite de ontem! Estão apenas querendo castigá-lo... nos punir. Não podem estar falando sério.

— Receio que estejam — repliquei. — E também quanto a informar a polícia.

— Oh, isso é horrível — disse a Sra. Ayres, retorcendo as mãos. — Terrível. O que a polícia fará a respeito, o que acha que fará?

— Bem, suponho que levem o caso a sério, com um homem como Baker-Hyde atrás, registrando a queixa. E com um ferimento tão comovente. — Olhei para Roderick, decidido a introduzi-lo na conversa. — Concorda, Rod?

Ele se mexeu na sua cadeira, como se pouco à vontade, e falou de maneira pouco articulada.

— Realmente não sei o que pensar. — Pigarreou. — Suponho que tenhamos uma licença para Gyp, não? Imagino que ajude, se a tivermos.

— É claro que temos! — replicou Caroline. — Mas por que diabos uma licença teria importância? Não se trata de um cão perigoso correndo solto pelas ruas. É um cão que tem dono e casa e que foi provocado até se enfurecer. Todos que estavam aqui nessa noite vão dizer o mesmo. Se os Baker-Hyde não conseguem ver isso... Oh, não suporto mais! Queria que essa gente nunca tivesse comprado Standish! E como queria que nunca tivéssemos dado essa festa maldita.

— Acho que o Sr. e Sra. Baker-Hyde — falei — também pensam assim. O acidente com Gillian os deixou arrasados.

— Bem, é natural que os arrase — disse a Sra. Ayres. — Qualquer um pôde ver, ontem à noite, que a criança ficará horrivelmente desfigurada. É algo assustador de acontecer com quaisquer pais.

Houve um silêncio depois de suas palavras e percebi que meu olhar se desviou, contra a minha vontade, do seu rosto para o do seu filho. Ele estava olhando para baixo, como se para as mãos. Pude perceber o movimento de alguma emoção por trás dos seus olhos, mas suas maneiras continuaram a me confundir. Ergueu a cabeça, mas sua voz ficou de novo meio presa na garganta e foi forçado a pigarrear.

— Gostaria de ter estado junto a vocês ontem à noite — disse ele.

— Ah, eu também, Roddie! — disse sua irmã.

— Não consigo deixar de me sentir — prosseguiu ele, como se não a tivesse escutado — responsável, de alguma forma.

— Todos nos sentimos assim — eu disse. — Eu mesmo me sinto.

Ele me olhou apaticamente.

— Não foi culpa de nenhum de nós — disse Caroline. — Foi aquele cunhado, que não parava de brincar com a espineta. E se os pais tivessem mantido a criança onde ela deveria ficar, ou melhor ainda, se não a tivessem trazido...

E assim voltamos aonde tínhamos começado, exceto que, dessa vez, resultou em Caroline, sua mãe e eu recapitulando todo o horrível incidente do começo ao fim, cada um de nós com uma perspectiva pessoal ligeiramente diferente. Volta e meia, enquanto falávamos, eu olhava para Rod. Eu o vi acender mais um cigarro — se atrapalhando todo e deixando cair tabaco no seu colo — e percebia que estava irrequieto, como se perturbado por nossas vozes. Entretanto, eu não fazia ideia do quanto estava se sentindo incomodado até ele se levantar abruptamente.

— Deus! — exclamou ele. — Não aguento mais. Já ouvi isso diversas vezes o dia inteiro. Com licença, mamãe, doutor, vou para o meu quarto. Lamento. Eu... eu sinto muito.

Ele pareceu tão tenso e se moveu de maneira tão desajeitada, que fiz menção de me levantar para ajudá-lo.

— Você está bem?

— Estou — respondeu ele, rapidamente, estendendo a mão em sinal para eu permanecer sentado. — Não se preocupe. Sinceramente, estou bem. — Deu um sorriso nada convincente. — Continuo me sentindo mal por não ter estado presente ontem, só isso. Vou... vou mandar Betty me preparar um chocolate. Ficarei bem depois de uma noite de sono decente.

Enquanto falava, sua irmã se levantou, foi para perto dele e deu-lhe o braço.

— Precisa de mim, mamãe? — disse ela, com a voz fraca. — Então, também me despeço. — Olhou de maneira constrangida para mim. — Obrigada por ter vindo nos ver, Dr. Faraday. Foi muito atencioso.

Agora, eu tinha me levantado.

— Lamento não ter trazido boas notícias. Mas não fique preocupada.

— Oh, não estou preocupada — replicou ela, com um sorriso tão pouco convincente quanto o do seu irmão. — Aquela gente pode dizer o que quiser. Não farão mal a Gyp. Eu não vou deixar.

Ela e Roderick se foram e o cachorro os seguiu lealmente: tranquilizado, no momento, pelo tom confiante da voz dela.

Observei a porta se fechar atrás deles e me virei para a Sra. Ayres. Agora que seus filhos tinham saído, pareceu extremamente cansada. Nunca tinha ficado a sós com ela antes e me perguntei se não deveria ir embora. Tinha começado o dia muito cedo e também estava cansado.

Porém, mesmo cansada fez sinal para mim.

— Venha, sente-se no lugar de Roderick, Dr. Faraday, para que eu possa vê-lo melhor.

Portanto, fui para perto do fogo.

Ao me sentar, falei:

— Acho que tudo isso foi um choque horrível para a senhora.

— Foi — respondeu ela imediatamente. — Não dormi a noite toda pensando naquela pobre criança. Um horror desse ter acontecido, e aqui! E então...

Pôs-se a girar os anéis em seus dedos, parecendo indecisa, de modo que me inclinei à frente e coloquei minha mão sobre a dela. Por fim, em um tom de voz mais contido e mais apreensivo do que antes, ela disse:

— O fato é que estou preocupada com Roderick, também.

Relanceei os olhos para a porta.

— Sim. Ele certamente não parece ele mesmo. O que aconteceu que o perturbou tanto assim?

— Não reparou? Na noite passada?

— Na noite passada? — Tinha-me esquecido com todo o drama, mas então me lembrei. — Mandou Betty chamá-lo...

— Pobre garota, ele a assustou. Ela veio me chamar. Encontrei-o... oh, em um estado tão estranho!

— O que quer dizer? Ele estava doente?

Ela respondeu com relutância.

— Não sei. Disse que a sua cabeça estava doendo, mas parecia amedrontado... Já tinha começado a se vestir para a festa e estava suando e tremendo.

Olhei fixo para ela.

— Ele não teria... bebido?

Foi tudo no que consegui pensar e fiquei sem jeito por fazer a sugestão. Mas ela negou sacudindo a cabeça, sem se constranger.

— Não foi isso. Tenho certeza de que não. Não sei o que pode ter sido. De início, pediu para eu ficar com ele. Segurou a minha mão como um menininho! Mas aí, da mesma maneira repentina, mudou de ideia e me disse para deixá-lo só. Praticamente me mandou embora do quarto. Mandei Betty lhe levar uma aspirina. Não havia como ele aparecer dessa maneira. Tive de dar a melhor desculpa que me ocorreu. O que mais eu poderia ter feito?

— Poderia ter me contado.

— Eu queria! Ele não deixaria. E, naturalmente, eu estava pensando no que pensariam. Estava com medo que ele surgisse e fizesse alguma cena. Agora, quase desejo que tivesse feito. Porque então a pobre menina...

Sua voz engrolou, e se calou. Ficamos ali sentados em um silêncio infeliz, e mais uma vez minha mente retornou à noite anterior, ao abocamento cartilaginoso da mandíbula de Gyp, o gemido agudo e fluido que se seguiu. Naquele exato momento, Rod era dominado por um estado nervoso estranho em seu próprio quarto, e enquanto eu levava Gillian para baixo, enquanto eu suturava seu rosto, ele tinha permanecido lá, supostamente escutando a confusão no outro lado da sua porta, mas incapaz de aparecer e enfrentá-la. O pensamento foi horrível.

Segurei os braços da minha poltrona.

— Por que não falo com ele?

Mas a Sra. Ayres estendeu a mão me detendo.

— Não. Não acho que ele vá querer.

— Que mal pode fazer?

— Viu como ele estava hoje à noite: tão diferente do que é, tão inseguro e calado. Passou o dia todo assim. Tive de praticamente implorar para que se sentasse conosco, aqui, à noite. Sua irmã não sabe como o encontrei ontem, ela pensa que ele teve uma forte enxaqueca, só isso, e ficou na cama. Acho que ele está envergonhado. Acho... Oh, Dr. Faraday, não paro de pensar em como ele estava quando chegou do hospital!

Ela curvou a cabeça, e se pôs a girar os anéis, de novo.

— Nunca falei com o senhor sobre isso — disse ela, sem me encarar. — Seu médico, na época, chamou de depressão. Mas me pareceu ser mais do que isso. Ele parecia não dormir nunca. Tinha acessos de fúria ou mau humor. Sua linguagem era obscena. Ficava irreconhecível. O meu próprio filho! Por meses e meses, ele ficou assim. Tive de parar de convidar pessoas à casa. Eu tinha vergonha dele!

Não tenho certeza se o que ela me contou me surpreendeu. Afinal, David Graham tinha mencionado o "distúrbio nervoso" de Roderick, no verão, e pelo que eu tinha visto do próprio Roderick desde então — sua dedicação excessiva ao trabalho, seus acessos ocasionais de irritação e impaciência — estava claro para mim que o distúrbio não tinha sido resolvido inteiramente.

— Lamento — falei. — Pobre Rod. E coitadas da senhora e de Caroline! Mas, sabe, tratei de muitos homens feridos...

— É claro — interrompeu ela. — Sei que o que aconteceu com Roderick poderia ter sido muito pior.

— Não foi isso o que eu quis dizer — repliquei. — Estou pensando em cura, no seu aspecto singular. O processo é diferente em cada paciente. Não é de admirar, certamente, que o ferimento de Roderick o deixe irritado, é? Um rapaz bonito e jovem como ele? Eu também ficaria furioso na idade de Rod, em uma situação como a dele. Ter nascido com tanto e, depois, ter perdido tanto: a saúde, a aparência... em certo sentido, a liberdade.

Ela sacudiu a cabeça, não convencida.

— Foi mais do que mera raiva. Era como se a guerra em si o tivesse mudado, o transformado em um completo estranho. Parecia odiar a si mesmo e a todos à sua volta. Oh, quando penso em todos os rapazes como ele, em todas as coisas horríveis que pedimos que fizessem em nome da paz!

— Bem, agora tudo terminou — eu disse, com brandura. — Ele ainda é jovem. Vai se recuperar.

— Mas não o viu na noite passada — disse ela. — Doutor, estou com medo. Se ele adoecer de novo, o que poderá acontecer? Já perdemos tanto aqui. Meus filhos tentam esconder o pior de mim, mas não sou nenhuma boba. Sei que a propriedade está vivendo de seu capital e sei o que isso significa... Mas perdemos outras coisas também. Perdemos amigos, a ilusão da sociedade. Olho para Caroline: ela parece cada vez mais esmolambada e excêntrica. Foi por ela, sabe, que organizei a festa. Foi um desastre, como tudo o mais... Não haverá nada para ela depois que eu me for. Se ela também perder seu irmão... E agora, pensar naquelas pessoas falando em informar a polícia! Não sei... o fato é que simplesmente não sei como vou suportar isso!

Sua voz tinha soado inalterada até essas palavras, quando então se tornou instável. Ela pôs a mão sobre os olhos, para esconder o rosto de mim.

Quando pensei nisso, mais tarde, percebi o fardo que ela carregava havia tantos anos: a morte de uma filha, a morte do marido, as tensões da guerra, o filho ferido, a perda de propriedade... Mas tinha escondido esses fardos muito bem por trás de um véu de boas maneiras e encanto, e vê-la agora perder sua presença de espírito e chorar abertamente foi impactante. Por um segundo, permaneci sentado na cadeira do outro lado, trespassado. Então fui até ela e me agachei do lado da sua cadeira e, após uma leve hesitação, peguei sua mão. Apenas segurei-a delicadamente, mas com firmeza, como qualquer médico faria. Seus dedos apertaram-se ao redor dos meus, e aos poucos ela foi se acalmando. Ofereci-lhe meu lenço e, constrangida, ela enxugou delicadamente os olhos.

— Se um dos meus filhos entrasse! — disse ela, relanceando os olhos, apreensiva, por cima do ombro. — Ou Betty! Eu não suportaria ser vista neste estado. Nunca vi minha própria mãe chorar, ela sempre desprezou uma mulher que chorasse. Perdoe-me, Dr. Faraday. A verdade pura e simples é que, como já disse, não dormi a noite passada e a falta de sono nunca se deu bem comigo... E agora, devo estar com a aparência assustadora. Apague a luz para mim, por favor?

Apaguei o abajur a que ela se referia: um abajur de leitura, com pingentes de cristal, sobre a mesinha do lado de sua cadeira. Quando o tilintar dos pingentes silenciou, eu disse:

— Não há o que temer da luz, sabe. Nunca.

Ela estava passando o lenço de novo no rosto, mas me olhou com uma surpresa fatigada.

— Não sabia que era tão galante, doutor.

Senti-me enrubescer um pouco. Mas antes de poder responder, ela deu um suspiro e prosseguiu.

— Oh, mas os homens se tornam galantes, quando as mulheres adquirem rugas no rosto. O meu marido era um homem muito galante. Fico feliz por ele não estar vivo para me ver como sou agora. Seu galanteio seria dolorosamente posto à prova. Acho que envelheci dez anos no inverno passado. Provavelmente envelhecerei mais dez neste.

— E então vai parecer ter quarenta — eu disse, e ela riu, com sinceridade, de modo que gostei de ver a vida e cor retornarem à sua face.

Depois disso, falamos de coisas comuns. Pediu-me para servir-lhe um drinque e lhe trazer um cigarro. E somente quando me levantei para ir embora, lembrei-lhe o motivo principal da minha visita, mencionando Peter Baker-Hyde.

Sua resposta foi erguer a mão, como se farta da ideia.

— O nome desse homem foi ouvido vezes demais nesta casa hoje — disse ela. — Se ele quiser nos fazer mal, devemos deixar que tente. Ele não irá longe. Como poderia?

— Acha realmente?

— Eu sei disso. Esse caso horrível vai provocar fúria por um ou dois dias e depois vai cessar. O senhor vai ver.

Ela pareceu tão segura disso quanto sua filha. De modo que deixei a questão de lado.

* * *

Mas ela e Caroline estavam enganadas. O caso não parou aí. No dia seguinte, o Sr. Baker-Hyde foi a Hall informar à família que pretendia levar o caso à polícia, a menos que estivessem dispostos a matar Gyp. Conversou com a Sra. Ayres e Roderick por meia hora — de início, falando racionalmente, contou-me a Sra. Ayres depois, de modo que, por algum tempo, ela achou que conseguiria persuadi-lo a mudar de ideia.

— Ninguém lamenta mais pesarosamente o acidente de sua filha do que eu, Sr. Baker-Hyde — disse-lhe ela, com o que ele deve ter reconhecido como um sentimento genuíno. — Mas matar Gyp não vai fazer com que não tenha acontecido. Quanto à possibilidade de o cachorro morder outra criança, bem, pode ver como vivemos aqui, de maneira tão quieta e isolada. Simplesmente não há outras crianças para provocá-lo.

Talvez tenha sido uma maneira infeliz de se expressar, e posso facilmente imaginar o efeito danoso que suas palavras exerceram na expressão e maneiras de Peter Baker-Hyde. O pior de tudo foi que, nesse momento, Caroline apareceu, com Gyp atrás dela. Estavam caminhando no parque, no mesmo lugar, suponho, onde eu já os vira antes: Caroline corada, vigorosa, desarrumada, e Gyp enlameado e satisfeito com uma boca rosada aberta. O Sr. Baker-Hyde olhou para eles e deve ter pensado em sua filha, jazendo imprestável em casa, com seu rosto desfigurado. Depois, ele contou ao Dr. Seeley, que por sua vez me contou, que se tivesse uma arma na mão, naquele momento, "teria atirado no maldito cachorro ele mesmo, e em toda aquela família desgraçada".

A visita logo se transformou em ofensas e ameaças, e ele partiu ruidosamente em seu carro. Caroline observou-o ir com as mãos nos quadris. Em seguida, tremendo de descontrole e raiva, foi a um dos alpendres e desencavou dois cadeados velhos e algumas correntes. Foi direto para o parque, primeiro para um portão, depois para o outro, e trancou-os.

Foi minha própria governanta que me contou. Tinha ouvido de um dos seus vizinhos, primo de Barrett, que fazia biscates em Hundreds. O caso continuava a circular livremente por todas as aldeias locais, com algumas pessoas expressando simpatia pelos Ayres, mas a maior parte, aparentemente, achando que a obstinação da família em relação a Gyp estava simplesmente agravando a situação. Vi Bill Desmond na sexta-feira e ele pareceu achar que agora era somente uma questão de tempo até os Ayres "fazerem o que era decente" e matarem o pobre cachorro. Seguiram-se porém alguns dias de silêncio e comecei a me perguntar se as coisas não acabariam em um fiasco. Então, no começo da semana seguinte, uma paciente minha de Kenilworth perguntou como "a querida menina Baker-Hyde" estava — perguntou quase casualmente, mas com um tom de voz afetuoso, dizendo que soubera que eu estava envolvido no caso e que tinha praticamente salvado a vida da criança. Quando, surpreso, perguntei quem diabos havia lhe contado isso, ela me passou o último número de um semanário de Coventry. Abri o jornal e me deparei com um relato do caso. Os Baker-Hyde tinham levado sua filha para se tratar em um hospital de Birmingham, de onde foram obtidas as informações para a matéria. A menina teria sofrido um "ataque selvagem", mas estava reagindo bem. Os pais estavam determinados a ver o cachorro em questão morto e sendo orientados legalmente quanto à melhor maneira de conseguirem isso. A Sra. coronel Ayres, o Sr. Roderick Ayres e a Srta. Caroline Ayres, donos do cachorro, não fizeram comentários.

Até onde eu sabia, os jornais de Coventry não chegavam a Hundreds, mas eram largamente distribuídos pelo condado, e achei preocupante esse ter coberto o caso. Liguei para Hall e perguntei se tinham lido o jornal; não tinham, de modo que, a caminho de casa, lhes levei um exemplar. Roderick leu-o em um silêncio austero, antes de passá-lo para a sua irmã. Ela deu uma lida no artigo e, pela primeira vez desde que tudo começara, suas maneiras confiantes vacilaram, e percebi um medo verdadeiro em sua expressão. A Sra. Ayres ficou francamente amedrontada. Tinha havido um interesse considerável da imprensa pelo ferimento de Roderick, durante a guerra, e isso a deixara, acho, com um certo pavor mórbido de se expor. Pela primeira vez, quando fui embora, ela me acompanhou até o carro, de modo que pudesse falar comigo sem ser ouvida pelos filhos.

Falou em voz baixa, levantando a echarpe para cobrir seu cabelo.

— Tenho mais uma coisa a lhe contar, algo que ainda não disse a Caroline e Roderick. O inspetor chefe Allam me ligou mais cedo, para informar que o Sr. Baker-Hyde pretende seguir adiante e insistir nas acusações. Quis me alertar; ele e meu marido, sabe, estavam no mesmo regimento. Deixou bem claro que, em um caso como esse, com uma criança envolvida, temos muito poucas chances de ganhar. Falei com o Sr. Hepton

— era o advogado da família — e ele concordou. Também me disse que deverá haver mais do que uma indenização a pagar. Deve haver danos de algum tipo... Não consigo acreditar que tenha chegado a esse ponto. Independentemente de qualquer outra coisa, não temos dinheiro para o processo! Tenho tentado preparar Caroline para o pior, mas ela não quer me escutar. Não a entendo. Está mais transtornada com isso do que ficou com o acidente do irmão.

Tampouco eu a compreendia, mas repliquei:

— Gyp significa muito para ela.

— Significa muito para nós todos! Mas no fim das contas, é um cachorro, e um cachorro velho. Simplesmente não posso levar a família a julgamento. Tenho de pensar em Roderick, se não em mim mesma. Ele continua nada bem. Isso é a última coisa de que precisa.

Colocou a mão no meu braço e olhou diretamente para o meu rosto.

— Já fez tanto por nós, doutor, é difícil para mim pedir que faça mais. Mas não quero envolver Bill Desmond nem Raymond Rossiter em nossos problemas. Quando chegar a hora, com Gyp... pensei se *o senhor* não poderia nos ajudar.

Repliquei, surpreso e desesperançoso:

— Quer dizer, a sacrificá-lo?

Ela confirmou com a cabeça.

— Não posso esperar isso de Roderick, e claramente Caroline está fora de questão...

— Não, não.

— Não sei mais a quem recorrer. Se o coronel estivesse vivo...

— Sim, é claro. — Falei com relutância, mas com a sensação de que não poderia dizer outra coisa. Portanto repeti, com mais firmeza: — Sim, é claro que ajudarei vocês.

Sua mão continuava no meu braço. Coloquei a minha sobre a dela e ela baixou a cabeça, aliviada e grata, a pele de seu rosto formando sulcos de cansaço, de velhice.

— Mas acha realmente que Caroline vai permitir? — perguntei quando ela retirou a mão.

— Sim — replicou simplesmente. — Vai permitir pelo bem da família. É tudo o que importa.

* * *

E dessa vez, ela estava certa. Ligou-me nessa noite para dizer que o inspetor chefe Allam tinha falado com os Baker-Hyde novamente e que, depois de muita discussão, tinham concordado em retirar as acusações contanto que Gyp fosse morto sem mais demora. Ela pareceu extremamente aliviada e satisfeita pelas coisas terem se resolvido. Mas eu passei uma noite miserável pensando no que tinha concordado em fazer para ela no dia seguinte. Além disso, por volta das 3 da manhã, justo quando finalmente começava a cair em algo como um sono natural, fui despertado pela campainha no consultório. Um homem tinha vindo correndo da aldeia vizinha para me pedir para ver sua mulher que estava tendo dificuldades no trabalho de parto. Vesti-me e fomos para a sua casa no meu carro. Era o primeiro parto da mulher e foi complicado, mas estava tudo terminado por volta das 6h30, o bebê saíra com uma leve contusão nas têmporas por causa do fórceps, mas chorava e era sadio. O homem deveria estar no campo às 7h, de modo que deixamos a mãe e o bebê aos cuidados de uma parteira e lhe dei carona até a sua fazenda. Ele foi trabalhar assobiando — satisfeito porque o bebê era um menino e as esposas de seus irmãos, me disse ele, "só conseguiam fazer fêmeas".

Fiquei feliz por ele e senti aquele quê de euforia que sempre sucede um parto bem-sucedido, particularmente quando acompanhado da falta de sono. Mas quando me lembrei da tarefa que me aguardava em Hundreds, a excitação perdeu a fluidez. Não quis voltar a Lidcote para ter de sair de novo. Conduzi o carro por uma via que atravessava a floresta e terminava em uma pequena clareira do lado de um lago enorme. O lugar, no verão, era pitoresco, um antro de amantes. Mas era também, lembrei-me demasiado tarde, a cena de um suicídio no tempo da guerra, e a água escura e as árvores úmidas e descoloridas me pareceram muito melancólicas quando estacionei e desliguei o carro. Estava frio demais para sair: acendi um cigarro, baixei a janela do meu lado e me abracei para me proteger do frio. No passado, ocasionalmente, eu via garças ali, e, às vezes, mergulhões namorando. Hoje, o lago parecia morto. Um único pássaro gritou de um galho, gritou de novo, mas não foi respondido. Nesse momento, começou a garoar e uma brisa soprou não sei de onde, fazendo as pequenas gotas pinicarem minha bochecha. Apaguei o cigarro e subi o vidro rapidamente.

Alguns quilômetros estrada abaixo, havia uma curva que me levaria ao portão oeste de Hundreds Park. Esperei até antes das oito horas, liguei o carro e dei a partida.

Tinham tirado o cadeado e a corrente, de modo que passei sem dificuldade. Estava mais claro no parque do que na estrada, mas a casa, visível a distância a oeste, parecia ampla e sólida no lusco-fusco do amanhecer, um grande cubo escuro. Mas eu sabia que a família levantava cedo e, ao me aproximar, vi fumaça saindo das chaminés. E quando dei a volta para os fundos da casa e meus pneus passaram ruidosamente sobre os pedregulhos, vi uma luz se aproximar das janelas do lado da porta da frente.

A porta foi aberta antes de eu alcançá-la pela Sra. Ayres, que estava pálida.

— Cheguei cedo demais? — eu perguntei.

Ela sacudiu a cabeça.

— Acordamos sempre à mesma hora. Roderick já está na fazenda. Acho que nenhum de nós dormiu essa noite. Nem o senhor, por sua aparência. Ninguém morreu, espero.

— Um caso de maternidade.

— O bebê está bem?

— O bebê e a mãe... Onde está Caroline?

— Lá em cima, com Gyp. Ela ouviu seu carro, espero.

— Avisou-lhe que eu estava vindo? Ela sabe por quê?

— Sim, sabe.

— Como reagiu?

Ela sacudiu a cabeça de novo, mas, exceto por isso, não respondeu mais nada. Conduziu-me pela pequena sala e me deixou lá, do lado da lenha crepitando no fogo recém-aceso. Voltou com uma bandeja de chá, pão e bacon frio, que colocou do meu lado. Sentou-se comigo enquanto eu comia, ela mesmo não comendo nada. Vê-la cumprindo o papel da criada só fez aumentar meu desconforto. Quando terminei o café da manhã, não perdi tempo. Peguei minha maleta e deixei que me conduzisse ao hall e depois ao primeiro andar.

Deixou-me à porta do quarto de Caroline. Estava entreaberta, mas bati, e, como não obtive resposta, empurrei-a devagar e entrei. Deparei-me com um quarto grande e agradável, com paredes de lambris e uma cama estreita com quatro colunas. Mas reparei que estava tudo descorado, o cortinado da cama desbotado, os tapetes puídos, as tábuas do assoalho com tinta branca em cima, gastas até um cinza raiado. Havia duas janelas de correr e Caroline estava sentada a uma delas, em uma espécie de otomana almofadada, com Gyp do seu lado. Ele estava com a cabeça no seu colo, mas levantou o focinho quando me viu e abriu a boca, batendo o rabo. Caroline estava com o rosto virado para a janela e não falou até eu chegar perto.

— Então, veio o mais cedo que pôde.

— Estava com uma paciente — repliquei. — E não é melhor fazer agora, Caroline, do que esperar e correr o risco de a polícia mandar seu próprio homem? Prefere que seja um estranho a fazer isso?

Finalmente, virou-se para mim e vi que estava horrível: o cabelo desgrenhado, a face lívida, os olhos vermelhos e inchados de chorar ou da vigília.

— Por que vocês todos — disse ela — falam disso como se fosse algo comum, algo razoável, que deve ser feito?

— Ora, Caroline. Sabe que tem de ser feito.

— Só porque todo mundo diz que sim! É como... como ir à guerra. Por que eu deveria? Não é minha guerra.

— Caroline, aquela menininha...

— Deveríamos ter levado o caso ao tribunal, sabe, e teríamos vencido. O Sr. Hepton disse que sim. Mamãe não deixou que tentasse.

— Mas um tribunal! Pense no custo disso, se em nada mais.

— Eu conseguiria o dinheiro de alguma maneira.

— Então pense na atenção que atrairia. Pense no que pareceria. Defender-se com aquela criança tão prejudicada! Não seria decente.

Ela fez um gesto de impaciência.

— Que importância tem a atenção? Só mamãe se preocupa com isso. E ela só tem medo de que as pessoas vejam como estamos pobres. Quanto à decência... Ninguém mais liga para esse tipo de coisa.

— Sua família já sofreu demais. Seu irmão...

— Oh, sim — disse ela —, meu irmão! Vamos todos pensar nele, não vamos? Como se fizéssemos outra coisa. Ele podia ter enfrentado mamãe. Mas não fez nada, absolutamente nada!

Eu nunca a tinha ouvido criticar Roderick antes, a não ser de brincadeira, e me assustei com sua ferocidade. Porém, ao mesmo tempo seus olhos se tornavam mais vermelhos e sua voz enfraquecia, e acho que ela sabia que não havia alternativa. Virou-se, para olhar pela janela. Fiquei observando-a em silêncio, e então falei suavemente:

— Tem de ser corajosa, Caroline. Sinto muito... Posso cuidar disso agora?

— Deus — disse ela, fechando os olhos.

— Caroline, ele está velho.

— E isso torna o ato melhor?

— Dou minha palavra que ele não vai sofrer.

Ela sentou-se tensa por um momento, depois seus ombros caíram, ela expirou, e todo o ressentimento pareceu abandoná-la.

— Oh, leve-o — disse ela. — Tudo o mais se foi, por que não ele também? Estou farta de lutar.

Seu tom foi tão desolado que, por fim, enxerguei através de sua obstinação as outras perdas e sofrimentos, e senti que a tinha julgado errado. Enquanto falava, pôs a mão na cabeça do cachorro, e o animal, compreendendo que ela falava dele e também percebendo a aflição na sua voz, ergueu os olhos para ela, com confiança e preocupação, depois levantou as patas da frente e moveu o focinho para o seu rosto.

— Cachorro idiota! — disse ela, deixando-o lambê-la. Então o empurrou. — O Dr. Faraday o quer, não está vendo?

— Devo fazer aqui? — perguntei.

— Não, não quero. Não quero ver. Leve-o para qualquer lugar lá embaixo. Vá, Gyp. — E o empurrou para mim quase com brusquidão, de modo que ele caiu da otomana no chão. — Vá — repetiu, quando ele hesitou —, coisinha estúpida! Já disse que o Dr. Faraday quer você. Vá!

Desse modo, Gyp veio obedientemente a mim, e depois de um último olhar de relance para Caroline, levei-o do quarto e fechei a porta sem fazer ruído. Ele seguiu-me pela casa até a cozinha, levei-o para a área de serviço e o fiz se deitar em um velho capacho. Ele sabia que aquilo era estranho, pois Caroline era severa em relação a rotinas. Mas então deve ter percebido que havia uma perturbação na casa e talvez, até mesmo, tenha intuído ser ele a causa. Eu me perguntei o que estaria se passando na sua mente — que recordações tinha da festa, se pensava no que tinha feito, se se sentia culpado ou envergonhado. Mas quando olhei nos seus olhos, pareceu-me que ali só havia confusão. Abri minha maleta e tirei o que precisava. Toquei na sua cabeça e lhe disse, como já havia lhe dito uma vez:

— Está a maior confusão, Gyp. Mas agora não importa. Você é um bom cachorro.

E continuei dizendo bobagens desse tipo, firmando meu braço por baixo de seus ombros, de modo que depois que a injeção fizesse efeito, ele caísse na minha mão, e senti seu coração vacilar na minha palma, depois parar.

A Sra. Ayres me disse que Barrett o enterraria, de modo que o cobri com o tapete, depois lavei as mãos e voltei para a cozinha. Encontrei a Sra. Bazeley: ela tinha acabado de chegar e estava amarrando seu avental. Quando lhe contei o que tinha feito, sacudiu a cabeça, angustiada.

— Não é uma pena? — disse ela. — A casa não parece inteira sem esse velho cão. Consegue entender isso, Dr. Faraday? Eu o vi pela casa durante toda a sua vida, e teria jurado que não havia mais maldade nele do que no cabelo em minha cabeça. Eu confiaria meu neto a ele, com certeza.

— Eu também, Sra. Bazeley — repliquei, infeliz. — Se tivesse um.

Mas havia a mesa da cozinha, afinal, para me lembrar da medonha noite tão recente. E, também — não a tinha notado antes —, havia Betty. Estava em pé, semioculta por uma porta que dava para um dos corredores da cozinha, dobrando uma pilha de panos de prato. Mas se movia com sacudidelas estranhas, seus ombros estreitos parecendo se contorcer; depois de um segundo, percebi que chorava. Ela virou a cabeça, viu-me observá-la e se pôs a chorar ainda mais. Com uma violência que me deixou perplexo disse:

— O pobre cão velho, Dr. Faraday! Todo mundo o culpa, mas não foi culpa dele! Não é justo!

Sua voz falhou e a Sra. Bazeley foi até ela e a abraçou.

— Pronto, pronto — disse a mulher, dando tapinhas desajeitados nas costas de Betty. — Está vendo como isso nos transtornou, doutor? Não sabemos o que esperar. Betty meteu uma ideia na cabeça... sei lá. — Pareceu desconfortável. — Acha que a menina foi mordida por alguma coisa esquisita.

— Esquisita? Do que diabos está falando? — perguntei.

Betty afastou a cabeça do ombro da Sra. Bazeley e disse:

— Tem uma coisa ruim nesta casa, é isso! Tem uma coisa ruim, que faz coisas más acontecerem!

Por um momento, olhei fixamente para ela, depois passei a mão no rosto.

— Ah, Betty.

— É verdade! Eu sinto!

Olhou de mim para a Sra. Bazeley. Seus olhos cinza estavam arregalados e ela estava tremendo um pouco. Mas tive a impressão, como às vezes já tinha tido em relação a ela, de que no fundo estava gostando da confusão e atenção. Falei, menos paciente:

— Está bem. Estamos todos cansados e estamos todos tristes.

— Não é cansaço!

— Está bem! — Falei agora bruscamente. — Isso é pura tolice e sabe disso. A casa é grande e isolada, mas achei que a esta altura tinha se acostumado.

— *Estou* acostumada! Não é só *isso*.

— Não é nada. Não há nada ruim aqui, nada fantasmagórico. O que aconteceu com Gyp e aquela pobre criança foi um acidente horrível, nada além disso.

— Não foi um acidente! Foi a coisa ruim sussurrando para Gyp, ou... beliscando ele.

— *Você* ouviu um sussurro?

Respondeu de modo relutante.

— Não.

— Não. Nem eu, nem ninguém mais daquela gente toda na festa. Sra. Bazeley, viu qualquer sinal dessa "coisa ruim" de Betty?

A Sra. Bazeley negou, sacudindo a cabeça.

— Não, não vi, doutor. Nunca vi nada estranho aqui.

— E há quanto tempo vem a esta casa?

— Bem, há quase dez anos.

— Pronto, você ouviu — eu disse a Betty. — Isso não a tranquiliza?

— Não, não tranquiliza! — respondeu ela. — Só porque ela nunca viu não significa que não é verdade! Pode ser uma... coisa nova.

— Ah, pelo amor de Deus! — eu disse. — Deixe disso, seja uma boa menina e enxugue os olhos. E espero — acrescentei — que não mencione nada disso à Sra. Ayres ou à Srta. Caroline. É a última coisa que precisam neste momento. Têm sido boas com você, se lembra? Lembra-se de como me chamaram para examiná-la, naquela vez em que você não estava bem, em julho?

Olhei direto no seu rosto ao dizer isso. Ela entendeu e enrubesceu. Mas a sua expressão, apesar do rubor, foi de obstinação. Falou em um sussurro:

— *Tem* uma coisa ruim! *Tem!*

E escondeu o rosto no ombro da Sra. Bazeley e voltou a chorar, tão sentida quanto antes.

5

Não admira que nas semanas seguintes a vida em Hundreds Hall parecesse muito mudada, desmotivada e triste. Em primeiro lugar, havia simplesmente a ausência física de Gyp com que se habituar: os dias eram agora naturalmente sombrios, mas a casa parecia ainda mais escura e morta sem o cachorro trotando afavelmente de um cômodo a outro. Como continuei a ir a Hall uma vez por semana para tratar da perna de Roderick, tornou-se mais fácil me introduzir como um da família e, às vezes, quando a porta se abria, eu me pegava esperando escutar o bater de patas, ou então virava a cabeça para uma sombra — pensando que a forma escura no canto da minha visão era a de Gyp. E sempre que tudo o que tinha acontecido me voltava à mente, sentia uma pontada de tristeza angustiada.

Mencionei isso à Sra. Ayres e ela balançou a cabeça entendendo. Contou-me que havia ficado no hall, uma tarde em que chovia, convencida de que ouvia o cachorro andar lá em cima. O som era tão distinto que subiu, nervosa, para olhar — e percebeu que o que tinha achado ser o som de suas patas nas tábuas do assoalho era, na verdade, a água pingando de uma calha lá fora. Algo similar aconteceu com a Sra. Bazeley. Ela se pegou preparando uma tigela de pão e caldo de carne e colocando-a na porta da cozinha, como costumava fazer para Gyp nos velhos tempos. Deixou-a ali por meia hora, o tempo todo se perguntando onde estaria o cachorro — e então quase gritou, disse ela, quando se lembrou de que ele estava morto.

— E o mais esquisito — contou-me ela — foi que só fiz isso porque pensei tê-lo ouvido descer a escada para o subsolo. Sabe como ele costumava bufar, não, como um velho? Poderia jurar que o tinha ouvido!

Quanto à pobre Caroline, simplesmente não sei quantas vezes confundira um som qualquer com o movimento das patas de Gyp ou se virara para uma sombra supondo ser ele. Tinha mandado Barrett cavar sua sepultura no meio das lápides de mármore que formavam um pequeno cemitério fantástico de animais em um dos terrenos cultivados no parque. Ela fez um tour lúgubre pela casa, recolhendo as tigelas de água e cobertas que eram guardadas em vários cômodos para o cachorro e as pôs de lado. Mas deu a impressão, durante o processo, de com isso lacrar sua própria conturbação e tristeza, e com tal perfeição que me desconcertou. Na minha primeira visita a Hall depois daquela manhã infeliz em que pus Gyp para dormir, decidi procurá-la, sem querer que ficasse qualquer sentimento ruim entre nós. Mas quando lhe perguntei como estava, ela apenas respondeu, em um tom superficial e inexpressivo: "Estou bem. Acabou tudo agora, não? Desculpe eu ter falado de maneira tão enfurecida naquele dia. Você não teve culpa, eu sei. Acabou. Vou lhe mostrar o que encontrei ontem em um dos quartos lá em cima." E trouxe um berloque antigo que havia tirado do fundo de uma gaveta. E não se referiu a Gyp novamente.

Achei que não a conhecia bem o bastante para forçar o assunto. Mas falei sobre ela com sua mãe, que pareceu achar que ela iria "se recuperar à sua própria maneira".

— Caroline nunca foi uma garota do tipo que mostra seus sentimentos — disse-me com um suspiro. — Mas é extremamente sensível. Por isso a chamei para ajudar com o seu irmão, quando foi ferido. Foi tão boa quanto qualquer enfermeira, naquele tempo, sabe... E já soube das últimas notícias? A Sra. Rossiter veio nos contar pessoalmente hoje de manhã. Aparentemente, os Baker-Hyde estão partindo. Vão levar a menina de volta a Londres. O pessoal da casa irá na próxima semana. A coitada da Standish será fechada e vendida de novo. Mas realmente acho que é o melhor. Imagine Caroline ou Roderick ou eu esbarrando com a família em Lidcote ou Leamington!

Também me senti aliviado com a notícia. Não era agradável para mim o prospecto de ver regularmente os Baker-Hyde, tanto quanto para a Sra. Ayres. Também fiquei satisfeito com o fato de os jornais do condado finalmente perderem o interesse no caso. E apesar de não se poder fazer nada em relação às fofocas locais, e apesar de, às vezes, um paciente ou um colega mencionar o caso comigo, sabendo que estivera ligeiramente envolvido, enfim, sempre que o assunto era levantado eu fazia de tudo para mudá-lo ou encerrá-lo. E os mexericos logo morreram.

Mas ainda assim, eu me espantava com Caroline. Volta e meia, quando atravessava de carro o parque, eu a via exatamente como costumava vê-la antes. Mas sem Gyp trotando a seu lado me causava a impressão de uma figura terrivelmente desconsolada. Se eu parasse o carro para falar com ela, mostrava-se disposta a conversar, quase como fazia antes. Parecia vigorosa e saudável como sempre. Somente o seu rosto, eu achava, traía a infelicidade das últimas semanas, pois, visto de certos ângulos, parecia mais pesado e sem graça do que nunca — como se a perda de seu cachorro tivesse acarretado também a perda de seu otimismo e de sua juventude.

— Caroline falou com você sobre como está se sentindo? — perguntei a seu irmão um dia em novembro, quando estava tratando de sua perna.

Ele sacudiu a cabeça, franziu o cenho.

— Ela não parece querer falar disso.

— Não pode... fazê-la falar? Fazê-la se abrir um pouco?

Franziu o cenho mais fundo.

— Acho que poderia tentar. Mas parece que nunca tenho tempo.

Falei em tom casual:

— Não tem tempo para a sua irmã?

Ele não respondeu, e lembro de ter-me preocupado quando a sua expressão se tornou sombria e ele virou a cabeça como se não confiasse na sua resposta. O fato é que, a essa altura, eu me sentia menos à vontade com ele do que com Caroline. Que o caso entre Gyp e os Baker-Hyde tivesse deixado marcas nela era compreensível, mas parecia ter causado uma espécie de impacto devastador nele também, o que me deixava perplexo. Não era apenas uma questão de ele viver absorto e recluso, de ele passar tempo demais trabalhando em seu quarto, pois isso já acontecia havia meses. Era *algo* extra que eu via ou sentia continuamente no fundo da sua expressão: um ônus de conhecimento, ou mesmo de medo.

Não me havia esquecido do que a sua mãe tinha contado sobre como o encontrara na noite da festa. Pareceu-me que se essa fase de seu comportamento tivesse se iniciado em algum lugar, o lugar era ali. Tentei levantar o assunto com ele várias vezes, e ele sempre descobria uma maneira, com o silêncio ou a evasão, de me repelir. Talvez eu não devesse forçar nada. Certamente eu já estava muito ocupado com meus próprios assuntos, pois o clima mais frio, como sempre, tinha trazido a erupção de doenças do inverno, e o número de chamados aumentou consideravelmente. Mas deixar a questão de lado contrariava todos os meus instintos, e mais do que isso, eu simplesmente me sentia, agora, envolvido com a família de uma maneira diferente de três ou quatro semanas atrás. Portanto, depois de pôr os eletrodos no lugar e ligar a bobina, disse-lhe francamente o que estava me incomodando.

Sua reação me deixou perplexo.

— Foi ideia da minha mãe guardar o segredo, não foi? — disse ele, agitando-se furiosamente em sua cadeira. — Já devia ter esperado por isso. O que exatamente ela lhe disse? Que me encontrou realmente deprimido?

— Ela estava preocupada com você.

— Cristo! Eu simplesmente não estava a fim de participar de uma festa idiota! Minha cabeça estava me matando. Sentei-me no meu quarto e tomei um drinque. Depois fui para a cama. Isso é crime?

— Rod, é claro que não é. Só que, a maneira como ela descreveu...

— Pelo amor de Deus, ela exagera! Imagina coisas o tempo todo! Enquanto o que está realmente na sua cara... Ah, esqueça. Se ela pensa que estou prestes a perder o juízo, deixe ela pensar. Ela não faz a menor ideia. Nenhum de vocês faz. Se soubessem...

Interrompeu-se. Intrigado com a intensidade de suas maneiras, perguntei:

— Se soubéssemos o quê?

Permaneceu rígido por um momento, claramente esforçando-se para se conter. Então:

— Ah, esqueça — repetiu. Moveu-se bruscamente à frente, segurando os fios que correm de sua perna até a bobina e os soltando. — Esqueça tudo isso também. Estou farto. Não adianta nada.

Os eletrodos soltaram-se e caíram no chão. Ele puxou os elásticos, afrouxando-os, e se levantou, desajeitado, com a perna da calça ainda arregaçada e os pés descalços, indo até sua mesa e ficando de costas para mim.

Desisti do tratamento nesse dia e o deixei com sua irritação. Na semana seguinte, pediu desculpas e o processo se desenvolveu normalmente. Ele parecia ter se acalmado. No entanto, na minha visita seguinte, algo novo tinha começado a acontecer. Cheguei e o encontrei com um corte na ponta do nariz e um olho roxo.

— Não olhe com esta cara — disse ele, ao ver minha expressão. — Tive de aguentar Caroline me futucando a manhã toda, tentando grudar pedaços de bacon em mim, e só Deus sabe o que mais.

Relanceei os olhos para a sua irmã — estava no quarto com ele, acho que esperando por mim — e fui até ele, peguei sua cabeça e virei seu rosto para a luz da janela.

— O que diabo aconteceu?

— Uma coisa completamente idiota, na verdade — replicou ele, se soltando das minhas mãos com irritação — e fico com vergonha de falar nisso. Acordei no meio da noite, só isso, e fui cambaleando ao banheiro, e algum idiota... isto é, eu, tinha deixado a porta aberta, de modo que bati em cheio na sua aresta.

— Ele apagou — disse Caroline. — Graças a Betty ele não... sei lá, engoliu a língua.

— Não seja boba — interrompeu seu irmão. — Não apaguei.

— Apagou! Estava caído no chão, doutor. E tinha dado um grito, acordando Betty no andar de baixo. Pobre garota, acho que pensou que ladrões tinham entrado na casa. Ela subiu furtivamente e o viu estendido lá, e sendo muito sensata foi me acordar. Ele ainda estava inconsciente quando cheguei.

Rod fez uma carranca.

— Não lhe dê ouvidos, doutor. Ela está exagerando

— Não estou, e você sabe disso — replicou Caroline. — Tivemos de jogar água no seu rosto para que voltasse a si. E quando recobrou a consciência, foi ingrato, mandando, em uma linguagem grosseira, que o deixássemos em paz.

— Está bem — disse seu irmão. — Parece que provamos que sou um idiota. Mas acho que lhe disse isso eu mesmo. Podemos agora esquecer o assunto?

Falou rispidamente. Caroline pareceu desconcertada por um momento, e então achou uma maneira de mudar de assunto. Mas ele não participou, ficou em silêncio, taciturno, enquanto ela e eu conversávamos. E pela primeira vez, quando me preparei para o tratamento, ele se recusou francamente a me deixar fazer isso, repetindo que estava "cansado disso", que "não estava adiantando nada".

Sua irmã olhou para ele perplexa.

— Oh, Rod, sabe que não é verdade!

— A perna é minha, não é? — respondeu ele com impertinência.

— Mas o Dr. Faraday teve tanto trabalho...

— Bem, se o Dr. Faraday quer se incomodar com pessoas que ele mal conhece — disse ele —, é problema dele. Estou dizendo, estou farto de ser apertado e empurrado de um lado para outro! Ou minhas pernas são parte da propriedade como tudo o mais aqui? Vamos remendá-las, desgastá-las mais um pouquinho, não importa que a estejam reduzindo a cotos. É isso o que estão pensando?

— Rod! Não está sendo justo!

— Está tudo bem — falei calmamente. — Rod não precisa receber o tratamento se não o quiser. Não é como se estivesse pagando por ele.

— Mas — disse Caroline, como se não tivesse ouvido — o seu artigo...

— Meu artigo está praticamente concluído. E, como penso que Rod sabe, os melhores efeitos já foram alcançados. Tudo o que tenho feito agora é manter o músculo em ação.

Rod tinha se afastado, sem querer falar conosco. Acabamos deixando-o só e nos unimos à Sra. Ayres na pequena sala para um chá. Mas antes de eu ir embora, desci silenciosamente ao subsolo para ter uma palavrinha com Betty, e ela confirmou o que Caroline tinha dito sobre a noite anterior. Ela tinha dormido logo, mas sido despertada por um grito. Desnorteada pelo sono, achou que alguém da família a estava chamando, e subiu, ainda meio tonta. Encontrou a porta de Rod aberta e ele no chão, com sangue no rosto, tão imóvel e lívido que, por um segundo, pensou que estava morto, e quase gritou. Recompondo-se, correu para chamar Caroline, e as duas o fizeram voltar a si. Ele tinha despertado "praguejando e dizendo coisas engraçadas".

— Que tipo de coisas? — perguntei.

Ela retorceu o rosto tentando se lembrar.

— Coisas engraçadas. Coisas estranhas. Como quando o dentista nos dá gás.

E isso foi tudo o que ela conseguiu me dizer, de modo que fui obrigado a pôr o assunto de lado.

Alguns dias depois, entretanto — quando o roxo de seu olho tinha se tornado um belo matiz do que Caroline chamou de "esverdeado *yallery*",[*] mas antes que desaparecesse de vez — Rod sofreu outro pequeno ferimento. Aparentemente, acordou de novo no meio da noite e "cambaleou" pelo quarto. Dessa vez, tropeçou em um banquinho baixo misteriosamente fora do seu lugar, colocado diretamente no seu caminho, e caiu, machucando o pulso. Tentou fazer pouco do acidente para mim, e deixou que eu enfaixasse seu pulso com um incrível ar de "condescendência com o velho homem". Mas percebi pela aparência do seu braço e por sua reação quando o apalpei, que a distensão tinha sido grave, e a sua atitude me confundiu.

Mais tarde, falei sobre isso com a sua mãe. Ela pareceu, no mesmo instante, ficar apreensiva — juntando as mãos, como agora fazia com frequência, para girar seus anéis antiquados.

— O que acha que é realmente? — perguntou-me ela. — Ele não me diz nada. Já tentei e tentei. Claramente ele não tem dormido. Aliás não creio que qualquer um de nós tenha dormido bem... Mas essa perambulação à noite! Não pode ser saudável, pode?

— Acha que ele realmente tropeçou?

— O que mais poderia ser? Sua perna estava enrijecida quando ele estava caído.

— É verdade. Mas e o banco?

— Bem, ele mantém aquele quarto em um estado assustador. Sempre foi assim.

— Mas Betty não o arruma?

Ela percebeu um quê de preocupação na minha voz e seu olhar se aguçou, alarmado.

— Não acha — disse ela — que há alguma coisa gravemente errada com ele, acha? Não pode estar tendo daquelas enxaquecas?

Mas eu já tinha pensado nisso. Tinha lhe perguntado sobre as dores de cabeça enquanto enfaixava seu pulso e ele tinha respondido que, exceto seus dois pequenos machucados, não tinha mais doença física nenhuma. Pareceu

---

[*] Referência a "Yallery-Brown", espírito da natureza do folclore de Lincolnshire que tem a cor castanho-amarelada. (*N. da T.*)

falar sinceramente, e embora desse a impressão de estar cansado, não percebi nenhum sinal de doença real nele, em seu olhar, suas maneiras, ou compleição. Havia somente aquele *quê* indefinível, tênue como um perfume ou uma sombra, que continuava a me confundir. Sua mãe pareceu tão preocupada que preferi não sobrecarregá-la mais. Lembrei-me de suas lágrimas na noite depois da festa. Respondi que provavelmente estava me preocupando sem necessidade — depreciando a coisa toda, exatamente como o próprio Rod.

Mas estava preocupado e queria falar com alguém sobre isso. Assim, inventei uma desculpa para passar em Hall mais tarde, naquela semana, e procurei Caroline, para conversar com ela a sós.

Encontrei-a na biblioteca. Estava sentada de pernas cruzadas no chão, com uma bandeja de livros encadernados em couro na frente: passava lanolina nas capas. Tinha apenas a fraca luz do norte para trabalhar, pois, no recente inverno úmido, as venezianas tinham começado a empenar, e só conseguia abrir uma delas, e assim mesmo parcialmente. Lençóis brancos ainda pendiam na maior parte das estantes, como mortalhas. Ela não tinha se incomodado em acender o fogo, e a sala estava muito fria e melancólica.

Ela pareceu agradavelmente surpresa em me ver ali em uma tarde de um dia de semana.

— Veja só estas adoráveis edições antigas — disse ela, mostrando-me dois pequenos livros, as encadernações lustrosas e ainda úmidas da lanolina, como castanhas recém-expostas. Peguei um banco e me sentei do seu lado. Ela abriu um dos livros e se pôs a folheá-lo.

— Não fiz muita coisa, para dizer a verdade — falou. — É sempre mais tentador ler do que trabalhar. Encontrei algo ainda agora, um poema de Herrick,* que me fez rir. Aqui está. — O livro rangeu quando ela abriu a capa. — Escute só isso, e me diga do que o faz se lembrar. — E começou a ler em voz alta, com sua voz grave e agradável:

The tongues of Kids shall be thy meate,
Their Milke thy drinke; and thou shalt eate

---

* Robert Herrick (1591-1674), poeta inglês, cujas primeiras obras fazem referências à relação sexual e ao corpo feminino, usando metáforas da vida no campo e suas estações, flores etc. *(N. da T.)*

> The Paste of Filberts for thy bread
> With Cream of Cowslips buttered:
> Thy Feasting-Tables shall be Hills
> With Daisies spread, and Daffodils;
> Where thou shalt sit, and Red-breast by,
> For meat, shall give thee melody.*

Ela levantou a cabeça.

— Poderia ter sido difundido pelo Ministério da Alimentação, não acha? Está tudo ali, exceto o talão de racionamento. Eu me pergunto qual será o gosto da pasta de avelã.

— Eu não me admiraria se fosse como manteiga de amendoim — repliquei.

— Tem razão. Só que mais sórdido.

Sorrimos um para o outro. Ela largou o Herrick e pegou o livro em que estava trabalhando quando cheguei, e se pôs a esfregá-lo com movimentos firmes, regulares. Mas quando lhe disse a minha intenção, que queria falar sobre Roderick, seu movimento se tornou mais lento e seu sorriso desapareceu.

— Eu me perguntava o quanto tudo isso o teria impressionado — disse ela. — Estive pensando em procurá-lo, eu mesma. Mas ao pensar em tudo o que aconteceu...

Isso foi o mais próximo que ela chegou de mencionar o que tinha acontecido com Gyp, e enquanto falava, baixou a cabeça, de modo que vi suas pálpebras pesadas e úmidas, e curiosamente nuas acima de suas bochechas ressequidas.

— Ele está sempre dizendo que está bem — falou ela —, mas sei que não está. Mamãe também sabe disso. Aquela história com a porta, por exemplo. Quando Roderick deixou sua porta aberta à noite? E estava quase alucinado quando voltou a si, apesar do que diz. Acho que ele está tendo pesadelos. Está sempre ouvindo barulhos quando não há nada ali. — Estendeu o braço

---

* As línguas dos cabritos serão tua carne/ seu leite a tua bebida; e tu comerás/ A pasta de avelã no seu pão/ Com creme de prímula:/ Tuas mesas do banquete serão colinas/ Com margaridas espalhadas, e narcisos;/ Onde te sentarás, e o pintarroxo acolá/ por carne, tua melodia dará. (N. da T.)

para pegar o frasco de lanolina e umedeceu os dedos. — Ele não lhe contou, suponho, ter ido ao meu quarto à noite, na semana passada, contou?

— Ao seu quarto? — Não sabia disso.

Ela confirmou com um movimento da cabeça, relanceando os olhos para mim, sem interromper seu trabalho.

— Ele me acordou. Não sei que horas eram, mas faltava muito para amanhecer. Eu não entendi o que diabo estava acontecendo. Chegou cambaleando, pedindo que eu parasse, pelo amor de Deus, de tirar as coisas do lugar, que isso o estava deixando louco! Então me viu na cama e, juro, ele ficou *verde*, esverdeado *yallery*, como o seu olho. Seu quarto fica praticamente embaixo do meu, como sabe, e ele disse que já estava deitado havia uma hora, me escutando arrastar coisas pelo chão. Achou que eu estava trocando os móveis de lugar! Tinha sonhado, é claro. A casa estava silenciosa como uma igreja, sempre está. Mas o sonho pareceu mais real para ele do que para mim, isso foi o lado horrível. Precisou de um tempão para se acalmar. No fim, consegui deitá-lo na cama do meu lado. Voltei a dormir, mas não sei se ele conseguiu. Acho que ficou acordado o resto da noite, completamente desperto, quero dizer, como se estivesse vigiando ou esperando ou sei lá o quê.

Suas palavras me deixaram pensativo.

— Ele não terá desmaiado ou algo assim? — eu disse.

— Desmaiado?

— Não pode ter tido uma espécie de... convulsão?

— Um ataque epilético, quer dizer? Oh, não. Não foi nada parecido com isso. Havia uma menina, quando era criança, que tinha esses ataques. Lembro-me de que era horrível. Não creio que me enganasse em relação a isso.

— Bem — repliquei —, nem todos os ataques são iguais. Faz sentido, de certa maneira. Seus ferimentos, sua confusão, seu comportamento estranho...

Ela sacudiu a cabeça, cética.

— Não sei. Não acho que foi isso. E por que começaria a ter os ataques só agora? Nunca os teve antes.

— Bem, talvez sim. Ele teria lhe contado? As pessoas sentem uma vergonha despropositada em relação à epilepsia.

Ela franziu o cenho refletindo a respeito. Então, sacudiu a cabeça de novo.

— Simplesmente não acho que seja isso.

Limpou a lanolina dos dedos, atarraxou a tampa do frasco e se levantou. A estreita fresta da janela mostrava um céu que escurecia rapidamente, e a sala deu a impressão de ficar mais fria e mais sombria do que nunca.

— Nossa, isto aqui está parecendo uma geladeira! — disse ela. Soprou as mãos. — Pode me ajudar com isto?

Referia-se à bandeja com os livros. Ergui-a junto com ela e a levamos para a mesa. Ela bateu na saia para tirar o pó e falou, sem erguer o olhar:

— Onde está Rod agora, sabe?

— Eu o vi lá fora com Barrett quando cheguei — repliquei. — Iam na direção dos antigos jardins. Por quê? Acha que devíamos falar com ele?

— Não, não é isso. É só que... Esteve no seu quarto recentemente?

— Seu quarto? Não, recentemente não. Ele não parece me querer lá.

— Não parece me querer lá tampouco. Mas fui, alguns dias atrás, quando ele não estava, e notei uma coisa estranha. Não sei se isso reforça a sua ideia de epilepsia ou não. Acho que não. Mas viria comigo para eu lhe mostrar? Se Barrett está com Rod, vai segurá-lo por séculos.

Não gostei da ideia.

— Não sei se deveríamos, Caroline. Rod não iria gostar, iria?

— Não vai levar muito tempo. E é o tipo de coisa que eu gostaria que visse por si próprio... Por favor? Não tenho mais ninguém com quem falar sobre isso.

Era esse o sentimento que, de certa maneira, tinha me levado a procurá-la, como ela estava claramente perturbada, concordei. Ela me levou ao hall e percorremos, em silêncio, o corredor na direção do quarto de Rod.

Era fim de tarde, a Sra. Bazeley já tinha ido para casa, mas quando nos aproximamos do arco cortinado que dava nas áreas de serviço, ouvimos o som baixo do rádio, o que significava que Betty estava trabalhando na cozinha. Caroline relanceou os olhos para a cortina quando girou a maçaneta da porta de Roderick, e se retraiu com o rangido da fechadura.

— Não deve pensar que faço isso habitualmente — falou ela em um murmúrio, quando entramos. — Se alguém chegar, vou mentir, dizer que estávamos procurando um livro, ou qualquer outra coisa desse tipo. Não deve ficar chocado com isso tampouco... Aqui está o que quero que veja.

Eu esperava, não sei por que, que me levasse à mesa de Rod, com seus papéis. Mas ela permaneceu à porta que acabara de fechar, e fez sinal para eu olhar para lá.

A porta estava revestida de carvalho para combinar com as paredes do quarto e, exatamente como tudo o mais em Hundreds, o carvalho não estava em sua melhor fase de conservação. Imaginei a madeira apresentando, em seu tempo áureo, um lustro vermelho magnífico. Mas agora, embora imponente, estava desbotada e ligeiramente riscada, e havia encolhido e rachado em algumas partes. Mas o painel que Caroline apontou tinha uma marca diferente nele. A marca ficava na altura do peito e era pequena e preta, como a marca de uma queimadura — como a marca de que me lembrava ter visto nas tábuas do assoalho da pequena casa em que eu tinha crescido, onde minha mãe tinha colocado o ferro, uma vez, quando passava roupa.

Olhei de maneira zombeteira para Caroline.

— O que é isto?

— Responda você mesmo.

Cheguei mais perto.

— Rod tem acendido velas e deixou uma cair?

— Foi o que pensei de início. Há uma mesa, está vendo, não muito distante. Ficamos sem gerador umas duas vezes recentemente. Achei que, por alguma razão excêntrica, Rod tivesse posto a mesa com uma vela em cima e então tivesse caído no sono e a vela tivesse se consumido até o fim. Fiquei irritada com isso, como pode imaginar. Falei para ele por favor não ser tão idiota a ponto de fazer isso de novo.

— E o que ele disse?

— Disse que não tinha acendido velas. Que quando falta energia, usa o lampião, aquele que está logo ali. — Apontou para um antigo lampião Tilley sobre uma escrivaninha no outro lado da sala. — A Sra. Bazeley diz o mesmo. Ela mantém uma gaveta cheia de velas, lá embaixo, para quando o gerador deixa de funcionar e, segundo ela, Rod não pegou nenhuma delas. Ele diz que não sabe como a marca foi parar aí. Não tinha reparado nela até eu mostrar. Mas não pareceu gostar disso, tampouco. Parece que... o assustou.

Aproximei-me da porta de novo, e passei os dedos sobre a mancha. Não ficou nenhum vestígio de fuligem neles, nenhum cheiro, e sua superfície estava lisa. Quanto mais a examinava, mais me parecia que a marca tinha uma espécie de pruína ou pátina em cima — como se, de alguma maneira, tivesse se desenvolvido de *debaixo* da superfície da madeira.

— Isto não pode ter estado aqui já há algum tempo, sem que vocês o tivessem visto? — perguntei.

— Acho que não. Teria chamado a minha atenção quando fechava ou abria a porta. E se lembra de que na primeira vez que tratou da perna de Rod fiquei exatamente aqui e me queixei dos lambris? A marca não estava aqui, tenho certeza de que não... Betty não sabe nada sobre isso. Nem a Sra. Bazeley.

Sua menção casual não à Sra. Bazeley, mas a Betty, me fez refletir.

— Trouxe Betty aqui e lhe mostrou a marca?

— Eu a trouxe discretamente, da mesma maneira. Ficou tão surpresa quanto eu.

— Ficou mesmo, você acha? Não acha que ela pode ter sido responsável por isso de alguma maneira, e depois ficado com medo de assumir? Ela pode ter passado pela porta com um lampião na mão. Ou talvez ter derramado alguma coisa aqui. Um produto de limpeza.

— Produto de limpeza? Não há nada mais forte nos armários da cozinha do que álcool metílico e sabão líquido! Sei porque os uso frequentemente. Não. Betty tem seus acessos de mau humor, mas não acho que seja mentirosa. E de qualquer maneira, há outra coisa. Voltei aqui ontem, quando Rod não estava, e dei outra olhada no quarto. Não vi nada estranho, até fazer isso.

Jogou a cabeça para trás e olhou para cima, e eu fiz o mesmo. A marca saltou no mesmo instante. Dessa vez, estava no teto — o teto em forma de gelosia de gesso manchado de amarelo com nicotina. Era um pequeno borrão escuro e sem forma definida, idêntico ao da porta. E mais uma vez, parecia como se alguém tivesse posto uma chama ou um ferro quente ali, por tempo suficiente para chamuscar o gesso, mas não empolá-lo.

Caroline estava observando a minha expressão.

— Gostaria de saber — disse ela — como uma arrumadeira, até mesmo a mais descuidada, conseguiria ser descuidada o bastante para pôr uma marca de queimado no teto a três metros e meio do chão.

Olhei para ela por um segundo, depois me movi no quarto até a mancha ficar exatamente acima da minha cabeça. Olhando de soslaio para cima, falei:

— É realmente uma mancha idêntica à outra?

— Sim. Cheguei até mesmo a buscar uma escada para dar uma olhada de perto. Se não for pior. Não há nada embaixo que possa explicá-la. Só, como está vendo, o suporte de bacia e jarra d'água de Rod. Mesmo que ele tivesse posto o Tilley aí, com essa altura não... Bem.

— E é definitivamente um chamuscado ou um queimado? Não é, sei lá, algum tipo de reação química?

— Uma reação química capaz de fazer portas de carvalho e tetos de gesso antigos queimarem sozinhos, sem chama? E não é só isso. Olhe aqui.

Com uma leve vertigem, segui-a à lareira e ela me mostrou a pesada otomana vitoriana que ficava do lado, em oposição à caixa de gravetos. Claramente, o couro estava marcado aparentemente de maneira idêntica à porta e ao teto, com um pequeno borrão escuro.

— Isso é demais, Caroline — eu disse. — A otomana pode estar manchada assim há anos. Provavelmente uma centelha do fogo. O teto pode estar marcado há muito tempo, também. Não acho que eu teria notado.

— Talvez tenha razão — disse ela. — Espero que tenha. Mas não acha estranho isso e a porta? A porta sendo aquela com que Rod colidiu, refiro-me à noite em que ficou de olho roxo, e isto sendo a coisa em que tropeçou?

— Foi *nisso* que ele tropeçou? — Tinha imaginado algum banquinho delicado. — Mas deve pesar uma tonelada! Como poderia ter sido deslocado para o outro lado do quarto?

— É isso o que eu gostaria de saber. E por que está manchada dessa maneira estranha? Como se estivesse... bem, *assinalada*. Isso me faz arrepiar.

— Perguntou a Rod sobre essas coisas?

— Mostrei-lhe a marca na porta e no teto, mas não essa. A sua reação às duas foi estranha demais.

— Estranha?

— Ele pareceu... furtivo. Não sei bem. Culpado.

Disse a palavra com relutância e olhei para ela e comecei a compreender o movimento apreensivo de suas ideias.

— Você acha que é ele mesmo que está fazendo essas marcas, não acha?

Ela respondeu com o ar infeliz.

— Não sei! Mas talvez em seu sono...? Ou no tipo de acesso que você mencionou? Afinal, se é capaz de fazer outras coisas... se é capaz de abrir portas e deslocar móveis e se ferir, se vai ao meu quarto às três da manhã para *me* pedir para parar de arrastar os móveis! Não poderia também fazer algo desse tipo? — Relanceou os olhos para a porta e baixou a voz: — E se é capaz de fazer isso, doutor, o que mais pode fazer?

Refleti por um momento.

— Mencionou isso à sua mãe?

— Não. Não quero preocupá-la. E o que há para contar, na verdade? Apenas algumas marcas engraçadas. Não sei por que me incomodam tanto... Não, não é verdade. Eu sei. — Mostrou-se constrangida. — É porque tivemos problemas com Rod antes. Sabe sobre isso?

— Sua mãe me contou, um pouco — repliquei. — Sinto muito. Deve ter sido difícil.

Ela balançou a cabeça.

— Foi uma época ruim, muito ruim. Todos os ferimentos de Rod estavam péssimos, suas cicatrizes eram horríveis, sua perna tão fraturada que realmente parecia que ficaria aleijado pelo resto da vida. Mas ele não quis fazer nada para melhorar, foi isso o mais insano. Ficava simplesmente sentado aqui, cismando, fumando, bebendo também, acho. Sabe que o seu navegador morreu quando o avião caiu? Acho que se culpa por sua morte. Não foi culpa de ninguém, é claro. De ninguém, quer dizer, exceto dos alemães. Mas dizem que é sempre duro para os pilotos quando suas tripulações se perdem. O rapaz era mais novo do que Roddie, tinha apenas 19 anos. Rod costumava dizer que deveria ter sido o contrário: que o garoto tinha mais razão para viver do que ele. Era engraçado eu e mamãe ouvirmos isso, como pode imaginar.

— Imagino. Ele disse algo assim ultimamente?

— Não para mim. Nem para mamãe, pelo que sei. Mas posso dizer que ela está com medo de ele adoecer de novo. Talvez seja justamente por causa do medo que imaginemos tanta coisa. Não sei. Simplesmente... tem alguma coisa errada aqui. Alguma coisa acontecendo com Rod. É como se tivesse um vodu nele. Quase não sai mais, sabe, nem mesmo para ir à fazenda. Simplesmente fica aqui, dizendo que vai examinar sua papelada. Mas olhe para os papéis!

Apontou para a mesa de Rod e para a mesa do lado de sua cadeira, as duas quase obscurecidas pelas grandes pilhas desorganizadas de cartas, livros-razões e folhas de papéis de cópia datilografadas.

— Ele está se afogando em toda essa coisa — disse ela. — Mas não me deixa ajudá-lo. Diz que tem um sistema próprio e que eu não vou compreender. Acha que isto parece um sistema? Praticamente a única pessoa que ele permite entrar aqui atualmente é Betty. Pelo menos ela mantém o tapete varrido e esvazia seus cinzeiros... Gostaria que ele saísse um pouco, que tirasse umas férias, algo assim. Mas nunca fará isso. Não quer deixar a propriedade. Como se ele estar aqui fizesse alguma diferença! A propriedade está condenada, faça ele o que fizer. — Sentou-se pesadamente na otomana marcada e apoiou o queixo nas mãos. — Às vezes acho que ele devia abrir mão desta casa.

Falou com o tom cansado, mas prosaicamente, quase fechando os olhos, e de novo tive consciência da curiosa nudez de suas pálpebras ligeiramente inchadas. Olhei para ela, perturbado.

— Não está falando sério, Caroline. Não suportaria perder Hundreds, estou certo?

Então, ela replicou quase casualmente:

— Oh, mas eu fui criada para perdê-la. Perdê-la quando Rod se casar. A nova Sra. Ayres não vai querer uma cunhada solteirona na casa, nem uma sogra, por falar nisso. Essa é a parte mais estúpida de todas. Enquanto Roddie continuar a manter a propriedade, cansado demais e distraído demais para procurar uma mulher, e provavelmente se matando no processo, enquanto ele continuar assim, mamãe e eu vamos ter de ficar aqui. Nesse meio-tempo, Hundreds é um peso tão grande para nós, que não vale permanecer...

Sua voz sumiu e ficamos sem falar até o silêncio nesse quarto isolado começar a se tornar opressivo. Olhei de novo para as três marcas estranhas: eram como as queimaduras, percebi de repente, no rosto e mãos do próprio Rod. Era como se a casa estivesse desenvolvendo cicatrizes próprias, em resposta à sua frustração e infelicidade — ou às de Caroline ou de sua mãe —, talvez como resposta às aflições e decepções de toda a família. O pensamento foi horrível. Percebi o que Caroline queria dizer com as marcas nas paredes e móvel "dar arrepios".

Devo ter estremecido. Caroline se levantou.

— Ouça — disse ela —, lamento ter-lhe contado tudo isso. Não é, na verdade, problema seu.

— Mas é, de certa maneira — repliquei.

— É?

— Já que me tornei, mais ou menos, o médico de Rod.

Ela deu aquele seu sorriso triste.

— Sim, mas não se tornou, tornou? É como disse outro dia: Rod não o está pagando para vir. Pode chamar como quiser, sei que está tratando dele mais ou menos por favor. É extremamente generoso de sua parte, mas não deve deixar que nós o arrastemos para os nossos problemas. Lembra-se do que eu lhe disse sobre esta casa quando o levei para conhecê-la? É gananciosa. Ela devora nosso tempo e nossa energia. Vai devorar a sua também, se deixar.

Não respondi de imediato. Tinha tido uma visão, não de Hundreds Hall, mas da minha própria casa, com seus cômodos arrumados, feios, complacentes, definitivamente sem vida. Retornaria a eles mais tarde, a meu jantar de solteiro: frios e batatas cozidas e metade de uma garrafa de cerveja choca.

Repliquei com firmeza:

— Fico feliz em ajudá-la, Caroline. Sinceramente.

— Fala sério?

— Sim. Não sei o que está acontecendo aqui, não mais do que você. Mas gostaria de ajudá-la a descobrir. Vou correr o risco com a casa faminta, não se preocupe. Sou um sujeito muito indigesto, sabe?

Ela sorriu, agora genuinamente, e fechou novamente os olhos por um breve momento.

— Obrigada — disse ela.

Depois disso, não nos demoramos. Começamos a recear o retorno de Rod, que nos descobrisse ali. De modo que voltamos, em silêncio, à biblioteca, para Caroline arrumar a sala e fechar a veneziana. Depois, para afastarmos nossa apreensão, fomos para a pequena sala, onde estava sua mãe.

Mas fiquei matutando sobre o estado de Roderick durante os dias seguintes. E deve ter sido em uma tarde no começo da semana seguinte que a coisa toda, finalmente, se juntou — ou, dependendo de como se olhar, se partiu. Eu dirigia de volta por Lidcote, mais ou menos às 17 horas e fiquei surpreso ao ver Rod em pessoa na High Street. No passado, a sua presença era pouco notada, pois ele costumava ir para tratar de negócios da fazenda. Mas como Caroline tinha dito, ele agora mal saía de Hundreds, e embora continuasse a parecer o jovem aristocrata rural, em um sobretudo e boina de tweed, e com uma bolsa de couro a tiracolo, havia algo inequivocamente opressivo e apreensivo nele — na sua maneira de andar, com a gola levantada e os ombros curvados, como se para se proteger mais do que das brisas frias de novembro. Quando parei o carro no outro lado da rua e baixei minha janela para chamá-lo, virou-se para mim com a expressão sobressaltada. E por um segundo — eu teria jurado — pareceu um homem amedrontado e perseguido.

Veio devagar para o carro, e perguntei o que o havia levado à cidade. Respondeu que tinha ido ver Maurice Babb, o grande construtor local. O conselho do condado havia comprado, recentemente, o último pedaço de terra desocupado da fazenda dos Ayres. Planejavam construir um conjunto habitacional no lugar, com Babb como o empreiteiro. Ele e Rod estavam examinando o contrato final.

— Ele me faz vir ao seu escritório como um comerciante — disse Rod, com ressentimento. — Imagine se um homem desse tivesse sugerido uma coisa dessa a meu pai! Ele sabe que eu virei, é claro. Sabe que não tenho escolha.

Fechou bem as lapelas de seu sobretudo e, de novo, pareceu oprimido e infeliz. Não pude lhe dizer muitas palavras de conforto sobre a venda da terra. Na verdade, gostei de saber das novas casas, que eram muito necessárias na área. Mas pensando na sua perna, perguntei:

— Veio a pé?

— Não, não — respondeu. — Barrett me conseguiu um pouco de combustível, de modo que vim de carro.

Indicou com um movimento do queixo a High Street e vi o carro inconfundível dos Ayres, um velho e arruinado Rolls-Royce preto e marfim estacionado um pouco mais adiante.

— Achei que ele entregaria os pontos no caminho — disse ele. — Teria sido a última gota. Mas chegou bem.

E agora, pareceu mais ele próprio.

— Bem, vamos torcer — repliquei — para que consiga levá-lo de volta para casa! Não tem pressa para voltar, tem? Venha à minha casa e se aqueça.

— Ah, não posso — respondeu ele imediatamente.

— Por que não?

Seu olhar desviou-se do meu.

— Não devo afastá-lo do seu trabalho.

— Bobagem! Tenho quase uma hora até começar a atender no consultório e este é sempre um período morto para mim. Quase não o tenho visto. Vamos.

Obviamente relutou, mas insisti de maneira delicada e determinada e ele acabou aceitando vir comigo "só por cinco minutinhos". Estacionei o carro e me encontrei com ele à porta da minha casa. Como nenhuma das lareiras no andar de cima estavam acesas, levei-o para o dispensário. Peguei uma cadeira atrás do balcão e a coloquei, com outra, perto do antigo forno Tortoise, que tinha brasas suficientes para atiçar o fogo. Passei alguns minutos cuidando disso. Quando acabei, Rod tinha tirado a boina e a bolsa e andava pela sala devagar. Estava examinando as estantes em que eu mantinha alguns dos frascos e instrumentos antigos e estranhos que haviam pertencido ao Dr. Gill.

Seu humor, fiquei contente ao perceber, parecia ter-se abrandado um pouco.

— Aqui está aquele abominável pote de sanguessugas que me provocavam tantos pesadelos quando eu era pequeno. Provavelmente o velho Dr. Gill nunca nem mesmo manteve sanguessugas dentro dele, manteve?

— Receio que provavelmente sim — repliquei. — Ele era do tipo de homem que acreditava nas sanguessugas. Sanguessugas, alcaçuz e óleo de fígado de bacalhau. Não quer tirar o casaco? Não sou nenhum parasita sugador de sangue.

Falei enquanto ia à sala de meu consultório e pegava, em uma gaveta da minha mesa, uma garrafa e dois copos.

— Não quero que pense — falei, mostrando a garrafa — que tenho o hábito de beber antes das 18 horas. Mas você está parecendo precisar ser animado e é só um velho xerez. Eu o mantenho à mão para as mulheres grávidas. Ou querem celebrar, entende... ou precisam de algo que as faça superar o choque.

Sorriu, mas o sorriso desapareceu rapidamente de seu rosto.

— Acabei de aceitar um drinque de Babb. Nenhum velho xerez, posso lhe assegurar! Ele disse que devíamos brindar à conclusão do contrato, que se não fizéssemos esse brinde, daria azar. Quase lhe respondi que, no que me dizia respeito, eu tinha tido azar. A venda da terra era uma parte dessa má sorte. Quanto ao dinheiro pago... Acreditaria se eu lhe dissesse que já foi praticamente todo gasto?

Mas aceitou o copo que lhe dei e brindou comigo. Para a minha surpresa, a bebida tremeu na sua mão e, talvez para ocultar o seu tremor, bebeu um gole rápido e depois ficou girando o pé do copo entre seus dedos. Quando fomos para as cadeiras, observei-o mais atentamente. Percebi a maneira tensa, e ainda assim curiosamente apática, como se sentou. Talvez houvesse pequenos pesos estranhos dentro dele, se revolvendo imprevisivelmente.

Falei em tom casual.

— Você parece exausto, Rod.

Ele ergueu a mão para enxugar a boca. Seu pulso ainda estava enfaixado, a gaze agora suja e desfiada na palma da mão.

— Deve ser esse negócio com a terra — replicou ele.

— Não leve tanto para o lado pessoal. Há provavelmente uma centena de proprietários na Inglaterra exatamente na sua posição, todos fazendo o que você fez hoje.

— Há provavelmente mil — replicou ele, mas sem muita veemência. — Todos os que conheci no tempo de escola e todos os camaradas com quem eu voava. Sempre que tenho notícias de um deles, é a mesma história. A maior parte deles já liquidou seus negócios. Alguns tiveram de procurar empregos. Seus pais estão preocupados... Abri o jornal hoje de manhã: um bispo falava sobre "a vergonha dos alemães". Por que ninguém escreve um artigo sobre "a vergonha dos ingleses"? Os trabalhadores comuns ingleses, que desde a guerra têm de ver sua propriedade e renda desaparecerem como fumaça? Nesse meio-tempo, pequenos negociantes desprezíveis como Babb estão se dando bem, e homens sem terra, sem família no condado, homens como aquele maldito Baker-Hyde...

Sua voz falhou e ele não concluiu. Jogou a cabeça para trás e bebeu o resto do seu xerez, depois se pôs a girar o copo vazio, ainda mais inquieto do que antes. Seu olhar, de repente, voltou-se para dentro e, de uma maneira alarmante, ele pareceu inalcançável. Fez um movimento e, mais uma vez, tive a impressão de que havia pesos soltos em seu interior, que o sacudiam e o deixavam sem equilíbrio.

Fiquei consternado, também, com sua referência a Peter Baker-Hyde. Isso me permitiu entrever o que o estivera perturbando durante todo esse tempo. Foi como se tivesse transformado o homem em uma espécie de fetiche, com sua bela mulher e seu dinheiro e seu bom histórico na guerra. Inclinei-me para ele.

— Ouça, Rod. Você não pode continuar dessa maneira. Essa fixação no Baker-Hyde, ou seja lá no que for. Não pode esquecer isso? Concentre-se no que conquistou, em vez de pensar no que não tem. Muitos homens o invejariam, sabe disso.

Olhou-me com uma expressão estranha.

— Invejar-me?

— Sim! Veja a casa em que mora, para início de conversa. Sei que é um trabalho duro mantê-la, mas pelo amor de Deus! Não vê que se aferrar a esse tipo de ressentimento não torna nada mais fácil a vida da sua mãe e da sua irmã? Não sei o que tem lhe dado ultimamente. Se há alguma coisa na sua cabeça...

— Deus! — disse ele, enfurecido. — Se gosta tanto da maldita casa, por que não tenta administrá-la? Gostaria de ver isso. Não faz a menor ideia! Não sabe que se eu parar, até mesmo por um instante... — Interrompeu-se, seu pomo de adão se movendo atormentado em seu pescoço longo.

— Parar o quê? — perguntei.

— Parar de conter tudo. De refreá-la. Não sabe que em cada segundo do dia a maldita coisa corre o risco de desmoronar e levar junto a mim, Caroline e mamãe? Cristo, não fazem a menor ideia, nenhum de vocês! Está me matando!

Ele pôs uma mão no espaldar da cadeira e fez menção de se levantar, mas então, pareceu mudar de ideia e, abruptamente, voltou a se sentar. Agora, estava definitivamente tremendo — não sei se de desconcerto ou de raiva. Desviei o olhar por um ou dois minutos, para lhe dar tempo de se recompor. O forno não estava aquecendo como deveria e avancei para atiçar o fogo. Mas ao fazer isso, percebi que Rod estava inquieto e logo se agitava de uma maneira que não parecia natural.

— Droga! — ouvi-o exclamar em tom baixo e desesperado. Olhei para ele e vi que estava pálido, transpirando e tremendo como se estivesse com febre.

Alarmado, levantei-me. Por um momento pensei que devia ter acertado em relação à epilepsia: que ele estava prestes a ter uma convulsão bem ali na minha frente.

Mas ele cobriu o rosto com a mão.

— Não olhe para mim! Fique aí.

Então percebi que não estava doente, mas possuído por um pânico aterrador, e seu constrangimento por eu vê-lo nesse estado fazia com que se sentisse pior. De modo que lhe dei as costas e fui para a janela, ficando de frente para a cortina empoeirada. Lembro-me do cheiro azedo ainda hoje.

— Rod... — eu disse.

— Não me olhe!

— Não estou olhando. Estou olhando para a High Street. — Ouvi sua respiração acelerada, ofegante, as lágrimas contidas em sua garganta. Falei com a voz bem calma: — Vejo o meu carro. Receio que esteja precisando ser lavado e lustrado, e logo. Dá para ver o seu, mais distante, parecendo ainda pior... Vejo a Sra. Walker e seu filhinho. Ali vai Enid, dos Desmond. Está com a cara de irritada, seu chapéu está torto na cabeça. O Sr. Crouch saiu para bater o pó de um pano... Posso olhar para você agora?

— Não! Continue assim. Não pare de falar.

— Não parar de falar, está bem. Engraçado, como é difícil não parar de falar, quando pedem que comece e não pare. E estou mais acostumado, é claro, a escutar. Chegou a pensar nisso alguma vez, Rod? Em como escutar é importante no trabalho que faço? Muitas vezes acho que nós, os médicos de família, somos como padres. As pessoas nos contam seus segredos porque sabem que não iremos julgá-las. Sabem que estamos acostumados a olhar para os seres humanos como se estivessem sem suas peles... Alguns médicos não gostam disso. Conheci um ou dois que tinham visto tanta fraqueza que desenvolveram uma espécie de desprezo pela humanidade. Conheci médicos, muitos, mais do que pode imaginar, que bebiam. Para outros de nós, no entanto, isso humilha. Vemos como é uma punição simplesmente estarmos vivos. Simplesmente estarmos vivos, sem mencionar ter guerras e sei lá mais o que jogado em cima de nós, e propriedades e fazendas a administrar... A maioria das pessoas, sabe?, parece acabar conseguindo...

Virei-me lentamente. Ele encontrou o meu olhar com uma expressão acabada, mas não protestou. Estava extremamente tenso, respirando pelo nariz, a boca fechada com força. Seu rosto estava lívido. Até mesmo a pele lisa e esticada de suas cicatrizes tinha perdido a cor. Havia somente o verde-amarelado, que desaparecia aos poucos, da contusão no seu olho. E suas bochechas estavam molhadas de suor e, talvez, lágrimas. Mas tinha passado o pior e estava se acalmando quando olhei. Fui até ele e estendi um maço de cigarros. Ele aceitou agradecido, embora o segurasse na boca com as duas mãos enquanto eu o acendia.

Quando exalou a fumaça irregular, perguntei calmamente:

— O que está acontecendo, Rod?

Ele enxugou o rosto e baixou a cabeça.

— Nada. Agora estou bem.

— Bem? Olhe para você!

— É a tensão de... de me manter acima disso. Quer que eu me curve, nada mais. Não vou me entregar. Sabe disso, entende?, e tenta cada vez com mais violência.

Falou ainda sem fôlego, e infeliz, mas de uma maneira calculada, e a combinação de angústia e razão em suas palavras e maneiras era perturbadora. Voltei para a minha cadeira e perguntei de novo, calmamente:

— O que está acontecendo? Sei que há alguma coisa. Não vai me contar?

Ergueu os olhos para mim, sem levantar a cabeça.

— Eu quero — replicou ele, com uma simplicidade deplorável. — Mas será melhor para você se eu não contar.

— Por quê?

— Pode... infectá-lo.

— Infectar-me! Trato infecções diariamente, não se esqueça.

— Não iguais a essa.

— Por que, como é essa?

Baixou os olhos.

— É uma coisa... imunda.

Falou com uma expressão e um gesto de aversão, e ao ouvir essa combinação particular de palavras — "infecção" e "imunda" — veio-me uma ideia de qual poderia ser o seu distúrbio. Fiquei tão surpreso e consternado, e ainda assim, tão aliviado por seu dilema revelar-se tão mundano, que quase sorri.

— É isso, Rod? — eu disse. — Pelo amor de Deus, por que não me procurou antes?

Olhou para mim sem entender, e quando falei mais francamente, de modo que ficasse claro o que eu estava pensando, ele caiu em uma gargalhada que soou medonha.

— Deus meu — disse ele, enxugando o rosto. — Se fosse algo tão simples assim! Quanto a lhe contar meus *sintomas*... — Sua expressão se tornou desolada. — Se eu contasse, você não acreditaria.

Falei insistindo:

— Quer tentar?

— Já disse que quero!

— Bem, quando surgiram pela primeira vez, esses seus sintomas?

— Quando? Quando acha? Na noite daquela festa desgraçada.

Eu tinha pressentido isso o tempo todo.

— Teve uma dor de cabeça, sua mãe disse. Esse foi o começo?

— A dor de cabeça não foi nada. Só disse *isso* para esconder a outra coisa, a coisa verdadeira.

Percebi que lutava para não contar.

— *Conte-me*, Rod.

Levou a mão à boca, para empurrar os lábios entre os dentes.

— Se isso sair...

Entendi errado.

— Dou minha palavra, não contarei a ninguém.

Isso alarmou-o.

— Não, não deve fazer isso! Não pode contar para a minha mãe nem para a minha irmã!

— Não, se você não quiser.

— Disse que era como um padre, se lembra? Um padre guarda segredos, não guarda? Tem de prometer!

— Eu prometo, Rod.

— Fala sério?

— É claro.

Ele desviou o olhar de mim, apertou os lábios de novo e ficou em silêncio por tanto tempo que achei que se fecharia em si mesmo e que eu o perderia de novo. Mas então tragou, sem firmeza, o seu cigarro e moveu a mão segurando seu copo.

— Está bem. Só Deus sabe como será um alívio finalmente dividir isso com alguém. Mas antes terá de me servir mais um drinque. Não conseguirei enfrentar sóbrio.

Servi-lhe uma boa dose — suas mãos continuavam a tremer demais para que conseguisse se servir sozinho. Bebeu de um gole, depois pediu mais um. E depois que tinha bebido, começou devagar e com pausas a me contar exatamente o que tinha acontecido com ele na noite em que a menina Baker-Hyde foi atacada.

Tinha, como eu sabia, tido dúvidas em relação à festa desde o começo. Disse que não tinha gostado do som dos Baker-Hyde, estava incomodado com a ideia de ter de desempenhar o papel de "dono da casa", e ter de usar traje a rigor, o que não fazia havia mais ou menos três anos, o fazia se sentir um idiota. Mas tinha concordado por causa de Caroline, e para agradar sua mãe. Na noite em questão, ele realmente se atrasou na fazenda, embora soubesse que todo mundo ia achar que estivesse apenas fazendo cera. Tinha ficado preso na fazenda por causa de uma peça da maquinaria que não funcionava, pois como Makins tinha dito havia semanas, a bomba de Hundreds parecia que finalmente estava para explodir, e sair e deixá-lo sozinho para tratar do problema estava fora de questão. Rod conhecia coisas desse tipo tanto quanto um mecânico, graças a seu tempo na Força Aérea. Ele e o filho de Makins remendaram a bomba e a mantiveram funcionando, mas já passavam das 20 horas. Quando atravessava o parque e voltava depressa para Hall pelo portão do jardim, os Baker-Hyde e o Sr. Morley estavam entrando pela porta da frente. Ele ainda estava com as roupas de trabalho e sujo de poeira e graxa. Achou que não tinha tempo para subir e se lavar no banheiro da família e que teria de se virar com a água quente na bacia em seu quarto. Tocou a campainha chamando Betty, mas ela estava ocupada com os convidados no salão. Esperou e tocou de novo. Finalmente, desceu à cozinha para ele mesmo buscar a água.

Então, disse ele, aconteceu a primeira coisa estranha. Suas roupas a rigor estavam na sua cama, esperando para serem vestidas. Como tantos e tantos ex-membros das Forças Armadas, era esmerado e metódico para se vestir e ele próprio havia escovado e disposto a roupa mais cedo, deixando-a pronta para ser vestida. Quando retornou da cozinha e se lavou rapidamente, vestiu a calça e a camisa e, então, procurou o colarinho. Não conseguiu encontrá-lo. Levantou o paletó para ver se estava debaixo. Olhou embaixo da cama — procurou por toda parte, nos lugares mais prováveis e improváveis — e o maldito colarinho não estava em lugar nenhum. Isso foi o mais enlouquecedor, pois o colarinho em questão era, evidentemente, para trajes a rigor, para ser usado com a camisa que ele estava vestindo. Era o único dos poucos colarinhos que haviam lhe restado sem remendo, portanto não poderia simplesmente ir até a gaveta e pegar outro.

— Parece tão idiota, não? — disse ele, com ar desolado. — Eu sabia que era idiota, até mesmo na hora. Para começar, eu não queria ir à maldita festa, mas ali estava eu, supostamente o anfitrião, o dono de Hundreds(!), deixando todo mundo esperar, de lá para cá no quarto como um pateta, porque só tinha um colarinho decente!

Foi quando Betty chegou, enviada pela Sra. Ayres, para saber por que ele estava demorando. Ele lhe disse por que e perguntou se tinha sido ela que pegara o colarinho. Ela respondeu que só o vira de manhã, quando o levara, junto com o resto da roupa passada, para o seu quarto.

— Então — disse ele —, pelo amor de Deus, me ajude a achá-lo, pode fazer isso? — E ela passou um minuto procurando com ele, olhando em todos os lugares em que ele já tinha procurado, sem encontrar nada, até finalmente ele se sentir tão frustrado com tudo aquilo que lhe mandou, "de uma maneira brusca, receio", deixar para lá e descer de volta para a sua mãe. Depois que ela saiu, desistiu da busca. Foi até a gaveta, fazer o que pudesse para improvisar um colarinho a rigor com um dos de uso diário. Se tivesse sabido que os Baker-Hyde tinham chegado vestidos tão informalmente, teria ficado menos ansioso. Mas não tinha, e tudo que podia imaginar era a cara decepcionada que sua mãe faria ao vê-lo chegar "vestido como um colegial desmazelado".

Mas aí aconteceu uma coisa muito mais estranha. Quando se dirigia à cômoda, ouviu, no quarto vazio às suas costas, um som. Foi um esguicho, baixo, mas inconfundível, de modo que pensou no mesmo instante que alguma coisa no suporte da bacia devia, de alguma maneira, ter caído dentro dela. Virou-se para olhar — e não acreditou no que viu. O que havia caído na água era o colarinho perdido.

Automaticamente, precipitou-se para pegá-lo, depois ficou com ele na mão tentando entender como isso poderia ter acontecido. O colarinho não estava no suporte da bacia, disso tinha certeza absoluta. Não havia perto nenhuma superfície da qual pudesse ter escorregado — e de qualquer maneira, nenhuma razão para que escorregasse. Não havia nada acima que pudesse tê-lo prendido e depois, deixado cair — nenhuma luminária pendente, nenhum gancho —, mesmo supondo que algo como um colarinho branco engomado tivesse conseguido subir sem ser notado para uma luminária pendente ou um gancho. Tudo o que havia, disse ele, era "uma mancha extremamente discreta" no teto, acima da sua cabeça.

A essa altura, ficou confuso, mas não irritado. O colarinho estava ensopado, mas um colarinho molhado lhe pareceu melhor do que nenhum, e tentou secá-lo o máximo possível, depois foi para a frente do espelho do toucador para fixá-lo na camisa e dar o nó na gravata. Em seguida, só restava colocar as abotoaduras, passar brilhantina e pentear o cabelo. Abriu a caixa de marfim em que guardava as abotoaduras. Estava vazia.

Isso, disse ele, foi tão absurdo e tão exasperador, que riu. Não havia visto as abotoaduras naquele dia, mas justo nessa manhã, havia batido ocasionalmente com os dedos na caixa, e se lembrava claramente do tilintar do metal em seu interior. Desde então, não tocara mais na caixa. Não acreditava que Betty ou a Sra. Bazeley tivessem apanhado as abotoaduras, ou que Caroline ou sua mãe as tivessem levado. Por que fariam isso? Sacudiu a cabeça e relanceou os olhos em volta, e falou, dirigindo-se ao quarto — às "fadas" ou "espíritos", ou seja lá o que for que estivesse lhe pregando peças nessa noite. "Não querem que eu vá à festa?", perguntou ele. "Bem, o que acham disso: também não quero ir. Mas receio que minha vontade não conte. Devolvam a p... das minhas abotoaduras, por favor?"

Fechou a caixa de marfim e a pôs de volta no lugar, do lado do pente e escovas, e no mesmo instante em que afastava a mão, viu, pelo espelho do toucador e pelo canto do olho, uma coisa pequena e escura caindo no quarto às suas costas — como uma aranha caindo do teto. Foi seguido, quase que imediatamente, pelo som de metal batendo na porcelana: o estrépito foi relativamente tão violento no quarto silencioso que ele quase morreu de susto. Virou-se e, com uma sensação cada vez mais forte de irrealidade, andou devagar até o suporte da bacia. Ali, no fundo da bacia, estavam as abotoaduras. O móvel estava molhado, a água turva na bacia ainda se movendo e espirrando. Pôs a cabeça para trás e olhou para cima. De novo, o teto estava liso e sem marcas, exceto o "borrão", em que já tinha reparado antes, estava agora consideravelmente mais escuro.

Foi nesse momento, disse ele, que percebeu que alguma coisa realmente misteriosa estava agindo no quarto. Não duvidou de seu próprio juízo: tinha visto as abotoaduras caírem e tinha ouvido o violento impacto e chocalhar delas na bacia. Mas de onde, diabos, poderiam ter caído? Puxou a poltrona e subiu precariamente nela para examinar o teto mais de perto.

Afora a mancha escura estranha, não havia nada. Era como se as abotoaduras tivessem simplesmente se materializado no, ou do, ar rarefeito. Desceu da poltrona com dificuldade — as pernas agora começando a doer — e olhou de novo a água na bacia. Uma espuma esbranquiçada fechava-se sobre a água, e tudo o que tinha a fazer era arregaçar as mangas e enfiar a mão na água para pegar as abotoaduras. Mas não conseguiu fazer isso. Não sabia o que fazer. Pensou de novo no salão tão iluminado — sua mãe e sua irmã esperando, os Desmond, os Rossiter, os Baker-Hyde — até mesmo eu e Betty —, todos nós esperando, esperando por ele, com copos de xerez na mão. E começou a transpirar. Encontrou o seu próprio olhar em seu espelho redondo de barbear e pareceu ver as gotas da transpiração surgirem "como vermes" dos poros de sua pele.

E então aconteceu o mais grotesco de tudo. Ele ainda estava olhando para seu rosto suado quando, para seu espanto e horror, o espelho estremeceu. Era um espelho antigo, vitoriano, circular e bisotado, em uma armação de bronze pivotante, sobre uma base de porcelana. Era, como eu bem sabia, muito pesado, não uma coisa que escorregasse se cutucado ou se balançasse com passos no piso à sua volta. Rod imobilizou-se nesse quarto quieto e observou o espelho estremecer de novo, depois balançar, depois começar *a se mover bem lentamente na sua direção*. Foi como, disse ele, se o espelho andasse — ou melhor, como se naquele momento estivesse descobrindo a sua *capacidade* de andar. Avançou com um movimento vacilante, o lado não polido de sua base de porcelana fazendo um som assustador, de arranhar, na superfície de mármore polido.

— Foi a coisa mais nauseante que já vi — disse Rod, descrevendo-a para mim com a voz trêmula e enxugando o suor que, com a lembrança, recomeçara no seu lábio e testa. — Tornou-se ainda mais nauseante pelo fato de o espelho ser um objeto tão comum. Se... sei lá, mas se um *animal* tivesse aparecido no quarto, um fantasma ou uma aparição, acho que teria suportado melhor o choque. Mas *isso*... foi detestável, *iníquo*. Fazia a pessoa ter a sensação de que tudo ao seu redor, coisas comuns da sua vida comum, poderiam todas, a qualquer momento, se mover bruscamente e... dominá-la completamente. Isso já era terrível o bastante. Mas o que aconteceu em seguida...

O que aconteceu em seguida foi ainda pior. Durante todo esse tempo, Rod tinha ficado observando o espelho avançar, tremulamente, na sua direção, nauseado de horror diante do que, para mim, ele continuava a chamar de iniquidade da coisa. Parte dessa iniquidade era a sua sensação de que o espelho estava agindo, de certa maneira, impessoalmente. Tinha, só Deus sabe como, se tornado animado, mas a impressão era a de que estava sendo animado por um movimento cego, irrefletido. Tinha a impressão de que se pusesse a mão no seu caminho, a base de porcelana arrumaria um jeito de passar se arrastando por cima de seus dedos. Naturalmente, não pôs as mãos no seu caminho. E sim se retraiu. Mas percebeu que o espelho se aproximava da beira do móvel de mármore e sentiu um fascínio horrível ao observá-lo oscilar e cair. Portanto se manteve a mais ou menos um metro dele. O espelho avançou se arrastando uma polegada, depois outra, até sua base se projetar na beirada de mármore. Parecia procurar outra superfície em que se segurar. Mas então viu o espelho se inclinar, como se desequilibrado, e a base oscilar. Na verdade, fez menção de estender a mão, em um impulso automático, para impedir que caísse. Mas ao fazer isso, o espelho, de súbito, pareceu "se preparar para um salto" — e no momento seguinte, atirou-se na sua cabeça. Ele esquivou-se e foi atingido atrás da orelha. Ouviu o espelho e a base de porcelana se estilhaçarem quando atingiram o chão atrás dele. Virou-se e viu os pedaços inofensivamente sobre o tapete, como se um gesto descuidado acabasse de derrubá-lo.

Foi justo nesse momento que Betty voltou. Ela bateu na porta e, tenso e assustado, Rod gritou. Confusa com o som da sua voz, ela empurrou timidamente a porta e o viu olhando fixo, como se pasmo, para o objeto quebrado no chão. Como era de se esperar, ela se adiantou para catar os cacos. E então viu a expressão dele. Não conseguiu se lembrar do que disse a ela, mas deve ter falado de maneira desvairada, pois ela saiu imediatamente e correu de volta ao salão — foi quando a vi, parecendo aturdida, sussurrar algo no ouvido da Sra. Ayres. A Sra. Ayres voltou com ela, no mesmo instante, ao quarto de Roderick e percebeu imediatamente que havia alguma coisa terrivelmente errada. Ele transpirava como nunca e tremia como se estivesse com febre. E devia estar com a mesma aparência, suponho, de ainda há pouco, quando me contou a história. Seu primeiro impulso ao ver a mãe foi, como em uma criança, agarrar a sua mão, mas já tinha recuperado a razão o suficiente, disse ele, para saber que não deveria em hipótese nenhuma envolvê-la no que estava acontecendo. Tinha visto o espelho saltar para a sua cabeça: não tinha sido animado por um impulso irracional — tinha sentido que se lançara contra ele por meio de algo extraordinariamente deliberado e perverso. Não queria expor sua mãe a isso. Fez-lhe um relato fragmentado, confuso, de ter-se excedido no trabalho na fazenda e que estava com uma enxaqueca que fazia parecer que sua cabeça ia explodir. Ele estava tão obviamente perturbado e doente que ela quis me chamar, mas ele não deixou, disse que só queria fazê-la sair o mais depressa possível de seu quarto. Os mais ou menos dez minutos que ela passou com ele foram, contou, dos mais terríveis de sua vida. A tensão para tentar ocultar o que ele tinha acabado de viver, combinado com o medo diante do prospecto de ser deixado só, talvez passar por tudo outra vez, deve tê-lo feito parecer louco. Quase caiu em pranto, disse ele, mas talvez tenha sido a expressão de tristeza e apreensão de sua mãe que tenha lhe dado forças para se conter. Quando ela e Betty saíram, sentou-se na sua cama no canto do quarto, de costas para a parede e com os joelhos dobrados. Sua perna ferida latejava, mas ele não lhe deu importância — ficou quase feliz com a dor, que o mantinha alerta. Pois o que tinha de fazer agora, disse ele, era *vigiar*. Tinha de vigiar cada objeto, cada canto, cada sombra no quarto, tinha de manter o olhar, incansavelmente, de uma superfície a outra. Pois sabia que a coisa maléfica que tentara feri-lo antes continuava ali, esperando.

— Isso foi o pior de tudo — disse ele. — Percebi que a coisa me odiava, odiava de verdade, além de qualquer lógica ou razão. Sabia que queria me fazer mal. Não era nem mesmo como estar em uma operação e enfrentar um bombardeiro inimigo, vendo-o vir na sua direção, uma máquina com um homem dentro, fazendo de tudo para explodi-lo no céu. Isso era *limpo* em comparação. Havia uma lógica, uma integridade naquilo. Enquanto agora, a coisa era vil, malvada, iníqua. Eu não poderia me defender com uma arma. Nem com uma faca ou um atiçador. A faca e o atiçador adquiririam vida na minha mão! Senti como se as próprias cobertas em que estava sentado pudessem se erguer e me estrangular!

Tinha ficado assim por uns trinta minutos — "mas que também podem ter sido mil" — tremendo e se extenuando no esforço assustador de repelir o maligno. Por fim, foi demais para ele e seu controle se rompeu. Gritou para a coisa largá-lo, deixá-lo em paz, pelo amor de Deus! — e o som da própria voz o deixou atônito, e talvez tenha rompido uma espécie de feitiço. No mesmo instante, sentiu que algo tinha mudado — que a coisa medonha tinha ido embora. Olhou para os objetos à sua volta e, "Não sei como explicar. Não sei como percebi isso, mas senti que tinham voltado a ser comuns e inanimados". Completamente abalado, bebeu um copo cheio de *brandy*, foi para debaixo das cobertas e se enroscou feito um bebê. Seu quarto, como sempre, estava silencioso, como se isolado do resto da casa. Se houve sons para além da sua porta, passos e murmúrios apreensivos, ou não os escutou ou estava exausto demais para considerar o que deviam significar. Caiu em um sono inquieto e foi acordado duas horas depois por Caroline. Tinha ido ver como ele estava e contar o que havia acontecido com Gyp e Gillian. Ele escutou a história com um horror crescente — percebendo que a menina deveria ter sido mordida exatamente na hora em que ele gritava para a criatura malévola em seu quarto deixá-lo em paz.

Olhou para mim ao contar isso, seus olhos, parecendo inflamados, davam a impressão de queimar em seu rosto marcado de cicatrizes.

— Entende? — disse ele. — Foi tudo culpa minha! Eu quis aquela coisa longe de mim por pura covardia e ela foi para lá, fazer mal a outro. A pobre criança! Se eu tivesse sabido, teria suportado qualquer coisa... qualquer coisa... — Enxugou a boca, depois fez um esforço e prosseguiu mais estavelmente. — Não relaxo mais a minha guarda, posso lhe afirmar. Agora, quando ela vem, estou preparado. Fico vigilante. E tudo bem durante quase todo o tempo. Não aparece a toda hora. Mas gosta de me surpreender, de me pegar inesperadamente. É como uma criança dissimulada, maliciosa. Arma ciladas para mim. Abriu a porta do meu quarto naquela vez, para que eu colidisse com ela e sangrasse o nariz. Mexe nos meus papéis, põe coisas no meu caminho, para que eu tropece e quebre o pescoço! Não me importo. Pode fazer o que quiser. Contanto que eu consiga mantê-la em meu quarto. Posso conter a infecção. Isso é vital agora, não concorda? Manter a fonte de infecção longe de minha irmã e de minha mãe?

6

Tem acontecido várias vezes em minha carreira clínica de, ao examinar um paciente ou o resultado de um exame, eu perceber gradativa, mas inelutavelmente, que o caso em questão é um caso irremediável. Penso, por exemplo, em uma jovem casada que acabara de engravidar e que me procurou com uma tosse de verão. Lembro-me vividamente de colocar o estetoscópio no seu peito e ouvir as primeiras indicações, ainda discretas, mas devastadoras, de tuberculose. Lembro-me de um rapaz bonito, talentoso, que me foi encaminhado com "dores que se alastravam" — na verdade, o começo de uma enfermidade que debilitava os músculos e que, em cinco anos, tiraria a sua vida. O tumor que se espessa, o câncer que se alastra, o olho turvo fazem parte da bagagem de um médico de família com as erupções de pele e distensões. Mas nunca me acostumei com as enfermidades, nunca as entrevi sem o sentimento doloroso de impotência e desolação.

Um quê dessa angústia começou a se infiltrar em mim enquanto escutava Rod contar a sua história extraordinária. Quanto tempo levou, não posso afirmar, pois falou com pausas, com relutância, recuando diante do horror dos detalhes. Fiquei em silêncio durante a maior parte de seu relato e, quando terminou, ficamos ali sentados, naquela sala silenciosa, e relanceei os olhos ao meu redor, ao mundo seguro, familiar, compreensível — o forno, o balcão, os instrumentos e frascos, a letra do velho Gil em seus rótulos desbotados: *Mist. Scillae, Pot. Iod.* — e tudo começou a me parecer levemente estranho, meio torto.

Rod estava me observando. Enxugou o rosto, depois fez uma bola com o lenço e a ficou girando na mão.

— Você quis saber — disse ele. — Avisei como era algo sórdido.

Pigarreei.

— Estou feliz por ter me contado.

— Está?

— É claro. Só queria que tivesse contado antes. É terrível pensar que tem passado por tudo isso sozinho, Rod.

— Tive de fazê-lo, entende. Pelo bem da família.

— Sim, entendo.

— E não me julga mal demais por causa da menininha? Juro por Deus que se soubesse...

— Não, não. Ninguém pode culpá-lo. Tem só uma coisa que eu gostaria de fazer agora. Gostaria de examiná-lo, se me permitir.

— Me examinar? Por quê?

— Acho que está muito cansado, não está?

— Cansado? Deus, mal me aguento em pé! Não prego os olhos à noite. Tenho medo que a *coisa* retorne se eu adormecer.

Tinha me levantado para buscar minha maleta e, como obedecendo a um sinal, ele começou a tirar a suéter e a camisa. Ficou em pé no capacho diante da lareira, de camiseta e calça, com a atadura no pulso suja, friccionando os braços por causa do frio e parecendo incrivelmente magro, vulnerável e jovem. Fiz um exame breve, básico, escutando seu peito, verificando a sua pressão, e assim por diante. Mas fiz isso, para falar a verdade, principalmente para ganhar um pouco de tempo, pois eu podia ver — qualquer um teria visto — qual era a verdadeira natureza de seu distúrbio. O que ele tinha contado me abalara de fato até o fundo do meu ser e eu precisava refletir sobre como proceder com ele.

Como eu tinha imaginado, não havia obviamente nada de errado com ele além do fato de estar subnutrido e extenuado, e isso era válido para a metade dos meus vizinhos. Fiz hora guardando os instrumentos, sem parar de refletir. Ele vestiu e abotoou a camisa.

— E então?

— Você mesmo disse, Rod: está exausto. E a exaustão... bem, faz coisas estranhas conosco, nos prega peças estranhas.

Franziu o cenho.

— Peças?

— Ouça — falei. — Não vou fingir que o que me contou não me deixou extremamente alarmado. Não vou medir palavras com você. Acho que o seu problema é mental. Acho... Escute, Rod. — Ele tinha começado a se virar, desapontado e irritado. — Acho que o que você experimentou pode ser mais bem descrito como um tipo de ataque de nervos. São mais comuns do que imagina em pessoas excessivamente estressadas. E vamos falar francamente: tem vivido sob enorme pressão desde que saiu da Força Aérea. Acho que essa pressão, combinada com o trauma de guerra...

— Trauma de guerra! — interrompeu ele, em tom de escárnio.

— Trauma de guerra retardado. Também é mais comum do que pensa.

Sacudiu a cabeça replicando com firmeza:

— Sei o que sei. Sei o que vi.

— Sabe o que *acha* que viu. O que seus nervos cansados e estressados demais o fazem ver.

— Não foi assim! Não entende? Cristo! Preferia não ter contado nada. Pediu para eu contar. Eu não queria, mas me fez contar. Agora reage assim, me fazendo passar por um tipo de lunático!

— Se conseguisse pelo menos uma boa noite de sono.

— Já disse: a coisa vai voltar se eu dormir.

— Não, Rod. Afirmo que só retornará se você *não dormir*, porque é uma ilusão...

— *Ilusão?* É o que pensa realmente?

— Uma ilusão alimentada por seu próprio cansaço. Acho que deve se afastar de Hall por algum tempo. Agora mesmo, tirar uma espécie de férias.

Ele estava vestindo a suéter e, quando seu rosto apareceu na gola, olhou-me incrédulo.

— Ir embora? Escutou uma única palavra do que lhe falei? Se eu partir, quem sabe o que pode acontecer! — Assentou o cabelo com a mão e começou a vestir o sobretudo. Tinha visto o relógio. — Já fiquei fora tempo demais. A culpa é sua, também. Tenho de voltar.

— Pelo menos deixe que lhe dê um Luminal.

— Narcótico? — perguntou ele. — Acha que isso vai me ajudar? — E em um tom irritado, ao me ver ir à estante pegar um frasco de comprimidos, acrescentou: — Não, falo sério. Eles me encheram disso depois do acidente. Não quero. Não me dê, vou jogar essa porcaria fora.

— Talvez mude de ideia.

— Não vou mudar.

Voltei com as mãos vazias.

— Rod, por favor, me ouça. Se eu conseguir convencê-lo a se afastar de casa, bem, conheço um homem, um bom médico. Tem uma clínica em Birmingham para casos como o seu. Deixe-me apresentá-lo a você, para que fale com ele como acabou de falar comigo.

Sua expressão endureceu-se.

— Um médico de doenças mentais, quer dizer. Um psiquiatra, ou um psicólogo, ou seja lá o nome que derem. O problema não é meu. Não é meu mesmo. O problema é de Hundreds. Não consegue ver? Não preciso de um médico, nem mesmo de um... — Buscou a palavra. — Nem mesmo de um *vigário* ou coisa parecida. Se você tivesse sentido o que senti...

Falei impulsivamente:

— Deixe-me ir com você, então! Deixe-me passar algum tempo no seu quarto para ver se essa coisa aparece!

Hesitou, refletindo, e a visão dele fazendo isso, tratando da ideia como se fosse possível, sensata, *razoável*, foi quase mais perturbadora do que qualquer outra. Mas então sacudiu a cabeça e falou friamente, de novo:

— Não, não posso arriscar. Não vou tentá-la. Ela não gostaria. — Vestiu a boina. — Tenho de ir. Lamento ter contado. Eu devia saber que não entenderia.

— Por favor, me escute, Rod. — A possibilidade de perdê-lo agora foi terrível. — Não posso deixar que se vá neste estado mental. Esqueceu-se de como estava ainda agora? O pânico aterrador? Suponha que o domine de novo.

— Não vai — replicou ele. — Você me pegou desprevenido, só isso. Para começo de conversa, eu não deveria ter vindo aqui. Precisam de mim em casa.

— Pelo menos, fale com a sua mãe. Ou deixe que eu fale com ela por você.

— Não — replicou ele abruptamente. Tinha ido para a porta, mas se virou para mim e, como antes, fiquei desconcertado ao perceber uma raiva verdadeira em seus olhos. — Ela não deve saber nada sobre isso. Nem minha irmã. Não vai lhes contar. Disse que não contaria. Deu-me a sua palavra, e confiei nela. Não vai falar tampouco com esse médico amigo seu.

Diz que estou enlouquecendo. Está bem, vá em frente, acredite nisso, se o faz se sentir melhor, se é covarde demais para encarar a verdade. Mas pelo menos tenha a decência de me deixar enlouquecer sozinho.

    Seu tom foi duro e seguro, e pareceu absurdamente racional. Pôs a alça da bolsa no ombro, juntou as lapelas do paletó, e somente a palidez no seu rosto e a ligeira vermelhidão nos olhos sugeriam a ilusão fantástica que o controlava. Afora isso, parecia, como antes, um jovem nobre rural. Eu sabia que não adiantava tentar impedir a sua partida. Ele tinha ido para a porta do dispensário, mas estava evidente, pelo barulho atrás dela, que os primeiros de meus pacientes da noite estavam chegando, de modo que ele apontou impacientemente para o meu consultório e o levei para lá, para que saísse pelo jardim. Mas fiz isso com o coração pesado, e um terrível sentimento de frustração. E assim que a porta se fechou, voltei para a janela do dispensário e me pus diante da cortina empoeirada para observá-lo reaparecer, vindo pelo lado da casa, e manquejar apressadamente pela High Street, em direção ao seu carro.

O que eu ia fazer? Estava claro para mim — terrivelmente claro — que durante as últimas semanas Rod tinha sido vítima de algumas alucinações muito poderosas. O que, de certa maneira, não era de se admirar, considerando-se a mistura espantosa de encargos com que tinha sido forçado a arcar recentemente. Evidentemente a sensação de ameaça e tensão tinha sido excessiva em sua mente, a ponto de até mesmo "coisas comuns", como ele colocara repetidamente, estarem se insurgindo contra ele. A ilusão ter-se manifestado na noite em que deveria oferecer uma festa para o seu vizinho mais bem-sucedido talvez não fosse uma surpresa, e achei também muito significativo que o pior da sua experiência tivesse se concentrado em um *espelho* — que, antes de ter iniciado a sua "caminhada", tinha refletido seu rosto marcado de cicatrizes e acabado estilhaçado. Tudo isso era muito impressionante, mas podia ser explicado como o produto do estresse, da tensão nervosa. Mais perturbador e preocupante, para mim, era o fato de ele continuar tão aferrado à ilusão que produzira esse medo aparentemente lógico de que sua mãe e sua irmã poderiam ser "infectadas" pela coisa diabólica, qualquer que fosse, que supostamente tinha invadido o seu quarto, a menos que ele estivesse lá para repeli-la.

    Passei as horas seguintes refletindo sobre o seu estado. Mesmo quando atendendo meus outros pacientes, um lado meu continuava com Rod, escutando com horror e tristeza ele contar sua história horrível. Acho que nenhuma vez em minha vida profissional me senti tão perdido quanto a como deveria proceder. Sem dúvida nenhuma, a minha relação com a família estava interferindo no meu julgamento. Provavelmente, deveria transferir o caso imediatamente para outro médico. Mas então, em que sentido *era* um caso? Rod não tinha vindo em busca de uma opinião médica. Não estava, como ele mesmo apontara, disposto a fazer uma confidência a mim. E certamente nem eu ou qualquer outro médico seríamos pagos por darmos assistência ou conselhos. A essa altura eu não suspeitava que ele fosse um perigo para si mesmo ou para os outros. Achava muito mais provável que a sua ilusão se fortalecesse aos poucos, até, finalmente, consumi-lo. Em outras palavras, que ele iria exaurir a si mesmo até um estado de colapso mental irreversível.

O meu maior dilema era o que dizer, se é que tivesse de dizer, à Sra. Ayres e a Caroline. Eu tinha dado a Rod a minha palavra de que não contaria nada, e embora eu não falasse totalmente a sério ao me comparar com um padre, nenhum médico assume uma promessa de manter segredo levianamente. Passei uma noite extremamente inquieto, uma hora decidindo uma coisa, na hora seguinte, outra... Finalmente, quase às 22 horas, fui até a casa dos Graham para analisar o caso com eles. Ultimamente, passava pouco tempo com eles, e Graham se surpreendeu ao me ver. Anne, disse ele, estava lá em cima — um de seus filhos não estava muito bem —, mas me levou para a sala de estar e ouviu toda a história.

Ficou tão chocado quanto eu tinha ficado.

— Como a situação ficou tão grave? Não houve nenhum alerta?

— Eu sabia que algo estava errado — repliquei. — Mas não assim.

— O que pretende fazer agora?

— É o que estou tentando decidir. Nem mesmo tenho um diagnóstico definido.

Ele refletiu.

— Considerou a epilepsia, acredito.

— Foi a minha primeira ideia. Ainda penso que pode explicar parte disso. A aura, produzindo sensações estranhas: auditivas, visuais etc. O ataque em si, o cansaço depois, tudo se ajusta até um certo ponto. Mas não acredito que o caso pare aí.

— E cretinismo? — disse ele.

— Também pensei nisso, mas é difícil não perceber isso, não? E não há nenhum sinal.

— Alguma coisa pode estar interferindo na função cerebral? Um tumor, por exemplo.

— Cristo, espero que não! É uma possibilidade, evidentemente. Mas não há outros sinais... Não, o meu palpite é que é puramente nervoso.

— É tão grave quanto, à sua própria maneira.

— Eu sei — repliquei. — E sua mãe e sua irmã não fazem ideia do que ele está passando. Acha que devo contar a elas? É isso o que está realmente me perturbando.

Ele sacudiu a cabeça, inflando as bochechas.

— Conhece-os melhor do que eu, agora. Roderick certamente não lhe agradeceria por isso. Por outro lado, poderia impulsioná-lo a uma crise, de algum tipo.

— Ou colocá-lo completamente fora de alcance.

— Certamente é um risco. Por que não tirar um ou dois dias para pensar sobre isso?

— E nesse meio-tempo — repliquei acabrunhado — a situação em Hundreds avança aos poucos para o caos.

— Bem, isso, pelo menos, não é problema seu — disse ele.

Seu tom foi imparcial, como em outras conversas nossas sobre os Ayres, mas agora me abalou um pouco. Terminei meu drinque e voltei devagar para casa, grato a ele por ter me escutado, aliviado por ter partilhado os detalhes do caso, porém não mais esclarecido a quanto proceder. E só quando pisei no meu dispensário escuro e vi as duas cadeiras ainda do lado do forno, tendo a impressão de ouvir de novo a voz vacilante e desesperada de Rod, foi que toda a força da história voltou a mim. Percebi então que meu dever com a família era lhes dar pelo menos uma noção de seu estado, assim que eu pudesse.

Mas foi uma viagem sombria que fiz à casa no dia seguinte. Parecia que toda a minha relação com os Ayres, nesse momento, estava ou em avisá-los de algo ou de levar até o fim um encargo terrível em seu nome. Além disso, com o retorno da luz do dia, acontecera um certo enfraquecimento da minha resolução. Pensei de novo na promessa que tinha feito e dirigi o carro, se isso é possível, de uma maneira retraída, relutante, esperando, mais do que qualquer outra coisa, encontrar-me com o próprio Rod, ou no parque ou na casa. Fazia poucos dias desde a minha última visita, e nem a Sra. Ayres e nem Caroline estavam me esperando. Encontrei-as na pequena sala, mas logo vi que, aparecendo assim do nada, eu as tinha desconcertado.

— Doutor, o senhor nos pegou desprevenidas! — disse a Sra. Ayres, levando uma mão sem anéis ao rosto. — Não teria me vestido com roupas de casa se soubesse que viria. E temos alguma coisa na cozinha, Caroline, para oferecer ao doutor com o seu chá? Acho que temos pão e margarina. É melhor chamar Betty.

Eu não tinha querido telefonar avisando com receio de alertar Roderick, e estava agora tão acostumado a ir e vir de Hundreds que não me ocorrera que minha visita pudesse desconcertá-las. A Sra. Ayres falou cordialmente, mas em um tom ligeiramente queixoso. Nunca a vira tão descomposta antes, como se eu a tivesse surpreendido sem seu charme, assim como sem seus anéis e pó de arroz. Mas a razão daquela discreta manifestação de desconcerto tornou-se clara dali a um momento, pois para me sentar tirei várias caixas do sofá: caixas de velhos álbuns de fotografias da família que Caroline havia recentemente desencavado em um dos armários da sala e que depois de inspecionadas revelaram estar mofadas pela umidade e desbotadas pelos fungos, praticamente arruinadas.

— Que tragédia! — disse a Sra. Ayres, mostrando-me as páginas desintegradas. — Devia haver oitenta anos de fotografias aqui, e não apenas da família do coronel, mas do meu lado também, os Singleton e os Brooke. E sabe que há meses eu pedia a Caroline e a Roderick que as procurassem e mantivessem seguras. Não fazia a menor ideia de que estavam na sala de estar. Achei que estavam trancadas em algum lugar no sótão.

Relanceei os olhos para Caroline, que depois de tocar a campainha para chamar Betty tinha voltado para a sua cadeira e estava virando as páginas de um livro, com um ar distante, paciente. Sem levantar os olhos da página diante de si, falou:

— Não estariam mais seguras no sótão, acho. A última vez que coloquei a cabeça lá foi para verificar um vazamento ou outro. Havia cestas de livros, de quando eu e Roddie éramos crianças, todos completamente mofados.

— Então, gostaria que tivesse me dito, Caroline.

— Tenho certeza de que disse, mamãe, na época.

— Sei que tem muito em que pensar, você e seu irmão, mas isso é terrivelmente decepcionante. Veja só isto, doutor. — Estendeu-me uma antiga *carte-de-visite*, o tema vitoriano já estranho e desbotado, praticamente obscurecido pelas manchas cor de ferrugem. — Este é o pai do coronel quando jovem. Sempre achei Roderick muito parecido com ele.

— Sim — falei distraidamente. Eu agora estava tenso, esperando uma oportunidade para falar. — A propósito, onde está Roderick?

— Ah, no seu quarto, imagino. — Ela pegou outra fotografia. — Mais uma completamente estragada... esta também... Desta eu me lembro... Oh, que terrível! Está completamente arruinada! Minha própria família, logo antes da guerra. Veja, meus irmãos estão todos aqui, ainda dá para distingui-los: Charlie, Lionel, Mortimer, Frank, e a minha irmã, Cissie. Eu estava casada havia um ano, tinha ido para casa com Baby e não sabíamos ainda, mas a família nunca mais se reuniria dessa maneira, pois dali a seis meses a guerra começaria e dois dos garotos seriam mortos quase que imediatamente.

Sua voz tinha mudado, uma nota de aflição se introduzindo e, dessa vez, Caroline ergueu os olhos e ela e eu trocamos um olhar de relance. Betty apareceu e foi mandada preparar o chá — que eu não queria nem para o qual tinha tempo — e a Sra. Ayres prosseguiu seu caminho, triste e distraída, pelas fotografias manchadas. Pensei em tudo o que ela passara recentemente e nas notícias horríveis que eu trazia. Observei o movimento aflito de suas mãos, que sem seus anéis pareciam nuas e largas nas juntas. E de repente a ideia de oprimi-la com mais uma apreensão me pareceu excessiva. Lembrei-me da conversa que tivera com Caroline sobre o seu irmão, na semana anterior. Ocorreu-me que talvez fosse com ela que eu devesse falar em primeiro lugar. Passei alguns minutos tentando em vão encontrar o seu olhar. Então, quando Betty retornou com a bandeja de chá, levantei-me com o pretexto de ajudá-la e levei a xícara de Caroline para ela, enquanto Betty dava a da Sra. Ayres. E quando Caroline olhou para mim com uma certa surpresa, estendendo a mão para pegar o pires, baixei a cabeça e sussurrei:

— Tem como falar comigo a sós?

Ela recuou, surpresa com as palavras, ou simplesmente com o movimento da minha respiração na sua bochecha. Olhou para mim, relanceou os olhos para a sua mãe e assentiu com a cabeça. Voltei para o sofá. Deixamos passar cinco, dez minutos, bebendo o chá e comendo as fatias finas e secas de bolo que o acompanhavam.

Então ela se moveu à frente como se uma ideia acabasse de lhe ocorrer.

— Mamãe — disse ela —, estava querendo lhe dizer uma coisa. Juntei alguns dos nossos velhos livros para dar para a Cruz Vermelha. Estava pensando se o Dr. Faraday poderia levá-los para Lidcote, para nós, em seu carro. Não quero pedir a Rod. Desculpe incomodá-lo, doutor, mas se importaria? Estão na biblioteca, já encaixotados.

Falou sem o menor vestígio de acanhamento e com uma certa cor na face, mas tenho de confessar que o meu coração estava acelerado. A Sra. Ayres respondeu, nada contente, que ficaria sem nós por um ou dois minutos, e voltou a organizar o álbum caindo em pedaços.

— Não vou prendê-lo por muito tempo — disse-me Caroline, sem alterar seu tom habitual, quando lhe abri a porta. Mas fez um sinal com os olhos para o corredor, e fomos rápida e silenciosamente para a biblioteca, onde ela foi direto para a janela e abriu aquela única veneziana que funcionava. Quando a luz invernal entrou, as estantes cobertas com lençóis pareceram adquirir vida ao nosso redor, como fantasmas se levantando. Avancei alguns passos, saindo do escuro, e Caroline voltou da janela, e se pôs na minha frente.

— Aconteceu alguma coisa? — perguntou-me com a expressão grave. — É Rod?

— Sim — respondi. E lhe contei brevemente tudo o que o seu irmão tinha me confessado no dispensário na noite anterior. Ela escutou com horror, mas também, achei, com uma espécie de começo de compreensão, como se as minhas palavras fizessem para ela um sentido horrível, colocassem em suas mãos a pista para um quebra-cabeça sinistro que, até agora, tinha ficado fora de seu alcance. A única vez que me interrompeu foi quando repeti o que Rod tinha dito sobre a mancha no seu teto, e pegou no meu braço e disse:

— Essa marca, e as outras! Nós as vimos! Eu *sabia* que havia alguma coisa estranha nelas. Acha que...? Não poderia ser...?

Percebi com surpresa que ela estava quase disposta a levar as afirmações de seu irmão a sério.

— Qualquer coisa pode ter feito aquelas marcas, Caroline — repliquei. — Rod pode tê-las feito ele mesmo, simplesmente para fundamentar sua ilusão. Ou talvez tenha sido o aparecimento delas que começou a coisa toda na sua cabeça.

Ela retirou a mão.

— Sim, é claro... E acha realmente que é assim? Não pode ter sido o que pensou antes? Ataques epilépticos etc.?

Sacudi a cabeça.

— Eu preferiria que houvesse um problema físico, seria mais fácil de tratar. Mas receio estarmos lidando com algum tipo de doença mental.

As palavras a chocaram. Por um segundo, pareceu assustada, e então falou:

— Pobre Rod. Isso é horrível, não é? O que podemos fazer? Pretende contar à minha mãe?

— Pretendia. Por isso eu vim. Mas ao vê-la com aquelas fotografias...

— Não são só as fotografias, sabe — disse ela. — Mamãe está mudando. Quase sempre é como era. Mas tem dias que fica assim, remota e sentimental, pensando excessivamente no passado. Ela e Rod quase brigaram por causa da fazenda. Aparentemente há novas dívidas. Ele leva tudo para o lado pessoal! Depois, se isola. Agora entendo por quê. É horrível... Ele realmente falou todas essas coisas, falou sério? Será que você não teria entendido mal?

— Gostaria, por todos nós, que sim. Mas não, não entendi mal. Se não deixar que eu trate dele, só nos resta torcer para que sua mente clareie sozinha. Talvez isso aconteça, agora que os Baker-Hyde deixaram o condado e todo o caso medonho sossegou, finalmente, apesar das más notícias sobre a fazenda. Certamente não poderei fazer nada por ele enquanto continuar com a ideia fixa de que está protegendo você e a sua mãe.

— Não acha que se eu falasse com ele...?

— Pode tentar, mas não gostaria que escutasse o que escutei de sua própria boca. Talvez o melhor a fazer agora seja ficar de olho nele, nós dois ficarmos, e pedir a Deus que não piore.

— E se piorar? — perguntou ela.

— Se piorar — repliquei —, bem, se esta fosse outra casa, com uma família mais comum, eu saberia o que fazer. Traria David Graham e internaria Rod à força em uma enfermaria psiquiátrica.

Ela levou a mão à boca.

— Mas não chegará a esse ponto, certamente.

— Estou pensando nos seus ferimentos. A impressão que tenho é que ele está se punindo. Claramente se sente culpado, talvez por causa do que aconteceu com Hundreds, talvez, até mesmo, por causa do que aconteceu com seu navegador, na guerra. Pode estar tentando machucar a si mesmo, quase inconscientemente. Por outro lado, pode estar procurando a nossa ajuda. Ele sabe o poder que tenho, sendo médico. Talvez esteja se machucando justamente na esperança de eu interferir e fazer algo drástico...

Interrompi-me. Estávamos à luz da janela aberta e tínhamos falado de maneira tensa, em murmúrios, o tempo todo. E então, por cima do meu ombro, como se das sombras mais profundas da sala, ouvi um ligeiro rangido de metal. Nós dois viramos a cabeça, assustados. O rangido soou de novo. Percebi que vinha da maçaneta da porta da biblioteca, que foi vagarosamente girada. Visto na penumbra, em nosso estado de excitação, aquilo pareceu quase sinistro. Senti Caroline inspirar e se aproximar um pouco mais de mim, como se com medo. Quando a porta foi aberta lentamente e a luz do corredor revelou Roderick ali em pé, acho que nós dois ficamos, por um segundo, aliviados. Então vimos a expressão no seu rosto e nos separamos rapidamente.

Acho que parecíamos tão culpados quanto nos sentíamos. Rod falou friamente:

— Ouvi o seu carro, doutor. Eu o esperava, de certa maneira. — E para a sua irmã: — O que ele andou lhe dizendo? Que sou meio tantã, pirado, ou coisa parecida? Suponho que tenha dito o mesmo a mamãe.

— Não disse nada à sua mãe, ainda — repliquei antes de Caroline falar.

— Bem, não foi muito digno de sua parte. — Olhou de novo para a irmã. — Ele me deu sua palavra, sabe, que não contaria absolutamente nada. E, pelo visto, a palavra de um médico não vale grande coisa. Pelo menos de um médico como ele.

Caroline ignorou seu comentário.

— Roddie — disse ela —, estamos preocupados com você. Você não é mais o mesmo, sabe que não. Entre, por favor? Não queremos que mamãe ou Betty nos ouçam.

Ele permaneceu imóvel por um instante, depois entrou, fechou a porta atrás de si.

— Então, *você* também acha que sou doido — disse ele simplesmente.

— Acho que precisa descansar — replicou Caroline —, dar uma parada... qualquer coisa que o afaste daqui por um tempo.

— Afastar-me daqui? Você é tão ruim quanto ele! Por que todo mundo está querendo que eu vá embora?

— Só queremos ajudá-lo. Achamos que pode estar doente e precisando de tratamento. É verdade que tem... visto coisas?

Ele baixou o olhar com impaciência.

— Cristo, é igualzinho como foi depois do meu acidente! Se eu tiver de ser vigiado eternamente, vigiado, atarantado e pajeado...

— Apenas responda, Rod! É verdade que acredita que haja alguma coisa na casa? Uma coisa que quer lhe fazer mal?

Ele não respondeu por um momento. Mas então ergueu os olhos para ela e falou calmamente:

— O que você acha?

E para a minha surpresa, eu a vi se retrair diante de algo no olhar dele.

— Eu... eu não sei o que pensar. Mas Rod, estou assustada por você.

— Assustada! Deviam estar assustados os dois. Mas não por mim. Nem *de* mim, tampouco, se é isso que a está preocupando. Não entende? Eu sou tudo o que mantém este lugar inteiro!

— Sei que lhe parece assim, Rod — falei. — Se pelo menos deixasse que o ajudássemos...

— Esta é a ideia de me ajudar, é? Correr direto para a minha irmã quando *prometeu*...

— Está *é* sim a minha ideia de ajudá-lo. Porque tenho pensado nisso sem parar e não acho que você esteja em condições de ajudar a si mesmo.

— Mas não vê? Como pode não ver depois de tudo o que lhe contei ontem! Não é em *mim* que estou pensando. Deus!, nunca recebi nenhum crédito pelo trabalho que fiz para esta família, nem mesmo agora, quando estou me acabando! Talvez eu devesse abandonar tudo, fechar os olhos de uma vez por todas, olhar para o outro lado. E então veremos o que acontece.

Ele agora parecia mal-humorado — como um menino tentando se defender das notas baixas na escola. Cruzou os braços e curvou os ombros, e o escuro e o horror do que estávamos falando, e que um momento antes nos parecera tão palpável, começaram, não sei como, a nos escapar. Vi Caroline olhar para mim pela primeira vez em dúvida, e dei um passo à frente, dizendo em tom urgente:

— Rod, você tem de entender, estamos terrivelmente preocupados. Isso não pode continuar.

— Não quero falar sobre isso — replicou ele com firmeza. — Não faz sentido.

— Acho que está realmente doente, Rod. Precisamos definir qual é a doença para que possamos tratá-la.

— Tudo o que está me deixando doente é você e sua intromissão! Se me deixasse em paz, se nos deixasse em paz... Mas vocês dois sempre estiveram aliados contra mim. Toda essa conversa fiada sobre a minha perna, dizendo que eu estava fazendo um favor ao hospital.

— Como pode dizer isso — disse Caroline — quando o Dr. Faraday foi tão generoso!

— Está sendo generoso agora?

— Rod, por favor.

— Já disse, não disse? Não quero falar sobre isso!

Virou-se, abriu a antiga porta da biblioteca com um puxão e saiu. Fechou-a batendo com tal força que uma linha de pó desceu, como um véu, de uma rachadura no teto, e dois dos lençóis escorregaram das estantes, caindo como um monte bolorento no chão.

Caroline e eu nos entreolhamos impotentes, e então fomos devagar até a estante para pôr os lençóis no lugar.

— O que podemos fazer? — perguntou ela enquanto os ajeitávamos. — Se ele estiver realmente tão mal quanto você diz, mas não deixar que o ajudemos...

— Não sei — respondi. — Realmente não sei. A única coisa que podemos, como já disse antes, é observá-lo e tentar reconquistar a sua confiança. A maior parte disso caberá a você, acho.

Ela assentiu com a cabeça, e olhou fixamente para mim. Depois de uma breve hesitação, ela disse:

— Tem certeza? Sobre o que ele lhe contou? Ele parece tão... tão sadio.

— Sei que parece. Se o tivesse visto ontem, não pensaria assim. E ainda assim, ele falou tão racionalmente. Juro que foi a mistura de sanidade e ilusão mais estranha que já vi.

— E não acha... Não poderia haver algo, realmente... alguma verdade no que ele está dizendo?

De novo, fiquei surpreso por ela até mesmo considerar essa possibilidade.

— Lamento, Caroline — repliquei. — É terrivelmente difícil quando esse tipo de coisa acontece com uma pessoa a quem amamos.

— Sim, suponho que sim.

Ela falou em dúvida, depois juntou as mãos, mexendo o polegar de uma sobre as juntas da outra, e a vi estremecer.

— Está com frio — eu disse.

Mas ela negou sacudindo a cabeça.

— Não é frio... é medo.

Com um movimento vacilante, coloquei minhas mãos sobre as dela. No mesmo instante, seus dedos se moveram gratos nos meus.

— Não quis assustá-la. Lamento sobrecarregá-la com isso. — Relanceei os olhos em volta. — Esta casa está sombria, e em um dia como o de hoje! Provavelmente é parte do distúrbio de Rod. Se pelo menos ele não tivesse deixado as coisas irem tão longe! E agora... Maldição. — Frustrado, vi as horas. — Tenho de ir. Vai ficar bem? E vai me informar logo, se alguma coisa mudar?

Ela prometeu que sim.

— Boa garota — eu disse, apertando os seus dedos.

Suas mãos ficaram nas minhas por mais um segundo, depois ela as retirou. Voltamos para a pequena sala.

— Como demoraram! — disse a Sra. Ayres ao nos ver. — E o que diabos foi esse estrondo? Betty e eu achamos que o telhado tinha caído!

A garota estava do seu lado. Deve tê-la retido quando foi buscar a bandeja de chá ou a chamado deliberadamente. Estava lhe mostrando as fotografias estragadas — tinha disposto uma meia dúzia delas, aparentemente fotos de Caroline e Roderick quando bebês — e agora as guardava impacientemente.

— Desculpe, mamãe — disse Caroline. — Deixei a porta bater. Receio ter derrubado poeira no chão da biblioteca. Betty, você vai ter de cuidar disso.

Betty baixou a cabeça e fez uma mesura.

— Sim, senhora — disse ela, e saiu.

Não podendo me demorar mais, me despedi rapidamente — cruzando o olhar com Caroline, tentando transmitir toda a simpatia e apoio que eu pudesse — e segui a garota para fora da sala. Cheguei ao hall, relanceei o olhar pela porta aberta da biblioteca e a vi de joelhos no chão, com uma pá de lixo e uma vassoura, batendo o pó, sem muito entusiasmo, do tapete puído. E só quando vi seus ombros magros se erguendo e baixando, me lembrei da sua crise estranha na manhã que sacrifiquei Gyp. Pareceu-me uma estranha coincidência a sua afirmação de que Hundreds tinha uma "coisa ruim" encontrar eco na ilusão de Roderick... Entrei e falei baixo com ela, querendo saber se tinha dito alguma coisa que pudesse ter colocado o germe de uma ideia na cabeça dele.

Ela jurou não ter dito nada.

— Mandou eu não falar, não foi? — disse ela. — Pois bem, não disse uma palavra!

— Nem mesmo de brincadeira?

— Não!

Falou com sinceridade — mas também, achei, com um discreto toque de prazer. De repente me lembrei de como era boa atriz: olhei em seus olhos cinza e, pela primeira vez, não tive certeza de se seu olhar era franco ou ardiloso.

— Tem certeza? Não andou dizendo nada nem fazendo nada? Só para animar as coisas? Deslocando móveis, tirando coisas do lugar?

— Não fiz nada — replicou ela — e não falei nada! Nem gosto de pensar nisso. Me faz gelar se penso nisso quando estou lá embaixo sozinha. Não é *minha* coisa ruim, é o que a Sra. Bazeley diz. Se eu não mexer com ela, ela não vai me incomodar.

E tive de me satisfazer com isso. Ela voltou a limpar o tapete. Observei-a por mais alguns instantes, depois fui embora.

Falei com Caroline várias vezes ao longo das duas semanas seguintes. Disse-me que nada tinha mudado, que Rod continuava reservado como sempre, mas que, exceto isso, perfeitamente racional. Ele próprio, na minha visita seguinte, veio à porta do seu quarto, quando eu bati, só para dizer, em tom sóbrio, que "não tinha nada a me dizer e queria, simplesmente, ficar só" — e então fechou a porta, com uma terrível determinação, na minha cara. Minha interferência, em outras palavras, tinha tido exatamente o efeito que eu mais temia. Estava agora fora de questão eu prosseguir com o tratamento da sua perna. Concluí meu artigo sobre o caso e o apresentei. Sem essa razão para ir até a casa, minhas visitas rarearam. Percebi que sentia falta deles, surpreendentemente muita falta. Sentia saudades da família, saudades de Hundreds. Preocupava-me com a pobre Sra. Ayres, e pensava frequentemente em Caroline, imaginando como estaria lidando com uma situação tão grave, relembrando aquela vez na biblioteca e a maneira cansada, relutante, com que sua mão se afastara da minha.

Dezembro chegou e o tempo se tornou mais frio. Houve uma epidemia de gripe no distrito: a primeira da estação. Dois dos meus pacientes idosos morreram e o estado de vários outros era grave. Graham contraiu a doença e o nosso substituto, Wise, assumiu parte da sua carga de trabalho, mas o resto da clientela foi acrescentada à minha e logo eu estava trabalhando sem um instante de folga. Nos primeiros dias do mês só cheguei a ir à fazenda de Hundreds, onde a mulher e a filha de Makins estavam doentes, e a ordenha sofrendo em consequência. O próprio Makins andava ranzinza, resmungando, falando em largar tudo aquilo. Não via sinal de Roderick Ayres, disse-me ele, havia três ou quatro semanas, desde o dia em que fora receber seu salário.

— É o chamado fazendeiro nobre — disse ele ressentido. — Quando o sol está brilhando, tudo bem. Ao primeiro indício de mau tempo, ele fica em casa com os pés para cima.

Ele teria continuado a resmungar, mas eu não tinha tempo para escutar. Eu não tive tempo sequer de passar na Hall, como teria feito no passado. Mas o que Makins me contou me deixara preocupado e nessa noite liguei para lá. A Sra. Ayres atendeu, parecendo muito cansada.

— Ah, Dr. Faraday, que bom ouvir a sua voz! Há séculos não recebemos visitas. Este clima torna tudo tão difícil. A casa está tão desconfortável.

— Mas vocês estão bem? — perguntei. — Todos vocês? Caroline? Rod?

— Estamos... bem.

— Estive com Makins...

A linha crepitou.

— Venha nos ver! — gritou ela, através da interferência. — Vai vir? Venha jantar! Vamos lhe oferecer um jantar apropriado, à moda antiga. Gostaria disso?

Respondi que sim, muito. A ligação estava ruim demais para continuarmos. Marcamos uma data, entre os estalos, para dali a dois ou três dias.

A temperatura, nesse breve espaço de tempo, só fez declinar. Fazia uma noite úmida, ventosa, sem lua nem estrelas, quando voltei a Hundreds. Não sei se a culpa era da umidade e do escuro ou se, por estar longe fazia algum tempo, tinha me esquecido do quanto arruinada, abandonada, estava a casa. Mas quando entrei no hall, a desolação me impressionou no mesmo instante. Algumas das lâmpadas nos apliques tinham queimado e a escadaria estava obscurecida, exatamente como na noite da festa. O efeito, agora, era estranhamente sombrio, como se a própria noite inclemente tivesse atravessado as junções na alvenaria e se congregado para pender como fumaça ou bolor no centro da casa. Estava também terrivelmente fria. Alguns radiadores antigos borbulhavam e tiquetaqueavam, mas seu calor não vingara. Atravessei o corredor de piso de mármore e encontrei a família reunida na pequena sala, as cadeiras próximas da lareira, em um esforço para se aquecerem, e usando suas roupas excêntricas — Caroline com uma pelerine de pele de foca, muito gasta e sem pelo, sobre o vestido, a Sra. Ayres em um vestido de seda engomado, colar de esmeralda e anéis, com um xale misto de espanhol e índio nos ombros e, na cabeça, sua mantilha preta, e Roderick com um colete de lã cor de unguento por baixo do paletó semiformal e luvas sem dedos nas mãos.

— Perdoe-nos, doutor — disse a Sra. Ayres, vindo ao meu encontro quando cheguei. — Tenho vergonha de como devemos estar parecendo! — Mas disse isso descontraidamente, e percebi por suas maneiras que, de fato, não fazia a menor ideia de como a sua aparência e a de seus filhos era bizarra. Isso me deixou incomodado, de certa maneira. Acho que via todos eles, assim como a casa, como um estranho veria.

Olhei Rod mais atentamente e fiquei aflito com o que vi. Quando sua mãe e sua irmã me receberam, ele hesitou, intencionalmente. E embora finalmente apertasse a minha mão, o fez sem firmeza e sem me olhar nos olhos. Portanto percebi que só me cumprimentava por sua mãe. Mas tudo isso era esperado. O que me perturbou mais foi outra coisa. Suas maneiras tinham mudado. Se antes se comportava de maneira tensa e assombrada, como alguém se defendendo de um desastre, agora parecia *relaxado,* no sentido de estar pouco se incomodando com que o desastre acontecesse ou não. O tempo todo, enquanto a Sra. Ayres, Caroline e eu conversávamos, tentando manter uma normalidade, sobre assuntos do condado e fofocas locais, ele ficou sentado na sua cadeira, observando-nos sem dizer uma palavra sequer. Levantou-se somente uma vez, para ir à mesa das bebidas e encher seu copo com uma mistura de gim e vermute. E pela maneira desajeitada como segurou as garrafas e preparou o coquetel, percebi que deveria estar bebendo já há algum tempo.

Era horrível de se ver. Betty veio nos chamar para o jantar, e na movimentação que se seguiu me aproximei de Caroline e perguntei com um murmúrio:

— Está tudo bem?

Ela relanceou os olhos para a sua mãe e seu irmão, depois sacudiu discretamente a cabeça. Saímos para o corredor e ela fechou bem a sua pelerine para se proteger do frio que parecia subir do piso de mármore.

Comeríamos na sala de jantar, e a Sra. Ayres, para cumprir, creio eu, a promessa de me oferecer um "jantar apropriado, à moda antiga", tinha mandado Betty arrumar a mesa com esmero: com a porcelana chinesa que combinava com o papel nas paredes, e a prataria. O candelabro de ouropel estava aceso, e as chamas de suas velas se inclinaram de maneira alarmante com a corrente de ar soprada das janelas. Caroline e eu nos sentamos um de frente para o outro na mesa, a Sra. Ayres, em uma ponta, e Roderick se dirigiu à cadeira do dono da casa — a antiga cadeira de seu pai, acho — na cabeceira. Assim que sentou, serviu-se de um copo de vinho, e quando Betty, depois de ter levado a garrafa para o outro extremo da mesa, aproximou-se com a terrina de sopa, ele pôs a mão acima da sopeira.

— Ah, leve essa sopa nojenta daqui! Não quero tomar sopa nenhuma hoje! — disse ele em um tom estouvado e dissonante. Em seguida: — Sabe o que aconteceu ao garoto malcriado naquele poema, Betty?

— Não, senhor — disse ela, com hesitação.

— *Não, sinhô* — repetiu ele, imitando seu sotaque. — Foi queimado numa fogueira.

— Não, não foi — interferiu Caroline, forçando um sorriso. — Ele definhou. Que é o que vai acontecer com você, Rod, se não tomar cuidado. Embora só Deus sabe como acho que ninguém vai se importar. Tome um pouco da sopa.

— Já disse — respondeu ele, usando sua voz de idiota de novo. — *Não vou* tomar sopa nenhuma hoje! Mas pode trazer o vinho de volta, por favor, Betty. Obrigado.

Ele encheu sua taça. Fez isso de maneira desajeitada, o gargalo batendo no cristal, fazendo-o tilintar. Era uma bela taça do estilo Regência retirada do depósito, imagino, junto com a porcelana e a prataria. E com essa pequena sacudidela, o sorriso de Caroline desapareceu, ela olhou para o seu irmão, com um aborrecimento real e repentino — de modo que me surpreendi com o quê de fastio nos seus olhos. Seu olhar permaneceu duro durante o resto da refeição, o que achei uma pena, pois à luz da vela ela estava muito bem, seus traços pesados suavizados e as linhas angulares de suas clavículas e ombros ocultas pelas dobras da pelerine.

A Sra. Ayres também era favorecida pela luz das velas. Ela não disse nada a seu filho, mas manteve um fluxo suave e leve de conversação comigo, como tinha feito na pequena sala. De início, achei apenas um sinal de boa educação. Presumi que estivesse constrangida com o comportamento de Rod e fazendo o possível para encobri-lo. Aos poucos, entretanto, fiquei ciente de uma certa fragilidade em seu tom, e então me lembrei do que Caroline havia me dito naquele dia, na biblioteca, sobre sua mãe e seu irmão terem "quase brigado". E me vi desejando — o que lembrava jamais ter feito em Hundreds —, me vi desejando não ter ido, e comecei a ansiar pelo fim do jantar. A casa, achei, não merecia essa amargura, nem eu.

Agora, eu e a Sra. Ayres estávamos falando de um paciente de quem eu tratara a gripe, um antigo arrendatário de Hundreds que vivia a meio quilômetro dos portões a oeste. Falei como foi uma sorte eu poder usar a estrada que atravessava o parque para chegar até ele, como fez uma grande diferença para mim. A Sra. Ayres concordou e acrescentou, de maneira enigmática:

— Espero sinceramente que continue a ser permitido.

— Espera? — perguntei surpreso. — Por que não seria?

Ela olhou diretamente para o seu filho, como se esperando que ele falasse. Como ele não disse nada, apenas ficou olhando para a sua taça de vinho, ela limpou delicadamente a boca com seu guardanapo e prosseguiu:

— Receio, doutor, que Roderick tenha más notícias para mim, hoje. O fato é que parece que logo seremos obrigados a vender mais lotes de nossa terra.

— Serão? — eu disse, me virando para Rod. — Pensei que não houvesse mais nada a vender. Quem é o comprador, desta vez?

— O conselho municipal, de novo — replicou a Sra. Ayres, já que Rod não respondeu —, com Maurice Babb para construir, como antes. Planejam construir mais 24 casas. Pode imaginar? Achei que as leis proibiriam, parecem proibir todo o resto. Mas parece que o governo está feliz em distribuir licenças para homens que pretendem dividir áreas de parques e propriedades para que possam amontoar 24 famílias em três acres de terreno. Isso significa abrir uma brecha no muro, colocar a tubulação etc.

— O muro? — repeti, sem entender.

Caroline falou.

— Rod ofereceu-lhes a fazenda — replicou ela em tom baixo — e não aceitaram. Querem somente o "campo da cobra-verde", no oeste. Finalmente tomaram uma resolução, sabe, em relação a água e eletricidade: dizem que não estenderão os canos até Hundreds simplesmente para o nosso uso, mas por causa das casas. Parece que teremos de levantar o dinheiro para a tubulação e os fios de eletricidade percorrerem a distância extra até a fazenda.

Por um momento, fiquei consternado demais para responder. O "campo da cobra-verde" — como sabia que Caroline e Roderick o chamavam em crianças — era dentro do muro do parque, a cerca de 1 quilômetro da casa. Ficava fora de vista no alto verão, mas, quando as árvores desfolhavam no outono, tornava-se visível de todas as janelas da Hall que davam para o sul e para o oeste, uma faixa distante de verde, branco e prata, ondulada e agradável como o toque do veludo. Pensar que Rod estava seriamente disposto a abrir mão do campo me incomodou terrivelmente.

— Não pode estar falando sério — eu lhe disse. — Não pode dividir o parque. Tem de haver alguma alternativa.

E mais uma vez, foi sua mãe que respondeu.

— Nenhuma, aparentemente, exceto vender a casa e o parque, e até mesmo Roderick acha que isso está fora de cogitação, não depois de tudo que tivemos de abrir mão para conservá-la. Colocaremos como condição da venda que Babb construa uma cerca ao redor da construção. Assim pelo menos não teremos de olhá-la.

Então, Roderick falou, com a voz engrolada:

— Sim, vamos precisar de uma cerca para manter a ralé afastada. Não que isso vá detê-la. Logo estarão escalando os muros da casa, à noite, com alfanjes entre os dentes. Vai ser melhor dormir com uma pistola debaixo do travesseiro, Caroline!

— Não são piratas, seu imbecil — murmurou ela, sem erguer os olhos do prato.

— Não são? Não tenho tanta certeza. Acho que nada os agradaria tanto quanto enforcar-nos todos no braço da verga principal. Só estão esperando Attlee dar o sinal. Provavelmente dará. Não vê que pessoas comuns agora odeiam a nossa classe?

— Por favor, Roderick — disse a Sra. Ayres, constrangida. — Ninguém odeia a nossa classe. Não em Warwickshire.

— Ah, especialmente em Warwickshire! Para além da fronteira, em Gloztershire, continuam feudais, bem no íntimo. Mas o povo de Warwickshire sempre foi bom de negócios. Desde os tempos da Guerra Civil. Eram todos a favor de Cromwell, na época, não se esqueçam. Agora sabem o que é mais conveniente fazer na situação. Eu não os culparia se decidissem nos decapitar! Certamente representamos muito mal a cena de nos salvarmos. — Fez um gesto canhestro. — Basta olhar para mim e Caroline, novilha e touro premiados. Não estamos cumprindo a nossa parte para fazer o rebanho avançar! Qualquer um acharia que saímos do nosso caminho para extinguirmos a nós mesmos!

— Rod — eu disse, vendo a expressão de sua irmã.

Ele virou-se para mim.

— O quê? Você devia estar feliz. É da estirpe dos piratas, não é? Não acha que teria sido convidado hoje se não fosse! Mamãe sente-se constrangida demais para permitir que qualquer um dos nossos amigos realmente nos veja como estamos agora. Ainda não percebeu isso?

Senti-me ruborizar, porém mais de raiva do que de qualquer outra coisa, mas eu não lhe daria a satisfação de demonstrar qualquer outro embaraço, e não tirei meus olhos dos seus enquanto comia — querendo perturbá-lo, de homem para homem. A tática funcionou, acho, pois me encarou pestanejando, e apenas por um momento pareceu envergonhado e, de certa maneira, desesperado, como um garoto fanfarrão secretamente intimidado por sua própria bravata.

Caroline tinha baixado a cabeça, continuando seu jantar. A Sra. Ayres não falou nada por um ou dois minutos, e então, cruzou os talheres no prato. Quando tornou a falar foi para perguntar sobre outro paciente meu, como se a nossa conversa não tivesse sido interrompida. Suas maneiras foram graciosas; sua voz, suave. Não olhou para o filho depois disso. Pelo contrário, pareceu eliminá-lo da mesa — mergulhá-lo na treva, como se estivesse apagando as velas na frente dele, uma por uma.

O jantar, a essa altura, não tinha mais remédio. A sobremesa foi uma torta de framboesa em conserva, ligeiramente amarga, servida com creme artificial. A sala estava úmida e fria, o vento gemia na chaminé, a mesa não era como a de antes da guerra, em que era possível se demorar, nem mesmo se o humor estivesse melhor. A Sra. Ayres disse a Betty que tomaríamos o café na pequena sala, e ela, Caroline e eu nos levantamos e colocamos nossos guardanapos na mesa.

Somente Rod se deteve. À porta, ele disse, mal-humorado:

— Não vou com vocês. Tenho certeza de que não se incomodarão. Tenho de examinar alguns papéis.

— Papéis de cigarro, suponho — disse Caroline, descendo o corredor para abrir a porta da pequena sala para a sua mãe.

Roderick olhou-a surpreso e, mais uma vez, tive a sensação de ele ter caído na armadilha de seu próprio mau humor e, secretamente, se envergonhar disso. Observei-o se virar e iniciar o curto caminho escuro para o seu quarto, e, irritado, senti pena dele. Pareceu-me brutal da nossa parte deixá-lo ir. Mas fui para junto de sua mãe e sua irmã e as encontrei pondo mais lenha na lareira.

— Devo pedir desculpas por meu filho, doutor — disse a Sra. Ayres ao se sentar. Ela pôs as costas do pulso na testa como se sua cabeça doesse. — Seu comportamento esta noite foi imperdoável. Será que ele não consegue ver como faz nós todos infelizes? Se além de tudo o que fez pretende começar a beber agora, vou ter de mandar Betty guardar o vinho. Nunca vi seu pai beber na mesa... Espero que saiba como é bem-vindo nesta casa. Pode sentar-se aqui, na minha frente?

Sentei-me, por um tempo. Betty trouxe o café e conversamos mais sobre a venda da terra. Perguntei-lhes de novo se não haveria uma alternativa, chamei a atenção para a desordem que o trabalho da construção provocaria e o impacto que inevitavelmente causaria na vida da Hall. Mas já tinham pensado nisso e, evidentemente, se rendido à ideia. Até mesmo Caroline pareceu passiva diante de tudo isso. Portanto achei que deveria tentar falar com Roderick de novo. Também me incomodava imaginá-lo sozinho e infeliz no outro lado da casa. Depois que terminei o café, eu disse que ia só dar uma olhada para ver se poderia ajudá-lo com seu trabalho.

Como eu tinha suspeitado, o trabalho era um blefe: quando cheguei, ele estava sentado mais ou menos no escuro, a única iluminação do quarto sendo a do fogo na lareira. Dessa vez eu não tinha batido, para não lhe dar a oportunidade de me repelir, e ele virou a cabeça e disse com enfado:

— Achei que viria.

— Posso ficar com você um pouco?

— O que acha? Pode ver como estou terrivelmente ocupado. Não, não acenda a luz! Estou com dor de cabeça. — Ouvi-o pôr um copo na mesa e se mover à frente. — Em vez disso, vou atiçar o fogo. Deus sabe que está bastante frio para isso.

Pegou duas achas de lenha na caixa do lado da lareira e as jogou, desajeitadamente, no fogo. Centelhas subiram pela chaminé e cinzas saltaram da grelha, e o efeito, por um momento, foi de apagar o fogo e tornar o quarto ainda mais escuro. Mas quando fui até ele e puxei a outra poltrona, as chamas estavam começando a saltar e estalar ao redor da lenha úmida, e pude vê-lo claramente. Tinha relaxado na cadeira e estendido as pernas. Ainda estava com seu traje a rigor, seu colete de lã e luvas sem dedos, mas afrouxara a gravata e abrira um botão do colarinho, de modo que um lado estava levantado, como o de um bêbado em uma comédia.

Era a primeira vez que eu ia ao seu quarto desde que me contara aquela história fantástica no meu dispensário e, ao me sentar, apanhei-me relanceando, inquietamente, os olhos em volta. Afastadas da luz do fogo, as sombras eram tão espessas e tão moventes que pareciam impenetráveis, mas deu para distinguir as cobertas amarfanhadas em sua cama, o toucador do lado e, perto desse, o suporte, com tampo de mármore, da jarra e bacia. Do espelho para barbear — que eu vira na última vez no móvel do suporte, junto com a navalha, o sabão e a escova — não havia nem sinal.

Quando voltei a olhar para Roderick, ele tinha começado a manusear, no colo, papéis e tabaco, enrolando um cigarro para si mesmo. Mesmo na luz cambiante do fogo, vi que seu rosto estava corado e intumescido da bebida. Comecei a falar, como era a minha intenção, sobre a venda da terra — inclinando-me à frente, falando seriamente, tentando abrir o seu juízo. Mas ele virou a cabeça e não deu atenção. Por fim, desisti do assunto.

Recostei-me na poltrona e falei:

— Você está horrível, Rod.

Isso o fez rir.

— Ha! Espero que não seja uma opinião profissional. Não podemos arcar com isso.

— Por que está fazendo isso a si mesmo? A propriedade está caindo aos pedaços ao seu redor, e olhe só para você! Bebe gim, vermute, vinho, e... — Indiquei seu copo com a cabeça, que estava sobre uma confusão de papéis na mesa do seu lado. — O que tem aí? Gim de novo?

Ele praguejou em voz baixa.

— Cristo! Qual o problema? Um homem não pode encher a cara de vez em quando?

— Não, um homem na sua posição, não — repliquei.

— Que posição é essa? Senhor do castelo?

— Sim, se prefere colocar assim.

Lambeu a cola do papel de cigarro, com uma carranca.

— Está pensando na minha mãe.

— Sua mãe ficaria arrasada se o visse assim.

— Faça-me um favor, então, amigão, pode ser? Não conte para ela. — Pôs o cigarro na boca e o acendeu com um jornal caído do fogo. — De qualquer maneira — disse ele — é um pouco tarde para ela começar a agir como a matrona devotada. Atrasada 24 anos, para ser exato; 26 no caso de Caroline.

— Sua mãe o ama muito — eu disse. — Não banque o estúpido.

— Você sabe tudo sobre isso, é claro.

— Sei o que ela me contou.

— Vocês são amigos íntimos, não são, você e ela? O que ela lhe *contou*? O quanto a *decepcionei*? Ela nunca me perdoou por eu ter sido derrubado e ficado aleijado. Nós, minha irmã e eu, a desapontamos a nossa vida inteira. Acho que a desapontamos simplesmente por nascermos.

Não respondi e ele ficou em silêncio por um tempo, olhando fixamente para o fogo. Quando voltou a falar foi em um tom leve, quase causal.

— Sabia que fugi da escola quando era menino? — disse ele.

Surpreendi-me com a mudança de assunto.

— Não — repliquei com relutância. — Não sabia disso.

— Ah, sim. Não falam disso, mas fugi duas vezes. Na primeira vez, eu tinha apenas 8 ou 9 anos. Não fui longe. Na segunda vez, entretanto, estava mais velho, devia ter uns 13 anos. Simplesmente saí andando, ninguém me deteve. Consegui ir até o *pub* de um hotel. Liguei para Morris, o chofer do meu pai, e ele foi me encontrar. Ele sempre foi meu amigo. Comprou um sanduíche de presunto e um copo de limonada para mim, nos sentamos a uma mesa e conversamos... Eu tinha pensado em tudo. Sabia que ele tinha um irmão que tinha uma oficina e eu tinha 50 libras, e achava que podia me tornar sócio dele, morar com o seu irmão e ser mecânico. Eu realmente conhecia motores.

Tragou seu cigarro.

— Morris foi incrivelmente bom em relação a isso. Ele disse: "Bem, *Master* Roderick..." Ele tinha o sotaque de Birmingham, carregado assim. "Bem, *Master* Roderick, acho que daria um bom mecânico, e meu irmão se sentiria honrado em tê-lo, mas não acha que partiria o coração de seus pais, sendo o seu herdeiro e tudo o mais?" Queria me levar de volta para a escola, mas eu não deixei. Ele não sabia mais o que fazer comigo, de modo que me trouxe de volta para casa e me entregou a Cook, e Cook me levou, em silêncio, para a minha mãe. Imaginaram que minha mãe me protegeria, acalmaria o velho, como fazem as mães no cinema e no teatro. Mas não, ela apenas me disse que eu era uma *decepção*, e me mandou para o papai, para que eu mesmo explicasse a ele o que estava fazendo aqui. O velho virou um demônio, é claro, e me espancou, espancou bem do lado da janela aberta, onde qualquer criado no lado de fora pudesse ver. — Ele riu. — E eu que tinha fugido só porque um garoto estava me espancando na escola! Um garoto selvagem, ele era: Hugh Nash. Mas até mesmo ele tinha a decência de me açoitar privadamente...

Seu cigarro se consumia em seus dedos, mas ele ficou imóvel e sua voz caiu.

— Nash acabou indo para a Marinha. Foi morto na Malásia. E sabe que quando me disseram que ele tinha sido morto, me senti aliviado?! Eu já estava na Força Aérea na época, e me senti aliviado, como se ainda estivesse na escola, e outro garoto tivesse me dito que Nash tinha sido tirado da turma por seus pais... Pobre Morris, também morreu, acho. Eu me pergunto se seu irmão estará bem. — Sua voz se tornou áspera. — Gostaria de ter sido sócio daquela oficina. Seria um homem mais feliz do que sou agora, despejando tudo o que consegui nesta maldita propriedade. Por que estou fazendo isso? *Para o bem da família*, você vai dizer, com o seu maravilhoso discernimento. Realmente acha que esta família vale a pena ser salva? Olhe para a minha irmã! Esta casa sugou a vida dela, assim como está sugando a minha. É isso o que está fazendo. Quer nos destruir, todos nós. Está tudo muito bem comigo enfrentando-a, mas por quanto tempo acha que vou continuar assim? E quando ela acabar comigo...

— Rod, pare — falei, pois sua voz se elevou de súbito e ele estava começando a se agitar: ao perceber que seu cigarro tinha se consumido, inclinou-se à frente para pôr outro pedaço de papel torcido no fogo, e o lançou violentamente, de modo que bateu no guarda-fogo de mármore e caiu na beirada do tapete. Peguei-o e o joguei na lareira. Então, ao perceber o seu estado, estendi o braço para a ponta da cortina de segurança, pois a sua era uma dessas lareiras que tinham um pedaço de rede velha pendendo de lado a lado, como uma proteção de quarto de criança, e a fechei.

    Ele recostou-se na cadeira, os braços cruzados defensivamente. Deu uma ou duas baforadas furtivas em seu cigarro, depois inclinou a cabeça e se pôs a olhar em volta, os olhos parecendo muito grandes e escuros em seu rosto magro e pálido. Eu sabia ao que ele estava atento, e me senti nauseado de frustração e desalento. Antes disso, não tinha havido nenhuma menção à antiga ilusão. Seu comportamento tinha sido perturbado, desagradável, mas racional. Mas então vi que nada tinha mudado. Sua mente continuava obscura. A bebida talvez fosse simplesmente para lhe dar coragem e a truculência era uma forma desesperada de se mostrar.

    Ele disse, com seu olhar ainda se movendo:

— Vai haver alguma tramoia hoje à noite. Posso senti-la. Agora as pressinto. Sou como um catavento, começo a girar quando o vento está para mudar.

    Falou em um tom lúgubre, de modo que não posso dizer o quanto disso era teatral, o quanto era sincero. Mas — foi impossível resistir — meu olhar acompanhou o seu. De novo meus olhos foram atraídos para o suporte da bacia. Dessa vez, também eu joguei a cabeça para trás para olhar o teto. Discerni, no escuro, aquela mancha ou borrão peculiar — e então meu coração se comprimiu quando localizei, a mais ou menos um metro dessa, uma marca similar. Mais adiante, achei ver outra. Olhei para a parede atrás da cama de Rod e vi uma ali. Ou achei ter visto. Não podia ter certeza, as sombras pregam peças desse tipo. Mas o meu olhar moveu-se rapidamente de uma superfície para outra até me parecer que o quarto pudesse estar cheio dessas manchas misteriosas. E de súbito, pensar em deixar Rod no meio delas por mais uma noite — mais uma hora! — foi demais. Desviei os olhos do escuro e me inclinei à frente para dizer em tom de urgência:

— Rod, iria para Lidcote comigo?

— Para Lidcote?

— Acho que estará mais seguro lá.

— Não posso ir embora agora. Já lhe disse, não disse? O vento está prestes a mudar...

— Pare de falar assim!

Ele hesitou, como se entendendo de repente. Inclinou a cabeça de novo e disse, de maneira tímida:

— Você está com medo.

— Rod, ouça o que eu digo.

— Você pode senti-lo, não pode? Pode senti-lo e está com medo. Não acreditou em mim antes. Toda aquela conversa de *colapso nervoso* ou *traumatismo de guerra*. Agora está com mais medo do que eu!

Eu estava com medo, percebi — não das coisas das quais tinha falado, mas de algo mais vago, mais terrível. Estendi a mão e segurei seu pulso.

— Rod, pelo amor de Deus! Acho que você corre perigo!

Meu ato assustou-o; ele se retraiu. E então — foi a bebida, suponho — teve um acesso de raiva.

— Dane-se! — gritou, me repelindo. — Tire as mãos de cima de mim! Não se atreva a me dizer como me comportar! É só o que faz. E quando não está distribuindo seus conselhos de médico, se apossa de mim, com seus dedos imundos de doutor. E quando não está agarrando, está vigiando, vigiando com seus olhos imundos de doutor. Quem diabos é você? Por que diabos está aqui? Como conseguiu se introduzir dessa maneira nesta casa? Não é da família! Você não é ninguém!

Bateu com o copo na mesa e o gim espirrou sobre os papéis.

— Vou chamar Betty — disse ele, de maneira absurda — para acompanhá-lo à porta.

Caminhou desajeitado até a lareira e segurou a alavanca que acionava a campainha, puxando-a várias vezes, de modo que ouvíssemos o tinido frenético no subsolo. Ressoou de maneira bizarra, como a campainha que sentinelas de ataques aéreos costumavam tocar, o que acrescentou uma agitação atávica extra ao choque e perturbação que já tinham começado a se revolver dentro de mim ao ouvir suas palavras.

Levantei-me e fui até a porta. Abri-a justo no momento em que Betty, esbaforida e assustada, apareceu. Tentei impedi-la de entrar.

— Está tudo bem, não aconteceu nada de errado — eu disse. — Foi um engano. Volte lá para baixo.

— O Dr. Faraday está saindo, Betty! — gritou Roderick por cima das minhas palavras. — Ele tem outros pacientes para ver. Não é uma pena? Acompanhe-o ao hall, por favor. E pegue seu casaco e chapéu, no caminho.

A garota e eu nos entreolhamos, mas o que eu podia fazer? Eu mesmo lembrara a Rod, alguns minutos antes, que ele era o "chefe da casa", um homem adulto, senhor da propriedade e de seus criados. Por fim, falei com firmeza:

— Muito bem. — Ela se afastou para eu passar, e a ouvi correr para buscar minhas coisas.

Senti-me então tão agitado, que tive, de fato, de me deter por um minuto à porta da pequena sala para me recompor, e quando finalmente entrei, continuava tão abalado, que achei que meu rosto ou maneiras me trairiam na mesma hora. Mas a minha entrada não impressionou ninguém. Caroline estava com um romance aberto no colo e a Sra. Ayres, em sua cadeira do lado do fogo, estava cochilando profundamente. Esse foi outro choque: eu nunca a tinha visto dormindo antes e quando fui até ela, e a despertei, olhou-me brevemente com o olhar assustado de uma velha desnorteada. Ela tinha posto um xale no colo, que estava escorregando para o chão. Curvei-me para pegá-lo e quando me ergui ela o pegou de minha mão e o pôs ao redor dos joelhos de novo.

Perguntou-me como estava Roderick. Hesitei, depois respondi:

— Não maravilhoso, para ser honesto. Gostaria... gostaria de saber o que dizer. Caroline, pode fazer-lhe uma visitinha rápida, de um ou dois minutos?

— Não se estiver bêbado — respondeu ela. — Fica chato demais.

— Bêbado! — disse a Sra. Ayres, com um quê de escárnio. — Graças a Deus a sua avó não está viva para vê-lo assim, refiro-me à mãe do Coronel. Ela sempre dizia que não havia nada mais deprimente do que a visão de um homem embriagado. Tenho de admitir que concordo com ela. Quanto ao lado da minha mãe, acho que meus bisavós eram abstinentes. Sim, tenho quase certeza de que eram.

— Ainda assim — falei, olhando duro para Caroline — poderia fazer simplesmente uma visita a seu irmão antes de ir para a cama, para se certificar de que está tudo bem, não?

Finalmente ela compreendeu o significado por trás das minhas palavras e ergueu a cabeça para encontrar o meu olhar. Fechou os olhos, em um gesto de cansaço, mas assentiu com a cabeça.

Isso me tranquilizou um pouco, mas eu não estava em condições de me sentar calmamente do lado do fogo e conversar sobre assuntos banais. Agradeci o jantar e me despedi. Betty estava esperando no hall, com meu casaco e chapéu, e ao vê-la as palavras de Rod me voltaram: *Quem diabo é você? Você não é ninguém!*

Do lado de fora, o clima continuava horrível, e pareceu acirrar meu humor. O desconcerto e a raiva foram aumentando dentro de mim no caminho para casa — de modo que dirigi mal, arranhando o câmbio, fazendo uma vez a curva muito bruscamente, quase jogando o carro para fora da estrada. Em um esforço para me acalmar, trabalhei organizando contas e papéis até depois da meia-noite. Mas quando finalmente fui para a cama, deitei-me inquieto — quase querendo receber o chamado de um paciente, qualquer coisa que desviasse a minha mente do obstáculo dos meus próprios pensamentos.

Nenhum chamado aconteceu. Por fim, acendi o abajur e me servi de um drinque. Ao voltar para a cama, vi aquela velha fotografia da Hall em sua bela moldura de tartaruga. Eu a tinha mantido todo esse tempo junto com a medalha do Empire Day, na minha mesinha de cabeceira. Peguei-a e olhei o rosto da minha mãe. Depois desviei o olhar para a casa atrás dela e, como tinha feito algumas vezes antes, pensei nas pessoas dentro dela agora, me perguntando se estariam dormindo mais tranquilamente do que eu, em seus quartos frios, escuros, separados. A Sra. Ayres tinha me dado a foto em julho e agora era dezembro. Como diabos, perguntei a mim mesmo, minha vida nesses poucos meses tinha se envolvido tanto com a dessa família, a ponto de me perturbar e inquietar dessa maneira?

Com o álcool dentro de mim, minha raiva enfraqueceu-se e acabei adormecendo. Mas dormi mal, e enquanto eu lutava com sonhos sombrios, violentos, algo terrível acontecia em Hundreds Hall.

7

A história, como consegui entender mais tarde, foi a seguinte.

Depois que saí, a Sra. Ayres e Caroline permaneceram na pequena sala por uma hora, e durante essa hora, sentindo-se ligeiramente incomodada com o que eu havia lhe sugerido, Caroline foi dar uma olhada em Rod. Encontrou-o esparramado na poltrona, a boca aberta, embalando uma garrafa de gim vazia, bêbado demais para falar, e a sua primeira reação, ela mesma me disse, foi de aborrecimento: sentiu-se tentada a simplesmente deixá-lo ali, para "sofrer sozinho as consequências de seus atos". Mas então ele olhou para ela com os olhos lacrimejantes e algo nesse olhar a comoveu — uma centelha de seu antigo ego. Por um momento, ela quase foi dominada pela desesperança de sua situação. Ajoelhou-se do seu lado, pegou sua mão, levou-a ao seu rosto e descansou a testa em suas juntas.

— O que aconteceu com você, Roddie? — perguntou ela, calmamente. — Não o reconheço. Sinto a sua falta. O que aconteceu?

Ele moveu os dedos pela face dela, mas não respondeu, ou não pôde. Ela ficou do seu lado por mais alguns instantes e então, recompondo-se, decidiu pô-lo na cama. Percebeu que ele precisava ir ao banheiro, de modo que o levantou e o mandou ao lavatório no corredor e, quando ele voltou, ela tirou-lhe os sapatos, o colarinho e as calças. Estava acostumada a ajudá-lo a se vestir e despir desde que cuidara dele depois do acidente, portanto esse tipo de coisa lhe era natural. Contou que ele praticamente desmaiou quando sua cabeça tocou no travesseiro, e começou a roncar, cheirando horrivelmente a álcool. Estava deitado de costas, o que a fez se lembrar de um treinamento de guerra, e tentou pô-lo de lado, para o caso de ele ficar enjoado. Mas ele resistiu a todos os seus esforços e, finalmente, cansada e frustrada, desistiu.

Certificou-se de que estava bem agasalhado com as cobertas, antes de deixá-lo. Foi até a lareira, abriu a tela de proteção e acrescentou mais lenha. Tornou a fechar a tela ao terminar, tinha certeza absoluta disso, assim como tinha certeza absoluta de que nenhum cigarro estava aceso nos cinzeiros, assim como nenhuma lamparina ou vela. Retornou à pequena sala, onde passou mais meia hora com sua mãe. Foram para a cama antes da meia-noite. Caroline leu por dez, quinze minutos antes de apagar a luz e adormeceu quase que imediatamente.

Foi despertada algumas horas depois — por volta das 3h30, como ficou demonstrado — pelo som discreto, mas distinto, de vidro quebrando. O som veio de debaixo de suas janelas — isto é, de uma das janelas do quarto do seu irmão. Assustada, sentou-se na cama. Supôs que Rod tivesse acordado e cambaleasse pelo quarto, e seu único pensamento foi impedi-lo de subir e perturbar sua mãe. Levantou-se, cansada, vestiu o robe. Estava criando coragem para descer e lidar com ele quando lhe ocorreu que o som talvez não tivesse sido provocado por seu irmão, mas por um ladrão tentando entrar na casa. Talvez estivesse se lembrando das palavras de Rod sobre piratas e alfanjes. De qualquer maneira, sem fazer ruído, foi até a sua janela, puxou a cortina e sentiu o cheiro de fumaça, percebendo então que a casa estava em chamas.

Fogo é algo sempre terrível em uma casa grande como Hundreds Hall. Uma ou duas vezes, no passado, tinha havido pequenos incêndios na cozinha, que foram facilmente apagados. Durante a guerra, a Sra. Ayres tinha sofrido um medo constante de ataques aéreos e foram colocados baldes de areia e água, mangueiras e bombas manuais em cada andar — que, como acabou demonstrado, nunca foram necessários. Agora, essas bombas tinham sido descartadas e não havia extintores mecânicos, mas somente, pendurados em um dos corredores do porão, uma fila de baldes de couro antigos, que deveriam estar bolorentos de tão velhos e provavelmente furados — guardados ali mais por um valor pitoresco do que qualquer outra coisa. Era de admirar que Caroline, sabendo de tudo isso e vendo a luz amarela dançando, não tenha entrado em pânico. Em vez disso, confessou-me mais tarde, por um único e desvairado momento, o que sentiu foi uma espécie de *excitação*. Pensou em todos os problemas que estariam resolvidos se a Hall simplesmente fosse destruída pelo fogo. Teve uma visão do trabalho que tinha feito na casa nos últimos anos, todos os pisos de madeira e lambris que tinha encerado, todos os copos, todos os pratos. E em vez de se ressentir do fogo por ameaçar tirar essas coisas dela, a sua vontade foi abrir mão de tudo em uma espécie de orgia de rendição.

Então lembrou-se do irmão. Pegou o tapete diante da lareira e os cobertores em sua cama e desceu correndo a escada — chamando freneticamente pela mãe. Lá embaixo, no hall, o cheiro da fumaça se tornou mais forte. No corredor, o ar já estava denso e fez seus olhos arderem. Passou correndo pela sapateira direto para o banheiro masculino, para molhar os cobertores e tapete na água da bacia. Encontrou a campainha e tocou, tocou — suponho que como eu tinha visto Roderick tocar algumas horas antes. Quando juntou as cobertas molhadas e cambaleou com elas nos braços em direção ao quarto, uma Betty amedrontada apareceu no arco cortinado, descalça e de camisola.

— Traga água! — gritou-lhe Caroline. — Há um incêndio! Não sente o cheiro? Traga suas roupas de cama, traga tudo! Depressa!

E levantando os cobertores mais alto de encontro ao seu peito, correu ofegando e suando para o quarto de Roderick.

Começou a tossir e a tentar respirar, disse ela, mesmo antes de abrir a porta. Quando entrou, a fumaça estava tão densa e tão ardente que a fez pensar na câmara de gás de treinamento a que tinha sido enviada uma vez durante seu tempo na Marinha Real. Na época, é claro, ela levava junto um respirador: o ponto central do exercício era aprender a usá-lo. Agora, tudo o que podia fazer era enfiar o nariz e a boca na trouxa molhada em seus braços e avançar. O calor era terrível. Viu chamas em todos os lados do quarto: parecia haver fogo em toda parte, de modo que, por um momento desesperador, achou que seria derrubada e teria de voltar. Foi quando *se virou* — e se desorientou e se sentiu mal, em pânico absoluto. Viu chamas atrás dela, bem próximas, e desvairadamente jogou os cobertores nelas. Pôs-se a bater em outra labareda com o tapete e logo percebeu Betty e sua mãe batendo cobertores. A fumaça encapelou e se rarefez brevemente e ela entreviu Roderick na cama, onde o tinha deixado, tonto e tossindo, como se acabasse de acordar. Duas das cortinas de brocado nas janelas estavam em chamas, duas outras estavam queimadas quase por completo e estavam prestes a cair. Ela conseguiu abrir caminho e enfiar o braço por elas para abrir as portas de vidro.

Estremeci quando me contou isso, pois se o fogo no quarto tivesse sido mais forte, a súbita rajada de ar frio certamente teria sido fatal. A essa altura, porém, as chamas já deviam estar sob controle e a noite, felizmente, era uma noite úmida sem vento. Caroline ajudou um hesitante Roderick a sair para a escada de pedra, depois voltou para buscar sua mãe. A fumaça estava clareando, disse ela, mas o quarto, quando voltou para dentro, parecia uma pequena cena do inferno: absurdamente quente, iluminado em mil pontos diabólicos e cheio de brasas rodopiando e línguas de fogo que pareciam se arremessar perversamente para o seu rosto e mãos. A Sra. Ayres estava tossindo e ofegando, o cabelo desalinhado, a camisola imunda. Betty tinha começado a trazer panelas de água, e as cinzas, fumaça, fragmentos em combustão de tapete, cobertores e papel se transformavam em poças de lama escura e espessa sob os pés das três mulheres.

Trabalharam no quarto por muito mais tempo, provavelmente, do que realmente precisariam, pois no começo extinguiam uma chama e, ao darem as costas para ela, descobriam, alguns minutos depois, que tinha recomeçado a arder. Depois disso, não arriscaram mais, e foram, inflexível e metodicamente, de uma superfície arruinada para outra, derramando água, usando atiçadores e pinças para peneirar e bater as brasas e centelhas. As três estavam mal, arfando por causa da fumaça, os olhos lacrimejando deixando marcas de lágrimas pálidas em suas bochechas manchadas de fuligem. Logo se viram tremendo, em parte como reação ao drama todo, em parte simplesmente de frio, que pareceu aumentar no quarto quente com uma rapidez espantosa no momento em que a última chama foi extinta.

Roderick, aparentemente, manteve-se à janela aberta, segurando-se na moldura. Continuava muito bêbado, mas além disso — e não surpreendentemente, suponho, considerando-se tudo o que tinha passado na guerra — a visão das chamas e a asfixia da fumaça pareceram paralisá-lo. Olhava em desvario, mas inutilmente, enquanto sua mãe e sua irmã punham o quarto fora de perigo. Ajudaram-no a ir para dentro, mas quando o levaram para a cozinha e o sentaram à mesa com um cobertor ao redor dos ombros, começou a entender como tinham chegado perto de um desastre, e se agarrou à mão da irmã.

— Viu o que aconteceu, Caro? — disse a ela. — Está vendo o que a coisa quer? Meu Deus, é mais inteligente do que eu pensei! Se não tivessem acordado...! Se não tivessem vindo!

— O que ele está dizendo? — perguntou a Sra. Ayres, aflita com suas maneiras e sem entender. — Caroline, o que ele quer dizer?

— Nada, não quer dizer nada — respondeu Caroline, sabendo muito bem a que ele estava se referindo, mas querendo proteger sua mãe. — Ele ainda está bêbado. Roddie, por favor.

Mas então, ela disse, ele começou a agir "como um louco", levando a mão aos olhos, pegando no cabelo, olhando horrorizado os seus dedos — pois seu cabelo estava untado, e o óleo, na fumaça, tinha-se transformado em algo como alcatrão arenoso. Limpava as mãos na parte da frente da camisa enegrecida, compulsivamente. Começou a tossir e depois a lutar para respirar, e essa luta desencadeou um de seus pânicos. Seu hálito era de álcool, seus olhos estavam vermelhos no rosto coberto de fuligem, sua camisa estava ensopada da água da chuva. Agarrou-se, com as mãos trêmulas, em sua mãe.

— Mãe, sinto muito!

Depois da tribulação no quarto incendiado, seu comportamento se excedeu. A Sra. Ayres olhou para ele por um segundo de absoluto horror, e então:

— Cale-se! — gritou ela, sua voz falhando. — Oh, pelo amor de Deus, cale-se! — E como ele continuou a falar e a chorar, Caroline foi para perto dele e o esbofeteou.

Ela disse que sentiu a ardência do tapa na mão antes de tomar consciência do que tinha feito, e então, levou as mãos à boca, como se surpresa e assustada, como se tivesse sido ela própria a ser estapeada. Rod silenciou abruptamente, cobrindo o rosto. A Sra. Ayres ficou observando-o, seus ombros se contraindo quando tentou recuperar o fôlego. Com a voz instável, Caroline falou:

— Estamos todos um pouco loucos, acho. Estamos todos um pouco enlouquecidos... Betty? Você está aí?

A garota se adiantou, os olhos arregalados, o rosto pálido e raiado como o de um tigre, com riscas de fuligem.

— Você está bem? — perguntou Caroline.

Betty confirmou com a cabeça.

— Não se queimou nem se machucou?

— Não, senhora.

Ela respondeu em um sussurro, mas o som de sua voz foi tranquilizador, e Caroline ficou mais calma.

— Boa garota. Foi muito boa e muito valente. Não ligue para o meu irmão. Ele... está fora de si. Estamos todos fora de nós mesmos. Tem um pouco de água quente? Acenda o boiler, por favor, e ponha algumas panelas no fogão, o suficiente para o chá e três ou quatro tinas para nos lavarmos. Podemos tirar o grosso da sujeira antes de subirmos para o banheiro. Mamãe, você devia se sentar.

A Sra. Ayres parecia distraída. Caroline deu a volta à mesa para ajudá-la a se sentar e a pôr uma manta ao seu redor. Mas seus próprios membros tremiam, ela se sentiu de repente tão sem forças, como se estivesse levantando toneladas, e quando sua mãe se acomodou, puxou uma cadeira e se deixou cair pesadamente.

Por cinco ou dez minutos, os únicos sons na cozinha foram os das chamas no forno, o borbulhar da água fervendo, e o tinido do metal e louça quando Betty pôs as tigelas na mesa e juntou as toalhas. A garota chamou baixinho a Sra. Ayres; ajudou-a na pia, onde lavou as mãos, o rosto e os pés. Fez o mesmo com Caroline e em seguida olhou em dúvida para Rod. Ele, no entanto, tinha se acalmado o suficiente para perceber o que queriam dele e foi com dificuldade até a pia. Mas moveu-se como um sonâmbulo, pondo as mãos na água, deixando Betty ensaboar e enxaguá-las, depois ficou em pé, flácido, olhando fixo, enquanto ela limpava as manchas no seu rosto. Seu cabelo alcatroado resistiu a todas as suas tentativas de lavá-lo e então usou um pente e juntou todos os restos de óleo empapado de cinzas em uma folha de jornal, depois amassou o papel e o colocou no escorredor de pratos. Quando terminou, ele se afastou, entorpecido, para o lado, para deixar que ela derramasse a água suja na pia. Ele olhou para o outro lado da cozinha e encarou sua irmã. E sua expressão, Caroline me disse, foi uma mistura tal de medo e confusão que ela não aguentou. Desviou seu olhar do dele e foi para perto da mãe.

Então, aconteceu uma coisa muito estranha. Caroline tinha dado um ou dois passos em direção à mesa quando, pelo canto do olho, viu seu irmão fazer um movimento — algo simples, ela pensou na hora, como levar a mão ao rosto para roer uma unha ou coçar a bochecha. No mesmo momento, Betty também se moveu — afastando-se um pouquinho da pia para jogar uma toalha no balde que estava no chão. Mas quando ela tornou a se virar, a garota arfou: Caroline olhou direito e, para seu espanto, viu, para além do ombro de seu irmão, mais labaredas. "Roddie!", gritou ela, com medo. Ele virou-se, viu o que ela tinha visto e se afastou rápido. No secador de pratos de madeira, a algumas polegadas de onde ele estava ainda há pouco, havia um pequeno pacote de fogo e fumaça. Era o jornal que Betty tinha usado para pegar as cinzas do seu cabelo. Ela o tinha amassado feito um pacote — e então, de algum modo, inacreditavelmente, tinha conseguido se inflamar sozinho.

O fogo não foi nada, é claro, em comparação ao aterrador pequeno inferno que tinham enfrentado no quarto de Roderick. Caroline atravessou correndo a cozinha e jogou o pacote na pia. As chamas ascenderam mais alto, depois minguaram rapidamente. O papel enegrecido, parecendo gaze, manteve sua forma por um momento, antes de se fragmentar. Mas o espantoso era como o fogo poderia ter-se iniciado. A Sra. Ayres e Caroline se entreolharam, completamente sem forças.

— O que você viu? — perguntaram a Betty, e ela respondeu com a expressão amedrontada:

— Não sei, senhora! Nada! Só a fumaça e as chamas amarelas subindo atrás do Sr. Roderick.

Ela parecia tão perplexa quanto todo mundo. Depois de refletirem, só puderam concluir, sem certeza, que uma das cinzas que ela tirara do cabelo de Roderick ainda continha um germe do fogo e o jornal seco a tinha atiçado. Naturalmente, foi um pensamento muito perturbador. Começaram a relancear os olhos nervosamente em volta, como que esperando mais chamas. Roderick, em particular, estava angustiado e entrando em pânico. Quando sua mãe disse que talvez ela, Caroline e Betty devessem voltar ao seu quarto para limparem de novo as cinzas, ele gritou que não deviam deixá-lo sozinho! Estava com medo de ficar só! Ele não podia "deter a coisa"! Portanto, principalmente por medo de ele sofrer um colapso mental, levaram-no junto. Encontraram uma cadeira que não tinha sido danificada e ele se sentou nela puxando as pernas para cima, as mãos na boca, os olhos em desvario, enquanto elas iam de uma superfície enegrecida a outra. Mas estava tudo frio, morto e sujo. Pararam a busca quase ao amanhecer.

Despertei uma ou duas horas depois, exausto por causa dos sonhos ruins, mas felizmente sem saber da catástrofe que quase engolira Hundreds Hall à noite. De fato, eu não soube nada do incêndio até um dos meus pacientes da noite mencioná-lo, que por sua vez tinha ficado sabendo por um negociante que tinha ido à casa naquela manhã. De início, não acreditei nele. Pareceu-me impossível que a família tivesse passado por tal tribulação e não tivesse me avisado. Então, outro homem mencionou o incidente como se já fosse de conhecimento geral. Ainda em dúvida, liguei para a Sra. Ayres que, para meu espanto, confirmou a história toda. Ela soou tão rouca e cansada que xinguei a mim mesmo por não ter telefonado mais cedo, quando poderia ter ido até lá — pois eu tinha recentemente começado a passar uma noite da semana nas enfermarias do hospital do distrito, e essa noite era uma delas e eu não poderia sair. Jurou-me que ela, Caroline e Roderick estavam todos bem, só que muito cansados. Disse que o incêndio tinha-lhes dado "um pequeno susto": foi como ela se expressou, e talvez por causa dessas palavras, imaginei o incidente como algo relativamente sem importância. Lembrava-me vividamente do estado em que Rod estava quando o deixei. Lembrei-me do modo insolente como espirrava sua bebida em volta, a maneira como tinha deixado um papel aceso cair no chão de modo que queimasse esquecido no tapete. Supus que tivesse iniciado uma pequena chama com um cigarro... Mas sabia que até mesmo um pequeno fogo podia produzir uma grande quantidade de fumaça. Também sabia que os efeitos da inalação da fumaça frequentemente atingem sua maior gravidade um ou dois dias depois do incêndio. De modo que fui para a cama preocupado com a família e passei mais uma noite inquieto por causa deles.

Dirigi para lá no fim de minhas visitas na manhã seguinte e, como temia, estavam todos sofrendo. Em termos puramente físicos, Betty e Roderick eram os menos afetados. Ela tinha se mantido perto da porta quando o fogo estava intenso, e tinha ficado correndo de lá para o banheiro, buscando água. Roderick estava deitado na cama, respirando pouco profundamente enquanto o pior da fumaça se juntava no alto, acima da sua cabeça. Mas a Sra. Ayres estava imprestável — respirando com dificuldade e fraca, mais ou menos confinada no seu quarto — e Caroline parecia espectral, com a garganta inchada, o cabelo chamuscado e o rosto e as mãos com marcas vermelhas das cinzas quentes e centelhas. Encontrou-me na porta da frente quando cheguei, e ao vê-la tão horrível e tão pior do que eu esperava, larguei minha maleta no chão para pegá-la pelos ombros e olhar bem para o seu rosto.

— Oh, Caroline — eu disse.

Ela hesitou timidamente, e sorriu, mas seus olhos começaram a reluzir com as lágrimas.

— Pareço um pobre Guy Fawkes* — disse ela — que escapou da fogueira no último minuto...

Virou-se e começou a tossir. Falei imediatamente:

— Entre, pelo amor de Deus, proteja-se do frio.

Quando peguei minha maleta e fui para perto dela, a tosse tinha diminuído, ela tinha enxugado o rosto, e as lágrimas tinham desaparecido. Fechei a porta — mas fiz isso cegamente, agora chocado com o cheiro assustador de queimado no hall, chocado com a própria aparência do hall, que parecia com véus negros pendurados, de tão enegrecida e espessamente coberta de fuligem estava cada superfície.

— Horrível, não? — disse Caroline com a voz enrouquecida, acompanhando o meu olhar. — E só faz piorar, acho. Venha ver. — Conduziu-me pelo corredor norte. — O cheiro atravessa a casa, alcança até mesmo o sótão, não sei como. Não se preocupe com o barro nos sapatos, desistimos deste piso por enquanto. Mas tenha cuidado com o seu paletó nas paredes. A fuligem gruda como quê.

A porta do quarto de Rod estava entreaberta, e quando nos aproximamos dela vi o bastante para me preparar para a devastação além. Ainda assim, quando Caroline entrou, permaneci, por um segundo, no limiar, atônito demais para seguir adiante. A Sra. Bazeley — que estava lá com Betty, lavando as paredes — encontrou o meu olhar e me cumprimentou com a cabeça, severamente.

— Está parecendo como eu, doutor — disse ela —, quando cheguei ontem de manhã. E isto não é nada em comparação ao que estava. Afundamos na sujeira até o tornozelo, não foi, Betty?

Quase todos os móveis tinham sido retirados do quarto e colocados de qualquer maneira na varanda do outro lado da janela francesa aberta. O tapete também tinha sido enrolado e removido, e folhas de jornais tinham sido colocadas nas tábuas de madeira do assoalho, mas as tábuas ainda estavam tão molhadas e cobertas de cinzas que o papel estava se tornando uma pasta cinza grossa, como mingau de fuligem. As paredes escorriam água de

---

* Guy Fawkes (1570-1606): inglês católico executado por seu papel na conspiração para explodir o Parlamento e matar James I. (*N. da T.*)

cinzas onde a Sra. Bazeley e Betty as estavam esfregando. Os forros de madeira estavam chamuscados e enegrecidos e o teto — o famoso teto de gesso em forma de gelosia — estava completamente preto, suas manchas misteriosas perdidas para sempre.

— É inacreditável — eu disse a Caroline. — Eu não fazia ideia! Se soubesse...

Não concluí, pois o que eu sabia ou deixava de saber não tinha importância, não havia nada que eu pudesse ter feito. Mas me senti extremamente inquieto ao pensar que uma coisa tão séria pudesse ter acontecido com a família na minha ausência.

— A casa inteira podia ter se perdido — eu disse. — É insuportável até mesmo pensar nisso! E Rod estava *aqui*, no meio de tudo? Ele está realmente bem?

Ela me lançou um olhar estranho, achei, depois relanceou os olhos para a Sra. Bazeley.

— Sim, ele está bem. Apenas respirando mal, como todos nós. Mas perdeu quase tudo seu. A sua cadeira... pode vê-la logo ali... parece ter sido a mais atingida pelo fogo, junto com a sua escrivaninha e a sua mesa.

Olhei pela janela aberta e vi a escrivaninha, suas pernas e gavetas intactas, mas a sua superfície tão enegrecida e enrugada como se tivessem acendido uma fogueira em cima. De súbito, entendi o porquê de tantas cinzas no quarto. Eu disse:

— Seus papéis!

Caroline balançou a cabeça, de maneira cansada:

— Provavelmente as coisas mais secas na casa.

— Nenhum foi poupado?

— Alguns. Não sei o que foi perdido. Na verdade, não sei o que havia ali. Havia plantas da casa e da propriedade, não havia? Acho que havia tudo que é tipo de mapas, cópias dos documentos da fazenda e dos chalés, e cartas, contas, anotações do meu pai... — Sua voz se espessou. Recomeçou a tossir.

— Que pena, é terrivelmente lamentável — repliquei, olhando em volta e vendo mais um prejuízo a cada olhar: um quadro na parede com sua lona chamuscada, abajures com globos e lustres enegrecidos. — Um quarto tão adorável. O que vão fazer com ele? Pode ser salvo? Os lambris mais atingidos podem ser substituídos, suponho. O teto poderia ser caiado.

Ela encolheu os ombros, com tristeza.

— Mamãe acha que assim que o quarto for limpo podemos fechá-lo, como os outros. Certamente não temos dinheiro para restaurá-lo.

— E o dinheiro do seguro?

Ela relanceou os olhos de novo para a Sra. Bazeley e Betty. As duas continuavam a esfregar as paredes e, sob o som de suas escovas, ela replicou baixinho:

— Rod parou de pagar o seguro. Acabamos de descobrir.

— Ele parou de pagar?

— Há meses, aparentemente. Para economizar dinheiro. — Fechou os olhos e sacudiu a cabeça devagar, depois foi para a janela francesa. — Vamos sair por um minuto?

Descemos a escada de pedra e examinamos a mobília danificada, a escrivaninha e a mesa arruinadas, a poltrona com o forro de couro destruído, suas molas e o estofo de crina pareciam ossos e intestinos doentes de um modelo anatômico fantástico. Vi Caroline estremecer. Queria examiná-la, e Betty, sua mãe e seu irmão, de modo que disse que ela devia me levar de volta para dentro, para a pequena sala ou outro lugar aquecido. Mas depois de uma leve hesitação, ela olhou pela janela e me puxou para mais longe. Tossiu de novo, fazendo uma careta ao engolir, sentindo sua garganta inchada.

Perguntou em voz bem baixa:

— Falou com mamãe ontem. Ela lhe disse alguma coisa sobre como o fogo deve ter começado?

Manteve os olhos nos meus.

— Ela só me disse — repliquei — que tinha se iniciado no quarto de Rod, depois que todos tinham ido para a cama, e que você o descobriu e o apagou. Imaginei que Rod, estando tão embriagado, tivesse feito alguma tolice com o cigarro.

— Pensamos o mesmo — disse ela —, de início.

Tive uma surpresa com esse "de início".

— Do que Rod se lembra? — perguntei prudentemente.

— De absolutamente nada.

— Suponho que tenha desmaiado, e então... o quê? Poderia ter despertado mais tarde, ido até o fogo, acendido uma mecha?

Ela engoliu sentindo o incômodo de novo, e falou com um certo esforço.

— Não sei. Simplesmente não sei o que pensar. — Fez um sinal com a cabeça indicando a janela. — Reparou na lareira?

Olhei e vi a grade coberta com a tela de proteção cinza.

— Está exatamente como quando deixei Rod — disse Caroline — algumas horas antes do incêndio ter início. Quando voltei, a grade estava escura como se não tivesse sido mexida. Mas os outros pontos de fogo, bem, não consigo parar de vê-los. Não havia apenas um, entende? Havia, sei lá, uns cinco ou seis.

— Tantos assim? — falei perplexo. — É um milagre, Caroline, que nenhum de vocês tenha se ferido mais gravemente!

— Não foi o que eu quis dizer... Ensinavam-nos sobre incêndio na Marinha. Ensinavam como o fogo se espalha. Ele rasteja, sabe. Não salta. Esses fogos eram mais como os pequenos fogos separados que podem ser desencadeados por... por incendiários ou algo assim. Veja a cadeira de Rod: está como se as chamas irrompessem direto no meio dela. As pernas estão intactas. Com a escrivaninha e a mesa foi o mesmo. E essas cortinas. — Pegou o par de cortinas de brocado que tinham se queimado sem suas argolas e que tinham sido arremessadas sobre o espaldar da poltrona arruinada. — O fogo começou aqui, veja, na metade para cima. Como é possível? As paredes dos dois lados delas estão apenas chamuscadas. É como se... — Ela relanceou os olhos de volta para o quarto, mais receosa do que nunca de ser escutada. — Bem, Rod ser descuidado com o cigarro ou uma vela é uma coisa. Mas é como se esses fogos tivessem sido acesos. Deliberadamente, quero dizer.

— Acha que Rod...? — falei atônito.

Ela respondeu rapidamente.

— Não sei. Simplesmente não sei. Mas andei pensando sobre o que ele lhe disse aquela vez no seu consultório. E naquelas marcas que descobrimos nas paredes... eram manchas de queimado, não eram? Não eram? Agora fazem sentido, de uma maneira horrível. E ainda tem mais uma coisa.

E então, ela me contou sobre aquele pequeno e estranho incidente na cozinha, quando o jornal amassado tinha, aparentemente, se inflamado atrás de Rod. Na hora, como eu tinha informado, todos tinham suposto ter sido provocado por uma brasa. Mas desde então, Caroline tinha ido dar outra olhada na cena e tinha encontrado uma caixa de fósforos em uma das prateleiras do lado. Não afirmava ter sido assim, apenas achava ser possível que, quando ninguém estivesse olhando, Roderick tivesse apanhado um dos fósforos e iniciado a chama ele próprio.

Isso pareceu-me simplesmente demais.

— Não que duvide de você, Caroline — eu disse —, mas passaram por uma experiência dura. Não me surpreende que tenham visto mais chamas.

— Acha que imaginamos o papel queimando? Todos nós quatro?

— Bem...

— Não imaginamos, posso jurar que não. As chamas eram reais. E se não foi Roddie que as provocou, então... como aconteceu? É isso o que me assusta mais do que qualquer outra coisa. Por isso acho que *tem* de ter sido Rod.

Não sabia aonde ela queria chegar, mas estava claramente muito assustada.

— Ouça, tente se acalmar. Não há nenhuma prova de que o fogo não passou de um acidente, há?

— Não tenho certeza — replicou ela. — Eu me pergunto, por exemplo, o que um policial faria. Soube que aquele homem que trabalha para Paget esteve por aqui ontem, para trazer a carne. Sentiu o cheiro da fumaça e deu a volta para espiar pelas janelas antes de eu poder impedi-lo. Ele foi bombeiro em Coventry, durante a guerra, sabe. Contei alguma besteira sobre um aquecedor a óleo, mas o vi dando uma boa olhada, absorvendo tudo. Pude ver por sua cara que não acreditou em mim.

— Mas o que está sugerindo — eu disse baixinho — é monstruoso! Pensar que Rod, friamente...

— Eu sei! Eu sei, é horrível! E não estou dizendo que ele fez deliberadamente, doutor. Não acredito que ele tenha querido fazer mal a ninguém. Posso vir a acreditar em qualquer coisa, menos nisso. Mas, bem... — A sua expressão foi ficando atormentada e desesperadamente infeliz. — As pessoas, às vezes, não podem fazer coisas perniciosas sem saber o que estão fazendo?

Não respondi. Olhei de novo para a mobília arruinada: a cadeira, a mesa, a escrivaninha com sua superfície chamuscada e coberta de cinzas, sobre a qual tantas vezes eu tinha visto Rod matutando em um estado muito próximo ao desespero. Lembrei-me de como, algumas horas antes do fogo, ele tinha se mostrado furioso com seu pai, sua mãe, com toda a propriedade. *Vai haver alguma tramoia, hoje à noite*, ele tinha me dito, com um acanhamento assustador, e eu tinha olhado dele — não tinha? — para as sombras do seu quarto e visto as paredes e teto marcados — quase enxameados! — daquelas manchas pretas inquietantes.

Passei a mão no meu rosto.

— Oh, Caroline — eu disse. — Que história terrível. Não consigo deixar de me sentir responsável.

— O que quer dizer? — perguntou ela.

— Eu não deveria ter deixado seu irmão sozinho! Eu o decepcionei. Decepcionei todos vocês... Onde ele está agora? O que ele diz?

Sua expressão se tornou estranha de novo.

— Nós o colocamos lá em cima, no seu antigo quarto. Mas ouça, não vamos conseguir tirar nada sensato dele. Ele... está péssimo. Achamos que podemos confiar em Betty, mas não queremos que a Sra. Bazeley o veja. Não queremos que ninguém o veja, se conseguirmos evitar. Os Rossiter apareceram ontem e tive de dispensá-los, com receio de ele armar alguma confusão. Não é o choque, é... é outra coisa. Mamãe tirou dele os cigarros e coisas assim. Ela... — Suas pálpebras estremeceram, e um certo rubor subiu à sua face. — Ela trancou-o.

— Trancou-o? — Não consegui acreditar.

— Ela anda pensando no incêndio, entende, assim como eu tenho pensado. Achou, de início, que fosse um acidente. Todos nós pensamos. Depois, pela maneira como ele estava se comportando e as coisas que disse, ficou claro que algo mais estava acontecendo. Tive de lhe contar. Agora ela está com medo do que ele fará em seguida.

Virou-se e começou a tossir, e dessa vez a tosse não cedeu. Ela tinha falado por tempo demais e muito emotivamente, e o dia estava excessivamente frio. Ela pareceu terrivelmente cansada e doente.

Levei-a para a pequena sala, e foi lá que a examinei. Depois subi para examinar sua mãe e seu irmão.

Fui primeiro ao quarto da Sra. Ayres. Estava recostada em seus travesseiros, agasalhada com um casaquinho sobre a camisola e xales, seu cabelo comprido solto sobre seus ombros, fazendo seu rosto parecer pálido e atormentado. Mas ficou claramente feliz em me ver.

— Oh, Dr. Faraday — disse ela, com a voz enrouquecida. — Consegue acreditar nessa nova calamidade? Estou começando a crer que a minha família sofre algum tipo de maldição. Não entendo. O que fizemos? Quem nós enfurecemos? O senhor sabe?

Perguntou isso seriamente. Respondi quando puxei uma cadeira e comecei a examiná-la:

— A senhora, certamente, excedeu sua cota de má sorte. Sinto muito.

Ela tossiu, inclinando-se à frente com o esforço, depois voltou a se recostar nos travesseiros. Sustentou o meu olhar:

— Viu o quarto de Roderick?

Eu estava movendo o estetoscópio.

— Só um segundo, por favor... Sim.

— Viu a escrivaninha, a cadeira?

— Tente não falar por um momento.

Inclinei-a à frente para auscultar suas costas. Então, afastando o estetoscópio e percebendo seus olhos ainda em mim, assenti.

— Sim.

— E o que concluiu?

— Não sei.

— Acho que sabe. E, oh, doutor, nunca imaginei que viveria para ter medo do meu próprio filho! Fico imaginando o que deve ter acontecido. Toda vez que fecho os meus olhos, vejo labaredas.

Sua voz falhou. Foi acometida de outro acesso de tosse, mais sério do que o primeiro, e não conseguiu contê-lo. Segurei seus ombros, enquanto se sacudia, depois lhe dei água e um lenço limpo com que enxugar a boca e os olhos. Caiu de volta nos travesseiros, ofegante e exausta.

— Está falando muito — eu disse.

Ela sacudiu a cabeça.

— Tenho de falar! Só tenho o senhor e Caroline com quem discutir isso, e ela e eu temos falado em um círculo vicioso. Contou-me coisas, ontem, coisas extraordinárias! Não acreditei! Ela disse que Roderick tem se comportado quase como um louco. Que o seu quarto foi queimado antes disso. Que mostrou as marcas ao senhor. Mostrou?

Movi-me constrangido.

— Mostrou-me algo, sim.

— E não me contaram, nenhum dos dois?

— Não quisemos causar-lhe inquietação. Queríamos poupá-la o máximo que pudéssemos. Naturalmente, se eu tivesse alguma ideia de que o estado de Roderick levaria a algo assim...

Sua expressão tornou-se ainda mais infeliz.

— Diz "seu estado", então sabia que ele estava doente.

— Sabia que ele não estava bem — repliquei. — Para ser franco, suspeitei que estivesse muito mal. Mas lhe fiz uma promessa.

— Ele o procurou, acho, e lhe contou uma história sobre esta casa. Sobre ter uma coisa nela, que queria lhe fazer mal? É verdade?

Hesitei. Ela percebeu e disse com humilde severidade:

— Por favor, seja franco comigo, doutor.

Portanto, eu disse:

— Sim, é verdade. Lamento. — E lhe contei tudo o que tinha acontecido: o acesso de pânico de Rod em meu dispensário, sua história bizarra e assustadora, seu mau humor e irritação desde então, as ameaças implícitas em algumas de suas palavras...

Ela escutou em silêncio — estendendo sua mão, depois de um momento, e cegamente pegando a minha. Suas unhas, percebi, estavam enrugadas e velhas, e ainda sujas de fuligem. Suas juntas estavam marcadas pelas brasas, cicatrizes que pareciam um eco das do seu filho. Seu punho apertava-se mais quanto mais ficava sabendo e, quando terminei de falar, olhou para mim como se perplexa.

— Meu pobre querido menino! Eu não fazia ideia. Ele nunca foi forte como o seu pai, eu sabia disso. Mas pensar em sua mente enfraquecendo dessa maneira! Ele realmente... — Levou a outra mão ao peito. — Ele falou realmente assim contra Hundreds? Contra mim?

— Está vendo? — repliquei. — Foi justamente por isso que hesitei lhe contar. Ele estava fora de si quando disse essas coisas. Ele não sabia o que estava dizendo.

Ela pareceu não me ouvir.

— Pode ser verdade que ele nos odeie tanto? Esta é a razão do que aconteceu?

— Não, não. Claramente é a tensão...

Ela me olhou mais perplexa do que nunca.

— Tensão?

— A casa, a fazenda. O trauma de seu acidente. Seu tempo servindo. Quem pode saber? Tem importância o que causou?

Mais uma vez, ela pareceu não estar escutando. Agarrou meus dedos e disse, como se realmente angustiada:

— Diga-me, doutor: sou a culpada?

A pergunta e a força emocional óbvia por trás dela me surpreenderam.

— É claro que não — respondi.

— Mas sou a sua mãe! Esta é a casa dele! Para isso ter acontecido... não é natural. Não está certo. Devo ter-lhe faltado de alguma maneira. Faltei? Suponha que tenha havido alguma coisa, Dr. Faraday...

Afastou a mão e baixou os olhos, como se envergonhada.

— Suponha que tenha havido uma coisa — prosseguiu ela — que tenha se intrometido no caminho dos meus sentimentos por ele, quando era menino. Uma sombra de inquietação, de aflição. — Sua voz enfraqueceu. — Acho que sabe que tive outro bebê, antes de Caroline e Roderick nascerem. Minha filhinha, Susan.

Balancei a cabeça.

— Eu me lembro. Lamento.

Ela fez um gesto, virou a cabeça, reconhecendo minha simpatia, mas também a dispensando, como se não fosse relevante para o seu sofrimento. Falou da mesma maneira prosaica de antes:

— Ela foi o meu verdadeiro amor. Isso lhe parece estranho? Nunca pensei, quando era jovem, que me apaixonaria por minha própria filha, mas ela e eu éramos como namoradas. Quando ela morreu, senti por muito tempo que deveria ter morrido com ela. Talvez eu tenha... As pessoas me diziam que a maneira mais rápida de superar a perda de um filho é ter outro, o mais rápido possível. Minha mãe me disse isso, minha sogra, minhas tias, minha irmã... E então, quando Caroline nasceu, disseram mais uma coisa. Disseram: "Bem, naturalmente, uma menina a fará se lembrar da que perdeu, deve tentar de novo, deve tentar um menino. Uma mãe sempre ama seus filhos..." E depois de Roderick: "Ora, qual o problema com você? Não sabe que pessoas da nossa classe não fazem estardalhaço? Aqui está você, em sua bela casa, com seu marido que fez a guerra e dois filhos saudáveis. Se não consegue ser feliz com isso, deve simplesmente parar de reclamar..."

De novo, tossiu, e enxugou os olhos. Falei quando a tosse cedeu:

— Deve ter sido muito difícil para a senhora.

— Mais difícil para os meus filhos.

— Não diga isso. O amor não é uma coisa que possa ser pesada e medida, certo?

— Talvez tenha razão. E ainda assim... eu *amo* meus filhos, doutor, amo-os de fato. Mas como às vezes o amor me pareceu uma coisa inerte, semimorta! Porque estive semimorta, entende... Caroline, acho, não foi prejudicada. Roderick sempre foi o sensível. Teria ele crescido sentindo uma espécie de falsidade em mim e me odiando por isso?

Pensei em como o próprio Rod tinha falado na noite do incêndio. Lembrei-me dele dizendo que ele e sua irmã tinham decepcionado sua mãe simplesmente por terem nascido. Mas a sua expressão, agora, era de muita angústia, e eu já tinha lhe contado muita coisa. Do que adiantaria partilhar também isso com ela? Portanto peguei sua mão e disse, com firmeza:

— Está fantasiando. Está doente e cansada. Uma perturbação chama milhares de outras, é só isso.

Ela me encarou, querendo acreditar em mim.

— Acha realmente?

— Tenho certeza. Não deve ficar cismando coisas do passado. A questão agora não é o que fez Rod adoecer, mas sim como fazer para que se restabeleça.

— Mas e se for algo profundo demais para isso? E se ele não puder se curar?

— É claro que pode. Está falando como se ele fosse um caso perdido! Com o tratamento apropriado...

Ela sacudiu a cabeça, recomeçando a tossir.

— Não podemos cuidar dele aqui. Simplesmente não temos força para isso, Caroline e eu. Não se esqueça de que já passamos por isso.

— Então, quem sabe uma enfermeira?

— Não creio que uma enfermeira consiga enfrentá-lo!

— Oh, mas certamente...

Seu olhar desviou-se do meu. Falou como se se sentisse culpada:

— Caroline me disse que o senhor falou de um hospital.

Depois de uma leve pausa, repliquei:

— Sim. A uma certa altura, esperei ser capaz de persuadir Rod a se internar. O lugar que eu tinha em mente era uma casa de saúde particular especializada. Para distúrbios mentais, como esse.

— Distúrbios mentais — repetiu ela.

— Não deixe que a expressão a alarme demais — interferi rapidamente. — Abrange todos os tipos de estado mental. A clínica fica em Birmingham e é muito discreta. Mas não é barata. Mesmo com a pensão por invalidez de Rod, receio que as taxas sejam altas. Talvez, afinal, uma enfermeira de confiança, aqui em Hundreds, fosse a melhor opção...

— Estou assustada, Dr. Faraday — disse ela. — Uma enfermeira não poderia fazer muito. Suponha que Roderick deflagre outro incêndio. Na próxima vez, talvez ele consiga destruir Hall ou se matar... ou matar sua irmã, ou a mim, ou uma das criadas! Pensou nisso? Imagine qual seria a consequência! Inquéritos, policiais, jornalistas, todos a sério dessa vez, não como aquela história infame com Gyp. E o que será dele, então? Até onde qualquer um sabe, o incêndio foi um acidente e Roderick sofreu a parte pior. Se o mandarmos embora agora, podemos dizer que simplesmente o estamos afastando do inverno de Warwickshire para que se recupere. Concorda? Estou lhe pedindo agora como nosso amigo, além de nosso médico. Por favor, nos ajude. Foi tão bom conosco antes.

Percebi o sentido das suas palavras. Eu estava muito consciente de que já tinha tentado influenciar Rod, com resultados quase desastrosos. Certamente não lhe faria mal nenhum se afastar da propriedade por algum tempo. Foi o que eu tinha querido para ele desde o começo. E ainda assim, havia uma grande diferença entre encorajá-lo a se internar em uma clínica e levá-lo à força.

— Certamente é uma opção — eu disse. — Naturalmente, terei de chamar outro médico, ouvir uma segunda opinião. Mas não devemos agir com pressa demais. Esse incidente foi muito aterrador, e pode surtir o efeito de tirá-lo de sua ilusão. Ainda não acredito...

— Ainda não o viu — falou ela com um sussurro, me interrompendo.

Assumiu aquela expressão estranha como a de Caroline. Depois de um instante, repliquei:

— Não, ainda não.

— Vá e fale com ele, agora, sim? Depois venha me dizer o que acha. Espere um pouco.

Tinha me levantado e ela fez sinal para que me sentasse de novo. E enquanto eu observava, ela foi até o armário do lado da cabeceira de sua cama e pegou algo na gaveta. Era uma chave.

Relutantemente, estendi a mão.

O quarto em que o tinham colocado era o seu quando garoto: quarto em que, suponho, teria dormido nas férias escolares, e depois, em suas breves licenças da Força Aérea, antes do acidente. Ficava no patamar do da sua mãe, separado somente por seu antigo quarto de vestir, e foi horrível pensar nele ali todo esse tempo — horrível, também, bater na sua porta, chamar seu nome e, então, como não recebi resposta, colocar a chave na fechadura como um carcereiro. Não sei o que esperava encontrar quando entrei. Não me surpreenderia se ele se me atacasse buscando sua liberdade. Quando abri a porta, lembro de ter me retraído, preparando-me para a sua ira e agressão.

Mas aquilo com que me deparei foi, de certa maneira, muito pior. As cortinas estavam puxadas pela metade e o quarto estava na penumbra. Levei um tempo para ver que Rod estava sentado na cama, usando um pijama listrado e um velho roupão azul, e em vez de se precipitar para abrir a porta, observou, muito quieto, eu me aproximar. Tinha uma mão na boca, os dedos fechados em um punho frouxo, e passava rapidamente a unha do polegar no lábio. Apesar da pouca luz e da distância, pude ver como estava mal. Chegando mais perto, discerni o amarelado oleoso de seu rosto e seus olhos inchados, irritados. Parecia haver restos de fuligem nos poros de sua pele e no óleo de seu cabelo sem lavar. A barba estava por fazer, o pelo crescendo em partes por causa das cicatrizes; sua boca estava sem cor, seus lábios, contraídos. Também fiquei impressionado com o *odor* que exalava: odor de fumaça, transpiração e hálito azedo. Debaixo da cama havia um urinol, que claramente tinha sido usado recentemente.

Manteve os olhos no meu rosto quando me aproximei, mas não respondeu quando falei com ele. Somente quando me sentei do seu lado, abri minha maleta e separei as lapelas do seu roupão e de seu pijama para auscultar o seu peito foi que ele rompeu o silêncio. E o que disse foi:

— Pode ouvi-lo?

Sua voz tinha apenas um resquício da rouquidão. Eu o inclinei à frente para auscultar suas costas.

— Ouvir o quê?

Sua boca estava perto do meu ouvido.

— Você sabe o quê — replicou ele.

— Tudo o que sei é que você, assim como sua mãe e sua irmã, inspiraram uma grande quantidade de fumaça na outra noite. Quero me certificar de que não lhe fez mal.

— Me fazer mal? Ah, ele não faria isso. Ele não quer isso. Não mais.

— Pode ficar em silêncio por um momento, por favor?

Movi a lâmpada. Seu coração estava acelerado e seu peito estava comprimido, mas não encontrei nenhum sinal de inflamação nos pulmões, de modo que o deitei de novo e fechei o pijama e o roupão. Ele permitiu que eu fizesse isso, mas seu olhar desviou-se e logo voltou a pôr a mão na boca e a passar o dedão no lábio.

— Rod — eu disse —, esse incêndio assustou terrivelmente todo mundo. E parece que ninguém sabe como começou. Do que você se lembra? Pode me dizer? — Ele pareceu não escutar. — Rod?

Seu olhar voltou para o meu e ele franziu o cenho, ficando impaciente.

— Já disse a todo mundo! Não me lembro de absolutamente nada. Só de você estar lá, depois me lembro de Betty chegando e Caroline me colocando na cama. Tive um sonho, acho.

— Que tipo de sonho?

Continuava mexendo na boca.

— Só um sonho. Não sei. Que importância tem?

— Talvez tenha sonhado, digamos, com estar se levantando. Estar acendendo um cigarro ou uma vela.

Sua mão se imobilizou. Olhou para mim, incrédulo.

— Não pode estar tentando concluir que foi um acidente!

— Não sei o que pensar, ainda.

Mexeu-se na cama, ficando cada vez mais agitado.

— Eu já disse! Até mesmo Caroline viu que não foi um acidente! Havia vários focos de fogo, ela disse. Disse que aquelas outras marcas no meu quarto também eram de fogo. Pequenas brasas que não pegaram.

— Não temos certeza — eu disse. — Talvez nunca saibamos.

— *Eu* sei. Eu sabia, naquela noite. Eu disse, não disse?, que uma peça maldosa estava para acontecer. Por que me deixou sozinho? Não viu que eu não era forte o bastante?

— Rod, por favor.

Mas agitava-se, agora, como se não conseguisse controlar seus próprios movimentos. Parecia um homem com *delirium tremens*. Era horrível de se ver.

Por fim segurou o meu braço.

— E se Caroline não tivesse chegado a tempo? — disse ele. Seus olhos estavam inflamados em sua face. — A casa seria totalmente destruída pelo fogo! Minha irmã, minha mãe, Betty...

— Ora, Rod. Acalme-se.
— Acalmar-me? Sou praticamente um assassino!
— Não seja tolo.
— É isso o que estão dizendo, não é?
— Ninguém está dizendo nada.
Ele torceu a manga do meu paletó.
— E têm razão, não entende? Achei que poderia manter essa coisa a distância, impedir a infecção. Mas sou fraco demais. A infecção está há tempo demais dentro de mim. Está me *mudando*. Está me tornando *igual* a ele. Achei que o estava mantendo longe de minha mãe e de Caroline. Mas o tempo todo, ele esteve agindo *através* de mim, como uma maneira de atingi-las. Esteve... O que está fazendo?

Tinha me afastado dele para buscar minha maleta. Viu-me pegando um tubo de comprimidos.

— Não! — gritou ele, agitando a mão, derrubando o tubo com violência. — Nada desse tipo! Não percebe? Está querendo ajudá-lo? É isso o que quer fazer? Eu não posso dormir!

O tapa da sua mão na minha e o óbvio desvario de suas palavras me assustaram. Mas olhei apreensivo para os seus olhos e disse:

— Você não tem dormido? Desde a noite de anteontem? — Segurei o seu pulso. Sua pulsação continuava acelerada.

Soltou-se de mim.

— Como poderia? Já foi ruim o bastante antes.
— Mas Rod — eu disse —, você tem de dormir.
— Não posso me arriscar! E nem você se atreveria, se soubesse como é. Na noite passada, ouvi barulhos. Achei que tinha alguma coisa na porta, alguma coisa arranhando, querendo entrar. Então percebi que o barulho estava *dentro de mim*, que a coisa que estava arranhando dentro de mim, tentando sair. Está esperando, entende. Tudo bem elas me trancafiarem, mas se eu adormecer...

Não concluiu, mas olhou para mim com o que, evidentemente, pensava ser um significado terrível. Então, puxou os joelhos, pôs a mão na frente da boca e recomeçou a mexer no lábio. Saí da cama para catar os comprimidos que ele derrubara pelo chão. Percebi que minha mão estava tremendo, pois tinha finalmente me dado conta do quão profundamente imerso em sua ilusão estava ele. Levantei-me e olhei impotente para ele, depois olhei em volta, vendo os pequenos símbolos trágicos do garoto encantador e cheio de vida que ele deveria ter sido: a estante de livros de aventuras ainda ali, os troféus e medalhas, mapas da Força Aérea, com anotações acrescentadas com uma letra adolescente irregular... Quem poderia ter imaginado esse declínio? Como teria acontecido? De súbito, me pareceu que a sua mãe devia ter razão: nenhuma intensidade de tensão ou peso explicaria isso. Teria de haver mais alguma coisa na raiz de seu estado, alguma pista ou sinal que eu não conseguia ver.

Voltei para a cama e olhei seu rosto. Mas acabei desviando o olhar, derrotado.

— Tenho de deixá-lo, Rod — eu disse. — Queria muito não precisar ir. Posso pedir a Caroline para ficar com você?

Ele negou com a cabeça.

— Não, não deve fazer isso.

— Há mais alguma coisa que eu possa fazer?

Olhou para mim, pensando. Quando tornou a falar, sua voz tinha mudado e ele de repente mostrou-se tão cordial e apologético quanto o garoto que eu tinha imaginado alguns momentos antes.

— Deixaria eu fumar um cigarro? Não me permitem quando estou sozinho. Mas se ficar comigo enquanto fumo, tudo bem, não?

Dei-lhe um cigarro e o acendi para ele — ele não o acenderia com as próprias mãos. Girou os olhos e cobriu o rosto com a mão enquanto eu riscava o fósforo. Fiquei com ele enquanto, chiando ligeiramente, fumou todo o cigarro. Ao terminar, deu-me a guimba, para que eu a levasse.

— Não esqueceu os fósforos? — perguntou apreensivamente quando me levantei. Tive de lhe mostrar a caixa e fazer uma espécie de pantomima de guardá-la de novo no bolso, antes que ele me deixasse ir embora.

E então, o mais pungente de tudo, ele insistiu em ir até a porta comigo para se certificar de que, depois de eu sair, a trancaria. Saí duas vezes, a primeira para levar o urinol ao banheiro, onde o esvaziei e lavei. Porém, mesmo para essa rápida saída, insistiu para que eu o trancasse, e quando retornei, encontrei-o do outro lado da porta, como se perturbado pelo vai e vem. Antes de eu sair pela segunda vez, peguei sua mão — mas, de novo, o atraso pareceu só servir para agitá-lo, seus dedos ficaram inertes na minha mão e o seu olhar desviou-se nervosamente do meu rosto. Quando finalmente fechei a porta, o fiz com firmeza e girei a chave com determinação, de modo que não restasse nenhuma dúvida sobre isso. Mas quando me afastava silenciosamente, ouvi o rangido da fechadura e, ao olhar para trás, vi a maçaneta se movendo e a porta se mexendo em sua moldura. Ele estava se certificando de que não podia sair. A maçaneta girou duas ou três vezes e parou. A visão disso, acho, inquietou-me mais do que qualquer outra coisa.

Devolvi a chave para a sua mãe. Ela percebeu como eu estava chocado e aflito. Ficamos em silêncio por um momento, depois, em voz baixa, e desanimada, começamos a conversar sobre as providências que deveriam ser tomadas para levá-lo.

Foi tudo muito simples, no fim das contas. Levei primeiro David Graham para confirmar que Rod estava além de uma ajuda clínica comum, depois o diretor da clínica — um certo Dr. Warren — veio de Birmingham para examiná-lo pessoalmente e tratar da papelada necessária. Isso foi no domingo daquela semana, quatro dias depois da noite do incêndio. Rod tinha ficado sem dormir esse tempo todo, recusando violentamente minhas tentativas de sedá-lo, e tinha passado para um estado quase histérico que, creio eu, chocou até mesmo Warren. Eu não sabia como ele receberia a notícia de que planejávamos interná-lo no que efetivamente era um hospital psiquiátrico. Para meu grande alívio — e também, em certo sentido, para a minha consternação — mostrou-se pateticamente grato. Agarrando, em desespero, a mão de Warren, disse:

— Lá, vai me vigiar, não vai? Não vai sair nada de mim se estiverem me vigiando. E se sair, bem, a culpa não será minha se alguma coisa acontecer, se alguém se machucar, será?

Sua mãe estava lá, no quarto, enquanto ele falava essas coisas sem nexo. Ela ainda estava muito fraca e com o peito chiando muito, mas tinha se levantado e se vestido para receber o Dr. Warren. Ao perceber como a visão de Roderick nesse estado a perturbava, levei-a lá para baixo. Fomos ao encontro de Caroline, na pequena sala, e Warren desceu alguns minutos depois.

— É terrivelmente triste — disse ele, sacudindo a cabeça. — Terrivelmente triste. Vi em seu histórico que Roderick foi tratado de depressão nervosa nos meses seguintes a seu acidente. Mas não houve nenhum indício, naquele tempo, de um grave desequilíbrio mental? E não aconteceu nada para desencadear esta crise? Uma perda de algum tipo? Outro choque?

Eu já tinha, por carta, relatado o caso. Estava claro que ele sentia — como, no fundo, eu também — que estava faltando alguma coisa, que nenhum jovem essencialmente saudável como Roderick poderia ter deteriorado tão gravemente e tão rapidamente sem algum motivo. Contamos de novo para ele sobre as ilusões de Rod, seus pânicos, as marcas intrigantes nas paredes de seu quarto. Descrevi a carga excessiva que tinha sido obrigado a assumir ultimamente, como proprietário e senhor das terras.

— Talvez nunca cheguemos à verdadeira raiz do problema — disse ele, por fim. — Mas, como seu clínico, está definitivamente preparado para colocá-lo aos meus cuidados?

Respondi que estava.

— E como sua mãe, Sra. Ayres, também é seu desejo que o leve?

Ela confirmou com um movimento da cabeça.

— Nesse caso, acho que o melhor que tenho a fazer é levá-lo comigo já. Eu não tinha planejado fazer assim. Pretendi vir apenas para examiná-lo, e retornaria, com a assistência apropriada, alguns dias depois. Mas o meu motorista é competente, e tenho certeza de que não se incomodarão se eu disser que não estão fazendo nenhum bem a Roderick mantendo-o aqui. Ele certamente parece disposto a vir comigo.

Ele e eu cuidamos da papelada enquanto a Sra. Ayres e Caroline subiam a escada, com tristeza, para arrumar as coisas de Rod, e buscá-lo. Quando o trouxeram, desceu a escada fazendo pausas, como um velho. Elas o tinham vestido com suas roupas comuns e seu sobretudo de tweed, mas estava tão magro e debilitado que as roupas pareciam ser de um tamanho três vezes maior do que o seu. Sua coxeadura estava muito pronunciada — tanto quanto havia seis meses, de modo que pensei, com desalento, em todas as horas de tratamento perdidas. Caroline tinha tentado barbeá-lo, mas o tinha feito mal: havia cortes em seu queixo. Seus olhos escuros estavam irrequietos e suas mãos continuavam agitadas indo à boca para puxar seus lábios.

— Vou realmente com o Dr. Warren? — perguntou-me. — Mamãe disse que eu vou.

Respondi que ele ia e o levei à janela para lhe mostrar o belo Humber Snipe preto de Warren estacionado lá fora, com o seu motorista do lado, fumando um cigarro. Ele olhou o carro com tal interesse, de uma maneira comum, pueril — chegando, até mesmo, a se virar para perguntar ao Dr. Warren sobre o motor — que, por um segundo, voltou a ser ele mesmo, como tinha sido por semanas, e tive um momento atordoante de dúvida em relação a todo aquele caso sombrio.

Mas era tarde demais. Os papéis foram assinados e o Dr. Warren estava pronto para partir. Roderick foi ficando nervoso quando saímos para nos despedirmos. Retribuiu afetuosamente o abraço de sua irmã e me deixou apertar a sua mão. Mas quando a sua mãe o estava beijando na face, seus olhos agitaram-se de novo.

— Onde está Betty? — perguntou ele. — Devo me despedir de Betty também, não devo?

Ameaçou ficar tão agitado por causa disso que Caroline correu para a cozinha e buscou Betty. A garota ficou timidamente na frente de Roderick, que balançou a cabeça para ela.

— Vou ficar fora por algum tempo, Betty — disse ele. — Portanto será menos um de quem cuidar. Mas vai manter meu quarto arrumado e limpo enquanto eu estiver fora?

Ela hesitou, olhou rapidamente para a Sra. Ayres e replicou:

— Sim, Sr. Roderick.

— Boa garota. — Sua pálpebra estremeceu, em uma piscadela quase imperceptível. Tateou os bolsos por um momento e percebi que, absurdamente, ele procurava uma moeda.

— Pode ir, Betty — interferiu sua mãe, em tom baixo. A garota, obviamente grata, foi para dentro. Rod observou-a ir, ainda remexendo nos bolsos, a testa enrugada em uma carranca. Com receio que ele se agitasse de novo, Warren e eu nos adiantamos e o levamos para o carro.

Mas ele se acomodou no banco traseiro sem resistir. O Dr. Warren apertou a minha mão. Voltei para perto da Sra. Ayres e Caroline, e ali fiquei até o Snipe atravessar os cascalhos e ficar fora de vista.

Isso tudo aconteceu, como já disse, em um domingo, na ausência da Sra. Bazeley. O quanto ela sabia do estado de Roderick — o quanto tinha percebido por si mesma ou tomado conhecimento por Betty — não sei. A Sra. Ayres informou-lhe que Roderick tinha saído do condado para "ficar com amigos": esta foi a história que divulgou, e quando alguém me perguntava sobre isso, eu respondia apenas que, ao examiná-lo depois do incêndio, aconselhei-o a tirar umas férias para curar seus pulmões. Ao mesmo tempo, contraditoriamente, estava determinado a minimizar o incêndio. Não queria que os Ayres sofressem qualquer tipo de escrutínio especial e até mesmo para pessoas como os Desmond e os Rossiter, que conheciam bem a família, contei um misto de mentiras e meias verdades, com a intenção de desviar a sua atenção dos fatos. Não sou um homem naturalmente dissimulado, e a tensão ao evitar falatórios foi, às vezes, cansativa. Mas esses foram tempos agitados para mim em outro sentido, pois — ironicamente em parte como resultado do sucesso do meu papel no tratamento de Rod — tinha sido, recentemente, convidado a me tornar membro do comitê de um hospital e assumi uma grande quantidade de novas obrigações. O trabalho extra, na verdade, foi uma distração bem-vinda.

Uma vez por semana, durante o resto do mês, levei a Sra. Ayres e Caroline para visitar Roderick na clínica de Birmingham. Era uma viagem triste, e não ajudava nada a clínica se localizar em um subúrbio da cidade que tinha sido bombardeado violentamente na guerra. Não estávamos acostumados com ruínas e estradas destroçadas em Lidcote, e a visão das casas esburacadas, com suas janelas quebradas, ascendendo etéreas pelo que parecia ser uma cerração perpétua, nunca deixou de nos deprimir. Mas as visitas não foram um grande sucesso por outras razões. Roderick estava nervoso e nada comunicativo, e a suposta ocasião agradável para nos mostrar o entorno, passeios no jardim desfolhado invernal, para sentarmos a uma mesa e tomarmos um chá em uma sala cheia de outros homens letárgicos ou de olhar desvairado parecia enchê-lo de vergonha. Uma ou duas vezes, no começo, ele perguntou sobre a propriedade, querendo saber como ia a fazenda. Com o tempo, entretanto, pareceu perder o interesse pela situação de Hundreds. Mantínhamos a conversa, tanto quanto podíamos, em torno de assuntos neutros, sobre a cidade, mas por algumas coisas que ele dizia, ficou óbvio para mim — e deve ter ficado claro também para a sua mãe e para a sua irmã — que o assunto de que falávamos lhe era chocantemente indiferente. Uma vez, ele perguntou de Gyp. Caroline disse, em tom assustado: "Mas Gyp morreu. Sabe disso, Rod." E ao ouvir isso ele girou os olhos, como se fazendo um esforço para se lembrar, e disse: "Ah, sim. Houve um problema, não houve? E Gyp se machucou? Pobre animal."

Parecia estar internado havia anos e não semanas, de tão apático e sombrio que estava seu pensamento, e depois da nossa terceira visita, logo antes do Natal, quando chegamos e nos deparamos com a clínica enfeitada com correntes e guirlandas de papel cor de barro, e os homens com pequenas coroas de papelão ridículas na cabeça, e Roderick mais vago e inerte do que nunca, fiquei feliz ao ser levado para o lado, pelo assistente do Dr. Warren, e ouvir um relatório do seu progresso.

— Ele não está reagindo tão mal, de jeito nenhum — disse o homem. Era mais jovem do que o Dr. Warren, com maneiras ligeiramente mais animadas. — De qualquer maneira, parece ter-se livrado da maior parte de suas ilusões. Temos conseguido dar-lhe um pouco de bromidrato de lítio, o que ajudou. Certamente está dormindo melhor. Gostaria de poder dizer que o seu caso é um caso isolado, mas, como acho que notou, temos muitos pacientes de sua idade: dipsomaníacos, casos nervosos, homens ainda alegando "fadiga de batalha"... Tudo faz parte do mal-estar geral pós-guerra, na minha opinião, todos essencialmente o mesmo problema, embora afete os indivíduos de maneira diferente, dependendo da personalidade. Se Rod não fosse o garoto que ele foi, com a formação que teve, poderia ter se voltado para o jogo ou para mulheres... ou para o suicídio. Ele ainda gosta de ser trancado em seu quarto à noite. Esperamos dissuadi-lo disso. Não notou muita diferença nele, mas, bem... — Ele pareceu embaraçado. — Bem, a razão de tê-los chamado é que penso que a visita de vocês o faz regredir. Ele continua convencido de que representa um perigo para a sua família, acha que deve manter esse perigo sob controle e o esforço o deixa exausto. Quando não há ninguém aqui que o faça se lembrar da sua família, ele é um homem diferente, muito mais animado. As enfermeiras e eu o temos observado, e todos sentimos a mesma coisa.

Estávamos na sua sala, que tinha uma janela que dava para o pátio da clínica, e pude ver a Sra. Ayres e Caroline voltando para o meu carro, curvadas e encapotadas para se protegerem do frio.

— Bem, as visitas — eu disse — também criam tensão na sua mãe e na sua irmã. Certamente poderei dissuadi-las de virem, se preferir, e virei sozinho.

Ofereceu-me um cigarro de uma caixa em sua mesa.

— Para ser franco, acho que Rod preferiria que *todos* vocês ficassem longe por um certo tempo. Vocês trazem de volta seu passado, e muito vividamente. Temos de pensar no seu futuro.

— Mas certamente... — falei, com minha mão em cima da caixa. — Sou o seu médico. E afora isso, ele e eu somos bons amigos.

— A verdade é que Rod pediu, especificamente, para ser deixado sozinho por um tempo, por todos vocês. Sinto muito.

Não cheguei a aceitar o cigarro. Despedi-me, e atravessei o pátio para me juntar à Sra. Ayres e a Caroline, e levei-as para casa. Nas semanas seguintes, embora escrevêssemos regularmente a Roderick e recebêssemos respostas ocasionais, nenhuma de suas cartas nos encorajava a fazer outra visita. Seu quarto em Hundreds, com as paredes chamuscadas e teto enegrecido, foi simplesmente fechado. E como a Sra. Ayres agora acordava muitas vezes durante a noite com falta de ar e tossindo, precisando de remédio ou de um inalador a vapor, o antigo quarto de Roderick, próximo ao dela, foi cedido a Betty.

— Faz muito mais sentido, ela dormir aqui conosco — disse-me a Sra. Ayres, com o peito chiando. — E só Deus sabe como a garota merece! Ela tem sido muito boa e leal a nós com todos esses problemas. O subsolo é solitário demais para ela.

Betty, não surpreendentemente, adorou a mudança. Mas eu me peguei um pouco incomodado com isso, e quando olhei o quarto logo depois que ela se mudou, senti-me mais perturbado do que nunca. Os mapas da Força Aérea, os troféus e os livros infantis tinham sido, todos, levados embora, e os seus poucos pertences — anáguas e meias remendadas, a escova de cabelo Woolworth e grampos, os cartões-postais sentimentais, que foram presos na parede — foram de certa maneira o bastante para transformá-lo. Nesse meio-tempo, o lado norte todo da Hall, que Caroline uma vez me descrevera como o "lado dos homens", praticamente nunca era visitado. Ocasionalmente, eu vagava por lá, e os quartos pareciam mortos como membros paralíticos. Logo se tornou estranho e misterioso, como se Rod nunca tivesse sido o senhor da casa — como se, mais completamente do que o pobre Gyp, tivesse desaparecido sem deixar sinal.

8

Com a remoção de Roderick, ficou claro para todos nós que Hundreds tinha iniciado uma nova fase. Em termos puramente práticos, as mudanças ocorreram quase que imediatamente, pois as finanças da propriedade, já extremamente abaladas, foram duramente atingidas pelas taxas da clínica, e foram necessários cortes drásticos nas despesas para se adaptar à nova situação. O gerador, por exemplo, passou a ser habitualmente desligado por dias seguidos, e quando eu ia a Hall naquelas noites invernais, frequentemente encontrava a casa mergulhada quase que completamente na escuridão. Um antigo lampião de bronze era deixado para mim sobre uma mesa situada logo depois de passada a porta da frente, e com ele eu me guiava na casa — lembro que as paredes dos corredores, cheirando a fumaça, pareciam avançar dançando na luz amarela suave, para logo depois recuarem de novo para a sombra. A Sra. Ayres e Caroline estariam na pequena sala lendo ou costurando ou escutando o rádio, à luz de velas ou lampiões a querosene. As chamas eram muito fracas e as forçavam a estreitar os olhos, mas o cômodo parecia uma cápsula luminosa em comparação com a escuridão ao redor. Quando tocavam a campainha chamando Betty, ela vinha com um candelabro antiquado, os olhos arregalados, como uma personagem em uma cantiga infantil. Todas enfrentavam a nova situação com uma coragem surpreendente, que me impressionava. Betty estava acostumada com lampiões e velas, que era a luz com que havia crescido. Também parecia, agora, ter-se habituado com a Hall, como se todos os dramas recentes tivessem servido para fixar o seu lugar na casa, mesmo que tivessem removido Roderick do seu. Caroline alegava gostar do escuro, salientando que, de qualquer maneira, a casa não tinha sido projetada, de jeito nenhum, para a eletricidade, e que, finalmente, estavam vivendo nela como deveriam. Mas pensei ser capaz de ver através de comentários arrogantes como esse e me incomodou terrivelmente ela e sua mãe estarem passando por tal escassez. Minhas visitas tinham se tornado mais raras durante a última e pior fase da doença de Roderick, e então comecei a passar por Hall uma ou duas vezes por semana, muitas vezes levando pequenos presentes, tais como produtos de mercearia e carvão, fingindo, às vezes, que me tinham sido dados por pacientes. O Natal se aproximou — sempre uma data ligeiramente embaraçosa para mim, sendo um homem solteiro. Nesse ano, falou-se em eu passá-lo, como já havia feito algumas vezes, com um ex-colega e sua família em Banbury. Mas então a Sra. Ayres disse algo que me fez perceber que realmente esperavam que eu jantasse com elas em Hundreds. Portanto, comovido, me desculpei com meus amigos de Banbury, e ela, Caroline e eu tivemos um jantar modesto na mesa de mogno comprida, na sala de jantar com sua corrente de ar — servindo nós mesmos a carne, enquanto Betty, pela primeira vez, passava um dia e uma noite com seus pais.

Mas esse foi outro efeito da ausência de Roderick. Reunidos ali, dessa maneira, não creio que algum de nós tenha deixado de se lembrar da última vez que havíamos nos sentado à mesa, algumas horas antes do incêndio, quando o próprio Rod havia lançado uma sombra tão desagradável e melancólica sobre a refeição. Em outras palavras, não creio que nenhum de nós tenha conseguido evitar uma sensação culpada de alívio com a remoção dessa sombra. Não havia a menor dúvida de que sua mãe e sua irmã sentiam saudade de Rod, e uma saudade pungente. A Hall, às vezes, parecia terrivelmente silenciosa e sem vida, com somente as três mulheres silenciosas. Mas a vida ali tornara-se, inegavelmente, menos tensa, também. E no que tange aos negócios, apesar de toda a obsessão de Rod pela propriedade, o fato de ele não mais estar lá para administrá-la parecia — como Caroline, me lembrei, havia previsto —, espantosamente, fazer pouca diferença. As coisas continuaram instáveis. Talvez menos. A própria Caroline pediu a banqueiros e corretores relatórios para substituir os que haviam se perdido no fogo, e descobriu o estado calamitoso a que as finanças da família tinham chegado. Teve uma conversa longa e franca com a mãe e deram início a essas economias de combustível e luz. Ela vasculhou a casa toda procurando o que poderia ser vendido e, logo, fotos, livros e móveis considerados peças inferiores, que tinham sido conservados por motivos sentimentais, foram enviadas a *marchands* em Birmingham. Talvez o mais drástico tenha sido o prosseguimento das negociações com o conselho do condado sobre a venda das terras de Hundreds Park. O negócio foi fechado no Ano-Novo, e dois ou três dias depois, ao entrar com o carro pelos portões a oeste, fiquei consternado ao ver o construtor, Babb, examinando o lugar com dois inspetores, já demarcando o solo. A escavação começou logo em seguida e os primeiros canos e alicerces foram rapidamente colocados. Da noite para o dia, uma seção do muro que delimitava Hundreds foi demolida, e da estrada que corria do lado da brecha podia-se ver, diretamente do outro lado do parque, Hall. A casa, de certa maneira, parecia mais remota, achei, ainda que estranhamente mais vulnerável do que parecia com seu muro intacto.

Caroline claramente pensava o mesmo.

— Mamãe e eu nos sentimos horrivelmente expostas — lembro-me de ela ter dito quando as visitei certo dia em meados de janeiro. — É como se estivéssemos permanentemente de combinação no lado de fora da casa, como em um pesadelo. Mas tomamos uma decisão, e pronto. Tivemos notícias do Dr. Warren, de novo, hoje de manhã, sabe, e Rod não está melhor. Parece-me que está pior. O fato puro e simples é que ninguém sabe quando estará em condições de voltar para casa. O dinheiro dessa venda vai nos sustentar pelo resto do inverno e a canalização da água vai se estender até a fazenda. Isso vai mudar tudo, Makins diz.

Passou a mão nos olhos, suas pálpebras se enrugando.

— Sei lá. É tudo tão incerto. — Estávamos na pequena sala, esperando sua mãe descer, e ela fez um gesto de impotência e desesperança para a escrivaninha da Sra. Ayres, que estava sendo usada para a correspondência da propriedade, e que estava coberta de cartas e plantas. — Juro — prosseguiu ela — que essa coisa é como hera. Decididamente dá arrepios! Para cada carta que mando para o conselho do condado, pedem mais duas cópias. Comecei a *sonhar* em triplicata.

— Está parecendo seu irmão — falei, alertando-a.

Ela mostrou-se assustada.

— Não diga isso! Mas pobre Roddie. Agora entendo como os negócios o consumiam. É como o jogo: a aposta seguinte sempre promete virar a sua sorte. Mas dê uma olhada aqui. — Arregaçou o punho da sua suéter e me mostrou o braço. — Por favor, me belisque se me pegar falando como ele de novo, está bem?

Estendi a mão e peguei seu pulso, mas em vez de beliscá-lo, sacudi-o delicadamente, pois não havia pele suficiente para ser beliscada. Seu braço moreno e sardento estava magro como o de um menino, sua mão benfeita dava a impressão de maior, porém estranhamente mais feminina. Ao sentir o osso de seu pulso mover-se suavemente na palma da minha mão, quando o retirou, experimentei uma ligeira e estranha excitação em relação a ela. Ela me olhou, sorrindo, mas eu segurei as pontas dos seus dedos por um segundo e falei seriamente:

— Vai ter cuidado, não vai, Caroline? Não se sobrecarregue. Ou deixe-me ajudá-la.

Ela soltou os dedos, timidamente, e cruzou os braços.

— Ajuda-nos bastante fazendo o que faz. Para ser franca, não sei como teríamos aguentado os últimos meses sem a sua ajuda. Conhece todos os nossos segredos. Você e Betty. Que curioso, isso! Mas é seu trabalho conhecer segredos, suponho, e o dela também, de certa maneira.

— Espero ser seu amigo, e não somente seu médico — repliquei.

— Ah, e é — replicou ela automaticamente. Então, refletiu e repetiu, com mais afeição e convicção: — Você é. Só Deus sabe *por que*, já que não passamos de uma chateação e já tem seus pacientes para aborrecê-lo. Não está cansado de chateações?

— Gosto de todas as minhas chateações — falei, começando a sorrir.

— Para mantê-lo ocupado.

— Algumas são definitivamente boas para a profissão. De outras gosto por elas mesmas. Mas são com elas que tendo a me preocupar. Preocupo-me com você.

Coloquei uma leve ênfase no "você" e ela riu, mas pareceu surpresa de novo.

— Deus do céu, por quê? Estou bem. Estou sempre bem. Esse é o meu "segredo", não sabia?

— Hummm — repliquei. — Essas palavras me soariam mais convincentes se você não estivesse parecendo tão cansada ao proferi-las. Por que pelo menos não...

Ela inclinou a cabeça.

— Por que não o quê?

Pensava em levantar esse assunto com ela havia semanas, mas o momento oportuno nunca acontecia. Agora, falei depressa:

— Bem, por que não ter outro cachorro?

No mesmo instante, sua expressão mudou, pareceu se fechar. Virou-se.

— Não quero fazer isso.

— Estive na Pease Hill Farm, na segunda-feira — prossegui. — Têm um filhote de golden retriever, uma cadelinha linda. — Ao perceber a sua resistência, falei afavelmente: — Ninguém acharia que está substituindo Gyp.

Mas ela sacudiu a cabeça.

— Não é isso. O animal... não seria seguro.

Olhei para ela espantado.

— Não seria seguro? Para você? Para a sua mãe? Não deve deixar que o que aconteceu com Gillian...

— Não foi isso o que eu quis dizer — disse ela. Acrescentou, com relutância: — Referi-me a não ser seguro para o cachorro.

— Para o cachorro!

— Estou sendo uma tola, acho. — Desviou o rosto. — É só que às vezes não consigo evitar pensar em Roddie e em tudo o que ele disse sobre esta casa. Nós o mandamos para essa clínica, não foi? Nós o mandamos embora porque era mais fácil isso do que escutá-lo como deveríamos. Cheguei quase a detestá-lo, sabe, naquelas últimas semanas. Mas suponha que tenha sido o nosso odiá-lo, o nosso não escutá-lo que o tenha feito adoecer. Suponha...

Tinha baixado os punhos de sua malha e a manga quase cobriu suas juntas. Mexeu nos punhos, puxando-os ainda mais, encontrando uma falha na lã, conseguiu enfiar o polegar por ela. Disse em voz baixa:

— Às vezes, esta casa me parece *realmente* mudada, sabe. Não sei se esta é a maneira que passei a me sentir em relação a ela ou se é a maneira como ela se sente em relação a mim, ou... — Percebeu o meu olhar e sua voz mudou. — Deve estar me achando louca.

Falei após um segundo.

— Nunca a acharia louca. Mas posso ver como a casa, e a fazenda, na situação em que vocês estão, é capaz de torná-la melancólica.

— Melancólica — repetiu ela, sem parar de mexer nos punhos. — Acha que é só isso?

— Sei que é. Quando a primavera chegar e Roderick estiver melhor e a propriedade voltar a se estabilizar, vai se sentir muito diferente. Tenho certeza de que sim.

— E realmente acha que vale a pena nós... preservarmos Hundreds?

A pergunta me chocou.

— É claro! Você não?

Ela não respondeu, e um instante depois a porta da pequena sala se abriu e sua mãe entrou. A oportunidade para aprofundar a discussão estava perdida. A Sra. Ayres chegou tossindo e Caroline e eu nos adiantamos para ajudá-la a se sentar. Ela aceitou meu braço dizendo:

— Obrigada, estou bem. Realmente estou. Mas passei uma hora deitada, o que é uma tolice porque agora parece que os meus pulmões têm o fundo de um lago de patos dentro deles.

Tossiu de novo em seu lenço, depois enxugou os olhos lacrimejantes. Havia vários xales sobre seus ombros; na cabeça, usava a sua mantilha de renda. Sua aparência era pálida e delicada, como uma flor tubular comprida e fina: a tensão das últimas semanas a envelhecera, o incêndio tinha enfraquecido os seus pulmões e a fraqueza transformara-se em uma leve bronquite de inverno. Até mesmo o curto percurso de seu quarto à sala, pela casa fria, deixara-a exausta. Sua tosse abrandou, mas a deixou chiando.

— Como vai, doutor? — perguntou ela. — Caroline contou que o Dr. Warren nos deu notícias? — Ela sacudiu a cabeça, os lábios bem apertados. — Notícias nada boas, receio.

— Sim, lamento.

Nós três falamos disso por um certo tempo, depois voltamos para um tópico menos animador no momento, as obras. Mas logo a voz da Sra. Ayres começou a falhar, e sua filha e eu assumimos a conversa e a prosseguimos mais ou menos entre nós dois. Ela nos escutou por uns minutos como se frustrada por seu próprio silêncio, as mãos cheias de anéis irrequietas em seu colo. Por fim, enquanto falávamos, ela ajeitou os xales e foi para a sua escrivaninha e se pôs a mexer nos papéis.

Caroline acompanhou-a com o olhar.

— O que está procurando, mamãe?

A Sra. Ayres estava olhando um envelope como se não tivesse ouvido.

— Tantos absurdos do conselho! — Sua voz agora parecia uma teia de aranha.— O governo não fala de escassez de papel?

— Sim, eu sei. É cansativo. O que está procurando?

— Estou procurando a última carta de sua tia Cissie. Queria mostrá-la ao Dr. Faraday.

— Bem, acho que a carta não está mais aí. — Caroline falou levantando-se. — Guardei-a em outro lugar. Venha se sentar. Vou buscá-la.

Atravessou a sala até um armário, pegou a carta em um de seus compartimentos e a entregou à sua mãe. A Sra. Ayres voltou para a sua cadeira, um de seus xales espanhóis escorregando, a franja comprida arrastando-se pelo chão. Passou um momento se acomodando na cadeira, depois abriu a carta. Então percebeu que não se lembrava de onde tinha posto os óculos de leitura.

— Oh, bom Deus — sussurrou ela, fechando os olhos. — E agora?

Pôs-se a olhar em volta. Um momento depois, Caroline e eu nos unimos à busca.

— Onde os deixou por último? — perguntou Caroline levantando uma almofada.

— Estavam aqui — respondeu a Sra. Ayres. — Tenho certeza. Estava com eles na mão quando Betty trouxe a carta do Dr. Warren, hoje de manhã. Não os pegou?

Caroline franziu o cenho.

— Não os vi.

— Alguém deve ter mexido neles. Ah, desculpe-me, doutor. Isso é muito aborrecido para o senhor.

Passamos uns bons cinco minutos vasculhando a sala, mexendo nos papéis, abrindo gavetas, olhando debaixo das cadeiras etc. Tudo em vão. Finalmente, Caroline tocou a campainha chamando Betty e — com sua mãe sem parar de protestar que chamá-la era inútil, pois se lembrava muito bem de onde tinha deixado seus óculos, logo ali, na pequena sala — mandou que os procurasse lá em cima.

Betty retornou quase que imediatamente, tendo encontrado os óculos sobre um dos travesseiros na cama de sua patroa.

Ela os estendeu com um ar de desculpa. A Sra. Ayres olhou para eles por um segundo, depois os pegou da mão da garota, virando a cabeça com uma expressão de desgosto.

— É nisso que dá sermos velhos, Betty — disse ela.

Caroline riu. A risada, achei, foi ligeiramente forçada.

— Não seja tola, mamãe!

— Não, verdade. Eu não me surpreenderei, sabem, se acabar como a tia Dodo do meu pai. Ela se esquecia com tal frequência de onde punha as coisas, que seu filho lhe deu um macaco indiano. Amarrou uma cesta nas suas costas, e ali ela guardava sua tesoura, dedais, e tudo o mais, e o levava para todo lado puxando por uma fita.

— Tenho certeza de que podemos conseguir um macaco para você, se quiser um só seu.

— Oh, não dá para fazer esse tipo de coisa hoje em dia — replicou a Sra. Ayres, pondo os óculos. — Uma sociedade ou outra impediria, o Sr. Gandhi faria objeção. Provavelmente, hoje, os macacos votam na Índia. Obrigada, Betty.

A falta de ar tinha passado e a sua voz estava quase normal. Abriu o papel, encontrou o trecho que queria e o leu em voz alta. Era um conselho enviado por sua irmã de um membro conservador do Parlamento muito preocupado com o loteamento das antigas propriedades. De fato, só fez confirmar o que já sabíamos, que só haveria penalidades e restrições para proprietários rurais enquanto o governo atual estivesse no poder e que o melhor que a nobreza rural podia fazer era "esperar com paciência e apertar os cintos" até a próxima eleição.

— Sim — disse Caroline, quando sua mãe terminou. — Isso é válido para quem tem cinto, mas aqueles que só têm uma fivela? Se alguém pudesse dar uma de Bela Adormecida de sua propriedade na esperança de um galante governo conservador aparecer em alguns anos, seria bom. Mas se ficarmos sentados e não fizermos nada por Hundreds, até mesmo por mais um ano apenas, afundaremos. Quase desejo que o conselho queira mais terra nossa. Mais ou menos cinquenta casas provavelmente pagariam as nossas dívidas...

Discutimos isso, desanimados, até Betty trazer a bandeja de chá. Então ficamos em silêncio, cada qual perdido em seus próprios pensamentos. A Sra. Ayres continuou com uma certa dificuldade de respirar, suspirando de vez em quando, tossindo vez ou outra em seu lenço. Caroline ficou olhando de relance para a escrivaninha, seu pensamento, supostamente, na propriedade que falia. Eu fiquei sentado com a xícara na mão, leve e quente em meus dedos, e me vi, não sei por que, olhando de uma coisa para outra nessa sala e recordando a minha primeira visita. Lembrei-me do pobre Gyp deitado no chão como um velho curvado, enquanto Caroline passava o pé descuidadamente no pelo da sua barriga. Lembrei-me de Rod, preguiçosamente pegando a echarpe de sua mãe que caíra no chão. *Minha mãe é como paper chase, doutor. Vai deixando coisas por onde passa...* Agora ele e Gyp tinham desaparecido. A janela francesa, que ficava aberta na época, estava fechada por causa do clima frio, uma tela baixa tinha sido pregada para impedir as correntes de ar e bloqueava um pouco a luz do dia. Ainda se sentia o cheiro acre de queimado no ar. As paredes com decoração em gesso estavam cheias de sombras de aparência oleosa onde a fuligem tinha pairado durante o incêndio. A sala também cheirava discretamente a lã molhada, pois algumas peças de roupas de Caroline tinham se encharcado na chuva e sido colocadas para secar diante da lareira sobre um antigo secador de roupas. Não conseguiria imaginar, seis meses atrás, a Sra. Ayres permitindo que a sala fosse usada como lavanderia. Mas então pensei na mulher bonita e bronzeada que havia chegado do jardim naqueles sapatos que chamavam a atenção, naquele dia de julho, e olhei para ela agora, tossindo e suspirando em seus xales que não combinavam entre si, e me dei conta de como também ela mudara.

Relanceei os olhos para Caroline e a peguei olhando para sua mãe com uma expressão apreensiva, como se estivesse pensando na mesma coisa. Seu olhar encontrou o meu e ela hesitou.

— Como estamos deprimidos hoje! — disse ela, terminando seu chá e se levantando. Foi até a janela e olhou para fora, os braços cruzados para se proteger do frio, o rosto erguido para o céu baixo e cinza. — Finalmente a chuva está parando. Já é alguma coisa. Acho que vou até as obras antes que escureça. Ah, vou lá quase todos os dias — acrescentou, virando-se e percebendo minha expressão de surpresa. — Babb me deu uma cópia da programação da construção, e estou aprendendo. Ele e eu somos grandes amigos agora.

— Pensei que quisessem que ele cercasse a área para isolá-la — falei.

— Quisemos, no começo. Mas há algo terrivelmente fascinante nisso. É como uma ferida asquerosa: não conseguimos deixar de levantar o curativo. — Voltou da janela, pegou seu casaco, chapéu e echarpe no secador de roupas e os vestiu, me dizendo, casualmente: — Pode vir comigo, se quiser. Se tiver tempo.

De fato, eu tinha tempo, pois minha agenda nesse dia estava tranquila, mas tinha deitado tarde na noite anterior e acordado muito cedo, e estava sentindo minha idade. Realmente, não me entusiasmou nada a ideia de caminhar no solo frio e úmido do parque. Tampouco achei cortês da parte de Caroline sugerir deixarmos sua mãe. A Sra. Ayres, no entanto, quando me mostrei em dúvida, disse:

— Ah, sim, vá até lá, doutor. Gostaria tanto de ouvir a opinião de um homem sobre a obra.

Depois disso, eu não poderia dizer não, Caroline chamou Betty de novo e a garota trouxe meu casaco e chapéu. Atiçamos o fogo na lareira, e nos certificamos de que a Sra. Ayres tivesse tudo de que precisava. Para poupar tempo, saímos direto pela pequena sala, pulando a tela na janela francesa, descendo os degraus de pedra e atravessando o gramado sul. A grama grudava molhada nos nossos sapatos, ensopando imediatamente a bainha da minha calça e escurecendo as meias de Caroline. Onde a relva estava ainda mais molhada, caminhamos na ponta dos pés, dando as mãos de maneira desajeitada, separando-as assim que chegávamos à parte mais seca de um caminho de cascalhos que passava pelo terreno inculto aberto para além da cerca do jardim.

O vento ali tinha a solidez de uma cortina de veludo, e praticamente tivemos de lutar para atravessá-lo. Mas caminhamos rapidamente, Caroline ajustando o passo ao meu, claramente feliz por estar fora de casa, movendo-se com facilidade sobre suas pernas longas e grossas. Mantinha as mãos no fundo dos bolsos e seu casaco bem fechado mostrava as curvas dos seus quadris e busto. Suas bochechas estavam coradas do vento, seu cabelo, que ela tinha, sem habilidade, enfiado para dentro do feioso chapéu de lã, tinha escapado aqui e ali e as mechas secas e desgrenhadas eram açoitadas pelas brisas impetuosas. Mas ela não parecia nem um pouco ofegante. Ao contrário de sua mãe, tinha rapidamente se livrado dos efeitos do incêndio, e seu rosto tinha perdido os sinais de cansaço que eu percebera apenas alguns minutos antes. No todo, tinha um ar de saúde e energia natural — como se não pudesse deixar de ser robusta, pensei com um quê de admiração, não mais do que uma bela mulher não consegue deixar de ser bela.

Seu prazer no passeio foi contagiante. Comecei a me aquecer e, finalmente, a gostar das rajadas de ar frio e revigorante. Também era uma novidade percorrer o parque a pé e não dirigindo, pois o solo que eu via pela janela do carro como um emaranhado uniforme de vegetação era bem diferente de perto: nos deparamos com partes com pingos de neve, curvando-se valentemente na relva agitada e, aqui e ali, onde a grama rareava, pequenos botões coloridos de croco irrompiam da terra como se ávidos de ar e luz do sol. No entanto, durante todo o tempo que caminhamos, víamos adiante, no extremo do parque, a brecha no muro e a extensão de solo enlameado em frente, com seis ou sete homens se deslocando com carrinhos e pás. E quando chegamos mais perto e percebemos mais detalhes, comecei a compreender a verdadeira escala da obra. O adorável campo da cobra-verde tinha desaparecido completamente, desaparecido para sempre. No lugar dele, uma extensão de terra de cem metros ou mais tinha sido despojada de sua grama e aplainada, e a terra dura já estava dividida em seções por estacas, canais e muros que estavam sendo erguidos.

Caroline e eu nos aproximamos de uma das escavações. Estava no processo de ser cheia, e quando nos posicionamos na sua beira, vi, com consternação, que os entulhos usados para a fundação das novas casas consistiam principalmente de pedaços da pedra marrom do muro demolido.

— Que pena! — eu disse, e Caroline respondeu calmamente:

— Sei. De certa maneira, é horrível, não é? É claro que o povo tem de ter casa, e tudo o mais. Mas é como se estivessem mastigando Hundreds de modo que possam cuspi-la de novo em montículos antipáticos.

Sua voz foi se tornando mais baixa à medida que falava. Maurice Babb em pessoa estava ali, na borda do local, em seu carro com a porta aberta, falando com seu capataz. Viu-nos chegar e, de uma maneira descontraída, veio na nossa direção. Era um homem na faixa dos cinquenta e poucos anos, baixo e troncudo: tendia a contar vantagem, mas era inteligente, um homem de negócios, competente. Assim como eu, vinha da classe trabalhadora e havia progredido, como me dissera uma ou duas vezes, por esforço próprio, sem a ajuda de um patrono. Para Caroline, levantou o chapéu. Para mim, ofereceu a mão. Apesar do frio que fazia, sua mão estava quente, os dedos roliços juntos e apertados na pele, como salsichas semicozidas.

— Sabia que desceria, Srta. Ayres — disse afavelmente. — Meus homens disseram que a chuva a impediria, mas eu lhes respondi que a Srta. Ayres não era o tipo de mulher que se deixava intimidar por um pouco de mau tempo. E aqui está. Veio nos supervisionar, como sempre? A Srta. Ayres deixa meu capataz humilhado, doutor.

— Acredito — repliquei, sorrindo.

Caroline corou um pouquinho. Alguns fios de seu cabelo foram soprados para os seus lábios e ela os afastou para dizer, de maneira não totalmente verdadeira:

— O Dr. Faraday estava querendo saber como as obras estavam indo, Sr. Babb. Eu o trouxe para ver por si mesmo.

— Bem — respondeu ele —, fico muito feliz em lhe mostrar! Especialmente a um médico. O Sr. Wilson, inspetor sanitário, esteve aqui na semana passada. Disse que nada baterá essas casas em matéria de ar e esgoto, e acho que você vai concordar com ele. Está vendo como o terreno foi projetado. — Fez um gesto com um de seus braços grossos e curtos. — Teremos seis casas aqui, depois um intervalo na curva da rua, e lá adiante, mais seis. Dois lares por casa, geminadas. Tijolos vermelhos, como pode ver. — Indicou os tijolos feitos por máquina a nossos pés. — Para combinar com a Hall. Uma bela pequena propriedade! Vamos até ali, se quiserem, e lhes mostrarei ao redor. Cuidado com os pés, nessas cordas, Srta. Ayres.

Ofereceu sua mão redonda. Caroline não precisava dela — era muito mais alta do que ele — mas gentilmente deixou que a guiasse por cima do fosso, e prosseguimos para um local onde a obra estava mais avançada. Ele explicou de novo como cada casa se situaria em relação às suas vizinhas e, empolgando-se, introduziu-nos em um dos espaços quadrados e esboçou os cômodos que teria: a sala de estar, a cozinha equipada com fogão a gás e tomadas elétricas, o banheiro com banheira embutida... O espaço todo me pareceu só um pouquinho maior do que um ringue de boxe, mas aparentemente já tinha aparecido muita gente interessada em se candidatar a uma casa. Ele próprio já tinha recebido oferta de dinheiro e "qualquer quantidade de cigarros e carne", para "mexer os pauzinhos".

— Eu lhes disse que não cabia a mim! Eu disse "Vão falar com a Prefeitura!". — Baixou a voz. — Cá entre nós, podem falar com a Prefeitura até ficarem sem voz. Essa lista já está sendo preenchida há seis meses. Meu próprio irmão, Dougie, e sua mulher puseram seu nome para conseguir uma, e espero que consigam, pois sabia que ele está morando, Srta. Ayres, em um quarto e sala em Southam, com a mãe dela? Bem, não podem continuar assim. Uma dessas viria bem a calhar para eles. Vão ter um pequeno jardim atrás, sabe, com um caminho e uma cerca de arame. E o ônibus de Lidcote vai passar por aqui, soube disso, doutor? Vai vir pela Barn Bridge Road. Acho que começa em junho.

Ele prosseguiu por um certo tempo, até ser chamado por seu capataz, quando pediu desculpas, me estendeu sua mão parecida com salsicha e nos deixou. Caroline afastou-se para observar outro homem na obra e eu permaneci no espaço quadrado de concreto, mais ou menos onde achei que a janela da cozinha seria colocada, olhando para a Hall no outro lado do parque. Era claramente visível a distância, especialmente com as árvores na sua frente tão desfolhadas. Ficaria realmente muito visível, percebi, do andar de cima dessa casa. Também percebi muito bem como as cercas de arame tão finas seriam impotentes para manter as crianças das 24 famílias fora do parque...

Fui para perto de Caroline na beira do concreto, e conversamos um minuto com o homem que ela estava observando trabalhar. Eu o conhecia bem, de fato, era um primo meu, do lado de minha mãe. Ele e eu dividíamos a carteira na escola pública de duas salas que frequentei quando era menino. Éramos bons amigos na época. Mais tarde, quando comecei no Leamington College, a amizade esfriou e, durante um certo tempo, ele e seu irmão mais velho, Coddy, me perseguiram — ficando na espreita, com um punhado de cascalhos, quando eu voltava de bicicleta para casa no fim da tarde. Mas isso tinha sido muito tempo atrás. Desde então, ele se casara duas vezes. Sua primeira mulher e seu filho tinham morrido, mas ele tinha dois filhos grandes que haviam se mudado recentemente para Coventry. Caroline perguntou como estavam e ele respondeu, com o sotaque acentuado de Warwickshire, que eu não conseguia acreditar no passado ter sido o meu também, que tinham ido direto para empregos em fábricas e traziam juntos para casa um salário semanal de mais de 20 libras. Eu teria ficado feliz em ganhar isso, e era provavelmente mais, eu achava, do que os Ayres tinham para viver um mês. Mas, ainda assim, o homem tirou a boina para falar com Caroline — embora se mostrasse mais tímido comigo, despedindo-se de mim com um aceno de cabeça desajeitado, quando partimos. Eu sabia que mesmo depois desse tempo todo, era estranho para ele me tratar de "doutor", mas estava fora de questão para ele ou usar meu nome de batismo ou se dirigir a mim como "senhor".

Eu disse, o mais descontraidamente que pude, "Adeus, Tom". E Caroline disse com uma afeição verdadeira:

— Até mais, Pritchett. Foi bom falar com você. Fico feliz por seus filhos estarem indo tão bem.

De repente, sem saber por que, desejei que ela não estivesse usando aquele chapéu ridículo. Viramos e nos pusemos a caminho da Hall, e percebi que Pritchett fez uma pausa no trabalho para nos observar e talvez relancear os olhos para um de seus camaradas.

Atravessamos o gramado em silêncio, seguindo a linha das marcas escuras dos nossos pés, pensativos depois da visita. Quando finalmente ela falou, foi com animação, embora sem me encarar.

— Babb é uma figura, não é? E as casas não parecem maravilhosas? Muito boas para os seus pacientes pobres, acho.

— Muito boas — respondi. — Sem chão úmido nem tetos baixos. Ótimas condições sanitárias. Quartos separados para as meninas e os meninos.

— Um bom começo para as crianças e tudo o mais. E muito bom para Dougie Babb, se isso significar ele se livrar da sogra megera... E, oh, doutor... — Finalmente olhou para mim, infeliz, e relanceou os olhos por cima do ombro. — Eu moraria sem a menor hesitação em uma pequena caixa de tijolos como essa, com uma sala e uma cozinha equipada, melhor do que viver no nosso velho estábulo. — Inclinou-se para pegar um galho que tinha sido soprado pelo parque, e se pôs a arrastá-lo no solo. — O que é uma cozinha equipada, afinal de contas?

— Não tem fendas desagradáveis — repliquei — nem cantos estranhos.

— E nenhuma personalidade, aposto. O que há de errado com fendas e cantos estranhos? Quem iria querer uma vida sem nada disso?

— Bem — repliquei, imaginando uma das casas miseráveis de meus pacientes —, é possível que, afinal, se tenha isso em excesso. — E acrescentei quase como um segundo pensamento: — Minha mãe teria ficado feliz com uma casa assim. Se eu tivesse nascido diferente, ela talvez estivesse morando numa agora, com meu pai.

Caroline olhou para mim.

— O que quer dizer?

E lhe contei, brevemente, sobre a luta dos meus pais para conseguirem arcar com os gastos para eu cursar o Leamington College e a escola de medicina: as dívidas que contraíram, as economias severas que tinham feito, meu pai trabalhando horas extras, minha mãe costurando e lavando para fora, quando mal tinha forças para levar as roupas molhadas da tina de cobre para o balde.

Senti que minha voz foi se tornando amarga, e não consegui calá-la.

— Deram tudo o que tinham para fazer de mim um médico e eu nunca percebi que minha mãe estava doente. Pagaram uma pequena fortuna por minha educação e tudo o que aprendi foi que o meu sotaque era errado, minhas roupas estavam erradas, minhas maneiras na mesa... todas essas coisas, erradas. Na verdade, aprendi a ter vergonha deles. Nunca levei amigos para conhecê-los. Foram uma vez à escola, para a entrega do prêmio de ciências. A expressão na cara dos outros garotos foi o bastante. Nunca mais os convidei. Uma vez, quando eu tinha 17 anos, na frente de um de seus próprios fregueses, chamei meu pai de tolo...

Não terminei. Ela esperou um momento, e então falou, tão delicadamente quanto o dia ventoso permitia:

— Mas eles devem ter sentido muito orgulho de você.

Encolhi os ombros.

— Talvez. Mas orgulho não é felicidade, é? Eles teriam ficado muito melhor, realmente, se eu tivesse sido como meus primos, como Tom Pritchett. Talvez eu também estivesse melhor.

Percebi que ela franziu o cenho. Passou a ponta do galho de novo no solo.

— Durante esse tempo todo — disse ela, sem olhar para mim —, achei que devia nos odiar, a mim, minha mãe e meu irmão.

Repliquei espantado:

— Odiar vocês?

— Sim, por seus pais. Mas agora parece como se... bem, é como se odiasse a si mesmo.

Não respondi, e caminhamos em silêncio de novo, os dois constrangidos. Cientes de que o dia se transformava em noite, fizemos um esforço para apressar o passo. Logo abandonamos a trilha com as marcas dos nossos pés e procuramos o solo mais seco e nos aproximamos da casa por outro caminho, chegando a um local em que a cerca do jardim era substituída por *ha ha*, isto é, um valado, mas seus declives estavam tão destruídos e cobertos de mato que sugeri que seria mais adequado chamá-lo de buá, buá! O comentário fez Caroline sorrir e levantou o nosso ânimo. Conseguimos atravessar o fosso e nos vimos em um pedaço de relva encharcado e, como antes, tivemos de passar na ponta dos pés. Meus sapatos de sola fina não eram apropriados para esse tipo de caminhada e escorreguei uma vez, quase realizando um *grand écart*. Ela riu disso, o sangue subindo por sua garganta até sua face, já rosada, refulgir.

Preocupados com os sapatos enlameados, demos a volta na casa, até a porta do jardim. A Hall, como sempre agora, estava às escuras e, como era um dia sem sol, seguir na sua direção foi como caminhar para a sombra, como se seus muros íngremes e janelas vazias estivessem sugando para si as últimas luzes da tarde. Depois de limpar os pés no capacho, Caroline fez uma pausa e ergueu o olhar; fiquei triste ao perceber linhas de cansaço reaparecerem em seu rosto, a pele ao redor dos olhos enrugando ligeiramente, como a superfície de leite fervido.

Examinando a casa, ela disse:

— Os dias continuam tão curtos. Eu os odeio, você não? Tornam o que é duro mais duro ainda. Realmente queria que Rod estivesse aqui. Agora somos só mamãe e eu... — Baixou o olhar. — Bem, mamãe é querida, é claro. E não é culpa dela não estar bem. Mas sei lá, às vezes parece estar se tornando cada vez mais frívola, e receio nem sempre ter paciência. Rod e eu costumávamos nos divertir. Eram só coisas idiotas, mas divertidas. Quer dizer, antes de ele adoecer.

— Não vai demorar demais para ele voltar — repliquei calmamente.

— Acha mesmo? Gostaria de podermos vê-lo. É tão estranho pensar nele lá, doente e sozinho! Não sabemos o que está acontecendo com ele. Não acha que deveríamos visitá-lo?

— Podemos ir, se quiser — respondi. — Ficarei feliz em levá-las. Mas o próprio Rod não deu nenhum sinal de que gostaria que o visitássemos, deu?

Ela sacudiu a cabeça, infeliz.

— O Dr. Warren diz que ele gosta do isolamento.

— Bem, o Dr. Warren deve saber.

— Sim, suponho que sim...

— Dê mais tempo — falei. — Como eu disse, a primavera está para chegar e tudo vai parecer diferente, vai ver só.

Ela balançou a cabeça assentindo, querendo acreditar. Então, chutou os sapatos no capacho e, com um suspiro de relutância, entrou na casa fria e sombria, para se unir à sua mãe.

Passados um dia ou dois, apanhei-me pensando nesse suspiro, enquanto fazia os preparativos para o baile do hospital do distrito. Era um evento anual, com o propósito de levantar fundos. Ninguém, exceto os mais jovens, o levavam a sério, mas os médicos locais gostavam de comparecer, junto com suas esposas e filhos maiores. Nós, médicos de Lidcote, nos revezávamos para ir, e nesse ano foi a vez de Graham e minha, enquanto o nosso substituto, Frank Wise, e o sócio do Dr. Seeley, Morrison, ficariam de plantão. Sendo solteiro, tinha a liberdade de levar um ou dois convidados, e alguns meses antes, planejando antecipadamente a noite, pensei em convidar a Sra. Ayres. Agora que ela estava adoentada, seu comparecimento estava fora de questão, mas me ocorreu que Caroline talvez estivesse disposta a me acompanhar, em nome de uma noite fora de Hundreds. É claro que achei possível ela se espantar com o convite, de última hora, ao que era essencialmente uma "festa da classe médica", e fiquei nervoso, sem saber se a chamava ou não. Mas me esqueci daquela sua faceta irônica.

— Um baile de médicos! — disse ela, encantada, quando finalmente liguei para convidá-la. — Oh, eu adoraria.

— Tem certeza? É um evento antigo engraçado. E é mais um baile de enfermeiras do que de médicos. As mulheres geralmente são em muito maior número do que os homens.

— Aposto que sim! Todas coradas e histéricas por terem permissão para se afastar das enfermarias, como as novatas na Marinha Real ficavam nas festas. E a supervisora bebe demais e perde a reputação com os cirurgiões? Ah, diz que sim.

— Agora, acalme-se — falei. — Ou não haverá surpresas.

Ela riu, e mesmo com a linha imperfeita, ouvi o tom de prazer genuíno na sua voz e fiquei feliz por tê-la convidado. Não sei se, ao aceitar o meu convite, teve qualquer outro motivo em mente. Seria estranho, suponho, uma mulher solteira de sua idade ansiar por um baile sem pensar nos homens solteiros que estariam lá. Mas se seus pensamentos corriam nessa direção, soube ocultá-los muito bem. Talvez a sua pequena humilhação com o Sr. Morley tivesse lhe ensinado a ser prudente. Falou do baile como se ela e eu fôssemos ser um casal idoso de espectadores. E quando fui buscá-la na noite em questão, encontrei-a vestida com discrição em um vestido verde-oliva sem mangas, o cabelo solto e liso, pescoço e mãos nus como sempre e sua face pesada quase sem maquiagem.

Deixamos a Sra. Ayres na pequena sala, aparentemente não muito triste por ter uma noite para si mesma. Tinha uma bandeja no colo e dava uma olhada em algumas antigas cartas do marido, organizando-as segundo uma ordem definida.

Ainda assim, fiquei sem jeito de deixá-la sozinha.

— Tem certeza de que sua mãe vai ficar bem? — perguntei a Caroline, quando partimos.

— Ah, ela tem Betty — replicou —, não se esqueça. Betty passa horas com ela. Começaram a jogar jogos, sabia disso? Mamãe esbarrou com alguns tabuleiros, quando vasculhamos a casa. Elas jogam damas e *halma*.

— Betty e sua mãe?

— Sei que é esquisito, não é? Não me lembro de minha mãe ter jogado qualquer jogo de tabuleiro comigo e Roddie. Agora ela parece gostar. Betty também gosta. Apostam meio penny e mamãe deixa ela ganhar... Não acho que Betty se divirta muito em casa, no Natal, coitadinha. Sua mãe parece assustadora, de modo que suponho que não seja de admirar ela preferir a minha. E as pessoas *realmente* gostam da mamãe, é simplesmente uma dessas coisas...

Bocejou e fechou mais o seu casaco. Passado um tempo, embalados pelo som e movimento do carro — pois eram quase trinta minutos de estrada rural até Leamington no inverno —, caímos em um silêncio companheiro.

Mas quando chegamos ao terreno do hospital e nos juntamos à agitação de veículos e pessoas, despertamos animados. O baile acontecia em um dos auditórios, uma sala grande com piso de parquete. Nessa noite, as mesas e bancos tinham sido removidos, a iluminação central agressiva tinha sido desligada, e bonitas lanternas coloridas e bandeirolas tinham sido penduradas de uma viga a outra. Uma banda, não incrivelmente boa, estava tocando quando entramos. O chão escorregadio tinha sido generosamente pulverizado com giz e vários casais agradecidos já estavam dançando. Outras pessoas, sentadas às mesas em volta da pista, reuniam coragem para se juntar a eles.

Uma comprida mesa apoiada em cavalete servia de bar. Dirigimo-nos para lá, mas fomos parados por dois colegas: Bland e Rickett, um cirurgião, o outro um clínico geral de Leamington. Apresentei-os a Caroline, e seguiu-se aquela conversa de sempre. Eles seguravam copos de papéis e ao me verem relanceando os olhos para o bar, Rickett disse:

— Vai buscar o ponche de clorofórmio? Não se deixe levar pelo nome, é como refresco de cereja. Espere um segundo. Aí está o cara de que precisamos.

Estendeu a mão por trás de Caroline para segurar o braço de alguém. Era o porteiro, "o nosso contrabandista residente", explicou Bland a Caroline, enquanto Rickett falava ao ouvido do homem. O porteiro se foi e retornou um minuto depois com mais quatro copos cheios do líquido rosa aguado que vi ser servido da tigela de ponche no bar, mas acrescentado, como logo ficou evidente, de uma dose generosa de *brandy*.

— Melhorou muito — disse Rickett depois de experimentar a bebida e estalar os lábios. — Não acha, Srta. ...? — Tinha se esquecido do nome de Caroline.

O *brandy* era ruim e o ponche tinha sido adoçado com sacarina. Quando Bland e Rickett se afastaram, eu disse a Caroline:

— Consegue beber esta coisa?

Ela estava rindo.

— Não vou desperdiçá-la, depois de tudo isso. É realmente preta?

— Provavelmente.

— Incrível.

— Bem, acho que um pouco de *brandy* preto não vai nos fazer mal. — Coloquei a mão na sua cintura, para conduzi-la para fora do tráfego de pessoas indo e vindo do bar. O salão estava enchendo.

Procuramos uma mesa vazia. Mas logo outro homem me cumprimentou — dessa vez foi um dos consultores, por acaso o homem a quem eu submetera meu artigo sobre o sucesso do tratamento da perna de Rod. Não havia como não parar para ele, que falou durante cerca de quinze minutos, querendo minha opinião sobre um processo terapêutico. Ele não fez muito esforço para incluir Caroline, e fiquei relanceando o olhar para ela enquanto ele falava. Ela estava olhando o salão, dando goles rápidos na sua bebida, timidamente. Mas de vez em quando, olhava para mim, como se me visse de uma maneira ligeiramente diferente.

— Você é muito importante aqui — disse-me ela, quando o consultor finalmente se afastou.

— Há! — Bebi um bom gole do ponche. — Um ninguém, posso lhe garantir.

— Então podemos ser ninguém juntos. É uma boa mudança de casa. Não consigo ir a nenhuma aldeia hoje em dia sem sentir todo mundo me observando, pensando *Ali vai a pobre Srta. Ayres, da Hall...* E agora, veja. — Tinha virado a cabeça. — Todas as enfermeiras chegaram, em bando, exatamente como imaginei! Como patinhas recatadas. Pensei em ser enfermeira, sabe, durante a guerra. Quase todo mundo dizia que eu tinha sido feita para isso, o que me deixava brava. Não conseguia entender como um elogio. Por isso me alistei na Marinha. E acabei sendo enfermeira de Roddie.

Percebendo uma nota melancólica em sua voz, perguntei:

— Sentiu falta do serviço militar?

Ela balançou a cabeça.

— Muito, no começo. Eu era boa nisso, sabe. É uma coisa vergonhosa de se admitir, não é? Mas eu gostava daquela coisa toda com barcos. Gostava daquela rotina. Gostava de ter somente uma maneira de fazer as coisas, somente um tipo de sapato, somente um tipo de meia, uma única maneira de pentear o cabelo. Eu ia continuar, quando a guerra acabasse, iria para a Itália ou Cingapura. Mas depois que voltei para Hundreds...

Seu braço foi balançado por um casal que passou apressado por ela, sua bebida espirrou, ela levou o copo à boca para lamber as gotas e, depois, ficou calada. Uma cantora juntara-se à banda, e a música soou mais alta e mais animada. As pessoas, excitadas, foram para a pista, tornando mais difícil ficarmos ali e conversarmos.

Aumentando a voz acima da música, eu disse:

— Não vamos ficar aqui. Por que não procuro alguém para dançar com você? Tem o Sr. Andrews, o cirurgião...

Ela tocou no meu braço.

— Oh, não me apresente a mais nenhum homem. Especialmente a um cirurgião. Toda vez que olham para mim, acho que estão me avaliando para a faca. Além disso, os homens detestam dançar com mulheres altas. Nós dois podemos dançar, não podemos?

— É claro, se quiser — repliquei.

Terminamos a bebida e fomos para a pista. Houve um momento de constrangimento quando nos abraçamos e nos movemos juntos, tentando superar a artificialidade essencial da pose e nos unirmos ao empurra-empurra do grupo pouco acolhedor.

— Odeio isso — disse Caroline. — É como ter de se jogar em um elevador paternoster.

— Feche os olhos, então — respondi e a guiei com um passo rápido. Um momento depois de ser chutado e arranhado por calcanhares e cotovelos, achamos o ritmo do grupo de dançarinos e abrimos caminho por eles.

Ela abriu os olhos impressionada.

— Mas como diabos conseguiremos sair de novo?

— Não se preocupe com isso, ainda.

— Vamos ter de esperar as músicas lentas... Dança bem, verdade.

— Você também.

— Parece surpreso. Adoro dançar. Sempre adorei. Dancei como louca na guerra. Foi o melhor, aquela dança toda. Quando era garota, dançava com meu pai. Ele era tão alto, que não tinha importância eu ser alta também. Ele me ensinou todos os passos. Rod não tinha jeito. Dizia que eu o conduzia, que era o mesmo que dançar com um rapaz. Não o estou levando, estou?

— De jeito nenhum.

— E não estou falando demais? Sei que alguns homens não gostam. Acho que isso prejudica o seu desempenho.

Respondi que ela podia falar quanto quisesse. O fato é que eu estava encantado em vê-la tão animada e tão relaxada, tão entregue e flexível em meus braços. Mantivemos uma pequena distância formal, mas volta e meia, a pressão das pessoas na pista cheia me fazia ter de segurá-la com mais firmeza e eu sentia seu busto contra o meu peito, o movimento de seus quadris. Quando girávamos, o músculo da parte inferior de suas costas se tensionava e mexia sob a palma da minha mão e de meus dedos estendidos. Sua mão na minha estava pegajosa do ponche que espirrara. Uma vez, ela virou a cabeça para olhar a pista de dança e senti o cheiro de *brandy* em seu hálito. Percebi que ela estava um pouquinho embriagada. Talvez eu também. Mas senti uma onda de afeto por ela, tão repentina e tão simples que me fez sorrir.

Ela pôs a cabeça para trás para olhar no meu rosto.

— Por que está sorrindo assim? Parece um dançarino em uma competição. Pregaram um número nas suas costas? — Espiou por cima do meu ombro, fingindo checar. De novo seu busto pressionou meu peito. Então, falou no meu ouvido: — Lá está o Dr. Seeley! Gire, para que possa ver sua gravata-borboleta e a flor na sua lapela!

Giramos e vi o homem, grande e desengonçado, dançando com sua mulher. A gravata era de poá, e a flor uma espécie de orquídea, e só Deus sabe onde ele a tinha conseguido. Uma mecha de cabelo, excessivamente untada, tinha caído sobre sua testa.

— Ele pensa que é Oscar Wilde — eu disse.

— Oscar Wilde? — Caroline riu. Senti sua risada nos meus braços. — Se pelo menos fosse! Quando eu era menina, as garotas o chamavam de "O Polvo". Estava sempre a fim de dar uma carona. E independentemente de quantas mãos tivesse no volante, sempre parecia ter pelo menos mais uma... Conduza-me para onde ele não nos veja. Ainda tem de me contar todas as fofocas, não se esqueça. Mantenha-se na orla da pista...

— Espere aí, quem está guiando? Acho que estou começando a entender o que Roderick dizia.

— Fique na orla — repetiu ela rindo — e enquanto fazemos a volta, vai poder me dizer quem é todo mundo, quem matou mais pacientes e que médicos vão para a cama com que enfermeiras, e todos os escândalos.

Portanto, permanecemos na pista por mais duas ou três músicas e fiz o possível para apontar as principais personalidades do hospital e lhe oferecer algumas fofocas leves. Depois disso, voltaram a tocar valsa e a pista esvaziou mais. Fomos para o bar buscar mais ponche. O salão estava esquentando. Ao erguer o olhar, vi David Graham que acabava de chegar com Anne e abria caminho na nossa direção. Pensando na última vez que ele e Caroline tinham se encontrado — quando ele tinha ido a Hundreds dar a sua opinião sobre Roderick, um dia antes de ele ser levado da casa —, cheguei para mais perto dela e falei no tom mais baixo que pude para ser ouvido acima da música:

— Ali está Graham, está vindo para cá. Importa-se em falar com ele?

Ela não olhou, mas sacudiu discretamente a cabeça.

— Não, não me importo, achei que ele viria.

O leve constrangimento causado pela chegada dos Graham, entretanto, foi logo desfeito. Tinham trazido convidados, um homem de meia-idade, Stratford, e sua mulher e sua filha casada. Casualmente, a filha e Caroline eram velhas amigas. Rindo e com exclamações de surpresa, as duas trocaram beijos.

— Nós nos conhecemos — disse-me Caroline —, oh, anos atrás! Durante a guerra.

A filha, Brenda, era loura, bonita — e também um pouco vulgar, achei. Ela ter vindo me deixou feliz por Caroline, mas também vagamente triste, pois a sua chegada e de seus pais pareceu traçar uma linha entre os mais velhos e os mais jovens. Ela e Caroline ficaram um pouco separadas de nós e acenderam cigarros. Logo se deram os braços e foram na direção do banheiro feminino.

Quando voltaram, eu tinha sido solicitado pelo grupo de Graham, que encontrara uma mesa longe do barulho da banda e oferecera duas garrafas de um vinho argelino. Foram dados copos para Brenda e Caroline, e cadeiras. Mas não se sentaram, ficaram olhando a pista de dança, Brenda balançando os quadris impacientemente ao ritmo da música, enquanto bebia. As músicas voltaram a ser animadas e as duas queriam dançar.

— Não se importa? — perguntou Caroline enquanto se afastava. — Brenda conhece algumas pessoas aqui e quer me apresentar a elas.

— Vá e dance — repliquei.

— Não vou me demorar, prometo.

— É bom ver Caroline fora de casa e se divertindo — disse-me Graham, depois que ela se afastou.

Balancei a cabeça.

— Sim.

— Você e ela se veem muito?

— Bem, passo por lá sempre que posso — respondi.

— É claro — replicou ele, como se esperasse que eu falasse mais. Então, disse, mais confidencialmente: — Nenhum progresso com o irmão, suponho.

Contei-lhe o último relatório que tinha recebido do Dr. Warren. Depois trocamos notícias de um ou dois outros pacientes e daí passamos para uma discussão, com Stratford, sobre o Serviço de Previdência Social que estava para se estabelecer. Stratford, como a maioria dos clínicos, se opunha veementemente. David Graham o defendia com paixão, enquanto eu estava melancolicamente convencido de que seria o fim da minha carreira, de modo que o debate foi intenso e prosseguiu por algum tempo. Vez ou outra, eu erguia a cabeça e procurava por Caroline na pista de dança. De vez em quando ela e Brenda vinham à mesa para mais vinho.

— Tudo bem? — eu lhe perguntava ou fazia com a boca, por cima do ombro de Graham. — Não estou lhe dando pouca atenção?

Ela sacudia a cabeça, sorrindo.

— Não seja tolo!

— Acha realmente que Caroline está bem? — perguntei a Anne, enquanto a noite prosseguia. — Sinto como se a tivesse abandonado.

Ela relanceava os olhos para o marido e dizia alguma coisa, que quase não era ouvida acima da música. Algo como: "Oh, estamos acostumadas com isso!" ou "Ela vai ter de se acostumar!". Enfim, coisas que me davam a impressão de ela não ter me ouvido direito. Mas ao ver a perplexidade em minha face, acrescentava rindo: "Brenda está cuidando dela, não se preocupe. Ela está bem."

Mais ou menos às 23h30, alguém pegou o microfone para anunciar um Paul Jones e houve uma migração geral para a pista de dança, a que Graham e eu fomos persuadidos a nos unir. Automaticamente, procurei por Caroline de novo, e a vi sendo empurrada para o círculo de mulheres no outro lado do salão. Depois disso, não tirei os olhos dela, esperando coincidir com ela nas pausas das músicas. Mas a cada rearranjo nos movíamos rapidamente um na direção do outro, só para sermos puxados impotentemente em direções opostas. O círculo de mulheres, repleto de enfermeiras, estava mais cheio do que o dos homens: eu a vi sorrir e quase tropeçar quando seus pés se emaranhavam com os das outras garotas, e uma vez, quando passou rápido por mim, me encarou e fez uma careta. "Isto é assassinato!", acho que gritou. Na próxima vez que veio, estava rindo. Seu cabelo solto tinha caído para a frente e mechas escuras colavam na transpiração de sua face e lábios. Por fim, ela acabou a uma posição ou duas à minha esquerda e no empurra-empurra cordial, mas determinado, que se seguiu, movi-me para ela — só para ser vencido por um homem grande, suado e de aparência excitada que, um segundo depois, reconheci como Jim Seeley. Ele era, eu acho, o seu par por direito no círculo, mas ela me lançou um olhar alarmado, cômico, quando ele a puxou para si e a conduziu em um foxtrote lento, com o queixo em sua orelha.

Dancei esse número com uma das enfermeiras mais jovens, e quando acabou e os círculos foram formados mais desordenadamente do que antes, deixei a pista. Fui ao bar para mais um copo de ponche aguado, depois me afastei da parte com mais gente, para observar a dança. Caroline, percebi, tinha conseguido se soltar de Seeley e encontrado um parceiro menos esmagador, um rapaz de óculos de tartaruga. Seeley, assim como eu, tinha desistido da pista em favor do bar. Bebeu todo o seu ponche e estava pegando um cigarro e o isqueiro no bolso quando, por acaso, ergueu o olhar e me viu olhando para ele. Aproximou-se e me estendeu a cigarreira.

— Em noites como esta, sinto a idade, Faraday — disse ele depois de acendermos nossos cigarros. — Não lhe parecem jovens demais essas enfermeiras? Juro que, mais cedo, dancei com uma criaturinha que mal parecia mais velha do que minha filha de 12 anos. Tudo bem para um velho sujo pervertido como... — E aí falou o nome de um dos cirurgiões mais antigos que havia sido o alvo de um escândalo um ou dois anos antes. — Mas quando estou dançando com uma garota e pergunto o que acha do distrito e ela responde que a faz pensar no lugar para onde foi evacuada em 1940... Bem, não contribui nada para um romance. Quanto a todos esses círculos, prefiro a antiquada valsa. Acho que vão começar as rumbas daqui a um minuto. Que Deus nos ajude.

Pegou um lenço e enxugou o rosto, depois o passou por baixo do colarinho e enxugou em volta do pescoço. Seu pescoço estava escarlate e sua gravatinha, frouxa. Sua orquídea tinha caído, reparei, só ficando a haste verde na sua lapela, ligeiramente leitosa na ponta. Animado pela bebida e exercício, emanava calor como um braseiro, de modo que era impossível ficar do seu lado nesse salão excessivamente quente sem ter vontade de se afastar. Mas como aceitei um de seus cigarros, achei que deveria lhe fazer companhia enquanto o fumava. Enxugou-se, bufou e resmungou por mais uns dois minutos, e então nosso olhar moveu-se naturalmente para a pista de dança e ficamos os dois em silêncio, observando os casais se sacudirem.

Não vi Caroline de imediato, e achei que ela tinha parado de dançar. Mas não, continuava a dançar com o jovem de óculos, e depois que a vi, meus olhos ficavam voltando a ela. O Paul Jones tinha acabado e a dança seguinte foi mais calma, mas a atmosfera geral era de uma hilaridade menos intensa, e Caroline, como todos os outros, estava com o rosto suado, o cabelo desgrenhado, os sapatos e meias raiados de giz, o pescoço e a pele dos braços ainda corados e brilhando. A cor acentuada ficava-lhe bem, achei. Apesar de seu vestido ser tão simples e sua postura tão discreta, ela parecia muito jovem — como se o movimento e o riso tivessem trazido à tona sua juventude, junto com seu sangue.

Observei-a durante toda essa dança, e no começo da outra. Somente quando Seeley falou, me dei conta de que ele também tinha ficado observando-a.

— Caroline Ayres parece bem — disse ele.

Afastei-me um pouco para apagar o cigarro na mesa mais próxima.

— Sim, parece — repliquei ao voltar.

— Dança muito bem, essa garota. Sabe que tem quadris e o que fazer com eles. A maioria das inglesas dança com os pés. — Seu tom e expressão se tornaram mais especulativos. — Você a viu montada em um cavalo, suponho. Há algo atraente ali, definitivamente. É uma pena que não tenha um rosto à altura. Ainda assim... — Deu uma última tragada no seu cigarro. — Eu não deixaria que isso atrapalhasse.

Por um segundo achei que tinha ouvido mal. Então vi, por sua expressão, que não.

Ele também viu minha expressão. Franziu os lábios, para desviar a fumaça, mas riu, e a fumaça saiu irregular.

— Ora, deixa disso! Não é nenhum segredo, é? O tempo que passa com essa família? Não me importo em lhe contar que há uma certa discussão na cidade a respeito de por qual das mulheres você está interessado: se pela filha ou pela mãe.

Falou como se a história fosse uma tremenda piada — como se me estimulando, divertidamente, a algum ato perverso ambicioso, como um monitor na escola aplaudindo um júnior por ter tido o atrevimento de espiar pela janela da supervisora.

— Que diversão incrível para vocês todos — repliquei friamente.

Mas ele riu de novo.

— Não leve para esse lado! Sabe como é a vida em uma cidade pequena. Quase tão monótona quanto a vida em um hospital. Somos tantos, todos nós, prisioneiros, temos de nos divertir com o que conseguimos. Pessoalmente, não sei para quem você anda arrastando as asinhas. A Sra. Ayres foi uma bela mulher em seu tempo, posso lhe afirmar. Mas se eu fosse você, apostaria em Caroline, simplesmente com base em, você entende, ela ter tantos bons anos pela frente.

Suas palavras, como me recordo agora, me soaram tão ofensivas que fico pasmo ao pensar que continuei ali, permitindo que dissesse essas coisas, olhando para a sua cara vermelha de porre, sem querer esmurrá-lo. Porém o que mais me impressionou na hora foi aquele quê de condescendência. Achei que estava sendo feito de bobo e me pareceu que esmurrá-lo só serviria para lhe dar a satisfação de confirmar que eu era o que ele pensava — um paspalho caipira. Permaneci tenso sem responder nada, querendo fazer com que se calasse, mas sem saber como. Ele percebeu minha confusão e me cutucou.

— Fiz você pensar, hein? Tome uma atitude hoje, amigão! — Fez um gesto indicando a pista de dança. — Antes que o boboca de óculos tenha chance de tomar. Afinal, é um longo e escuro caminho até Hundreds.

Por fim, despertei.

— Acho que vi sua mulher — falei, fazendo sinal para que olhasse para trás.

Ele hesitou e se virou e me afastei, abrindo caminho, desajeitado e sem parar, pelas mesas e cadeiras. Dirigia-me à porta, com a intenção de passar alguns minutos no ar noturno frio. Mas tive de passar pela mesa que dividira com os Graham, e o casal Stratford, ao me ver com uma expressão tão fixa, supôs, naturalmente, que eu tivesse me perdido e me chamou. Pareceram tão satisfeitos com o meu retorno — a mulher andava com uma bengala, e não podia dançar —, que não tive coragem de recusar me sentar com eles, e ficamos conversando até o fim da noite. Do que falamos, não faço a menor ideia. Estava tão perturbado com o que Seeley tinha dito, e de tantas maneiras, que não conseguia organizar meus sentimentos.

O fato de eu ter levado Caroline ao baile, sem ter pensado no que pensariam, pareceu, de repente, inacreditável. Acho que tinha me acostumado à ideia de passar tempo com ela, no isolamento de Hundreds, e se uma ou duas vezes me ocorrera algum sentimento por ela, bem, tinha sido uma daquelas coisas comuns entre homens e mulheres, provocadas pela simples proximidade. Como fósforos soltando faíscas ao se sacudirem dentro da caixa. Pensar que todo esse tempo as pessoas tinham nos observado, especulado... esfregando as mãos! Senti-me enganado; de certa maneira, senti-me exposto. Parte da minha perturbação, lamento dizer, era simples embaraço, uma relutância masculina básica em ter meu nome ligado, romanticamente, com uma garota notoriamente feiosa. Parte disso era vergonha, ao descobrir que eu achava isso. Uma parte contraditória era o orgulho: pois por que — perguntei a mim mesmo — eu não deveria ter levado Caroline Ayres a uma festa se eu assim tinha desejado? Por que diabo não dançar com a filha de um cavalheiro rural, se a filha do cavalheiro rural queria dançar comigo?

E misturado com tudo isso havia uma espécie de possessividade nervosa em relação à própria Caroline, que parecia ter saltado sobre mim sem mais nem menos. Lembrei-me do sorriso malicioso de Seeley enquanto a observava na pista de dança. *Sabe que tem belos quadris e o que fazer com eles... Você a viu montada em um cavalo, não viu?* Devia tê-lo esmurrado quando tive a chance, pensei furioso. Certamente o esmurraria agora, se ele aparecesse e dissesse a mesma coisa de novo. Até mesmo olhei em volta do salão, com a ideia maluca de ir atrás dele... Não o vi. Não estava dançando, não estava em pé observando a dança, mas tampouco vi Caroline, nem o rapaz de óculos. Isso começou a me incomodar. Continuei a conversar educadamente com o casal Stratford, continuei a fumar cigarros e beber vinho. Mas enquanto falávamos, meus olhos deviam ficar de lá para cá. A dança agora me parecia absurda, os próprios dançarinos me pareceram lunáticos gesticulando. Tudo o que eu queria era que Caroline emergisse do grupo afogueado, para que eu lhe desse seu casaco e a levasse para casa.

Finalmente, assim que bateu uma hora, quando a música tinha acabado e as luzes voltaram, ela reapareceu na mesa. Veio com Brenda, as duas vindo da pista, com os olhos e bocas manchados. Ficou a alguns passos de mim, bocejando, puxando o corpete do vestido para tirar a mancha da pele úmida embaixo, expondo um pouco o sutiã na axila, um buraco musculoso riscado ligeiramente de talco. E embora tivesse ansiado por seu retorno, quando ela me olhou e sorriu, senti, inexplicavelmente, uma pontada parecida com raiva, e tive de desviar meu olhar. Disse-lhe, asperamente, que ia buscar nossas coisas no vestiário, e ela e Brenda foram, de novo, ao banheiro feminino. Quando voltaram, ainda bocejando, fiquei aliviado ao ver que tinha ajeitado o cabelo e passado no rosto e pescoço, de maneira discreta e convencional, batom e pó de arroz.

— Deus, eu estava um horror! — disse ela, quando a ajudei a vestir o casaco. Olhou em volta do salão, para as vigas com as flâmulas que tinham se revelado com todas as cores desbotadas. — Como o lugar. Não é terrível como tudo perde o glamour quando as luzes se acendem? Ainda assim, gostaria que não tivéssemos de ir embora... Uma garota estava chorando no banheiro. Acho que um de seus médicos grosseirões partiu seu coração.

Sem encará-la, fiz sinal indicando seu casaco, que ela tinha deixado aberto.

— Devia fechá-lo. Está gelado lá fora. Não trouxe cachecol?

— Me esqueci.

— Então feche as lapelas, está bem?

Ela fechou o casaco com uma mão e pôs a outra no meu braço. Fez isso delicadamente, mas desejei que não tivesse feito. Despedimo-nos dos Graham, do casal Stratford e da loura e experiente Brenda, e me senti horrivelmente constrangido, imaginando ver risinhos no olhar deles e no que estariam pensando ao nos verem sair juntos para — como Seeley havia colocado — "o longo e escuro caminho para Hundreds". Então me lembrei do comentário esquisito que Anne Graham tinha feito, rindo, quando lhe perguntei sobre Caroline: que ela "teria de se acostumar a ser abandonada", como se ela fosse, em breve, se tornar esposa de um médico... Isso me deixou ainda mais constrangido. Depois de nos despedirmos de todos e atravessarmos o salão que se esvaziava, dei um jeito de pôr Caroline na minha frente, de modo que nossos braços se soltassem.

No estacionamento estava tão gelado que ela se segurou em mim de novo.

— Avisei que ia sentir frio — eu disse.

— Ou isso ou quebrar uma perna — respondeu ela. — Estou de salto alto, não se esqueça. Socorro! — Tropeçou e se segurou no meu braço com as duas mãos, chegando para mais perto ainda.

O gesto me incomodou. Ela tinha bebido *brandy* mais cedo, e depois, um ou dois copos de vinho, e eu tinha ficado feliz em vê-la — como tinha achado então — se soltar. Mas, enquanto nas primeiras vezes que dançamos ela estava genuinamente descontraída e um tantinho tonta nos meus braços, me pareceu que sua embriaguez agora era um pouco forçada. Ela repetiu:

— Não é uma pena termos de ir embora? — Mas disse isso muito alegremente. Foi como se quisesse mais da noite do que a noite lhe dera até então, e estivesse insistindo nisso como uma tentativa de ser satisfeita. Mais uma vez, antes de chegarmos ao carro, ela tropeçou, ou fingiu tropeçar, e quando a coloquei dentro do carro e uma manta em volta dos seus ombros, começou a tremer descontroladamente, batendo os dentes como dados em um copo. Como o meu carro não tinha aquecimento, eu tinha levado um saco de água quente para ela, e uma garrafa térmica com água para enchê-lo. Fiz isso e o passei para ela, que o enfiou agradecida dentro do seu casaco. Mas quando dei a partida, ela baixou a janela e, ainda tremendo, pôs a cabeça para fora.

— O que diabo está fazendo? — eu disse.

— Estou olhando as estrelas. Estão brilhantes.

— Pelo amor de Deus, olhe com a janela fechada. Vai pegar um resfriado.

Ela riu.

— Parece até um médico falando.

— E você — eu disse, puxando-a para dentro pela manga — até parece a mocinha frívola que sei que não é. Agora sente-se direito e feche a janela.

Ela obedeceu, submissa de repente, talvez reprimida pelo tom irritado de minha voz, talvez intrigada. Também fiquei perplexo com meu tom, pois a verdade é que ela não tinha feito nada para merecê-lo. Era tudo culpa da mente suja de Seeley, e eu o tinha deixado escapar.

Fizemos o trajeto para fora do terreno do hospital em silêncio, passando primeiro pelo fluxo animado do trânsito, mas logo nos livrando do barulho das buzinas, dos gritos e chamados, das campainhas das bicicletas e entramos nas vias mais silenciosas. Caroline ficou enrolada na manta e, aos pouquinhos, à medida que foi se aquecendo, senti seus membros longos relaxarem. Meu humor se abrandou um pouco.

— Está melhor? — perguntei.

— Sim, obrigada — replicou ela.

Tínhamos deixado a periferia de Leamington e passado para as vias rurais não iluminadas. O solo, aí, estava mais congelado, e a estrada e heras, brancas e cintilando, pareciam se dividir em volta dos faróis, espumar e correr de volta ao escuro, como água agitada pela proa de um barco. Caroline olhou fixo pelo para-brisa durante um tempo, e depois esfregou os olhos.

— A estrada está me hipnotizando! Não o incomoda?

— Estou acostumado — repliquei.

Ela pareceu impressionada com isso.

— Sim — disse ela, olhando para mim —, é claro que está. Dirigir à noite. Como as pessoas devem ficar alertas ao ruído do seu carro, e à luz dos faróis. E como devem ficar felizes quando chega. Se estivéssemos indo para a cabeceira de alguém, agora, como estariam nos esperando com ansiedade. Nunca tinha pensado nisso antes. Isso não o assusta?

Mudei a marcha.

— Por que me assustaria?

— A responsabilidade, acho.

— Já lhe disse, não sou nada. As pessoas nem mesmo me veem, na metade do tempo. Veem o "doutor". Veem a maleta. A maleta é o importante. O velho Dr. Gil me disse isso. Meu pai me comprou uma bonita maleta de couro quando me formei. Gil viu-a e disse que eu não chegaria a lugar nenhum com uma coisa daquela, ninguém confiaria em mim. Deu-me uma maleta sua, velha e gasta. Usei-a por anos.

— Ainda assim — disse ela um momento depois, como se não tivesse ouvido. — Como essa gente deve ficar alerta, esperar e querer que chegue logo. Talvez você goste disso. É assim?

Relanceei os olhos para ela, no escuro.

— É assim o quê?

— Gosta disso, de ter sempre alguém desejando que chegue, à noite?

Não lhe dei nenhuma resposta. Ela não pareceu querer uma. Mais do que nunca, tive a impressão de algo falso no seu comportamento, como se ela estivesse se aproveitando do escuro, da intimidade deslocada do carro para experimentar outra personalidade — a personalidade de Brenda, talvez. Ficou em silêncio por um momento, depois começou a cantarolar. Era uma das músicas que ela tinha dançado com o jovem de óculos, e ao perceber isso meu humor azedou de novo. Ela remexeu na sua bolsa.

— Seu carro tem acendedor? — perguntou ela, tirando um maço de cigarros da bolsa. Sua mão tateou o painel, e então ela a tirou. — Não faz mal, tenho fósforos em algum lugar... Quer que acenda um para você?

— Posso acendê-lo eu mesmo, se passá-lo para mim.

— Ah, deixe eu acender. Como nos filmes.

Houve o riscar e a chama de um fósforo e, pelo canto do olho, vi seu rosto e mãos assumirem uma vida luminosa. Ela estava com dois cigarros na boca: acendeu os dois, depois pegou um e estendeu a mão para colocá-lo na minha boca. Um pouco perturbado pelo súbito roçar de seus dedos frios — e pelo toque seco do cigarro, que tinha um indício de batom ao seu redor — imediatamente o tirei da boca e o segurei junto com o volante.

Fumamos em silêncio por algum tempo. Ela colocou o rosto perto da sua janela e começou a desenhar linhas e círculos onde sua respiração embaçava o vidro. Então, abruptamente, ela disse:

— Aquela garota, a Brenda, que encontrei hoje, não gosto muito dela, sabe?

— Não? — eu disse. — Nunca teria imaginado. Cumprimentaram-se como irmãs que não se viam há muito tempo.

— Ah, mulheres sempre fazem isso.

— Sim, muitas vezes acho que deve ser exaustivo ser mulher.

— E é, se o fizer direito. E por isso tão raramente faço. Sabe como a conheci?

— Brenda? Imaginei que tivesse sido na Marinha.

— Não, foi antes disso. Vigiamos incêndios juntas por cerca de seis semanas. Não éramos nada parecidas, mas acho que o tédio fazia com que conversássemos. Ela se encontrava com um rapaz, quer dizer, dormia com ele, e tinha acabado de descobrir que estava grávida. Queria abortar e estava procurando uma garota que fosse com ela a um farmacêutico e a ajudasse a comprar alguma coisa e eu disse que iria. Fomos a Birmingham, onde ninguém nos conhecia. O homem era horrível: excessivamente decoroso, devastador e excitado, exatamente como se espera que seja. Nunca sei se é mais confortador quando a pessoa mostra ser exatamente o que se espera ou mais deprimente... Mas a coisa funcionou.

Mudando de marcha de novo, falei:

— Duvido que tenha dado certo. Esse tipo de coisa nunca dá certo.

— Não? — disse Caroline, surpresa. — Foi só uma coincidência, então?

— Só uma coincidência.

— Só um pouco de sorte da boa Brenda. E depois de tudo isso. Mas Brenda é o tipo de pessoa para quem a sorte acontece, boa ou má sorte. Tem pessoas assim, não acha? — Deu uma tragada no cigarro. — Ela perguntou quem você era.

— O quê? Quem perguntou?

— Brenda. Pensou que fosse o meu padrasto! E quando eu disse que não era, olhou-o de novo com seus horríveis olhos estreitados e disse: "Seu Papai Noel, então." É assim que a sua cabeça funciona.

Cristo! Pensei. Essa parecia ser a maneira que a cabeça de todo mundo funcionava e achei que era uma piada ótima para todos eles.

— Bem — repliquei —, espero que você a tenha corrigido rapidamente.

— Ela não respondeu. Continuou a traçar linhas no vidro. — Então?

— Ah, deixei que ela pensasse assim por um minuto, só um minuto, só pela diversão. Ela deve ter-se lembrado do tempo em Birmingham, também. Ela disse que o melhor no fato de ser um médico era nunca se ter tanto medo de "cometer um erro". Eu disse: "Deus meu, nem me diga! Engravidei quatro vezes! O doutor tem sido um cordeirinho!"

Deu outra tragada no cigarro, e então disse simplesmente:

— Na verdade, não disse isso. Contei a verdade: que era um amigo da família sendo gentil em me levar para dançar. Acho que aí sim pensou o pior de mim.

— Ela parece uma jovem muito desagradável.

Caroline riu.

— Como é pudico! Quase toda garota fala assim... para outras garotas, quer dizer. Já disse, nunca gostei muito dela. Meu Deus, meu pé está morto!

Agitou-se por um segundo, tentando se aquecer. Percebi que estava tirando os sapatos, e logo pôs as pernas para cima, enfiou o vestido e o casaco entre os joelhos, e virou-se para mim, pondo os pés no intervalo entre o seu banco e o meu. Estendeu os braços, uma mão ainda segurando o cigarro, e começou a massagear os dedos dos pés.

Ficou assim por uns dois minutos, finalmente apagando o cigarro no cinzeiro do carro, soprou as palmas das mãos e as pôs na sola dos pés. E então ficou em silêncio. Deixou a cabeça cair e pareceu dormir. Ou talvez só fingisse dormir. Em uma curva na estrada, senti o carro derrapar levemente sobre o gelo na estrada. Tive de frear e quase parar o carro, o que certamente a teria acordado, se tivesse adormecido naturalmente, mas ela não se mexeu. Um pouco depois, parei em um cruzamento e me virei para ela. Seus olhos continuavam fechados, e no escuro, em suas roupas escuras, ela pareceu uma *assemblage* de fragmentos angulares: o rosto quadrado com suas sobrancelhas grossas, o diamante vermelho de sua boca, o pescoço exposto, as panturrilhas musculosas, as mãos claras e compridas.

Os fragmentos se mexeram quando ela abriu os olhos. Sustentou o meu olhar, seus olhos brilhando ligeiramente na centelha refletida da estrada coberta de gelo. Quando falou, o tom impetuoso tinha desaparecido da sua voz. Soou sem modulação, quase infeliz.

— A primeira vez — disse ela — que me deu carona neste carro, comemos amoras-pretas. Lembra-se?

Engrenei e o carro partiu.

— É claro que me lembro.

Senti seus olhos em mim. Virou-se para a sua janela e olhou para fora.

— Onde estamos agora?
— Na estrada de Hundreds.
— Tão perto assim?
— Você deve estar cansada.
— Não estou. Nem um pouco, na verdade.
— Não, depois de tanta dança, com todos aqueles rapazes?
— A dança me acordou — replicou ela, no mesmo tom de antes —, embora seja verdade que um ou dois dos rapazes quase tenham me feito dormir de novo.

Abri a boca para falar, e a fechei de novo. Mas acabei dizendo:
— E o cara de óculos?

Ela virou-se para mim, curiosa.
— Você o viu? Ele foi o pior. Alan... ou Alec, acho que era. Disse que trabalha em um dos laboratórios do hospital, e tentou fazer isso parecer incrivelmente técnico e importante, mas não creio que seja. Ele mora "na cidade" com seu "papai e mamãe". Isso é tudo o que sei. Ele não era sequer capaz de falar enquanto dançava. Não, a verdade é que sequer sabia dançar.

Baixou a cabeça de novo, de modo que sua bochecha tocou as costas de seu assento, e mais uma vez lutei com uma mistura curiosa de emoções. Falei com um quê de cinismo:
— Coitadinho do Alan ou Alec. — Mas ela não percebeu a mudança na minha voz. Tinha baixado o queixo, de modo que quando falou de novo, suas palavras saíram meio abafadas.
— Na verdade acho que não gostei tanto de nenhuma das danças quanto das que nós dois dançamos juntos no começo.

Não respondi. Depois de uma pausa, ela prosseguiu:
— Gostaria que tivéssemos um pouco mais daquele *brandy* preto. Não guarda uma garrafa no carro? — Abriu o porta-luvas e tateou dentro, no meio de papéis, ferramentas e maços de cigarro vazios.
— Por favor, não faça isso — eu disse.
— Por que não? Tem algum segredo? De qualquer maneira, não há nada aqui mesmo. — Fechou o porta-luvas e se virou para procurar no banco de trás. O saco de água quente escorregou do casaco para o chão do carro. Ela estava animada de novo.
— Não tem nada na sua maleta?

— Não seja boba.

— Tem de ter alguma coisa.

— Pode beber um pouco de cloreto de etila, se quiser.

— Isso me poria para dormir, não? Não quero dormir. Eu podia estar em Hundreds agora. Deus meu, não quero voltar para Hundreds! Leve-me para algum outro lugar, pode fazer isso?

Agitou-se feito uma criança. Fosse por isso ou pelo balanço do carro, o fato é que seus pés avançaram um pouco no intervalo entre nossos bancos, até eu sentir o ligeiro movimento não intencional de seus dedos na minha coxa.

Falei, pouco à vontade:

— Sua mãe deve estar esperando, Caroline.

— Ah, mamãe não se importa. Deve ter ido para a cama e deixado Betty esperando. Além do mais, ela sabe que estou com você. O nobre acompanhante, e tudo o mais. Não vai ter importância a hora que chegarmos.

Relanceei os olhos para ela.

— Não está falando sério. Já passam das duas horas da manhã. Tenho de atender no consultório às nove horas.

— Podemos parar o carro e fazer uma caminhada.

— Você está de sapato alto!

— Não quero ir para casa agora. Só isso. Não podemos ir para algum lugar, onde nos sentarmos, fumarmos um cigarro?

— Aonde?

— Para qualquer lugar. Deve conhecer algum lugar.

— Não seja boba — repeti.

Mas disse isso sem convicção. Pois, contra a vontade — como se a imagem estivesse aguardando logo ali sob a superfície da minha mente e, agora, com suas palavras, tivesse saltado para cima —, pois então, mesmo contra a vontade, pensei num local a que ia às vezes: o lago escuro, com suas margens de caniços. Imaginei a água tranquila, salpicada de estrelas, a relva prateada e fresca sob os pés, o silêncio e quietude do lugar. A entrada era 2 ou 3 quilômetros adiante, só isso.

Talvez ela tenha sentido uma mudança em mim. Parou de se mexer e ficamos em silêncio. A estrada ascendeu, depois fez uma curva e desceu. Mais um minuto e chegaríamos à entrada da senda. Eu realmente não sabia, até o último momento, se faria a volta ou não. Mas então, abruptamente, diminuí a velocidade, coloquei o pé na embreagem e reduzi a marcha. Do meu lado, Caroline pôs a mão no painel, para se segurar na guinada. Ela tinha esperado isso muito menos do que eu. Seus pés deslizaram para a frente com o movimento do carro, de modo que, por um segundo, os senti bem debaixo de minha coxa, sólidos e deliberados como criaturas que se entocam. O carro, então, prosseguiu mais suavemente, e ela os retirou, fazendo seu banco ranger e se inclinar ao pressionar seus calcanhares para impedir que escorregassem mais.

Tinha falado sério quando propôs nos sentarmos e fumarmos um cigarro? Eu tinha, ao imaginar esse lugar, me esquecido, de alguma maneira, de que eram duas da madrugada? Com os faróis apagados, ao desligar o carro, não havia nada para ser visto do lago, da grama, dos juncos ao redor. Poderíamos muito bem estar em qualquer outro lugar, ou em nenhum. Somente o silêncio foi como eu imaginava. Um silêncio tão profundo que parecia ampliar cada som que o rompia, e portanto, fiquei estranhamente ciente do movimento da respiração de Caroline, do apertar e relaxar de sua garganta quando engolia, da soltura de sua língua e palato quando ela abria um pouquinho a boca. Por um minuto, talvez mais, ficamos ali sem nos mexermos mais do que isso: eu com as mãos no volante, ela com o braço estendido para o painel, como se ainda se defendesse das guinadas.

Então me virei e tentei olhar para ela. Estava escuro demais para vê-la direito, mas imaginei vividamente sua face, com a nada bela combinação dos fortes traços da família. Ouvi de novo as palavras de Seeley: *Há algo atraente ali, definitivamente...* Ah, eu tinha percebido isso, não tinha? Acho que desde a primeira vez que a vi, observando seus pés descalços mexendo no pelo da barriga de Gyp, e tinha percebido o mesmo uma centena de outras vezes desde então, observando o balanço dos seus quadris, os seios fartos, o movimento sólido e descontraído de seus membros. Mas... de novo, senti vergonha em admiti-lo, sinto vergonha de me lembrar agora — o sentimento agita algo mais em mim, uma corrente obscura de desconforto, quase de repulsa. Não era a diferença de idade. Acho que nem mesmo considerei isso. Era como se o que me atraísse para ela, ao mesmo tempo me repelisse. Como se a desejasse contra a minha vontade... Pensei de novo em Seeley. Nada disso, eu sei, faria qualquer sentido para ele. Seeley a teria beijado e dane-se o resto. Imaginei esse beijo várias vezes. O lábio frio dela e a surpresa causada pelo calor além dele. O provocante rompimento, no escuro, de uma mistura de umidade, movimento, gosto. Seeley teria feito isso.

Mas não sou Seeley. Fazia muito tempo que eu não beijava uma mulher. Na verdade, anos desde que tivera uma mulher nos meus braços com outra coisa além de uma paixão indiferente. Senti um breve arroubo de pânico. E se eu tivesse perdido o jeito? Ali estava Caroline do meu lado, possivelmente tão insegura quanto eu, mas jovem, viva, tensa, expectante... Por fim, tirei uma mão do volante e a coloquei, hesitantemente, sobre um dos seus pés. Os dedos se mexeram quando tocados, mas exceto isso, ela não reagiu.

Deixei minha mão ali por talvez seis ou sete pulsações do meu coração e então, lentamente, a movi — somente os dedos pela superfície fina e não resistente de sua meia, subindo para o arco do seu pé, até o osso do seu tornozelo, e para o calcanhar atrás. Como ela continuou imóvel, avancei minha mão mais para cima, até a parte ligeiramente quente, ligeiramente úmida, entre a panturrilha e a parte de trás da coxa. Então me virei e me inclinei para ela, estendendo a outra mão com a intenção de pegar seu ombro e virar seu rosto para mim. Mas a mão, no escuro, alcançou a lapela de seu casaco, meu polegar deslizou pela bainha e deu com o começo da pele de seu seio. Achei que ela se retraiu, ou estremeceu, quando o polegar moveu-se levemente por seu vestido. De novo, ouvi o movimento de sua língua dentro da sua boca, a separação de seus lábios, uma inspiração.

O vestido tinha três botões de pérolas e, desajeitadamente, os abri. Por baixo havia uma combinação, uma coisa excessivamente lavada, debruada de renda. Debaixo estava o sutiã, sólido, comum, com elástico, o tipo de coisa que eu tinha visto várias vezes em minhas pacientes, a partir da guerra, de modo que, por um momento, me lembrando das cenas nada eróticas na sala do consultório, meu desejo recalcitrante quase morreu de vez. Mas então ela se mexeu, ou respirou. Seu seio ergueu-se na minha mão e senti não a taça rígida do sutiã, mas a pele quente dentro dele, com o bico enrijecido — enrijecido, me pareceu, como um de seus próprios dedos. Isso, de alguma maneira, desencadeou a carga que faltava ao meu desejo, e me inclinei mais para ela, meu chapéu escorregando da minha cabeça. A perna que estava segura por minha mão esquerda, puxei para trás de mim. A outra perna ficou no meu colo, pesada e quente. Coloquei o rosto no seu peito e depois devo ter buscado a sua boca. Movi-me desajeitado para cima dela — querendo beijá-la, isso foi tudo. Mas ela se sacudiu, e seu queixo bateu na minha cabeça. Ela mexeu as pernas — levei um momento para perceber que estava tentando retirá-las.

— Desculpe — disse ela, seus movimentos se tornando mais vigorosos. — Desculpe... não consigo.

De novo, acho que só a compreendi tarde demais, ou talvez fosse, simplesmente, que tendo ido tão longe, me vi, de repente, desesperado para levar a coisa até o fim. Baixei as mãos e segurei seus quadris, com uma violência que me deixou pasmo, ela se contorceu e se libertou. Por um momento, realmente lutamos. Então, ela puxou os joelhos e me chutou às cegas. Seu calcanhar atingiu meu maxilar, e caí para trás.

Acho que o golpe me deixou tonto por um segundo. Tomei consciência do sacolejo dos bancos: eu não podia vê-la, mas percebi que havia baixado as pernas e estava endireitando e abotoando o vestido — fazendo tudo isso com pressa, com movimentos bruscos, como se em pânico, de certa maneira. Mas então, se envolveu com a manta e se afastou de mim, arrastando-se para o mais longe possível no carro estreito, pressionando o rosto na janela, a testa no vidro. Depois disso ficou assustadoramente quieta. Eu não sabia o que fazer por ela. Estendi o braço, hesitante, e toquei no seu. Ela primeiro se retraiu, depois deixou que a acarinhasse — mas foi o mesmo que acarinhar a manta ou o banco de couro, de tão inerte que ficou na minha mão.

Falei, arrasado:

— Pelo amor de Deus! Achei que você queria.

Um momento depois, ela respondeu:

— Eu também.

Foi tudo o que disse. Portanto, agora constrangido e incomodado, retirei minha mão e coloquei o chapéu. As janelas do carro, com uma ironia espantosa, tinham-se embaçado. Baixei a minha janela, esperando fazer alguma coisa que aliviasse a atmosfera de intimidade e a besteira feita. O ar noturno entrou como uma inundação de água gelada, e um minuto depois, senti que ela estremeceu.

— Quer que a leve para casa, Caroline? — perguntei.

Ela não respondeu, mas liguei o motor — o som foi brutal no silêncio — e, bem devagar, fiz a volta com o carro.

Ela começou a se mexer somente quando pegamos a estrada de Hundreds e seguimos ao longo do muro do parque. Agitou-se quando parei nos portões, arrumando o cabelo, calçando os sapatos, mas sem olhar para mim. Ao entrar de novo no carro, depois que saí para abrir os portões, vi que tinha retirado a manta dos ombros e estava sentada ereta e pronta. Conduzi o carro cuidadosamente pela alameda coberta de gelo e pela via de cascalhos. Duas janelas foram iluminadas pelos faróis, devolvendo a luz com um brilho suave e irregular como o de óleo na água. Mas as janelas em si estavam escuras, e quando desliguei o motor, a casa pareceu, de certa maneira, avançar mais para perto, até se tornar absurdamente iminente e ameaçadora contra o céu densamente estrelado.

Fiz menção de abrir a minha porta para sair e abrir a dela. Mas me deteve dizendo rapidamente:

— Não, por favor, não precisa. Não quero prendê-lo.

Não havia o menor vestígio de embriaguez na sua voz, nenhum tom pueril, mas nenhum aborrecimento tampouco. Parecia um pouco desanimada, nada mais.

— Está bem, ficarei aqui até ver que entrou em segurança — repliquei.

Mas ela sacudiu a cabeça.

— Não vou por aqui. Depois que Roddie partiu, mamãe manda Betty trancar a porta da frente à noite. Vou entrar pelo jardim. Trouxe uma chave.

Respondi que, nesse caso, era claro que eu iria com ela, de modo que nós dois saímos do carro, e caminhamos em silêncio e constrangidos, passamos pelas janelas fechadas da biblioteca, depois viramos para a varanda, seguindo pelo lado norte. Estava tão escuro que tivemos de fazer o caminho confiando no nosso conhecimento do lugar. De vez em quando nossos braços se tocavam, e logo nos separávamos, só para avançarmos às cegas e acabarmos nos tocando de novo. A certa altura, nossas mãos se encontraram e ela afastou os dedos, como se tivesse se queimado, e eu me retraí lembrando a nossa luta no carro. O escuro se tornou sufocante. Parecia uma manta sobre a cabeça. Quando viramos na esquina seguinte e até mesmo a luz das estrelas foi bloqueada pelos álamos nesse lado da casa, peguei meu isqueiro e o usei como lanterna, protegendo a chama com a mão. Ela deixou que a guiasse até a porta, a chave pronta na sua mão.

Depois que abriu a porta, no entanto, se deteve no limiar, como se, de repente, indecisa. A escada à frente estava mal iluminada, mas por um segundo, depois que soprei a chama, ficamos mais cegos do que antes no escuro total. Quando meus olhos se adaptaram de novo, vi que estava virada para mim, mas com os olhos baixos.

Falou calma e vagarosamente:

— Foi uma estupidez minha. A noite tinha sido tão boa. Gostei de quando dançamos juntos.

Ergueu os olhos, talvez falasse mais, não sei. Nesse momento, a escada foi iluminada e ela logo disse:

— É Betty descendo para me buscar. Tenho de ir. — Inclinou-se e beijou-me no rosto, quase pudicamente, no começo. Então quando o canto da sua boca cobriu o canto da minha, pôs a mão no lado da minha cabeça e, desajeitadamente, girou minha cabeça. Só por um segundo, quando nossos lábios se encontraram, senti uma espécie de tremor em suas feições, sua boca se retorcendo e seus olhos se fechando com força. Depois se afastou.

Entrou na casa como se atravessando uma fenda na noite, e fechou-a atrás de si instantaneamente. Ouvi sua chave girar na fechadura e o bater de seus saltos na escada de pedra. E de certa maneira perdê-la me fez desejá-la, completa e fisicamente, mais do que a sua proximidade. Fui até a porta e me encostei nela, frustrado, querendo que retornasse. Mas ela não retornou. A casa silenciosa estava fechada para mim, o jardim emaranhado imóvel. Esperei mais um minuto, depois mais outro. Então, devagar, voltei pelo escuro quase impenetrável para o meu carro.

9

Depois disso, não a vi por mais de uma semana. Estive muito ocupado. E para ser franco, fiquei grato ao atraso. Deu-me a chance, pensei, de organizar meus sentimentos: de me recuperar do embaraço dos erros daquela noite, de dizer a mim mesmo que, afinal, não havia se passado nada de mais entre nós, de atribuir a coisa toda à bebida, ao escuro e aos efeitos da dança. Vi Graham na segunda-feira e fiz questão de mencionar o nome de Caroline, dizendo-lhe que ela tinha caído no sono no carro no caminho todo de volta de Leamington, dormindo feito uma criança até chegarmos ao portão de Hundreds. E então mudei de assunto. Como acho que já disse antes, não sou um homem naturalmente mentiroso. Vi complicações demais na vida dos meus pacientes resultantes de mentiras. Mas nesse caso, achei melhor pôr um ponto final em qualquer especulação a respeito de mim e Caroline, tanto por ela quanto por mim mesmo. Gostaria de esbarrar com Seeley. Planejei pedir-lhe francamente que fizesse de tudo para encerrar os rumores que ele tinha mencionado, que sugeriam que eu estava interessado em uma ou nas duas mulheres Ayres. Depois, comecei a me perguntar se *realmente* haveria circulado algum boato. Aquilo tudo não teria sido simplesmente conversa maldosa de um bêbado? Decidi que sim, e quando realmente cruzei com Seeley, não mencionei o baile, nem ele.

Mas ainda assim, mesmo passando a semana extremamente ocupado, pensava em Caroline com frequência. O clima frio se tornou úmido de novo, mas eu sabia que a chuva raramente a impedia de caminhar: usando como sempre o atalho pelo parque, me peguei procurando por ela. Também a procurava nas vias ao redor de Lidcote, e estava ciente da minha decepção por não vê-la. E no entanto, quando surgiu uma oportunidade de passar na Hall, não a aproveitei... Dei-me conta, para a minha surpresa, de que estava nervoso. Várias vezes peguei o telefone para ligar para ela, e sempre o desliguei sem fazer a chamada. Logo o atraso começou a não parecer natural. Ocorreu-me que sua mãe podia achar estranho eu ter-me afastado. E foi o prospecto de inadvertidamente levantar suspeitas na Sra. Ayres, mais do que qualquer outra coisa, que finalmente me fez ir até lá, pois descobri que quase as temia.

Fui em uma quarta-feira à tarde, em um intervalo entre casos. A casa estava vazia, exceto por Betty, que felizmente limpava os metais na mesa da cozinha com o rádio ligado. Disse-me que Caroline e sua mãe estavam nos jardins, e, depois de uma breve procura, as descobri dando uma volta pelo gramado. Estavam inspecionando os efeitos das fortes chuvas recentes nos já negligenciados canteiros de flores. A Sra. Ayres estava bem agasalhada contra a umidade e o frio e parecia muito melhor do que na última vez que a vira. Ela me avistou antes de sua filha, e atravessou a relva para me receber, sorrindo. Caroline, como se constrangida, curvou-se para pegar um galho com folhas marrons. Quando tornou a se levantar, acompanhou sua mãe, encontrando o meu olhar sem corar, e uma das primeiras coisas que me disse foi:

— Recuperou-se de toda aquela dança? Meus pés me mataram na semana passada. Precisava ter visto como castigamos o parquete, mamãe! Estávamos esplêndidos, não, doutor?

Tinha voltado a ser a filha do nobre rural, seu tom frívolo, deliberado, linear.

— Estávamos — repliquei e me virei, sem conseguir olhar para ela, pois foi somente nesse momento, ao sentir uma queda violenta ou algo sendo jogado com força no interior do meu corpo, que percebi o que ela significava para mim. Toda a minha racionalização meticulosa nos últimos dez dias, entendi agora, tinha sido uma espécie de fraude, uma espécie de fachada construída por meu próprio coração irrequieto. Ela mesma tinha provocado essa inquietação, tinha provocado uma agitação de emoções nebulosas entre nós. E pensar que agora fosse capaz de lacrá-las — lacrá-las, por exemplo, como fizera com seu sofrimento da perda de Gyp — era muito duro de suportar.

A Sra. Ayres tinha se afastado para examinar outro canteiro. Fui para perto dela e lhe ofereci o meu braço. Caroline veio para o seu outro lado, e nós três nos movemos, lentamente, de um gramado a outro. Caroline de vez em quando se curvava para remover as plantas mais arruinadas ou para firmar as menos danificadas no solo. Não sei se alguma vez chegou a olhar para mim. Quando eu relanceava os olhos para ela, os seus estavam fixos à frente, ou baixos, de modo que eu só via seu perfil meio achatado, e como andávamos com a Sra. Ayres entre nós, seu rosto ficava quase o tempo todo oculto de mim pelo da sua mãe. Falaram um bocado sobre os jardins, me lembro. As chuvas tinham derrubado uma cerca e discutiam se deveriam ou não substituí-la. Uma urna ornamental também tinha sido quebrada e o grande arbusto de alecrim que ela continha teria de ser transferido para outro lugar. A urna era antiga, tinha sido trazida da Itália pelos avós do coronel. Eu achava que deveria ser remendada. Ficamos ali olhando para a coisa de aspecto desolado, a parte bojuda dentada e escancarada, expondo uma massa de raízes emaranhadas. Caroline agachou-se do lado e cutucou as raízes.

— A gente meio que espera que se sacudam — disse ela, sem tirar os olhos do alecrim acima. A Sra. Ayres também chegou mais perto, passando sua mão enluvada sobre os ramos verdes e prateados, como se penteando tranças de cabelo, depois levou as mãos ao rosto para sentir a fragrância.

— Delicioso — disse ela, estendendo a mão para mim, para que também eu sentisse o cheiro, e automaticamente baixei a cabeça para seus dedos e sorri, embora tudo o que tenha sentido, me lembro bem, tenha sido o cheiro acre de suas luvas de couro úmidas. Minha mente estava inteira em Caroline. Eu a vi cutucar as raízes de novo, depois se levantar e enxugar as mãos. Eu a vi ajustar o cinto do seu casaco, esfregar levemente um pé no outro para remover a terra do salto. Eu a vi fazer tudo isso sem, na verdade, olhar para ela, como se tivesse um novo e secreto olho a que ela própria tivesse dado vida e que agora, com sua indiferença, resolvesse incomodar como se estivesse com um cisco.

A Sra. Ayres nos conduziu para o gramado oeste. Queria examinar a casa desse lado, pois Barrett havia dito a ela que um dos canos talvez estivesse bloqueado e vazando água. E realmente, quando olhamos para o local, vimos uma mancha grande, escura e irregular onde a água tinha vazado de uma junção do cano. A mancha se espalhava no telhado bem em cima do salão, desaparecendo na parte da construção de tijolos que unia a metade externa da sala com a face plana na parte de trás da casa.

— Aposto que esse salão tem sido uma baita amolação desde que o anexaram — disse Caroline, apoiando-se no ombro da sua mãe e ficando na ponta dos pés para ver melhor. — Eu me pergunto até onde a água da chuva se infiltrou. Espero que os tijolos não precisem ser recolocados. Podemos arcar com o conserto do cano, mas não temos dinheiro para nada mais grave.

O assunto pareceu preocupá-la. Discutiu-o com sua mãe. As duas se deslocando no gramado para avaliarem melhor os danos. Em seguida, fomos todos para a varanda para examinar mais de perto. Fui em silêncio, incapaz de sentir entusiasmo com a tarefa. Eu me peguei relanceando os olhos para o outro lado da janela angulosa do salão, para a porta do jardim, onde tinha ficado, no escuro, com Caroline, e onde ela tinha levantado a cabeça e aproximado, desajeitadamente, sua boca da minha. E por um momento fui tomado tão vividamente pela recordação disso tudo que me senti tonto. A Sra. Ayres chamou-me, fiz o que só podem ter sido algumas observações idiotas sobre os tijolos. Mas me afastei dando a volta na varanda, até a porta perturbadora ficar fora de vista.

Tinha me virado de frente para o terreno do parque, e olhava sem ver, quando percebi que Caroline também tinha se afastado de sua mãe. Talvez ela também tivesse se sentido incomodada com a visão da porta. Veio devagar para o meu lado pondo as mãos, sem luvas, nos bolsos. Falou, sem olhar para mim:

— Está ouvindo os homens de Babb?

— Homens de Babb? — repeti feito um idiota.

— Sim, hoje dá para ouvi-los bem.

Balançou a cabeça na direção, a distância, de onde redes gigantescas de andaimes estavam sendo erigidas, com casas crescendo dentro delas, quadradas e impetuosas. Ficando atento ao som, percebi, no ar quieto e úmido, o clamor tênue de batidas, os gritos dos homens, a queda repentina de pranchas e estacas.

— Como os sons de uma batalha — disse Caroline. — Não acha? Talvez como o dessa batalha de fantasmas que as pessoas dizem ouvir no meio da noite quando acampam em Edge Hill.

Olhei para ela, mas não respondi, sem confiar na minha voz. E acho que não ter respondido surtiu o mesmo efeito que murmurar o seu nome ou lhe dar a mão. Ela percebeu a minha expressão, depois relanceou os olhos para a sua mãe e, não sei como aconteceu, mas uma descarga ou corrente finalmente passou entre nós e nela tudo foi reconhecido, o movimento dos seus quadris contra o meu na pista de dança, a intimidade do frio e escuro no carro, a expectativa, a frustração, a luta, o beijo... De novo me senti tonto. Ela baixou a cabeça e, por um segundo, ficamos em silêncio, sem saber o que fazer. Então eu disse, calmamente:

— Tenho pensado em você, Caroline. Eu...

— Doutor! — Sua mãe estava me chamando novamente. Queria que eu desse uma olhada em outro pedaço da construção de tijolos. Um engate de ferro tinha se soltado e ela receava que a parede que ele sustentava se enfraquecesse... O momento se perdeu. Caroline tinha se virado e ido para lá. Também fui para o lado da sua mãe. Olhamos com tristeza para os tijolos bojudos e para as rachaduras na argamassa e proferi mais algumas tolices sobre possíveis reparos.

Não demorou, sentindo frio, a Sra. Ayres tornou a pôr o braço no meu, que a conduzi para dentro, para a pequena sala.

Tinha passado a última semana, me disse, mal se aventurando fora do seu quarto, em uma tentativa de se livrar do resto de sua bronquite. Agora, ao sentarmos, estendeu as mãos para o fogo, friccionando-as com evidente prazer. Tinha perdido peso, os anéis giravam largos em seus dedos, e ela ajeitou as pedras.

— Como é maravilhoso — disse ela com a voz clara — estar de pé, andando de novo! Tinha começado a me achar como a poeta. A que poeta me refiro, Caroline?

Caroline estava se sentando no sofá.

— Não sei, mamãe.

— Sim, sabe. Conhece todos os poetas. A poeta terrivelmente retraída.

— Elizabeth Barrett?

— Não, não é essa.

— Charlotte Mew?

— Deus do céu, como eram muitas! Refiro-me à americana, que ficou no quarto por anos e anos, despachando bilhetes etc.

— Ah, Emily Dickinson, acho.

— Sim, Emily Dickinson. Uma poeta completamente exausta, pensando bem. Toda aquela falta de fôlego e saltos daqui para lá. O que tem de errado com belos versos longos e ritmo elegante? Quando eu era menina, Dr. Faraday, tive uma governanta alemã, a Srta. Elsner. Ela era uma admiradora arrebatada de Tennyson...

Prosseguiu nos contando alguma história da sua infância. Lamento dizer que mal a escutava. Tinha me sentado na cadeira do outro lado dela, de modo que Caroline, no sofá, estava à minha esquerda, longe da minha visão o bastante para eu ter de virar a cabeça deliberadamente para encará-la. O movimento foi se tornando mais tenso e menos natural ainda a cada vez que eu tinha de fazê-lo. Também pareceu forçado não me virar para ela nunca. E apesar de nossos olhares, às vezes, se encontrarem rapidamente, na maioria das vezes seu olhar parecia se defender do meu, a sua expressão quase morta.

— Desceu para ver as novas casas nesta semana? — perguntei a ela quando Betty chegou com a bandeja do chá. Acrescentei: — Pretende visitar a fazenda hoje? — Pensei que poderia lhe oferecer uma carona e, assim, ficar um pouco com ela a sós. Mas ela respondeu, em um tom indiferente, que não, que tinha muitas coisas a fazer e pretendia ficar em casa pelo resto da tarde... O que mais eu poderia fazer, com sua mãe ali? Uma vez, quando a Sra. Ayres virou-se para o lado, olhei para Caroline mais francamente, com um encolher de ombros e o cenho franzido, e ela desviou rapidamente o olhar, como se incomodada. Em outro momento, observei-a casualmente puxando para baixo a manta de lã xadrez nas costas do sofá, e me veio a lembrança repentina e brutal dela apertando a manta ao redor de si mesma, no meu carro, afastando-se de mim. Ouvi sua voz: *Desculpe. Desculpe. Não consigo!* E tudo me pareceu sem esperança.

Por fim, a Sra. Ayres percebeu a minha distração.

— Está calado, hoje, doutor. Alguma coisa o preocupa?

— Meu dia começou cedo, só isso — repliquei em tom de justificativa. — E ainda tenho pacientes a ver. Estou feliz por vê-la tão melhor. Mas agora... — Afetei consultar o relógio. — Acho que tenho de ir.

— Oh, que pena!

Levantei-me. A Sra. Ayres tocou a campainha chamando Betty de novo, e mandou que ela buscasse minhas coisas. Quando vestia meu casaco, Caroline se levantou, e pensei, com apreensão e excitação, que ela pretendia me acompanhar até a porta. Mas ela foi somente até a mesa, para pôr as xícaras na bandeja. No entanto, quando eu trocava algumas palavras com sua mãe, ela se aproximou de novo de mim. Sua cabeça estava baixa, mas percebi que relanceou os olhos para a frente do meu casaco.

— Está descosturando aqui, doutor — disse ela em tom baixo, estendendo a mão e segurando o botão de cima, que pendia de dois fios de linha marrom que haviam se soltado. Pego de surpresa por seu gesto, recuei um pouco e o botão caiu na sua mão. Nós dois rimos. Ela passou o polegar na superfície de couro franzida e então, com um toque de timidez, deixou-o cair na palma de minha mão estendida.

Coloquei o botão no bolso.

— Um dos riscos em se ser solteirão, acho — falei enquanto o guardava.

E a verdade é que eu não quis dizer absolutamente nada com esse comentário; foi o tipo de coisa que tinha dito em Hundreds umas mil vezes antes. Mas quando as implicações das palavras me ocorreram, senti o sangue subir ao meu rosto. Caroline e eu ficamos como que paralisados. Não confiei em mim o bastante para olhar para ela. Foi para a Sra. Ayres que o meu olhar se dirigiu. Ela estava olhando para a sua filha e para mim com uma expressão de avaliação — como se estivéssemos trocando alguma piada que a excluísse e que naturalmente supunha que não explicaríamos. Como não dissemos nada — simplesmente ficamos ali, ruborizados e sem graça —, a sua expressão mudou. Foi como a luz se movendo rapidamente sobre uma paisagem, a avaliação sendo substituída por uma irrupção de compreensão perplexa, a perplexidade logo se transformando em um sorriso autodepreciativo.

Virou-se para a mesa do seu lado, estendendo a mão como se, distraidamente, procurando alguma coisa, e então se levantou.

— Receio ter sido muito maçante hoje — disse ela, puxando seus xales.

Repliquei nervoso:

— Deus do céu! Nunca seria!

Ela não olhou para mim, mas relanceou os olhos para Caroline.

— Por que não acompanha o Dr. Faraday até seu carro?

Caroline riu.

— Acho que, depois de todo esse tempo, o Dr. Faraday é capaz de encontrar seu próprio carro.

— Claro que sou! — repliquei. — Não precisa se incomodar.

— Não — disse a Sra. Ayres —, fui eu que incomodei. Hoje. Falando sem parar... Doutor, tire o casaco e fique mais um pouco. Não deve apressar sua saída por minha causa. Tenho coisas a fazer lá em cima.

— Ah, mamãe — disse Caroline. — Francamente. O que lhe deu? O Dr. Faraday tem pacientes para ver.

A Sra. Ayres continuou a juntar as suas coisas. Como se Caroline não tivesse falado.

— Acho que vocês têm muito o que discutir, os dois — disse ela.

— Não — replicou Caroline —, asseguro que não! Absolutamente nada.

— Realmente tenho de ir — eu disse.

— Caroline o acompanhará.

Caroline riu de novo, sua voz endurecendo,

— Não, Caroline não irá! Doutor, desculpe. Que absurdo! Tudo por causa de um botão! Gostaria que o senhor fosse mais habilidoso com a agulha. Mamãe agora não vai mais me deixar em paz... Mamãe, sente-se. Independentemente do que estiver pensando, é um grande erro. Não precisa sair da sala. Vou subir, eu mesma.

— Por favor, não faça isso — falei rapidamente e estendi minha mão para ela, o quê de emoção em minha voz e postura devendo ter interferido mais do que qualquer outra coisa. Ela já atravessava a sala com determinação e fez então um gesto quase de impaciência, sacudindo a cabeça para mim. No momento seguinte, tinha desaparecido.

Observei a porta se fechar e, então, me virei para a Sra. Ayres.

— *É um absurdo?* — ela me perguntou.

— Não sei — respondi impotente.

Ela inspirou, e seus ombros afundaram quando os soltou. Virou-se para a sua cadeira, sentando-se pesadamente e fazendo sinal para eu voltar para a minha. Sentei-me na ponta dela, sem tirar o casaco, o chapéu e o cachecol na mão. Não dissemos nada por um momento. Percebi que ela refletia. Quando finalmente falou, sua voz revelou uma falsa vivacidade — como um metal opaco excessivamente polido.

— Naturalmente — disse ela — pensei várias vezes no senhor e em Caroline formando um casal! Acho que pensei nisso na primeira vez que veio aqui. Há a diferença de idade, mas isso não significa nada para um homem, e Caroline é uma garota sensível demais para se incomodar com esse tipo de considerações... Mas o senhor e ela sempre pareceram simplesmente bons amigos.

— Continuamos bons amigos, espero — repliquei.

— E claramente mais do que amigos. — Relanceou os olhos para a porta e franziu o cenho, perplexa. — Como ela é reservada! Não me contou nada sobre isso, sabe. A mim que sou sua mãe!

— Não há nada a contar, só por isso.

— Ah, mas isso não é o tipo de coisa que se faz gradativamente. Simplesmente passa-se para o outro lado, como se diz. Não vou perguntar quando exatamente se passou para o outro lado, nesse caso.

Mexi-me desconfortável.

— Muito recentemente, por falar nisso.

— Caroline é maior, é claro. E sempre soube o que quis. Mas com seu pai morto e seu pobre irmão tão doente, suponho que deva lhe perguntar uma coisa. Suas intenções etc. e tal. Como isso soa eduardiano! Não alimenta ilusões quanto às nossas finanças, o que é uma bênção.

Mexi-me de novo.

— Sabe, isso tudo é um tanto constrangedor. É melhor que converse com Caroline diretamente. Não posso falar por ela.

Ela riu, com a expressão grave.

— Não, eu não o aconselharia.

— Eu ficaria mais feliz, para ser franco, se esquecêssemos o assunto. Eu realmente tenho de ir.

Ela curvou a cabeça.

— É claro, como quiser.

Mas ainda lutei com meus sentimentos por mais alguns instantes, perturbado com a guinada que minha visita dera, triste por isso — que ainda me parecia ter acontecido sem mais nem menos — ter colocado uma distância tão óbvia entre nós. Por fim, levantei-me abruptamente. Aproximei-me da sua cadeira e ela levantou a cabeça para olhar para mim, e fiquei surpreso e alarmado ao ver as lágrimas em seus olhos. A pele ao redor parecia ter afrouxado e escurecido, e seu cabelo — pela primeira vez sem seu lenço de seda nem a mantilha — estava, percebi, grisalho.

A vivacidade artificial de suas maneiras tinha desaparecido, também. Então ela falou com um quê de autocomiseração brincalhona:

— Ah, o que vai ser de mim, doutor? Meu mundo está se reduzindo ao tamanho de um alfinete. Não vão me abandonar completamente, o senhor e Caroline?

— Abandoná-la? — Recuei, sacudindo a cabeça, tentando rir. Mas o meu tom soou tão falso aos meus ouvidos quanto tinha soado aos dela alguns minutos antes. — Tudo isso é absurdamente precipitado — eu disse. — Nada mudou. Nada mudou e ninguém vai ser abandonado. Prometo.

E a deixei, percorrendo o corredor aturdido, mais inquieto do que nunca pelo rumo dos eventos e pela velocidade com que, em um espaço de tempo tão breve, as coisas tinham avançado. Acho que nem pensei em procurar Caroline. Simplesmente segui direto para a porta da frente, pondo o chapéu e o cachecol.

Mas ao cruzar o hall, um som ou movimento me alertou. Relanceei os olhos para a escada e a vi, no primeiro patamar, logo depois da curva do corrimão. Estava iluminada de cima, pelo domo de vidro, seu cabelo castanho quase parecendo louro na luz suave e delicada, mas o seu rosto na sombra.

Tirei de novo o chapéu e fui até o primeiro degrau. Ela não desceu, de modo que a chamei.

— Caroline! Sinto muito. Realmente não posso ficar. Fale com sua mãe, está bem? Ela... ela pensa que estamos prestes a fugir juntos, ou coisa parecida.

Ela não respondeu. Esperei e então acrescentei mais calmamente.

— Não estamos prestes a fugir juntos, estamos?

Ela pôs a mão ao redor de um dos balaústres e sacudiu a cabeça ligeiramente.

— Duas pessoas sensíveis como nós — murmurou ela. — Parece improvável, não parece?

Como o seu rosto estava na sombra, não pude ter certeza de sua expressão. Sua voz soou grave, mas uniforme. Não creio que falasse com ironia. Mas devia estar ali esperando eu aparecer, e de repente tive a impressão de que ainda estava esperando — esperando que eu subisse a escada até ela, que definisse a coisa toda, a deixasse fora de questão, fora de dúvida. Mas quando fiz menção de subir, foi como se ela não conseguisse se conter: uma expressão de alarme dominou o seu rosto — e ela deu rapidamente um passo para trás.

Portanto, derrotado, desci de novo para o piso de mármore rosa e vinho. E falei, não afetuosamente: "Sim, parece muito improvável, no momento", colocando o chapéu, virando-me de costas para ela e saindo pela porta da frente.

Comecei a sentir saudades dela quase que imediatamente, mas agora o sentimento me irritava, e uma espécie de obstinação ou cansaço me impedia de procurá-la. Passei alguns dias evitando a Hall. Tomava o caminho mais longo, contornando o parque, gastando combustível. Até que, inesperadamente, esbarrei com ela e sua mãe em uma das ruas de Leamington. Tinham ido fazer algumas compras. Esbarrei com elas tarde demais para fingir não tê-las visto, e paramos e conversamos, meio sem jeito, por cinco, dez minutos. Caroline estava com aquele seu chapéu de lã feio e um cachecol amarelo-icterícia com que nunca a vira. Ela estava feia, pálida, remota, e quando o impacto causado pelo encontro passou, percebi, com tristeza, que não houve uma descarga de emoção entre nós, absolutamente nenhuma simpatia. Ela claramente havia falado com a sua mãe, que não fez nenhuma referência à minha visita. Na verdade, nos comportamos, nós três, como se essa visita não tivesse acontecido. Quando se foram, ergui o chapéu para elas como faria para qualquer conhecido com que cruzasse na rua. Depois, fui, mal-humorado, para o hospital — e ensejei uma discussão horrível com a irmã mais feroz da enfermaria.

Nas semanas seguintes, as visitas aos pacientes me absorveram deliberadamente, já que não queria ter tempo para ficar ocioso e cismando. E então aconteceu-me um golpe de sorte. O comitê de que eu fazia parte foi chamado para apresentar suas descobertas em uma conferência em Londres. Quem apresentaria um artigo adoeceu e fui convidado para substituí-lo. A situação com Caroline estava tão confusa que me agarrei à oportunidade, e como a conferência seria demorada, incluindo alguns dias como observador em uma das alas de um hospital de Londres, pela primeira vez em vários anos afastei-me da minha prática. Meus casos foram encaminhados a Graham e ao nosso assistente, Wise. Deixei Warwickshire por Londres em 5 de fevereiro, e fiquei fora por quase duas semanas.

A minha ausência, em termos práticos, não poderia causar muito impacto na vida em Hundreds, pois eu passava longos períodos sem ter tempo para ir até lá. Porém, soube mais tarde que sentiram a minha falta. Acho que passaram a confiar em mim, e gostavam de me ter à disposição, sempre pronto a aparecer, se fosse preciso, em resposta a um chamado pelo telefone. Minhas visitas tinham aliviado a sua sensação de isolamento, isolamento que agora voltara mais intenso, mais melancólico do que antes. Em busca de distração, passaram uma tarde em Lidcote, com Bill e Helen Desmond, depois uma noite com a Srta. Dabney. Outro dia foram a Worcestershire visitar uma família de velhos amigos. Mas a viagem consumiu quase toda a sua porção de gasolina, e depois, o tempo se tornou de novo chuvoso, dificultando ainda mais trafegar nas péssimas estradas rurais. Receosa de sua saúde, a Sra. Ayres se mantinha segura dentro de casa. Caroline, no entanto, ficava irrequieta com a chuva constante: vestia a capa e botas e trabalhava duro na propriedade. Passou alguns dias com Makins na fazenda, ajudando no começo da semeadura da primavera. Depois voltou sua atenção para o conserto da cerca quebrada, com Barrett, e fazendo o que podia com o cano de escoamento entupido. Essa tarefa era desanimadora: ao verificar melhor o problema, constatou a gravidade da infiltração. Depois de desentupi-lo, entrou em casa para verificar os danos causados em todos os cômodos do lado oeste. Sua mãe foi junto e encontraram vazamentos menores em duas das salas: na sala de jantar e na sapateira. Então abriram o salão.

Fizeram isso com relutância. Na manhã seguinte à festa desastrosa, em outubro passado, a Sra. Bazeley e Betty tinham tentado remover os vestígios de sangue no tapete e no sofá — trabalhando nisso por duas, três horas, aparentemente, trocando baldes e baldes medonhos de água turva, rosada. Depois disso, com a casa tão deprimida e com toda aquela apreensão em relação a Rod, ninguém tinha tido coragem de voltar lá, e o salão havia sido praticamente lacrado. Mesmo quando Caroline tinha vasculhado a casa em busca de objetos para leiloar, tinham deixado o salão intacto — quase como se, lembro-me de ter pensado na época, tivessem desenvolvido uma espécie de superstição em relação a perturbá-lo.

Mas agora, abrindo suas venezianas rangentes, ela e sua mãe xingaram a si mesmas por não o terem inspecionado antes. A sala estava muito mais danificada do que teriam imaginado, seu teto decorado tão inchado de água que ameaçava cair. Em outros lugares, a chuva havia simplesmente atravessado as junções no reboco para cair livremente no tapete e no móvel embaixo. A espineta, felizmente, tinha escapado do pior, mas o assento forrado de tapeçaria de uma das cadeiras douradas estilo Regência estava completamente arruinado. O mais surpreendente de tudo foi que o papel de parede amarelo chinês tinha se soltado das tachas enferrujadas com que Caroline o havia fixado e estava caindo em tiras irregulares do reboco úmido atrás.

— Bem — disse Caroline com um suspiro, olhando o estrago —, passamos pela prova do fogo. Acho que deveríamos ter esperado ser testados pela água também...

Chamaram Betty e a Sra. Bazeley e as mandaram atiçar o fogo na lareira; ligaram o gerador, levaram aquecedores elétricos e a querosene e, pelo resto desse dia e o dia seguinte inteiro, se dedicaram a arejar a sala. Sabiam que não podiam fazer nada pelo teto. As taças de cristal do candelabro estavam cheias de água turva, e crepitaram de maneira alarmante ao tentarem ligar o interruptor, portanto depois disso não se atreveram mais a tocar nele. O papel de parede estava irrecuperável. Mas acharam que poderiam salvar o tapete e planejaram limpar e cobrir os móveis grandes demais para serem levados para fora dali. A própria Caroline participou do trabalho, usando uma antiga calça militar e prendendo o cabelo com um cordão. A saúde da Sra. Ayres, entretanto, tinha sofrido um ligeiro abalo, e ela não pôde fazer muito mais do que observar, com infelicidade, a sala ser esvaziada e reduzida.

— Partiria o coração de sua avó — disse ela no segundo dia, passando a mão em um par de cortinas de seda fantasticamente manchadas pela água.

— Bem, não tem outro jeito — replicou Caroline, cansada. O longo período de trabalho começava a manifestar suas consequências nela. Estava lutando com um rolo de feltro, trazido lá de cima, para pô-lo no sofá. — A sala viveu o que tinha de viver, e pronto.

Sua mãe pareceu perturbar-se com isso.

— Fala como se a estivéssemos sepultando!

— Gostaria de estar! Podemos conseguir algum bom dinheiro do conselho do condado por ela. Sem dúvida, Babb poderia fazer a conversão... Que coisa mais selvagem! — Desenrolou o feltro no chão. — Desculpe, mamãe, não quis ser irreverente. Por que não vai para a pequena sala, se ver isso a incomoda tanto?

— Quando penso nas festas que seu pai e eu demos aqui quando vocês eram pequenos!

— Sim, eu sei. Mas papai nunca gostou muito desta sala, se lembra? Dizia que o papel de parede lhe dava enjoo.

Ela relanceou os olhos em volta, procurando alguma coisa que ocupasse sua mãe e, finalmente, pegando a sua mão, levou-a a uma cadeira do lado do móvel do gramofone.

— Dê uma olhada aqui — disse ela, abrindo o móvel e tirando uma pilha de velhos discos. — Podemos fazer as coisas direito. Há séculos penso em organizá-los. Vamos fazer isso, nós duas agora, e ver o que podemos jogar fora. Tenho certeza de que a maior parte é lixo.

A sua intenção era apenas distrair a mãe da depressão que o esvaziamento da sala estava provocando. Mas os discos estavam misturados com outras coisas, com pautas de música, programas de concertos e teatro, cardápios e convites, muitos datando dos primeiros anos de casamento da sua mãe ou de sua própria infância, e a tarefa transformou-se em um ato sentimental e absorvente para elas duas. Ficaram ali por quase uma hora, proferindo exclamações a cada coisa com que se deparavam. Encontraram música comprada pelo coronel e antigas músicas para dançar de Rod. Encontraram um disco de ópera de Mozart que a Sra. Ayres tinha assistido pela primeira vez em sua lua de mel, em 1912.

— Ora, lembro-me do vestido que estava usando! — disse ela, deixando o disco afundar em seu colo e concentrada em sua própria recordação. — Gaze de seda azul com mangas curtas. Cissie e eu discutimos para ver qual das duas o usaria. Parecia que flutuávamos em um vestido como esse. Bem, aos 18 anos flutuamos, nós, as garotas, flutuávamos, éramos crianças... E seu pai em seu terno formal... e usando bengala! Tinha torcido o tornozelo. Apenas torcido ao saltar do cavalo, mas andou apoiado na bengala por duas semanas. Penso que ele achava distinto. Ele era uma criança também, somente 22, mais jovem do que Roderick hoje...

Pensar em Roderick era obviamente difícil, e acontecendo como foi, junto com suas outras recordações, a fez parecer tão melancólica que, depois de observá-la por um momento, Caroline tirou delicadamente o disco de suas mãos, abriu o gramofone e o pôs para tocar. O disco estava velho, e a agulha do gramofone precisava urgentemente ser trocada: de início, tudo o que escutaram foi o sibilo e o crepitar do vinil. Então, de maneira levemente caótica, ouviu-se o som retumbante da orquestra. A voz da cantora parecia lutar com esse ruído, até finalmente a soprano soar pura, "como uma criatura bela e frágil", disse-me Caroline depois, "se libertando de espinhos".

Deve ter sido um momento estranhamente pungente. O dia estava escuro, voltara a chover e o salão estava na penumbra. O fogo na lareira e os aquecedores vibrando suavemente lançavam uma luz quase romântica, de modo que por uns dois minutos, a sala — apesar do papel se soltando das paredes e de seu teto estufando — parecia cheia de glamour. A Sra. Ayres sorriu, seu olhar tornou a relaxar, sua mão se mexendo, os dedos se erguendo e baixando em resposta ao crescendo e diminuendo da música. Até mesmo a Sra. Bazeley e Betty ficaram admiradas. Continuaram o trabalho na sala, mas discretamente, como artistas da pantomima, desenrolando devagar o feltro pelas últimas faixas ainda não cobertas do tapete, e retirando espelhos das paredes.

A ária aproximou-se do fim. A agulha do gramofone prendeu-se na ranhura e crepitou repetidamente. Caroline levantou-se e a soltou, e o silêncio que se seguiu foi rompido pelo som da água pingando do teto nos baldes e tinas embaixo. Ela viu sua mãe olhar para cima, pestanejar, como se acordando de um sonho. E portanto, para dissipar a melancolia, pôs um segundo disco, uma antiga música rápida, de *music-hall*, que ela e Roderick costumavam marchar quando crianças.

— *"Boa sorte para a garota que ama um sol-dado!"* — cantou ela. — *"Garotas, estiveram lá?"*

A Sra. Bazeley e Betty, aliviadas, começaram a se mover mais relaxadas, seu trabalho acompanhando o ritmo da música.

— Esta sim é uma boa música antiga — disse a Sra. Bazeley.

— Gosta dela? — disse Caroline. — Eu também! Não me diga que ouviu Vesta Tilley cantá-la na *sua* lua de mel!

— Lua de mel, senhorita? — A Sra. Bazeley baixou a cabeça. — Nunca tive isso! Somente uma noite na casa da minha irmã, em Evesham. Ela e o marido foram para o quarto das crianças, para que o Sr. Bazeley e eu ficássemos com o deles. Depois fomos direto para o apartamento da minha sogra, onde não tínhamos nem mesmo uma cama só para nós. Não, não por nove anos, até a pobre velha morrer.

— Deus do céu! — exclamou Caroline. — Coitado do Sr. Bazeley.

— Ah, ele nunca se importou. Guardava uma garrafa de rum do lado da cama e um pote de melaço. Dava para a sua mãe uma colher cheia deles todas as noites e ela dormia como uma morta. Passe aquela velha caixa ali para mim, Betty. Boa garota!

Caroline riu, depois olhou, ainda sorrindo, quando Betty lhe passou a caixa. Continha alguns sacos de areia estreitos, usados para conter as correntes de ar e conhecidos na família como "serpentes": eram muito familiares na infância de Caroline e ela observou com um pouco de prazer nostálgico a Sra. Bazeley ir até as janelas do salão e distribuí-los pelo parapeito e sobre as lacunas entre as vidraças. Finalmente, ela mesmo foi até a caixa, pegou mais um saco de areia e o levou para a pilha de discos, de modo a manuseá-lo enquanto examinava os últimos papéis e discos.

Estava vagamente consciente de a Sra. Bazeley emitir uma exclamação de aborrecimento, e então mandar Betty trazer água e um pano. Mas somente uns dois minutos depois pensou em olhar para a janela de novo. Viu as duas criadas ajoelhadas uma do lado da outra, esfregando alternadamente e cuidadosamente um lugar no lambril. Perguntou, de certa maneira, só por perguntar:

— O que é, Sra. Bazeley?

— Senhorita — respondeu a Sra. Bazeley —, não sei direito. Só posso achar que seja uma marca deixada aqui por aquela pobre menina que foi mordida.

O coração de Caroline apertou. Deu-se conta de que o recanto na janela que estavam examinando era aquele em que Gillian Baker-Hyde estava quando Gyp a mordera. O lambril e o assoalho, ali, tinham sido borrifados com muito sangue, mas toda essa área tinha sido exaustivamente lavada, junto com o sofá e o tapete. Supôs agora que alguma mancha tivesse passado despercebida.

Entretanto, algo na voz, ou nas maneiras, da Sra. Bazeley despertou sua curiosidade. Largou o saco de areia e foi até a janela.

Sua mãe ergueu o olhar quando ela se levantou.

— O que foi, Caroline?

— Não sei. Nada, acho.

A Sra. Bazeley e Betty se afastaram, para ela ver. A marca que tinham esfregado não era uma mancha, mas alguns rabiscos infantis na madeira: uma confusão de S, feitos, aparentemente, com lápis, colocados de qualquer maneira, e traçados grosseira ou apressadamente. O efeito era igual a isso:

```
S  SS   SSSS
   SS   S
   SS  SSS
```

— Deus! — exclamou Caroline a meia-voz. — Como se não bastasse ela atormentar Gyp! — E então, percebendo o olhar da Sra. Bazeley, acrescentou: — Desculpe. O que aconteceu com a menina foi terrível e eu daria qualquer coisa para desfazê-lo. Ela deve ter trazido um lápis naquela noite. A menos que tenha pego um dos nossos. Suponho que *foi* a menina Baker-Hyde, não? As marcas lhe parecem recentes?

Moveu-se ligeiramente ao falar. Sua mãe tinha sido atraída por suas palavras e estava em pé do seu lado, olhando fixamente para os rabiscos, com uma expressão estranha, Caroline achou, como se quisesse se aproximar mais, talvez passar os dedos na madeira.

A Sra. Bazeley torceu o pano e se pôs a esfregar os rabiscos de novo.

— Não sei dizer o que são, senhorita — disse ela, bufando enquanto esfregava. — Só sei que são mais difíceis de apagar do que deveriam ser! Mas não estavam aqui... estavam, Betty... quando limpei a sala nos dias anteriores à festa?

Betty olhou de maneira nervosa para Caroline.

— Acho que não, senhorita.

— Sei que não estavam — insistiu a Sra. Bazeley. — Pois limpei aqui eu mesma, cada pedacinho, enquanto Betty cuidava dos tapetes.

— Então deve ter sido aquela criança — disse Caroline. — Foi travessa, muito travessa. Por favor, faça o que puder para removê-las.

— É o que estou fazendo! — replicou a Sra. Bazeley, indignada. — Mas de uma coisa estou certa. Se isto é lápis, sou o rei George. Está bem grudado, se está.

— Grudado? Não é tinta, ou lápis, é?

— Não sei o que é. Parece ter aparecido de debaixo da tinta.

— *Debaixo* da tinta — repetiu Caroline, assustada.

A Sra. Bazeley olhou para ela por um segundo, impressionada com o seu tom. Depois viu o relógio e resmungou.

— Mais dez minutos e estará na hora de eu ir embora. Betty, tente aplicar soda nisto depois de eu ir. Não demais, com cuidado, ou irá empolar...

A Sra. Ayres virou-se. Não tinha dito nada sobre as marcas, mas Caroline disse que ela dava a impressão de estar carregando um pesado fardo, como se a lembrança inesperada da festa e tudo o mais tivesse selado de tristeza o seu dia. Devagar, juntou suas coisas, disse que estava cansada e que iria descansar um pouco lá em cima. E como o salão agora tinha perdido todo o seu glamour, Caroline decidiu deixá-lo também. Pegou a caixa de discos rejeitados e foi com sua mãe até a porta — olhando para trás só uma vez, para o lambril escovado, com seus S indeléveis como pequenas enguias coleantes.

Isso tinha sido no sábado — provavelmente na mesma hora em que eu estava apresentando o meu relatório na conferência em Londres, com o caso com Caroline ainda obscuro no fundo da minha mente. No fim dessa tarde, a limpeza do salão acabou e o lugar foi efetivamente trancado de novo, suas venezianas fechadas e os rabiscos no lambril — que afinal eram aborrecimentos muito insignificantes em comparação aos infortúnios da família — foram mais ou menos esquecidos. A segunda-feira passou sem incidentes. Foram dias frios, mas secos. De modo que Caroline se surpreendeu ao passar pela porta do salão na tarde de terça-feira e ouvir um som de batida regular, que ela presumiu ser o gotejamento de água da chuva. Consternada ao pensar que haveria novo vazamento misterioso no teto, abriu a porta e olhou dentro. A batida cessou imediatamente. Imobilizou-se, com a respiração silenciosa, perscrutando a sala sem luz, quase discernindo o papel rasgado nas paredes e os móveis cobertos, parecendo montículos estranhos, mas não ouviu mais nada. Portanto fechou a porta e prosseguiu seu caminho.

    No dia seguinte, ao passar por lá, de novo escutou o barulho. Uma batida rápida, dessa vez, tão inequívoca que entrou logo na sala e abriu uma janela. Como antes, o barulho cessou assim que ela abriu a porta: verificou os baldes e tinas que tinham sido deixados para coletar a água que pingava do teto e fez uma rápida inspeção no tapete coberto de feltro, mas estava tudo seco. Estava para desistir de pensar naquilo, frustrada, quando o barulho recomeçou. Dessa vez pareceu vir não de dentro do salão, mas de um dos cômodos do lado. Um baixo, mas nítido, *ra-ta-ta*, ouvia agora, como um menino batendo, sem pensar, com uma vara. Mais frustrada e intrigada do que nunca, saiu para o corredor e escutou com atenção. Perseguiu o som até a sala de jantar, mas também ali ele silenciou abruptamente — só para recomeçar alguns segundos depois, dessa vez, aparentemente, do outro lado da parede, na pequena sala.

    Encontrou sua mãe ali, lendo um jornal da semana anterior. A Sra. Ayres não tinha ouvido nada.

— Nada? — perguntou Caroline. — Tem certeza? — E então: — Escute! Está ouvindo? — Levantou a mão. Sua mãe escutou com atenção e, um momento depois, concordou que, sim, havia certamente um som. Uma "batida", disse ela, como resultado de ar ou água nos canos de aquecimento central. Em dúvida, Caroline atravessou a sala até o radiador antigo. Estava morno, quase inerte, e quando afastou sua mão, o barulho ressoou mais alto e mais claro: agora parecia estar acima da sua cabeça. Era um som tão distinto que ela e sua mãe eram capazes de "observar" o seu progresso no teto e nas paredes: passava de um lado da sala para o outro, como "uma pequena bola dura ricocheteando".

Isso foi à tarde, depois que a Sra. Bazeley tinha ido para casa, mas então pensaram em Betty, se perguntando se ela não poderia estar simplesmente trabalhando em um dos quartos no andar de cima. Quando a chamaram, no entanto, ela veio direto do subsolo: estava lá havia meia hora, disse, preparando o chá. Mantiveram-na na pequena sala por quase dez minutos, durante os quais a casa permaneceu completamente silenciosa e quieta. Mas assim que ela as deixou, a batida recomeçou. Dessa vez, no corredor, Caroline correu para a porta e se deparou com Betty perplexa no piso de mármore, enquanto uma batida suave ressoava dos painéis da parede no alto, acima da sua cabeça.

Nenhuma delas sentiu medo, disse Caroline, nem mesmo Betty. O som era estranho, mas não ameaçador. Parecia brincar com elas, levando-as de um lugar para outro, até a perseguição ao longo do corredor começar a parecer que estava "pregando uma peça" nelas. Seguiram o barulho até o hall. Esse sempre foi o lugar mais frio da casa e, nesse dia, parecia uma geladeira. Caroline friccionou os braços, relanceando os olhos para a escada atravessada por correntes de ar.

— Se isso significa subir para o andar de cima — disse ela —, vai fazer ruído em vão. Não me importa tanto assim, essa coisa idiota.

Ra-ta-ta! A batida prosseguiu bem alto, como em uma resposta indignada às suas palavras, e depois disso, o som pareceu "se instalar", de má vontade, em um lugar, dando a impressão bizarra de que estava vindo de um armário de laburno pouco profundo que ficava encostado na parede almofadada do lado da escada. O efeito era tão vívido, que Caroline tomou cuidado ao abri-lo. Segurou as maçanetas, mas ficou recuada ao girá-las — como se esperando a porta se abrir abruptamente, como um joão-teimoso.

Mas abriu-se inofensivamente, revelando nada além de alguns enfeites em desordem, e quando o barulho soou novamente, ficou claro que não vinha de dentro do armário, e sim de alguma parte atrás dele. Caroline fechou as portas e foi perscrutar o espaço estreito e escuro entre o móvel e a parede. Depois, com uma relutância compreensível, ergueu a mão e, vagarosamente, deslizou os dedos na lacuna. Em silêncio, a respiração suspensa, pôs a palma da mão chata no lambril seco.

A batida recomeçou, mais alta do que antes. Ela recuou com o susto, mas rindo.

— Está aí! — disse ela, sacudindo o braço, como se quisesse se livrar de alfinetes e agulhas. — Eu o senti na parede! É como uma mãozinha dando pancadinhas. Podem ser besouros, camundongos, ou algo parecido. Betty, venha me ajudar com isto. — Segurou um lado do armário.

Betty, agora, pareceu com medo.

— Não quero, senhorita.

— Ora, venha, não vai morder você!

Portanto a garota foi. O armário era leve, mas difícil de ser manejado, e as duas precisaram de um tempo para deslocá-lo. A batida cessou de novo quando conseguiram, de modo que quando a Sra. Ayres, impressionada pela visão de algo na parede recém-exposta, arfou, Caroline ouviu-a perfeitamente e a viu fazer um movimento — estender a mão, depois retirá-la, pondo-a no peito, como se assustada.

— O que foi, mamãe? — disse ela, firmando com dificuldades os pés do armário. A Sra. Ayres não respondeu. Caroline firmou o armário, foi para o lado de sua mãe e então viu o que a tinha assustado.

A parede estava marcada com mais daqueles rabiscos infantis: *SSS SSSS S SU S.*

Caroline olhou sobressaltada.

— Não acredito. Agora é demais! Ela não poderia ter... Aquela criança não poderia... Poderia? — Olhou para a sua mãe. Sua mãe não respondeu. Virou-se para Betty.

— Quando este armário foi deslocado pela última vez?

Betty realmente pareceu assustada.

— Não sei, senhorita.

— Então pense! Depois do incêndio?

— Ach... acho que deve ter sido.

— Eu também acho. Não lavou esta parede quando lavou as outras? E não viu nada escrito nela?

— Não me lembro, senhorita. Acho que não.

— Você teria visto, não teria?

Caroline aproximou-se da parede enquanto falava, para examinar as marcas mais de perto. Esfregou-as com o punho do casaco. Lambeu o polegar e as esfregou com ele. As marcas permaneceram. Sacudiu a cabeça, perplexa.

— A menina *poderia* ter feito isto? Teria feito? Acho que ela foi ao banheiro, em algum momento na noite. Quem sabe não terá escapulido para cá? Deve ter achado engraçado fazer uma marca onde não a veríamos por meses e meses...

— Cubra isto — disse a Sra. Ayres abruptamente.

Caroline virou-se para ela.

— Não devemos lavá-la?

— Não vai adiantar. Não está vendo? As marcas são idênticas às outras. Não devíamos tê-las encontrado. Não quero olhar para elas. Cubra-as.

— Sim, é claro — replicou Caroline, relanceando os olhos para Betty. Recolocaram o armário no lugar.

E foi somente quando isso foi feito, contou-me, que a estranheza de tudo aquilo a tocou. Não tinha sentido medo antes, mas agora as batidas, a descoberta das marcas, a reação de sua mãe, o silêncio que se seguiu: refletiu sobre tudo e sentiu sua coragem vacilar. Como uma tentativa de bravata, falou:

— Esta casa está jogando conosco, acho. Não devemos prestar-lhe nenhuma atenção, se recomeçar. — Levantou a voz e falou para o poço da escada: — Está me ouvindo, casa? Não vai adiantar nos provocar! Simplesmente não faremos o seu jogo!

Dessa vez, não houve batidas como resposta. Suas palavras foram engolidas pelo silêncio. Percebeu o olhar apreensivo de Betty e falou mais calmamente:

— Tudo bem, Betty, pode voltar para a cozinha.

Mas Betty hesitou.

— Madame está bem?

— Madame está bem. — Caroline pôs a mão no braço da sua mãe. — Mamãe, vamos nos aquecer, está bem?

Como no outro dia, entretanto, a Sra. Ayres preferiu ir sozinha para o seu quarto. Apertou o xale ao redor dos ombros e Caroline e Betty a observaram subir, silenciosamente, a escada. Ficou em seu quarto quase até a hora do jantar, quando, aparentemente, tinha se restabelecido e voltado a ser ela mesma. Caroline, também, tinha recuperado o controle. Nenhuma das duas mencionou os rabiscos. Essa noite e os dois dias que se seguiram se passaram sem incidentes.

Porém, mais tarde, em uma noite nessa mesma semana, a Sra. Ayres teve o seu sono interrompido. Como muitas mulheres que viveram a guerra, era facilmente despertada por sons não familiares e certa noite acordou com a impressão nítida de que alguém a tinha chamado. Manteve-se imóvel no profundo escuro invernal, escutando com atenção. Como nada ouviu por vários minutos, relaxou para voltar a dormir. Mas ao assentar a cabeça no travesseiro, pensou ouvir, além do farfalhar da fronha, outro som, e se sentou de novo. Um instante depois, o som se repetiu. Não era uma voz. Tampouco batidas. Era um agitar de asas, ligeiro mas nítido, e vinha, inequivocamente, do outro lado de uma estreita porta secreta do lado da sua cama — isto é, de seu quarto de vestir, que agora era usado como um depósito para baús e cestos grandes. O som era tão estranho, que evocou uma imagem peculiar, e por um momento ela ficou realmente assustada. Supôs que alguém tivesse entrado no quarto de vestir e estivesse tirando as roupas de um dos cestos e as espalhando pelo chão.

Como o som persistiu, percebeu que na verdade deveria ter escutado o bater de asas. Uma ave deveria ter entrado pela chaminé e ficado presa.

Foi um alívio, depois de ter imaginado coisas piores, mas também um aborrecimento, pois então ficou acordada, escutando a pobre criatura esforçando-se, em pânico, para escapar. Não se entusiasmou com a ideia de ir até o quarto de vestir e tentar capturá-la. Por acaso, nunca se importara muito com os pássaros ou outras coisas aladas. Tinha um medo infantil deles voarem para o seu rosto, se emaranhando no seu cabelo. Mas não conseguiu suportar o som por mais tempo. Acendeu uma vela e se levantou da cama. Vestiu o penhoar, tomando o cuidado de abotoá-lo até em cima, amarrou uma echarpe na cabeça e calçou os sapatos e suas luvas de camurça. Fez tudo isso — ficando com uma aparência "grotesca", disse ela depois à sua filha — e então, com cuidado, abriu a porta do quarto de vestir. Como a experiência de Caroline no salão, o bater de asas cessou no momento em que a porta começou a abrir, e o quarto pareceu intacto. Não havia excremento de pássaro no chão, nenhuma pena, e a chaminé da lareira, como constatou ao examiná-la, estava bloqueada pela ferrugem.

Ficou acordada pelo resto da noite, inquieta e atenta, mas a casa permaneceu silenciosa. Na noite seguinte, deitou-se cedo e dormiu sem dificuldade. Na noite seguinte a essa, entretanto, foi de novo despertada da mesma maneira. Dessa vez, saiu para o patamar e acordou Betty para que ouvisse com ela, na porta do quarto de vestir. Eram mais ou menos quinze para as três. Betty disse que ouviu "alguma coisa que não sabia o que era"; porém, de novo, quando reuniram coragem para olhar dentro do pequeno quarto, encontraram-no intocado... Então ocorreu à Sra. Ayres que o seu primeiro instinto estava certo. Não poderia ter imaginado os ruídos, eram distintos demais. O pássaro devia estar dentro da lareira, logo atrás da parte saliente, sem conseguir sair para o duto. Essa ideia a dominou com uma sensação horrível. Agravada, suponho, pela hora adiantada da noite, pelo silêncio e pelo escuro. Mandou Betty voltar para a cama, mas ficou, mais uma vez, acordada, irrequieta e frustrada, e quando Caroline foi vê-la na manhã seguinte, ela já estava de pé e de volta ao quarto de vestir. Estava de joelhos diante da lareira, cutucando com um atiçador o duto tomado pela ferrugem.

Por um instante, Caroline achou que sua mãe tinha perdido o juízo. Quando entendeu do que se tratava, ajudou-a a se levantar e ela mesma inspecionou a chaminé. Usou o cabo de uma vassoura no duto, até seu braço doer. Ficou preta como um menestrel, tendo levado um banho de fuligem. A fuligem não tinha uma pena sequer, mas a Sra. Ayres tinha tanta certeza do pássaro capturado — e estava aparentemente "perturbada de uma maneira tão peculiar com isso" —, que Caroline se limpou e saiu para o jardim levando um binóculo, para melhor examinar a chaminé. Encontrou os pequenos canos no alto de todas as chaminés desse lado da Hall cobertos com uma tela de arame, rompida aqui e ali, mas com tantas folhas mortas e molhadas grudadas nela, que lhe pareceu improvável um pássaro conseguir entrar por ali e ser capturado no duto. Mas depois de refletir sobre isso, no caminho de volta à casa, disse à sua mãe que o orifício em questão parecia ter servido recentemente de ninho. Disse ter visto um pássaro ir até lá e sair de novo, sem dificuldades. Isso pareceu tranquilizar um pouco a Sra. Ayres, que se vestiu e comeu seu desjejum.

Mas apenas uma hora depois, enquanto terminava o café da manhã em seu próprio quarto, Caroline sobressaltou-se ao ouvir um grito da mãe. Foi um grito lancinante, e ela saiu às pressas para o patamar, deparando-se com a Sra. Ayres diante da porta aberta de seu quarto de vestir, aparentemente recuando, os braços estendidos, como se defendendo de alguma coisa. Somente muito depois ocorreu a Caroline que a postura da sua mãe nesse momento talvez não tivesse sido, de fato, de retirada. Naquela hora, ela foi rapidamente para o lado de sua mãe, imaginando que ela estivesse gravemente doente. Mas a Sra. Ayres não estava doente — pelo menos não no sentido comum. Deixou que Caroline a conduzisse à sua cadeira, lhe desse um pouco de água e se ajoelhasse do seu lado.

— Estou bem — disse ela, enxugando os olhos, e surpreendendo Caroline ainda mais com suas lágrimas. — Não se preocupe. Uma estupidez minha, depois de tanto tempo.

Enquanto falava, não tirava os olhos do quarto de vestir. Sua expressão era tão estranha — tão apreensiva e ainda assim tão *ávida* — que Caroline sentiu medo.

— O que foi, mamãe? Por que está olhando? O que está vendo?

A Sra. Ayres sacudiu a cabeça e não respondeu. Então Caroline se levantou e atravessou, com cautela, a porta do quarto de vestir. Contou-me depois que não sabia o que a assustava mais, se a perspectiva de descobrir algo medonho no quarto ou a possibilidade — que naquele momento, considerando-se o comportamento de sua mãe, parecia muito forte — de não haver absolutamente nada lá dentro. De fato, tudo o que viu de início foi uma mixórdia de caixas, que sua mãe obviamente havia tirado do lugar, na tentativa de limpá-las da fuligem que caíra nelas da chaminé não fechada. Então o seu olhar foi atraído pelo que, na penumbra, pareceu ser uma mancha mais espessa de fuligem na parte de baixo de uma das paredes, que a retirada das caixas tinha exposto. Chegou mais perto e, quando seus olhos se adaptaram à pouca luz, a mancha revelou-se uma escrita borrada e escura, infantil, exatamente igual aos rabiscos que havia visto, recentemente, no andar de baixo:

SSU SS SU
SSU
SSUCKY
SUCKeY

No começo, o que a impressionou foi a *idade* das marcas. Eram claramente muito mais antigas do que tinham imaginado até então, e não deviam ter sido feitas por Gillian Baker-Hyde, mas por outra criança, anos antes. Poderia ter sido ela própria a fazê-las? Ou Roderick? Pensou nos primos, nos amigos da família... E então, com um estranho aperto no coração, olhou de novo o que tinha sido escrito, e de repente compreendeu as lágrimas de sua mãe. Para a sua própria surpresa se sentiu enrubescer. Teve de ficar no quarto por uns dois minutos, até o rubor diminuir.

— Bem — disse ela, quando finalmente voltou para o lado da sua mãe —, pelo menos agora sabemos que não foi a menina Baker-Hyde.

A Sra. Ayres respondeu simplesmente:

— Nunca achei que fosse.

Caroline ficou do seu lado.

— Sinto muito, mamãe.

— Sente pelo que, querida?

— Não sei.

— Então não diga isso. — A Sra. Ayres deu um suspiro. — Como esta casa gosta de nos desmascarar, não? Como se conhecesse todas as nossas fraquezas e as pusesse à prova, uma por uma... Deus, como estou cansada! — Dobrou seu lenço e o levou à testa, fechando bem os olhos.

— Tem alguma coisa que eu possa fazer por você, ou buscar para você? — perguntou Caroline. — Por que não se deita um pouco?

— Estou cansada até mesmo da minha cama.

— Então cochile um pouco na sua cadeira. Vou acender o fogo.

— De novo, como uma velha — resmungou a Sra. Ayres.

Mas acomodou-se, exausta, em sua cadeira, enquanto Caroline cuidava do fogo. E quando as chamas lamberam a madeira, ela tinha jogado a cabeça para trás e parecia dormitar. Caroline olhou para ela por um instante, impressionada com as linhas da idade e a tristeza em seu rosto, e de repente a viu — como quando somos jovens e volta e meia nos chocamos ao ver nossos pais — como um indivíduo, uma pessoa com impulsos e experiências que ela desconhecia completamente, e com um passado, uma tristeza nesse passado em que ela não poderia penetrar. Achou que tudo o que podia fazer por sua mãe nesse momento era deixá-la confortável, de modo que se moveu sem fazer ruído, fechando as cortinas, fechando a porta do quarto de vestir, acrescentando uma manta ao xale que estava sobre seus joelhos. Em seguida, desceu. Não mencionou o incidente nem a Betty nem à Sra. Bazeley, mas queria companhia, de modo que procurou alguma coisa para fazer na cozinha. Quando mais tarde olhou dentro do quarto, viu sua mãe dormindo profundamente, sua posição aparentemente a mesma.

No entanto, a Sra. Ayres deve ter despertado em algum momento, pois agora a manta estava no chão, como se removida ou puxada para o lado, e a porta do quarto de vestir, que ela mesma fechara com tanto cuidado, estava aberta de novo.

Eu ainda estava em Londres quanto tudo isso aconteceu. Voltei para casa na terceira semana de fevereiro, em um estado mental um tanto perturbado. Minha viagem, em vários aspectos, tinha sido um grande sucesso. A conferência tinha sido positiva para mim. Passei a maior parte do tempo no hospital e fiz boas amizades com a equipe dali. De fato, na minha última manhã, um dos médicos me chamou de lado e propôs que eu considerasse a possibilidade, no futuro, de trabalhar ali. Era um homem que, como eu, tinha feito seu caminho na medicina vindo de uma família humilde. Estava determinado, me disse, a "reorganizar as coisas", e preferia trabalhar com médicos que "tivessem vindo de fora do sistema". Em outras palavras, era o tipo de homem que eu, ingenuamente, no passado, tinha pensado em me tornar. Mas o fato é que ele tinha 33 anos e já era chefe de seu departamento, enquanto eu, muitos anos mais velho, não tinha alcançado absolutamente nada. Passei a viagem de trem de volta a Warwickshire pensando em suas palavras, me perguntando se estaria à altura de sua avaliação, em dúvida quanto a poder considerar seriamente a possibilidade de abandonar David Graham, me perguntando, também, cinicamente, o que me prendia à minha vida em Lidcote, e se alguém sentiria minha falta se eu partisse.

A cidadezinha me pareceu incrivelmente estreita e exótica enquanto eu fazia o caminho da estação para a minha casa — e a lista de chamados que me aguardava consistia das enfermidades rurais de sempre: artrite, bronquite, reumatismo, resfriado. Pareceu-me, de súbito, que havia combatido em vão condições como essas durante toda a minha carreira. Havia mais uns dois casos, que desestimulavam de uma outra maneira. Uma menina de 13 anos tinha engravidado e sido surrada brutalmente por seu pai, um trabalhador braçal. O filho de um morador de um barraco tinha contraído pneumonia: fui vê-lo e o encontrei espantosamente mal e emaciado. Era um dos oito filhos, todos doentes de uma maneira ou de outra. O pai estava machucado e sem poder trabalhar. A mãe e a avó tinham tratado do garoto com remédios antiquados, amarrando peles de coelho no seu peito para "atrair a tosse". Prescrevi penicilina, mais ou menos pagando-a eu mesmo. Mas duvido que a tenham usado. Olharam desconfiados para o frasco, "não gostando do amarelo". O Dr. Morrison era o seu médico, me disseram, e sua mistura era vermelha.

Deixei o barraco bastante deprimido, e de volta para casa tomei o atalho por Hundreds Park. Ao atravessar o portão, pensei em dar uma passada na Hall. Tinha retornado já há três dias e não tinha tido nenhum contato com as Ayres. Mas quando me aproximei da casa e vi suas cercas danificadas, senti um arroubo de frustração com irritação e acelerei o carro e prossegui meu caminho. Disse a mim mesmo que estava ocupado demais, que não havia razão para visitá-las só para me desculpar e sair de novo...

Disse a mim mesmo algo parecido na vez seguinte que atravessei o parque e de novo na outra vez. Portanto, não fazia ideia da recente mudança de humor na casa até, alguns dias depois, receber uma ligação de Caroline perguntando se eu me incomodaria de passar por lá, como ela colocou, "para ver se eu achava que estava tudo bem".

Raramente me ligava e eu não estava esperando que ligasse agora. O som de sua bela voz, clara e grave, me provocou excitação e prazer, que quase imediatamente se transformaram em preocupação. Haveria algum problema?, perguntei a ela, que me respondeu, vagamente, que não, que não havia nada errado. Tinham tido um problema de vazamento de água, mas que tinha sido reparado. E ela estava bem? E sua mãe? Sim, as duas estavam bem. Havia apenas uma ou duas coisas sobre o que ela gostaria de ouvir a minha opinião, se eu tivesse um tempinho.

Isso foi tudo o que disse. Um sentimento de culpa aflorou em mim e dirigi direto para lá, adiando a visita a um paciente, preocupado com o que estava me aguardando, imaginando que tivesse coisas mais graves a me contar, mas que não queria partilhá-las ao telefone. Mas quando cheguei, encontrei-a na pequena sala não iluminada, em uma posição que não poderia ser mais mundana. Estava ajoelhada diante da lareira com um balde de água e alguns jornais amassados, fazendo bolas de papel machê e as rolando no pó de carvão, para serem queimadas.

Suas mangas estavam arregaçadas até os cotovelos e seus braços estavam imundos. Seu cabelo tinha caído no rosto. Parecia uma criada, uma feia Cinderela. E vê-la assim, não sei bem por que, me deixou absolutamente furioso.

Ela levantou-se desajeitadamente, tentando remover o grosso da sujeira.

— Não precisava vir tão depressa. Eu não o estava esperando — disse ela.

— Achei que estava com problemas — repliquei. — Aconteceu alguma coisa? Onde está a sua mãe?

— Lá em cima, no quarto.

— Adoeceu de novo?

— Não, não está doente. Pelo menos... não sei.

Olhou em volta procurando algo com que limpar os braços e, finalmente, pegou uma folha de jornal e os esfregou, sem eficácia.

— Pelo amor de Deus! — exclamei, avançando e oferecendo meu lenço.

Ela viu o linho branco e limpo e protestou.

— Não, não devo.

— Pegue logo este maldito lenço — repliquei, estendendo-o. — Não é nenhuma criadinha, é? — E como ela continuou hesitando, afundei o lenço no balde de água suja de tinta e, possivelmente de maneira nada gentil, esfreguei seus braços e mãos eu mesmo.

Acabamos os dois ficando um tanto sujos, mas ela, pelo menos, estava mais limpa do que antes. Baixou as mangas e recuou.

— Sente-se, por favor — disse ela. — Posso lhe oferecer um pouco de chá?

Permaneci em pé.

— Pode me contar qual é o problema, só isso.

— Não há nada o que contar, verdade.

— Fez eu vir de tão longe por nada?

— Tão longe — repetiu ela, em tom baixo.

Cruzei os braços e falei mais afavelmente:

— Desculpe, Caroline. Fale.

— É só que — começou com hesitação. Depois, aos pouquinhos, me contou o que tinha acontecido desde a minha última visita: o aparecimento dos rabiscos, primeiro no salão, depois no hall, o "ricochete da bola" e o "pássaro preso", a descoberta de sua mãe do último fragmento de escrita. Para ser franco, não me pareceu muita coisa. Eu não tinha visto os rabiscos, porém, mesmo quando por fim os vi no salão e examinei aqueles S elusivos irregulares, não os achei particularmente perturbadores. Em resposta à história de Caroline, eu disse:

— Mas não está claro o que aconteceu? Essas marcas já deviam estar ali — refleti — há quase trinta anos. A tinta começou a afinar e as expôs. Provavelmente foi a umidade que provocou isso. Não é de admirar que não se apaguem, deve haver ainda muito verniz sobre elas.

— Sim — replicou ela em dúvida. — Acho que sim. Mas os estalos, ou batidas, ou como quiser chamá-las?

— Esta casa crepita como um galeão! Ouvi milhares de vezes.

— Nunca crepitou dessa maneira antes.

— Talvez nunca tenha estado tão úmida, e o lugar certamente nunca esteve tão malcuidado. Provavelmente o madeiramento esteja cedendo.

Ela continuou parecendo em dúvida.

— Mas não é estranha a maneira como as batidas nos conduziram aos rabiscos?

— Viveram três crianças aqui — repliquei. — Deveria haver rabiscos em cada parede... Também é possível — acrescentei, pensando melhor — que a sua mãe soubesse, quer dizer, como uma espécie de recordação reprimida, onde o segundo e o terceiro fragmentos de escrita estavam. A revelação do primeiro pode ter posto a ideia na sua cabeça. E então, depois que a crepitação começou, deve ter, inconscientemente, guiado a busca.

— Ela não pode ter causado aquelas batidas! Eu as senti!

— Isso, tenho de admitir, não posso explicar... exceto supor que a primeira ideia estivesse certa: devia haver camundongos, besouros ou quaisquer outros insetos, o som sendo ampliado pelo oco das paredes. Quanto ao pássaro preso... — Baixei a voz. — Bem, acho que já lhe passou pela cabeça que sua mãe imaginou o incidente, não?

— Sim, passou — respondeu ela, também em tom baixo. — Ela não tem dormido. Mas segundo ela, é o pássaro que a tem mantido acordada. E Betty também ouviu o som, não se esqueça.

— Acho que Betty — repliquei —, no meio da noite, ouviria qualquer som que sugerissem a ela. Esse tipo de coisa tem uma certa circularidade.

Alguma coisa acordou sua mãe, não duvido disso, mas então a sua própria falta de sono deve tê-la mantido acordada, ou sonhando estar acordada, e depois disso, sua mente ficou vulnerável de certa maneira...

— Acho que está vulnerável agora — disse ela.

— O que quer dizer?

Hesitou.

— Não sei bem. Ela parece... mudada.

— Mudada como? — perguntei.

Mas acho que minha voz transmitiu uma certa impaciência, pois me pareceu que eu e ela tínhamos mantido esse tipo de conversa, ou outras semelhantes, várias vezes. Ela virou-se, claramente desapontada, e disse:

— Ah, sei lá. Devo estar imaginando coisas.

Não disse mais nada. Observei-a, também desapontado. Disse que subiria para ver sua mãe e peguei minha maleta.

Fiz isso com um ligeiro pressentimento, esperando, pelas maneiras de Caroline, encontrar a Sra. Ayres realmente doente, talvez acamada. Mas quando bati na porta, ela me mandou entrar, com a voz animada. Entrei e me deparei com as cortinas quase fechadas, mas ao contrário da pequena sala, com duas ou três lamparinas acesas e um bom fogo na lareira. O cheiro era de cânfora, meio de tia solteirona: a porta do quarto de vestir estava aberta e a cama estava cheia de vestidos e peles e com as bolsas de seda que, sem as peles dentro, pareciam bexigas esvaziadas. A Sra. Ayres ergueu o olhar quando entrei e pareceu perfeitamente feliz ao me ver. Ela e Betty, contou-me, estavam examinando algumas de suas velhas roupas.

Não perguntou sobre a minha viagem nem mostrou qualquer consciência do fato de eu ter estado lá embaixo, a sós, com sua filha. Adiantou-se para apertar a minha mão e me levou para a cama, balançando a cabeça na direção do emaranhado de vestidos em cima.

— Sentia-me tão culpada — disse ela —, com a guerra continuando e eu com tudo isso pendurado. Abri mão do que pude, mas algumas destas roupas, ah, simplesmente não consegui dá-las, para serem cortadas, e assim por diante, transformadas em mantas para refugiados e só Deus sabe em que mais. Hoje, me sinto feliz por tê-las conservado. Acha que fui muito malvada?

Sorri, satisfeito por vê-la tão bem, tão como era. Seu cabelo continuou a me surpreender de tão grisalho, mas o penteara com um cuidado especial, embora em um estilo pré-guerra, dando a volta nas orelhas. Seus lábios estavam pintados com um pouquinho de batom, suas unhas pintadas de rosa, e a pele de seu rosto em forma de coração parecia quase sem rugas.

Virei-me para a pilha de sedas antiquadas.

— Com certeza, é difícil imaginá-las sendo passadas em um campo de refugiados.

— Não é? Muito melhor guardá-las aqui, onde serão apreciadas. — Pegou um vestido de cetim bem fino, com um pano nos ombros e na saia. Estendeu-o para Betty, que acabava de surgir do quarto de vestir com uma caixa de sapatos na mão.

— O que acha deste, Betty?

A garota me viu olhando e me cumprimentou com a cabeça.

— Olá, Betty. Está tudo bem?

— Olá, senhor. — Seu rosto estava rosado, ela parecia excitada. Tentava claramente reprimir sua excitação, mas quando olhou para o vestido, sua pequena boca carnuda abriu um sorriso. — É lindo, madame!

— As coisas eram feitas para durar, naquele tempo. E que cores! Não se vê delas hoje. E o que tem aí?

— Sapatos baixos, madame. E bons!

— Deixe-me ver. — A Sra. Ayres pegou a caixa, retirou a tampa e o papel dentro.

— Ah, hoje custam uma fortuna. E apertam como o diabo, me lembro. Só os usei uma única vez. — Segurou-os. E então falou, como se impulsivamente: — Experimente-os, Betty.

— Oh, madame. — Betty corou, me olhando de relance e timidamente. — Devo?

— Sim, experimente. Mostre para o doutor e para mim.

A garota desamarrou seus sapatos pretos grosseiros e, timidamente, calçou os sapatos de couro dourado. Depois, encorajada pela Sra. Ayres, foi da porta do quarto de vestir à lareira, e de novo para a porta, como um manequim. Caiu na risada ao fazer isso, levantando uma mão para cobrir os dentes trepados. A Sra. Ayres também riu, e quando Betty tropeçou porque os sapatos eram grandes demais, ela pôs meias dentro para que se ajustassem aos pés da garota. Passou vários minutos fazendo isso, depois vestiu-a com luvas e uma estola e a fez andar e se virar, aplaudindo-a.

Pensei de novo no paciente que eu passara para mais tarde para poder ir até lá. Porém uns dois minutos depois, a Sra. Ayres pareceu, de repente, se cansar.

— Chega — disse ela a Betty, suspirando e olhando para a cama cheia de coisas. — É melhor levar estas coisas daqui ou não terei onde dormir hoje à noite.

— Tem dormido bem? — perguntei, quando fomos para perto do fogo. E então, ao ver Betty desaparecer no quarto de vestir, com os braços carregados de peles, falei em tom baixo: — Espero que não se importe, mas Caroline falou sobre a sua... descoberta, na semana passada. Acho que deve tê-la inquietado.

Ela estava se curvando à frente para pegar uma almofada.

— É verdade — replicou ela. — Não é uma tolice minha?

— Nenhuma tolice.

— Depois de tanto tempo — murmurou ela, sentando-se, levantando o rosto e me surpreendendo com a sua expressão, que não revelava nenhum vestígio de preocupação ou angústia, mas pelo contrário, era quase serena. — Achei que não restava nenhum sinal dela, sabe. — Pôs a mão no coração. — Exceto aqui. Ela sempre foi real para mim, aqui. Às vezes, mais real do que qualquer outra coisa...

Manteve a mão no peito, acarinhando levemente o tecido do vestido. Sua expressão se tornou vaga — mas uma certa expressão vaga era, na época, comum nela, e parte de seu encanto. Nada em seu comportamento me pareceu estranho ou me deixou apreensivo. Achei que parecia bastante saudável e contente. Passei cerca de quinze minutos com ela, depois desci.

Caroline estava onde eu a tinha deixado, em pé, parecendo sem energia, diante da lareira. O fogo estava baixo, a luz mais reduzida do que nunca, e de novo percebi o grande contraste entre a melancolia dessa sala e o caráter acolhedor do quarto de sua mãe. E mais uma vez, a visão dela, com suas mãos de criada, me aborreceu irracionalmente.

— E então? — me perguntou.

— Acho que está se preocupando sem motivo — repliquei.

— O que minha mãe está fazendo?

— Está examinando algumas roupas velhas com Betty.

— Sim. Isso é tudo o que ela quer fazer agora, coisas desse tipo. Ontem ela pegou aquelas fotografias de novo, as que estavam estragadas, se lembra?

Abri as mãos.

— Ela tem o direito de olhar fotografias, não tem? Pode culpá-la por querer pensar no passado quando o seu presente é tão sem alegrias?

— Não é só isso.

— O que é, então?

— Alguma coisa em suas maneiras. Ela não está apenas *pensando* no passado. É como se, quando nos olha, não esteja realmente nos vendo. Está vendo outra coisa... E se cansa tão facilmente. Ela não é velha, sabe, mas agora repousa como uma velha senhora, quase toda tarde. Nunca menciona Roderick. Não se interessa pelos relatórios do Dr. Warren. Não quer ver ninguém... Oh, não dá para explicar.

— Ela sofreu um choque ao se deparar com os rabiscos, sendo lembrada de sua irmã. Fatalmente isso a abalaria.

Percebi, enquanto proferia as palavras, que ela e eu nunca tínhamos falado de Susan, da menina morta. O mesmo deve ter ocorrido a ela: ficou em silêncio, levando seus dedos sujos à boca e se pondo a puxar o lábio. E quando voltou a falar, sua voz estava diferente.

— É estranho — disse ela — ouvi-lo dizer "sua irmã" dessa maneira. Não parece direito. Mamãe nunca a mencionou, entende, quando Rod e eu éramos crianças. Não soube nada dela durante anos. Então, um dia, me deparei com "Suckey Ayres" escrito em um livro, e perguntei à mamãe quem era ela. Ela reagiu de maneira tão estranha, que fiquei assustada. Foi quando papai me contou. Chamava isso de um "azar horrível". Mas não me lembro de ter sentido pena dele ou da mamãe. Só me lembro de ter ficado irritada, porque todo mundo sempre me disse que eu era a filha mais velha, e não achei justo não ser verdade. — Baixou o olhar para o fogo, a testa enrugando. — Mas parece que sempre fui irritada, de certa maneira, quando era menina. Eu era horrível com Roddie, horrível com as criadas. Parece que deixamos de ser malvados quando crescemos, não? Eu nunca deixei de ser. Às vezes acho que está dentro de mim, como algo desagradável que engoli e ficou entalado...

Nesse momento, ela realmente pareceu uma criança mal-humorada, com suas mãos sujas e algumas mechas de seu cabelo castanho despenteado caindo no seu rosto. Mas como uma criança de mau gênio, também parecia extremamente triste. Fiz um movimento na sua direção. Ela levantou a cabeça e percebeu minha hesitação.

E imediatamente o ar infantil desapareceu. Falou com um tom de voz social e duro:

— Não lhe perguntei sobre a viagem a Londres, perguntei? Como foi?

— Bem. Obrigado — repliquei.

— Falou na conferência?

— Sim, falei.

— Gostaram do que disse?

— Muito. De fato... — Hesitei de novo. — Bem, falaram em eu voltar. Voltar para trabalhar lá, quer dizer.

Seu olhar mudou, pareceu despertar.

— Mesmo? Pretende fazer isso?

— Não sei. Tenho de pensar. Tenho de pensar no que... terei de abrir mão.

— E foi por isso que ficou longe de nós? Não quis se distrair? Vi seu carro no parque, no sábado. Pensei que passaria por aqui. Como não passou, achei que tinha acontecido alguma coisa, que alguma coisa tinha mudado. Por isso liguei hoje, porque não podia contar com a sua visita espontânea. Como costumava fazer, quer dizer. — Prendeu as mechas que tinham se soltado. — Não pretendia nos visitar de novo?

— É claro que pretendia.

— Mas se *manteve* longe. Não foi?

Inclinou o queixo ao fazer a pergunta. Foi tudo o que fez. Mas como um leite teimoso finalmente cedendo e se transformando em creme, a raiva dentro de mim se transformou em algo completamente diferente. Meu coração começou a bater mais rápido. Depois de um instante, eu disse:

— Tive um pouco de medo, acho.

— Medo do quê? De mim?

— Não.

— De minha mãe?

Respirei fundo.

— Ouça, Caroline. Aquela vez no carro...

— Ah, *isso*. — Virou a cabeça. — Agi como uma idiota.

— O idiota fui eu. Desculpe.

— E agora está tudo mudado e errado. Não, por favor, não.

Pois ela pareceu tão infeliz que fiz menção de abraçá-la. E apesar de ela ficar rígida e resistir por um momento, quando percebeu que eu não queria fazer nada além de abraçá-la, relaxou um pouco. A última vez que a tivera, assim, em meus braços, tinha sido quando dançamos juntos. Ela estava de salto alto, sua boca e olhos na altura dos meus. Agora ela estava de sapatos baixos e uma ou duas polegadas mais baixa. Movi o queixo e o pelo da barba por fazer roçou seu cabelo. Ela baixou a cabeça, sua testa fria e seca escorregando para a concavidade debaixo da minha orelha... E então, não sei como, seu corpo estava todo encostado ao meu. Senti o movimento dos seus seios, a pressão de seus quadris e de suas coxas grossas. Passei as mãos nas suas costas e a puxei ainda mais para mim.

— Não — disse ela de novo, porém mais fracamente.

E o arroubo dos meus sentimentos me espantou. Alguns minutos antes, tinha olhado para ela e não sentira nada além de exasperação e aborrecimento. Então eu disse o seu nome, baixinho, no seu cabelo, passando minha bochecha na sua cabeça.

— Senti sua falta, Caroline! — falei. — Deus, como senti a sua falta! — Enxuguei a boca, sem firmeza. — Olhe para mim! Veja o maldito idiota que fez de mim!

Ela fez menção de se afastar.

— Desculpe.

Segurei-a com mais força.

— Não se desculpe. Pelo amor de Deus!

— Também senti a sua falta — replicou ela, infeliz. — Sempre que se afasta, acontece alguma coisa aqui. Por quê? Esta casa e minha mãe... — Fechou os olhos, pôs a mão na testa como se estivesse com dor de cabeça. — Esta casa faz a gente imaginar coisas.

— A casa é demais para vocês.

— Tenho sentido medo.

— Não há do que ter medo. Eu não devia tê-la deixado confinada aqui, sozinha.

— Queria... Queria ir embora. Mas não posso, com mamãe.

— Não pense na sua mãe. Não pense em ir embora. Não precisa ir embora.

E tampouco eu precisava. Pois tudo pareceu claro, de repente, ali, com Caroline em meus braços. Meus planos... a consultoria... o hospital em Londres... tudo isso se desfez.

— Tenho sido um tolo — falei. — Tudo que precisamos está bem aqui. Pense nisso, Caroline. Pense em mim. Pense em nós.

— Não, alguém pode vir.

Eu tinha começado a mexer na sua boca com meus lábios. Mas balançamos e movemos os pés para nos equilibrarmos, e acabamos nos separando. Ela se afastou, levantando uma de suas mãos sujas. Seu cabelo estava ainda mais desgrenhado por causa da carícia da minha face. Seus lábios estavam separados, ligeiramente úmidos. Ela parecia uma mulher que acabava de ser beijada e que, para ser franco, queria ser beijada novamente. Mas quando me movi na sua direção, recuou mais um passo, e percebi que seu desejo tinha mais outra qualidade misturada com ele — inocência, ou algo mais forte: relutância, e um quê até mesmo de medo. De modo que não tentei abraçá-la de novo. Não confiei em mim para fazê-lo sem afugentá-la. Então, peguei uma das suas mãos, levantei-a e toquei as juntas sujas com meus lábios. Quando olhei para os seus dedos, friccionando meu polegar por cima das unhas enegrecidas, falei, com um tremor de desejo e audácia:

— Veja o que está fazendo consigo mesma. É uma perfeita criança! Não haverá mais nada disso, sabe, quando nos casarmos.

Ela não disse nada. Por um breve momento, fiquei consciente da casa, tão quieta e silenciosa à nossa volta, como se com a respiração suspensa. Então ela curvou de novo a cabeça, ligeiramente — e com um arroubo de triunfo, puxei-a para mim, para beijar não a sua boca, mas seu pescoço, suas bochechas e seu cabelo. Ela deu uma risada nervosa.

— Espere — disse ela, meio brincando, meio séria, quase lutando comigo. — Espere. Espere um pouco!

10

Penso, hoje, nas três ou quatro semanas que se seguiram como as do meu namoro com Caroline: embora a verdade seja que o que se passou entre nós nunca foi algo tão definido nem tão simples para merecer esse nome. Em primeiro lugar, foi uma fase em que continuei muito ocupado e raramente me sobrava tempo de vê-la e me demorar um pouco. Em segundo, ela se revelou surpreendentemente escrupulosa em relação a expor à sua mãe essa mudança definitiva na nossa relação. Eu estava impaciente para fazer as coisas avançarem, fazer algum tipo de comunicação. Ela achava que a sua mãe "ainda não estava bem o bastante", que a notícia só a "faria ficar preocupada". Ela ia contar, me assegurou, "quando chegar o momento certo". Esse momento parecia terrivelmente lento para chegar, no entanto, e quase sempre quando eu a visitava na Hall, durante essas semanas, acabava sentado com as duas mulheres na pequena sala, tomando chá e conversando amenidades — exatamente como se nada tivesse mudado.

Mas, é claro, tudo tinha mudado e, do meu ponto de vista, aquelas visitas eram às vezes bem difíceis de suportar. Eu pensava constantemente em Caroline. Olhando para o seu rosto forte e anguloso, não conseguia acreditar como tinha conseguido, um dia, achá-lo feio. Ao encontrar seu olhar do outro lado das xícaras de chá, me sentia como um homem-pavio, inflamando-me à simples fricção de seu olhar no meu. Às vezes, depois que me despedia, ela me acompanhava até o carro. Atravessávamos a casa em silêncio, passando por um cômodo escuro atrás do outro, e eu pensava em levá-la a uma dessas câmaras arruinadas e puxá-la para os meus braços. De vez em quando eu arriscava, mas ela nunca se entregava. Ficava contra mim com a cabeça afastada, os braços pendendo frouxos do lado. Eu sentia o relaxar e aquecer de seus membros contra os meus — mas bem lentamente, muito lentamente, como se relutassem até mesmo em sua discreta entrega. E se, frustrado, eu pressionasse, o resultado era um desastre. Seus membros macios se enrijeciam, suas mãos tampavam seu rosto. "Desculpe", ela dizia, exatamente como tinha dito naquela ocasião fria no meu carro: "Desculpe. Não é justo de minha parte, eu sei. Só preciso de um pouco de tempo."

Desse modo, aprendi a não exigir demais dela. Meu grande temor passou a ser não afugentá-la. Tinha a impressão de que, sobrecarregada como estava com os negócios de Hundreds, o nosso compromisso era mais uma complicação entre tantas outras: achei que ela estava esperando a situação na Hall melhorar para poder planejar seu futuro.

A essa altura, a melhora parecia próxima. A obra das casas estava progredindo, a extensão da água e eletricidade no parque estava adiantada, as coisas na fazenda, aparentemente, se mostravam promissoras e Makins estava satisfeito com todas as mudanças. A Sra. Ayres também, apesar das dúvidas de Caroline, continuava a parecer mais saudável e mais feliz do que há meses. Toda vez que eu as visitava, encontrava-a bem vestida, com um toque discreto de ruge e pó de arroz no rosto. Na verdade, como sempre, ela estava com a aparência muito melhor do que a da sua filha que, apesar da mudança na nossa relação, continuava a usar as velhas suéteres e saias folgadas, seu rude chapéu de lã e sapatos grosseiros. Mas como o clima permanecia frio, achei que poderia perdoar-lhe por isso. Quando a estação mudasse, eu pretendia levá-la a Leamington e fazer discretamente um estoque de roupas decentes para ela. Pensava frequentemente, e com ansiedade, nos dias de verão por vir: na Hall com suas janelas abertas, em Caroline de mangas curtas e blusas com decote, seus membros compridos morenos, seus pés descalços sujos de terra... Minha própria casa me parecia, agora, escura como um palco. À noite, eu me deitava na cama, cansado, mas desperto, pensando em Caroline deitada na dela. Minha mente atravessava os quilômetros que nos separavam e me esgueirava pelo portão de Hundreds e ao longo da alameda coberta de mato, até empurrar a porta da frente estufada, abrindo-a e penetrando no mármore xadrez, e depois me arrastava, me arrastava até ela, subindo a escadaria silenciosa.

Então, certo dia no começo de março, fui à casa, como sempre, e soube que algo tinha acontecido. Aquelas diabruras misteriosas, ou "jogos de salão" — como Caroline uma vez as chamara — tinham recomeçado, de uma maneira nova.

Ela não quis me contar logo sobre elas. Disse que eram "aborrecedoras demais para serem mencionadas". Mas ela e sua mãe pareciam cansadas, e comentei isso, casualmente. Então, ela me confessou que nas últimas noites tinham sido acordadas de madrugada por chamadas do telefone. Tinha acontecido três ou quatro vezes, disse ela, sempre entre duas e três da manhã, e todas as vezes, quando desciam e tiravam o telefone do gancho, a linha emudecia.

A certa altura, pensaram que poderia ser eu ligando.

— Foi a única pessoa em que pensamos — disse Caroline —, a única que poderia estar acordada a essa hora. — Relanceou os olhos para a sua mãe, corando ligeiramente. — Mas não foi, foi?

— Não, não foi! — repliquei. — Nem em sonho pensaria em telefonar tão tarde! E às duas da manhã, por acaso, estava enfiado na cama. Portanto, a menos que tenha feito a ligação dormindo...

— Sim, é claro — disse ela, sorrindo. — Deve ter havido algum tipo de cruzamento nas linhas. Só quis ter certeza.

Falou como se pusesse um ponto final no assunto, de modo que deixei para lá. Na vez seguinte em que as visitei, soube que outra ligação tinha acontecido, de novo por volta das 2h30 da manhã, uma ou duas noites antes. Dessa vez, Caroline tinha deixado o telefone tocar, ficando na cama, sem vontade de se levantar no frio e escuro. Mas o seu clamor insistente foi demais para ser ignorado e ao ouvir sua mãe se agitar no seu quarto, ela desceu e atendeu — só para descobrir, como sempre, que o telefone estava mudo.

— Pelo menos, não — corrigiu-se —, não estava mudo. Isso foi o mais curioso. Não havia voz, mas achei... oh, vai parecer besteira, mas poderia jurar que havia alguém ali. Alguém que teria ligado deliberadamente para Hundreds, deliberadamente para nós. De novo, sabe, pensei em você.

— E de novo — repliquei — eu estava dormindo profundamente e sonhando. — E como estávamos a sós, acrescentei: — Sonhando com você, provavelmente.

Coloquei minha mão no seu cabelo, ela pegou meus dedos e os imobilizou.

— Sim. Mas *alguém* ligou. E andei pensando... Não consigo tirar a ideia da minha cabeça. Não acha que pode ter sido Roddie?

— Rod! — exclamei, surpreso. — Ah, é claro que não.

— É possível, não é? Suponha que esteja com algum problema... na clínica, quero dizer. Não o vemos há tanto tempo. O Dr. Warren diz sempre a mesma coisa, quando nos escreve. Podem estar fazendo qualquer coisa com ele, experimentando qualquer tipo de remédio ou tratamento. Não sabemos o que estão fazendo, na verdade. Somente pagamos as contas.

Peguei suas mãos. Ela viu minha expressão e disse:

— Foi só uma sensação, a de que alguém tivesse nos ligado, bem, com alguma coisa a nos dizer.

— Eram 2h30 da manhã, Caroline! Qualquer um sentiria a mesma coisa. Deve ter acontecido o que pensou de início: deve ter havido um cruzamento de linhas. De fato, por que não liga para a telefonista agora mesmo e conversa com a garota, explica o que aconteceu?

— Acha que devo?

— Se isso vai acalmá-la, por que não?

Portanto, com o cenho franzido, ela foi até a extensão antiquada na pequena sala e ligou para a telefonista. Ficou de costas para mim, mas a ouvi relatar a história das ligações.

— Sim, se não se incomodar — ouvia-a dizer, a voz artificialmente animada. Um momento depois, com parte da animação desaparecendo, falou:

— Entendo. Sim, espero que tenha razão. Sim, obrigada. Desculpe o incômodo.

Desligou o telefone e se virou para mim, o cenho mais franzido do que nunca. Levando os dedos à boca, para roer as unhas, disse:

— A mulher que trabalha no turno da noite não está lá agora, é claro. Mas a garota com quem falei examinou os tíquetes... seu livro de registros, ou sei lá como chamam, onde mantêm os registros das ligações. Disse que ninguém ligou para Hundreds nesta semana, absolutamente ninguém. Disse que tampouco na semana passada.

— Então — repliquei, após um instante —, isso encerra o assunto. Claramente foi defeito na linha... ou mais provavelmente com a fiação desta casa. Não foi Rod com certeza. Entendeu? Não foi ninguém.

— Sim — disse ela devagar, ainda mordiscando a ponta de seus dedos.

— Foi o que a garota disse. Sim, deve ter sido isso, não?

Falou como se quisesse convencer a si mesma. Mas o telefone tocou de novo nessa noite. E como quando a revi continuava irracionalmente perturbada com a ideia de que seu irmão poderia estar tentando entrar em contato com ela. Liguei para a clínica em Birmingham na tentativa de acalmá-la, e perguntei se haveria qualquer possibilidade de Rod ter feito as ligações. Asseguraram-me que não. Falei com o assistente do Dr. Warren e o seu tom, percebi, foi menos despreocupado do que quando tinha estado com ele logo antes do Natal. Contou-me que Rod, depois de fazer um ligeiro, mas evidente, progresso no começo do ano, os havia desapontado recentemente, passando "duas semanas ruins". Não entrou em detalhes, mas fui um idiota fazendo a ligação com Caroline do meu lado. Ela compreendeu o suficiente da conversa para perceber que as notícias não eram boas, e depois ficou mais cismada e preocupada do que nunca.

Como se em resposta a essa mudança em suas apreensões, as ligações cessaram, e uma série de aborrecimentos teve início. Dessa vez, eu estava presente quando começaram, tendo passado por lá no intervalo entre dois casos. Caroline e eu estávamos, de novo, a sós na pequena sala — na verdade, eu tinha acabado de me despedir dela com um beijo e ela se afastado dos meus braços —, quando a porta se abriu, surpreendendo nós dois. Betty entrou, fez uma mesura e perguntou o que "queríamos que fizesse".

— Como assim? — perguntou Caroline, agitada, falando asperamente, ajeitando o cabelo.

— A campainha tocou, senhorita.

— Bem, não a chamei. Deve ter sido minha mãe.

Betty pareceu confusa.

— Madame está lá em cima.

— Sim, sei que está lá em cima.

— Mas foi, senhorita, a campainha da pequena sala que tocou.

— Não pode ter sido já que não a toquei e nem o Dr. Faraday! Acha que toca sozinha? Suba e veja se minha mãe a chamou.

Hesitando, Betty saiu. Quando a porta se fechou, olhei para Caroline, enxugando minha boca e quase rindo. Mas ela não retribuiu meu sorriso. Virou-se como se impaciente. E falou com uma ênfase surpreendente:

— Oh, é detestável. Não suporto mais! Todos esses movimentos furtivos, como gatos.

— Como gatos! — repeti, divertindo-me com a imagem. Estendi a mão para puxá-la de volta a mim. — Vem cá, gatinha. Bela gatinha.

— Pare com isso, pelo amor de Deus. Betty pode voltar.

— Betty é uma garota do campo. Sabe sobre os pássaros, as abelhas e os gatos... Além do mais, você sabe qual é a solução, não sabe? Case-se comigo. Na semana que vem... amanhã, quando quiser. Então vou poder beijá-la, e dane-se quem vir. E a pequena Betty ficará mais ocupada do que nunca, nos trazendo ovos e bacon na cama, de manhã, e outras coisas gostosas assim.

Eu ainda sorria, mas ela se virou de costas com uma expressão estranha.

— O que quer dizer? — perguntou ela. — Não ficaríamos... não ficaríamos *aqui*, ficaríamos?

Nunca tínhamos discutido o lado prático da vida que levaríamos quando casados. Eu tinha como certo que viveria com ela ali, na Hall. Respondi, menos convicto do que antes:

— Bem, por que não? Não poderíamos abandonar a sua mãe, poderíamos?

Ela estava com o cenho franzido.

— Mas como seria com seus pacientes? Supus que...

Sorri.

— Não vai preferir viver comigo em Lidcote, naquela casa horrível antiga de Gill, vai?

— Não, é claro que não.

— Podemos encontrar uma solução para isso. Manterei o consultório na cidade, talvez inicie um sistema noturno com Graham... Não sei bem. De qualquer maneira, tudo vai mudar em julho, quando a Previdência for introduzida.

— Mas quando voltou de Londres — disse ela —, falou que havia a possibilidade de um posto lá.

Pegou-me de surpresa, pois eu já me havia esquecido disso. Minha viagem a Londres parecia agora ter acontecido havia séculos, o caso com ela me fizera esquecer completamente esse assunto.

— Ah, não há por que pensar nisso agora — repliquei com indiferença. — Julho vai mudar tudo. Haverá postos sem fim depois disso, ou nenhum.

— Nenhum? Mas então como partiríamos?

Hesitei.

— Queremos partir?

— Pensei que... — começou ela, e pareceu tão apreensiva que peguei, de novo, sua mão.

— Ouça, não se preocupe — falei. — Haverá muito tempo para esse tipo de coisa depois que nos casarmos. Isso é o principal, não é? O que mais queremos, não é?

Ela respondeu que sim, é claro que era... Levei sua mão à minha boca, para beijá-la e, pondo o chapéu, me dirigi à porta da frente.

E ali, vi Betty de novo. Estava descendo a escadaria, parecendo mais confusa do que nunca, e com a cara um tanto fechada, também. A Sra. Ayres, ao que parecia, estava dormindo profundamente no seu quarto, portanto dificilmente teria sido ela a chamar a criada. Mas então, Betty me disse que nunca achou que tivesse sido ela. Tinha sido a campainha da pequena sala que tocara — juraria isso até mesmo por sua mãe morta — e se a Srta. Caroline e eu não acreditávamos, bem, não seria justo duvidarem de sua palavra assim. Sua voz se elevou enquanto falava, e logo Caroline apareceu, querendo saber que comoção era aquela. Feliz por poder escapulir, deixei-as discutindo, e não pensei mais nisso.

Quando retornei, no final da semana, entretanto, a Hall estava, nas palavras de Caroline, como uma "casa de loucos". As campainhas tinham assumido misteriosamente vida própria, tocando a qualquer hora, de modo que Betty e a Sra. Bazeley passavam o tempo todo de um cômodo a outro, perguntando quem as tinha chamado, confundindo Caroline e sua mãe. Caroline tinha inspecionado o quadro de distribuição elétrica no subsolo e não tinha achado nada de errado nele.

— É como se um diabinho tivesse entrado aqui — disse-me ela, levando-me ao corredor abobadado — e brincasse com a fiação para nos atormentar! Não são camundongos nem ratos, tampouco. Colocamos ratoeiras e não pegamos nada.

Olhei para o quadro em questão: esse mecanismo imperioso, como o considerava, para o qual a fiação corria, como os nervos da casa, por canos e canais a partir dos cômodos acima. Eu sabia, por experiência própria, que os fios não eram coisas especialmente sensíveis e que, às vezes, era necessário puxar vigorosamente para fazer uma campainha tocar, de modo que a história de Caroline me aturdiu. Ela me trouxe uma lanterna e uma chave de fenda e examinei a caixa por um tempo, mas o mecanismo era muito simples, nenhum dos fios estava esticado demais e, como a própria Caroline, não encontrei nada errado. Mas, com um certo desconforto, lembrei das crepitações ou batidas que as mulheres tinham ouvido algumas semanas antes. Também pensei no teto do salão que cedia, na umidade que se espalhava, nos tijolos estufados... Não comentei nada disso com Caroline, mas me pareceu evidente que a Hall tinha atingido um nível de dilapidação em que uma falha levava à outra, e me senti mais do que nunca desiludido e frustrado com a decadência da casa.

Nesse meio-tempo, as campainhas prosseguiram com sua atividade desassossegada e enlouquecedora, até que, farta e cansada de toda essa coisa, Caroline pegou um alicate e pôs o quadro fora de uso. Depois disso, sempre que ela ou sua mãe queriam chamar Betty, precisavam ir ao topo da escada de serviço e gritar por ela. Muitas vezes, desciam à cozinha e elas mesmas faziam o que queriam, como se não tivessem criadas.

Mas a casa, ao que parecia, não seria tão facilmente subjugada, e antes de se passar mais uma semana, um novo problema surgiu. Dessa vez foi com a relíquia dos anos vitorianos da Hall — um antigo tubo acústico instalado nos anos 1880, para permitir que o pessoal do quarto das crianças se comunicasse com a cozinheira, e que atravessava a casa da parte em que as crianças ficavam durante o dia, no segundo andar, até um pequeno bocal de marfim na cozinha. O bocal foi tapado com um apito, preso a ele com uma corrente fina e projetado para soar quando o tubo fosse soprado no outro lado. Naturalmente, com Caroline e Roderick adultos, fazia muito tempo que o tubo acústico não era usado. Os quartos das crianças tinham sido esvaziados no começo da guerra, para que pudessem ser ocupados pela unidade de oficiais do exército que se alojou com a Sra. Ayres. No todo, o mecanismo devia estar lá, mudo e empoeirado e intocado, havia quinze anos.

No entanto, agora, a Sra. Bazeley e Betty procuraram Caroline para se queixarem de que o bocal em desuso tinha começado a emitir pequenos silvos misteriosos.

Ouvi toda a história da própria Sra. Bazeley quando, um ou dois dias depois, desci à cozinha para ver qual era o problema. Ela disse que, no começo, haviam escutado o assobio e não sabiam quem o estava fazendo. Havia sido muito discreto — "Discreto", disse ela, "e como uma rajada, só sopro. Igual ao som de uma chaleira quando a água está para ferver." E concluíram, duvidosamente, que deveria ser o silvo do ar escapando dos canos de aquecimento central. Mas certa manhã, o apito soou tão nítido, que não houve mais dúvida sobre a sua fonte. A Sra. Bazeley estava sozinha na cozinha, nessa hora, pondo o pão no forno para assar, e a explosão súbita a assustara, fazendo com que queimasse seu pulso. Ela nem mesmo sabia, disse ao me mostrar a bolha, o que era um tubo acústico. Não estava em Hundreds há tempo suficiente para ter visto a engenhoca em uso. Ela sempre tinha achado que o bocal fosco e o apito faziam "parte dos elétricos".

Foi preciso que Betty o colocasse para funcionar e o explicasse para ela. Assim, quando um dia depois o apito voltou a soar estridente, a Sra. Bazeley naturalmente supôs que Caroline ou a Sra. Ayres queriam falar com ela de um dos cômodos acima. Foi, hesitante, até o bocal, tirou o apito e pôs o ouvido na taça de marfim.

— E o que ouviu? — perguntei, acompanhando seu olhar apreensivo pela cozinha, até o tubo agora silencioso.

Fez uma careta.

— Um barulho esquisito.

— Esquisito como?

— Não sei explicar. Como uma respiração.

— Uma respiração? — repeti. — Quer dizer, uma pessoa respirando? Havia uma voz?

— Não, nenhuma voz. Era mais como um sussurro. Depois, não um sussurro... Como ouvir a telefonista — disse ela — ao telefone. Não se ouve ela falar, mas se sabe que ela está escutando. Sabe-se que ela está lá. Oh, foi estranho!

Olhei assustado para ela, por um momento impressionado com a semelhança de suas palavras com a descrição de Caroline do telefone tocando misteriosamente. Ela encontrou o meu olhar e estremeceu. Disse que colocou o apito rapidamente de volta ao bocal e saiu correndo para procurar Betty, que se armou de coragem e pôs o ouvido no bocal, experimentando também a sensação de algo estranho no tubo. Foi quando subiram para se queixar às Ayres.

Encontraram Caroline sozinha e lhe contaram tudo o que tinha acontecido. Ela também deve ter ficado impressionada com as palavras da Sra.

Bazeley: escutou com atenção a história e as acompanhou à cozinha, e cautelosamente escutou, ela mesma, no tubo. Mas não ouviu nada, absolutamente nada. Disse que deviam ter imaginado coisas ou que os silvos teriam sido causados pelo "vento que pregava peças". Pendurou um pano de prato no bocal e lhes disse que se o barulho recomeçasse, que simplesmente o ignorassem. E pensando melhor, acrescentou que esperava que não comentassem nada com a Sra. Ayres sobre esse novo transtorno.

Isso não as tranquilizou muito. De fato, o pano de prato parece que só tornou as coisas piores. Pois agora, o tubo acústico ficou semelhante a "um papagaio em uma gaiola": sempre que estavam começando a se esquecer disso, a voltarem à rotina antiga, ele emitia um de seus aterradores apitos, fazendo-as quase morrer de medo.

Em qualquer outro cenário, uma história dessa teria me parecido farsesca. Mas agora, pendia na Hall uma tensão desconcertantemente palpável. As mulheres estavam cansadas e nervosas, e percebi que o medo da Sra. Bazeley, pelo menos, era real. Quando ela acabou de falar, atravessei a cozinha para examinar eu mesmo o tubo acústico. Ao erguer o pano de prato, deparei-me com uma taça de marfim e um apito fixados na parede na altura da cabeça em uma armação de madeira. Seria difícil imaginar algo com a aparência menos sinistra, e ainda assim, quando penso na inquietação que conseguiu inspirar, o exotismo do objeto diante de mim começou a parecer ligeiramente grotesco. Lembrei-me, com aflição, de Roderick. Lembrei-me daquelas "coisas comuns" — o colarinho, as abotoaduras, o espelho de barbear — que tinham parecido, em sua ilusão, adquirir uma vida astuciosa, malévola.

Então, quando soltei o apito, outro pensamento me ocorreu. Era um tubo acústico usado pelas criadas dos quartos das crianças. Minha mãe tinha sido esse tipo de criada aí. Devia ter falado muitas vezes nesse aparelho, quarenta anos antes... O pensamento me pegou de surpresa. Tive a ideia, repentina e irracional, de que se pusesse meu ouvido ali escutaria a voz de minha mãe. Tive a ideia de que a ouviria chamar meu nome, exatamente como costumava ouvir me chamar para entrar no fim do dia, quando era menino e estava brincando na área nos fundos da nossa casa.

Percebi que a Sra. Bazeley e Betty estavam me observando, talvez começando a ficar intrigadas com o meu retardo. Baixei a cabeça ao bocal... e, como Caroline, não ouvi nada, somente um eco tênue do sangue em meu ouvido — sons que, suponho, são facilmente traduzidos, por uma imaginação extremamente excitada, para algo mais sinistro. Endireitando o corpo, ri para mim mesmo.

— Acho que a Srta. Caroline pensou certo — falei. — Este tubo deve ter, no mínimo, 60 anos! A borracha deve estar deteriorada, o vento entra e assobia. Acho que é o vento que está tocando as campainhas.

A Sra. Bazeley não pareceu convencida. Disse, com um olhar de relance para Betty:

— Não sei não, doutor. Esta menina diz há meses que a casa tem uma coisa estranha nela. Suponha que...

— A casa está caindo aos pedaços — interrompi com firmeza. — Esta é a triste verdade, e nada além disso.

E para encerrar a coisa toda, fiz o que a Sra. Bazeley ou Caroline, se não estivessem tão perturbadas, teriam feito elas mesmas: arranquei o apito de marfim de sua corrente, coloquei-o no bolso do meu colete e o substituí por uma rolha de cortiça.

Presumi que seria o fim da questão, e durante vários dias, acho, a casa ficou tranquila. Mas então, na manhã do sábado seguinte, a Sra. Bazeley entrou na cozinha, como sempre, e notou que o pano de prato, que tinha sido pendurado de novo no tubo acústico depois da minha visita, e que ali tinha permanecido intacto desde então, tinha caído no chão. Supôs que Betty o tivesse derrubado, ou uma brisa soprando do corredor o tivesse deslocado, de modo que, com os dedos encolhidos, pegou-o e tornou colocá-lo no lugar. Uma hora depois, notou que o pano caíra novamente. Agora, Betty estava com ela, tendo acabado o seu trabalho lá em cima: *ela* pegou o pano e o pôs de volta no bocal — com cuidado, contou-me ela com seriedade, enfiou-o bem fundo no espaço entre a armação de madeira e a parede. De novo, o pano se soltou, e dessa vez, a Sra. Bazeley entreviu a sua queda. Viu-a pelo canto do olho, quando estava à mesa da cozinha. Disse que não se agitou, como se soprado por uma brisa, mas sim que escorregou direto para o chão, como se alguém o tivesse puxado.

Agora ela estava farta de seu próprio medo, e a visão exasperou-a. Pegou o pano e o jogou para o lado, depois se posicionou em frente ao tubo tampado e sacudiu o punho para ele.

— Vá em frente — gritou ela —, sua coisa detestável! Ninguém está se importando com você! Está me ouvindo? — Pôs uma mão no ombro de

Betty. — Não olhe para ele, Betty. Venha. Se ele quer continuar se exibindo, que continue. Estou farta dele. — E deu a volta, indo para a mesa.

Tinha dado só dois ou três passos quando ouviu o som de algo batendo, suavemente, no chão da cozinha. Virou-se e se deparou com a rolha que uma semana antes tinha visto eu apertar bem no bocal de marfim, e que agora tinha se soltado ou sido retirada do soquete e rolava em volta dos seus pés.

Diante disso, toda a sua fanfarronice a abandonou. Deu um grito e correu para Betty — que também tinha ouvido a rolha cair, embora não rolar — e as duas saíram correndo da cozinha, batendo a porta atrás delas. Ficaram por um momento no corredor abobadado do subsolo, quase perdendo o juízo de pavor. Ao ouvirem movimento no andar de cima, subiram a escada aos trambolhões. Esperavam encontrar Caroline — e eu gostaria que a tivessem encontrado, pois acho que ela teria sido capaz de acalmá-las e as mantido sob controle. Mas Caroline, infelizmente, estava na obra, com Babb. Foi a Sra. Ayres que elas encontraram, saindo da pequena sala. Tinha estado ali lendo tranquilamente e, pega de surpresa por elas, imaginou, pela expressão alterada das duas, que tivesse acontecido alguma nova catástrofe — outro incêndio, talvez. Ela não sabia nada sobre o tubo acústico que assobiava e quando finalmente entendeu o relato confuso da queda do pano de prato e da rolha, ficou perplexa.

— Mas o que as assustou tanto? — perguntou.

Não souberam responder direito. Tudo o que ela entendeu, finalmente, foi como as duas estavam abaladas. O incidente não lhe pareceu coisa séria, mas concordou em dar uma olhada. Era um aborrecimento, disse ela, mas então a casa estava cheia de aborrecimentos.

Acompanharam-na até o limiar da porta da cozinha, mas além daí não iriam. Ela entrou e as duas permaneceram à porta, agarradas à moldura, observando, sem coragem, enquanto, estupefata, ela examinava o pano inerte, a rolha e o tubo, e quando, delicadamente, prendeu algumas mechas de seu cabelo grisalho e baixou a cabeça para o bocal, elas estenderam os braços e disseram:

— Oh, madame, cuidado! Oh, madame, por favor, tenha cuidado!

A Sra. Ayres hesitou por um momento — impressionada, talvez, como eu tinha ficado alguns dias antes, com a sinceridade do medo em suas vozes. Então pôs o ouvido, com cuidado, na taça e escutou. Quando se levantou, sua expressão foi quase apologética.

— Receio não saber o que deveria ter ouvido. Parece não ter nada!

— Não tem nada lá agora! — replicou a Sra. Bazeley. — Mas vai voltar, madame. Está lá dentro, esperando!

— Esperando? Mas o que quer dizer? Fala como se houvesse uma espécie de gênio! Como pode ter alguma coisa ali? O tubo vai até os quartos das crianças...

E nesse ponto, a Sra. Bazeley me contou mais tarde, a Sra. Ayres se atrapalhou, e sua expressão mudou. Falou mais devagar:

— Esses quartos estão fechados. Estão fechados desde que os soldados partiram.

Então, Betty falou com a voz em tom de horror.

— Oh, madame, não acha que... não acha que alguma coisa subiu e está lá agora?

— Oh, meu Deus! — gritou a Sra. Bazeley. — A menina tem razão. Com aqueles quartos fechados e escuros como estão, como podemos saber o que acontece lá dentro? Pode estar acontecendo qualquer coisa! Oh, por que a senhora não chama o Dr. Faraday e pede para ele subir e dar uma olhada? Ou deixe Betty ir buscar correndo Makins, ou o Sr. Babb.

— Makins ou Babb? — disse a Sra. Ayres, se recompondo. — Não, é claro que não. A Srta. Caroline logo estará de volta e o que fará com isso nem imagino. Continuem fazendo seu serviço...

— Não conseguimos nos concentrar no trabalho, madame, com essa coisa ruim nos olhando!

— Olhando? Há um minuto só tinha ouvidos!

— Bem, tenha lá o que tiver, não é normal. Não é agradável. Oh, deixe pelo menos a Srta. Caroline subir e dar uma olhada, quando ela chegar. A Srta. Caroline não vai permitir nenhum absurdo.

Mas como Caroline, na semana anterior, tinha tentado deixar sua mãe fora disso, agora ocorreu à Sra. Ayres que ela poderia resolver facilmente essa situação antes de sua filha voltar. Se tinha qualquer outro motivo em mente, eu ignoro. Acho provável que sim — que tendo tido o primeiro e sutil vislumbre de uma ideia particular, se sentiu compelida a persegui-lo. De qualquer maneira, para horror da Sra. Bazeley e Betty, declarou que poria um ponto final nessa coisa toda subindo e examinando os quartos vazios ela mesma.

Portanto, mais uma vez, elas a acompanharam, dessa vez pelo corredor norte até o hall, e exatamente como tinham se detido no limiar da velha cozinha, ainda há pouco, ao chegarem ao pé da escada, pararam, apoiaram-se na cabeça de serpente do corrimão e a observaram subir. Ela caminhou rápida e quase silenciosamente em seus sapatos domésticos, e quando rodeou o primeiro patamar, tudo o que puderam fazer foi jogar a cabeça para trás e se debruçar no poço da escada, para vê-la subir mais. Viram o lampejo de suas pernas com meias entre os elegantes balaústres e o deslizar de seus dedos cheios de anéis no corrimão de mogno. Elas a viram lá no alto, no segundo andar, fazer uma pausa e lançar um único olhar de relance para elas, e depois, prosseguir sobre o assoalho crepitante. A crepitação continuou depois que seus passos deixaram de ressoar, mas depois até mesmo esse ruído silenciou. A Sra. Bazeley dominou seu medo o bastante para subir um pouco, porém, nada a induziria a ultrapassar o primeiro patamar. Segurou-se com firmeza no balaústre, com os ouvidos atentos, tentando captar sons no silêncio de Hundreds, como tentando "espionar figuras em uma cerração".

A Sra. Ayres, também, quando deixou a escada para trás, tomou consciência do silêncio denso. Não teve medo, me contou mais tarde, mas alguma coisa no suspense da Sra. Bazeley e de Betty devia tê-la contagiado, mesmo que ligeiramente, pois embora tivesse começado a subir corajosamente a escada, viu-se agora se movendo com mais cautela. Esse andar era diferente dos outros dois inferiores, com corredores mais estreitos e tetos flagrantemente mais baixos. O domo de vidro no telhado iluminava o poço da escada com uma luz fria, leitosa, mas no hall embaixo, o efeito era o de ocupar os espaços de cada lado com sombras. Os quartos pelos quais a Sra. Ayres tinha de passar em seu caminho para os das crianças eram basicamente depósitos ou quartos de empregadas, havia muito tempo vazios. As portas eram mantidas fechadas para evitar as correntes de ar, e algumas tinham sido firmadas em suas molduras com rolos de papel ou pedaços de madeira. Isso resultava em um corredor mais sombrio do que qualquer outro, e com o gerador desligado, os interruptores de luz de nada serviam.

De modo que ela se moveu pelas sombras até chegar ao corredor dos antigos quartos das crianças, e se deparou com a porta do quarto em que brincavam de dia fechada como as outras, com a chave girada na fechadura. Foi quando pôs a mão na chave que experimentou a primeira leve sensação de verdadeira apreensão, de novo ciente do silêncio pesado de Hundreds, e medo, um medo repentino e irracional, do que encontraria quando a porta fosse aberta. Sentiu, muito vividamente, a agitação de antigas emoções. Lembrou-se de ir até lá, sem fazer ruído, como agora, para ver seus filhos quando eram pequenos. Lembrou-se de cenas estranhas: Roderick correndo para os seus braços, prendendo-se a ela como um macaco, pondo sua boca molhada no seu vestido; Caroline comportada, reservada, ocupada com suas tintas, seu cabelo caindo nas cores... E então, como se de uma era diferente, distante, viu Susan em um vestido impecável. Lembrou-se de sua babá, a Babá Palmer. Brusca, austera, sempre dando a impressão de que as visitas perturbavam, como se alguém quisesse ver um filho mais vezes do que era apropriado ou necessário. Destrancando a porta, uma metade da Sra. Ayres esperou ouvir sua voz e a outra esperou encontrar tudo intocado. *É a mamãe que veio te ver outra vez, Susan. Mamãe não consegue ficar muito tempo longe!*

Mas o quarto em que entrou não podia, afinal, ser mais anônimo, nem mais sombrio. Tinha, como eu já disse, sido despojado dos móveis e acessórios muitos anos atrás, e agora apresentava a qualidade ressonante de um eco de todo quarto vazio, abandonado. O assoalho estava empoeirado, o papel desbotado em suas paredes estava manchado pela umidade. Cortinas que escureciam completamente, riscadas de índigo pelo sol, ainda pendiam de um fio de arame na janela corrediça gradeada. A antiquada saliência para esquentar alimentos na lareira estava varrida, mas o guarda-fogo de metal estava salpicado de fuligem onde a água da chuva tinha aberto caminho pela chaminé: um canto do console estava quebrado e parecia descorado como o verniz exposto em um dente recém-quebrado. Mas ali, na parede que cercava a lareira, estava o tubo acústico: terminava nesse andar em uma pequena extensão de cano trançado, com outro bocal descolorado no extremo. Foi até lá, ergueu, tirou seu apito, e imediatamente o aparelho exalou um cheiro desagradável de mofo — parecido com mau hálito, disse ela, de modo que quando pôs a taça no ouvido, ficou consciente, de maneira desconfortável, de todos os lábios que, ao longo dos anos, deviam ter pressionado e deslizado por essa parte côncava... Como antes, não ouviu nada além do rugir abafado do seu próprio sangue. Escutou por quase um minuto, experimentando o bocal em diferentes posições na sua orelha. Então pôs o apito de volta no lugar, deixou o tubo cair, e limpou as mãos.

Estava desapontada, percebeu — horrivelmente desapontada. Nada no quarto parecia desejá-la, acolhê-la bem: olhou em volta, querendo encontrar um vestígio da vida que havia existido ali, mas não havia nem um sinal das imagens sentimentais que costumavam ficar penduradas nas paredes, ou qualquer coisa parecida. Havia somente ecos vis da ocupação dos soldados, círculos, arranhaduras, queimaduras de cigarros, os rodapés descascados, os peitoris das janelas, como descobriu ao ir até um deles, estavam feios com pequenos círculos cinza de goma de mascar. Estava muito frio diante das janelas corrediças desconjuntadas, mas permaneceu ali por um momento, contemplando a vista do parque, um tanto intrigada com a perspectiva alta, oblíqua, que lhe oferecia sobre a obra de construção mais distante, e então pôde discernir a figura de Caroline, que acabava de se pôr a caminho de casa. A visão de sua filha alta, de aparência excêntrica, fazendo seu caminho solitário pelos campos, fez a Sra. Ayres se sentir mais melancólica do que nunca, e, após um instante observando, recuou da vidraça. À sua esquerda, havia outra porta, que se comunicava com o quarto do lado, o antigo quarto de dormir das crianças. Era o quarto em que a sua primeira filha tinha ficado acamada com difteria; o lugar, de fato, em que ela morrera. A porta estava entreaberta. A Sra. Ayres não resistiu à tentação sombria de abri-la mais e entrar.

Mais uma vez, havia pouca coisa ali de que ela se lembrava — não havia nada além de desgaste, ruína e abandono. Algumas vidraças estavam rachadas, os caixilhos desmoronando ao seu redor. Uma pequena pia no canto exalava um odor acre de urina e as tábuas embaixo estavam praticamente apodrecidas onde uma torneira tinha ficado a pingar. Foi examinar o dano. Inclinando-se à frente, pôs a mão na parede. O papel de parede era no padrão de curvas e arabescos que no passado, lembrou-se de repente, eram muito coloridos. Tinha sido pintado a têmpera, que a umidade estava transformando em uma espécie de coágulo. Olhou para as manchas em seus dedos com asco, e então, esfregou as mãos uma na outra, tentando limpar a têmpera da sua pele. Arrependeu-se de ter subido, de ter ido lá — decididamente arrependida de ter entrado nos quartos. Foi até a pia e deixou o pouco de água gelada respingar nas suas mãos. Enxugou-as na saia e se virou para ir embora.

Ao se virar, sentiu uma brisa começar a soprar — ou alguma coisa parecida com uma brisa, um movimento de ar frio, que soprou subitamente, atingindo sua face, despenteando seu cabelo, provocando-lhe um arrepio e, no segundo seguinte, ficou chocada e quase morreu de medo quando uma porta bateu com violência no quarto do lado. No mesmo instante pensou no que tinha acontecido — que a porta que ela havia destrancado e deixado aberta tinha sido fechada por uma corrente de ar que passara pelas janelas deterioradas. Mas o barulho foi tão inesperado e tão intimidadoramente alto no silêncio absoluto do quarto, que precisou de um momento para se recobrar e acalmar seu coração. Tremendo ligeiramente, atravessou o quarto em que as crianças passavam o dia e, como já esperava, a porta estava fechada. Segurou na maçaneta e não conseguiu abri-la.

Imobilizou-se por um segundo, perplexa. Girou a maçaneta para a esquerda e para a direita, supondo desanimada que a lingueta tivesse se soltado, que a violência com que a porta batera houvesse deslocado o mecanismo. Mas a fechadura era do tipo antigo, ajustada à porta e pintada: havia uma pequena lacuna entre ela e onde se encaixava, como sempre há, e quando se curvou para olhar, viu claramente que a lingueta estava funcionando perfeitamente — e que a tranca estava acionada, como se a chave, no outro lado, tivesse sido girada deliberadamente. Uma brisa poderia fazer isso? Uma porta batida com violência poderia se trancar sozinha? Certamente não. Foi ficando um pouco inquieta. Voltou ao quarto do lado, para tentar a porta de lá. Também estava trancada — mas não era de se esperar que não estivesse. Estava bem trancada, como todas as outras nesse andar, por causa do frio.

Portanto retornou à primeira porta, experimentou-a de novo — agora lutando contra sua impaciência e nervos, raciocinando que a maldita coisa *não* podia estar trancada, que estava simplesmente empenada, como tantas portas empenadas em Hundreds, e se prendendo na moldura. Mas a porta se abrira com facilidade quando ela a tinha destrancado, e ao espiar de novo pela fresta entre a fechadura e seu encaixe, percebeu de novo que estava trancada, não havia a menor dúvida, nem mesmo no escuro. Espiou pelo buraco da fechadura e conseguiu, até mesmo, discernir o extremo redondo da haste da chave girada. Tentou pensar em uma maneira de alcançá-la — quem sabe com um grampo de cabelo? — e fazê-la girar ao contrário. Continuou a supor que a porta, de alguma maneira extraordinária, tinha conseguido se trancar sozinha.

Então ouviu alguma coisa. Um som claramente distinto no silêncio: o bater de passos ligeiros e leves. E no tantinho de luz leitosa, toldada, que viu pelo buraco, percebeu um movimento. Aconteceu, disse ela, como um *flash* de luz, como o movimento de alguém ou alguma coisa passando rapidamente pelo corredor, da esquerda para a direita — em outras palavras, como se atravessando o corredor dos antigos quartos das crianças vindo da escada dos fundos no canto noroeste da casa. Como supôs, razoavelmente, que a pessoa só poderia ser a Sra. Bazeley ou Betty, sua primeira reação foi de alívio. Levantou-se e bateu na porta.

— Quem está aí? — gritou. — Sra. Bazeley? Betty? Betty, é você? Seja lá quem for, me trancou aqui! — Sacudiu a maçaneta. — Ei! Está me ouvindo?

Desconcertantemente, ninguém respondeu, ninguém apareceu e os passos silenciaram. A Sra. Ayres se abaixou de novo e tornou a olhar pelo buraco da fechadura, até que, finalmente — e de novo, com alívio —, as batidas de pés retornaram e se aproximaram mais.

— Betty! — gritou ela, pois os passos agora eram tão ligeiros e ágeis que não poderiam ser da Sra. Bazeley. — Betty! Deixe-me sair, menina! Não está me ouvindo? Não vê a chave? Gire a chave, agora, está ouvindo? — Mas para seu espanto, só viu outro lampejo de luz, movendo-se dessa vez da direita para a esquerda e, em vez de parar na porta, os passos prosseguiram. — Betty! — gritou ela de novo, de maneira mais estridente. Um momento de silêncio, então, os passos retornaram. E depois disso, a figura escura ligeira ficou passando de lá para cá na porta, repetidamente. Ela podia ver o borrão enquanto corria. Movia-se como uma sombra, sem rosto, sem feições. Tudo no que conseguiu pensar, com um horror crescente, foi que, afinal, a figura só poderia ser Betty, mas que a garota tinha perdido o juízo, sabe-se lá como, e ficava correndo de lá para cá no corredor feito uma maluca.

Mas então, na próxima vez que aconteceu, a figura pareceu chegar mais perto da porta, pareceu roçar nela com o cotovelo ou uma mão e, depois, o som dos passos foi acompanhado por uma espécie de arranhar leve... A Sra. Ayres compreendeu, de súbito, que enquanto corria a figura passava as unhas das mãos nos lambris. Teve a nítida impressão de uma mão pequena, de dedos afiados — a mão de uma criança, percebeu, e o pensamento foi tão alarmante que, em pânico, arrastou-se para trás, rasgando suas meias nos joelhos. Levantou-se no centro do quarto, arrepiada, estremecendo.

Com isso, os passos, em seu momento mais ruidoso, cessaram abruptamente. Sabia, agora, que a figura devia estar no outro lado da porta, viu até mesmo a porta se mover em sua moldura, como se empurrada levemente, pressionada ou testada. Olhou para a fechadura, esperando ouvir a chave ser girada e a maçaneta se mover, e se preparou para o que se revelasse quando a porta fosse aberta. Mas depois de um longo momento de suspense, a porta relaxou de novo em suas dobradiças. Suspendeu a respiração, até que tudo o que conseguiu ouvir, como se na superfície do silêncio, fosse a batida acelerada de seu próprio coração.

Então, por cima do seu ombro, veio um sopro agudo do apito no tubo acústico.

Preparada para um impacto completamente diferente, assustou-se e afastou-se do bocal gritando e quase caindo. O tubo silenciou, depois apitou de novo. Depois disso, o apito soou regularmente, uma série de sopros agudos, prolongados. Era impossível, supôs, o som ser produto de uma brisa ou uma extravagância da acústica — o apito era proposital, exigente — algo como uma sirene, ou o choro de um bebê com fome. Era, de fato, um sinal tão deliberado que o pensamento, finalmente, superou seu pânico. Enfim, só havia uma explicação muito simples: pois não era possível que a Sra. Bazeley, apreensiva por sua segurança, mas ainda sem querer subir as escadas atrás dela, tivesse retornado à cozinha e estivesse tentando se comunicar com ela? O tubo, de qualquer maneira, era pelo menos uma parte do mundo humano comum de Hundreds — nada como a inexplicável figura andando no corredor. Portanto, de novo reunindo coragem, a Sra. Ayres foi até a lareira e pegou a coisa estridente. Com os dedos tremendo, removeu, desajeitadamente, o apito de marfim — e mergulhou de novo, é claro, no silêncio.

Mas a coisa na sua mão não estava silenciosa. Quando levou a taça ao ouvido, escutou um farfalhar úmido — como seda molhada, ou algo fino semelhante que, vagarosa e pausadamente, se arrastasse pelo tubo. O som, ela se deu conta, com um choque, era o de uma respiração ofegante, que se prendia e balbuciava como se de uma garganta estreita, contraída. Em um instante ela foi transportada ao passado, 28 anos atrás, ao seu primeiro parto. Sussurrou o nome de sua filha — "Susan?"— e a respiração se acelerou e se tornou mais líquida. Uma voz emergiu do som confuso: uma voz de criança, ela achou, aguda e que inspirava pena, tentando, como se com um esforço tremendo, formar palavras.

E a Sra. Ayres deixou o tubo acústico cair, em absoluto horror. Correu para a porta. Não se importou, agora, com quem pudesse ser do outro lado:

bateu, gritando em desvario pela Sra. Bazeley, e como não teve resposta, se precipitou, com o passo instável, de volta a uma das janelas gradeadas e puxou o trinco. Tinha começado a chorar de medo e as lágrimas quase a cegavam. As lágrimas e seu pânico devem tê-la privado do juízo e força, pois o trinco era simples e se abria facilmente, mas de alguma maneira prendeu-se em seus dedos e não cedeu.

Mas lá embaixo estava Caroline, andando apressada, vindo pelo gramado para o lado sudoeste da varanda, e ao vê-la, a Sra. Ayres largou o trinco e se pôs a bater na vidraça. Viu sua filha fazer uma pausa e levantar a cabeça, olhar em volta, ouvindo o som, mas não conseguindo localizá-lo. Um segundo depois, para o alívio indizível da Sra. Ayres, viu-a erguer a mão em um gesto de reconhecimento. Mas então percebeu mais claramente a direção do olhar de Caroline. Deu-se conta de que ela não estava olhando para a janela do quarto das crianças, mas para diretamente acima, do outro lado da varanda. Pressionando-se mais na vidraça, avistou uma figura feminina robusta atravessar correndo a alameda de cascalhos, e reconheceu a Sra. Bazeley. Viu-a se encontrar com Caroline no alto dos degraus da varanda, e começou a gesticular amedrontada e nervosamente apontando para Hall. Betty uniu-se a elas um momento depois, também gesticulando agitadamente... Durante todo esse tempo, o bocal destampado tinha ficado emitindo um sussurro que inspirava pena. Vendo, agora, as três mulheres juntas, lá embaixo, a Sra. Ayres se deu conta de que ela e a presença debilitada e clamorosa no outro extremo do tubo estavam sozinhas naquela casa grande.

Esse foi o momento em que o pânico atingiu o ponto da histeria. Levantou os punhos e bateu na janela — e duas das velhas vidraças cederam sob suas mãos. Caroline, a Sra. Bazeley e Betty, ao escutarem o barulho de vidro quebrando, olharam para cima espantadas. Viram a Sra. Ayres gritando entre as grades do quarto das crianças — gritando como uma criança, disse a Sra. Bazeley — e batendo as mãos na vidraça quebrada.

O que aconteceu com ela durante o tempo que as três mulheres levaram para alcançar o quarto em que estava, ninguém soube dizer depois. Depararam-se com a porta aberta e o tubo acústico silenciado, o apito de marfim bem firme no lugar. A Sra. Ayres tinha se enfiado em um canto do quarto e, efetivamente, "perdido a consciência". Os cortes nas mãos e braços estavam sangrando muito, de modo que as três fizeram o que puderam para enfaixar os ferimentos, rasgando um de seus próprios lenços de seda para servir de ataduras. Conseguiram pô-la de pé e praticamente a carregaram para baixo, para o seu quarto, onde lhe deram *brandy* para aquecê-la, acenderam o fogo na lareira, e a cobriram com várias mantas, pois agora, em estado de choque, começara a tremer.

Ainda tremia quando a vi, uma hora depois.

Estava visitando um paciente — felizmente, um paciente particular que tinha telefone, de modo que quando Caroline ligou para o meu consultório, a operadora pôde me transmitir seu pedido para passar com urgência em Hundreds, quando estivesse a caminho da minha casa. Fui para lá assim que pude, sem fazer a menor ideia do que me aguardava. Fiquei completamente atônito com o estado da casa. Uma Betty lívida levou-me até a Sra. Ayres: estava sentada com Caroline do seu lado, arqueada e tremendo, sobressaltando-se como uma lebre a qualquer som ou movimento inesperado, por mais leve que fosse. E assim que a vi, vacilei. Sua expressão era de tal desvario que se parecia com a de seu filho, com a de Roderick em sua pior fase de ilusões. Seu cabelo estava caído sobre seus ombros, e seus braços e mãos estavam horríveis. O sangue grudara em seus anéis, transformando todas as pedras em rubis.

Mas os ferimentos, por um milagre, se revelaram muito superficiais. Limpei-os, fiz o curativo, enfaixei-os. Em seguida, ocupei o lugar de Caroline e segurei suas mãos bem delicadamente. Aos pouquinhos, a intensidade da expressão de desvario se desfez e ela me contou o que tinha acontecido — estremecendo e chorando a cada mudança inesperada, e cobrindo o rosto.

Por fim, ela olhou direto e com urgência nos meus olhos:

— Entende o que aconteceu? — perguntou ela. — Sabe o que isso significa? Eu a decepcionei, doutor! Ela veio, e a decepcionei!

Agarrou meus dedos — agarrou-os com tanta força, que vi o sangue vir à tona nos curativos quando os ferimentos reabriram.

— Sra. Ayres — tentei acalmá-la.

Ela não ouviu.

— Minha menina querida. Quis que ela aparecesse, entende, quis com desespero. Eu a *senti*, aqui, nesta casa. Quando deitada na minha cama, a senti perto. Ela estava tão perto! Mas fui gananciosa. Eu a quis mais perto. Eu a atraí desejando que viesse. E ela veio. E tive medo. Tive medo dela, eu a decepcionei! E agora não sei o que me assusta mais, se o pensamento de que ela nunca mais virá a mim ou o pensamento de que, ao decepcioná-la, a tenha feito me odiar. Ela vai me odiar, doutor? Diga que não!

— Ninguém a odeia — repliquei. — Tem de se acalmar.

— Mas eu a decepcionei! Eu a decepcionei!

— Não decepcionou ninguém. Sua filha a ama.

Ela olhou no meu rosto.

— Acha que me ama?

— É claro que sim.

— Jura?

— Juro — respondi.

Eu teria dito qualquer coisa nessa hora, simplesmente para acalmá-la, e logo a proibi de falar. Dei-lhe um sedativo e a coloquei na cama. Ficou assustada por um tempo, com suas mãos enfaixadas ainda agarradas nas minhas, mas o sedativo era forte, e, quando adormeceu, soltei minhas mãos com cuidado e desci para rever o incidente com Caroline, a Sra. Bazeley e Betty. Estavam reunidas na pequena sala, pálidas e abaladas, quase como a própria Sra. Ayres. Caroline tinha servido *brandy*, e o álcool, junto com o choque, tinha levado a Sra. Bazeley às lágrimas. Interroguei Betty e ela tão minuciosamente quanto possível, mas tudo o que puderam confirmar da história da Sra. Ayres foi que subira até o segundo andar sozinha, que se demorou tanto lá em cima — achavam que quinze, vinte minutos — que ficaram apreensivas e saíram para alertar Caroline. E então as três a viram gritando daquela maneira terrível na janela quebrada.

Depois de juntar os relatos, subi para examinar a cena por mim mesmo. Nunca tinha estado no segundo andar, e subi com cautela, abalado pelo humor da casa. Deparei-me com o quarto vazio, parecendo medonho com sua janela quebrada e as manchas e borrifos de sangue escuro. Mas a sua porta abriu-se sem dificuldade e a chave girou suave na fechadura. Experimentei girar a chave com a porta aberta e fechada. Cheguei até mesmo a bater a porta, para ver se interferia no mecanismo — não teve absolutamente nenhum efeito. Coloquei o ouvido de novo no maldito tubo acústico e, como antes, não ouvi nada. Então fui para o quarto do lado, exatamente como a Sra. Ayres tinha feito, e fiquei imóvel e expectante — pensando na criança morta, Susan, pensando em minha mãe, pensando em mil coisas tristes — suspendendo a respiração, quase desafiando algo a acontecer, alguém ou alguma coisa a aparecer. Mas nada aconteceu. A casa parecia mortalmente silenciosa e fria, o quarto parecia desolado, infeliz — mas quase sem vida.

Pensei em uma explicação: alguém ter encenado todo o caso com a intenção de atormentar a Sra. Ayres, ou por uma espécie de brincadeira abominável ou por simples maldade. Não suspeitei de Caroline, e como não acreditava que a Sra. Bazeley, que trabalhava na casa desde antes da guerra, fosse capaz de algo assim, minhas suspeitas caíram em Betty. Em primeiro lugar, era possível que ela, afinal, estivesse por trás do sucedido com o tubo acústico, e a própria Sra. Ayres tinha dito que os passos de lá para cá do outro lado da porta eram leves — leves como os de uma criança. Segundo a Sra. Bazeley, Betty tinha estado com ela durante todo o incidente, embora também admitisse que, em sua apreensão em relação à Sra. Ayres, ela tivesse subido um pouco mais, enquanto Betty tinha permanecido embaixo. Poderia a garota ter corrido até a escada dos criados, subido depressa por ela, trancado a porta do quarto e andado de lá para cá no corredor — tudo isso sem a outra mulher perceber sua ausência? Pareceu muito improvável. Eu tinha subido pela escada dos fundos e a examinado atentamente com a luz da chama do meu isqueiro. Estava coberta por uma fina camada de pó, que meus sapatos perturbaram instantaneamente, mas não havia outras marcas de sapatos, pesadas ou leves, eu tinha certeza. E então, a aflição de Betty diante do incidente pareceu muito genuína. Eu sabia que ela gostava de sua patroa e, finalmente, é claro, havia a palavra da própria Sra. Ayres contra o seu envolvimento, pois tinha visto a menina com a Sra. Bazeley do lado de fora da casa enquanto os sons no tubo acústico persistiam...

Repassei tudo isso na minha cabeça, examinando o quarto sombrio, mas logo a opressão do lugar foi demais para mim. Molhei o lenço na pia e limpei o grosso do sangue. Encontrei alguns pedaços soltos do linóleo e fiz o que pude para vedar a vidraça quebrada. Depois desci pesadamente a escada. Desci pela escada principal e encontrei Caroline no primeiro patamar, saindo do quarto de sua mãe. Levou o dedo aos lábios e prosseguimos, em silêncio, para a pequena sala.

Quando entramos e fechamos a porta, eu disse:

— Como ela está?

Ela estremeceu.

— Está dormindo. Pensei tê-la ouvido gritar, só isso. Não quero que acorde e se assuste.

— Bem — eu disse —, ela deve dormir por horas com o Veronal dentro dela. Sente-se perto do fogo. Está com frio. E só Deus sabe como eu também estou.

Levei-a para perto da lareira, puxei duas cadeiras e nos sentamos. Apoiei os cotovelos nos meus joelhos e meu rosto em minhas mãos. Exausto, esfreguei os olhos.

— Esteve lá em cima — disse ela.

Assenti com um movimento da cabeça, olhando, com a vista turva, para ela.

— Ah, Caroline, aquele quarto horrível! Parece a cela de um lunático. Tranquei a porta. Acho que deveria deixá-la trancada. Não suba até lá.

Ela olhou para o fogo.

— Mais um quarto fechado — disse ela.

Eu ainda estava passando as mãos nos meus olhos congestionados.

— Bem, esta é a menor de nossas preocupações no momento. É na sua mãe que precisamos pensar. Não consigo acreditar que isso aconteceu, e você? E ela estava bem, hoje de manhã?

Ela respondeu sem tirar os olhos das chamas.

— Não estava nada diferente de como estava ontem, se é o que quer saber.

— Ela tinha dormido bem?

— Até onde sei... Eu não devia ter saído para ver a obra, acho. Eu não devia tê-la deixado só.

Baixei minhas mãos.

— Não seja boba. Se alguém é culpado aqui, esse alguém sou eu! Há semanas você tem me dito que ela está diferente. Como eu gostaria de ter-lhe dado mais atenção. Desculpe, Caroline. Eu não fazia ideia de que a sua mente estivesse tão inquieta assim. Se esses cortes tivessem sido mais profundos, se tivessem atingido uma artéria...

Ela pareceu assustada. Peguei sua mão.

— Perdoe-me. É horrível para você. Ver sua mãe nesse estado... Essas... essas suas fantasias. — Falei com relutância. — Essas ideias sobre a sua irmã, de que sua irmã veio... visitá-la. Sabia disso?

Ela voltou a olhar o fogo.

— Não. Mas faz sentido agora. Ela tem passado muito tempo sozinha. Achei que era cansaço. Em vez disso, lá em cima, no seu quarto, devia estar pensando nisso, que Susan... Oh, é absurdo! É... é sujo. — Sua face pálida corou. — E a culpa *é* minha, independentemente do que você disser. Eu sabia que alguma coisa desse tipo ia acontecer. Que era só uma questão de tempo.

— Bem — falei, deprimido —, então eu também deveria saber. E deveria tê-la observado mais atentamente.

— Não tem importância o quanto atentamente a observamos — replicou ela. — Observamos Roderick, lembra-se? Eu devia tê-la tirado... imediatamente de Hundreds.

Houve algo estranho na sua maneira de dizer isso, e falou olhando para mim, e depois, quase furtivamente, baixou o olhar.

— O que quer dizer, Caroline? — perguntei.

— Não está óbvio? — replicou ela. — Tem alguma coisa nesta casa! Alguma coisa que esteve aqui esse tempo todo, e que acaba... de acordar. Ou alguma coisa que veio para nos punir e nos atormentar. Viu como minha mãe estava quando chegou. Ouviu o que lhe aconteceu, ouviu a Sra. Bazeley e Betty.

Eu estava olhando para ela sem acreditar,

— Não pode estar falando sério... não pode acreditar que... Caroline, preste atenção. — Peguei sua outra mão e apertei seus dedos. — Você, sua mãe, a Sra. Bazeley, Betty, as quatro estão no limite de suas resistências! Esta casa, sim, pôs ideias na cabeça de vocês. Mas isso é de admirar? Uma coisa sinistra leva à outra: primeiro, Gyp, depois Roderick, e agora, isso. É claro que pode ver isso, não? Você não é sua mãe, Caroline. Você é mais forte do que ela. Ora, lembro-me dela sentada e chorando onde você está agora, há meses! Ela deve estar aflita com a recordação de sua irmã, desde que aqueles malditos rabiscos apareceram. A partir de então ela não se sente bem, não dorme, e sua idade também não ajuda. E então surge essa história maluca do tubo acústico...

— E a porta trancada? Os passos?

— A porta provavelmente nunca foi fechada! Estava aberta, não estava, quando você e a Sra. Bazeley chegaram lá? E o apito estava no lugar, não estava? Quanto aos passos... acho que ela ouviu algum som. Ela pensou ter ouvido o som das patas de Gyp, uma vez, lembra-se? Deve ter sido tudo o que sua mente precisava para começar a ceder.

Ela sacudiu a cabeça, frustrada.

— Você tem sempre uma resposta para tudo.

— Uma resposta racional, sim! Você não pode estar falando sério ao sugerir que a sua irmã...

— Não — replicou ela com firmeza. — Não estou sugerindo isso.

— O que, então? Que algum outro fantasma está assombrando a sua mãe? O mesmo fantasma, supostamente, que fez aquelas marcas no quarto de Roderick...

— *Alguma coisa* as fez, não? — gritou ela, puxando as mãos das minhas. — Tem alguma coisa aqui, sei que tem. Acho que sei disso desde que Rod adoeceu, mas eu tive medo demais de enfrentá-la... Não paro de pensar, também, no que minha mãe disse quando os últimos rabiscos foram encontrados. Ela disse que a casa conhecia todas as nossas fraquezas e as estava testando, uma por uma. A fraqueza de Roddie era a própria casa, entende. A minha... bem, talvez fosse Gyp. Mas a fraqueza de mamãe é Susan. É como se, com os rabiscos, os passos, a voz... é como se ela estivesse sendo *provocada*. Como se alguma coisa estivesse *brincando* com ela.

— Caroline, não pode estar falando sério — eu disse.

— Ah — replicou ela, irritada —, para você está tudo bem! Pode falar de ilusões e fantasias e coisas do gênero. Mas não conhece esta família, não mesmo. Apenas nos vê como somos hoje. Éramos diferentes há um ano. Tenho certeza de que éramos. As coisas mudaram... deram errado... de maneira terrível, tão rapidamente. Tem de haver *alguma coisa*, não entende?

Seu rosto, agora, estava lívido, e agoniado. Coloquei a mão no seu braço.

— Ouça, você está cansada. Todas vocês estão cansadas.

— Você não para de dizer isso!

— Bem, infelizmente continua a ser verdade!

— Mas isso é mais do que cansaço, não há dúvida. Por que não quer ver?

— Vejo o que está na minha frente — eu disse. — Depois, faço deduções racionais. É o que médicos fazem.

Ela deu um grito, que foi, em parte, de frustração e, em parte, de impaciência, mas que pareceu exaurir o resto de sua força. Cobriu os olhos, ficou quieta e dura por um segundo, e então seus ombros caíram.

— Simplesmente, não sei — disse ela. — Às vezes parece claro. Outras vezes é simplesmente... demais. Tudo isso é demais.

Puxei-a para mim, para beijar e passar a mão na sua cabeça. Então falei, baixo e calmamente:

— Minha querida, lamento tanto. É difícil, eu sei. Mas não vai ajudar ninguém, muito menos sua mãe, se evitar o óbvio... As coisas se tornaram claramente difíceis demais para ela. Não há nada estranho nem sobrenatural nisso. Acho que ela está tentando retroceder a uma época, só isso, quando a vida era mais fácil. Quantas vezes ela falou do passado com saudades? Ela deve ter transformado sua irmã em uma figura para tudo o que perdeu. Acho que a sua mente, com o repouso, vai clarear. Acho realmente. Também acho que pode ajudá-la se a propriedade puder se recuperar. — Fiz uma pausa. — Se nos casássemos...

Ela se afastou.

— Não posso pensar em casamento com minha mãe assim!

— Certamente a tranquilizaria ver as coisas assentadas. Ver você estabelecida, não?

— Não. Não, não seria certo.

Lutei, por um segundo, com a minha própria frustração, e depois voltei a falar de maneira controlada.

— Muito bem. Mas a sua mãe vai precisar de um tratamento cuidadoso. Vai precisar de toda a nossa ajuda. Ela não pode ficar assustada ou alarmada com nenhum tipo de fantasia. Está me entendendo, Caroline?

Depois de uma pequena hesitação, ela fechou os olhos e balançou a cabeça. Mas depois disso, ficamos em silêncio. Ela cruzou os braços e moveu-se para a frente, em sua cadeira, olhando o fogo, como se fitando as chamas.

Fiquei com ela enquanto pude e, por fim, tive de ir para o hospital. Eu lhe disse para descansar. Prometi retornar logo pela manhã, e que, nesse meio-tempo, ela me ligasse se sua mãe mostrasse sinais de aflição ou agitação. Desci silenciosamente até a cozinha para dizer a mesma coisa à Sra. Bazeley e a Betty, acrescentando que queria que ficassem de olho em Caroline, também, que eu achava estar "sentindo um pouco a tensão".

E antes de sair, dei uma olhada na Sra. Ayres. Ela estava dormindo pesado, com seus braços enfaixados pendendo para fora, seu cabelo comprido emaranhado no travesseiro. Começou a se mexer e a murmurar quando eu estava do lado da sua cama, mas coloquei a mão na sua testa e acarinhei sua face pálida e apreensiva. E logo ela se aquietou.

11

Eu não sabia o que esperar quando retornei a Hundreds na manhã seguinte. A vida na casa tinha chegado a um ponto em que parecia que, na minha ausência, absolutamente tudo poderia acontecer. Mas quando entrei no vestíbulo, por volta das oito horas, Caroline desceu para me receber, parecendo cansada, mas com traços tranquilizadores de vida e cor na face. Contou-me que passaram uma noite sem incidentes. Sua mãe tinha dormido profundamente, e desde que acordara estava perfeitamente calma.

— Graças a Deus! — exclamei. — E como ela parece? Não há confusão mental?

— Aparentemente não.

— Ela falou sobre o que aconteceu?

Hesitou, depois se virou e se dirigiu à escada.

— Venha e fale com ela você mesmo.

Portanto a segui.

O quarto, gostei de ver, estava claro, com as cortinas completamente abertas, e a Sra. Ayres, embora ainda de camisola, estava fora da cama, sentada do lado do fogo, seu cabelo preso para trás em uma trança. Olhou com apreensão para a porta quando entramos, mas o susto desapareceu de seu rosto quando viu Caroline e a mim. Seu olhar encontrou o meu e ela pestanejou e enrubesceu um pouco, como se constrangida.

— Sra. Ayres! Vim cedo achando que poderia precisar de mim e vejo que não sou nada necessário. — Fui até ela, puxando um banco acolchoado de debaixo de seu toucador, para me sentar do seu lado e examiná-la. Falei calmamente:

— Como se sente?

De perto, pude ver que seus olhos continuavam com olheiras e ainda turvos por causa do sedativo que eu lhe dera no dia anterior, e sua postura revelava fraqueza. Mas a sua voz, embora baixa, era clara e regular. Ela baixou a cabeça e disse:

— Sinto-me como uma perfeita idiota.

— Não seja boba — repliquei, sorrindo. — Como dormiu?

— Tão profundamente, eu... realmente não me lembro. Graças ao seu remédio, acho.

— Nenhum pesadelo?

— Acho que não.

— Ótimo. Agora, uma coisa de cada vez. — Peguei delicadamente suas mãos. — Deixe-me ver os curativos.

Ela deixou de me encarar e estendeu os braços, submissa. Tinha baixado os punhos para cobrir as ataduras e, quando os arregacei, vi que os curativos estavam manchados e teriam de ser trocados. Fui até o banheiro e busquei uma tigela de água quente. No entanto, mesmo com a água, o trabalho de soltar a gaze das feridas não foi agradável. Caroline ficou de um lado, olhando em silêncio, enquanto eu trabalhava. A própria Sra. Ayres suportou a operação sem um murmúrio, só prendendo a respiração uma vez ou outra, quando a atadura grudava.

Os cortes, de uma maneira geral, estavam cicatrizando bem. Apliquei, com cuidado, novos curativos. Caroline adiantou-se para pegar a tigela de água e enrolar as ataduras sujas e, enquanto fazia isso, senti o pulso de sua mãe, tirei sua pressão, depois ouvi seu peito. Sua respiração estava um pouquinho prejudicada, mas seu coração, fiquei feliz em ver, batia rápido e firme.

Fechei as lapelas de seu roupão e guardei meus instrumentos. Segurando de novo suas mãos, falei:

— Acho que está indo muito bem. Fico aliviado. Deu um grande susto na casa, ontem.

Ela retirou os dedos.

— Não vamos falar nisso. Por favor.

— Ficou seriamente assustada, Sra. Ayres.

— Eu me comportei como uma velha idiota, só isso! — Sua voz, pela primeira vez, perdeu um pouco da firmeza. Fechou os olhos e tentou sorrir.
— Receio que minha mente me tenha escapado. Pensamentos tão tolos. Ficamos isolados demais aqui. Meu marido costumava dizer que a Hall era a casa mais solitária de Warwickshire. Seu pai não dizia sempre isso, Caroline?

Caroline ainda estava recolhendo as ataduras. Falou calmamente, sem erguer o olhar.

— Dizia.

Desviei o olhar das suas costas para a sua mãe.

— A casa, em seu estado atual, certamente tem parte da culpa. Mas quando a vi ontem, disse coisas realmente espantosas.

— Falei um monte de bobagens! Fico com vergonha ao me lembrar. O que Betty e a Sra. Bazeley devem estar pensando, nem posso imaginar... Oh, por favor, não vamos falar sobre isso, doutor.

— Parece um assunto muito sério para ser ignorado — falei com cautela.

— Não o ignoramos. O senhor me deu um remédio. Caroline tem cuidado de mim. Eu... eu estou bem, agora.

— Não se sente apreensiva? Com medo?

— Medo? — Ela riu. — Por Deus do céu, medo do quê?

— Bem, ontem parecia ter muito medo. Falou de Susan...

Agitou-se na sua cadeira.

— Já disse, falei um monte de bobagens! Eu estava... estava com minha mente muito sobrecarregada. Tenho passado tempo demais sozinha. Percebo isso agora. Vou passar mais tempo com Caroline, a partir de agora. Ao anoitecer, e assim por diante. Por favor, não me repreenda. Por favor.

Pôs a mão enfaixada sobre a minha, seus olhos parecendo escuros e grandes, e ainda turvos em sua face encovada. Mas sua voz se normalizara de novo, e soou muito sincera. Não havia nenhum vestígio da mulher assustada, balbuciante, que me recebera no dia anterior.

— Está bem — repliquei, por fim. — Mas gostaria que repousasse, agora. Acho que deve voltar para a cama. Darei a Caroline uma receita para a senhora, apenas um sedativo moderado, nada mais. Quero que durma oito horas por noite, sem sonhar, até recuperar suas forças. O que acha disso?

— Como se eu fosse uma inválida — respondeu ela, com um quê de ironia na voz.

— Eu sou o médico aqui. Deve deixar que eu decida quem são os inválidos.

Ela levantou-se, resmungando um pouquinho, mas deixou que a ajudasse a se deitar. Dei-lhe outro Veronal — uma dose menos forte, dessa vez — e Caroline e eu nos sentamos do lado dela até, suspirando e murmurando, ela adormecer. Quando nos certificamos de que realmente dormira, saímos do quarto sem fazer barulho.

Ficamos no patamar. Olhei para a porta fechada, sacudindo a cabeça.

— Ela está tão melhor! É inacreditável! Esteve assim a manhã toda?

— Tem estado exatamente assim — respondeu Caroline, sem me encarar.

— Ela parece ter voltado a ser o que era.

— Acha?

Olhei para ela.

— Você não?

— Não tenho certeza. Mamãe é muito boa, sabe, em esconder seus sentimentos verdadeiros. Toda essa geração é, especialmente as mulheres.

— Ela parece muito melhor do que eu esperava. Se pudermos mantê-la calma, agora.

Lançou-me um olhar de relance.

— Calma? Realmente acha que podemos fazer isso aqui?

A pergunta me pareceu estranha, considerando-se que estávamos falando murmurando, no centro dessa casa silenciosa. Mas antes de eu poder responder, ela tinha se afastado de mim.

— Desça por um instante, por favor. À biblioteca. Quero lhe mostrar uma coisa.

Acompanhei-a, inseguro, pelo vestíbulo. Abriu a porta da biblioteca, chegou para o lado, para que eu entrasse na sua frente.

A sala cheirava mais a mofo do que nunca, depois de todas as chuvas de inverno. As estantes ainda estavam cobertas com lençóis, ainda parecendo fantasmagóricas na penumbra. Mas ela, ou Betty, tinha aberto a única veneziana que funcionava, e brasas se extinguiam na grelha. Dois abajures tinham sido dispostos do lado de uma poltrona. Olhei para eles, de certa maneira surpreso.

— Tem se sentado aqui?

— Tenho lido, enquanto mamãe dorme. Falei com Betty ontem, sabe, depois que você saiu. E ela me fez pensar.

Ela foi até o corredor e chamou Betty. Devia ter mandado a garota esperar por ali, pois chamou-a baixinho e ela apareceu quase no mesmo instante. Seguiu Caroline até a porta, me viu no escuro e hesitou.

— Entre e feche a porta, por favor — disse Caroline.

A garota entrou, baixando a cabeça.

— Agora — disse Caroline. Tinha juntado as mãos e passava os dedos pelas juntas, como se tentando, distraidamente, alisar a aspereza de sua própria pele. — Quero que conte ao Dr. Faraday o que me contou ontem.

Betty hesitou de novo, depois balbuciou:

— Eu não gostaria, senhorita.

— Ora, não seja boba. Ninguém está irritado com você. O que veio me contar ontem à tarde depois que o doutor foi embora?

— Por favor, senhorita — disse ela, olhando para mim de relance —, eu lhe disse que esta casa tem uma coisa ruim nela.

Devo ter feito um som ou gesto de desânimo. Betty levantou a cabeça e projetou o queixo.

— Tem sim! E soube disso meses atrás! E falei para o doutor e ele disse que eu estava sendo boba. Mas não estava sendo boba! Eu *sabia* que havia alguma coisa! Eu *sentia*!

Caroline me observava. Encontrei o seu olhar e falei formalmente:

— É perfeitamente verdade que pedi a Betty para não mencionar isso.

— Diga ao Dr. Faraday o que sentiu, exatamente — disse ela, como se não tivesse me ouvido.

— Eu simplesmente senti — replicou Betty, mais fracamente —, na casa. É como um... um empregado perverso.

— Empregado perverso? — eu disse.

Ela bateu pé.

— Ele é! Estava sempre tirando as coisas do lugar lá em cima. Ele nunca fez nada no andar de baixo. Mas estava sempre empurrando coisas e fazendo sujeira, como se tocasse nas coisas com as mãos sujas. Eu quase falei alguma coisa, depois do incêndio. Mas a Sra. Bazeley disse que eu não devia, porque o Sr. Roderick seria acusado disso. Mas então todas essas coisas estranhas aconteceram com a Sra. Ayres, todos aqueles barulhos, e então eu *falei*. Falei com madame.

Então comecei a compreender. Cruzei os braços.

— Entendo. Bem, isso explica muita coisa. E o que a Sra. Ayres disse?

— Disse que sabia de tudo isso. Disse que era um fantasma! Disse que gostava dele! Disse que era um segredo seu e meu e dela e que eu não devia contar. E não falei nadinha depois disso, nem mesmo com a Sra. Bazeley. E achei que tudo bem, porque a Sra. Ayres parecia tão feliz. Mas agora o fantasma ficou malvado de novo, não ficou? E queria *ter* falado! Porque então madame não teria se machucado. E desculpe! Mas não é minha culpa!

Começou a chorar, cobrindo o rosto com as mãos, seus ombros se sacudindo. Caroline foi até ela e disse:

— Está tudo bem, Betty, Ninguém está culpando você de nada. Você foi muito boa e sensata ontem, quando o resto de nós estava tão abalado. Enxugue as lágrimas.

A garota acabou se acalmando e Caroline a mandou de volta ao subsolo. Ela obedeceu submissa, mas me lançando um olhar sinistro. Depois que se foi, permaneci por um momento com meus olhos na porta fechada, consciente do silêncio e de Caroline estar me observando.

Finalmente me virei e disse:

— Ela mencionou alguma coisa para mim na manhã que sacrifiquei Gyp. Vocês todos estavam tão infelizes que não quis correr o risco de deixá-los ainda mais nervosos. Quando aquela coisa toda começou com Rod, achei que poderia ter sido, em parte, provocada por ela, que ela talvez tivesse metido a ideia na cabeça dele. Ela jurou que não.

— Não acho que ela faria isso — disse Caroline.

Ela foi para a poltrona e pegou na mesinha lateral dois livros pesados. Segurou-os encostados no peito e inspirou. Quando voltou a falar, foi com uma espécie de dignidade tranquila.

— Não me importa que não tenha mencionado isso a mim. Não me importa ter ouvido isso de Betty e não de você. Sei o que pensa sobre o que está acontecendo nesta casa. Mas quero que me escute, só um pouco. Você me deve isto, acho.

Dei um passo para ela, mas sua postura e maneiras foram arredias. Parei e repliquei, com cautela:

— Está bem.

Ela respirou fundo de novo, e prosseguiu.

— Depois de Betty falar comigo, ontem, comecei a refletir. De repente me lembrei de alguns livros do meu pai. Lembrei-me dos títulos e os procurei ontem à noite. Achava que tinham sido dados... Mas acabei encontrando-os.

Com um acanhamento enigmático, entregou-me os dois livros pesados. Não sei o que esperava que fossem. Pela aparência, achei que talvez fossem compêndios de medicina. Então li os títulos: *A quimera da vida* e *O lado noturno da natureza*.

— Caroline — eu disse, deixando os livros penderem do lado. — Não acredito que vão nos ajudar.

Ela percebeu que eu não pretendia abri-los e pegou-os de volta, abrindo-os ela mesma. Fez isso de maneira nervosa, como se não comandando perfeitamente seus próprios movimentos. Olhei de novo para o rubor no seu rosto e percebi que o que eu tinha considerado uma cor saudável era, na verdade, resultado de uma agitação. Encontrou a página que tinha marcado com uma tira de papel, e se pôs a ler em voz alta.

— "No primeiro dia" — leu ela —, "a família assustou-se imediatamente com um movimento misterioso no meio das coisas nas salas e cozinha, e em outras partes da casa. Uma vez, sem nenhum motivo aparente, uma das moringas se soltou do gancho sobre o armário na cozinha e se quebrou. Depois outra, e no dia seguinte, mais outra. Um bule de chá de porcelana, que acabara de ser cheio com chá e colocado no console, moveu-se rapidamente e caiu no chão."

Olhou para mim, timidamente, mas com um quê de desafio. Sua cor, agora, estava mais intensa do que nunca.

— Isso aconteceu em Londres — disse ela — nos anos de 1800. — Virou algumas páginas, até outra tira de papel. — Este foi em Edimburgo, em 1835. — "A coisa continuava igual: ouvíamos noite e dia passos de pés invisíveis, batidas, arranhões e farfalhar, primeiro em um lado e depois no outro."

— Caroline — falei.

Ela virou mais páginas — virou uma com tal rapidez, que se rasgou.

— Aqui. Ouça isto: "Deparei-me com vários relatos do ressoar sobrenatural de todas as campainhas em uma casa. Às vezes ocorrendo periodicamente por um tempo considerável e prosseguindo depois que precauções haviam sido tomadas, o que anulava a possibilidade de artifício ou ilusão..."

Tirei o livro das suas mãos.

— Muito bem — falei. — Deixe eu dar uma olhada.

Abri na página do título. O índice de capítulos me impressionou e, com uma certa aversão, os li em voz alta.

— "O morador do templo". "Sonho e transe duplos". "Espíritos perturbados". "Casas assombradas". — Larguei o livro de novo. — Não discutimos isso ontem? Acha realmente que a sua mãe vai se recuperar se encorajá-la a pensar que esta casa tem um fantasma?

— Mas não acho isso — disse ela no mesmo instante. — Não acho nada disso. Sei que é no que mamãe acredita, sei que é o que Betty acha, também. Mas as coisas de que estes livros falam não são fantasmas. Se são alguma coisa, são... *poltergeists*.

— *Poltergeists!* — repeti. — Deus meu! Por que não vampiros ou lobisomens?

Ela sacudiu a cabeça, frustrada.

— Um ano atrás eu talvez dissesse o mesmo. Mas é só uma palavra, não é? Uma palavra para algo que não compreendemos, alguma espécie de energia, ou coleção de energias. Ou alguma coisa dentro de nós. Não sei. Estes escritores aqui: Gurney e Myers. — Abriu outro livro. — Eles falam em "manifestações". Não são fantasmas. São partes de uma pessoa.

— Partes de uma pessoa?

— Partes inconscientes, tão fortes e tão perturbadas que podem assumir vida própria. — Mostrou-me uma página. — Veja. Aqui fala de um homem em Londres, ansioso, querendo falar com sua amiga, aparecendo para a mulher e seu companheiro, exatamente no mesmo instante, no quarto de um hotel no Cairo! Aparecendo como o seu próprio fantasma! Aqui, uma mulher, à noite, ouvindo o bater de asas de um pássaro, como mamãe! Então, ela vê seu marido, que está na América, ali em pé, na sua frente. Depois, ela descobre que ele está morto! O livro diz que, com algumas pessoas, quando estão infelizes ou confusas, ou querendo muito uma coisa... Às vezes nem mesmo sabem o que está acontecendo. Alguma coisa... se liberta delas. E não consigo parar de pensar... não consigo não pensar naquelas ligações. Suponha que tenha sido Roddie, todas elas.

— *O quê?* — repliquei perplexo.

— Se este livro está certo, *alguém* está na origem disso. E se for o meu irmão que está provocando tudo isso? Suponha que ele queira voltar para casa. Sabe como ele pode se sentir infeliz, frustrado. O fantasma de Betty talvez tenha sido *ele*, o tempo todo.

— Pode ter sido a própria Betty! — repliquei. — Pensou nisso? Só teve problemas, não foi?, desde que ela veio para esta casa.

Ela fez um gesto de impaciência, desprezando a ideia.

— Pode também dizer que tivemos problemas desde que *você* está aqui! Não quer me ouvir. Os ruídos, as campainhas... são sinais, não são? Até mesmo os rabiscos nas paredes. A voz no tubo acústico, ontem, segundo mamãe, era tênue, na verdade somente uma respiração. Talvez ela tenha suposto ter sido Susan porque era o que ela queria ouvir. Talvez fosse, na verdade, *a de Rod*.

— Mas não *havia* voz nenhuma! — eu disse. — Não podia haver. Quanto às campainhas... já examinamos isso. A fiação defeituosa...

— Mas aqui, neste livro...

Coloquei minhas mãos sobre as delas, com o livro entre nós.

— Caroline, por favor — eu disse. — Isso é absurdo. Você sabe que é. É um conto de fadas! Pelo amor de Deus. Certa vez, tive um paciente que tentou dar na cabeça de sua mulher com um martelo. Ele dizia que ela não era realmente a sua mulher, que "outra mulher a havia engolido" e que ele tinha de abrir a cabeça da falsa para deixar a verdadeira sair! Sem dúvida, este livro o defenderia. Um belo caso de possessão de espírito. Ao invés disso, internamos o homem no hospital e lhe demos brometo de potássio, e em uma semana ele estava são de novo. Como o livro explicaria isso? Estão dando bromídia a seu irmão, também. Ele é um rapaz muito doente. Mas sugerir que tem assombrado Hundreds como um fantasma...

Senti um quê de dúvida na sua expressão. Mas ela falou com obstinação:

— Se usa palavras assim, fatalmente a coisa parecerá insensata. Mas não vive aqui. Não sabe. Ontem à noite, tudo fez sentido para mim. Ouça.

Abriu o livro de novo e procurou outra passagem que lhe parecia demonstrar sua opinião. Depois, procurou outra... Olhei para o seu rosto, que agora estava realmente ruborizado, o sangue palpitando quase freneticamente. Olhei para seu olhar irrequieto. E não a reconheci. Segurei sua mão. Ela não percebeu, continuava a ler em voz alta. Movi os dedos para o seu pulso, tentando sentir sua pulsação. Captei sua aceleração.

Ela percebeu minha intenção. Afastou-se de mim, horrorizada.

— O que está fazendo? Pare! Pare já!

— Caroline — eu disse.

— Está me tratando como tratou minha mãe! Como tratou Rod! É só isso o que sabe fazer?

— Pelo amor de Deus — gritei, meu cansaço e frustração me dominando. — Sou um médico! O que esperava? Fica aí lendo absurdos... Você não é uma camponesa supersticiosa. Olhe em volta! Veja o que conseguiu! Esta casa está caindo aos pedaços ao redor dos seus ouvidos! Seu irmão levou a propriedade à beira da ruína e atribuiu tudo isso a uma *infecção*. Agora você está terminando o trabalho... culpando fantasmas, *poltergeists*! Não vou mais ouvir nada disso. Está me dando náusea!

Virei-me, quase tremendo, surpreso com a veemência de minhas próprias palavras. Percebi que pôs o livro de lado e, com esforço, me acalmei. Coloquei as mãos sobre os olhos e disse:

— Perdoe-me, Caroline. Não queria ter agido assim.

— Não — replicou ela, calmamente. — Fico feliz que diga isso. Tem razão. Até mesmo em relação a Roddie. Eu não devia ter lhe mostrado. O problema não é seu.

Virei-me para ela, a raiva inflamando-se de novo.

— É claro que é problema meu! Vamos nos casar, não vamos? Se bem que só Deus sabe quando... Oh, não me olhe dessa maneira. — Segurei suas mãos. — Não suporto vê-la inquieta! Mas tampouco suporto vê-la iludida. Só está assumindo mais coisas com que se preocupar. Já tem o bastante, não tem? Coisas verdadeiras, quero dizer, no mundo real, com que podemos lidar, não?

De novo, percebi a dúvida em seus olhos. De novo, ela disse:

— Mas ontem à noite pareceu fazer tanto sentido! Tudo pareceu se encaixar. Pensei tanto em Roddie, quase o *senti* aqui.

— Há alguns dias — respondi — coloquei o ouvido no maldito tubo acústico. Convenci-me de que era capaz de ouvir minha mãe!

Ela franziu o cenho.

— Ouviu?

Levantei suas mãos e as beijei.

— Esta casa — falei — está deixando todos nós loucos, mas não da maneira que você pensa. As coisas escaparam... do controle, aqui. Mas podemos consertar isso, você e eu. Nesse meio-tempo... bem, é perfeitamente compreensível que esteja preocupada com Rod. Vamos... vamos vê-lo, se isso ajudar.

Sua cabeça, que estava baixa, se ergueu ao ouvir minhas palavras, e pela primeira vez em semanas vi um pequeno lampejo em seus olhos. Isso me provocou uma espécie diferente de aflição. Esperava que o lampejo fosse para mim.

— Fala sério? — disse ela.

— É claro que sim. Eu não aconselho. Não acho, para o bem de Rod, que deveríamos. Mas a questão agora é outra. É em você que estou pensando agora. É sempre em você que estou pensando, Caroline. Tem de saber disso.

E, como tinha acontecido antes, minha raiva se alterou, transformou-se, de alguma maneira, em desejo. Aproximei-me dela. Ela resistiu por um momento, e então pôs os braços ao redor de mim, seus braços esguios e fortes.

— Sim — ela murmurou, cansada. — Eu sei.

Fomos à clínica no meu carro, no domingo seguinte, deixando a Sra. Ayres dormindo em casa, com Betty tomando conta dela. O dia estava seco, mas escuro, e a viagem foi, inevitavelmente, tensa. Eu tinha ligado avisando da visita, mas ela disse:

— E se ele estiver pior? E se não nos reconhecer?

— Então, pelo menos ficaremos sabendo — respondi. — Já será alguma coisa, não?

Por fim, ela se calou, roendo as unhas. Quando estacionei no pátio, ela permaneceu imóvel por um instante, relutante em sair. Atravessamos a porta da clínica e ela se segurou no meu braço, em um pânico real.

Uma enfermeira nos conduziu à sala e vimos Roderick sentado nos esperando, sozinho, a uma das mesas. Ela me deixou e foi depressa para perto dele, rindo nervosa e aliviada.

— Rod! É você? Eu não o reconheci! Parece o capitão de um navio!

Ele tinha ganhado peso. Seu cabelo estava mais curto do que quando o tínhamos visto pela última vez, e tinha deixado crescer a barba ruiva. A barba era irregular por causa das suas queimaduras. Seu rosto, por trás dela, pareceu-me ter perdido a juventude, ter-se assentado em linhas duras, graves. Não retribuiu o sorriso da irmã. Deixou que ela o beijasse e abraçasse, mas depois se sentou no outro lado da mesa, pondo as mãos no tampo, notei, de maneira gentil e deliberada, como se gostando da solidez da superfície.

Ocupei a cadeira do lado de Caroline.

— É bom vê-lo, Rod.

— É maravilhoso vê-lo! — disse Caroline, mais uma vez, rindo. — Como você está?

Ele moveu a língua nos dentes, a boca seca. Pareceu cauteloso, desconfiado.

— Estou bem.

— Está gordo à beça. Devem estar alimentando-o muito bem, pelo menos! Estão? A comida é boa?

Ele fez uma carranca.

— Acho que sim.

— E gostou de nos ver?

Não respondeu, mas relanceou os olhos para a janela.

— Como você veio?

— No carro do Dr. Faraday.

Ele moveu a língua de novo.

— O pequeno Ruby.

— Isso mesmo — eu disse.

Olhou para mim, ainda cauteloso.

— Só me disseram hoje de manhã que estavam vindo.

— Só decidimos vir nesta semana — replicou Caroline.

— Mamãe veio com vocês?

Percebi que ela hesitou. Então eu respondi.

— Lamento dizer que sua mãe está com um pouco de bronquite, Rod. Só um pouco. Logo estará bem.

— Ela mandou um beijo — disse Caroline, animadamente. — Ficou... muito triste por não vir.

— Só me disseram hoje de manhã — repetiu ele. — São assim, aqui. Mantêm segredos, para não nos assustarem. Não querem que percamos o controle, sabem. É igualzinho a como era na Força Aérea, igualzinho.

Mexeu as mãos. Vi então que estavam tremendo. Mantê-las apoiadas em cima da mesa devia ajudar a aquietá-las.

Acho que Caroline também viu o tremor. Pôs as mãos sobre as dele.

— Só queríamos vê-lo, Rod — disse ela. — Não o vemos há meses. Queríamos ter certeza de que... está bem.

Ele franziu o cenho olhando para os dedos dela e ficamos em silêncio por um momento. Ela então exclamou admiração de novo com a sua barba, o seu peso a mais. Perguntou sobre sua rotina diária e ele nos contou, de uma maneira apática, como passava seu tempo: as horas que passava na "sala de oficinas", fazendo modelos de argila, as refeições, os períodos de recreação, canto e jardinagem, de vez em quando. Falou com bastante lucidez, mas suas feições nunca desfaziam as novas linhas rígidas, melancólicas e nem perdia as maneiras desconfiadas. Então as perguntas de Caroline se tornaram mais hesitantes. Estava realmente bem? Diria se não estivesse? Queria alguma coisa? Pensava na sua casa com frequência? E ele começou a olhar para nós de uma maneira desconfiada, fria.

— O Dr. Warren não diz como estou?

— Sim. Ele nos escreve toda semana. Mas queríamos *ver* você. Me ocorreu...

— O quê? — disse ele rapidamente.

— Que pudesse estar... infeliz.

O tremor nas suas mãos se tornou mais violento e sua boca mais tensa. Sentou-se rígido por um momento, depois se afastou abruptamente da mesa e cruzou os braços.

— Eu não vou voltar — disse ele.

— O quê? — perguntou Caroline, perplexa. Seu movimento repentino tinha lhe dado um susto.

— Se é por isso que vieram.

— Só queríamos vê-lo.

— *É* por isso que vieram? Para me levar para casa?

— Não, é claro que não. Esperei que pelo menos...

— Não é justo, se é por isso que vieram. Não podem trazer um cara para um lugar como este, deixar que se habitue... e então mandá-lo de volta àquele tipo de perigo.

— Roddie, por favor! — disse Caroline. — Gostaria que viesse para casa. Desejo isso mais do que qualquer outra coisa. Queria que voltasse para casa com o Dr. Faraday e comigo agora mesmo. Mas se prefere ficar aqui, se é mais feliz aqui...

— Não se trata de onde sou *mais feliz*! — disse ele com desprezo. — Trata-se de onde é mais seguro para mim. Não sabe de nada?

— Roddie...

— Quer me deixar como responsável pela casa de novo? É isso? Quando qualquer tolo pode ver que se me der alguma coisa, eu... farei mal a ela?

— Não seria assim — falei, vendo Caroline estremecer com suas palavras. — Hundreds está sendo bem cuidada. Caroline está cuidando da propriedade, e eu estou ajudando. Não precisa fazer nada que não queira fazer. Faremos por você.

— Ah, isso é inteligente — disse ele, como se falando, sarcasticamente, com um estranho. — Isso é muito bom. Pretendem me fazer voltar assim. Só querem me usar... me usar, me culpar. Bem, eu *não* vou voltar! Não serei *culpado*! Estão me ouvindo?

— Por favor — disse Caroline. — Pare de falar dessa maneira! Ninguém quer levá-lo de volta. Eu tive a ideia, só isso, de que estava infeliz. Que queria me ver. Desculpe. Eu... eu me enganei.

— Acha que sou idiota — disse ele.

— Não.

— *Você* é idiota?

Ela se retraiu.

— Apenas cometi um erro.

— Rod — comecei. Mas uma enfermeira, que tinha estado sentada do lado durante todo esse tempo, supervisionando discretamente a visita e tendo registrado a mudança nele, aproximou-se.

— Por que isso? — perguntou ela, delicadamente. — Não está irritando a sua irmã, está?

— Não quero falar com esses malditos idiotas! — respondeu ele, olhando rigidamente para longe, os braços ainda cruzados.

— E não quero ouvir xingamentos — disse a enfermeira, cruzando os braços também. — Vai pedir desculpas? Não? — Ela bateu o pé no chão. — Estamos esperando...

Rod não disse nada. Ela sacudiu a cabeça e com o rosto virado para ele, mas os olhos em Caroline e em mim, falou em tom típico de enfermeiras:

— Roderick é um mistério para a clínica, Srta. Ayres, Dr. Faraday. Quando está calmo é o melhor rapaz que temos, e todas nós, as enfermeiras, gostamos muito dele. Mas quando se altera... — Sacudiu a cabeça de novo, e inspirou fundo.

— Está tudo bem — disse Caroline. — Ele não precisa pedir desculpas, se não quiser. Eu... eu não quero que faça nada que não queira fazer.

Olhou para o irmão, depois estendeu a mão sobre a mesa e falou calma e humildemente.

— Sentimos saudades suas, Roddie, só isso. Mamãe e eu sentimos muito a sua falta. Pensamos em você o tempo todo. Hundreds é horrível sem você. Apenas achei que pudesse estar... pensando em nós também. Agora vejo que está bem. E fico... muito feliz com isso.

Rod permaneceu obstinadamente em silêncio. Mas as suas feições se enrijeceram, sua respiração se tornou mais difícil, como se estivesse reprimindo uma tremenda emoção. A enfermeira aproximou-se de nós e falou mais confidencialmente.

— Eu o deixaria agora, se fosse vocês. Odiaria que o vissem em um de seus acessos de fúria.

Tínhamos passado menos de dez minutos com ele. Caroline levantou-se com relutância — sem poder acreditar que seu irmão nos deixaria ir sem uma palavra nem um olhar. Mas ele não se virou, e acabamos tendo de deixá-lo. Ela foi para o carro enquanto eu conversava brevemente com o Dr. Warren. Quando me uni a ela, seus olhos estavam vermelhos, mas secos: ela tinha chorado e enxugado as lágrimas.

Peguei sua mão.

— Foi difícil. Sinto muito.

Mas ela replicou sem emoção na voz.

— Não. Não devíamos ter vindo. Eu deveria ter lhe dado atenção, antes. Fui estúpida achando que descobriríamos alguma coisa aqui. Não há nada, há? Nada. É exatamente como você disse.

Começamos a longa viagem de volta a Hundreds. Colocava os braços ao redor dela, sempre que a estrada permitia. Ela manteve as mãos abertas no colo, e sua cabeça encostava, frouxamente, no meu ombro com o movimento do carro — como se decepcionada, confusa, tivesse perdido toda a resistência e vida.

Nada disso, claro, era particularmente inspirador de um romance, e o nosso caso, no momento, arrefeceu. Entre a frustração e minha ansiedade em relação a ela e a Hundreds, de maneira geral, comecei a me sentir sobrecarregado e irrequieto, dormindo mal, tendo sonhos confusos. Pensei muitas vezes em me abrir com Graham e Anne. Mas fazia semanas desde a última vez que passara algum tempo com eles. Tinha a impressão de que estavam um pouco magoados com a minha negligência, e não queria me arrastar de volta a eles, agora, com um espírito de fracasso. Por fim, até mesmo meu trabalho começou a ser afetado. Em uma de minhas noites no hospital, me peguei auxiliando em uma pequena cirurgia de rotina e trabalhando tão mal, que o médico responsável riu de mim e terminou-a sozinho.

Por acaso, era Seeley. Ficamos juntos depois, lavando as mãos, e pedi desculpas por minha distração. Ele respondeu com sua amabilidade de sempre.

— De jeito nenhum. Você parece exausto! Conheço a sensação. Chamados noturnos em excesso, não? Este tempo ruim não ajuda.

— Não, não ajuda — respondi.

Virei-me, mas senti seus olhos continuarem em mim. Fomos para a sala comum para pegarmos nossos casacos e chapéu, e quando ergui o paletó do gancho, não sei como, ele escorregou das minhas mãos e caiu, espalhando pelo chão o que havia nos bolsos. Praguejei, me abaixei para catar tudo e quando me levantei, deparei-me com Seeley me observando.

— Você não está nada bem — disse ele, sorrindo. Baixou a voz. — Qual é o problema? Problemas com pacientes, ou pessoal? Desculpe eu perguntar.

— Não, tudo bem — respondi. — Problema com pacientes, acho. E pessoal também, de certa maneira.

Quase disse mais — querendo aliviar meu peito, mas me lembrei do momento desagradável no baile de janeiro. Talvez também Seeley estivesse se lembrando e querendo compensar seu comportamento, ou quem sabe, simplesmente percebesse por minhas maneiras o quanto eu estava realmente perturbado.

— Ouça — disse ele —, já terminei aqui e suponho que você também, estou certo? O que acha de voltar comigo para um drinque? Acredite ou não, consegui pôr as minhas mãos em uma garrafa de uísque. Presente de um paciente agradecido. Isso o tenta?

— Ir à sua casa? — falei, de certa maneira surpreso.

— Por que não? Vamos. Estará fazendo um favor ao meu fígado bebendo um ou dois copos, pois senão vou acabar bebendo sozinho a garrafa inteira.

De repente, me pareceu que havia meses eu não me sentava na casa de outro homem com um copo de bebida, portanto respondi que iria. Vestimos nossos casacos, nos abrigando bem do frio, e saímos para pegarmos nossos carros — ele, com seu jeitão espalhafatoso, em seu casaco marrom e luvas de motorista, que o faziam parecer um urso amistoso, e eu, mais modesto, em meu sobretudo e cachecol. Dei a partida na frente, mas ele logo me ultrapassou em seu Packard, intrépido nas estradas cobertas de gelo. Quando, 25 minutos depois, estacionei no portão da sua casa, ele já estava lá dentro preparando a garrafa e os copos, e acendendo o fogo.

Sua casa era de um estilo eduardiano não ortodoxo, cheia de cômodos iluminados e desarrumados. Casara-se tarde, e com sua jovem esposa, Christine, tinha tido quatro belos filhos. Quando entrei pela porta da frente, que não estava trancada, duas das crianças brincavam de pega-pega para baixo e para cima da escada. Outra estava batendo uma bola de tênis na porta da sala de estar.

— Ai, essas pestinhas! — gritou Seeley da entrada de seu gabinete. Fez sinal para eu entrar no gabinete, pedindo desculpas pelo caos. Mas tinha um ar de quem gostava disso, de quem estava orgulhoso, como as pessoas quase sempre se sentiam, eu tinha notado, quando se queixavam de suas famílias grandes e ruidosas a solteirões como eu.

Esse pensamento gerou uma distância entre nós. Ele e eu tínhamos trabalhado por quase vinte anos como rivais amistosos, mas nunca tínhamos sido exatamente amigos. Quando abriu a garrafa, consultei o meu relógio e disse:

— É melhor me oferecer uma dose pequena. Tenho uma pilha de receitas a preparar ainda esta noite.

Mas ele deixou o uísque fluir.

— Mais uma razão para beber. Proporcione algumas surpresas aos seus pacientes! Deus, isto parece ótimo, não? À diversão.

Brindamos e bebemos. Ele indicou com o copo duas poltronas dilapidadas, puxando uma com o pé para mais perto do fogo, e fazendo a mesma coisa com a outra para si mesmo, não dando importância ao enrugar o tapete empoeirado. No hall, a balbúrdia das crianças continuava e no minuto seguinte a porta foi aberta e um dos meninos bonitos enfiou a cabeça para dentro e disse:

— Papai.

— Fora! — gritou Seeley.

— Mas, pai...

— Para fora ou arranco suas orelhas! Onde está a sua mãe?

— Na cozinha com Rosie.

— Pois vá atormentá-la, seu diabinho!

A porta foi fechada com uma batida. Seeley bebeu, com violência, seu uísque, ao mesmo tempo que buscava no bolso seu maço de Players. Pela primeira vez, antecipei-o com meu próprio maço e isqueiro e ele se sentou com o cigarro entre os lábios.

— Cenas da Vida Doméstica — disse ele, afetando cansaço. — Você me inveja, Faraday? Não devia. Um homem de família nunca dá um bom médico. Já tem preocupações demais. Devia haver uma lei obrigando os médicos a ficarem solteiros, como padres católicos. Seriam melhores assim.

— Não acredita nisso nem de brincadeira — repliquei, depois de dar uma tragada no meu cigarro. — Além do mais, se fosse verdade, eu seria a prova.

— E você é. Você é melhor médico do que eu. E também teve de batalhar mais para chegar lá.

Levantei um ombro.

— Não fui um exemplo brilhante hoje.

— Ah, trabalho de rotina. Você mostra a que veio quando é preciso. Você disse que está com preocupações... Quer falar sobre isso? Não estou querendo me meter, mas sei que às vezes ajuda analisar casos difíceis com outro médico, só isso.

Falou de maneira casual, mas sinceramente, e a pequena resistência que senti — resistência às suas maneiras charmosas, sua casa desarrumada, sua bela família — começou a ceder. Talvez fosse simplesmente o uísque agindo, ou o calor do fogo. O gabinete contrastava de tal modo com a minha casa horrível de solteirão — e também com, me dei conta de repente, Hundreds Hall. Tive uma visão de Caroline e sua mãe, como provavelmente estariam nessa hora da noite, curvadas, caladas e inquietas no coração daquela casa escura e infeliz. Girei o copo de uísque na mão.

— Talvez adivinhe meu problema, Seeley — repliquei. — Ou parte dele.

Não ergui o olhar, mas senti que levantou seu copo. Bebeu um gole e respondeu calmamente.

— Caroline Ayres, quer dizer? Achei que devia ser algo por aí. Seguiu meu conselho depois daquela festa?

Mexi-me desconfortável na poltrona e antes de ter tempo de responder, ele prosseguiu:

— Sei, sei. Eu estava horrivelmente bêbado naquela noite, e terrivelmente impertinente. Mas falei sério. O que deu errado? Não me diga que a garota o rejeitou. Coisa demais na cabeça dela, foi isso? Ora, pode confiar em mim, não estou bêbado agora. Além do mais...

Agora eu ergui o olhar.

— O quê?

— Não se pode evitar rumores.

— Sobre Caroline?

— Sobre a família toda. — Falou com mais seriedade. — Um amigo meu de Birmingham faz consultas, em meio expediente, para John Warren. Contou-me o estado perturbador de Roderick. Um caso desagradável, não? Não é de admirar que Caroline se sinta deprimida. E tem havido outro tipo de incidente, eu soube, na Hall, não?

— Sim — repliquei depois de um momento de silêncio. — E não me importo em lhe contar, Seeley, que o caso é tão estranho, que não sei o que fazer...

Contei-lhe a história toda, começando com Rod e suas ilusões, depois o incêndio, os rabiscos nas paredes, as campainhas tocando sozinhas, e contei sem floreios a horrível experiência da Sra. Ayres nos antigos quartos das crianças. Ele escutou em silêncio, balançando a cabeça ocasionalmente, rindo sinistramente outras vezes. Mas seu riso foi desaparecendo à medida que eu prosseguia com a história, e, quando acabei, ele ficou quieto por um momento, depois inclinou-se à frente para bater a cinza do seu cigarro. E o que disse ao voltar a se recostar na poltrona foi:

— Pobre Sra. Ayres. Uma maneira elaborada de cortar os próprios pulsos, não acha?

Olhei para ele.

— É assim que vê o caso, então?

— Meu caro amigo, o que mais seria? A menos que a pobre mulher tenha sido vítima de uma brincadeira de mau gosto. Suponho que você tenha desconsiderado isso, não?

— Sim — respondi. — É claro.

— Bem, os passos no corredor, a respiração pesada no tubo acústico, me parecem um caso óbvio de psiconeurose. Ela se sente culpada pela perda de seus filhos. Tanto de Roderick quanto da menina morta. Começou a se punir. Ela estava no antigo quarto das crianças, você disse, quando aconteceu. Poderia ter escolhido um cenário mais significativo para o caso todo?

Tive de confessar que tivera a mesma ideia — assim como, três meses antes, tinha ficado impressionado com o fato de o incêndio ter-se deflagrado no que era efetivamente o escritório da propriedade, nos documentos da propriedade! — como se fosse uma concentração de toda a frustração e desalento de Roderick.

Mas algo não me parecia verdadeiro.

— Não sei — eu disse. — Mesmo supondo que a experiência da Sra. Ayres tenha sido puramente uma ilusão, e supondo que, incidente por incidente, podemos encontrar uma explicação puramente racional para tudo o mais que aconteceu na Hall, o que, a propósito, acho que podemos, ainda assim, a natureza *cumulativa* de tudo isso me intriga.

Ele bebeu outro gole do uísque.

— O que quer dizer?

— Bem, coloque da seguinte maneira. Uma criança chega a você com um braço quebrado. Tudo bem, você engessa o braço e a manda para casa. Duas semanas depois, ela retorna com as costelas quebradas. Talvez você a envolva em uma atadura e a mande para casa de novo. Uma semana depois, ela volta com outra fratura... Os ossos fraturados, individualmente, já não são mais o problema principal, certo?

— Mas não estamos falando de ossos — replicou Seeley. — Estamos falando de histeria. E histeria é mais estranha e, infelizmente, ao contrário de ossos fraturados, contagiosa. Fui médico de uma escola de meninas, anos atrás, e em um semestre aconteceu a moda de desmaios. Nunca vi nada igual: meninas caindo, como pinos de boliche. No final, até mesmo a diretora fazia isso.

Sacudi a cabeça.

— É mais estranho do que, até mesmo, a histeria. É como se... bem, como se alguma coisa estivesse sugando, aos poucos, a vida da família toda.

— Alguma coisa está — disse ele com outra gargalhada. — Chama-se Governo Trabalhista. O problema dos Ayres é que não conseguem se adaptar, não acha? Não me entenda mal, simpatizo muito com eles. Mas o que restou para uma família antiga como essa na Inglaterra de hoje? Privilégios de classe já não terão mais. E os nervos, talvez tenham que seguir seu próprio curso.

Pareceu Peter Baker-Hyde falando, e achei sua vivacidade repugnante. Afinal, pensei, ele nunca tinha sido um amigo da família, como eu.

— Isso pode ser válido para Rod. Qualquer um que tenha conhecido esse rapaz poderia prever que acabasse sofrendo esse tipo de colapso nervoso. Mas a Sra. Ayres, uma suicida? Não acredito.

— Ah, não sugeri nem por um momento que ela, ao colocar suas mãos pela janela, estivesse realmente pretendendo pôr fim à sua vida. Eu diria que, como a maioria das mulheres supostamente suicidas, ela simplesmente tenha criado um pequeno belo drama, com ela mesma no centro. Está acostumada a receber atenção, não se esqueça disso, e não creio que tenha recebido muita ultimamente... Vai ter de tomar cuidado para que não tente o mesmo artifício de novo, depois que toda a comoção atual passar. Tem ficado de olho nela?

— É claro que sim. Parece estar se recuperando completamente. Isso me deixa perplexo, também. — Bebi um gole do uísque. — Essa coisa toda me deixa perplexo! Há coisas que aconteceram, em Hundreds, que não consigo explicar. É como se a casa estivesse sob o domínio de alguma espécie de *miasma*. Caroline... — Hesitei. — Caroline meteu uma ideia na cabeça de que há algo como que sobrenatural acontecendo. Que Roderick tem assombrado a casa, ou algo parecido, em seu sono. Tem lido certos livros sinistros. Coisa excêntrica. Frederic Myers, gente desse tipo.

— Bem — disse Seeley, apagando seu cigarro —, talvez ela esteja informada de alguma coisa.

Olhei surpreso para ele.

— Está falando sério?

— Por que não? As ideias de Myers são a extensão natural da psicologia, certo?

— Não como entendo a psicologia, não!

— Tem certeza? Você aceita, suponho, o princípio geral: uma personalidade consciente, com um ego subliminar, uma espécie de ego onírico, vinculado a ela?

— De maneira geral, sim.

— Pois então suponha que esse sonho atravesse o espaço, que se torne visível a outros. Não é esta a tese de Myers?

— Até onde sei. E dá uma boa conversa ao pé da lareira. Mas pelo amor de Deus, não tem nem um pingo de ciência nela!

— Não, ainda não — replicou ele, sorrindo. — E eu não gostaria de expor a teoria diante da direção médica do condado, certamente. Mas talvez daqui a cinquenta anos a medicina tenha encontrado uma maneira de avaliar o fenômeno e explicá-lo. Nesse meio-tempo, as pessoas vão continuar falando de diabinhos, fantasmas e animais de pernas compridas, simplesmente sem compreender...

Bebericou seu uísque, depois prosseguiu em um tom diferente:

— Meu pai viu um fantasma, certa vez, sabe. Minha avó apareceu uma noite à porta do seu consultório. Ela estava morta havia dez anos. Ela disse: "Depressa, Jamie! Vá para casa!" Ele não pensou duas vezes. Vestiu o casaco e foi direto para casa. Ficou sabendo que seu irmão preferido, Henry, tinha ferido a mão e o machucado estava se tornando rapidamente séptico. Ele amputou um dedo e, provavelmente, salvou a vida do irmão. Então, como explica isso?

— Não posso — respondi. — Mas vou lhe dizer uma coisa. O *meu* pai costumava pendurar o coração de um boi na chaminé, preso com pregos. Para afugentar os maus espíritos. Eu sei como explicaria *isso*.

Seeley riu.

— Não é uma comparação justa.

— Por que não? Porque o seu pai era um cavalheiro e o meu um simples balconista?

— Não seja tão suscetível, homem! Escute com atenção. Não acredito sequer por um instante que o meu pai tenha realmente visto um fantasma naquela noite, não mais do que a pobre Sra. Ayres tenha recebido ligações de sua filha morta. A ideia de falecidas relações flutuando no éter, mantendo seus olhos perfurantes em nossos assuntos, é demais para o estômago de qualquer um. Mas suponha a tensão do ferimento do meu tio, combinado com a ligação dele com meu pai... suponha que tudo isso liberou, de alguma maneira, uma espécie de... força psíquica? A força simplesmente assumiu a forma que melhor conseguiria a atenção do meu pai. Muito inteligente, aliás.

— Mas o que está acontecendo em Hundreds — falei — não tem nada de benigno. É absolutamente o contrário.

— É tão surpreendente assim, com essa família tão sombria? Afinal, a mente subliminar tem muitos cantos obscuros, infelizes. Imagine algo se soltando de um desses cantos. Vamos chamá-lo de... um germe. E digamos que as condições se revelaram propícias ao desenvolvimento do germe, como uma criança no útero. No que esse intruso se transformaria? Em uma espécie de *ego-sombra*, talvez: um Caliban, um Sr. Hyde. Uma criatura motivada por toda a fome e impulsos maldosos que a mente consciente tinha esperado conservar ocultos: coisas como a inveja, malícia e frustração... Caroline suspeita de seu irmão. Bem, como eu disse antes, talvez ela esteja certa. Talvez não sejam somente ossos que se fraturaram no acidente que sofreu. Talvez tenha sido algo bem mais profundo... Mais uma vez, geralmente são mulheres, sabe, que estão na raiz desse tipo de coisa. Há a Sra. Ayres, é claro, a mãe na menopausa: um período estranho, fisicamente. E também não têm uma criada adolescente?

Desviei o olhar dele.

— Têm. Aliás, foi ela quem fez todos eles pensarem em fantasmas.

— Mesmo? E quantos anos ela tem? Catorze? Quinze? Não tem muitas oportunidades de flertar com garotos, imagino, presa ali.

— Oh, ela ainda é uma criança! — eu disse.

— O impulso sexual é o mais obscuro de todos, e tem de emergir em algum lugar. É como uma corrente elétrica, tende, sabe, a buscar seus próprios condutores. Mas se fica sem ser usado... bem, então, é uma energia perigosa.

A palavra me impressionou.

— Caroline falou de "energias" — eu disse devagar.

— Caroline é uma garota inteligente. Sempre achei que ficou com a carga mais pesada da família. Mantida em casa com uma governanta de segunda classe, enquanto o garoto era mandado para a escola pública. E então, assim que ela saiu, foi arrastada de volta por sua mãe, para levar Roderick para cima e para baixo da varanda e em sua cadeira de rodas! Suponho que a Sra. Ayres será a próxima que ela vai empurrar. Do que ela precisa, é claro... — Sorriu de novo, um sorriso malicioso. — Bem, isso não é da minha conta. Mas a garota não vai ficar mais jovem, e nem você, meu caro amigo! Colocou o caso todo diante de mim e não mencionou a sua própria situação uma vez sequer. Qual é exatamente? Você e ela têm uma espécie de... entendimento, é isso? Nada mais firme do que isso?

Senti o uísque dentro de mim. Erguendo o copo para mais um gole, falei calmamente:

— A firmeza está toda do meu lado. Exageradamente, para ser franco.
Ele pareceu surpreso.
— Mesmo?
Confirmei com um movimento da cabeça.
— Bem, bem... eu nunca teria imaginado. De Caroline, quero dizer... Se bem que, talvez esteja aí a raiz do seu *miasma*.
Sua expressão foi mais do que astuta agora, e levei um segundo para compreendê-lo. Por fim repliquei:
— Não está sugerindo...?
Ele sustentou o meu olhar, depois começou a rir. Estava se divertindo enormemente, percebi de súbito. Bebeu o resto do seu uísque, depois tornou a nos servir uma dose generosa e acendeu um segundo cigarro. Começou a me contar outra história de fantasma, essa mais fantástica do que a primeira.
Mas eu mal o escutei. Ele tinha me feito começar a pensar, e o ritmo dos meus pensamentos, como o ponteiro de um metrônomo, não parava. Era tudo absurdo. Cada coisa comum à minha volta contradizia tudo. O fogo estava estalando na lareira. As crianças continuavam a fazer barulho na escada. O uísque tinha um cheiro agradável... Mas a noite estava escura na janela e a alguns quilômetros de distância, na treva invernal, estava Hundreds Hall, onde as coisas eram diferentes. *Haveria* alguma verdade em tudo o que ele tinha sugerido? *Haveria* alguma coisa solta na casa, um tipo de energia frustrada, voraz, com Caroline em seu centro?
Pensei retrospectivamente, voltei ao começo de tudo — àquela noite desastrosa, quando Caroline tinha sido tão humilhada, e a menina Baker-Hyde tinha acabado seriamente ferida. E se algum processo tivesse se iniciado naquela noite, alguma semente estranha tivesse sido plantada? Lembrei-me, nas semanas seguintes, da hostilidade crescente de Caroline em relação a seu irmão, sua impaciência com a mãe. Os dois, tanto o irmão quanto a mãe, foram feridos, exatamente como Gillian Baker-Hyde. E foi Caroline quem me chamou a atenção para esses ferimentos — foi Caroline que percebeu as marcas de queimado no quarto de Roderick, que descobriu o incêndio, que escutou as batidas e sentiu "a pequena mão dando pancadinhas" atrás da parede.
Depois, pensei em mais uma coisa. O que tinha começado com Gyp, talvez como um "beliscão" ou um "sussurro" — como Betty, lembrei-me

repentinamente, tinha colocado — essa coisa tinha reunido, gradativamente, força. Tinha deslocado objetos, acendido fogo, rabiscado na madeira. Agora corria batendo os pés. Podia ser ouvida, como uma voz lutando para sair. Estava crescendo, estava se desenvolvendo...

— O que fará em seguida?

Desencorajado, movi-me à frente. Seeley ofereceu a garrafa de novo, mas sacudi a cabeça.

— Já o fiz perder tempo demais. Tenho de ir, realmente. Fez-me bem ao me ouvir.

— Não sei se fiz muito para tranquilizá-lo — disse ele. — Parece pior do que quando chegou! Por que não fica mais um pouco?

Mas foi interrompido pela entrada ruidosa de seu belo filho. Relaxado pelo uísque, pulou de sua cadeira e pôs o menino para fora; quando retornou, eu tinha terminado minha bebida e vestido o chapéu e casaco, pronto para ir embora.

Ele resistia melhor à bebida do que eu, e levou-me descontraidamente à porta, mas eu saí para a noite com meus pés nada firmes, sentindo o álcool, quente e acre, no meu estômago liso. Dirigi o curto trajeto até minha casa, fui para o dispensário, a náusea crescendo como uma onda dentro de mim — e junto com a náusea, algo pior do que ela, quase um pavor. Meu coração batia desagradavelmente descompassado. Tirei o casaco, e vi que estava suando. Depois de um momento de indecisão, fui para a sala do meu consultório. Peguei o telefone e com os dedos atrapalhados disquei o número de Hundreds.

Passava das 11. O telefone tocou várias vezes. Então ouvi a voz desconfiada de Caroline.

— Pronto. Alô?

— Caroline! Sou eu.

Sua voz soou imediatamente apreensiva.

— Aconteceu alguma coisa? Tínhamos ido para a cama. Achei que...

— Não aconteceu nada — respondi. — Nada. Eu... eu só queria ouvir a sua voz.

Falei simplesmente. Acho. Houve um silêncio, e então ela riu. A risada foi cansada, comum. O pavor e a náusea começaram a diminuir, como se perfurados por um alfinete.

— Acho que está um pouco bêbado — disse ela.

Enxuguei o rosto.

— Acho que estou. Estive com Seeley e ele ficou me servindo uísque. Deus, que animal esse homem é! Ele me fez pensar... coisas absurdas. É bom ouvir você, Caroline! Diga mais alguma coisa.

Ela emitiu um som de impaciência.

— Que bobo! O que diabo a telefonista vai pensar? O que eu deveria dizer?

— Qualquer coisa. Diga um poema.

— Um poema! Está bem. — E prosseguiu de uma maneira rápida e indiferente: — "A geada realiza sua intervenção secreta, sem a ajuda de nenhum vento." Agora vá para a cama, está bem?

— Irei, em um segundo. Só quero pensar em você aí. Está tudo bem, não está?

Ela deu um suspiro.

— Sim, está tudo bem. A casa está se comportando bem, pelo menos. Mamãe está dormindo, a menos que a tenha acordado.

— Desculpe. Desculpe, Caroline. Boa-noite.

— Boa-noite — disse ela, rindo de maneira cansada, de novo.

Ela desligou e a risada desapareceu. Então, ouvi o clique da conexão rompida, seguido do sibilo vago e confusão de vozes de outras pessoas, capturadas na ligação.

12

Na próxima vez que passei em Hundreds, Barrett estava lá: Caroline o tinha chamado para arrancar o incômodo tubo acústico. Vi os tubos quando ele os removeu e, exatamente como eu tinha imaginado, o fio trançado estava solto e rompido, a borracha embaixo completamente destruída. Enrolado em seus braços, parecia tão inofensivo e patético quanto uma cobra mumificada. A Sra. Bazeley e Betty, no entanto, se sentiram mais tranquilas depois de sua remoção e começaram a perder o ar de tensão e pavor que as tinha possuído desde o dia a que todos nós nos referíamos como o dia do "acidente" da Sra. Ayres. A propósito, a Sra. Ayres continuava se recuperando bem. Seus cortes cicatrizaram perfeitamente. Ela passava os dias na pequena sala, lendo ou cochilando em sua cadeira. O único sinal da provação que tinha sofrido era um ligeiro vestígio de apatia ou distanciamento — e grande parte disso eu atribuía ao efeito do Veronal, que ela continuava a tomar para ajudá-la a dormir à noite, e que por um breve período, eu acreditava, não lhe faria nenhum mal. Eu agora lamentava o fato de Caroline ser mantida tanto tempo dentro de casa, sentada com sua mãe, pois isso significava menos oportunidades para ficarmos a sós. Mas senti-me feliz ao ver que também ela estava menos preocupada e menos irritável. Parecia, desde a nossa visita à clínica, resignada com a perda de seu irmão, e para meu grande alívio, não houve mais conversas sobre *poltergeists* e fantasmas.

Tampouco houve mais acontecimentos misteriosos — nenhuma campainha soando sozinha, nenhuma batida, nenhum passo, nenhum outro incidente estranho de tipo algum. A casa continuou, como Caroline tinha colocado, "a se comportar bem". E quando março chegou ao fim e os dias se sucederam sem incidentes, realmente passei a pensar que o estranho feitiço de nervosismo lançado sobre Hundreds nas últimas semanas devia, de certa maneira, como uma febre, ter atingido seu ápice e se exaurido.

No fim do mês ocorreram as mudanças de clima. O céu escureceu, a temperatura caiu e nevou. A neve foi uma novidade — em absolutamente nada semelhante às terríveis nevascas e chuvas do inverno anterior —, mas foi um aborrecimento para mim e meus colegas clínicos, e mesmo com correias nos pneus meu Ruby penou nas estradas. Minhas visitas se tornaram um tanto árduas, e por mais de uma semana o parque em Hundreds ficou intransitável, a via traiçoeira demais para que se arriscasse percorrê-la. Ainda assim eu conseguia ir a Hall com frequência, deixando o carro nos portões a oeste, fazendo o resto do caminho a pé. Ia principalmente para ver Caroline. Não gostava de pensar nela lá, isolada do mundo. Ia para ficar de olho na Sra. Ayres, também. Além do mais, gostava da viagem por si mesma. Ao me livrar da via coberta de neve, o vislumbre da casa nunca deixou de me causar admiração e prazer. Em contraste com o solo branco, tão branco, era maravilhosa, o vermelho dos tijolos e o verde de sua hera se realçando, e todas as suas imperfeições suavizadas pelo gelo que parecia uma passamanaria. Não se ouvia o zumbido do gerador, o rosnar da maquinaria da fazenda, as batidas das obras de construção, que tinham sido suspensas por causa da neve. Somente meus próprios passos perturbavam o silêncio, e eu avançava, quase envergonhado, tentando abafá-lo, como se o lugar fosse encantado — como se fosse o castelo da Bela Adormecida, lembrei-me de Caroline, algumas semanas antes, conjeturando — e receava romper o encanto. Até mesmo o interior da casa foi, sutilmente, transformado pelo clima, o domo de vidro acima, o poço de escada agora translúcido com a neve, escurecendo o hall mais do que nunca, e as janelas deixando passar uma luz fria refletida do solo branco, de modo que as sombras caíam de maneira enigmática. O mais quieto desses dias cercados de neve foi uma terça-feira, 6 de abril. Fui para lá à tarde, esperando encontrar Caroline, como sempre, sentada com sua mãe, mas era Betty, ao que parecia, que fazia companhia à Sra. Ayres naquele dia. Havia uma mesa entre elas e jogavam damas, com lascas de madeira servindo de peças. Um fogo estalava na lareira e a sala estava quente e abafada. Caroline tinha ido à fazenda, disse-me sua mãe, e deveria estar de volta em uma hora. Eu gostaria de esperar por ela? Fiquei decepcionado por não encontrá-la, e era o período ocioso antes dos pacientes no consultório, de modo que respondi que sim. Betty foi preparar o chá e eu a substituí no jogo de damas.

Mas a Sra. Ayres jogava distraída, perdendo uma peça atrás da outra. E quando pusemos o tabuleiro de lado para dar lugar à bandeja de chá, ficamos em silêncio. Parecia haver pouco a dizer. Ela tinha perdido, nas últimas semanas, o gosto pelas fofocas do condado. Contei algumas histórias e ela escutou por cortesia, mas suas respostas, quando as dava, eram vagas e estranhamente retardadas, como se estivesse se esforçando para ouvir as palavras de uma conversa mais atraente na sala do lado. Por fim, meu modesto repertório de anedotas se esgotou. Levantei-me, fui até a janela francesa e fiquei olhando a paisagem deslumbrante lá fora. Quando me virei de novo para a Sra. Ayres, ela estava esfregando seu braço, como se sentisse frio.

Ao me perceber olhando, disse:

— Receio estar sendo maçante, doutor! Peço desculpas. É nisso que dá ficar tanto tempo dentro de casa. Podemos ir até o jardim? Talvez encontremos Caroline vindo por lá.

Fiquei surpreso com a sugestão, mas feliz em poder sair da sala abafada. Busquei o seu agasalho eu mesmo, me certificando de que se abrigasse bem. Vesti meu casaco e chapéu e saímos pela porta da frente. Tivemos de parar por um momento para que a nossa vista se habituasse ao branco intenso do dia, e depois, ela me deu o braço, demos a volta na casa, e atravessamos, bem devagar, o gramado oeste.

A neve estava macia feito espuma, quase uma seda aos olhos, mas friável sob os pés. Em alguns lugares, estava fragmentada pelas pegadas de pássaros, semelhantes às de um cartoon, e logo nos deparamos com marcas mais substanciais, patas de cachorros e garras de raposas. Nós as seguimos por alguns minutos e fomos dar nos antigos anexos. Ali, a atmosfera geral de encantamento era ainda mais pronunciada, o relógio do estábulo parado em vinte para as nove, como naquela piada dickensiana sinistra, a cavalariça em si com todas as coisas no lugar, as portas corretamente trancadas, mas tudo coberto por teias de aranha e pó, de modo que ao se espiar dentro se esperava encontrar uma fila de cavalos adormecidos. Todos também cobertos de teias de aranha. Do lado da estrebaria, era a garagem, com o capô do Rolls-Royce da família se revelando em sua porta entreaberta. Para além, havia um caos de moitas, e perdemos as pegadas de raposas. Mas a nossa caminhada nos havia levado às hortas da antiga cozinha, portanto, ainda indolentemente, prosseguimos, e passamos pelo arco no muro alto de tijolos para os canteiros atrás. Caroline havia me levado a esses jardins no verão. Agora, não tinham utilidade, já que a vida na casa se reduzira tanto, e os achei a parte mais solitária e melancólica do parque. Um ou dois canteiros continuavam bem cuidados por Barrett, mas outras áreas, que antes deveriam ter sido adoráveis, tinham sido cavadas pelos soldados, durante a guerra, para plantar legumes, e desde então, sem empregados para conservá-las, tinham sido cobertas pelo mato. Arbustos espinhosos cresciam pelos telhados sem vidro das estufas. As pistas cobertas de escória de hulha estavam tomadas de urtigas. Aqui e ali, havia grandes vasos de chumbo, pires gigantescos sobre hastes finas e compridas, os pires inclinando-se trôpegos onde o chumbo tinha se curvado com o calor de tantos verões.

Fomos de um espaço murado abandonado a outro.

— Não é uma pena? — disse a Sra. Ayres baixinho, fazendo, volta e meia, uma pausa para afastar a neve e examinar a planta embaixo, ou simplesmente para olhar em volta, quase como se quisesse memorizar a cena. — O coronel, meu marido, adorava esses jardins. São dispostos em uma forma de espiral, cada um menor do que o último, e ele costumava dizer que eram como as câmaras de uma concha marinha. Às vezes, era um homem imaginativo.

Prosseguimos, e logo passamos por uma abertura estreita, sem portões, para uma pequena horta, a antiga horta de ervas. No seu centro havia um relógio de sol, colocado em um lago ornamental. A Sra. Ayres disse que acreditava que ainda havia peixes no lago e fomos ver. Deparamo-nos com a água congelada, mas o gelo estava fino, flexível, de modo que pudemos pressioná-lo e observar bolhas prateadas passando rápido sob a superfície, como bolas de aço em um brinquedo de criança. Então, um raio de cor, um dardo dourado na treva.

— Ali vai um — disse a Sra. Ayres. Pareceu feliz, mas serena. — Ali tem outro, está vendo? Coitadinhos. Não vão ser asfixiados? Um não deveria quebrar o gelo? Caroline deve saber. Eu não me lembro mais.

Recuperando um pouco do meu conhecimento do tempo de menino como escoteiro, falei que talvez eu devesse derretê-lo um pouco. Agachei-me na margem, soprei nas minhas mãos sem luvas e coloquei as palmas no gelo. A Sra. Ayres observou-me e então, ajeitando as saias elegantemente, abaixou-se do meu lado. O gelo ferroou. Quando levei as mãos de novo à boca para aquecê-las, estavam entorpecidas e borrachudas. Sacudi os dedos fazendo uma careta.

A Sra. Ayres sorriu.

— Oh, como vocês, homens, são feito bebês.

Respondi rindo.

— É típico das mulheres dizerem isso. Por que as mulheres dizem isso?

— Porque é absolutamente verdade. As mulheres foram feitas para a dor. Já se vocês, homens, tivessem de dar à luz...

Não concluiu, e seu sorriso desapareceu. Levei as mãos à boca de novo e minha manga expôs meu relógio de pulso. Ela olhou de relance as horas e disse, em um tom diferente:

— Caroline já deve estar em casa. Vai querer vê-la, é claro.

— Estou feliz por estar aqui — repliquei, de forma cortês.

— Não quero mantê-lo longe dela.

Havia algo na maneira como disse isso. Olhei nos seus olhos e percebi que, apesar de Caroline e eu termos sido tão cuidadosos, ela sabia perfeitamente o que havia entre nós. Um pouco constrangido, virei-me para olhar o lago. Coloquei as palmas de novo no gelo, depois as ergui e aqueci, várias vezes, até finalmente sentir o gelo ceder. E percebi que tinha feito duas aberturas irregulares na água cor de chá embaixo.

— Pronto — falei, satisfeito comigo mesmo. — Agora os peixes podem fazer como os esquimós, ao contrário: capturar moscas e outras coisas parecidas. Vamos?

Ofereci minha mão, mas ela não respondeu, e não se levantou. Observou-me sacudir a água dos meus dedos e então disse calmamente:

— Fico feliz, Dr. Faraday, com o senhor e Caroline. Tenho de admitir que não fiquei, no começo. Quando começou a vir à casa e percebi que o senhor e minha filha poderiam se ligar, não gostei disso. Sou uma mulher antiquada e o senhor não era o partido que eu planejara para ela. Acho que nunca desconfiou disso.

— Acho que sim — repliquei, um momento depois.
— Então, desculpe.
Encolhi os ombros.
— Que importância tem isso agora?
— Pretende se casar com ela?
— Sim, pretendo.
— Pensa muito nela?
— Muito. Penso muito em todos vocês. Acho que sabe disso. Certa vez, me falou de seu receio de... ser abandonada. Bem, casando-me com Caroline, pretendo não somente cuidar dela, mas também da senhora, da casa. E de Roderick. Passaram por coisas terríveis recentemente. Mas agora que está melhor, Sra. Ayres, agora que está mais calma, mais a senhora mesma...

Ela me olhou sem dizer nada. Decidi arriscar e pressionar.

— Aquela vez no quarto das crianças — falei. — Bem, foi uma coisa estranha, não foi? Uma coisa horrível! Fico muito feliz que tudo tenha acabado.

Ela sorriu — um sorriso estranho, paciente e secreto. Suas maçãs do rosto altas se ergueram, ao estreitar os olhos. Ela aprumou o corpo, retirando, com cuidado, a neve de suas luvas de couro.

— Oh, Dr. Faraday — disse ela. — Como é inocente.

Disse isso de maneira tão branda e com tal indulgência, que quase ri. Mas a sua expressão continuou estranha, e comecei, sem saber por que, a ficar assustado. Levantei-me rapidamente, e não muito elegante, prendendo a bainha do meu casaco debaixo dos saltos dos sapatos, e quase perdendo o equilíbrio. Ela já estava se afastando e a alcancei e toquei no seu braço.

— Espere — falei. — O que quer dizer?

Seu rosto estava virado e ela não respondeu.

— Não têm acontecido... outras coisas, têm? Não continua a imaginar que... que Susan...?

— Susan — murmurou ela, o rosto ainda oculto de mim. — Susan está comigo o tempo todo. Ela me segue aonde eu vou. Ora, ela está aqui, conosco.

Por um segundo, consegui convencer a mim mesmo que ela estava falando simbolicamente, que tudo o que queria dizer era que levava sua filha com ela em seus pensamentos, em seu coração. Mas então, ela se virou para mim e a sua expressão tinha algo terrível, uma mistura de absoluta solidão, terror e medo.

— Pelo amor de Deus — falei —, por que não disse nada?

— Para que me examinasse, me desse remédios — replicou ela — e dissesse que estou sonhando?

— Mas, oh, Sra. Ayres, minha querida Sra. Ayres, a senhora está sonhando. Não percebe? — Peguei suas duas mãos enluvadas. — Olhe em volta! Não tem ninguém aqui. Está tudo na sua mente! Susan morreu. Sabe disso, não sabe?

— É claro que sei! — replicou ela, quase altivamente. — Como não saberia? Minha querida morreu... Mas agora ela voltou.

Apertei seus dedos.

— Mas como ela poderia voltar? Como pode pensar isso? Sra. Ayres, é uma mulher sensível. Como ela vem? Conte-me. A senhora a vê?

— Ah, não. Ainda não a vi. Eu a sinto.

— A senhora a sente.

— Eu a sinto observando. Sinto seus olhos. Devem ser seus olhos, não devem? Seu olhar é tão forte, seus olhos são como dedos, podem tocar. Podem apertar e beliscar.

— Sra. Ayres, por favor, pare com isso.

— Ouço a sua voz. Não preciso mais de tubos e telefones para ouvi-la. Ela fala comigo.

— Ela fala...!

— Ela sussurra. — Inclinou a cabeça, como se escutando, depois levantou a mão. — Ela está sussurrando agora.

Havia algo horrivelmente sinistro na concentração de sua postura. Perguntei, com a voz não completamente firme:

— O que ela está sussurrando?

Sua expressão se tornou gélida de novo.

— Ela sempre diz a mesma coisa. Diz: "Onde está você?" Diz: "Por que não vem?" Diz: "Estou esperando."

Falou em um sussurro, e as palavras pareceram pender no ar por um momento, junto com a respiração vaporosa que as formava. Então desapareceram, tragadas pelo silêncio.

Fiquei paralisado por um instante, sem saber o que fazer. Alguns minutos antes, o pequeno jardim me parecera quase agradável. Agora o pequeno terreno murado, com a sua única saída estreita dando para outro espaço sufocante e isolado, me pareceu cheio de ameaça. O dia, como já disse, era um dia peculiarmente quieto. Nenhum vento agitava os galhos das árvores, nenhuma ave levantou voo, até mesmo no ar frio e rarefeito, como se qualquer som ou movimento que acontecesse fosse captado por mim. Nada mudou, absolutamente nada — e ainda assim, começou a me parecer que havia ali, no jardim, alguma coisa conosco, introduzindo-se furtivamente, infiltrando-se na neve branca quebradiça. Pior ainda foi a impressão bizarra de que essa coisa, fosse o que fosse, era, de certa maneira, familiar, como se seu avanço acanhado na nossa direção fosse mais propriamente um retorno. Senti um arrepio nas costas, antecipando o toque — como na brincadeira infantil de pique. Retirei minhas mãos das dela, e girei, olhando ao redor em desvario.

O jardim estava vazio, a neve sem nenhuma pegada, exceto as nossas. Mas o meu coração batia descompassado, minhas mãos tremiam. Tirei o chapéu e enxuguei o rosto. Minha testa e lábio transpiravam, e onde o ar frio batia em minha pele molhada e avermelhada parecia arder.

Estava pondo de novo o chapéu quando ouvi a Sra. Ayres arfar fortemente. Virei-me para ela e a encontrei com a mão enluvada na gola, seu rosto sulcado, sua cor se intensificando.

— O que foi? — perguntei. — Qual é o problema? — Ela sacudiu a cabeça, e não respondeu nada. Mas pareceu tão aflita, que pensei em seu coração. Puxei sua mão, abri suas echarpes e seu sobretudo. Usava por baixo um cardigã, e por baixo desse, uma blusa de seda. A blusa era clara, cor de marfim, e enquanto eu observava, incrédulo, três pequenas gotas carmesim emergiram, sem mais nem menos, na superfície da seda, e então, como tinta no mata-borrão, se espalharam rapidamente. Puxei a gola da blusa para baixo e vi, na pele exposta, um arranhão, profundo, evidentemente recente, intensificando-se, formando mais gotas vermelhas.

— O que fez? — falei horrorizado. — Como fez isso? — Procurei um alfinete ou broche na sua roupa. Peguei suas mãos, examinei suas luvas. Não havia nada. — O que usou?

Ela baixou os olhos.

— Minha filhinha — murmurou ela. — Está tão ansiosa para que eu vá para o seu lado. Receio que ela... nem sempre seja muito delicada.

Quando entendi o que estava dizendo, senti náusea. Recuei, afastando-me dela. Então, com um novo arroubo de compreensão, segurei suas mãos de novo e tirei suas luvas, arregacei grosseiramente suas mangas. Onde a vidraça quebrada a havia cortado semanas antes tinha se cicatrizado bem, na pele mais clara. Aqui e ali, no meio das cicatrizes, entretanto, me pareceu que havia novos arranhões. Em um de seus braços, uma mancha roxa discreta, em uma forma curiosa, como se a pele tivesse sido beliscada e torcida por uma pequena mão determinada.

Suas luvas tinham caído no chão. Tremendo, peguei-as de volta e a ajudei a calçá-las. Segurei-a pelo cotovelo.

— Vou levá-la para casa, Sra. Ayres.

— Está tentando afastar-me dela? Não vai adiantar, sabe?

Virei-me e a sacudi.

— Pare com isso! Está me ouvindo? Pelo amor de Deus, pare de dizer essas coisas!

Ela se moveu, fraca, em meus braços, e depois disso não quis olhar para o seu rosto de novo. Senti uma vergonha estranha. Peguei seu pulso e a conduzi para fora dos jardins emaranhados, e ela cedeu prontamente. Passamos pelo relógio parado do estábulo, pelo gramado, até chegarmos à casa. Levei-a direto para cima, sem parar para tirar seu casaco. Só quando estávamos abrigados no seu quarto aquecido, tirei seu casaco, chapéu e sapatos cobertos de neve e a sentei em sua poltrona do lado da lareira.

Examinei o que havia próximo a ela, o carvão, os atiçadores, as pinças, os copos, espelhos, enfeites... De repente, tudo pareceu brutal ou quebradiço, capaz de machucar. Toquei a campainha para chamar Betty, mas foi inútil, e me lembrei de que Caroline tinha cortado a fiação. Portanto, saí para o alto da escada e chamei várias vezes no silêncio. Enfim, Betty apareceu.

— Não se assuste — eu disse, antes de ela ter tempo de falar. — Quero que faça companhia à Sra. Ayres, só isso. — Puxei uma cadeira e a sentei nela. — Quero que fique aqui e não deixe que lhe falte nada, enquanto eu...

Mas o fato é que tendo levado a Sra. Ayres a esse ponto, não sabia o que fazer com ela. Fiquei pensando na neve lá fora, no isolamento da casa. Se pelo menos a Sra. Bazeley estivesse lá, acho que teria ficado mais calmo. Mas só com Betty para me ajudar...! Nem mesmo tinha trazido minha maleta do carro. Não tinha nenhum instrumento nem medicamentos comigo. Tremia, quase em pânico, enquanto as duas mulheres observavam.

Então ouvi passos no piso de mármore do hall. Fui até a porta e olhei, e com alívio vi Caroline subindo a escada. Estava desenrolando o cachecol em seu pescoço e tirando o chapéu, o cabelo castanho caindo despenteado sobre seus ombros. Chamei-a. Com um susto, ela olhou para cima, e subiu mais depressa.

— O que houve?

— É a sua mãe — respondi. — Eu... Espere um pouco.

Voltei rapidamente ao quarto, para o lado da Sra. Ayres. Peguei sua mão e falei como faria com uma criança ou com um inválido.

— Vou só falar com Caroline, por um ou dois minutos, Sra. Ayres. Vou deixar a porta aberta e deve me chamar... tem de me chamar imediatamente, se alguma coisa assustá-la. Entendeu?

Ela pareceu muito cansada, e não respondeu. Olhei significativamente para Betty e saí. Peguei Caroline e a levei para seu próprio quarto. Deixei a porta entreaberta, aí também, e entrei com ela.

— O que aconteceu? — perguntou ela.

Levei os dedos aos lábios.

— Fale baixo... Caroline, minha querida, é a sua mãe. Que Deus me perdoe, receio ter avaliado mal o seu caso, muito mal. Achei que mostrava sinais evidentes de uma melhora. Você não? Mas o que ela acabou de me dizer... Oh, Caroline. Não percebeu nenhuma mudança nela desde a última vez que a vi? Não lhe pareceu especialmente perturbada, nervosa, com medo?

Ela pareceu confusa. Viu-me voltar à porta para olhar, do outro lado do corredor, a porta do quarto de sua mãe.

— O que foi? — perguntou ela. — Não posso ir vê-la?

Coloquei as mãos nos seus ombros

— Ouça — falei —, acho que ela está machucada.

— Machucada como?

— Acho que está... ferindo a si mesma.

E lhe contei, o mais brevemente possível, o que tinha se passado entre sua mãe e mim no jardim murado.

— Ela pensa que sua irmã está com ela o tempo todo, Caroline — falei. — Ela parece aterrorizada! Atormentada! Disse... ela disse que sua irmã a machuca. Vi um arranhão — indiquei com um gesto — aqui, na clavícula. Não sei como ela fez isso, o que usou. Mas então, examinei seus braços, e vi que havia outros cortes e manchas roxas. Notou alguma coisa? Deve ter visto alguma coisa. Não viu?

— Cortes e manchas — repetiu ela, tentando entender. — Não sei bem. Mamãe sempre se machucou com facilidade, acho. E sei que o Veronal a deixa desajeitada.

— Não é falta de jeito. É... Desculpe, querida. Ela perdeu o juízo.

Ela olhou para mim e sua expressão pareceu se fechar. Virou-se.

— Vou vê-la.

— Espere — falei, segurando-a.

Ela soltou-se, de repente, irada.

— Você prometeu! Eu lhe disse semanas atrás. Eu avisei que havia alguma coisa nesta casa. Você riu de mim! Disse que eu fizesse o que me mandasse fazer e ela ficaria bem. Bem, eu a vigiei e vigiei sem parar. Sentei me com ela um dia após o outro. Eu a fiz tomar esses comprimidos detestáveis. Você prometeu.

— Lamento, Caroline. Fiz o que pude. O seu estado era mais grave do que percebi. Se pudermos observá-la por um pouco mais, só por esta noite.

— E amanhã? E os dias seguintes?

— Sua mãe agora está além de cuidados comuns. Tomarei todas as providências, prometo. Farei isso hoje à noite. E amanhã a levarei.

Ela não entendeu. Sacudiu a cabeça com impaciência.

— Levá-la para onde? O que quer dizer?

— Ela não pode ficar aqui.

— Quer dizer, como Roddie?

— Receio ser a única alternativa.

Ela levou a mão à testa e seu rosto se contorceu. Achei que estava chorando. Mas tinha começado a rir. Uma risada melancólica, terrível.

— Meu Deus! Quanto tempo resta para chegar a minha vez?

Peguei a sua mão.

— Não fale assim!

Ela moveu meus dedos para a pulsação em seu pulso.

— Falo sério — replicou. — Vamos, me responda. Você é o médico, não é? Quanto tempo eu tenho?

Soltei-a.

— Não muito tempo, quem sabe, se a sua mãe continuar aqui e algo terrível acontecer! E é exatamente isso que está me preocupando. Veja só o seu estado! Como você e Betty podem lidar com isso? É a única solução.

— A única solução. Outra clínica.

— Sim.

— Não podemos arcar com o gasto.

— Eu vou ajudar. Encontrarei uma maneira. Depois que nos casarmos...

— Ainda não estamos casados. Deus! — Juntou as mãos. — Não tem medo?

— Medo do quê?

— Da doença da família Ayres.

— Caroline.

— Isso é o que as pessoas vão dizer, não é? Sei que já falam de Roddie.

— Já passamos desse nível de nos preocuparmos com o que as pessoas vão dizer!

— Oh, é claro que isso não tem importância para pessoas como *você*.

Falou com brutalidade.

— O que quer dizer? — perguntei, surpreso.

Virou-se, confusa.

— Só estou dizendo que o que está planejando, o que quer fazer com minha mãe... ela odiaria. Se recuperasse o juízo, quero dizer. Não entende? Quando éramos crianças, sempre que ficávamos doentes, não deixava que falássemos nisso nem mesmo em um murmúrio. Dizia que famílias como a nossa, tinham uma... uma responsabilidade, tinham de dar o exemplo. Dizia que se não pudéssemos ser melhores e mais corajosos do que as pessoas comuns, então para que existiríamos? A vergonha quando levou meu irmão já foi terrível o bastante. Se levá-la também... Não acho que vá permitir.

— Bem, lamento dizer que ela não tem outra escolha — repliquei inflexivelmente. — Trarei Graham de novo. Se ela agir com ele como agiu comigo hoje à tarde, não haverá dúvida.

— Ela vai preferir morrer.

— Permanecer aqui pode matá-la! E mais do que tudo, o que mais me preocupa, por mais cruel que eu esteja sendo, é que pode matar você. Não vou deixar que isso lhe aconteça. Hesitei com Roderick e me arrependi. Não vou cometer o mesmo erro de novo. Se pudesse, a levaria agora mesmo.

Enquanto falava, olhei pelas janelas. O solo branco tinha conservado a luz do dia, mas o céu agora estava escurecendo, assumindo um cinza cor de zinco. Ainda assim, pensei em levá-la no mesmo instante. Refleti e disse:

— Pode ser feito. Posso sedá-la. Podemos lidar com ela, você e eu. A neve talvez atrapalhe, mas só precisamos chegar até Hatton...

— Ao hospício do condado? — disse ela, horrorizada.

— Só por esta noite. Enquanto tomo as providências. Há uma ou duas clínicas particulares que penso que a aceitarão, mas precisam ser avisadas pelo menos um dia antes. Ela tem de ficar sob vigilância permanente, o que complica as coisas.

Ela estava me olhando com horror, compreendendo, por fim, como eu estava falando sério.

— Fala como se ela fosse perigosa — disse ela.

— Acho que é um perigo para si mesma.

— Se tivesse deixado que eu a levasse daqui quando eu quis, semanas atrás, nada disso teria acontecido. Agora quer jogá-la em um hospício como uma lunática de rua!

— Lamento, Caroline. Mas sei o que ela me disse. Sei o que vi. Não espera que a deixe sem tratamento, espera? Não acha realmente que a abandonaria a suas ilusões simplesmente para manter intacto um certo... orgulho de classe, acha?

Ela tinha levado as mãos ao rosto de novo, seus dedos cobriam nariz e boca, as pontas pressionando o canto interno dos olhos. Por um momento, ela me olhou sem falar. Respirou fundo e, ao soltar o ar, pareceu tomar uma decisão. Deixou as mãos caírem.

— Não — disse ela. — Não acho. Mas não deixarei que a leve para Hatton, para que todo mundo veja. Ela nunca me perdoaria. Pode levá-la amanhã, privadamente. Terei... terei me acostumado com a ideia, então.

Não a tinha visto tão segura e determinada assim desde o tempo antes da morte de Gyp. Um pouco envergonhado, repliquei:

— Está bem. Mas nesse caso, passarei a noite aqui, com você.

— Não é preciso.

— Ficarei mais tranquilo assim. Deveria estar no hospital às 8h, mas pela primeira vez vou cancelar. Direi que aconteceu uma emergência. Pelo amor de Deus, é uma emergência. — Consultei o relógio. — Posso atender meus pacientes no consultório e retornar, e passar a noite aqui.

Ela sacudiu a cabeça.

— Prefiro que não.

— Sua mãe precisa ser vigiada, Caroline. A noite inteira.

— E por que eu não posso vigiá-la? Ela não ficará mais segura comigo?

Abri a boca para responder, mas a pergunta acionou uma espécie de alarme em mim, e percebi, com um choque, que estava pensando na conversa que tivera com Seeley. Senti um quê da desconfiança que havia sido despertada em mim então. A ideia era impossível, absurda... Mas outras coisas absurdas e impossíveis tinham acontecido em Hundreds. E se Caroline tivesse culpa, de certa maneira? E se, inconscientemente, ela tivesse gerado uma criatura tenebrosa, violenta, que estivesse assombrando a casa? Eu deveria deixar a Sra. Ayres sem proteção mesmo que só por mais uma noite?

Ela estava olhando para mim, esperando, confusa com minha hesitação. Percebi uma desconfiança se insinuando em seus olhos castanhos, límpidos.

Não mencionei mais a loucura.

— Está bem — falei. — Ela pode ficar com você. Mas não a deixe sozinha, é tudo o que peço. E me ligue imediatamente se qualquer coisa acontecer.

Ela respondeu que ligaria. Abracei-a por um segundo e depois a levei para o quarto de sua mãe. A Sra. Ayres e Betty estavam exatamente na mesma posição em que as deixara, no escuro que se adensava. Tentei o interruptor de luz, mas então me lembrei do gerador desligado. Com a chama da lareira, acendi dois lampiões a querosene e abri as cortinas. Imediatamente, o quarto tornou-se mais alegre. Caroline foi para o lado da mãe.

— O Dr. Faraday me disse que você não está muito bem, mamãe — disse ela, meio sem graça. Estendeu a mão e afastou do seu rosto uma mecha de cabelo grisalho. — Você não está bem?

A Sra. Ayres ergueu seu rosto cansado.

— Suponho que não — replicou ela —, já que é o que o doutor diz.

— Pois então, vou lhe fazer companhia. O que devo fazer? Quer que leia para você?

Caroline encontrou meu olhar e balançou a cabeça. Deixei-a ocupando o lugar de Betty na segunda poltrona. Levei a garota para baixo. Indaguei dela, como havia indagado de Caroline, se não tinha notado nenhuma mudança recente no comportamento da Sra. Ayres e se não tinha visto algum machucado, arranhão ou corte em seu corpo.

Ela negou sacudindo a cabeça, parecendo assustada.

— A Sra. Ayres está mal de novo? — perguntou ela. — Está... está começando de novo?

— Nada está "começando de novo" — respondi. — Sei o que está pensando e não quero que fique falando dessas coisas nesta casa. E não precisa ter medo... — Falei com o sotaque de Warwickshire, inconscientemente. — Não é nada parecido com o que aconteceu antes. Só preciso que seja uma boa garota para a Sra. Ayres, e que não perca a cabeça e faça tudo o que mandarem fazer. E, Betty... — Ela tinha feito menção de ir embora. Toquei seu braço e acrescentei baixinho. — Cuide da Srta. Caroline, também, pode ser? Estou contando com você. Ligue-me se qualquer coisa lhe parecer estranha, está bem?

Ela assentiu com um movimento da cabeça, os lábios apertados, parte de sua infantilidade se desfazendo.

Lá fora, a neve perdera seu brilho intenso com o escurecer do céu, e o dia esfriara ainda mais. Somente a caminhada vigorosa de volta à estrada manteve meus membros aquecidos, e uma vez dentro do carro, o frio se intensificou e comecei a tremer. O motor, graças a Deus, pegou de primeira e a viagem de volta a Lidcote foi vagarosa, porém sem incidentes. Mas eu continuava a tremer quando entrei em casa, continuei a tremer quando fui para perto da estufa, ouvindo meus pacientes se reunindo do lado de lá da parede. Só quando coloquei as mãos no vapor da água quase fervendo, na pia do dispensário, consegui, por fim, aquecê-las e estabilizá-las.

Lidar com as enfermidades rotineiras de inverno fez com que eu voltasse a mim. Assim que as consultas terminaram, liguei para a Hall, e ao escutar a voz clara e forte de Caroline me assegurando de que estava tudo bem, me acalmei mais.

Depois, fiz mais duas ligações.

A primeira foi para uma mulher que conheci em Rugby, uma enfermeira aposentada a quem eu, ocasionalmente, encaminhava pacientes particulares como hóspedes pagantes. Ela estava mais habituada a casos de doenças físicas do que nervosas, mas era competente, e depois de ouvir meu relato contido do caso da Sra. Ayres, disse que estaria disposta a aceitá-la por um ou dois dias, tempo que eu precisaria para providenciar um tratamento mais adequado. Respondi-lhe que se as estradas estivessem limpas, eu levaria a paciente no dia seguinte, e acertamos tudo.

Hesitei na segunda ligação, pois queria simplesmente conversar sobre isso e, por direito, deveria recorrer a Graham. Mas foi para Seeley que acabei ligando. Ele era o único a conhecer os detalhes do caso. E para mim foi um grande alívio contar-lhe o que tinha acontecido, sem mencionar nomes, mas deixando tudo claro, ouvindo seu tom jovial se tornar mais grave quando compreendeu o que eu dizia.

— São más notícias — disse ele. — E exatamente como você supôs, a coisa cessou.

— E não acha — perguntei — que estou agindo precipitadamente?

— De jeito nenhum! A pressa é necessária, pelo que parece.

— Não vi muitas evidências de que houvesse prejuízo físico.

— E realmente precisa? O aspecto mental já é claramente preocupante o bastante. Vamos falar com franqueza. Ninguém quer dar um passo desse com pessoas desse tipo, muito menos quando há... bem, outros envolvimentos. Mas qual a alternativa? Deixar a ilusão dominar ainda mais? Quer que o leve e traga amanhã de manhã? Tudo bem, se quiser.

— Não, não — repliquei. — Graham fará isso. Só queria me tranquilizar. Mas, Seeley — ele estava para desligar — tem mais uma coisa. Na última vez que nos vimos, lembra-se do que falamos?

Ele ficou em silêncio por um segundo, depois disse:

— Refere-se à conversa fiada sobre Myers?

— Foi uma conversa fiada? Não acha... Tenho um pressentimento, Seeley, de perigo. Eu...

Ele esperou. E como não concluí, falou com firmeza:

— Fez tudo o que podia. Não vá se atormentar agora com ideias malucas. Lembre-se do que eu lhe disse uma vez: o que está sendo pedido é, essencialmente, atenção. Simples assim. Nossa paciente pode fincar o pé, amanhã, na hora H. Mas você vai estar lhe dando o que, no fundo, é o que ela deseja. Agora tenha uma boa noite de sono, e não fique cismado.

Se a nossa posição se invertesse, eu lhe diria exatamente a mesma coisa. Mas subi sem estar convencido, bebi um drinque e fumei um cigarro. Jantei sem apetite e fui para Leamington, sentindo uma profunda melancolia.

Passei as horas no hospital em estado de alienação e quando dirigi para casa, logo antes de meia-noite, continuava infeliz. Como se o pensamento em Caroline e em sua mãe estivessem exercendo algum tipo de poder magnético sobre mim, desviei, afastando-me, inadvertidamente, de Lidcote, e já tinha percorrido um quilômetro e meio na estrada de Hundreds quando percebi o que tinha feito. A palidez estranha da paisagem nevada só fez aumentar o meu desconforto. Sentia-me estranho e distinto em meu carro preto. Por um momento, considerei realmente prosseguir, ir até a Hall. Mas então me dei conta de que perturbar a casa chegando assim tão tarde não faria bem a ninguém. De modo que dei a volta — olhando para o outro lado do campo esbranquiçado, procurando uma luz ou qualquer outro sinal improvável que indicasse que estava tudo bem em Hundreds.

A ligação aconteceu na manhã seguinte, precisamente quando me sentava para o café da manhã depois de uma noite de sono agitado. Não havia nada de extraordinário em receber ligações a essa hora. Era quando aconteciam os chamados extras. Mas eu já estava nervoso, pensando no dia difícil que teria pela frente, e fiquei tenso quando minha empregada atendeu. Ela reapareceu quase que imediatamente após o chamado, parecendo perplexa e apreensiva.

— Com licença, doutor — disse ela —, é alguém querendo falar com o senhor. Não deu para entender bem. Mas acho que ela disse que estava ligando de Hundreds...

Larguei a faca e o garfo e corri para o hall.

— Caroline — falei ofegando ao pegar o telefone. — Caroline, é você?

— Doutor? — A ligação estava ruim por causa da neve, mas logo percebi que não era a sua voz. Era aguda como a de uma criança, e aflita, com pranto e pânico.

— Oh, doutor, pode vir? Vai vir? Posso dizer que...

Era Betty, percebi por fim, mas a sua voz me chegou como de uma distância incrível, interrompida por arquejos e gritinhos estridentes. Escutei-a repetir:

— Posso dizer que... um acidente...

— Acidente? — Meu coração se contraiu. — Quem se feriu? Caroline? O que aconteceu?

— Oh, doutor, foi...

— Pelo amor de Deus — gritei. — Não estou ouvindo você! O que aconteceu?

Então em um arroubo repentino de clareza:

— Oh, Dr. Faraday — disse Betty —, ela mandou eu não contar!
E então, vi que era grave.

— Está bem — respondi. — Estou indo, vou chegar o mais rápido que puder!

Desci correndo a escada, peguei minha maleta no dispensário, coloquei o chapéu e o sobretudo. A Sra. Rush me acompanhou, apreensiva. E estava acostumada a me ver saindo às pressas para partos e outras emergências, mas acho que nunca me vira tão transtornado. O meu primeiro paciente do consultório deveria estar chegando em breve. Eu disse-lhe rapidamente para mandá-lo esperar, para que voltasse à noite, que fosse aonde quisesse, fizesse o que quisesse.

— Sim, doutor — replicou ela, com uma xícara na mão. — Mas o senhor não comeu nada! Beba o seu chá, pelo menos. — Portanto me demorei mais um segundo, engolindo o chá quente, antes de correr para fora de casa e entrar no meu carro.

Tinha nevado de novo à noite, não excessivamente, mas o bastante para tornar a estrada de Hundreds traiçoeira. Naturalmente dirigi em alta velocidade e, várias vezes, apesar das correntes nos pneus, senti o carro derrapar. Se um veículo viesse em sentido contrário, eu teria acrescentado mais um desastre a esse dia já tão desastroso. Mas a neve manteve os outros motoristas longe das estradas, e não vi quase nenhum. Consultei o relógio, aflito com os minutos que passavam rapidamente. Acho que nunca senti uma viagem tão intensamente quanto essa, angustiando-me a cada quilômetro que cobria. Nos portões do parque, tive de abandonar o carro e prosseguir a pé na alameda escorregadia. Na pressa, havia calçado os sapatos comuns, e em um minuto meus pés estavam ensopados e congelados. Na metade do caminho, torci o tornozelo, e continuei correndo com muita dor.

Betty estava à porta, abatida e arquejando quando cheguei, e ao vê-la, tive certeza de que as coisas eram tão graves quanto eu temia. Quando a alcancei no alto dos degraus da frente, ela levou as pequenas mãos rudes ao rosto e rompeu em prantos.

Sua impotência não me ajudava.

— Onde precisa de mim? — perguntei com impaciência. Ela sacudiu a cabeça sem conseguir responder. Exceto ela, a casa estava silenciosa. Olhei para o alto da escada. — Lá em cima? Responda! — Peguei-a pelos ombros. — Onde está Caroline? Onde está a Sra. Ayres?

Ela apontou para dentro de casa. Atravessei rapidamente o corredor na direção da porta da pequena sala e, ao encontrá-la entreaberta, empurrei-a e entrei, meu coração batendo como um punho na minha garganta.

Caroline estava sentada sozinha no sofá. Eu a vi e disse, aliviado:

— Oh, Caroline, graças a Deus! Pensei... Sei lá o que pensei.

Então percebi como a sua postura era estranha. Não estava tão pálida quanto acinzentada, mas não tremia, parecia completamente calma. Ergueu a cabeça, como se um pouco interessada — não mais que isso — ao me ver à porta.

Fui até ela, peguei sua mão, e disse:

— O que foi? O que aconteceu? Onde está sua mãe?

— Mamãe está lá em cima — replicou ela.

— Lá em cima, sozinha?

Virei-me. Ela me deteve.

— É tarde demais — disse ela.

E então, aos poucos, toda a terrível história foi contada.

Ela tinha passado o dia anterior com sua mãe, ao que parecia, exatamente como eu tinha instruído. Primeiro, leu para ela, depois, quando a Sra. Ayres começou a cochilar, pôs o livro de lado e mandou Betty buscar a sua costura. Ficaram sentadas juntas assim, fazendo companhia uma à outra até as sete horas, quando a Sra. Ayres foi sozinha ao banheiro. Caroline achou que não precisava acompanhá-la e, de fato, ela reapareceu, depois de lavar as mãos e rosto, parecendo "mais animada", insistindo, até mesmo, em se trocar, vestindo algo mais elegante para o jantar. Comeram na pequena sala, como faziam geralmente, nesse tempo. O apetite da Sra. Ayres pareceu bom. Cautelosa e apreensiva, por causa das minhas instruções, Caroline vigiou-a atentamente, mas ela parecia "como sempre foi" — em outras palavras, como era nos últimos tempos, "calada, e cansada, distraída, mas nem um pouco nervosa". Quando a louça do jantar foi levada, as duas ficaram na pequena sala, escutando um programa de música que estalava no rádio de pilhas. Betty levou o chocolate às nove. Leram, costuraram, até as 10h30. Só então, disse Caroline, sua mãe foi ficando irrequieta. Foi até uma das janelas, abriu a cortina e ficou olhando a relva coberta de neve. Em certo momento, ela inclinou a cabeça e disse:

— Ouviu isso, Caroline?

Caroline, entretanto, não conseguiu ouvir nada. A Sra. Ayres permaneceu à janela até a corrente de ar fazê-la voltar para perto do fogo. O acesso de inquietação, aparentemente, tinha passado. Falou de coisas corriqueiras, sua voz estava firme e, de novo, pareceu "ela mesma".

Parecia de fato tão calma que, na hora de ir para a cama, Caroline se sentiu um pouco constrangida ao insistir para ficar com ela no quarto. Disse que isso deixou sua mãe triste, também, vê-la se sentar com uma manta na poltrona desconfortável, enquanto ela ocupava uma cama sozinha. Mas o "Dr. Faraday disse que devo", falou para a sua mãe, que sorriu.

"Já podiam estar casados."

"Não fale bobagem, mamãe", replicou Caroline, sem graça. "Como é boba."

Tinha lhe dado um Veronal, e o remédio age rapidamente. A Sra. Ayres adormeceu em minutos. Caroline foi até ela na ponta dos pés, para se certificar de que estava bem coberta, depois voltou a se acomodar como pôde na poltrona desconfortável. Tinha levado uma garrafa de chá e manteve o lampião aceso com a chama baixa, satisfazendo-se, durante as duas primeiras horas, com a leitura de um romance. Mas quando seus olhos começaram a arder, fechou o livro, fumou um cigarro e observou sua mãe dormindo. E então, sem nada para impedi-los, seus pensamentos se tornaram melancólicos. Imaginou tudo o que teria de fazer no dia seguinte, tudo o que eu tinha planejado fazer, levando David Graham, levando sua mãe embora... Minha apreensão e senso de urgência a tinham assustado. Então, começou a me contestar. As antigas ideias sobre a casa lhe voltaram — sobre ter alguma coisa nela, ou que fora para ela, que desejava mal à sua família. Olhou, através do escuro, para a sua mãe, deitada relaxada na cama, e pensou: "Certamente ele está enganado. Tem de estar. De manhã, lhe direi isso. Não vou deixar que a leve, não dessa maneira. É cruel demais. Eu... eu mesma a levarei. Irei embora com ela, logo. É esta casa que está lhe fazendo mal. Eu a levarei embora, e ela ficará boa. Levarei Roddie também...!"

Seus pensamentos prosseguiram desenfreados assim, até sua cabeça começar a parecer um motor, se revolvendo e quente. Tinham-se passado várias horas. Consultou o relógio e viu que eram quase cinco da manhã, que a madrugada já passara, mas que ainda faltava uma, ou duas horas, para o dia clarear. Teve vontade de ir ao banheiro, e precisava lavar e refrescar o rosto. Sua mãe, aparentemente, continuava a dormir profundamente, de modo que atravessou o patamar, passando pela porta do quarto de Betty, e foi ao banheiro. Depois, o chá tinha acabado na garrafa e seus olhos ainda ardiam, pensou em se acalmar e se manter desperta fumando um cigarro. O maço no bolso do seu cardigã estava vazio, mas ela sabia que tinha outro na gaveta de sua mesinha de cabeceira, e como podia ver claramente do outro lado do poço da escada o quarto de sua mãe, foi para o seu, sentou-se na sua cama, pegou um cigarro e o acendeu. Para ficar mais confortável, tirou os sapatos e ergueu as pernas, de modo a se sentar na cama, recostada no travesseiro, com o cinzeiro no colo. A porta do seu quarto estava escancarada e a visão do patamar era clara. Insistiu nisso comigo, quando depois falamos do que aconteceu. Virando a cabeça, disse ela, realmente via, pela penumbra, o pé da cama de sua mãe. A casa estava tão silenciosa que ela podia até mesmo ouvir a respiração regular da sua mãe.

A próxima coisa de que se lembrava era de Betty ao seu lado segurando a bandeja com o café da manhã. Havia uma bandeja para a Sra. Ayres também, no patamar. Betty queria saber o que fazia com ela.

"O quê?", perguntou Caroline com a voz engrolada. Tinha sido despertada na hora do sono mais profundo, incapaz de compreender por que estava na sua cama e não no quarto da sua mãe, completamente vestida, com frio, com um cinzeiro derramado no colo. Ergueu o corpo e esfregou o rosto.

— Leve a bandeja para a minha mãe, por favor. Mas se ela estiver dormindo, não a acorde. Deixe-a do lado da sua cama.

— Deve ser isso, senhorita — replicou Betty. — Acho que madame ainda está dormindo, pois bati e ninguém respondeu. E não posso entrar com a bandeja. A porta está trancada.

Ao ouvir isso, Caroline despertou de vez. Relanceando os olhos para o relógio, viu que passava das 8h. O dia estava claro para além da cortina — extraordinariamente iluminado por causa da neve que cobria o solo. Alarmada, incomodada, tremendo com a falta de sono, levantou-se e foi rapidamente para o quarto da mãe. Como Betty tinha afirmado, a sua porta estava trancada e, quando ela bateu — primeiro de leve, depois com mais firmeza, à medida que a sua apreensão aumentava —, não teve resposta.

— Mamãe! — gritou. — Mamãe, está acordada?

Nenhuma resposta. Fez sinal para Betty.

— Está ouvindo alguma coisa?

Betty prestou atenção, e negou sacudindo a cabeça. Caroline disse:

— Acho que deve estar dormindo profundamente. Mas a porta... Estava fechada quando você subiu?

— Sim, senhorita.

— Mas me lembro... tenho certeza, me lembro bem... de que as duas portas estavam abertas. Não temos uma cópia desta chave, temos?

— Acho que não, senhorita.

— Não, nem eu. Oh, Deus! Por que diabo a deixei sozinha?

Tremendo ainda mais, bateu de novo na porta, com mais força do que antes. De novo, nenhuma resposta. Mas então pensou em fazer o que a Sra. Ayres tinha feito recentemente, quando diante de uma porta inexplicavelmente trancada: olhou pelo buraco da fechadura.. E se tranquilizou ao ver que o buraco estava vazio e o quarto estava claro. Naturalmente pensou que isso significava que sua mãe não estava lá dentro. Devia ter trancado a porta ao sair e levado a chave com ela. Por que teria feito isso? Caroline não podia sequer imaginar. Levantou-se e, com mais confiança do que realmente sentia, disse:

— Acho que minha mãe não está aí, Betty. Deve estar em outro lugar na casa. Esteve na pequena sala?

— Ah, sim, senhorita. Fui acender o fogo.

— Ela não vai estar na biblioteca. E não teria subido... teria?

Ela e Betty se entreolharam, as duas se lembrando do terrível incidente algumas semanas antes.

— É melhor eu subir e dar uma olhada — disse Caroline, por fim. — Espere aqui. Não, pensando bem, não me espere aqui. Dê uma checada em todos os quartos deste andar, depois lá embaixo. Minha mãe pode ter sofrido algum acidente.

Seguiram em direções diferentes, Caroline subindo correndo, testando cada porta, e gritando por sua mãe. Os corredores sombrios não a assustaram. Ela encontrou os quartos, como eu tinha encontrado, desolados, vazios. Retornou à porta do quarto da sua mãe. Um momento depois, Betty apareceu. Também não tinha encontrado nada. Tinha checado todos os cômodos, e também olhado pelas janelas, para o caso de a Sra. Ayres ter saído. Não havia pegadas na neve, disse ela, e o casaco de madame, acrescentou, ainda estava pendurado no pórtico, e suas botas estavam secas.

Caroline começou a roer as unhas, nervosa. De novo, tentou abrir o quarto de sua mãe, bateu na porta e gritou por ela. De novo, nada.

— Meu Deus! — disse ela. — Isso não é bom. Minha mãe deve ter saído. Deve ter saído antes que a última queda de neve tenha encoberto as marcas de seus passos.

— Sem casaco e sem botas? — perguntou Betty, horrorizada.

Mais uma vez, se entreolharam. E então se viraram e desceram rapidamente. Destrancaram a porta da frente, o branco do dia quase as cegou, mas atravessaram o mais rápido que conseguiram o caminho de cascalhos, depois seguiram ao longo da varanda sul até os degraus que desciam para a relva. Ali, deslumbradas e frustradas com a manta de neve que cobria o gramado, Caroline se deteve e perscrutou o jardim. Pôs as mãos em concha na boca e gritou:

— Mamãe! Mamãe, onde está você?

— Sra. Ayres! — gritou Betty. — Madame! Sra. Ayres!

Não ouviram nada.

— Podíamos tentar nos antigos jardins — disse Caroline, avançando. — Minha mãe esteve lá ontem com o Dr. Faraday. Não sei, mas pode ter cismado de voltar lá.

Mas enquanto falava, seu olhar se dirigiu para uma pequena imperfeição na neve à sua frente e, com cuidado, se aproximou. Alguma coisa tinha caído ali, algum pequeno objeto de metal. Primeiro, pensou ser uma moeda, mas ao chegar mais perto, percebeu que era, na verdade, o extremo oval brilhante de uma chave comprida. Era a chave — sabia que sim — do quarto de sua mãe, mas como tinha caído ou sido jogada ali, nessa extensão de neve sem nenhuma outra marca, não conseguiu imaginar. Só pensou, por um momento de desvario, que tivesse escorregado do bico de um pássaro, e ergueu o olhar e virou a cabeça, procurando uma pega ou um corvo. Mas seus olhos se depararam com as janelas do quarto de sua mãe. Uma estava fechada, as cortinas também. A outra estava aberta para o ar gelado. E o seu coração pareceu parar. Pois de repente percebeu que a chave estava ali porque sua mãe, depois de trancar a porta por dentro, a tinha jogado. Percebeu que sua mãe continuava no quarto e não tinha querido ser encontrada facilmente. Ela adivinhou por quê.

Então, correu — exatamente como eu logo estaria correndo —, correu pela neve, segurando uma Betty assustada, puxando-a junto para a casa e para o andar de cima. A chave estava fria como gelo em seus dedos, quando a colocou na fechadura. Sua mão tremia com tal violência que, por um segundo, o metal não encaixava, e pensou que, afinal, tinha se enganado e que a chave não era a do quarto de sua mãe...

Mas então a chave girou. Ela segurou a maçaneta e empurrou a porta. Abriu alguns centímetros e parou, como se tivesse alguma coisa atrás, alguma coisa pesada e resistente no caminho.

— Pelo amor de Deus, me ajude! — gritou ela, com a voz falhando horrivelmente, e Betty empurrou a porta junto com ela, até que abriu o suficiente para enfiarem a cabeça e olharem atrás. O que viram fez as duas gritarem. Era a Sra. Ayres, caída, a cabeça frouxa, em uma posição estranha, como se tivesse caído de joelhos em uma espécie de desmaio pela metade bem na soleira da porta. Seu rosto estava oculto por seu cabelo grisalho solto, mas quando empurraram mais a porta, sua cabeça caiu flácida para o lado. E então viram o que ela tinha feito.

Tinha se enforcado com o cinto do roupão, pendendo de um antigo gancho de metal atrás da porta. Seguiram-se vários minutos tenebrosos em que tentaram soltá-la para aquecê-la e reanimá-la. O cinto tinha-se apertado tanto com o seu peso que não conseguiram desfazer o nó. Betty buscou uma tesoura na cozinha e, ao voltar, viram que estava tão cega que tiveram de serrar o cordão grosso de seda trançada, até esfiapá-lo, e depois arrancá-lo, literalmente, da pele inchada de sua garganta. A aparência de uma pessoa enforcada causa um horror particular, e a Sra. Ayres estava espantosa, inchada e escura. Claramente estava morta havia algum tempo — seu corpo já estava frio — e ainda assim, segundo Betty, quando falei com ela nesse dia, mais tarde, Caroline curvou-se sobre ela, sacudindo-a e a repreendendo — não falando delicadamente e com tristeza, mas dizendo-lhe, quase de maneira zombeteira, que ela tinha de acordar, tinha de se recompor.

— Ela não sabia o que estava dizendo — falou Betty à mesa da cozinha, enquanto enxugava os olhos. — Continuou a sacudi-la, até eu dizer que talvez fosse melhor levá-la para a cama. E então levantamos a madame...
— Ela cobriu o rosto. — Oh, meu Deus, foi horrível! Ela continuou escorregando dos meus braços, e toda vez, a Srta. Caroline dizia-lhe para deixar de ser boba, falando como se a madame tivesse feito alguma coisa comum, como perder seus óculos. Nós a deitamos, e ela pareceu ainda pior com o travesseiro branco do lado da cabeça, mas a Srta. Caroline continuou

agindo como se não visse isso. Então, eu perguntei se não era melhor chamarmos alguém. Se não era melhor chamarmos o senhor, Dr. Faraday. E ela respondeu: "Sim, ligue para o doutor! Ele fará minha mãe ficar boa." Quando eu estava quase na porta, ela me chamou com a voz diferente: "Não conte o que aconteceu! Não ao telefone! Mamãe não ia querer que todo mundo soubesse! Diga que houve um acidente!" E depois disso, doutor, ela deve ter pensado no que tinha dito. Quando voltei, estava sentada em silêncio do lado da cama, e apenas olhou para mim e disse: "Ela está morta, Betty", como se já não soubesse disso. Respondi "Sim, senhorita, eu sei, e sinto muito". E paramos aí, nós duas, sem saber o que fazer... Mas então tive medo. Um medo horrível. Puxei a Srta. Caroline pelo braço, ela se levantou como se estivesse sonhando. Saímos juntas, fechei a porta e girei a chave. E foi uma coisa horrível de se fazer, deixar a Sra. Ayres deitada lá completamente só. Ela era tão bondosa, sempre foi boa comigo... E então me lembrei de como ainda há pouco tínhamos estado à sua porta, imaginando onde ela poderia estar, sem pensar nada disso, espiando pelo buraco da fechadura, quando o tempo todo... Oh!
— Ela recomeçou a chorar. — Por que teria feito uma coisa tão horrível, Dr. Faraday? Por quê?

Foi uma hora depois de eu ter chegado à casa que ela me contou isso, e eu já tinha estado no quarto da Sra. Ayres. Na porta com a mão na chave, tive de reunir coragem para entrar. E não parava de pensar em Caroline tendo ido para lá antes de mim, empurrando a porta e a encontrando bloqueada... Minha primeira visão do rosto inchado e enegrecido da Sra. Ayres me fez estremecer, mas o pior estava por vir, pois quando abri sua camisola para examinar seu corpo, me deparei com vários pequenos cortes e contusões, aparentemente por todo o torso e membros. Alguns eram recentes, outros estavam quase desaparecidos. A maior parte eram simples arranhões e beliscões. Mas um ou dois, constatei com horror, tinham a aparência de quase mordidas. A mais recente, ainda com sangue, tinha sido feita claramente logo antes da sua morte — em outras palavras, no espaço de tempo relativamente breve entre a saída de Caroline, às 5 da manhã, e o aparecimento de Betty com a bandeja de café da manhã, às 8. Que terror e desespero a haveriam dominado nessas três horas sombrias, eu não podia nem imaginar. O Veronal deveria tê-la mantido dormindo até muito depois de Caroline tê-la deixado. Em vez disso, tinha despertado, se levantado, fechado e trancado seu quarto calculadamente, se livrado da chave e iniciado o ato sistemático de torturar a si mesma até a morte.

Em seguida, me lembrei da nossa conversa no jardim murado. Lembrei-me das três gotas de sangue. Minha filhinha, ela nem sempre é gentil... Seria possível? Era possível? Ou teria sido ainda pior do que isso? Suponhamos que, ao desejar o aparecimento de sua filha, ela tivesse simplesmente dado força e propósito a alguma outra coisa mais sinistra?

Não suportei pensar nisso. Puxei a manta para tirá-la da minha vista. Como Betty, me vi dominado por um forte desejo culpado de sair do quarto e me afastar dos horrores que sugeria.

Tranquei a porta e desci de novo para a pequena sala. Encontrei Caroline ainda sentada, apática, no sofá. Betty tinha trazido chá, mas o chá estava frio nas xícaras, e a garota se deslocava entre a sala e a cozinha como uma sonâmbula, cumprindo suas tarefas domésticas. Mandei-a preparar um café, e depois de bebê-lo, fui para o vestíbulo usar o telefone.

Foi como o eco de um pesadelo da noite anterior. Primeiro liguei para o hospital do distrito, para providenciar a van funerária para buscar o corpo da Sra. Ayres. Depois, com mais relutância, liguei para a polícia e relatei a morte. Dei ao sargento os detalhes fundamentais e acertamos ele vir tomar os depoimentos. E então, dei o meu terceiro e último telefonema.

Foi para Seeley. Peguei-o precisamente no fim do atendimento da manhã em seu consultório. A ligação estava ruim, mas fiquei feliz com os estalidos. Ouvi a sua voz, mas, por um momento, a minha vacilou.

— É Faraday — eu disse. — Estou na casa. Nossa paciente, Seeley. Receio que ela nos tenha vencido.

— Vencido? — Ele não ouviu ou não compreendeu. Mas então respirou fundo. — Maldição! Não acredito. Como foi?

— De maneira terrível. Não posso falar.

— É claro que não... Deus, isso é horrível. Depois de tudo!

— Sim, eu sei. Mas ouça a razão de eu estar lhe ligando. Sabe a Rugby de que lhe falei, a enfermeira? Pode me fazer um favor? Ligar para ela e explicar o que aconteceu? Eu não vou conseguir.

— Sim, é claro.

Dei-lhe o número, falamos por mais um ou dois minutos. Ele repetiu:

— Uma coisa terrível para a família... o que vai ficar disso. E para você, Faraday! Sinto muito.

— A culpa foi minha — repliquei. A linha continuava com interferência e ele achou ter compreendido mal. Repeti: — Eu devia tê-la levado. Tive a chance.

— O quê? Não pode estar falando sério ao se culpar! Ora, todos já passamos por isso. Quando um paciente toma uma decisão, resta muito pouco que se possa fazer para detê-lo. Tornam-se simulados, sabe muito bem. Deixa disso, homem.

— Sim — repliquei. — Suponho que sim.

Mas eu não estava convencido de minhas próprias palavras. E quando desliguei, relanceei os olhos para a curva no alto da escada, até a porta da Sra. Ayres, e percebi que quase tinha escapulido abjetamente, com os olhos e cabeça baixa.

Voltei para junto de Caroline na pequena sala e me sentei do seu lado, segurando a sua mão. Seus dedos estavam tão frios e anônimos na minha como os de um manequim. Delicadamente, os levei aos meus lábios, e ela não reagiu. Simplesmente inclinou a cabeça como se atenta a outra coisa. Isso me fez escutar com atenção também. Nossos movimentos se paralisaram — ela com a cabeça inclinada, eu com a sua mão ainda na minha boca — mas a Hall estava absolutamente silenciosa. Só se ouvia o tique-taque de um relógio. A vida parecia contida, presa em seu interior.

Ela me olhou e falou calmamente.

— Está sentindo? A casa sossegou, finalmente. A coisa, o que quer que estivesse aqui, levou tudo o que queria. E sabe o que é o pior de tudo? Do que jamais a perdoarei? De ter feito que eu a ajudasse.

13

E isso era tudo o que ela diria sobre o assunto. A polícia e o pessoal do necrotério chegaram e, enquanto o corpo era removido da casa, nossos depoimentos — o dela, o meu e o de Betty — foram anotados. Depois que se foram, ela voltou a ficar apática por um momento, mas então, como uma marionete sendo movimentada, sentou-se à escrivaninha e começou a fazer uma lista de todas as coisas que teriam de ser providenciadas nos dias seguintes. Em uma folha separada, escreveu o nome dos amigos e parentes que deveriam ser notificados da morte de sua mãe. Eu quis que ela deixasse isso para depois, mas ela sacudiu a cabeça, prosseguindo obstinadamente, e acabei me dando conta de que essas tarefas a protegiam do pior do seu choque, de que talvez fossem o melhor para ela. Fiz com que me prometesse que se deitaria cedo, que tomaria um sedativo e dormiria, e peguei um cobertor de lã no sofá e o ajeitei ao redor dela para que ficasse bem abrigada. Deixei a casa com o barulho das janelas e cortinas sendo fechadas. Ela tinha mandado Betty escurecer os cômodos, uma atitude antiquada de dor e respeito. Quando atravessei os cascalhos, ouvi as últimas venezianas serem fechadas e, quando na estrada, olhei para trás, a Hall parecia estar olhando sem ver, por causa da dor, a paisagem branca silenciosa.

Eu não queria partir de jeito nenhum, mas tinha obrigações enfadonhas a cumprir, e dirigi não para casa, mas para Leamington, para analisar a morte da Sra. Ayres com o juiz responsável pelo inquérito. Eu já tinha percebido que não havia como ocultar todos os fatos, de maneira nenhuma, como de vez em quando eu fazia para outras famílias angustiadas, para fazer a morte passar por natural. Como eu efetivamente tinha tratado da Sra. Ayres por instabilidade mental, e havia constatado evidência de autopunição, alimentava uma esperança, que contrariava as regras, de poupar Caroline da provação de um inquérito. Entretanto, o juiz, embora compreensivo, era um homem escrupuloso. A morte tinha sido súbita e violenta, ele faria o possível para silenciar o caso, mas uma investigação teria de ser feita.

— Isso significa uma autópsia, também — me disse ele. — E como você é o médico que notificou, normalmente eu o instruiria para se encarregar disso. Mas acha que está em condições? — Ele sabia da minha relação com a família. — Não é vergonha nenhuma passar essa tarefa a outro.

Por um momento, considerei a possibilidade. Nunca tinha participado com prazer de uma autópsia, que se torna especialmente difícil de realizar quando o paciente em questão foi um amigo. Ao mesmo tempo que pensei em passar o pobre corpo da Sra. Ayres a Graham ou a Seeley, minha mente se rebelou. Pareceu-me já tê-la decepcionado o bastante. Se não havia como poupá-la dessa última indignidade, então o mínimo que eu poderia fazer era cuidar de tudo e fazer com que fosse realizado da maneira mais suave. Portanto sacudi a cabeça e disse que me encarregaria. E como já tinha passado do meio-dia e minhas consultas da manhã não poderiam mais ser recuperadas, e a tarde se estendia vazia à minha frente, quando saí do escritório do juiz, fui direto para o necrotério, providenciar que tudo fosse feito da maneira mais rápida possível.

Mesmo assim, foi horrível, e me posicionei na sala gelada, ladrilhada de branco, com o corpo coberto diante de mim, os instrumentos na bandeja, me perguntando se conseguiria realmente levar a tarefa a cabo. Somente quando removi o lençol, comecei a recuperar a coragem. Os ferimentos eram menos chocantes agora que eu sabia o que esperar: os beliscões e cortes, que haviam me perturbado tanto em Hundreds, começaram, com a inspeção, a perder parte do seu horror. Eu tinha achado que cobriam praticamente todo o corpo da Sra. Ayres, e via agora que a maior parte se localizava nas áreas que estavam a seu alcance — suas costas, por exemplo, não tinham nenhuma marca. O que tivesse sofrido, tinha sido provocado por ela mesma, o que foi um alívio para mim, embora eu não soubesse por quê. Comecei as incisões... Esperava me deparar com segredos, acho, mas não havia nenhum. Não havia sinal algum de enfermidade, somente as deteriorações comuns da idade. Não havia nenhuma evidência de que algum tipo de força tivesse sido usada contra ela nos seus últimos dias ou horas. Nenhum osso danificado, nenhuma contusão interna. A morte foi simplesmente o resultado da asfixia por enforcamento, perfeitamente compatível com os fatos descritos por Caroline e Betty.

Mais uma vez, me peguei sentindo alívio. Dessa vez, o sentimento era incontestável. E me dei conta de que tivera um motivo muito mais sombrio para ter assumido, eu mesmo, a realização da autópsia. Tinha receado o surgimento de algum detalhe que levantasse suspeita — não sabia qual, não sabia como exatamente — sobre Caroline. E continuava a sentir aquela dúvida mesquinha. Agora, finalmente, a dúvida se dissipara. Senti-me envergonhado por a ter alimentado.

Restaurei o corpo o melhor que pude e passei o meu relatório para o juiz. O inquérito foi realizado três dias depois, mas com uma evidência tão indiscutível, tudo transcorreu rapidamente. O veredicto foi: "suicídio quando o equilíbrio mental estava perturbado". E o processo todo levou menos de trinta minutos. O pior de tudo foi a natureza pública do caso, pois embora as pessoas fossem em pequeno número, vários jornalistas estiveram presentes e atrapalharam quando retirei Caroline e Betty da sala do tribunal. A matéria foi publicada nessa semana em todos os jornais do interior do país e foi logo assumida por uns dois jornais nacionais. Um repórter veio de Londres e foi a Hall, querendo entrevistar Caroline, se passando por um policial. Ela e Betty conseguiram se livrar dele sem muito problema, mas o pensamento desse tipo de coisa acontecendo de novo me deixou consternado. Lembrei-me do tempo que o parque tinha sido brevemente bloqueado contra os Baker-Hyde, desencavei as correntes e cadeados e fechei os portões. Deixei uma das chaves na Hall e a outra cópia no meu próprio chaveiro. Também mandei fazer uma cópia da porta do jardim. Depois disso, me senti mais satisfeito, e podia entrar e sair da casa sempre que precisasse.

Não surpreendentemente, o suicídio da Sra. Ayres chocou todo o distrito. Durante os últimos anos, ela raramente era vista fora de Hundreds, mas continuava a ser uma figura conhecida e querida, e por muitos dias não consegui chegar a nenhuma aldeia sem alguém me parar, querendo ouvir a minha versão da história e querendo também dizer como estavam tristes, sem conseguirem acreditar que aquela "senhora tão adorável", "uma senhora realmente do tempo antigo", "tão bela e generosa", pudesse ter feito algo assim — "deixando aqueles dois pobres filhos, também". Muitos perguntavam onde Roderick estava e quando voltaria para casa. Eu respondia que estava viajando de férias com amigos e que sua irmã estava tentando se comunicar com ele. Somente aos Rossiter e aos Desmond eu fiz um relato mais verdadeiro, pois não queria que aborrecessem Caroline com perguntas constrangedoras. Contei-lhes francamente que Roderick estava em uma casa de saúde, sendo tratado de um colapso nervoso.

Helen Desmond replicou de imediato:

— Mas isso é terrível! Não consigo acreditar! Por que Caroline não nos procurou antes? Achamos que a família estivesse com problemas, mas pareciam querer cuidar da situação sozinhos. Bill ofereceu-se para ajudá-los financeiramente várias vezes, sabe, e sempre recusaram. Achamos que se tratava simplesmente de uma questão de dinheiro. Se soubéssemos que as coisas eram tão graves...

— Penso que nenhum de nós poderia prever isso — falei.

— Mas o que vai ser feito? Caroline não pode ficar lá agora, naquela casa tão grande e infeliz. Deveria ficar com amigos. Deveria vir para cá, ficar comigo e com Bill. Oh, essa pobre garota. Bill, temos de ir buscá-la.

— É claro que sim — replicou Bill.

Prepararam-se para ir até Hall no mesmo instante. Os Rossiter fizeram o mesmo. Mas eu não tinha certeza se Caroline acolheria bem a interferência, por mais bem-intencionada que fosse. Pedi que deixassem eu falar com ela primeiro. E como tinha suspeitado, quando lhe contei a intenção deles, ela estremeceu.

— É muita bondade deles — replicou ela. — Mas a ideia de ficar na casa dos outros, sendo vigiada a cada minuto, para ver como estou, é insuportável. Eu recearia parecer infeliz demais, ou então não infeliz o bastante. Prefiro ficar aqui, pelo menos por enquanto.

— Tem certeza, Caroline?

Como todo mundo, senti-me terrivelmente inquieto com a ideia dela lá, sozinha na casa, com somente a coitada e triste Betty como companhia. Mas ela parecia decidida a ficar, de modo que retornei à casa dos Desmond e à dos Rossiter, deixando claro dessa vez que Caroline não estava tão sozinha e sem apoio como temiam, que ela estava sendo bem cuidada, na verdade, por mim. Depois de um momento de confusão, entenderam e pareceram surpresos. Os Desmond se adiantaram a me congratular, dizendo que era sem dúvida a melhor coisa que poderia acontecer a Caroline agora, e que tirava "um peso imenso de suas cabeças". Os Rossiter, embora cordiais, foram mais cautelosos. O Sr. Rossiter apertou minha mão amavelmente, mas percebi sua esposa refletindo sobre a coisa toda, e soube, mais tarde, que assim que saí, ela ligou para Caroline para que confirmasse a história. Pega de surpresa, distraída, cansada, Caroline não teve muito o que dizer. Sim, eu a estava ajudando muito. Sim, tinha-se planejado o casamento. Não, ainda não haviam marcado a data. Ela não tinha tido tempo de pensar muito nisso. Estava tudo muito "conturbado".

Mas depois disso, pelo menos, não houve mais tentativas de persuadi-la a sair de casa, e os Desmond e os Rossiter devem ter passado a notícia do nosso compromisso a um ou dois vizinhos, que discretamente a passaram a seus próprios amigos. Ao longo dos dias seguintes, senti uma ligeira mudança na atitude do distrito em relação a mim. Comecei a ser tratado menos como o médico da família Ayres, que poderia ser sondado para informações sobre aquele caso terrível em Hundreds, e mais como um membro da própria família, digno de respeito e comiseração. A única pessoa com que falei diretamente foi David Graham, e ele ficou absolutamente encantado com a notícia. Ele "tinha ficado sabendo que havia alguma coisa em ação", falou, havia meses. Anne tinha "pressentido", mas não quiseram me pressionar. Só teria preferido que não precisasse ter acontecido tal tragédia para que isso fosse anunciado. Insistiu em que Caroline deveria ser a minha prioridade por enquanto, assumindo alguns de meus pacientes para aliviar a minha carga. Portanto, nessa primeira semana depois da morte passei grande parte do tempo na Hall, ajudando Caroline em suas várias tarefas domésticas, às vezes fazendo leves caminhadas com ela no jardim ou no parque, outras vezes sentando-me com ela, em silêncio, segurando a sua mão. Ela continuava dando a impressão de estar um pouco defendida de seu sofrimento, mas acho que minhas visitas ofereceram uma estrutura para seus dias desordenados. Ela nunca falava da casa, e a casa, por mais surpreendente que pareça, continuava impressionantemente calma. Nos últimos meses, eu tinha visto a vida nela se reduzir a uma proporção quase impossível. Agora, espantosamente, reduzira-se ainda mais, tornara-se uma questão de murmúrios e passos silenciosos em dois ou três cômodos.

Com o fim do inquérito, a provação seguinte foi o funeral. Caroline e eu o providenciamos juntos, e aconteceu na sexta-feira da semana seguinte. Dada a natureza da morte da sua mãe, nós dois concordamos que o evento seria discreto. Primeiro, o nosso maior dilema foi se envolveríamos Rod ou não. Parecia fora de questão a sua presença, e pensamos seriamente como isso poderia ser arranjado — pensando na possibilidade de ele vir de Birmingham na companhia de um enfermeiro que poderia passar por um amigo. Decidimos que eu mesmo iria à clínica dar a notícia do suicídio da sua mãe. A sua reação me horrorizou. Pareceu não registrar a morte em si. Foi o fato da morte que o impressionou. Pois a via como prova de que também ela tinha, finalmente, caído vítima dessa "infecção" diabólica que ele lutara tanto para conter.

— Eu já devia estar esperando — disse-me ele —, durante esse tempo todo, incubando no silêncio da casa. Achei que a tinha vencido! Mas vê o que ela está fazendo? — Estendeu a mão por cima da mesa para pegar o meu braço. — Agora, ninguém está a salvo lá! Caroline... Meu Deus! Não deve deixá-la lá, sozinha. Ela corre perigo! Tem de tirá-la de lá! Tem de tirá-la já de Hundreds!

Por um instante, fiquei inquieto, o aviso soando como verdade para mim. Então percebi o desvario no seu olhar, vi como ele estava se distanciando da razão e me dei conta de que corria o risco de acompanhá-lo. Falei com calma e racionalmente. Isso exacerbou suas maneiras. Duas enfermeiras vieram depressa contê-lo e o deixei espernando e gritando em seus braços. Para Caroline, eu disse apenas que ele "não estava melhor". Ela percebeu por minha expressão o que isso significava. Desistimos, impotentes, da ideia de seu retorno a Hundreds, até mesmo por um dia, e, com a ajuda dos Desmond e dos Rossiter, divulgamos a história de que ele estava no exterior, adoentado, incapacitado de fazer a viagem para casa. Até onde as pessoas realmente foram enganadas, não sei. Por algum tempo ainda, acho, circularam rumores sobre a verdadeira natureza de sua ausência.

De qualquer maneira, o funeral aconteceu sem ele, e transcorreu bem, acho, como é possível com esse tipo de coisa. O caixão saiu da Hall, Caroline e eu acompanhamos o carro funerário, e nos três ou quatro carros atrás, estavam os amigos mais íntimos da família e parentes que tinham conseguido fazer a difícil viagem a Hundreds, vindo de Sussex e Kent. O clima agora tinha abrandado, mas ainda havia o resto de neve no solo. Os carros pretos causavam uma impressão sinistra nas vias brancas desfolhadas e todas as nossas tentativas de abafar o caso acabaram não dando em nada. A família era conhecida demais e o espírito feudal local era bem resiliente. Além disso tudo, sempre existira uma nota de mistério trágico em Hundreds, e a cobertura da morte da Sra. Ayres pelos jornais só fez aumentá-la. Nos portões das fazendas e portas dos chalés, as pessoas se reuniram, em uma curiosidade solene, para ver o caixão passar, e, ao virarmos para a Lidcote High Street, nos deparamos com as calçadas apinhadas de gente em silêncio quando nos aproximávamos, os homens tirando o chapéu, algumas mulheres chorando, mas todos esticando o pescoço para ver melhor. Pensei na época, quase trinta anos atrás, em que tinha ficado do lado dos meus pais, usando o blazer do Colégio, para assistir a outro funeral de um Ayres, seu caixão a metade do tamanho desse. Pensei nisso sentindo uma certa vertigem, como se a minha vida estivesse se retorcendo ao redor de sua cabeça para abocanhar o seu próprio rabo. Quando nos aproximamos da igreja, a multidão se adensou e senti Caroline tensa. Peguei sua mão enluvada de preto e falei baixinho.

— Querem desejar os pêsames, só isso.

Ela levou a outra mão ao rosto, tentando escapar dos olhares.

— Estão todos olhando para mim. O que estão procurando?

Apertei seus dedos.

— Seja corajosa.

— Não sei se vou conseguir.

— Sim, vai. Olhe para mim. Estou aqui. Não vou deixá-la.

— Não, não me deixe! — replicou ela, virando-se para mim, segurando minha mão, como se a ideia a assustasse.

O sino tocava quando atravessamos o cemitério, excessivamente alto e queixoso no ar parado, Caroline manteve a cabeça baixa, o braço apoiado no meu, mas, assim que entramos na igreja, ficou mais calma, pois então, era apenas uma questão de assistir ao serviço até o fim, dando as respostas certas etc., o que fez da mesma maneira eficiente e mecânica como havia cumprido todas as outras tarefas e obrigações nos últimos dias. Até mesmo cantou os hinos. Nunca a tinha ouvido cantar antes. Cantou como falava, afinadamente, as palavras saindo claras e inteiras de sua boca benfeita.

O serviço não foi longo, mas o vigário, o Sr. Spender, havia conhecido a Sra. Ayres por muitos anos e fez um pequeno discurso comovente sobre ela. Chamou-a de uma "dama do tempo antigo" — a mesma expressão que tinha ouvido outras pessoas usarem. Ele disse que ela fazia "parte de uma era diferente, mais elegante", como se tivesse sido mais velha do que era, quase a última de sua geração. Lembrou-se da morte de sua filha Susan e disse que estava certo de que a maioria de nós também se lembrava. A Sra. Ayres, ele nos lembrou, tinha caminhado atrás do caixão de sua filha naquele dia, e lhe parecia que, no fundo do seu coração, ela tivesse continuado a acompanhá-lo por cada dia de sua vida. O nosso consolo agora, na tragédia de sua morte, era saber que o tinha alcançado.

Relanceei os olhos pela congregação enquanto ele falava e vi muita gente balançando a cabeça com tristeza. Nenhuma das pessoas, é claro, a tinha visto nas suas últimas semanas, quando vivera dominada por uma ilusão tão potente, tão absurda, que pareceu lançar um sortilégio de melancolia e tormento sobre os objetos inanimados ao redor dela. Mas quando saímos para o cemitério, para a seção do terreno que pertencia à família, pareceu-me que Spender talvez tivesse razão. Não havia nenhum feitiço, nenhuma sombra, nenhum mistério. As coisas eram muito simples. Caroline ficou do meu lado, inocente; Hundreds, uma coisa de tijolos e argamassa, também era inocente. E a Sra. Ayres, a infeliz Sra. Ayres, tinha se reunido, finalmente, à sua filhinha morta.

As orações foram proferidas, o caixão foi baixado, e nos afastamos da sepultura. As pessoas começaram a se aproximar de Caroline, querendo trocar algumas palavras de condolências com ela. Jim Seeley e sua mulher apertaram a sua mão. Depois deles, Maurice Babb, o construtor, e então, Graham e Anne. Ficaram com ela por vários minutos, e enquanto conversavam, vi que Seeley tinha se detido e olhava na minha direção. Depois de uma breve hesitação, fui para o seu lado.

— Um dia sinistro — murmurou ele. — Como está Caroline?

— Considerando-se a situação toda, muito bem — repliquei. — Um pouco ausente, nada mais.

Ele olhou para ela.

— Não é de admirar. Acho que agora ela vai começar a senti-lo. Mas você está cuidando dela.

— Sim, estou.

— Outras pessoas comentaram sobre isso. Acho que devo congratulá-lo, não?

— Não parece ser um dia apropriado para felicitações, mas... — repliquei inclinando minha cabeça, feliz e um pouco constrangido — ... sim.

Ele deu um tapinha no meu braço.

— Fico feliz por você.

— Obrigado, Seeley.

— E por Caroline também. Só Deus sabe como ela merece um pouco de felicidade. Se aceita o meu conselho, não percam tempo, vocês dois, quando tudo isso acabar. Leve-a daqui, dê-lhe uma bela lua de mel. Um novo começo e tudo o mais.

— É o que pretendo — repliquei.

— Bom rapaz.

Sua mulher chamou-o. Caroline virou-se como se me procurasse e voltei para o seu lado. Uma vez mais, o braço dela apoiou-se pesadamente no meu, e desejei de todo o coração poder simplesmente levá-la para casa, para Hundreds, e deitá-la em segurança em sua cama. Mas parte das pessoas tinha sido convidada a ir à Hall para as bebidas, e se seguiram alguns minutos exasperantes, enquanto decidiam quem viajaria com quem, quem se comprimiria nos carros dos agentes funerários e quem dividiria um carro particular. Percebendo Caroline se tornar mais ansiosa com isso, mandei-a ir com seu tio e sua tia de Sussex, e corri para buscar o meu Ruby, que tinha lugar para mais três passageiros. Reuniram-se a mim os Desmond e um rapaz que estava só, com algo que lembrava ligeiramente Roderick e que acabei sabendo ser primo de Caroline, do lado de seu pai. Era um garoto bonito, simpático, mas claramente não muito abalado com a morte da Sra. Ayres, pois conversou frivolamente durante todo o caminho até Hundreds. Não ia à Hall fazia mais de dez anos e parecia ingenuamente feliz por ter a chance de rever o lugar. Costumava ir com seus pais, quando era criança, e tinha várias lembranças felizes da casa, dos jardins, do parque... Só se calou quando começamos a sacolejar na alameda coberta de mato. Quando nos livramos dos louros e das urtigas e pegamos a via de cascalhos, eu o vi olhar para a casa toda fechada como se não acreditasse no que estava vendo.

— Está achando-a mudada, não? — disse-lhe Bill Desmond, quando os quatro saíram do carro.

— Mudada! — disse o rapaz. — Eu nunca a teria reconhecido! Parece mais algo tirado de um filme de terror. Não é de admirar que a minha tia... — Interrompeu-se, constrangido, suas bochechas jovens corando.

E quando nos unimos à pequena multidão de pranteadores que se dirigiam à pequena sala, percebi que todos olhavam em volta pensando a mesma coisa. Éramos uns 25 ao todo: gente demais, na verdade, para o tamanho da sala, mas não havia outro lugar na casa em que pudéssemos nos reunir, e Caroline arranjou mais espaço afastando os móveis — infelizmente, no processo, expôs a parte pior dos tapetes puídos e dos rasgões e desgaste dos móveis. Para alguns dos convidados, suponho que isso parecesse excêntrico, mas para qualquer um que tivesse conhecido a Hall nos tempos áureos, a decadência da casa deve ter sido um choque. O tio e tia de Caroline, de Sussex, em particular, já tinham dado uma boa olhada em volta. Tinham visto o salão com seu teto estufado e o papel de parede se soltando, e a ruína enegrecida do que tinha sido o quarto de Roderick. Tinham olhado, do outro lado do parque abandonado, a brecha no muro e as casas vermelhas do condomínio do governo que pareciam ter-se espalhado como tantos cogumelos venenosos. Eles ainda pareciam pasmos. Assim como os Desmond e os Rossiter, achavam que estava fora de questão Caroline permanecer na Hall sozinha. Quando entrei, tinham-na puxado para o lado e estavam tentando persuadi-la a retornar com eles para Sussex, nessa tarde. Ela estava negando com a cabeça.

— Não posso pensar em partir, ainda não — eu a ouvi dizer. — Ainda não consigo pensar em nada.

— Então, mais uma razão para cuidarmos de você, não é claro?

— Por favor...

Pôs o cabelo para trás com seus dedos desajeitados, os fios dividindo-se em mechas sobre sua bochecha. Estava usando um vestido preto simples e seu pescoço estava exposto, tão claro que se viam as veias, roxas como contusões.

— Por favor, não insistam — estava ela dizendo quando cheguei do seu lado. — Sei que só estão querendo ser gentis.

Toquei no seu braço e ela se virou para mim, agradecida. Disse em voz mais baixa.

— Você chegou. Todos já chegaram?

— Sim — respondi gentilmente —, todos estão aqui, não se preocupe. Está tudo bem. Quer beber ou comer alguma coisa?

A mesa estava com sanduíches. Betty estava do lado, servindo os pratos, a bebida, sua face quase tão pálida quanto a de Caroline, os olhos vermelhos. Ela não tinha ido ao enterro, ficara para preparar as coisas.

Caroline sacudiu a cabeça negando, como se a ideia de comer a deixasse nauseada.

— Não tenho fome.

— Acho que um copo de xerez lhe faria bem.

— Não, nem mesmo isso. Mas talvez minha tia, meu tio...

A tia e o tio, naquele momento, pareceram aliviados por eu chegar. Eu tinha sido apresentado a eles, no funeral, como o médico da família. Tínhamos conversado um pouco sobre a doença da Sra. Ayres e de Roderick, e acho que ficaram felizes de ver que eu estava sempre do lado de Caroline — pois, como era natural, supuseram que a minha presença era sobretudo profissional, e Caroline parecia tão incrivelmente cansada e pálida. Então, a tia disse:

— Doutor, por favor, nos ajude. Seria diferente se Roderick estivesse aqui. Mas Caroline não pode ficar numa casa tão grande sozinha. Queremos que venha para Sussex conosco.

— E o que Caroline quer? — eu disse.

A mulher empertigou-se. Parecia-se com sua irmã, a Sra. Ayres, mas sua constituição era maior, menos charmosa.

— Considerando-se a situação, não creio que Caroline esteja em posição de saber o que quer! Está caindo em pé. Certamente uma mudança de cenário só poderá lhe fazer bem. Como seu médico, deve concordar.

— Como seu médico — repliquei —, provavelmente sim. Em outros aspectos... bem, acho que não ficaria nada feliz de ver Caroline partir de Warwickshire agora.

Falei sorrindo, e coloquei de novo a mão no braço de Caroline. Ela se mexeu, ciente da pressão de meus dedos, mas acho que não tinha ouvido praticamente nada do que tinha sido dito. Estava olhando em volta da sala, preocupada com que tudo saísse como deveria. Percebi que a expressão de sua tia mudou. Houve uma pausa. Então ela disse, em um tom um pouco mais incisivo:

— Receio ter me esquecido do seu nome, doutor.

Eu o repeti.

— Faraday... — disse ela. — Não, não creio que minha irmã o tenha mencionado.

— Imagino que não — repliquei. — Mas estávamos falando de Caroline, não?

— Caroline está em um estado vulnerável.

— Concordo com a senhora.

— Quando penso nela aqui, sozinha e sem amigos...

— Mas não é assim. Olhe em volta. Ela tem muitos amigos. Mais, acredito, do que teria em Sussex.

A mulher olhou para mim frustrada. Virou-se para a sobrinha.

— Caroline, você quer realmente ficar aqui? Não vou ficar tranquila deixando-a só, você sabe. Se alguma coisa lhe acontecer, seu tio e eu nunca nos perdoaremos.

— Acontecer comigo? — disse Caroline, intrigada, sua atenção de volta para nós. — O que quer dizer?

— Digo que se acontecer alguma coisa a você aqui, sozinha nesta casa.

— Mas nada pode me acontecer agora, tia Cissie — replicou Caroline. — Não restou nada para acontecer.

Ela estava falando sério, acho. Mas a mulher mais velha olhou intrigada, e talvez tenha imaginado que ela tentara fazer uma piada sinistra. Percebi em sua expressão uma ligeira agitação de desagrado.

— Bem, é claro que você não é mais uma criança — disse ela —, e eu e seu tio não podemos obrigá-la...

Nesse ponto da discussão, foram interrompidos pela chegada de outro convidado. Caroline pediu licença e foi recebê-lo, e eu também me afastei.

A reunião, compreensivelmente, foi muito contida. Não houve discursos, nenhuma tentativa de seguir o exemplo do vigário e procurar alguns toques de conforto na melancolia. Parecia mais difícil fazer isso ali, com a óbvia perturbação da casa e da paisagem tão brutalmente lembrando a da própria Sra. Ayres. E era impossível não lembrar que o suicídio tinha sido cometido em um quarto a alguns pés acima da nossa cabeça. As pessoas conversavam constrangidas, em murmúrios, não como se simplesmente infelizes, mas como se desconcertadas, inquietas. Volta e meia relanceavam os olhos para Caroline, como a sua tia tinha feito, com um quê de preocupação. Enquanto eu me movia de um grupo para outro, ouvi várias pessoas especulando sobre o que aconteceria com a Hall agora — confiantes, aparentemente, de que Caroline abrisse mão dela, de que o lugar não tinha nenhum futuro.

Comecei a ficar ressentido com todos. Pareceu-me que tinham ido lá sem saber nada sobre a casa, nada sobre Caroline e o que era melhor para ela, e ainda assim julgando, fazendo suposições, como se tivessem o direito. Fiquei aliviado quando, mais ou menos uma hora depois, as pessoas começaram a se desculpar e ir embora. Como muitos tinham partilhado seus carros, o grupo se reduziu rapidamente. Logo os visitantes de Sussex e Kent também começaram a consultar seus relógios, pensando na longa e desconfortável viagem de carro ou trem que os aguardava. Um por um, foram até Caroline se despedir comovidos, beijando-a e a abraçando. O tio e a tia fizeram uma última tentativa em vão de convencê-la a partir com eles. Percebi que ela se cansava cada vez mais a cada despedida. Parecia uma flor passada de mão em mão, se machucando e murchando. Conduzimos os últimos convidados, eu e ela, à porta, e nos degraus rachados da frente observamos seus carros atravessarem ruidosamente a via de cascalhos. Depois, ela fechou os olhos, cobriu o rosto com as mãos e seus ombros caíram, e tudo o que me restou fazer foi pegá-la em meus braços e conduzi-la, tropeçando, de volta à pequena sala aquecida. Eu a coloquei sentada em uma das bergères — que costumava ser a poltrona de sua mãe — do lado do fogo.

Ela esfregou a testa.

— Acabou mesmo? Foi o dia mais longo da minha vida. Acho que minha cabeça vai explodir.

— Estou surpreso de você não ter desmaiado — falei. — Não comeu nada.

— Não consigo. Não consigo.

— Só um pouco de qualquer coisa. Por favor?

Mas ela não aceitou comida, independentemente do que ofereci. Por fim, preparei-lhe um copo de xerez, açúcar e água quente, e ela bebeu com duas aspirinas, comigo observando-a. Quando Betty começou a limpar a mesa e a arrumar a sala, ela levantou-se, automaticamente, para ajudar. Com delicadeza, embora com firmeza, a fiz se sentar de novo, busquei mais almofadas e um cobertor, tirei seus sapatos e massageei brevemente seus pés. Ela olhou infeliz quando Betty juntou os pratos, mas logo o seu cansaço a dominou. Puxou as pernas, descansou o rosto no veludo gasto da poltrona e fechou os olhos.

Olhei para Betty, e coloquei os dedos nos lábios. Trabalhamos juntos, sem fazer barulho, pondo as coisas nas bandejas, levando-as para a cozinha na ponta dos pés. Lá, tirei o paletó e fiquei do lado da garota, enxugando a louça que ela me passava. Ela não demonstrou achar isso estranho. Tampouco eu achei estranho. A Hall tinha saído de sua rotina, e havia um conforto — eu o tinha percebido, em outras casas desoladas — nas pequenas tarefas comuns, feitas conscienciosamente.

Mas quando acabou de lavar tudo, seus ombros caíram e, em parte por eu me dar conta de que estava com fome e em parte para mantê-la ocupada, mandei que esquentasse uma panela de sopa e, cada um, levamos uma tigela cheia para a mesa. E quando coloquei a tigela e a colher na mesa, fiquei pensativo.

— A última vez, Betty, que me sentei a esta mesa para comer, eu tinha 10 anos. Minha mãe estava comigo... sentada exatamente onde você está.

Ela ergueu os olhos vermelhos, com lágrimas, para mim, sem entender direito.

— É um pensamento engraçado, senhor.

Sorri.

— É, um pouco. Certamente, naquela época, nunca imaginaria que me sentaria aqui um dia, assim. Acho que nem minha mãe. É uma pena que ela não tenha vivido para ver... Gostaria de ter sido melhor para a minha mãe, Betty. Para o meu pai também. Espero que você seja melhor para os seus!

Ela pôs um cotovelo na mesa e descansou a face na mão.

— Eles me irritam — replicou ela com um suspiro. — Meu pai armou toda aquela confusão para me obrigar a ficar aqui. Agora está fazendo a mesma coisa para eu ir embora.

— Não, está mesmo? — falei alarmado.

— Está. Tem lido todos os jornais e diz que a casa ficou esquisita demais. A Sra. Bazeley diz a mesma coisa. Ela veio hoje de manhã, mas, quando foi embora, levou seu avental. Disse que não vai voltar. Disse que o que aconteceu com a madame foi demais para ela, que seus nervos não suportam. Vai começar a lavar roupa para fora, como uma lavadeira... Acho que ainda não contou para a Srta. Caroline.

— Fico muito triste ao saber disso — repliquei. — Você não vai pedir para ir embora, vai?

Comeu sua sopa sem olhar para mim.

— Não sei. Não é a mesma coisa sem madame.

— Oh, Betty, por favor. Sei que a casa está infeliz agora. Mas somos tudo o que restou à Srta. Caroline, você e eu. Não posso ficar aqui o tempo todo, vigiando-a, mas você pode. Se você for embora...

— Não quero ir, verdade. Não quero voltar para casa! É meu pai.

Ela pareceu genuinamente contrariada, e achei sua lealdade à casa, depois de tudo o que tinha acontecido, realmente comovente. Observei-a comer mais um pouco, refletindo sobre o que ela tinha me contado, e falei com cuidado:

— E se disser a seu pai que a situação aqui em Hundreds logo vai mudar, que eu e a Srta. Caroline vamos nos casar...

— Se casar? — Pareceu perplexa. — Com quem?

Sorri.

— Bem, o que acha?

Ela entendeu e corou, e, de maneira idiota, eu também.

— Mas não vá ficar falando sobre isso por aí. Algumas pessoas sabem, mas a maioria não.

Ela tinha endireitado o corpo, excitada.

— Ah, quando vai ser?

— Ainda não sei. Não foi fixada a data.

— E o que a Srta. Caroline vai vestir? Vai ter de ser preto por causa de madame?

— Deus do céu! Acho que não. Não estamos nos anos 1890. Agora coma a sopa.

Mas seus olhos estavam cheios de lágrimas.

— Mas não é uma pena que a madame não esteja aqui para ver? E quem vai conduzir a Srta. Caroline? Deveria ser o Sr. Roderick, não?

— Receio que o Sr. Roderick ainda não esteja em condições.

— Então, quem vai ser?

— Não sei. O Sr. Desmond, talvez. Ou talvez ninguém. A Srta. Caroline pode ir sozinha, não pode?

Ela pareceu horrorizada.

— Ela não pode ir sozinha!

Discutimos isso por mais alguns minutos — nós dois contentes com a frivolidade do assunto, depois desse dia pesado. Quando terminamos de comer, ela enxugou os olhos e assoou o nariz, depois levou as tigelas e as colheres para a pia. Vesti meu paletó, servi mais uma porção de sopa e a coloquei, coberta, em uma bandeja, para levar para a pequena sala.

Encontrei Caroline ainda dormindo, mas quando me aproximei, ela despertou com um susto, baixando as pernas e levantando um pouco o corpo. Sua bochecha estava marcada, como linho amassado, onde tinha se apoiado na poltrona.

— Que horas são? — perguntou, parte de si ainda sonhando.

— Seis e meia. Trouxe-lhe um pouco de sopa, veja.

— Ah. — Sua expressão desanuviou. Ela passou a mão no rosto. — Acho que não consigo comer.

Mas coloquei a bandeja apoiada nos braços da poltrona, e abri um guardanapo no seu colo.

— Experimente só um pouco, está bem? — eu disse. — Receio que fique doente.

— Não quero, verdade.

— Vamos, só um pouquinho. Senão vai ferir os sentimentos de Betty. E os meus também... Boa garota.

Pois ela pegou a colher e se pôs a mexer a sopa, sem muita vontade. Puxei um banquinho para os pés e me sentei do seu lado, pondo o queixo no punho e a observando solenemente. Ela começou a comer bem devagarzinho, uma colher não muito cheia de cada vez. Fez isso sem prazer, forçando os pedaços de carne e legumes, mas ao terminar, pareceu melhor, a cor tendo voltado à sua face. Sua cabeça, disse ela, estava doendo menos, sentia-se apenas extremamente cansada. Afastei a bandeja e peguei sua mão, mas ela a retirou, levando-a à boca enquanto bocejava e bocejava, seus olhos se enchendo de água.

Depois, enxugou o rosto e sentou-se mais para a frente, chegando para mais perto do fogo.

— Meu Deus — disse ela, olhando fixamente as chamas. — Hoje foi como um sonho horrível. Mas não foi um sonho, foi? Minha mãe está morta. Morta e enterrada, e agora ficará morta e enterrada para sempre. Não consigo acreditar. Tenho a impressão de que ela está lá em cima, simplesmente lá em cima, descansando. E quando eu estava cochilando, quase pude ver Roderick aqui, em seu quarto, e Gyp ali, do lado da minha poltrona... — Ergueu os olhos para mim, confusa. — Como aconteceram todas essas coisas?

Sacudi a cabeça.

— Não sei. Gostaria de saber.

— Hoje ouvi uma mulher dizer que esta casa devia estar amaldiçoada.

— Quem disse isso? Quem foi?

— Eu não a conheço. Uma recém-chegada, acho. Estava no cemitério. Eu a ouvi falando com alguém. Ela me olhou como se eu também tivesse sido amaldiçoada. Como se eu fosse a filha de Drácula... — Bocejou de novo. — Ah, por que estou tão cansada? Tudo o que quero é dormir.

— Provavelmente é a melhor coisa que pode fazer. Só queria que não precisasse fazer isso aqui, sozinha.

Ela esfregou os olhos.

— Parece a tia Cissie falando. Betty cuidará de mim.

— Betty também está exausta. Deixe-me levá-la para a cama. — Percebendo algo em sua expressão, acrescentei: — Não dessa maneira! Quem acha que sou? Esquece-se de que sou um médico. Vejo mulheres jovens na cama o tempo todo.

— Mas não sou sua paciente, sou? Deve ir para casa.

— Não queria deixá-la.

— Sou filha de Drácula, se lembra? Vou ficar bem.

Levantou-se. Quase cambaleou enquanto o fazia e tive que apoiá-la pelos ombros para que se firmasse, depois afastei seu cabelo castanho da sua testa e peguei seu rosto. Ela fechou os olhos. Como sempre, quando estava cansada, suas pálpebras pareceram expostas, úmidas, inchadas. Beijei-as levemente. Seus braços pendiam frouxos como os de uma boneca. Abriu os olhos e disse com mais firmeza do que antes.

— Vá para casa... Mas, obrigada. Por tudo o que fez. Foi muito bom conosco, hoje. — Interrompeu-se. — Bom comigo, quero dizer...

Peguei meu casaco e meu chapéu, depois a sua mão, e fomos para o vestíbulo. Estava gélido ali, mas depois que nos beijamos e nos separamos, sua mão se soltou da minha e relanceei os olhos para a escada, pensando nos quartos escuros, vazios, lá em cima. E a ideia de ela ficar sozinha depois do dia que tivera foi horrível.

Apertei seus dedos com mais força e a puxei de volta.

— Caroline — falei.

Ela veio, seu corpo frouxo, protestando:

— Por favor. Estou tão cansada.

Puxei-a mais um pouco e disse em seu ouvido:

— Só me responda uma coisa. Quando podemos nos casar?

Seu rosto afastou-se do meu.

— Preciso ir para a cama.

— Quando, Caroline?

— Em breve.

— Quero ficar aqui com você.

— Eu sei. Sei que quer.

— Tenho sido paciente, não tenho?

— Sim. Mas não agora. Não imediatamente após mamãe...

— Não, não... Mas talvez daqui a um mês?

Ela sacudiu a cabeça.

— Conversamos amanhã.

— Um mês será tempo bastante, acho. Isto é, para providenciar a licença e coisas assim. Mas preciso planejar, sabe. Se pudéssemos firmar uma data.

— Há tantas coisas a discutir ainda...

— Não coisas importantes, certamente... Podemos dizer daqui a um mês? Seis semanas a partir de hoje?

Ela hesitou, lutando contra o cansaço.

— Sim — disse ela se soltando. — Sim, se quiser. Apenas me deixe ir para a cama! Estou tão, mas tão cansada!

Parece uma coisa estranha de se dizer, considerando-se todas as coisas terríveis que tinham acontecido, mas me lembro do período depois do funeral como um dos mais luminosos da minha vida. Saí da casa cheio de planos. No dia seguinte mesmo já fui a Leamington para dar entrada no pedido de licença para o casamento, e alguns dias depois a data foi fixada: quinta-feira, 27 de maio. Como em antecipação do evento, as duas semanas seguintes foram de tempo bom, os dias se tornando visivelmente mais longos e as árvores desfolhadas e a paisagem sem flores pareceram de repente ansiosas por cor e vida. A Hall estava fechada desde a manhã da morte da Sra. Ayres e, em contraste com a agitação da estação e o céu azul-claro, a melancolia e o silêncio começaram a parecer opressivos. Pedi a autorização de Caroline para abrir a casa, e no último dia de abril passei por todos os cômodos no térreo abrindo as venezianas. Algumas estavam fechadas havia meses: rangeram, levantaram muita poeira, a pintura rachando e se soltando. Mas para mim, os sons foram os de uma criatura agradecida por estar despertando de um longo sono, e o assoalho de madeira estalou quase voluptuosamente quando se deparou com o dia quente, como gatos se estendendo ao sol.

Queria com isso ver Caroline retornar à vida. Queria animá-la, estimulá-la, delicadamente. Pois embora a primeira fase do luto tivesse passado, seu ânimo tinha caído um pouco. Sem mais cartas a escrever, sem as providências para o funeral a absorvê-la, ficou sem objetivo, e lânguida. Tive de assumir minhas consultas e visitas a pacientes, o que significou deixá-la sozinha por longos períodos de tempo. Sem a Sra. Bazeley, ela tinha de providenciar muitas coisas, mas Betty me disse que ela não fazia nada, a não ser passar o dia sentada, olhando no vazio, suspirando, bocejando, fumando, roendo as unhas. Parecia incapaz de planejar o casamento ou qualquer uma das mudanças que aconteceriam depois. Não demonstrava nenhum interesse na propriedade, no jardim, na fazenda. Tinha perdido até mesmo a sua capacidade de ler. Os livros a aborreciam e frustravam, disse ela, as palavras pareciam bater em seu cérebro como se fossem de vidro...

Lembrando-me das palavras de Seeley no funeral — "leve-a embora e ofereça-lhe um novo começo" — comecei a pensar na nossa lua de mel. Imaginava o bem que lhe faria sair do condado para um cenário completamente diferente, para as montanhas ou praias e rochedos. Por algum tempo, pensei na Escócia, depois pensei nos Lagos. Depois, por acaso, um de meus pacientes particulares mencionou Cornwall, descrevendo um hotel em que ele se hospedara recentemente em uma das angras. Um lugar maravilhoso, disse ele, tranquilo, romântico, pitoresco... Parecia o destino. Sem dizer nada a Caroline, descobri o endereço do hotel, tomei informações, reservei um quarto para uma semana, para o "Dr. e Sra. Faraday". A noite de núpcias, achei, poderíamos passar no dormitório do trem que partia de Londres. Havia um certo glamour frívolo nisso, que achei que Caroline gostaria. E nas muitas horas solitárias que passava longe dela, pensava com frequência na viagem: no beliche da British Railways, o luar prateado na veneziana, o guarda do trem passando pela porta, o sacolejo e ruídos delicados do trem nos trilhos brilhantes.

Nesse meio-tempo, o casamento se aproximava, e tentei estimulá-la a planejar a cerimônia.

— Gostaria que David Graham fosse o meu padrinho, sabe? — disse-lhe quando passeávamos no parque em uma tarde de domingo no começo de maio. — Tem sido um bom amigo meu. Anne também, é claro. E é melhor você escolher a sua dama de honra, Caroline.

Estávamos andando por entre os jacintos. Como da noite para o dia, o solo grosseiro de Hundreds tinha se transformado com as flores, acre após acre. Ela curvou-se, colheu um jacinto e girou a haste entre os dedos, olhando com uma carranca as flores se movendo.

— Uma dama de honra — repetiu ela, mecanicamente. — Tenho de escolher uma?

Ri.

— Tem de ter uma dama de honra, querida! Alguém que segure o seu buquê.

— Não tinha pensado nisso. Não tem ninguém que eu gostaria de convidar.

— Deve haver alguém. O que acha daquela sua amiga, do baile do hospital? Brenda, não é este o nome dela?

Ela hesitou.

— Brenda? Ah, não. Eu não gostaria... Não.

— Então, e Helen Desmond, como sua... como se diz mesmo? Matrona de honra? Ela ficaria comovida, acho.

Ela tinha começado a colher as flores, separando as pétalas desajeitadamente com suas unhas roídas.

— Acho que ficaria.

— Acertado então. Posso passar na casa dela e mencionar isso?

Ela fez outra carranca.

— Não precisa. Falarei com ela, eu mesma.

— Não quero que se incomode com todos os pequenos detalhes.

— Uma noiva, supostamente, tem de se aborrecer com eles, não?

— Não uma noiva — repliquei — que passou por tudo o que você passou. — Coloquei meu braço no dela. — Quero facilitar as coisas para você, querida.

— Facilitar para mim? — replicou ela, resistindo à minha mão. — Ou...? — Não concluiu.

Parei e olhei fixo para ela.

— O que quer dizer?

Sua cabeça continuava baixa, continuava mexendo nas pétalas. Falou sem erguer o olhar:

— Tudo o que quero dizer é: as coisas têm de acontecer tão rapidamente?

— O que temos de esperar?

— Não sei. Nada, suponho... Só queria que as pessoas parassem de falar disso comigo. Ontem, o homem de Paget deu-me os parabéns quando trouxe a carne! Betty não fala de outra coisa.

Sorri.

— E que mal há nisso? As pessoas estão felizes.

— Estão? É bem mais provável que estejam rindo. As pessoas sempre riem quando uma solteirona se casa. Penso que acham engraçado que eu... tenha desencalhado. Como se tivesse sido tirada do fundo da prateleira, e o pó em mim tivesse sido espanado.

— Acha que foi isso o que eu fiz? — perguntei. — Espanado o pó em você?

Ela jogou fora a flor destroçada e replicou, cansada e irritada:

— Ah, não sei o que você fez.

Segurando as suas mãos, a fiz olhar para mim.

— Por acaso — falei — me apaixonei por você! Se as pessoas quiserem rir disso é porque têm um senso de humor simplório demais.

Nunca tinha falado com ela nesses termos e, por um segundo, pareceu surpresa. Então fechou os olhos e virou a cabeça. O sol bateu no seu cabelo. Percebi um fio grisalho no castanho.

— Desculpe — murmurou ela. — Você foi sempre tão bom, não foi? E eu sempre tão grosseira. É difícil, só isso. Tanta coisa mudou. Mas em outros aspectos, nada parece mudar.

Coloquei os braços ao seu redor e a puxei para mais perto.

— Podemos fazer todas as mudanças que queremos, depois que Hundreds for só nossa.

Sua face repousava em meu ombro, mas percebi por sua postura que ela tinha aberto os olhos e que estava olhando fixo para o outro lado do parque, para a casa.

— Nunca falamos sobre como as coisas serão — disse ela. — Serei a mulher de um médico.

— Será maravilhosa nessa posição. Vai ver.

Ela recuou e olhou para mim.

— Mas como será com você, com Hundreds? Está sempre falando da propriedade como se fosse ter tempo e dinheiro para consertá-la. Como vai ser?

Olhei para o seu rosto, só querendo tranquilizá-la, mas a verdade é que eu não sabia a resposta. Tinha dito a Graham, recentemente, meu plano de me mudar para a Hall depois de casado, e ele pareceu pego de surpresa. Tinha imaginado que Caroline desistiria de Hundreds, que ela e eu viveríamos na antiga casa de Gill ou que procuraríamos uma casa mais bonita. Respondi-lhe que nada ainda estava definido, que Caroline e eu ainda estávamos "brincando com as ideias".

Disse algo semelhante agora.

— As coisas se organizarão por elas mesmas. Vai ver só. Vai tudo se tornar claro para nós. Prometo.

Ela pareceu frustrada, mas não respondeu nada. Deixou que a puxasse de novo para mim, porém, senti que seu olhar se fixava novamente na Hall. Um momento depois, ela rompeu o abraço e se afastou de mim em silêncio.

Talvez um homem com mais experiência com mulheres tivesse agido de maneira diferente, não sei. Imaginei que as coisas se arranjariam quando estivéssemos casados. Eu investi muito nesse dia. Caroline, no entanto, continuava a falar do casamento, quando falava, com uma indefinição desconcertante. Não contatou Helen Desmond, e acabei tendo de fazer isso por ela. Helen ficou encantada, mas as perguntas animadas que me fez sobre os nossos planos fizeram com que eu me desse conta de todos os preparativos que ainda teriam de ser feitos, e quando falei com Caroline, percebi, com um choque, que ela não pensara em nada — nem mesmo no que usaria no dia. Eu disse que devia deixar Helen orientá-la e ela respondeu que não queria que se metessem. Ofereci-me para levá-la a Leamington — como já tinha planejado fazer antes — e comprar um guarda-roupa novo para ela. Ela disse que eu não devia gastar o meu dinheiro, que ela "arrumaria alguma coisa no meio do que tinha lá em cima". Imaginei seus vestidos e chapéus de péssimo caimento e estremeci por dentro. Portanto, falei com Betty, secretamente, pedindo a ela que me trouxesse uma amostra das roupas de Caroline e selecionamos o que achamos ser as melhores. Levei-as discretamente a Leamington, para uma confecção feminina, e perguntei à atendente se poderia ter um traje daquele manequim.

Disse-lhe que era para uma mulher que se casaria em breve, mas que atualmente não estava muito bem. A garota chamou duas colegas e as três passaram um tempo muito excitadas, mostrando livros com modelos, desenrolando peças de pano, remexendo em botões. Deram-me a impressão de formar uma imagem da noiva como uma inválida romântica.

— Ela vai poder andar? — perguntou-me delicadamente. Depois: — Ela vai usar luvas? — Pensei nas pernas grossas de Caroline, em seus dedos benfeitos mas maltratados pelo trabalho... Acertamos um vestido simples, marcando a cintura, em um tecido claro, castanho-amarelado, que achei que combinaria com seu cabelo castanho e seus olhos cor de avelã. E para a cabeça e mãos, encomendei ramos simples de flores de seda claras. Tudo custou mais de 11 libras e levou todos os meus cupons de roupas. No entanto, depois de começar a gastar, senti um prazer preocupante em continuar gastando. Algumas portas além da confecção localizava-se a melhor joalheria de Leamington. Entrei e pedi para ver as alianças. Não tinham muitos tipos, a maior parte era de anéis para qualquer ocasião: leves e de metal de nove quilates, que me pareciam como algo da Woolworth. De uma bandeja mais cara, escolhi um anel de ouro simples, fino mas pesado, por 15 guinéus. Meu primeiro carro custara menos. Assinei o cheque com um floreio nervoso, tentando dar a impressão de que gastava essa soma diariamente.

Tive de deixar a aliança na joalheria, para ser um pouquinho aumentada para se ajustar ao que eu calculava ser o tamanho de Caroline. De modo que dirigi para casa sem nada para expor o dinheiro que eu tinha gastado, minha bravata definhando a cada quilômetro, minhas juntas empalidecendo no volante enquanto eu pensava no que tinha feito. Passei os dias seguintes dominado pelo pânico do solteirão, examinando enlouquecido minhas contas, perguntando a mim mesmo como eu pretendia sustentar uma mulher, e me preocupando de novo com a Previdência Social. Em desespero, procurei Graham — que riu de mim, serviu-me uísque e acabou por conseguir me acalmar.

Alguns dias depois, voltei a Leamington para buscar a aliança e o vestido. O anel era mais pesado do que me lembrava, o que me deixou mais tranquilo. Assentava-se agradavelmente em uma armação forrada de seda dentro de uma caixinha forrada de chagrém e de aparência cara e sofisticada. O vestido e as flores também estavam em caixas, o que também me animou. O vestido era exatamente como eu queria: simples, elegante, discreto e parecia brilhar de tão novo.

A atendente disse que esperava que a noiva estivesse melhor. Mostrou-se muito tocada por isso, desejando a ela "boa sorte, saúde e um longo e feliz casamento".

Isso foi em uma terça-feira, duas semanas e dois dias antes da cerimônia do casamento. Nessa noite eu trabalhei no hospital com a aliança no bolso e o vestido na caixa, na mala do meu carro. No dia seguinte, fiquei frustrantemente ocupado, sem ter como passar na Hall. Mas na quinta à tarde, fui até lá — entrando no parque trancado a cadeado com a minha própria chave, como sempre, e prossegui, assoviando, ao longo da alameda, com a janela do carro baixada, pois o dia estava magnífico. Coloquei as caixas debaixo do braço e entrei na casa, em silêncio, pelo lado do jardim. Ao virar para a escada do subsolo, chamei baixinho:

— Betty! Está aí?

Ela veio da cozinha e olhou surpresa para mim lá em cima.

— Onde está a Srta. Caroline? — perguntei. — Na pequena sala?

Ela balançou a cabeça.

— Sim, doutor. Passou o dia todo lá.

Levantei as caixas.

— O que acha que tenho aqui?

Ela olhou, intrigada.

— Não sei. — Então sua expressão mudou. — Coisas para o casamento da Srta. Caroline!

— Quem sabe?

— Oh! Posso ver?

— Ainda não. Talvez mais tarde. Traga-nos um pouco de chá daqui a meia hora. A Srta. Caroline lhe mostrará, então.

Ela deu um pulinho de prazer e voltou para a cozinha. Fui para a frente da casa, passando as caixas com cuidado pela cortina verde de baeta, e levando-as para a pequena sala. Encontrei Caroline sentada no sofá, fumando um cigarro.

A sala estava abafada, a fumaça pendendo viscosamente no ar quente e parado como a clara de um ovo na água, como se realmente estivesse sentada ali já há algum tempo. Coloquei as caixas do seu lado, beijei-a, e disse:

— Está um dia lindo! Querida, vai acabar sendo defumada. Posso abrir a janela francesa?

Ela não olhou para as caixas. Permaneceu sentada rigidamente, olhando fixo para mim, mordendo a parte interna de sua boca.

— Se quiser — respondeu.

Acho que a janela não tinha sido apropriadamente aberta desde que ela e eu tínhamos saído por ela para ir até as obras de construção, em janeiro. As maçanetas estavam duras e a moldura das portas rangeu quando as movi. Os degraus na frente estavam cobertos de plantas rasteiras que acabavam de nascer. Mas quando a porta foi aberta, o ar do jardim entrou, úmido e perfumado, tingido de verde.

Voltei para o lado de Caroline. Ela estava apagando o cigarro e chegou para a frente, como se fosse se levantar.

— Não se levante — eu disse. — Tenho uma coisa para lhe mostrar.

— Tenho de falar com você — disse ela.

— Também tenho de falar com você. Estava ocupado, por você. Por nós, eu deveria dizer. Veja.

— Estive pensando — começou ela, como se não tivesse me escutado e quisesse falar mais. Mas eu tinha apanhado a caixa maior e ela, finalmente, olhou e viu a etiqueta. De repente, alerta, perguntou: — O que é isto?

Seu tom me deixou nervoso.

— Já disse — repliquei. — Estava ocupado, por você. — Lambi os lábios, minha boca tinha ressecado e, com a caixa estendida para ela, minha confiança vacilou. Portanto, falei rapidamente. — Ouça, sei que contraria as convenções, mas achei que não se importaria. Nada tem sido muito convencional... em relação a nós dois. E quero realmente que o dia seja especial.

Coloquei a caixa no seu colo. Então, ela pareceu quase assustada com a caixa. Quando levantou a tampa, afastou o papel de seda e viu o vestido, ficou em silêncio. Seu cabelo caiu para a frente, obscurecendo seu rosto.

— Gostou? — perguntei.

Ela não respondeu.

— Tomara que dê — eu disse. — Foi feito segundo um dos seus. Betty me ajudou. Temos sido como agentes secretos, ela e eu. Mas há muito tempo para ajustá-lo, se não ficar bom.

Ela não tinha se mexido. Meu coração se estreitou, depois se acelerou.

— Gostou?

— Sim, muito — respondeu bem baixo.

— Também trouxe algo para as suas mãos e cabeça.

Passei-lhe a segunda caixa e ela abriu devagar. Viu os ramos de flores de seda, mas, como antes, não os tirou do papel, simplesmente ficou olhando para eles, o rosto ainda oculto pelo cabelo. Como um idiota, insisti, levando a mão ao bolso do meu paletó, tirando o pequeno estojo.

Quando ela se virou, o que viu pareceu alarmá-la. Levantou-se, as caixas caindo do seu colo.

Foi até a janela aberta e ficou, ali, de costas para mim. Seus ombros se moveram, estava retorcendo as mãos.

— Sinto muito. Não posso.

Eu tinha me abaixado para pegar o vestido e as flores. Depois de dobrar o vestido, eu disse:

— Desculpe, querida. Eu não deveria ter-lhe mostrado tudo isso de surpresa. Podemos ver tudo isto depois.

Ela se virou um pouco. Sua voz enfraquecida.

— Não me refiro ao vestido. Refiro-me a tudo. Não posso fazer nada disso. Não posso me casar com você. Simplesmente não posso.

Eu ainda estava dobrando o vestido quando ela falou, e meus dedos vacilaram por um momento, mas devolvi o vestido à caixa, que coloquei no sofá antes de ir até ela. Observou-me aproximar-me, sua postura rígida, sua expressão quase temerosa. Coloquei uma mão em seu ombro e disse:

— Caroline.

— Desculpe — repetiu ela. — Realmente gosto de você, gosto muito. Sempre gostei. Mas acho que confundi gostar com... outra coisa. Durante certo tempo, não tive certeza. Por isso foi tão difícil. Você tem sido um amigo muito bom, e sou muita grata. Ajudou-me tanto com Rod, com mamãe. Mas não acho que uma pessoa deva se casar por gratidão, não acha? Por favor, diga alguma coisa.

— Querida... — repliquei —, acho que está cansada.

Sua expressão foi de desalento. Soltou o ombro da minha mão. Minha mão escorregou e segurei firme a sua.

— Com tudo o que aconteceu — continuei — não é de admirar que esteja confusa. A morte de sua mãe...

— Mas não estou confusa — interrompeu ela. — A morte de minha mãe me fez ver as coisas mais claramente. Fez-me refletir sobre o que queria realmente e sobre o que não queria.

Puxei sua mão.

— Venha para o sofá, está bem? Está cansada.

Ela se soltou e sua voz endureceu.

— Pare de dizer isso! É a única coisa que está sempre me dizendo! Às vezes... às vezes acho que você quer *me manter* cansada, que *gosta* que eu fique cansada.

Olhei para ela perplexo, atônito.

— Como pode dizer isso? Quero que fique bem. Quero que seja feliz.

— Será que não vê? Nenhuma das duas coisas vai acontecer se eu me casar com você.

Devo ter me retraído. Sua expressão se tornou mais afável.

— Lamento, mas é a verdade — disse ela. — Gostaria que não fosse. Não quero magoá-lo. Gosto demais de você para isso. Mas acho que prefere que eu seja sincera, não, do que me tornar sua esposa sabendo, no fundo do meu coração, que não... que não o amava?

Sua voz baixou ao proferir essas últimas palavras, mas ela manteve os olhos nos meus, e seu olhar foi tão decidido que comecei a sentir medo. Estendi o braço para pegar a sua mão de novo.

— Caroline, por favor. Pense no que está dizendo, por favor.

Ela sacudiu a cabeça, seu rosto enrugando.

— Não tenho feito outra coisa senão pensar desde o enterro de mamãe. Pensei tanto que meus pensamentos se emaranharam, como cordão. Só agora os nós estão se desfazendo.

— Sei que a apressei — falei. — Foi estupidez minha. Mas podemos... recomeçar. Não precisamos ser como marido e mulher. Não no começo. Não até você estar pronta. É esse o problema?

— Não há um problema, não como esse. Não mesmo.

— Podemos dar um tempo.

Ela retirou a mão.

— Já perdi tempo demais. Não vê? Essa coisa toda entre nós, nunca foi real. Depois que Rod se foi, fiquei tão infeliz, e você sempre foi tão gentil. Achei que estava infeliz também, que queria ir embora daqui tanto quanto eu. Achei que me casando com você, poderia... mudar a minha vida. Mas você nunca vai partir, vai? E minha vida não vai mudar. Estaria somente substituindo um grupo de tarefas por outro. Estou farta de deveres! Não posso. Não posso ser esposa de um médico. E acima de tudo, não posso ficar aqui.

Proferiu essas últimas palavras com uma espécie de aversão, e como a olhei sem entender, acrescentou:

— Vou embora. Exatamente isso. Estou deixando Hundreds.

— Não pode — eu disse.

— Preciso.

— Não pode! Aonde diabos acha que está indo?

— Não decidi. Primeiro para Londres. Depois, talvez para a América, ou para o Canadá.

Ela podia muito bem ter dito "para a lua", que seria a mesma coisa. Percebendo minha expressão de incredulidade, repetiu:

— Tenho de ir! Não entende? Preciso... sair. Ir embora. A Inglaterra já não faz bem a uma pessoa como eu.. Não me quer.

— Pelo amor de Deus — repliquei. — *Eu* quero você! Isso não significa nada?

— Quer realmente? — perguntou-me. — Ou o que quer é a casa?

A pergunta me espantou, e não consegui responder. Ela prosseguiu calmamente:

— Uma semana atrás você me disse que estava apaixonado por mim. Poderia repetir isso sinceramente se Hundreds não fosse a minha casa? Não pensou que você e eu poderíamos viver aqui como marido e mulher, pensou?, O nobre rural e sua esposa... Mas esta casa não me quer. Eu não a quero. Odeio esta casa!

— Não é verdade.

— É claro que é verdade! Como eu poderia não odiá-la? Minha mãe foi morta aqui, Gyp foi morto aqui, Rod poderia muito bem ter sido morto aqui. Não sei por que nada nunca tentou me matar. Pelo contrário, estou tendo essa oportunidade de partir. Não, não me olhe assim. — Eu tinha me movido na sua direção. — Não estou ficando louca, se é o que está pensando. Se bem que não sei se você não gostaria disso, também. Poderia me manter lá em cima, no quarto das crianças. As grades já estão na janela, afinal.

Ela me pareceu uma estranha.

— Como pode dizer essas coisas terríveis? Depois de tudo o que fiz por você, por sua família?

— Acha que devo retribuir me casando com você? É isso o que acha do casamento... uma espécie de liquidação de dívida?

— Sabe que não acho isso. Pelo amor de Deus! Eu só... A nossa vida juntos, Caroline. Vai jogar tudo isso fora?

— Sinto muito. Mas já disse: nada disso foi real.

Minha voz irrompeu:

— *Eu sou* real. *Você é* real. *Hundreds* é real, não é? O que acha que vai acontecer a esta casa se você deixá-la? Vai desmoronar!

Virou-se, dizendo, cansada:

— Que outro se preocupe com isso.

— O que quer dizer?

Virou-se de novo, franzindo o cenho.

— Vou pôr a casa à venda, é claro. A casa, a fazenda, tudo. Vou precisar do dinheiro.

Achei que tinha entendido, mas não tinha entendido absolutamente nada.

— Não está falando sério. A propriedade poderá ser dividida, qualquer coisa pode acontecer! Não pode estar falando sério! Para começar, não pode vendê-la. Ela pertence a seu irmão.

Seus olhos pestanejaram.

— Falei com o Dr. Warren — disse ela. — E anteontem fui ver o Sr. Hepton, nosso advogado. Quando Rod adoeceu pela primeira vez, no fim da guerra, ele redigiu uma procuração, para o caso de mamãe e eu termos de tomar alguma decisão sobre a propriedade, em seu nome. O documento ainda é válido, o Sr. Hepton disse. Posso realizar a venda. Só estou fazendo o que Rod faria, se estivesse bem. E acho que ele vai *começar* a ficar bem depois que a casa desaparecer. E quando ele estiver realmente bem, eu, onde quer que esteja, mandarei buscá-lo. Ele irá se unir a mim.

Falou com a voz regular, racionalmente, e vi que falava sério, que cada palavra era dita a sério. Uma espécie de pânico bloqueou minha garganta e comecei a tossir. A tosse aumentou como uma convulsão, repentina, violenta e seca. Tive de me afastar dela para me apoiar na moldura da janela francesa aberta, estremecendo e quase vomitando nos degraus cobertos de mato.

Ela estendeu a mão para mim. Quando a tosse cedeu, falei:

— Não me toque, estou bem. — Enxuguei a boca. — Também estive com Hepton anteontem. Esbarrei com ele em Leamington. Tivemos uma breve e agradável conversa.

Ela entendeu o que eu queria dizer, e pela primeira vez, pareceu envergonhada.

— Desculpe.

— É o que está sempre dizendo.

— Deveria ter-lhe contado antes. Não devia ter deixado as coisas irem tão longe. Eu quis... ter certeza. Tenho sido uma covarde, sei disso.

— E eu tenho sido um tolo, não?

— Por favor, não diga isso. Tem sido incrivelmente decente e generoso.

— Como vão rir de mim em Lidcote! Mereço perfeitamente, acho, por ter me envolvido fora da minha classe.

— Por favor, não.

— Não é isso o que as pessoas vão dizer?

— Não, as pessoas decentes, não.

— Não — eu disse, aprumando o corpo. — Você tem razão. O que vão dizer é o seguinte: "Pobre e feia Caroline Ayres. Será que não se dá conta de que, nem mesmo no Canadá, nunca encontrará um homem que a queira?"

Disse as palavras deliberadamente, direto na sua cara. Depois voltei ao sofá e peguei o vestido.

— É melhor ficar com isso — fazendo uma trouxa e a jogando nela. — Só Deus sabe como precisa. Fique com isso, também. — Joguei as flores. Caíram aos seus pés.

Então vi a caixinha forrada de chagrém, que eu largara sem pensar, quando ela começara a falar. Eu a abri e tirei a pesada aliança de dentro e a joguei nela também. Envergonho-me de dizer que joguei com força, para machucá-la. Ela desviou e a aliança passou pela janela aberta. Achei que tinha passado direto, mas deve ter batido em uma das vidraças. O som foi como o do disparo de uma pistola, espantosamente alto no silêncio de Hundreds, e uma rachadura apareceu, como que misteriosamente, em uma das belas vidraças antigas.

A visão e o som disso me assustaram. Olhei para Caroline e vi que ela estava assustada também.

— Oh, Caroline, me perdoe — eu disse, indo na sua direção com os braços estendidos. Mas ela recuou rapidamente, quase correndo, e vê-la se afastando de mim dessa maneira me deixou irritado comigo mesmo. Virei-me e a deixei, indo para o corredor, quase colidindo com Betty. Ela tinha aparecido com a bandeja de chá, seu olhar excitado, esperando ver o que eu lhe prometera, as belas coisas de casamento da Srta. Caroline.

14

Não posso descrever o estado dos meus sentimentos durante as horas seguintes. Até mesmo a viagem de volta a Lidcote foi, de certa maneira, um tormento, meus pensamentos parecendo girar com o movimento do carro, como piões rodopiando furiosamente. Por azar, quando entrava em Lidcote, vi Helen Desmond: ela ergueu a mão excitadamente para mim, e foi impossível não parar. Baixei a janela do carro e trocamos algumas palavras. Ela tinha algo a me perguntar sobre o casamento. Não suportei lhe contar o que acabara de se passar entre mim e Caroline, de modo que tive de escutar balançando a cabeça e sorrindo, fingindo pensar no assunto, dizendo que falaria com Caroline e em seguida a informaria. O que pensou de minhas maneiras só Deus sabe. Meu rosto estava teso como uma máscara e minha voz soou meio engasgada. Consegui me livrar dela, finalmente, dizendo que tinha recebido um chamado urgente. Em casa, havia de fato um recado para mim: um pedido para eu examinar um caso grave em uma casa a 3 quilômetros. Mas a ideia de voltar a entrar no carro me intimidou. Não confiei em mim mesmo para não provocar um acidente. Após um minuto de uma indecisão agoniada, escrevi um bilhete a David Graham, dizendo-lhe que estava com uma dor violenta de estômago e pedindo que assumisse o caso e também meus pacientes de fim de tarde no consultório, se ele pudesse. Contei à minha empregada a mesma história, e depois que ela levou a mensagem e trouxe a resposta simpática de Graham, dei-lhe folga pelo resto do dia. No momento em que ela saiu, preguei um aviso na porta do meu consultório, coloquei o ferrolho e fechei as cortinas. Peguei a garrafa de xerez que guardava na minha mesa e ali, no meu dispensário escuro, com as pessoas se agitando no lado de fora, bebi um copo atrás do outro.

Foi tudo no que pensei fazer. Minha mente, sóbria, estava para explodir. A simples perda de Caroline foi muito difícil de suportar, mas perdê-la significava perder muito mais. Tudo o que eu tinha planejado e esperado, eu via... via se desfazer! Eu era como um homem sedento se lançando em uma miragem de água — estendendo as mãos à visão e a observando virar pó. E também havia toda a injúria e humilhação de ter suposto que fosse minha. Pensei nas pessoas que agora seriam avisadas: Seeley, Graham, os Desmond, os Rossiter, todos. Vi suas expressões solidárias e compadecidas convertendo-se, às minhas costas, em mexericos e satisfação... Não aguentei. Levantei-me e pus-me a andar de lá para cá — exatamente como tinha visto pacientes fazerem tentando espantar a dor. Bebia enquanto andava, deixando o copo de lado e bebendo direto do gargalo, o xerez escorrendo no meu queixo. Quando a garrafa acabou, fui para o andar de cima e revirei os armários na sala, procurando outra. Encontrei uma garrafa de *brandy*, um pouco de gim empoeirado e um barrilete lacrado de uma bebida polonesa de antes da guerra, que eu ganhara em uma rifa de caridade e nunca tinha tido a coragem de experimentar. Juntei tudo numa mistura repulsiva que tomei de uma vez só, tossindo e engasgando. Teria feito melhor se tivesse tomado um tranquilizante, mas acho que quis a sordidez da embriaguez. Lembro-me de deitar na cama em mangas de camisa, sem parar de beber, até adormecer ou desmaiar. Lembro-me de acordar no escuro, horas depois, e me sentir violentamente nauseado. Depois dormi de novo e, na vez seguinte que acordei, estava tremendo. A noite tinha esfriado. Arrastei-me para debaixo dos cobertores, indisposto e envergonhado. E não consegui voltar a dormir. Observei a janela clarear e meus pensamentos, como água congelada, se tornaram brutalmente claros. Disse a mim mesmo: *É claro que a perdeu. Como chegou a pensar que a teria? Olhe só para você! Olhe só para o seu estado! Você não a merece.*

Por um desses mecanismos de autodefesa, depois que me pus de pé, me lavei e, nauseado, preparei um bule de café, o meu ânimo começou a se levantar aos pouquinhos. O dia estava bonito e o clima ameno, semelhante ao da primavera, exatamente como tinha sido o dia anterior, e parecia impossível as coisas terem mudado tão desastrosamente entre o alvorecer de um e o alvorecer do outro. Minha mente reviu a cena com Caroline, e agora que a primeira ferroada de suas palavras e maneiras tinha se desgastado, comecei a ficar admirado por tê-la levado tão a sério. Lembrei-me de que estava exausta, deprimida, ainda em choque pela morte de sua mãe, e de todos os eventos sombrios que a tinham provocado. Ela tinha se comportado erraticamente por semanas, sucumbindo a uma ideia bizarra atrás da outra, e eu tinha sempre conseguido convencê-la a se comportar racionalmente. Essa não teria sido a peça final do desvario, o clímax de tanta ansiedade e tensão? Eu conseguiria fazê-la recuperar o juízo? Comecei a achar que certamente sim. Comecei a achar que, de fato, ela devia estar sentindo falta disso. Talvez estivesse testando minhas reações, querendo alguma coisa de mim que eu não conseguira lhe dar até então.

O pensamento me deu esperanças e eliminou o pior de minha ressaca. Minha empregada chegou e se tranquilizou ao me ver recuperado. Disse que tinha passado a noite toda preocupada comigo. As consultas da manhã no consultório tiveram início e me dediquei com um cuidado a mais às queixas dos meus pacientes, querendo compensar meu lapso vergonhoso no dia anterior. Liguei para David Graham e lhe disse que a minha indisposição tinha passado. Aliviado, ele me passou uma relação de casos e passei o resto da manhã, diligentemente, fazendo ligações.

Depois fui para Hundreds. Entrei novamente pela porta do jardim e fui direto para a pequena sala. A casa parecia tão exatamente igual desde a minha última visita, e das vezes anteriores a essa, que me senti mais confiante a cada passo. Quando encontrei Caroline à escrivaninha, examinando uma pilha de papéis, esperei que se levantasse e me recebesse com um sorriso tímido. Cheguei até mesmo a dar alguns passos na sua direção, começando a levantar meus braços. Então vi a sua expressão e o desalento no seu rosto era flagrante. Ela pôs a tampa na caneta e se levantou devagar.

Meus braços caíram.

— Caroline — eu disse —, tudo isso é tão absurdo. Passei uma noite terrível. Fiquei extremamente preocupado com você.

Ela franziu o cenho, como se perturbada e triste.

— Não deve se preocupar comigo agora. Não deve vir mais aqui.

— Não vir aqui? Ficou louca? Como posso não vir sabendo que está aqui, nesse estado...

— Mas não estou nesse "estado".

— Faz somente um mês que sua mãe morreu! Está sofrendo. Está em choque. As coisas que tem dito que está fazendo, as decisões que está tomando em relação a Hundreds, a Rod... vai se arrepender delas. Já vi esse tipo de coisa. Minha querida...

— Por favor, não me chame de sua querida — interrompeu ela.

Seu tom foi metade de súplica, metade de reprovação, como se eu tivesse dito um palavrão. Eu tinha dado mais alguns passos na sua direção, mas me detive de novo. E depois de um silêncio, mudei meu tom, tornei-o mais urgente.

— Caroline, preste atenção. Compreendo que tenha dúvidas. Você e eu não somos jovens leviamos. O casamento é um passo importante para nós. Eu mesmo fiquei em pânico na semana passada, exatamente como você está agora. David Graham teve de me acalmar com uísque! Acho que se você conseguisse se acalmar também...

Ela sacudiu a cabeça.

— Sinto-me mais calma agora do que me senti em meses. Desde o momento em que concordei em casar com você, eu sabia que não era certo, e ontem à noite foi a primeira vez que me senti bem. Lamento não ter sido mais franca com você... e comigo mesma, desde o começo.

Seu tom agora não foi desaprovador, porém simplesmente frio, remoto, contido. Ela estava usando uma de suas roupas grosseiras, um cardigã surrado, uma saia remendada, o cabelo para trás preso com uma fita preta, mas, estranhamente, parecia bonita e equilibrada, com um ar resoluto como não via nela há semanas. Toda a minha animadora confiança da manhã começou a se desfazer. Pude sentir, por vir, o medo e a humilhação da noite. Pela primeira vez, olhei apropriadamente em volta, e a sala me pareceu sutilmente diferente, mais arrumada e anônima, com uma pilha de cinzas na lareira, como se ela tivesse ficado queimando papéis. Vi a vidraça rachada e me lembrei, com vergonha, de algumas coisas que tinha lhe dito no dia anterior. Então, notei que em uma das mesinhas ela tinha empilhado as caixas que eu lhe dera: a caixa com o vestido, a caixa com o arranjo de flores, o estojo da aliança.

Ao me ver olhando para elas, foi pegá-las.

— Deve ficar com elas — disse ela calmamente.

— Não seja ridícula — repliquei.— O que, diabos, eu faria com elas?

— Deve devolvê-las à loja.

— Que belo idiota eu não ia parecer! Não, quero que fique com elas, Caroline. Vai usar tudo no dia do nosso casamento.

Ela não respondeu, mas as estendeu para mim até ficar claro que eu simplesmente não as aceitaria de volta. Largou as duas caixas de papelão, mas manteve o estojo com a joia na mão.

Falou com determinação:

— Tem de aceitar isto. Se não aceitá-lo agora, eu o mandarei pelo correio para a sua casa. Achei a aliança na varanda. É bonita. Espero... espero que a dê a alguém, um dia.

Emiti um som de asco.

— Foi feita para caber em você. Não entende? Não *haverá* ninguém mais.

Ela estendeu o estojo.

— Por favor, pegue-o.

Relutantemente, aceitei-o. Mas quando o coloquei no bolso, falei, tentando desafiá-la:

— Eu o aceito de volta, por enquanto. Temporariamente. Vou guardá-lo até poder pô-lo no seu dedo. Não se esqueça disso.

Ela pareceu incomodada, mas continuou a falar calmamente.

— Por favor, não. Sei que é difícil, mas por favor não torne tudo ainda mais difícil. Não pense que estou doente ou com medo ou sendo tola. Não pense que estou fazendo... sei lá, uma dessas cenas que as mulheres supostamente fazem às vezes... criando um drama, fazendo com que seus homens comecem uma briga... — Fez uma careta. — Espero que me conheça o bastante para saber que eu nunca faria nada desse tipo.

Não respondi, comecei a entrar em pânico de novo. A me sentir em pânico e frustrado diante da simples ideia de querê-la e não tê-la. Ela tinha se aproximado para me devolver a aliança. Tudo o que nos separava era mais ou menos uma jarda de ar claro e fresco. Minha pele parecia ser puxada para ela. A atração era tão franca e urgente que eu não conseguia acreditar que não despertasse uma reação semelhante nela. Mas quando estendi a mão para tocá-la, ela recuou. E repetiu, desculpando-se:

— Por favor, não.

Insisti e ela recuou mais rapidamente. Lembrei-me de como ela tinha se afastado de mim quase com medo, na minha visita passada. Mas dessa vez, não pareceu com medo, e quando falou, até mesmo o quê de desculpas desaparecera de sua voz. Pareceu como me lembrava dela nos primeiros dias em que a conheci e a achara, às vezes, dura.

— Se gosta pelo menos um pouquinho de mim — disse ela — nunca mais vai tentar fazer isso de novo. Penso em você com muito afeto, e lamentaria se isso mudasse.

Voltei para Lidcote em um estado quase tão miserável quanto no dia anterior. Mas dessa vez, lutei para me conter durante toda a tarde, e foi somente quando minhas consultas do fim do dia terminaram e a noite assomou-se à minha frente que minha coragem começou a faltar. Recomecei a andar de lá para cá, sem conseguir me sentar, sem conseguir trabalhar, perplexo e atormentado pelo pensamento de que, em um único momento — ao proferir um punhado de palavras —, eu tinha perdido minha pretensão sobre Caroline, sobre a Hall e sobre o nosso brilhante futuro. Não fazia sentido para mim. Simplesmente não podia deixar que isso acontecesse. Coloquei o chapéu, entrei no carro e voltei para Hundreds. Queria segurar Caroline e sacudi-la até ela recobrar a razão.

Mas então tive o que me pareceu uma ideia melhor. No cruzamento para Hundreds, virei para o norte, para a estrada de Leamington, em direção à casa de Harold Hepton, o advogado dos Ayres.

Tinha perdido a noção da hora. Quando a criada dos Hepton me introduziu, ouvi vozes e ruído de talheres: vi pelo relógio do vestíbulo que passava das 20h30 e percebi, consternado, que a família estava reunida na sala de jantar. Hepton em pessoa veio me receber com um guardanapo na mão, com o molho da carne escorrendo da boca.

— Desculpe. Estou incomodando. Voltarei outra hora.

Mas ele pôs o guardanapo de lado com bom humor.

— Bobagem! Estamos acabando, e ficarei feliz com uma pausa antes do meu pudim. Faz-me bem ver a cara de um homem. Estou cercado de mulheres nesta casa... Venha por aqui, é mais tranquilo.

Levou-me para o seu gabinete que dava para o jardim escuro nos fundos da casa. Era uma casa bonita. Ele e sua mulher tinham dinheiro e sabiam preservá-lo. Os dois eram pessoas influentes no grupo local de caça à raposa, e as paredes estavam cheias de diversas peças de *memorabilia* de caça, peles, troféus e fotografias de encontros.

Ele fechou a porta e me ofereceu um cigarro, pegando outro para si mesmo. Sentou-se na beira da sua mesa, enquanto eu me sentava, tenso, em uma das poltronas.

— Não vou fazer rodeios — falei. — Acho que sabe por que estou aqui.

Ele estava ocupado, acendendo seu cigarro, e fez um gesto de reserva.

— Trata-se de Caroline, e de Hundreds — eu disse.

Ele fechou o isqueiro.

— É claro que sabe que não posso discutir assuntos financeiros da família.

— Você se dá conta — eu disse — de que em breve eu seria membro da família?

— Sim, tinham me falado disso.

— Caroline cancelou o casamento.

— Sinto muito.

— Mas sabia disso também. Soube antes de mim. E sabe o que ela está planejando fazer, acho, com a casa e a propriedade. Ela disse que Roderick fez uma procuração. É isso mesmo?

Ele sacudiu a cabeça.

— Não posso discutir isso, Faraday.

— Não pode deixar que faça isso! — falei. — Roderick está doente, mas não a ponto de ter sua propriedade roubada na sua cara, dessa maneira! Não é ético.

— Naturalmente, eu não teria prosseguido sem um relatório médico.

— Pelo amor de Deus — gritei —, eu sou o seu médico! A propósito, sou o médico de Caroline!

— Fale baixo, homem, está bem? — disse ele resolutamente. — Você mesmo, como deve se lembrar, assinou um documento pondo Rodcrick aos cuidados do Dr. Warren. Fiz questão de vê-lo. Warren está convencido de que o pobre rapaz não está em condições de administrar seus próprios negócios, nem estará provavelmente por algum tempo. Estou apenas lhe dizendo o que o próprio Warren lhe diria, se estivesse aqui.

— Então talvez eu deva falar com Warren.

— Fale com ele, é claro. Mas não recebo instruções dele. Recebo-as de Caroline.

Sua estupidez me exasperou.

— Você deve ter uma opinião a respeito — eu disse. — Quer dizer, uma opinião pessoal. Deve perceber a insensatez indiscutível disso.

Examinou a ponta de seu cigarro.

— Não tenho tanta certeza se percebo. É uma pena para o distrito, certamente, perder mais uma de suas antigas famílias. Mas essa casa está ruindo. A propriedade toda precisa de uma administração adequada. Como ela pode esperar conservá-la? E o que o lugar tem para ela, agora, se não recordações infelizes? Sem seus pais, sem seu irmão, sem marido...

— *Eu* ia ser seu marido.

— Não posso comentar sobre isso... Lamento. Não vejo o que possa fazer por você.

— Pode impedir que isso prossiga, até Caroline recobrar o juízo! Falou da doença do seu irmão, mas não está óbvio? Caroline está longe de estar bem.

— Acha mesmo? Pareceu-me muito bem, na verdade, quando a vi.

— Não estou falando de uma doença física. Estou pensando nos seus nervos, em seu estado mental. Estou pensando em tudo o que ela passou nos últimos meses. A tensão está afetando o seu julgamento.

Ele pareceu constrangido, mas também achando um pouco de graça.

— Meu caro Faraday, se toda vez que um homem for rejeitado tentar declarar que a garota está desequilibrada...

Abriu as mãos e não concluiu a frase. Em sua expressão, vi como estava bancando o bobo, e só por um segundo senti a realidade da minha situação, e a sua absoluta impotência. Mas a consciência disso foi muito dura. Retraí-me. Pensei com amargura que estava perdendo tempo com ele, que ele nunca tinha gostado de mim, que eu não fazia parte do seu "círculo". Levantei-me, encontrei um cinzeiro — uma coisa de estanho, com um motivo de caça à raposa — e apaguei o meu cigarro.

— Vou deixar que volte para perto da sua família. Desculpe tê-lo incomodado.

Ele também se levantou.

— Em absoluto. Gostaria de poder acalmar sua mente.

Mas agora, nós dois falamos gentilmente. Segui-o até o vestíbulo, apertei sua mão e lhe agradeci. À porta aberta, ele olhou para o céu noturno luminoso e dissemos alguma piada sobre a extensão dos dias. Quando ia para o meu carro, relanceei os olhos pela janela da sala de jantar e o vi retornar à mesa: estava explicando a minha visita à sua mulher e filhas — sacudindo a cabeça. Tendo se livrado de mim, podia voltar ao seu jantar.

Tive uma segunda péssima noite, seguida de mais um dia mal-humorado, a semana se arrastou miseravelmente, até eu começar a sentir que seria sufocado por minha própria mágoa. Não tinha confiado em ninguém até então, pelo contrário, tinha mantido uma aparência de jovialidade, pois agora, a maioria dos meus pacientes tinha ouvido falar do casamento em breve e queria me congratular e conversar sobre todos os detalhes. Ao entardecer de sábado, não aguentei mais. Fui ver David e Anne Graham e confessar a história toda, sentado no sofá em seu pequeno lar feliz, com a cabeça nas mãos.

Foram muito bondosos comigo. Graham disse logo:

— Mas isso é loucura! Caroline não pode estar em seu juízo perfeito. Ah, isso é nervoso pré-casamento, nada mais. Com Anne foi a mesma coisa. Perdi a conta de quantas vezes ela me devolveu a aliança. Nós a chamávamos de "bumerangue". Lembra-se, querida?

Anne sorriu, mas pareceu apreensiva. Ao lhes contar o que tinha acontecido, eu repetira algumas das palavras de Caroline, que tinham claramente impressionado mais a ela do que a seu marido.

— Tenho certeza de que está certo — disse ela, devagar. — Caroline nunca me deu a impressão de ser do tipo nervoso, é claro. Mas as coisas têm sido tão terríveis para ela, nos últimos tempos, e agora está lá, sem a mãe... Gostaria de ter-me esforçado para ficar sua amiga. De certa maneira, ela simplesmente não parece querer amigos. Mas gostaria de ter tentado mais.

— E é tarde demais? — perguntou Graham. — Por que não ir até lá, amanhã, e ter uma palavrinha com ela, em nome de Faraday?

Ela olhou para mim.

— Gostaria que eu fizesse isso?

Achei que falou sem entusiasmo. Mas eu estava desesperado.

— Oh, Anne — respondi —, eu ficaria tão agradecido. Você realmente faria isso? Não sei mais o que fazer.

Ela pôs a mão na minha e disse que ficaria feliz em ajudar.

— Pronto, Faraday — disse Graham. — Minha mulher é capaz de lisonjear Stálin. Isso vai acertar as coisas, espere e veja.

Ele falou de maneira tão confortadora, que quase me senti um tolo por ter armado tanta confusão, e pela primeira vez desde que isso havia começado, dormi bem, e acordei na manhã de domingo me sentindo um pouquinho menos oprimido. Levei Anne de carro a Hundreds, mais tarde nesse dia. Não entrei na casa, mas observei, nervoso, do carro, quando ela subiu os degraus da frente e tocou a campainha. A porta foi aberta por Betty, que a deixou entrar sem dizer uma palavra. Depois que fechou a porta, esperei que retornasse quase que imediatamente, mas ela ficou lá por vinte minutos — tempo suficiente para eu passar por todos os estágios de ansiedade e começar a me sentir otimista.

Mas quando ela voltou — conduzida por uma Caroline séria, que relanceou os olhos, com indiferença, para o carro, antes de retornar ao rosado melancólico do hall e fechar a porta — meu coração se deprimiu.

Ela entrou no carro sem falar nada. Depois sacudiu a cabeça.

— Lamento muito. Caroline parece ter tomado uma decisão. Claramente se sente horrível em relação a isso. Ela acha, e se envergonha disso, que o iludiu por tempo demais. Mas está decidida.

— Tem certeza? — perguntei, e relanceei os olhos para a porta da frente fechada. — Não acha que ela ficou ressentida por você ter vindo e consequentemente reagiu rudemente?

— Não acho. Foi muito gentil, ficou feliz em me ver, na verdade. Ela está preocupada com você.

— Está?

— Sim. Ficou feliz em saber que se abriu comigo e com David.

Falou isso como se fosse um certo conforto para mim. Mas achar que Caroline tinha ficado *feliz* por eu estar começando a divulgar a notícia de que o nosso compromisso estava desfeito — que estava *feliz* por, desse modo, ter passado a responsabilidade para outros amigos — me deixou morto de medo.

O medo deve ter transparecido na minha cara.

— Gostaria que tivesse sido diferente — disse Anne. — Sinceramente. Eu disse tudo o que podia a seu favor. Caroline, na verdade, falou de você com muito afeto. Ela claramente gosta de você, muito. Mas também falou do que, bem, do que lhe faltava sentir por você. Uma mulher nunca se engana a respeito desse tipo de coisa... E então, todo o resto: deixar a casa, colocar Hundreds à venda. Ela tem seriamente essa intenção. Começou a empacotar tudo. Sabia disso?

— O quê? — eu disse.

— A impressão é que tem estado ocupada há dias. Um *marchand* já esteve na casa, ela contou, para fazer uma oferta pelo que tem lá dentro. Todas aquelas coisas lindas! É uma pena.

Permaneci atento, em silêncio, por um segundo.

— Não aguento isso — eu disse. Abri minha porta do carro e saí.

Acho que Anne me chamou. Não olhei para trás. Atravessei furioso o caminho de cascalhos e subi correndo os degraus da frente. Empurrei a porta, me deparando com Caroline logo atrás dela, e Betty do seu lado. Estavam colocando uma caixa grande no piso de mármore. Outras caixas e engradados estavam espalhados no poço da escada. O hall em si parecia desguarnecido, suas paredes vazias e marcadas, os ornamentos desaparecidos, as mesas e armários ao redor, em ângulos estranhos, como convidados constrangidos em uma festa fracassada.

Caroline estava usando suas velhas calças largas, seu cabelo estava preso em um turbante. Suas mangas estavam arregaçadas e suas mãos estavam imundas. E de novo, mesmo com toda a raiva que eu sentia, senti a tensão desesperada, diabólica, de meu sangue, meus nervos, de tudo em mim, em relação a ela.

Mas a sua expressão foi fria.

— Não tenho nada a lhe dizer — falou. — Disse tudo a Anne.

— Não vou abrir mão de você, Caroline — repliquei.

Quase girou os olhos.

— Mas tem de abrir! É tudo o que tem de fazer.

— Caroline, por favor.

Ela não respondeu. Olhei para Betty, ali do lado, constrangida.

— Betty — falei —, nos deixe a sós, por favor, por alguns minutos?

Mas quando Betty fez menção de sair, Caroline lhe disse:

— Não, não precisa sair. O Dr. Faraday e eu não temos nada a dizer um ao outro que você não possa escutar. Continue a guardar as coisas nesse caixote.

A garota pareceu hesitar por um momento, depois baixou a cabeça e se virou de costas para nós. Fiquei em silêncio, frustrado, depois falei mais baixo:

— Caroline, estou lhe pedindo. Pense bem. Não me importa que não sinta... o bastante por mim. Sente alguma coisa, sei que sim. Não finja que não há nada. Aquela vez, no baile... ou quando ficamos lá fora, na varanda...

— Cometi um erro — replicou ela, impaciente.
— Não houve erro nenhum.
— Houve. Foi tudo um erro, do começo ao fim. Eu cometi um erro, e lamento.
— Não posso deixar que se vá.
— Deus! Quer me fazer odiá-lo? Por favor, pare de vir aqui assim. Acabou. Tudo.

Agarrei seu pulso, furioso de novo.
— Como pode falar dessa maneira? Como pode fazer o que está fazendo? Cristo! Olhe só para você! Destruindo esta casa. Abandonando Hundreds! Como *pode*? Como... *ousa*? Não foi você mesma que me disse que morar aqui era uma espécie de barganha? Teve de manter o seu lado nisso? É o que está fazendo agora? — Retorceu o seu pulso e o soltou da minha mão.
— A barganha estava me matando! — replicou ela. — Você sabe que estava. Gostaria de ter partido há um ano, e levado meu irmão e minha mãe comigo.

Começou a se afastar de mim, querendo prosseguir seu trabalho. Vendo-a se afastar, eu disse sem alterar a voz:
— Tem certeza disso? — De novo fiquei impressionado com seu ar seguro. Quando se virou de novo para mim, o cenho franzido, eu disse: — Há um ano, o que você tinha? Uma casa que você dizia que absorvia todo o seu tempo. Uma mãe que se tornava idosa, um irmão doente. Qual era o seu futuro? E ainda assim, olhe para você agora. Está livre, Caroline. Vai ter dinheiro, suponho, depois que Hundreds for vendida. Parece-me, sabe?, que se deu realmente bem.

Ela me olhou assustada por um segundo, e então o sangue subiu ao seu rosto. Percebi a coisa terrível que tinha sugerido, e então fiquei desconcertado.
— Caroline, perdoe-me.
— Saia.
— Por favor...
— Saia. Saia da minha casa.

Não olhei para Betty, mas de alguma maneira vi sua expressão, embaraçada, surpresa e com um quê de piedade. Virei-me e procurei a porta. Desci, sem ver, os degraus da frente e atravessei a alameda de cascalhos até chegar ao carro. Anne viu minha cara e disse delicadamente:
— Não adiantou? Lamento muito.

* * *

Retornei a Lidcote em silêncio, finalmente derrotado — derrotado não tanto por saber que tinha perdido Caroline, quanto pelo pensamento de que tinha tido a oportunidade de reconquistá-la e a jogado fora. Quando me lembrei do que lhe dissera, do que tinha insinuado, senti muita vergonha. Mas sabia, lá no fundo, que a vergonha passaria e que a minha desgraça cresceria e eu voltaria a Hundreds para dizer coisa pior. Portanto, para estragar tudo definitivamente, deixei Anne em casa e fui direto para a casa dos Desmond, para lhes contar que eu e Caroline tínhamos rompido e o casamento fora cancelado.

Foi a primeira vez que disse as palavras, e saíram mais facilmente do que eu teria esperado. Bill e Helen se mostraram preocupados, solidários. Serviram-me um copo de vinho e um cigarro. Perguntaram-me quem mais sabia da notícia. Respondi que eram, praticamente, os primeiros, mas que até onde me dizia respeito, podiam passá-la adiante a quem quisessem. Quanto mais cedo todos soubessem, falei, melhor.

— Não há realmente nenhuma esperança? — perguntou-me Helen, quando me acompanhava à porta.

— Nenhuma, acho — respondi, sorrindo com tristeza, conseguindo transmitir que estava resignado com a separação, até mesmo dando a entender que Caroline e eu tínhamos chegado à decisão juntos.

Lidcote tem três *pubs*. Deixei os Desmond justamente na hora em que abriam e parei para um drinque em cada um deles. No fim, comprei uma garrafa de gim — a única bebida que tinham — para levar para casa. E mais uma vez, fiquei no meu dispensário bebendo-a sordidamente. Dessa vez, entretanto, por mais que eu bebesse, continuei obstinadamente sóbrio, e quando evoquei a imagem de Caroline, fiz isso com uma total lucidez. Foi como se meus desvarios dos últimos dias tivessem exaurido a minha capacidade para um sentimento violento. Saí do dispensário e subi a escada, e minha casa, que recentemente tinha começado a me parecer frágil como um cenário de teatro, a cada degrau que eu pisava, pareceu endurecer, se reafirmar em todas as suas cores e linhas medonhas. Mas nem mesmo isso me deprimiu, de certa maneira. Quase em um esforço para atiçar alguma desgraça, segui para o meu quarto no sótão e peguei tudo o que pude encontrar que tivesse vindo de Hundreds ou que me ligasse à casa. Havia a medalha do Empire Day, é claro, e a fotografia em sépia que a Sra. Ayres tinha me dado na minha primeira visita, que podia ou não ter o retrato da minha mãe. Mas também havia o apito de marfim que eu tinha tirado do tubo acústico na cozinha, em março: eu o tinha posto no bolso do meu colete naquele dia e, inadvertidamente, o levara para casa. Eu o tinha guardado em uma gaveta com minhas abotoaduras, mas então o peguei e o coloquei na minha mesinha de cabeceira do lado da fotografia e da medalha. Acrescentei as chaves do parque e da própria casa, e do lado, coloquei o estojo de chagrém com a aliança de Caroline.

Uma medalha, uma fotografia, um apito, um par de chaves, uma aliança de casamento sem uso. Formavam o espólio do meu tempo em Hundreds: uma estranha pequena coleção, me pareceu. Uma semana antes, contariam uma história em que eu era o herói. Agora eram fragmentos infelizes. Procurei um significado neles, e não encontrei. As chaves voltaram para o meu chaveiro, ainda não conseguia abrir mão delas. Mas as outras coisas, eu as escondi, como se me envergonhassem. Fui cedo para a cama e na manhã seguinte retomei minha triste antiga tarefa de atender os chamados de pacientes — visitas que antes de Hundreds me absorviam tanto. Nessa tarde eu soube que a Hall e suas terras tinham sido postas à venda por um corretor local. Makins, o leiteiro, tinha podido fazer a opção de abandonar a fazenda ou comprá-la para si mesmo, e escolhera partir, pois não tinha dinheiro para tocar o negócio sozinho. A venda repentina o deixou em uma situação difícil, e disseram que ele ficou muito ressentido. Mais notícias foram filtradas ao longo da semana. Vans eram vistas indo e vindo da Hall, esvaziando-a aos poucos. A maior parte das pessoas, naturalmente, pressupôs que isso fosse um plano de Caroline e meu, e durante alguns dias expliquei repetidamente que o casamento tinha sido cancelado e que Caroline estava partindo sozinha. Então, as notícias devem ter se espalhado, pois as perguntas cessaram abruptamente e o constrangimento subsequente foi quase tão difícil de suportar quanto qualquer outra coisa. Voltei a me dedicar ao meu trabalho no hospital. Nessa época, havia muito o que fazer. Não fiz mais visitas a Hundreds, já tinha deixado de usar o atalho pelo parque. Não vi mais Caroline, embora pensasse nela, sonhasse com ela, com uma frequência desanimadora. Por fim, soube por Helen Desmond que ela estava para partir do condado, sem nenhum estardalhaço, no último dia de maio.

* * *

Depois disso, houve somente um desejo no meu coração: que esse mês passasse o mais rápido e do modo mais indolor possível. Eu tinha um calendário na parede da sala do meu consultório, e quando a data do casamento tinha sido acertada eu o tirei da parede e fiz desenhos a tinta em volta do quadrado que contornava o dia 27. Agora, o orgulho ou a teimosia me impediam de jogá-lo fora. Queria ver este dia passar: quatro dias depois dessa data, Caroline desapareceria da minha vida, e tinha o pressentimento de que quando virasse a página para junho, eu seria um novo homem. Nesse meio-tempo, via o quadrado da tinta se aproximar com um misto desconfortável de saudade e apreensão. Na última semana do mês, fui ficando cada vez mais aflito, sem conseguir me concentrar no trabalho, voltando a dormir mal.

Consequentemente, o dia transcorreu monotonamente. À uma hora — hora fixada para o nosso casamento — eu estava sentado à cabeceira de um paciente idoso, concentrado no caso diante de mim. Quando saí da casa do paciente e ouvi bater uma hora, quase não me toquei — pensando vagamente se outro casal tinha nos substituído no cartório, só isso. Vi mais alguns casos, o consultório no fim do dia foi tranquilo, e passei o resto da noite em casa. Às 22h30, estava cansado e pensando em ir para a cama. De fato já tinha tirado os sapatos e ia subir de chinelos quando tocaram a campainha e bateram furiosamente na porta do meu consultório. Ao abri-la, deparei com um garoto de uns 17 anos, de tal modo esbaforido que mal conseguia falar. Ele tinha corrido 9 quilômetros para me buscar para o marido da sua irmã, que estava passando muito mal, com dores na barriga. Peguei minhas coisas e fomos juntos para a casa da sua irmã: era o pior lugar que se podia imaginar — um barraco abandonado, com buracos no telhado e frestas nas janelas, sem luz e sem água. A família era de intrusos, gente de Oxfordshire que tinha ido para o norte em busca de trabalho. O marido tinha estado doente intermitentemente, me disseram, com vômito, febre e dor de estômago. Tinham-no tratado com castóreo, mas nas últimas horas ele tinha piorado tanto que se assustaram. Sem terem médico, não sabiam quem chamar. Acabaram vindo a mim por terem visto o meu nome no jornal local.

O pobre homem estava deitado na sala iluminada a vela, em uma espécie de cama baixa sobre rodas, todo vestido e coberto com um velho sobretudo do exército. A sua temperatura estava alta, o seu abdome dilatado e tão dolorido que, quando comecei a examiná-lo, ele gritou, xingou, levantou os joelhos e, sem força, tentou me chutar. Foi o caso mais óbvio de apendicite aguda que eu já tinha visto e eu sabia que deveria levá-lo com urgência ao hospital, ou correria o risco de o apêndice romper. A família ficou horrorizada com a possibilidade da despesa que uma cirurgia envolveria.

— Não pode fazer nada por ele aqui? — a mulher ficava me perguntando, puxando minha manga. Ela e sua mãe conheciam uma garota que tinha tido o estômago lavado depois de engolir um frasco de comprimidos. Queriam que eu fizesse a mesma coisa com ele. O próprio homem tinha se aferrado a essa ideia: se eu pudesse "remover o veneno de dentro dele", ficaria bem, era tudo o que queria, e tudo o que suportaria. Não tinha deixado que me buscassem, disse ele, para que eu o mandasse ser cortado e atormentado por um bando de médicos f...dos.

Então foi acometido por um acesso terrível de vômito e não conseguiu mais falar. A família ficou mais assustada do que nunca. Acabei conseguindo convencê-los da gravidade do seu estado e a questão passou a ser como transportá-lo o mais rápido possível para o hospital. Teoricamente ele deveria ir de ambulância. Mas o barraco ficava isolado e o telefone mais próximo em um correio a 3 quilômetros. Não vi outra solução a não ser transportá-lo eu mesmo, de modo que seu cunhado e eu o levamos para fora na cama baixa, depois o colocamos com cuidado no banco de trás do carro. A mulher se espremeu do seu lado, o garoto se sentou na frente, e os filhos foram deixados aos cuidados da mulher idosa. Foi uma viagem horrível, 11 ou 13 quilômetros, a maior parte por veredas e estradas secundárias, o homem gemendo e gritando a cada sacolejo do carro, volta e meia vomitando numa tigela. A mulher chorava tanto que se tornou inútil, e o garoto estava apavorado. A única coisa a nosso favor era a lua, que estava cheia e brilhante como uma lâmpada. Quando tomamos a estrada para Leamington, pude acelerar. À meia-noite e meia estacionamos às portas do hospital, e vinte minutos depois, o homem foi levado para a sala de cirurgia — estava tão abatido que receei que não sobrevivesse. Sentei-me com a mulher e o garoto, sem querer deixá-los até saber o resultado do caso. Finalmente, o cirurgião, Andrews, veio nos dizer que tudo tinha corrido bem. O apêndice tinha sido removido antes de perfurar, portanto não havia risco de peritonite. O homem estava enfraquecido, mas se recuperando bem.

Andrews tinha o sotaque de escola pública tão acentuado que pude perceber que a mulher, aturdida de preocupação, mal o compreendeu. Quando lhe expliquei que o seu marido tinha sido salvo, ela quase desmaiou de alívio. Queria vê-lo, mas não havia a menor possibilidade disso. Tampouco permitiriam que ela e o garoto passassem a noite na sala de espera. Ofereci-me para levá-los de volta a Lidcote, mas não quiseram se afastar tanto do hospital — possivelmente estavam pensando no preço das passagens de ônibus que pagariam para voltar no dia seguinte. Disseram que tinham amigos na periferia de Leamington que emprestariam uma carroça e o pônei. O garoto voltaria para casa para dar a notícia à senhora idosa de que estava tudo bem, a mulher passaria a noite na cidade e voltaria para ver seu marido de manhã. Sua ideia fixa no pônei e na carroça me lembrou a insistência na lavagem estomacal e me perguntei se simplesmente não iam dormir em alguma vala até o dia clarear. De novo ofereci uma carona, e dessa vez aceitaram. O lugar a que me levaram era um barraco de intrusos tão miserável quanto o deles, com dois cachorros e cavalos amarrados do lado de fora. Os cachorros se puseram a latir enlouquecidos quando chegamos e a porta do barraco foi aberta por um homem com uma espingarda nas mãos. Ao reconhecê-los, porém, largou a arma e foi recebê-los. Convidaram-me a entrar, tinham "muito chá e cidra", disseram acolhedoramente. Por um segundo, senti-me tentado a aceitar. Acabei agradecendo, mas me despedi. Antes da porta se fechar de novo, entrevi a sala, o seu chão um caos de colchões e corpos dormindo: adultos, crianças, bebês, cachorros, e filhotes de cachorro com os olhinhos estreitados.

Depois da corrida ao hospital, seguido da apreensão da espera e do alívio subsequente, havia algo um tanto alucinatório em relação àquele encontro, e o meu carro, quando dirigi para casa, pareceu, em comparação a antes, muito silencioso e solitário. É algo muito estranho ficar entrando e saindo dos dramas de pacientes — especialmente à noite. A experiência pode fazer nos sentirmos esgotados, mas também despertos e excitados, e agora a minha mente, sem ter onde se segurar, começou a rever os detalhes das últimas horas, como um filme passando ininterruptamente. Lembrei-me do garoto, sem fala, arfando à porta do meu consultório, do homem puxando os joelhos e chutando sem forças, das lágrimas da mulher, do vômito e dos gritos, de Andrews e suas maneiras e voz de cirurgião, do barraco sórdido, dos corpos dos cachorrinhos. Não parava, repetia-se sem fim, impondo-se, sendo exaustivo, até que, para romper esse círculo, baixei a janela do carro e acendi um cigarro. E alguma coisa ao fazer isso no escuro do carro, com a luz suave da lua e os faróis iluminando minhas mãos — alguma coisa me fez perceber que a viagem que eu estava fazendo era a mesma que eu tinha feito em janeiro, depois do baile do hospital. Consultei o relógio: eram 2 da manhã do que deveria ter sido minha noite de núpcias. Eu estaria em um trem agora, com Caroline em meus braços.

A perda e a dor vieram à tona de novo e me dominaram. A sensação era tão ruim como sempre. Não queria ir para o quarto vazio em minha casa apertada e sem vida. Queria Caroline, queria Caroline e não podia tê-la — era tudo o que eu sabia. Estava agora na estrada de Hundreds, e pensar que ela estava tão perto e, ainda assim, tão perdida para mim, me fez estremecer. Tive de jogar fora o cigarro e parar o carro até o pior da sensação passar. Mas continuei sem conseguir enfrentar minha casa. Dirigi bem devagar e logo cheguei ao ponto em que se virava para a vereda que levava ao lago coberto de mato. Virei e segui a trilha, estacionando onde tinha estacionado daquela vez com Caroline — a vez em que quis beijá-la e que ela me rejeitou pela primeira vez.

A lua brilhava tanto que as árvores lançavam sombras e a água parecia branca como leite. A cena toda era como uma fotografia, estranhamente ampliada e ligeiramente irreal: contemplei-a, e ela pareceu me absorver. Comecei a me sentir fora do tempo e do lugar, um completo estranho. Acho que fumei outro cigarro. Sei que fui ficando com frio e procurei, no banco de trás, o velho cobertor vermelho que eu guardava no carro — o cobertor que eu tinha colocado em volta de Caroline — e me envolvi com ele. Não me senti nem um pouco cansado, no sentido comum. Acho que pensei em ficar ali, desperto, pelo resto da noite. Mas me virei, puxei as pernas, baixei o rosto no encosto do banco e caí em uma espécie de sono inquieto no mesmo instante. E no sono, eu parecia sair do carro e prosseguir para Hundreds: vi a mim mesmo fazendo isso, com toda a clareza febril, extraordinária, com que me lembrei da corrida para o hospital um pouco antes. Eu me vi atravessar a paisagem prateada e passar feito fumaça pelo portão de Hundreds. Vi a mim mesmo começar a percorrer a alameda de Hundreds.

Mas aí fui entrando em pânico e ficando confuso — pois a alameda tinha mudado, estava estranha, emaranhada de mato e de uma extensão absurda, e no seu final, nada além da escuridão.

* * *

 Acordei com o dia claro, enrijecido e com câimbras. Eram seis horas. As janelas do carro estavam embaçadas e minha cabeça estava exposta: o meu chapéu tinha caído entre o meu ombro e o banco e sido amassado de um jeito irrecuperável, e o cobertor estava embolado ao redor da minha cintura, como se eu tivesse lutado com ele. Abri a porta para o ar fresco e saí desajeitadamente do carro. Ouvi um som aos meus pés — pensei em ratos, mas eram porcos-espinhos, dois deles, que tinham farejado os pneus do carro e agora desapareciam na grama alta. Deixaram um rasto escuro atrás: a relva estava clara com o orvalho, havia uma tênue cerração sobre o lago — a água, agora, era cinza, em vez de branca, o lugar tinha perdido a atmosfera de irrealidade das primeiras horas do dia. Senti-me como lembrava me sentir depois de uma ataque aéreo à cidade: saindo do abrigo com a vista ofuscada, vendo casas marcadas, mas ainda de pé, quando no meio do bombardeio parecia que o mundo estava sendo feito em pedaços.

 Mas me sentia não entorpecido, e sim, como se estivesse simplesmente exausto. A paixão me abandonara. Queria um café e me barbear, e precisava urgentemente ir ao banheiro. Fui para o lado e cuidei disso. Depois penteei o cabelo e fiz o possível para ajeitar minhas roupas amassadas. Experimentei ligar o carro. Estava molhado e frio, e não pegaria logo, mas depois que abri o capô e enxuguei as velas, consegui fazê-lo pegar — o motor ressoou forte no silêncio do campo, afugentando os pássaros das árvores. Percorri a vereda de volta, e logo cheguei à estrada de Hundreds, depois virei na direção de Lidcote. Não encontrei ninguém no caminho, mas a cidadezinha despertava para a vida, as famílias de trabalhadores já se agitando, a padaria com a fumaça saindo da chaminé. O sol estava baixo e as sombras eram compridas e todos os pequenos detalhes da igreja pavimentada de pedras, as casas de tijolos vermelhos, as lojas, as calçadas vazias e a rua sem carros — tudo pareceu novo, limpo e belo.

 Minha casa ficava no alto da High Street e, quando me aproximei, vi, na frente do consultório, um homem: estava tocando a campainha, depois pondo as mãos em concha ao redor dos olhos para olhar pela vidraça coberta de gelo, do lado da porta. Estava de chapéu e casaco com a gola levantada e não pude ver seu rosto. Presumi que fosse um paciente e desanimei. Ao ouvir o meu carro, virou-se — e então, reconheci David Graham. Havia algo na sua postura que me fez adivinhar que trazia más notícias. Quando me aproximei e vi sua expressão, percebi que era coisa muito grave. Estacionei, saí do carro e ele veio, cansado, ao meu encontro.

— Estava atrás de você. Ah, Faraday... — disse ele e passou a mão na boca. A manhã estava tão silenciosa que deu para ouvir o som de seu queixo sem barbear na palma da sua mão.

— O que foi? — perguntei. — Anne? — Foi tudo no que pensei.

— Anne? — Pestanejou, seus olhos cansados. — Não. É... Faraday, receio que seja Caroline. Houve um acidente, em Hundreds. Sinto muito.

Tinha recebido uma ligação da Hall por volta das 3 da manhã. Era Betty, em um estado terrível, à minha procura. Eu, é claro, não estava em casa, e a telefonista passou a mensagem para Graham. Ele não recebeu detalhes, só lhe disseram que devia ir a Hundreds o mais rápido possível. Vestiu-se às pressas e foi para lá — e se deparou com seu caminho bloqueado pelos portões trancados. Betty tinha se esquecido do cadeado. Tentou um portão, depois deu a volta de carro e tentou o outro, mas os dois estavam firmemente fechados, e eram altos demais para serem escalados. Estava prestes a voltar para casa e ligar para Betty quando lhe ocorreu a construção das casas e a brecha no muro do parque. As casas agora tinham jardins rudimentares, com cercas de arame nos fundos. Ele conseguiu passar por cima de uma delas e seguir para Hall a pé.

Betty atendeu a porta, um lampião a querosene tremendo na sua mão. Estava, ele disse, "claramente histérica", quase emudecida pelo choque e pelo medo, e assim que ele entrou na casa, entendeu por quê. Atrás dela, à luz do luar, no piso de mármore rosado, estava Caroline. Estava de camisola, a bainha erguida e retorcida. Suas pernas estavam expostas, seu cabelo parecia espalhar-se como um halo ao redor de sua cabeça e, por um segundo, com as sombras tão densas, pensou que ela estivesse simplesmente deitada ali, por ter tido uma convulsão ou desmaiado. Então, pegou o lampião da mão de Betty e se aproximou. Com horror, viu que o que tinha tomado como o cabelo espalhado de Caroline era, na verdade, sangue escurecido. Percebeu que ela devia ter caído de um dos andares. Automaticamente, olhou para cima, como se procurando algum corrimão quebrado. Não viu nada de errado. Acendeu mais dois lampiões e examinou, brevemente, o corpo, mas estava claro que Caroline não podia mais ser socorrida. Teria morrido, pensou ele, no momento em que sua cabeça bateu no mármore. Buscou um cobertor e a cobriu. Depois desceu com Betty e prepararam um pouco de chá.

Esperou um relato do que tinha acontecido. Mas Betty não tinha muito a lhe dizer. Tinha ouvido, no meio da noite, o passo de Caroline no patamar. Ao sair do quarto para ver qual era o problema, viu o corpo de Caroline caindo, depois ouviu o baque horrível quando bateu no mármore embaixo. Isso foi mais ou menos tudo o que ela pôde dizer, pois "não suportava pensar nisso". A visão de Caroline caindo à luz do luar foi a coisa mais horrível que Betty já tinha visto. Quando fechava os olhos, continuava vendo a queda. Achava que "nunca mais ficaria boa".

Graham deu-lhe um sedativo, e então, exatamente como eu tinha feito recentemente, pegou o antiquado telefone de Hundreds e ligou para a polícia e para a funerária. Ligou também para mim, querendo me informar o que tinha acontecido, e de novo, é claro, ninguém atendeu. Pensou nos carros que chegariam dali a pouco e lembrou-se dos portões trancados. Pegou as chaves dos cadeados com Betty e voltou a atravessar o parque até o seu carro. Disse que ficou feliz em sair da casa e que relutou em entrar de novo. Sentiu, irracionalmente, como se o lugar tivesse uma doença, uma espécie de infecção há muito tempo em suas paredes e pisos. Mas esteve presente durante todos os procedimentos que se seguiram: a chegada da polícia, o transporte do corpo de Caroline para a van da funerária. Estava tudo terminado por volta das 5 da manhã. Depois, só havia Betty de quem cuidar. Ela parecia tão abalada e patética que pensou em levá-la para casa com ele, porém, de novo e estranhamente, não se sentiu disposto a prolongar seu contato com a Hall. Mas estava fora de questão deixá-la sozinha em um cenário assustador, de modo que esperou ela juntar suas coisas e, depois, a levou para a casa de seus pais, a 15 quilômetros. Disse que ela tremeu durante todo o caminho. Em seguida, retornou a Lidcote para contar a Anne o que tinha acontecido e, então, veio me procurar.

— Não havia nada que você pudesse ter feito, Faraday. E para ser franco, acho que foi uma bênção o chamado ter sido redirecionado para mim. Não houve sofrimento, juro. Mas os ferimentos de Caroline... bem, foram quase todos na cabeça. Não era algo para você ver. Simplesmente não quis que você soubesse por outra pessoa. Estava com um paciente, certo?

Estávamos agora no andar de cima, em minha sala de estar. Ele tinha me levado para lá e me oferecido um cigarro. Mas o cigarro estava queimando do meu lado, não fumado. Eu estava inclinado à frente, na poltrona, os cotovelos sobre os joelhos e a cabeça nas mãos. Sem levantar a cabeça, falei vagamente:

— Sim. Um apêndice supurado. Pareceu grave por algum tempo. Levei, eu mesmo, o homem a Leamington. Andrews o operou.

Graham repetiu.

— Bem, não havia absolutamente nada que você pudesse ter feito. Queria ter sabido que estava no hospital. Poderia tê-lo alcançado mais cedo lá.

Estava tendo dificuldades de juntar os fatos e levei um certo tempo para compreendê-lo. Mas finalmente percebi que ele supunha que eu tivesse passado a noite em Leamington. Abri a boca para dizer que por uma infeliz coincidência eu tinha, na verdade, dormido em meu carro a apenas 3 quilômetros de Hundreds, quando a queda de Caroline devia ter acontecido. Mas quando tirei as mãos do rosto, lembrei-me do estado singular em que me vira na noite anterior e senti uma vergonha estranha a respeito. Portanto, hesitei, o momento passou e depois ficou tarde demais para falar. Ele percebeu minha confusão e a interpretou, erroneamente, como tristeza. Repetiu como lamentava. Ofereceu-se para me preparar um chá e o café da manhã. Disse que não queria me deixar sozinho. Que queria que eu fosse para a casa dele, para que ele e Anne pudessem cuidar de mim. Mas a cada proposta, eu recusava sacudindo a cabeça.

Quando viu que não conseguiria me convencer, levantou-se bem devagar. Levantei-me também, para acompanhá-lo, e descemos para a saída por meu consultório.

— Você está com o aspecto horrível, Faraday — disse ele. — Realmente queria que viesse comigo. Anne nunca me perdoará por deixá-lo sozinho. Vai ficar bem, realmente?

— Sim, sim, vou ficar bem — respondi.

— Não vai ficar cismado? Sei que o que houve faz pensar em muita coisa, mas — foi ficando constrangido — não vá se torturar com alguma especulação inútil, está bem?

Olhei para ele.

— Especulação?

— Refiro-me a como exatamente Caroline morreu. A autópsia talvez esclareça. Deve ter sofrido algum tipo de convulsão, quem sabe? As pessoas logo supõem o pior, mas, provavelmente, foi um acidente comum, e simplesmente nunca saberemos ao certo o que aconteceu... Pobre Caroline. Depois de tudo o que passou. Ela merecia um destino melhor, não merecia?

Percebi que nem mesmo tinha começado a pensar no que teria causado a sua queda. Se a sua morte tinha uma espécie de inevitabilidade que pudesse ultrapassar a lógica. Então, refletindo, confuso, sobre as palavras de Graham, percebi mais uma coisa.

— Não está sugerindo — eu disse — que ela fez isso deliberadamente, está? Não pode pensar que foi... suicídio?

— Ah, eu não acho nada — replicou ele rapidamente. — Só falei nisso por causa do que aconteceu com a mãe dela, e as pessoas vão ligar os fatos. Mas que importância tem? Esqueça, está bem?

— Não pode ter sido suicídio — repliquei. — Ela deve ter escorregado ou perdido o equilíbrio. A casa, à noite, com o gerador desligado...

Mas pensei no luar, que devia ter-se irradiado pelo domo de vidro. Imaginei o corrimão sólido de Hundreds. Vi Caroline percorrendo os patamares e escadas familiares com seu passo vigoroso e seguro.

Olhei para Graham e ele deve ter percebido a perplexidade revolvendo minhas ideias. Colocou a mão no meu ombro e repetiu com firmeza:

— Não pense nisso. Não agora. É uma coisa horrível, mas acabou. Você não teve nenhuma culpa. Não havia nada que pudesse ser feito. Está me ouvindo?

E talvez haja um limite de sofrimento que o coração humano pode suportar. Como quando se acrescenta sal em uma copo de água e se chega a um ponto em que simplesmente nada mais será absorvido. Meus pensamentos perseguiram a si próprios em círculos desassossegados por um tempo, depois se desgastaram. Passei os dias seguintes quase calmamente, quase como se nada tivesse mudado e, em certo sentido, para mim nada *tinha* mudado. Meus vizinhos e pacientes foram muito gentis, mas até mesmo eles pareciam ter dificuldades para reagir apropriadamente à morte de Caroline. Tinha acontecido muito em cima da morte da sua mãe e se assemelhava demais aos outros mistérios e tragédias recentes em Hundreds. Houve um certo debate discreto sobre como a queda teria acontecido, com a maioria das pessoas, como Graham havia previsto, sustentando o suicídio, muitas — pensando em Roderick, suponho — mencionando a loucura. Esperava-se que a autópsia revelasse algo. Os resultados do exame, entretanto, nada esclareceram, pois revelaram apenas que Caroline estava em perfeita saúde. Não tinha havido nenhum acesso, nenhuma convulsão, nenhum ataque do coração e nenhuma luta. Eu teria ficado tristemente satisfeito se a questão fosse deixada assim. Nenhum debate ou especulação traria Caroline de volta à vida, nada a devolveria a mim. Mas de um ponto de vista oficial, a causa da morte tem de ser determinada. Como tinha sido com o suicídio da Sra. Ayres seis semanas antes, o juiz que investigava o caso convocou um inquérito. E como eu era o médico da família Ayres, para minha consternação fui citado para comparecer perante juízo.

Fui junto com Graham e me sentei do seu lado. Era uma segunda-feira, 14 de junho. O tribunal não estava cheio, mas o tempo estava bom. Estávamos todos vestidos como para um funeral, de preto e cinza, e a sala foi ficando quente. Relanceando os olhos em volta, ao me sentar, distingui os vários espectadores: os jornalistas, amigos da família, Bill Desmond e os Rossiter. Até mesmo Seeley estava lá. Encontrou meus olhos e inclinou a cabeça. Então, localizei o tio e a tia de Caroline que moravam em Sussex, sentados com Harold Hepton. Soube que tinham ido ver Roderick e ficado chocados com seu estado. A notícia da morte da irmã, aparentemente, tinha desencadeado nele uma crise maníaca. Estavam em Hundreds fazendo o que podiam para organizar as finanças da propriedade em nome dele.

A tia, achei, parecia doente. Dava a impressão de querer evitar o meu olhar. Ela e seu marido deviam ter sabido por Hepton o que tinha acontecido em relação ao casamento.

Os procedimentos tiveram início. Os membros do júri fizeram o juramento, o juiz, Cedric Riddell, resumiu o caso, e depois começou a chamar as testemunhas. Não havia muitos de nós. O primeiro a se apresentar foi Graham, para fazer o relato formal de sua presença na Hall na noite em questão e oferecer suas conclusões em relação às circunstâncias da morte de Caroline. Repetiu os resultados da autópsia, que na sua opinião descartavam a possibilidade de uma crise física. Achava mais provável que Caroline tivesse simplesmente caído, por — como ele colocou — "acidente ou desígnio".

O agente de polícia local foi o seguinte. Confirmou que a casa não apresentava sinais de arrombamento, com suas portas e janelas fechadas.

Apresentou fotografias do corpo de Caroline, que foram passadas para o júri, e para uma ou duas outras pessoas. Não as vi e fiquei feliz em não vê-las. Pela reação dos jurados, as imagens deveriam ser repugnantes. Mas ele também tinha fotografias do patamar do segundo andar com seu corrimão sólido. Riddell examinou-as atentamente e pediu detalhes das dimensões dos balaústres — sua largura e altura do chão. Depois perguntou a Graham as medidas de Caroline, e quando Graham rapidamente consultou suas anotações e as forneceu, ele mandou um de seus escreventes improvisar uma imitação do balaústre e chamou a secretária da corte, uma mulher de mais ou menos a mesma altura de Caroline, para se posicionar do lado. O corrimão bateu no seu quadril. Ele perguntou-lhe se cairia facilmente — digamos, depois de tropeçar — por cima de um corrimão dessa altura. Ela respondeu: "Não facilmente, de jeito nenhum."

Ele pediu ao policial para descer e chamou Betty. Ela, é claro, era a principal testemunha.

Foi a primeira vez que a vi desde a minha última visita desastrosa à Hall, quinze dias antes da morte de Caroline. Estava acompanhada do seu pai, e tinha ficado sentada com ele no lado da sala. Ela avançou, uma figura pequena, magra, parecendo mais menina do que nunca no meio do grupo de homens de ternos escuros, o rosto pálido, sua franja sem cor presa do lado com um grampo curvo, como eu me lembrava de tê-la visto na minha primeira ida a Hundreds, havia quase um ano. Somente suas roupas me surpreenderam, acostumado como eu estava a só vê-la de uniforme de copeira. Estava usando uma saia e casaco, e uma blusa branca debaixo. Seus sapatos tinham pequenos saltos e suas meias eram escuras, com costura.

Ela beijou a Bíblia com um movimento nervoso da cabeça, repetiu o juramento e respondeu às perguntas preliminares de Riddell com a voz clara e forte. Eu sabia que suas palavras seriam basicamente uma elaboração do que ela já tinha dito a Graham, e antecipei com apreensão que teria de escutar a história de novo com mais detalhes. Apoiei os cotovelos na mesa à minha frente, e fiquei com a mão sobre os olhos.

Na noite de 27 de maio, ouvi ela dizer, ela e a Srta. Ayres foram cedo para a cama. A casa estava de uma "maneira engraçada", porque praticamente todos os seus tapetes, cortinas e móveis tinham desaparecido. A Srta. Ayres partiria no dia 31, e no mesmo dia, Betty já tinha providenciado tudo para voltar para a casa dos seus pais. Elas estavam passando seus últimos dias checando tudo o que faltava fazer antes de a casa ser entregue aos corretores. Tinham passado esse dia varrendo e limpando os quartos vazios, e estavam muito cansadas. Não, a Srta. Ayres não parecia deprimida, não estava desanimada de jeito nenhum. Tinha trabalhado tanto quanto Betty — talvez até mais. Tinha parecido a Betty que ela estava ansiosa por partir, embora não tivesse falado muito de seus planos. Tinha dito mais de uma vez que queria "deixar a casa arrumada para quem quer que fosse morar nela".

Betty tinha ido para a cama às 10 horas. Tinha ouvido a Srta. Ayres entrar no seu quarto mais ou menos meia hora depois. Tinha ouvido isso claramente, pois o quarto da Srta. Ayres era no mesmo patamar do dela. Sim, era no primeiro andar. Havia mais um andar acima, os dois dando para o hall pela mesma escada, iluminados pelo domo de vidro no telhado.

Mais ou menos às 2h30, foi acordada por um rangido de passos na escada. No começo ficou assustada. Por quê?, perguntou Riddell. Ela não sabia. Possivelmente a casa, sendo grande e isolada, era assustadora à noite? Sim, ela achava que era. O medo, de qualquer maneira, logo passou. Percebeu que os passos eram da Srta. Ayres. Percebeu que ela tinha se levantado, talvez para ir ao banheiro, talvez para esquentar uma bebida na cozinha lá embaixo. Então ouviu mais rangidos e percebeu com surpresa que a Srta. Ayres estava indo não para a cozinha, mas para cima, para o segundo andar. Por que achava que a Srta. Ayres tinha feito isso? Ela não sabia. Havia mais coisa lá em cima além de quartos vazios? Não, nada. Tinha ouvido a Srta. Ayres andar devagar pelo corredor lá de cima, como se tateando o caminho no escuro. Então ouviu-a parar e emitir um som.

A Srta. Ayres tinha emitido um som? Que tipo de som?

Ela tinha gritado.

Bem, gritado o quê?

Ela gritou: "Você!"

Ouvi a palavra e ergui o olhar. Vi Riddell fazer uma pausa. Olhar firme para Betty pelas lentes de seus óculos e dizer:

— Ouviu a Srta. Ayres gritar uma única palavra: "Você!"

Betty balançou a cabeça, com tristeza.

— Sim, senhor.

— Você tem certeza absoluta? Ela não poderia estar simplesmente gritando? Exclamando ou gemendo?

— Ah, não senhor. Ouvi claramente.

— Ouviu? E como exatamente ela gritou?

— Gritou como se tivesse visto alguém que ela conhecesse, senhor, mas como se estivesse com medo dele. Com um medo mortal. E depois disso, a ouvi correr. Ela voltou correndo para a escada. Saí da cama, fui para a porta e a abri rapidamente. E foi quando a vi caindo.

— Viu a queda claramente?

— Sim, senhor, porque a lua estava cheia.

— E a Srta. Ayres fez algum som enquanto caía? Sei que é duro recordar isso. Mas ela lhe pareceu estar lutando? Ou caiu direto, com os braços do lado?

— Ela não fez nenhum som, só a sua respiração estava como que acelerada. E não, não caiu reta. Seus braços e pernas se agitavam. Se agitavam como... como quando se levanta um gato e ele quer ser posto no chão.

Sua voz tinha começado a titubear, e então falhou de vez. Riddell mandou um dos escreventes lhe servir um copo de água. Disse-lhe que ela estava sendo muito valente. Mas ouvi tudo isso, em vez de ver. Estava inclinado à frente com minha mão nos olhos. Pois se a recordação tinha sido demais para Betty, quase tinha sido demais para mim também. Senti Graham tocar no meu ombro.

— Tudo bem? — murmurou ele.

Balancei a cabeça.

— Tem certeza? Você está com a cara horrível.

Com relutância, ele retirou a mão.

Betty, agora, também tinha se recuperado. Riddell estava quase no fim. Ele lamentou ter de mantê-la ali, disse, havia um último ponto intrigante que ele precisava esclarecer. Ela tinha dito um momento atrás que, segundos antes de cair, a Srta. Ayres tinha gritado de medo, como se para alguém que ela conhecesse, e que depois correra. Tinha havido o som de outros passos, ou uma voz... qualquer outro som, ou antes da queda ou depois?

— Não, senhor — respondeu Betty.

— Não havia definitivamente ninguém mais na casa, além de você e da Srta. Ayres?

Betty sacudiu a cabeça.

— Não, senhor. Isto é...

Ela hesitou, e a hesitação fez Riddell observá-la mais atentamente. Como já disse, ele era um homem escrupuloso. Um momento antes, estava pronto para mandá-la descer. Mas então disse:

— O que é? Tem alguma coisa a dizer?

— Não sei, senhor. Não gosto — replicou ela.

— Não gosta? O que quer dizer? Não precisa ficar acanhada ou com medo. Estamos aqui para apurar os fatos. Deve dizer a verdade como a verdade lhe parece. Então, o que é?

Com hesitação, ela replicou:

— Não havia ninguém na casa, senhor. Mas acho que havia outra coisa. Uma coisa que não queria que a Srta. Caroline partisse.

Riddell pareceu perplexo.

— Uma coisa?

— Sim, senhor — replicou ela —, o fantasma.

Ela falou baixo, mas a sala estava em silêncio: as palavras a atravessaram claramente, causando grande impressão no público. Houve murmúrios, uma pessoa até mesmo riu. Riddell olhou a sala com ferocidade, depois perguntou a Betty o que, diabos, ela queria dizer com aquilo. E, para o meu horror, ela começou, seriamente, a lhe contar.

Contou-lhe sobre a casa ter ficado, segundo sua expressão, "nervosa". Disse que "um fantasma vivia nela", que esse fantasma é que havia feito Gyp morder Gillian Baker-Hyde. Disse que depois o fantasma tinha provocado um incêndio e que o incêndio tinha enlouquecido o Sr. Roderick. Depois disso, ela falou que o fantasma tinha "falado com a Sra. Ayres e dito coisas horríveis, o que fez com que se matasse". E agora, o fantasma tinha matado a Srta. Caroline também, atraindo-a ao segundo andar e a empurrando ou a assustando e a fazendo cair. O fantasma "não tinha querido que ela ficasse na casa, e nem queria que ela fosse embora". Era "um fantasma malvado, queria a casa só para si mesmo".

Suponho que, tendo lhe sido negada uma audiência em Hundreds, Betty estava inocentemente determinada a aproveitar o máximo a oportunidade de agora. Quando houve murmúrios de novo, ela aumentou a voz e seu tom se tornou obstinado. Relanceei os olhos em volta e vi várias pessoas sorrindo francamente. A maioria, entretanto, estava olhando fixo para ela, em uma incredulidade fascinada. A tia e o tio de Caroline pareciam ultrajados. Os jornalistas, é claro, anotavam tudo atentamente.

Graham inclinou-se para mim, com o cenho franzido:

— Sabia sobre tudo isso?

Não respondi. A história absurda tinha chegado ao fim e Riddell gritava por ordem.

— Bem — disse ele a Betty, quando a sala silenciou —, contou-nos uma história extraordinária. Sem ser um especialista em caça a fantasmas, e coisas assim, não me sinto qualificado para tecer comentários sobre ela.

Betty ruborizou.

— É verdade, senhor. Não estou mentindo!

— Sim, está bem. Responda-me apenas uma pergunta: a Srta. Ayres acreditava no "fantasma" de Hundreds? Ela achava que ele tinha provocado todas essas coisas terríveis que você mencionou?

— Oh, sim, senhor. Acreditava mais do que qualquer um.

Riddell assumiu uma expressão grave.

— Obrigado. Esclareceu bastante, acho, sobre o estado mental da Srta. Ayres.

Fez sinal para que ela descesse. Ela hesitou, confundida por suas palavras e gesto. Dispensou-a mais claramente e ela voltou para perto do seu pai.

E então, foi a minha vez. Riddell chamou-me, levantei-me e ocupei o meu lugar, com um sentimento quase de pavor — quase como se fosse o julgamento de um criminoso e eu fosse o réu.

O oficial de justiça leu o juramento e quando falei, precisei pigarrear e repeti-lo. Pedi água e Riddell esperou pacientemente eu bebê-la.

Então deu início ao interrogatório. Começou resumindo para a corte a evidência que tínhamos ouvido até aquele momento.

A nossa tarefa, disse ele, era determinar as circunstâncias que cercaram a queda fatal da Srta. Ayres e, até onde percebia, ainda havia várias possibilidades a serem examinadas. Um crime, acreditava ele, não era uma delas, nenhuma prova apontava nessa direção. Também parecia improvável, considerando-se o relatório do Dr. Graham, que a Srta. Ayres estivesse doente fisicamente — embora fosse perfeitamente possível que ela, por qualquer razão, *acreditasse* estar doente, e tal convicção talvez a tivesse assustado e enfraquecido a ponto de provocar a queda. Ou, se tivéssemos em mente o que a criada da família alegara tê-la ouvido gritar, poderíamos concluir que ela se assustara com outra coisa, alguma coisa que ela tinha visto ou imaginado ver e, em consequência, tivesse perdido o equilíbrio. Entretanto, contrariando essas teorias, havia a altura e óbvia solidez do corrimão de Hundreds.

Mas havia mais duas possibilidades. As duas eram formas de suicídio. A Srta. Ayres talvez tivesse se jogado do patamar para tirar a própria vida, como um ato premeditado, planejado com lucidez — em outras palavras, um *felo de se*. Ou poderia ter-se jogado deliberadamente em reação a alguma ilusão.

Relanceou os olhos para as suas anotações e, depois, virou-se para mim. Ele sabia que eu era o médico da família Ayres. A Srta. Ayres e eu também tínhamos — ele lamentava ter de levantar essa questão, mas sabia que ela e eu estávamos, até recentemente, noivos com casamento marcado. Tentaria, disse ele, manter as perguntas as mais discretas possíveis, mas estava ansioso em estabelecer tudo o que pudesse sobre o estado emocional da Srta. Ayres na noite de sua morte, e esperava que eu o ajudasse.

Pigarreando de novo, respondi que faria o possível.

Perguntou-me quando vira Caroline pela última vez. Respondi que a última vez que a vira tinha sido na tarde de 16 de maio, quando tinha ido à Hall com a Sra. Graham, esposa de meu sócio.

Ele perguntou sobre o estado mental de Caroline na época. Ela e eu havíamos recentemente rompido o noivado — estava correto?

— Sim — respondi.

A decisão tinha sido dos dois?

— Creio que me perdoará perguntar — acrescentou ele, talvez em resposta à minha expressão. — O que estou tentando apurar para a corte é se a separação teria deixado a Srta. Ayres excessivamente abalada.

Relanceei os olhos para o júri e pensei em como Caroline detestaria tudo aquilo, como até mesmo ela abominaria pensar em nós ali, vestidos de preto, analisando minuciosamente seus últimos dias de vida, como corvos em um milharal.

Respondi calmamente.

— Não, não creio que a tenha deixado excessivamente abalada. Ela tinha... tinha mudado de opinião, só isso.

— Mudado de opinião, entendo... E um dos efeitos dessa mudança de opinião, acredito, foi a Srta. Ayres ter decidido vender a casa da família e deixar o condado. Como o senhor recebeu essa decisão?

— Bem, fiquei surpreso. Achei-a drástica.

— Drástica?

— Fantasiosa. Caroline tinha falado de emigrar para a América ou para o Canadá. Tinha falado de possivelmente levar seu irmão junto com ela.

— Seu irmão, Sr. Roderick Ayres, que atualmente é paciente de uma instituição privada para doentes mentais.

— Sim.

— O estado dele, pelo que sei, é grave. A Srta. Ayres estava perturbada com a doença do seu irmão?

— Naturalmente, estava.

— Excessivamente perturbada?

Refleti.

— Não, eu não diria isso.

— Ela mostrou-lhe passagens ou reservas, ou qualquer coisa semelhante, relacionada à sua viagem à América ou ao Canadá?

— Não.

— Mas acha que ela estava falando sério, sinceramente?

— Até onde sei, sim. Ela tinha a ideia. — Fiz uma pausa. — Bem, ela tinha a ideia de que a Inglaterra não a queria. De que não havia lugar para ela aqui, agora.

Dois dos espectadores de boa família balançaram a cabeça austeramente ao ouvirem isso. O próprio Riddell pareceu pensativo e ficou em silêncio por um momento, acrescentando uma anotação nos papéis à sua frente. Em seguida, virou-se para o júri.

— Estou muito interessado nesses planos da Srta. Ayres — disse-lhes ele. — Eu me pergunto o quanto os levava a sério. Por um lado, soubemos que ela estava para começar uma nova vida, e estava muito excitada com isso. Por outro, os planos podem lhes dar a impressão, como deram ao Dr. Faraday e, tenho de confessar, a mim também, de serem "fantasiosos". Não existe nenhuma prova que os sustente. Todas as evidências, de fato, sugerem que a Srta. Ayres estava muito mais preocupada com *terminar* do que começar uma vida. Tinha recentemente rompido o noivado com casamento marcado, tinha vendido a maior parte dos bens da família e estava tendo o cuidado de deixar a casa vazia em ordem. Tudo isso pode nos indicar um suicídio, cuidadosamente pensado e planejado.

Virou-se de novo para mim.

— Dr. Faraday, a Srta. Ayres nunca lhe pareceu o tipo de pessoa capaz de cometer suicídio?

Depois de um segundo, respondi que achava que todo mundo era capaz de cometer suicídio, dadas as condições que o favorecessem.

— Ela nunca mencionou suicídio com o senhor?

— Não.

— A sua mãe, é claro, tirou tragicamente a própria vida recentemente. Isso pode tê-la afetado?

— Afetou-a — respondi — da maneira que se esperava. Deprimiu-a.

— Diria que isso a deixou desesperançosa em relação à vida?

— Não, eu... Não, eu não diria isso.

Ele inclinou a cabeça.

— Diria que afetou o equilíbrio da sua mente?

Hesitei.

— O equilíbrio da mente de uma pessoa — falei, por fim — às vezes é difícil de julgar.

— Tenho certeza de que sim. Por isso estou tomando tanto cuidado ao julgar o equilíbrio da Srta. Ayres. Nunca teve nenhuma dúvida em relação a isso, Dr. Faraday? Absolutamente nenhuma? Essa "mudança de opinião", por exemplo, em relação ao casamento. Pareceu coerente nela?

Depois de mais uma hesitação, admiti que Caroline tinha me parecido, de fato, andar se comportando erraticamente nas últimas semanas da sua vida.

— O que quer dizer com "erraticamente"? — perguntou ele.

— Estava distante, não parecia ela mesma — respondi. — Tinha... ideias estranhas.

— Ideias estranhas?

— Sobre a sua família, e sobre a casa.

Minha voz enfraqueceu ao dizer isso. Observando-me atentamente, como observara Betty, perguntou:

— A Srta. Ayres mencionou alguma vez fantasmas ou aparições, ou coisa parecida?

Não respondi.

Ele prosseguiu.

— Todos acabamos de ouvir um relato extraordinário da vida em Hundreds Hall da criada da família, por isso estou lhe fazendo essa pergunta. Vai concordar, acho, que esse é um ponto importante. A Srta. Ayres falou alguma vez em fantasmas ou aparições?

— Sim, falou — respondi, por fim.

Houve mais murmúrios. Dessa vez Riddell ignorou-os. Olhando fixamente para mim, ele disse:

— A Srta. Ayres acreditava seriamente que sua casa era assombrada?

Respondi, com relutância, que Caroline acreditava que a Hall estava sob o domínio de algum tipo de influência. Uma influência sobrenatural.

— Não acho que ela chegou alguma vez a acreditar em um fantasma de verdade.

— Mas ela acreditava ter visto prova dessa... influência sobrenatural?

— Sim.

— Que forma a evidência assumiu?

Respirei fundo.

— Ela acreditava que o seu irmão tinha mais ou menos sido enlouquecido por essa influência. Acreditava que sua mãe também tinha sido afetada pela mesma coisa.

— Ela acreditava, como a criada da família, que a influência era responsável pelo suicídio de sua mãe?

— De maneira geral, sim.

— Encorajou-a nessa ideia?

— É claro que não. Deplorei-a. Achei-a mórbida. Tentei de toda maneira *desencorajá-la*.

— Mas a crença persistiu?

— Sim.

— Como explica isso?

— Não consigo. Gostaria de poder.

— Não acha que era uma evidência de distúrbio mental?

— Não sei. Caroline falou-me, ela mesma, de uma mancha de família. Ela tinha medo, disso eu sei. Mas tem de entender, havia coisas que aconteciam naquela casa... Não sei.

Riddell pareceu perturbado, tirando os óculos, apertando a ponta de seu nariz. E recolocando os óculos, disse:

— Tenho de lhe dizer, Faraday, que encontrei a Srta. Ayres mais de uma vez. Muitas pessoas nesta sala a conheceram muito melhor do que eu. Todos nós, eu acho, concordaríamos com que ela era uma jovem dotada de um extremo bom-senso. Que a copeira de Hundreds tenha dado vazão a fantasias sobrenaturais é uma coisa. Mas para uma garota inteligente, saudável, bem-educada, como Caroline Ayres ter passado a supor estar sendo assombrada... bem, certamente uma deterioração grave deve ter acontecido, não? É um caso muito triste, e entendo que para você deva ser difícil admitir que alguém de quem gostou profundamente estivesse em um estado mental desequilibrado. Mas me parece muito claro que estamos lidando aqui com um caso de loucura familiar herdada: uma "mancha" de família, segundo a expressão da própria Srta. Ayres. Quando, segundos antes de sua morte, ela gritou "Você!", pode ter sido em resposta a uma alucinação? A loucura já a teria dominado? Nunca saberemos. No entanto, sinto-me fortemente inclinado a instruir o júri a dar um veredicto de "suicídio enquanto com distúrbio mental". Mas não sou médico — prosseguiu ele. — Você é o médico da família, e eu gostaria de assistência para esse veredicto. Se não se sente capaz de me dá-la, deve admitir francamente e, nesse caso, a minha instrução ao júri será diferente. Pode me dar essa assistência ou não?

Baixei os olhos para as minhas mãos, estavam tremendo ligeiramente. A sala estava mais quente do que nunca, eu estava terrivelmente ciente dos olhos dos jurados em mim. De novo experimentei a sensação de que alguma coisa estava em julgamento ali, alguma coisa em que eu estava envolvido culposamente.

Haveria uma mancha? Era isso o que tinha aterrorizado a família, dia após dia, mês após mês, e finalmente a destruído? Era no que Riddell claramente acreditava, e antes eu teria concordado com ele. Eu teria mostrado a evidência exatamente como ele tinha feito, até ela confirmar a história que eu queria que fosse confirmada. Mas a minha confiança na história agora estava abalada. Parecia-me que a calamidade que atingira Hundreds Hall era algo muito mais estranho, e não uma coisa a ser decidida puramente em uma pequena sala em uma corte de justiça.

Mas então, o que *era*?

Ergui o olhar para todos aqueles rostos atentos. Vi Graham, Hepton, Seeley. Acho que Seeley balançou a cabeça discretamente — se bem que não sei se para me incitar a falar ou me silenciar. Vi Betty, me olhando fixamente com seus olhos claros, desnorteados... Atravessando essa imagem, surgiu outra: o patamar em Hundreds, iluminado pela lua. E, mais uma vez, me pareceu ver Caroline percorrendo-o com passos seguros. Eu a vi subindo, intrigada, a escada, como se atraída por uma voz familiar. Eu a vi avançar no escuro, sem certeza de com que esbarraria. Então vi o seu rosto — eu o vi tão vividamente quanto estava vendo todos os rostos à minha volta. Percebi o reconhecimento e a compreensão e o horror em sua expressão. Só por um instante — como se estivesse lá, na superfície prateada de seus olhos iluminados pelo luar — pareceu-me até mesmo captar o contorno de uma coisa obscurecida, espantosa...

Agarrei-me na grade de madeira à minha frente e ouvi Riddell dizer o meu nome. O meirinho apressou-se em me trazer mais água. Houve mais murmúrios na corte. Mas o momento de aturdimento já tinha passado e o fragmento do pesadelo de Hundreds que eu vislumbrara me havia feito recuar para o escuro. Mas afinal, que importância tinha agora? Estava tudo acabado. Enxuguei o rosto, estabilizei-me, encarei Riddell e respondi, com a voz sem modulação, que sim, eu o assistiria. Acreditava que a mente de Caroline, nas últimas semanas de sua morte, tinha se tornado sombria, e que sua morte teria sido suicídio.

Ele agradeceu e me fez descer da plataforma, depois fez o seu resumo do caso. O júri retirou-se, mas com uma orientação tão clara tiveram pouco o que discutir. Logo retornaram com o esperado veredicto e, depois das formalidades usuais, o inquérito foi encerrado. As pessoas se levantaram, as cadeiras se arrastaram e arranharam o chão. As vozes soaram mais altas. Falei a Graham:

— Pelo amor de Deus, podemos sair logo?

Ele pôs a mão no meu cotovelo e me guiou para fora da sala.

Não li nenhum dos jornais que saíram naquela semana, mas sei que divulgaram com estardalhaço o relato de Betty sobre Hundreds ser "assombrada". Sei que algumas pessoas mórbidas até mesmo procuraram o corretor, se dizendo interessadas na compra, em uma tentativa de visitar a Hall, e uma ou duas vezes, quando eu estava na estrada de Hundreds, naquela época, vi carros e bicicletas estacionados na entrada do parque e as pessoas perscrutando pelos portões de ferro — como se a casa tivesse se tornado uma atração para viajantes, como um castelo ou uma casa imponente. O funeral de Caroline, pela mesma razão, atraiu espectadores, embora seus tios o tenham realizado da maneira mais modesta possível, sem o repicar do sino da igreja, sem exibição de flores e sem cortejo. O grupo de pranteadores autênticos era pequeno, e ficou atrás. Levei a aliança não usada no meu bolso, e a fiquei girando entre meus dedos quando o caixão foi baixado.

15

Isso foi há três anos. Desde então, tenho estado muito ocupado. Quando o Serviço de Previdência chegou, não perdi pacientes, como tinha receado. Na verdade, ganhei outros, em parte, provavelmente, como resultado da minha relação com os Ayres, pois, como aqueles invasores de Oxfordshire, muita gente tinha visto meu nome nos jornais locais e parecia me ver como uma espécie de homem "promissor". Agora que sou popular, dizem que minhas maneiras são realistas. Continuo a atender no antigo consultório do Dr. Gill, no alto da High Street de Lidcote, a casa continua conveniente para um solteirão. Mas a cidade está se expandindo rapidamente, há muitas famílias jovens, e a sala do consultório e o dispensário parecem cada vez mais antiquados. Graham, Seeley e eu começamos a falar em trabalharmos juntos em um novo centro de saúde e em contratar Maurice Babb para construí-lo.

O estado de Roderick, infelizmente, não melhorou. Eu tinha esperado que a morte de sua irmã finalmente o libertasse de sua ilusão. Afinal, pensei, depois disso, por que ele continuaria com medo de Hundreds? Mas a morte de Caroline surtiu o efeito contrário. Ele culpa a si mesmo de todas as tragédias e parece decidido à autopunição. Queimou-se e contundiu-se tantas vezes que agora é mantido quase permanentemente sedado e não passa da sombra do rapaz que era antes. Vou vê-lo sempre que posso. É mais fácil do que antes, pois com a cessação da renda da família, tornou-se impossível ele ser mantido na clínica particular, e muito cara, do Dr.

Warren. Atualmente, ele é paciente do hospício do condado, dividindo uma enfermaria com mais onze homens.

O condomínio de casas do conselho no Hundreds Park tem sido um grande sucesso — a ponto de, no ano passado, terem sido acrescentadas mais uma dúzia de casas e mais outras estarem sendo planejadas. Muitas das famílias são minhas clientes e vou até lá com frequência. As casas são acolhedoras, com jardins de flores e hortas, balanços e escorregadores para as crianças. Somente uma mudança foi realmente feita: as cercas de arame na parte de trás da propriedade foram substituídas por cercas de madeira. As próprias famílias pediram: parece que nenhuma delas gosta de olhar a Hall pelas janelas nos fundos, dizem que a casa lhes "causa arrepios". Histórias sobre o fantasma de Hundreds continuam a circular, principalmente entre os mais jovens e os recém-chegados, pessoas que não conheceram os Ayres. A história mais popular, percebi, é a de que a Hall é assombrada pelo espírito de uma criada jovem que foi maltratada por um patrão cruel e que pulou ou foi empurrada de uma das janelas do andar de cima. Ela é vista, pelo que parece, regularmente no parque, chorando sem parar, como se muito triste.

Esbarrei com Betty uma vez, na estrada em frente às casas. Uma das famílias que mora ali é parenta sua. Foi alguns meses depois da morte de Caroline. Vi uma moça e um rapaz surgirem pelo portão do jardim quando eu estava estacionando o meu carro. Um minuto depois, puxei a porta do carro para dar passagem a eles, e a jovem parou e falou:

— Não está me reconhecendo, Dr. Faraday?

Olhei para o seu rosto e vi aqueles olhos cinza grandes e os dentes trepados. Se não fosse isso, não a teria reconhecido. Estava usando um vestido de verão barato com a saia rodada da moda. Seu cabelo sem cor tinha sido clareado e estava com permanente, seus lábios e bochechas estavam rosados com batom e ruge. Continuava pequena, mas a sua fragilidade desaparecera, ou ela tinha encontrado uma maneira artificial de melhorar sua figura. Acho que estava com quase 16 anos. Disse-me que continuava morando com seus pais e que sua mãe continuava "se comportando mal", mas que ela, finalmente, tinha conseguido o tipo de emprego que queria, em uma fábrica de bicicleta. O trabalho era maçante, mas as outras garotas eram "uma piada", e ela tinha as noites e os fins de semana livres e ia frequentemente dançar em Coventry. Ela manteve o braço no do rapaz enquanto falava. Ele parecia ter 22, 23 anos. Quase a mesma idade de Roderick.

Não mencionou o inquérito nem a morte de Caroline, e comecei a achar, enquanto ela falava, que não mencionaria Hundreds — como se o interlúdio sombrio não tivesse deixado marca. Mas então as pessoas que ela tinha ido visitar apareceram na porta de casa e chamaram o rapaz; quando ele se afastou, as maneiras animadas dela pareceram perder um pouco do brilho.

— Não a incomoda estar tão perto de Hundreds, Betty? — perguntei em voz baixa.

Ela corou e sacudiu a cabeça.

— Mas eu não voltaria à casa. Nem por mil libras! Sonho com ela o tempo todo.

— Sonha? — Nunca sonhei com isso.

— Não são pesadelos — replicou ela. Franziu o nariz. — São sonhos engraçados. Quase sempre com a Sra. Ayres. Sonho que ela tenta me dar coisas, joias e broches, coisas desse tipo. E eu nunca quero aceitá-los, não sei por quê. E no fim, isso faz ela chorar... Pobre Sra. Ayres. Era uma mulher tão boa. A Srta. Caroline também. Não foi justo o que aconteceu com elas, não acha?

Concordei que não tinha sido justo. Ficamos tristes por um momento, sem mais nada a dizer. Pensei em como formávamos um par de pessoas comuns para que ninguém nos olhasse, e no entanto, do naufrágio daquele ano terrível, ela e eu éramos os únicos sobreviventes.

Então o rapaz retornou e ela se mostrou ousada de novo. Estendeu-me a mão para se despedir, pôs o braço no dele e se afastaram do ponto de ônibus. Eu os vi ainda lá, vinte minutos depois, quando voltei para o meu carro: estavam se divertindo em um banco. Ele a tinha colocado no colo e ela estava agitando as pernas e rindo.

Hundreds Hall ainda não foi vendida. Ninguém tem o dinheiro ou está disposto a tê-la. Por um certo tempo, falou-se no conselho do condado em transformá-la em um centro de treinamento de professores. Mas então um empresário de Birmingham pensou em adquiri-la para fazer um hotel. Mas os rumores vieram à tona e não deu em nada. Recentemente têm vindo à tona com menos frequência. Provavelmente a aparência da casa tem desconcertado as pessoas — pois evidentemente os jardins estão cobertos pelo mato e a varanda foi tomada pelas ervas daninhas. As crianças rabiscaram nos muros e jogaram pedras nas janelas, e a casa parece se assentar no caos como um animal ferido, doente.

Vou até lá sempre que meus dias ocupados me permitem. Nenhum dos cadeados foi trocado e ainda tenho as chaves. Ocasionalmente, descubro que alguém esteve lá na minha ausência — um vagabundo ou um invasor — e tentou forçar a porta. No entanto, as portas são sólidas, e a reputação da Hall afugenta os forasteiros. E não há nada o que roubar, pois o que Caroline não vendeu nas semanas anteriores à sua morte, seu tio e sua tia venderam.

As salas no térreo, mantenho com as venezianas fechadas. O segundo andar tem me causado apreensão ultimamente: há buracos aparecendo no telhado, onde telhas foram perdidas no mau tempo. Uma família de andorinhas construiu um ninho no antigo quarto de brinquedos. Coloquei baldes para colher a água da chuva e revesti de tábuas as janelas mais quebradas. De vez em quando, atravesso a casa toda, tirando o pó e excrementos de ratos. O teto do salão ainda resiste, embora seja apenas uma questão de tempo até o reboco estufado cair. O quarto de Caroline continua a desbotar. O quarto de Roderick, ainda hoje, cheira um pouco a queimado... Apesar de tudo isso, a casa conserva uma certa beleza. Em alguns aspectos, está mais bela do que nunca, pois sem os tapetes e os móveis, e o tumulto de gente, pode-se apreciar as linhas e as simetrias georgianas, as adoráveis transições do escuro para a luz e a delicada progressão dos cômodos. Errando silenciosamente pelos espaços na penumbra, tenho até mesmo a impressão de ver a casa como o seu arquiteto deve tê-la feito, com o detalhe do emboço novo, inteiro, sua superfície sem imperfeições. Nesses momentos não resta absolutamente nenhum vestígio dos Ayres. Como se a casa tivesse expulsado a família, como a grama ao crescer apaga pegadas.

Não compreendo mais hoje do que há três anos o que aconteceu na Hall. Uma ou duas vezes falei sobre isso com Seeley. Ele defendeu firmemente sua antiga opinião racional de que Hundreds tinha sido, com efeito, derrotada pela história, destruída por seu próprio fracasso ao não conseguir acompanhar a rápida mudança do mundo. Na sua opinião, os Ayres, incapazes de progredir com os tempos, simplesmente optaram por se retirar — com o suicídio ou a loucura. No outro lado da Inglaterra, diz ele, outras famílias da aristocracia rural provavelmente estão desaparecendo exatamente da mesma maneira.

A teoria é bastante convincente, mas, ainda assim, às vezes fico confuso. Lembro-me do pobre Gyp bonachão, lembro-me das manchas negras misteriosas nas paredes e no teto do quarto de Roderick, imagino as três gotículas de sangue que vi brotarem na blusa de seda da Sra. Ayres. E penso em Caroline. Penso em Caroline, nos momentos antes de sua morte, avançando pelo patamar iluminado pela lua. Penso nela gritando: *Você!*

Nunca tentei lembrar Seeley de sua outra, e mais estranha, teoria: de que Hundreds foi consumida por um germe obscuro, uma criatura das sombras, voraz, uma "estranha presença", gerada pelo inconsciente perturbado de alguém ligado com a própria casa. Mas em minhas visitas solitárias, me pego cada vez mais vigilante. De vez em quando, sinto uma presença, ou percebo um movimento pelo canto dos olhos, e meu coração se sobressalta, com medo e expectativa: imagino que o segredo está prestes a me ser revelado, finalmente. Que verei o que Caroline viu e o reconhecerei, como ela reconheceu.

Mas se Hundreds Hall é realmente assombrada, seu fantasma não se mostra a mim. Pois me viro e fico decepcionado — percebendo que o que estou vendo é apenas uma vidraça rachada, e que o rosto distorcido que me olha fixamente, perplexo e com ânsia, é o meu próprio.

Agradecimentos

Obrigada a todos os meus primeiros leitores generosos e incentivadores: Alison Oram, Sally O-J, Antony Topping, Hirani Himona, Jennifer Vaughan, Terry Vaughan e Ceri Williams. Obrigada, minha agente, Judith Murray, e meus editores no Reino Unido, Estados Unidos e Canadá: Lennie Goodings, Megan Lynch e Lara Hinchberger. Obrigada, pessoal da Greene & Heaton Ltd; Little, Brown; Riverhead; e McClelland & Stewart, que leram e comentaram o manuscrito. Obrigada, Hilda Walsh, pela informação sobre músculos. Meu agradecimento especial a Angela Hewins, por suas respostas pacientes às perguntas desajeitadas sobre a vida em Warwick. Meu agradecimento especial também a Lucy Vaughan.

Parte de *Estranha presença* foi escrita durante um mês inspirador no retiro de escritoras Hedgebrook, em Whidbey Island, e estou imensamente grata ao seu pessoal, por facilitar essa visita, e às escritoras que conheci enquanto estive lá.

Também estou em dívida com diversas obras de não ficção. Entre elas, as de: Edmund Gurney, Frederic W. H. Myers e Frank Podmore, *Phantasms of the living* (Londres, 1886); Catherine Crowe, *The night side of nature* (Londres, 1848); Harry Price, *Poltergeist over England* (Londres, 1945); Hereward Carrington e Nandor Fodor, *Haunted people* (Nova York, 1951); Nandor Fodor, *On the trail of the Poltergeist* (Nova York, 1958); A. R. G. Owen, *Can we explain the Poltergeist?* (Nova York, 1964); Kenneth Lane, *Diary of a medical nobody* (Londres, 1982) e *West Country Doctor* (Londres, 1984); John Pemberton, *Will Pickles of Wensleydale* (Londres, 1970); Dawn Robertson, *A country doctor* (Kirkby Stephen, 1999); Geoffrey Barber, *Country doctor* (Ipswich, 1974); Geoffrey Tyack, *Warwickshire Country Houses* (Chichester, 1994); George Hewins, *The Dillen,* organizado por Angela Hewins (Londres, 1981) e Angela Hewins, *Mary, After the Queen* (Oxford, 1985).

Seja um leitor preferencial Record.
Cadastre-se e receba informações sobre nossos
lançamentos e nossas promoções.

Atendimento e venda direta ao leitor:
mdireto@record.com.br ou (21) 2585-2002

Este livro foi composto na tipologia Minion Pro,
em corpo 13/15,1, e impresso em papel off-white 80g/m²,
no Sistema Cameron da Divisão Gráfica
da Distribuidora Record.